Schmitts Hölle – Countdown.

Der Autor

Joachim Widmann ist ein Berliner Medienmanager und Journalist. Er war unter anderem Chefredakteur einer Nachrichtenagentur und einer Regionalzeitung und ist heute Mitinhaber und -Leiter zweier Journalistenschulen.
2015 erschien sein erster Roman, **„Schmitts Hölle – Verrat."**

„Schmitts Hölle – Countdown." spielt etwa sieben Monate später.

***

Weitere Thriller mit Sibel Schmitt:

Die Frau im roten Kleid – Prequel der „Hölle"-Reihe.
ISBN 978-3-8482-1661-1

SCHMITTS HÖLLE – Verrat. ISBN 978-3-7412-9978-0

Joachim Widmann

SCHMITTS HÖLLE
Countdown.

Ein Thriller mit Sibel Schmitt

Alle Unternehmen, Produkte, Personen, Orte, Handlungen und Aussagen in diesem Buch sind frei erfunden. Eventuelle Ähnlichkeiten mit der Realität könnten also nur auf Zufall beruhen.

Bibliografische Information der Deutschen Nationalbibliothek:
Die Deutsche Nationalbibliothek verzeichnet diese Publikation in der Deutschen Nationalbibliografie; detaillierte bibliografische Daten sind im Internet über http://dnb.dnb.de abrufbar.

© 2016 **Joachim Widmann**

Illustration/Cover: **Michael Karg**
michael@kargistan.de

Bildmaterial: Massimo Meloni – „Ragazza in guerra", Fotolia.com

Lektorat: **Krista Maria Schädlich**

Herstellung und Verlag: BoD – Books on Demand, Norderstedt

ISBN: 978-3-8482-1681-9

In den als „Vertrauenssache" eingestuften
„Richtlinien für die Zusammenarbeit der
Verfassungsschutzbehörden, des Bundesnachrichtendienstes,
des Militärischen Abschirmdienstes, der Polizei
und der Strafverfolgungsbehörden
in Staatsschutzangelegenheiten"
vom 23. Juli 1973
wird den Geheimdiensten der Bundesrepublik Deutschland
ausdrücklich das Recht zugebilligt, polizeiliche Ermittlungen
aus Sicherheits- oder Geheimhaltungsgründen
zu behindern oder zu vereiteln.

Es liegt in der Natur der Sache,
dass diese Gründe nicht einmal der Polizei transparent
dargelegt werden müssen.

Sechs Tage bis zur Vollstreckung: T-6

Tegitzau-Tagblatt

Rätselhafter Messerfund
am Domberg

Zusammenhang mit den Morden des „Schlächters" vermutet

Auberg. Auf dem Gelände des früheren Gasthauses „Zum Stern" im Park am Domberg hat ein Passant, der seinen Hund ausführte, gestern einen so seltsamen wie erschreckenden Fund gemacht: Ein großes Messer lag neben einer Blutlache im ehemaligen Biergarten. Wie die Polizei nach ersten Ermittlungen mitteilte, handelte es sich um ein Messer mit feststehender Klinge und um einige Hundert Milliliter menschliches Blut. Dabei lag ein Zettel mit dem rätselhaften Aufdruck „T-7".

Das Messer sei geeignet, einem Menschen Verletzungen wie jene beizufügen, wie sie charakteristisch sind für die Taten des „Schlächters von Auberg". So nennen Journalisten den unbekannten Mörder, der Auberg mit nunmehr zwei schrecklichen Bluttaten in Atem hält. ...

Die Polizei wird, so die Mitteilung, Messer und Blutlache nun „mit Hochdruck auf Charakteristika untersuchen".

***

Frankfurter Börsenblatt

Intensive Verhandlungen mit Abu Nar

Frankfurt/Genf. Eine Woche vor dem Treffen zum Schließen der „Berliner Friedensvereinbarung" mit dem islamistischen Milizenführer Abu Nar intensiviert Deutschland die Vorverhandlungen mit dessen Unterhändlern. Bundesaußenminister Sven Keller ist nach Genf gereist, um persönlich an den Gesprächen teilzunehmen, wie aus Regierungskreisen in Berlin zu hören war.

Beobachter halten Kellers Reise nach Genf für ein Indiz, dass es Schwierigkeiten gibt. Seit Wochen berät in Genf die Delegation der von Deutschland angeführten internationalen „Koalition der Willigen" mit Abu Nars Unterhändlern über die Bedingungen einer umfassenden Friedenslösung. Offizielle Mitteilungen zum Stand der Verhandlungen gibt es nicht. Beide Delegationen haben „strengste Vertraulichkeit" vereinbart.

...

Zugleich sind höchste, teils unrealistische Erwartungen mit diesen Verhandlungen verbunden. ... Dies macht es für den Kanzler, Außenminister Keller und ihre „Willigen"-Partner nicht eben leichter, einen Vertrag auszuhandeln, der schwerer wiegt als die frucht- und wirkungslosen Appelle und Friedensmissionen der Vergangenheit.

***

T-5

Genf, Hôtel du Lac

Ali Mouhedienne nippt an seinem Rotwein. „Es liegt an uns, ob der Nahe Osten in Flammen aufgeht. Oder eben nicht. Sie haben es in der Hand." Er lächelt. Verschränkt die Arme über seinem Bauch. Der ragt wie ein mit Stoff bespannter Hügel aus dem Clubsessel.

Sven Keller denkt: Du siehst aus wie ein Gnom in einem Scheiß-Fantasy-Spiel, dein Gehabe ist das eines betrügerischen Gebrauchtwagenhändlers.

Absurd: Der Außenminister der Bundesrepublik Deutschland verhandelt mit einem Gangster über Frieden mit einem Massenmörder, der sich als religiöser Führer gibt – Abu Nar: Der „Vater des reinigenden Feuers", wie er seinen Kampfnamen selbst übersetzt, trägt in den weiten von seinen Milizen dominierten Gebieten mit religiösem Rigorismus, Bakschisch-Vetternwirtschaft und Gewalt zum Chaos im syrischen Niemandsland bei. Mouhedienne ist seine Sprechpuppe.

Leider ist es aus der Mode gekommen, solche Probleme mit einem Präzisionsgewehr lösen zu lassen, denkt Keller.

Abu Nar ist verhandlungsbereit, also verhandelt der Westen. Deutschland an der Spitze der EU, unter Druck aus Israel, den USA, belauert aus Moskau und Peking.

Außenminister Keller springt auf, geht ans Fenster, seinen Zorn und seinen Überdruss überspielend. Monatelang haben wir immer wieder von vorn angefangen. Immer wieder haben neue Anschläge die Lage kompliziert. Zwei Tage verbringe ich nun mit diesem Arschloch und seiner Delegation, nur um immer wieder diesen Satz zu hören.

Nun sind wir allein, um endlich einig zu werden.

Und wieder dieser Satz: „Es liegt an uns, oder eben nicht. Sie haben es in der Hand." Offener kann man Bestechung nicht einfordern.

Ich will ihm mal in die Fresse hauen, nur ein einziges Mal, nur ein wenig.

Zwanzig Jahre Diplomatie, um in Mouhedienne meinen Meister zu treffen. Mäanderndes Gerede zu übersüßtem Tee und Rotwein, wie im Basar. Seit Tagen sind die Verhandlungen offen und zugleich verfahren. Eine Gratwanderung ohne Ende, nachdem die Unterschrift unter die Friedensvereinbarung schon sicher schien.

Es war falsch, den Termin für die Schlussrunde bereits anzusetzen. Das hat den deutschen Einsatz erhöht. Sofort begann Mouhedienne mit Nachverhandlungen. Dreist, zäh, mit diesem Grinsen.

Jetzt sind es nur noch ein paar Tage bis zum großen Berliner Treffen. Keine Lösung in Sicht.

Keller blickt aus dem Fenster. Der stahlblaue See. Die schneebedeckten Berge unter wolkenlosem Himmel.

Er würgt den Reflux runter. „Selbstverständlich", sagt er. „Wir wissen natürlich um die Bedeutung Ihrer Organisation in diesem Prozess."

Ja, denkt er, ihr seid Scheiß-Terroristen, und wenn ihr Hand an etwas legt, korrumpiert ihr es. Aber ihr könntet euch genauso gut zurückziehen. Geschäftsleute werden, statt Gangster, Schutzgelderpresser und Wegelagerer. Arrangements treffen, statt zu bomben und zu schießen.

Er wendet sich vom Panorama ab. Die Luft im Zimmer ist dunstig von den Gauloises des Arabers. „Wir werden Ihre Organisation nicht unmittelbar unterstützen können", sagt er. Ebenfalls zum achwievielten Mal. „Das müssen Sie verstehen. Es sähe nicht gut aus. Für uns nicht. Und für Sie auch nicht. Wir können nur als Friedensvermittler auftreten, wenn wir keinem der Beteiligten Waffen liefern. Das ist doch logisch. Und die einseitige Abrüstung Ihrer Truppen bleibt Bestandteil des Friedensplans. Auch das ist logisch. Es kann nicht sein, dass Sie die Staaten in ihrer Region und deren Regierungen anerkennen, aber nicht deren Gewaltmonopol. Wenn Ihre ... Gruppierung, die nun einmal keine staatliche Struktur ist, eine bewaffnete Miliz bleibt, hätte dies mit Anerkennung nichts zu tun." Keller nimmt eine Nuss aus der Schale auf dem Beistelltisch. „Und nun, da der Rest der Delegation nicht zugegen ist, möchte ich in aller Offenheit sagen, dass es mir bereits Bauchschmerzen bereitet, für die von Ihnen gehaltenen Gebiete Entwicklungshilfe zuzusagen. Es gibt keinerlei Verwaltungsstrukturen. Wer garantiert uns, dass das Geld nicht einfach versickert? Einmal abgesehen von zigtausendfachen Verletzungen der Menschenrechte, die es dort noch gibt."

Hätte Keller dies vor den Ohren der Delegierten gesagt, hätte der andere sich empört, auf seine Ehre gepocht und die Unterstellung, korrupt zu sein, in aller Schärfe zurückgewiesen. Das gehört zum Spiel.

Nun grinst Mouhedienne nur. Seine Zahnkronen glänzen porzellanweiß im Widerschein des Sonnenlichts. „Herr Minister, da wir nun so entwaffnend offen und ehrlich zueinander sind, möchte ich nicht verhehlen, wie sehr sich mein Herr Abu Nar, Allah schütze ihn, geehrt fühlt von Ihrem Herangehen, jedoch auch ganz besonders vom Herangehen anderer Unterhändler. Wie sehr er gewürdigt wird in seinem wohlerworbenen Ansehen und seiner Bedeutung für die ganze Region. Andere Mächte sind ebenfalls bereit, dieser Bedeutung in unserem Sinne gerecht zu werden."

Keller setzt sich, schlägt die Beine übereinander, zupft an der Bügelfalte seiner Anzughose. „Nichts anderes haben wir vor, werter Herr Mouhedienne, nichts anderes haben wir vor. Sie wissen besser als ich, dass Unterhändler anderer Staaten bei ihren Zugeständnissen weniger das Wohl der Region im Blick haben als die Ölfelder, die beiden Lithiumchlorid-Salzseen und die Ölschlammvorkommen im Norden. Am Ende ist Abu Nar Handlanger nationaler Interessen anderer. Will er das? Es hieße: Der Konflikt bleibt, aber Sie müssen die Erträge aus den Bodenschätzen dennoch teilen. Da teilen Sie doch sicher lieber mit Ihren derzeit ungeliebten Brüdern in der Region als mit Fremden."

Vor den Ohren der Delegationen wäre es undenkbar gewesen, von deutscher Seite Bodenschätze oder die Interessen anderer Mächte zu erwähnen. Wenn solches zur Presse durchsickert, ist mit Wellen der Empörung und mit diplomatischen Verwicklungen zu rechnen. Unter vier Augen ist es so gut wie ungesagt und wiegt deshalb umso schwerer: Gedankenlesen ohne Reue.

Mouhedienne nickt gut gelaunt. „Die EU und insbesondere Deutschland sind *so* selbstlos." Er betont das „so", dass es als Beleidigung wirkt. „Das ist lobenswert, und wir achten es hoch. Nur werden Sie verstehen, dass Abu Nar nicht allein ist. Er ist nur eines von knapp 40 Familienoberhäuptern in der Region. Die Zahl unserer gemeinsamen Interessen ist geringer als die der jeweiligen Einzelinteressen. Aber entscheidend ist das gemeinsame Sicherheitsbedürfnis *aller* Familien." Er zieht ein Tuch aus der Tasche seines blauen Anzugs, wischt seine schwitzende Oberlippe.

„Selbstverständlich geben wir Ihnen Garantien", verspricht Keller. „Wir könnten weiter gehen als üblich, indem wir ein einfaches Mandat in den Vertrag schreiben. Das wäre dann praktisch die Zusage, unter bestimmten Umständen sogar ohne ein UN-Mandat an Ihrer Seite in einen Konflikt einzutreten."

Als er sieht, wie Mouhedienne seinen Kopf neigt und die Lippen spitzt, weiß Keller, dass nun ein neuer Gedanke ins Spiel kommen wird, genau für diesen Moment vorbereitet, gleichwohl präsentiert wie ein spontaner Einfall. Er hat selbst das Stichwort gegeben, indem er ein neues Angebot ins Feilschen einbrachte und plötzlich Bereitschaft zeigte, auf ein UN-Mandat zu verzichten.

Russland und China würden ein solches Mandat ohnehin nie zulassen, das einen Krieg gegen das Regime rechtfertigen würde. Und Abu Nar weiß, dass es ein Patt auf Jahre hinaus gäbe, ginge er mit diesen Mächten zusammen. Dann würde der Krieg weiter schwelen, ohne entschieden zu werden. Der Verzicht auf das Mandat würde immerhin eine Art Waffenbruderschaft herstellen, wenn auch, europatypisch, auf einer ideellen Basis, nicht als Kriegseinsatz. Aber immerhin in Form intensiver Wirtschaftshilfe, diplomatischer Deckung.

Aber vor allem: politischer Anerkennung.

Mouhedienne wischt sich das Gesicht, legt den Finger an seine Nase, zieht die Stirn kraus. „Mir kommt da so ein Gedanke. Wie es der Zufall will, haben wir gehört von einer Aufklärungsdrohne, die gerade in Deutschland günstig zum Verkauf steht. Ich könnte mir vorstellen, dass Abu Nar und die Seinen sich auf ewig Deutschland, der Europäischen Union und deren Freunden verbunden fühlen, wenn sie diese Drohne bekommen können."

Keller wird es heiß. Drohne? Was zum Teufel …?

Er sagt: „Wie ich schon sagte, wir können nicht einzelne Parteien in einem Krisengebiet mit Waffen beliefern, das steht außer Frage."

Mouhedienne öffnet die Arme, strahlt. „Mein lieber Herr Minister Keller, nun haben wir's doch. Niemand sagt, dass Sie nur uns mit Waffen beliefern sollen. Im Gegenteil: Sie liefern Waffen an jeden, der welche möchte. Das ist für Sie auch ein ausgezeichnetes Geschäft. Und an Abu Nar liefern Sie die bewusste Aufklärungsdrohne. Und schon ist es gar kein Krisengebiet mehr, nicht wahr? Mehr würden wir gar nicht wollen." Er klatscht in die Hände. „Mit dieser vertrauensvollen Würdigung seiner besonderen Friedensbereitschaft wird Abu Nar sicherlich zufrieden sein. Das ist doch ein Deal, mit dem wir alle leben können."

***

Tegitzau-Tagblatt

Drittes Opfer des „Schlächters" am Domberg gefunden.

... nun schon der dritte Angestellte des Tegitzau Tagblatts, *der Opfer des unheimlichen Serienkillers wird. Auch der Fundort, das Grundstück unserer ehemaligen Verlagsgeschäftsführerin und TT-Herausgeberin Dr. Emilie Menter am Domberg, hat mit unserer Zeitung zu tun. Die Motive des Täters oder der Täterin liegen indessen völlig im Dunkeln.*

... Das Arrangement sei eindeutig, teilte die Staatsanwaltschaft Auberg mit: Die Täterschaft des „Schlächters" sei bereits erwiesen, denn er hinterlasse praktisch eine Visitenkarte mit der Art, wie er die Leichenteile ablegt. Details dazu wurden aus ermittlungstaktischen Gründen nicht genannt ... Es gelte in der Tat nur noch, dieses Täterwissen einer konkreten Person zuzuordnen, hieß es.

***

T-4

SMS eines BKA-Beamten an seine Kollegin Sibel Schmitt

Liebe Kollegin, frische (!!!) DNS deiner Tochter ist im fränkischen Auberg aufgetaucht, offenbar auf einem dort gefundenen Messer. Keine Sorge: nicht ihr Blut. Deine Tochter lebt! Details noch nicht verfügbar, Analysen laufen, Info auf dem Weg.

Tegitzau-Tagblatt

„Schlächter": Verdächtige
in Haft

Auberg. Im Zusammenhang mit den unheimlichen Taten des „Schlächters von Auberg", dem bereits drei Morde an Mitarbeitern des „Tegitzau Tagblatts" angelastet werden, wird seit gestern Ursula Rath, die Frau des ehemaligen Chefredakteurs unserer Zeitung, vernommen. Wie die Polizei mitteilte, besteht gegen Frau Rath dringender Tatverdacht.
   ... Vertreter aller Parteien äußerten sich erleichtert über den Ermittlungserfolg.
   Staatsanwaltschaft und Polizei versicherten in einer Mitteilung, dies „dunkle Kapitel der Auberger Geschichte nun rasch zu schließen".

***

Strausberg bei Berlin

Krätz hat die Software jetzt richtig eingestellt. Wenn er seine Stimme nun über das Video legt, ist sie nicht erkennbar. Die Stimme eines Geistes, verfremdet, körperlos.
 Reine Macht.
 Es geht Krätz um den Effekt, nicht darum, nicht erkannt zu werden. Er will die Konfrontation, maximale Provokation. Langsamer Aufbau der Spannung. Wenn er könnte, würde er hingehen und seine Feinde stellen. Alle. Sie stellen und langsam töten.
 Er muss sich aber mit Sibel Schmitt begnügen in seinem Zustand.
 Seiner Todfeindin. Im Sinne des Wortes.
 Es hätte längst eine Rückmeldung geben müssen über seinen Kanal zu Polizei und Geheimdiensten. Sein Blut, die DNS von Schmitts Bastard auf dem Messer: Warum tut sich nichts? Warum rastet Schmitt nicht aus? Das Weib ist überraschend cool und hart, obwohl es um ihre Tochter geht.
 Also nun das Video, zur Verstärkung: Diesmal soll die Botschaft ankommen.
 Er hat immer gern gespielt. Wie die Katze mit der Maus. Sein Einsatz ist hoch. Denn viel Zeit hat er nicht.
 Nicht mit seiner Lunge, die nur noch degeneriertes Gewebe ist. Zum Atmen ist in all der Verkommenheit ein Säckchen übrig. So klein, dass er nicht einmal lange genug stehen könnte, geschweige denn gehen und kämpfen. Sein Herz pumpt mit jedem Schlag mühsamer gegen das Ersticken an.
 Es war Schmitts Kugel, die Krätz' Körper der Infektion geöffnet hat. Womöglich war es sogar das Projektil selbst, das die Wunde mit den Bakterien infizierte, gegen die kein Antibiotikum wirkt.
 Krätz gefällt der Gedanke, dass Schmitt selbst seine Krankheit sein könnte. Der Schuss hat vielleicht Partikel von ihr auf ihn übertragen. Bakterien von ihren Fingerspitzen. Er ist mit Schmitt infiziert.
 Ihretwegen ist er zum Schatten geworden. Monster in der Höhle wie im Horrorfilm, bewacht, eingehegt wie ein Zootier.
 Nun wird Schmitts Tod ihm sein Leiden versüßen: so etwas wie Heilung.
 Er weiß, dass Schmitt an der Entführung ihrer Tochter fast zerbrach.
 Vieles hat sie selbst Journalisten erzählt.
 Eine Art öffentliche Therapie.
 Seit dem Entschluss, sich als der Entführer zu offenbaren, überspielt er seine Todesfurcht mit Kopfkino, das ihn erregt, ihm vorspiegelt, lebendig zu sein.
 Einen Plan zu haben.

Der Plan ist: Schmitt zu manipulieren, zu benutzen.
Quälen.
Sie zu töten.
Er lässt das Video erneut laufen. Es hat ihm Mühe gemacht, den Text einzusprechen. Satz für Satz musste er ihn aufnehmen, zwischendurch Sauerstoff trinken.
Er achtet auf den Sekundenzähler.
Wie die kleine Hure mit schwingendem Hinterteil auf Händen und Knien durch den Schnee kriecht, dem Stöckchen nacheilt, das ihr geworfen wurde, es mit dem Mund aufnimmt und apportiert.
Wie sie Leckerchen aus der Hundekuchentüte bekommt, bevor das Stöckchen neu geworfen wird, und sie ihm wieder hinterher kriecht. Zweimal, dreimal.
Die Dreckshure und ihre Mutter sind einander zum Verwechseln ähnlich. Dieselbe Biegsamkeit. Verletzlichkeit. Physische Präsenz, dass jeder nach ihr den Kopf drehen muss.
Die erste Begegnung mit Schmitt ist noch immer verklärt in seiner Erinnerung, läuft ab wie ein Film: Sie schwebte während einer Party scheinbar aus dem Nichts im rückenfreien roten Abendkleid, auf unwahrscheinlichen Absätzen gerade zu ihm. Sie plauderte mit ihm, irritierend schön trotz der Narbe, mehr als einen Kopf größer als er, Model-Figur, schüchtern und charmant.
Schon hier eigentlich zog er sich die Infektion zu.
Sie schlängelte ihren Arm von den Fingerspitzen bis zum Bizeps federleicht um seinen Hals, während sie sprachen. Zog sich zurück, bevor es eine Umarmung wurde. Verschwand wie ein Spuk, als er sie anfasste und an sich ziehen wollte.
Alle schauten ihr nach. Er stand wie ein Idiot, fassungslos, ihr mit kokainscharfer Nase nachschnüffelnd.
Hätte er Verdacht schöpfen können?
Ihre Legende war gut. Eine zur Nutte abgerichtete kurdische Vollwaise, Flüchtling mit Kriegsnarben im Gesicht und am Körper, die von schweren Verletzungen zeugten, Eigentum eines befreundeten Zuhälters.
Angeblich.
Sie nannte sich Layla.
Krätz war fasziniert und erregt von ihrer angegriffenen Schönheit, jähen Stimmungswechseln, ihrer Intelligenz und ihrer Geschichte. An der war der Missbrauch, ist er sich sicher, als einziges nicht gelogen.
Er schlug sie. Verhaltensmuster. Wollte sie wie andere gefügig machen. Ihre Reaktion hätte ihm zu denken geben müssen. Nicht die einer gewaltsam gebrochenen Nutte. „Layla" kauerte sich nicht unter den Hieben weg, sie drehte sich hinein, fing den Bambusstecken in der Bewegung ab. Schien den Schmerz in der

Handfläche nicht einmal zu spüren. Griff den Stock mit beiden Händen, setzte ihn an seinem Hals an.

Einen Moment lang dachte er, sie würde ihn töten. Es war in ihrem Gesicht zu sehen.

Sie zerbrach den Stecken und ging, ließ sich nicht sehen.

Lange.

Aussichtslos, sie zu suchen. Ihr Zuhälter war überall und nirgends, nicht zu sprechen.

Sie trafen sich erneut auf einer Party.

Er, der Menschenhändler und -schänder, achtete von nun an ihre Berührungsfurcht, nahm ihre Unnahbarkeit hin und respektierte ihre Grenzen.

Er dachte, neu anfangen zu können. Alles auf Null. Rein und klar, wie mit 16.

Layla retten, dass sie sich nicht mehr Schnitte in Unterarme und Oberschenkel zieht. Ihre Schatten vertreiben. Sie besitzen. Er nannte sie „Mein schwarzer Engel" und meinte nicht nur ihr Haar. In ihr steckte etwas Dunkles. Ihre Launen konnten überwältigen wie Unwetter.

Er wollte sie heiraten. Offenbarte ihr alles. Restlos.

Krätz' Verhängnis: Pathos, Hybris. Er spielte die Hauptrolle im eigenen Film. Der Gangster und die Schöne. Ein narzisstisches Drama. Kitsch.

Das Drehbuch entglitt ihm.

Später fand Krätz heraus: Sie war zurückgekehrt in ihr Leben. Kriminalbeamtin am Berliner LKA. Unberechenbar, manisch ambitioniert, brillant. Verheiratet, voreheliches Kind. Ermittelte in ihren offiziellen Fällen und nebenbei gegen ihn, machte ihre Informationen gegen ihn gerichtsfest, definierte genau, was fehlte. Verbrachte praktisch jede freie Minute mit ihrer Tochter.

Ein Wunder, dass sich ihre Wege zuvor nicht gekreuzt hatten. Sie arbeiteten an verschiedenen Enden derselben Branche.

Krätz' Verhängnis: Sie kannte ihn, er sie nicht.

Dritter Akt: Der Schock, dass sie mindestens zehn Jahre älter war als ihre Rolle, eine Polizistin der harten, scharfen Sorte, undercover im Alleingang. Der Albaner, ihr Zuhälter, sein alter Freund, war ein Spitzel.

Es endete an einer Schnittstelle von Himmel und Hölle. Sie zielte auf ihn, er auf sie.

Sie schoss besser.

Seither ist er mit dem Sterben beschäftigt.

Ein Idiot, der für seine Schwäche zahlt.

Ein Schwächling, der in der Entführung eines Mädchens Genugtuung sucht.

Und findet.

Er blickt auf den Bildschirm, wo das Zählwerk blinkt: „T-4." Vier Tage noch.

Im Fenster daneben das Video. In Sheri sieht Krätz die Mutter.

Er ist der Typ, der seine Schwäche mit einem Hammer-Showdown kompensieren wird.

Das Skype-Icon blinkt am Bildschirmrand, blubberndes Rufsignal. Krätz aktiviert die Verbindung. Abu Nars bärtiges Großvatergesicht erscheint, und aus den B&O-Lautsprechern erklingt seine sanfte Stimme mit dem perfekten Oxford-Akzent. „Salaam aleikum, ich grüße Sie von Herzen, mein lieber Freund. Ich hoffe, Allah meint es gut mit Ihnen und den Ihren."
„Ach, lieber Freund", antwortet Krätz im selben Ton auf Englisch, seiner schlechten Aussprache sehr bewusst. „Ich habe nur noch kurz zu leben. Ich ertrinke auf dem Trockenen, und jeden Tag wird meine Lunge schwächer." Er braucht Sauerstoff aus der Flasche. Wechselt ins Arabische. „Ich hoffe, Ihnen und den Ihren geht es gut?"
„Nun", sagt Abu Nar, „der Krieg fordert seinen Tribut. Es wird Zeit, ihn zu beenden und, so Allah will, die Früchte des Friedens zu genießen."
„Dazu möchte ich meinen Beitrag leisten, lieber Freund."
„Deshalb rufe ich an. Wir haben über die Drohne gesprochen. Der Moment naht, zu dem sie gebraucht wird. Wie weit sind Sie gekommen in Ihrer Bemühung, die Software zu beschaffen?"
Krätz' Herz macht einen Sprung. Er muss einige tiefe Züge aus der Sauerstoffflasche nehmen, ehe er antworten kann. „Nun, mein lieber Freund, ich muss Ihnen nicht sagen, dass die Dinge kompliziert sind. Ich weiß, dass Sie Probleme mit ihren eigenen Leuten bekommen, wenn Sie die Friedensverhandlungen weiter bremsen, indem Sie auf der Drohne bestehen." Innehalten. Atmen. „Das schmerzt mich, und ich strebe nach nichts mehr als danach, dieses Geschäft mit Ihnen zu machen." Mühsames Luftholen. „Geben Sie mir noch ein paar Tage."
„Welche Aussicht hat es, Ihnen diese Zeit zu geben, mein Freund? Ich verliere mit jedem Tag mehr an Glaubwürdigkeit und Ansehen."
„Ich weiß, ich weiß, und ich sehe die Verantwortung, die ich für Sie habe. Seien Sie versichert, dass ich unermüdlich daran arbeite, Sie zufriedenzustellen. Ich bin gerade dabei, ein Geschäft abzuwickeln, das uns unserem Ziel näher bringen wird."
„Ich habe mich gefragt, wie ich Ihnen, lieber Freund, helfen kann auf diesem Weg, der sicher nicht leicht ist. Wir haben etwas gefunden, was Ihnen in Ihrer Situation wirklich helfen könnte. Es ist mehr wert als all das Geld, über das wir verhandelt haben. Was brauchen Sie besonders dringend?"
Krätz wird es warm. Er presst sich die Maske vor den Mund.
„Sind Sie noch da, lieber Freund?", fragt Abu Nar sanft.
„Eine Lunge", haucht Krätz.

„Wie bitte? Ich habe Sie nicht verstanden."
„Eine Lunge."
„Sie brauchen eine Lunge, in der Tat. Stellen Sie sich vor: Wir haben einen Spender gefunden. Nicht leicht bei Ihren ungewöhnlichen Matching-Daten. Er ist bereit, einen Lungenflügel abzugeben für einen guten Freund unserer guten Sache. Und es wird natürlich auch für seine Familie nicht von Schaden sein."
„Wann ... wie ...?
„Wir sollten nicht zu lange reden, zumal selbst sichere Verbindungen dieser Tage unsicher sind", spielt Abu Nar auf die Überwachung des Internets durch internationale Geheimdienste an. „Möge Allah Ihnen Ihr Leid erleichtern, lieber Freund. Wir hören voneinander."

Der Bildschirm verdunkelt sich. Krätz presst die Maske vor Nase und Mund und sucht das Defizit wettzumachen, das sein Sauerstoffhaushalt durch das Gespräch erlitten hat. Seine Beine und Arme sind eisig.

Er stirbt über die Extremitäten der faulenden Lunge entgegen.

Hat er die Software, hält er den Schlüssel zur Vermittlung in jenem Bruderkrieg in den Händen.

Dann sagt er der Regierung, wo die Drohne ist.

Alles ganz einfach:

Drohne gegen Freiheit.

Lunge. Leben.

Er schließt die Augen. Das Video wird Schmitt zur Aktion zwingen, sie zu seiner Botin machen, die Software zu holen.

Er wird Schmitt endlich konfrontieren und erledigen.

Und nun ergibt sich zudem eine Überlebensperspektive.

Das Gefühl der Macht überkommt Krätz. So hat er es nicht mehr gespürt seit Schmitts Schuss. Angstfreiheit, Virilität, grenzenlose Weite. Sein letzter Zug gegen Schmitt wird der erste in seinem neuen Leben. Welch wunderbares Zusammentreffen.

Krätz verdrängt einen Erinnerungsflash an Karlbachers minutenlanges Toben, den Ausbruch seines Verbindungsmanns zur Regierung, als ihm klar wurde, dass Krätz die Konspiration brechen würde. Der sonst eisige Geheimdienstbeamte war außer sich, als hätte er persönlich etwas zu verlieren.

Egal.

Ich hätte mich früher regen sollen!

Jahrelang habt ihr mich in diesem Bunker beerdigt.

Ich lebe, ihr Arschlöcher!

Und ich werde es euch allen noch zeigen.

Er schaltet den Bildschirm wieder um auf das Standbild des kriechenden Mädchens. Setzt das Video in Gang. Sie wird gerufen und kommt, legt mit diesen irren Augen das Stöckchen zu Füßen des Werfers ab, von dem man nie mehr als Hosenbeine und die Schuhe sieht. Die sie nun ausgiebig leckt.

Dann tritt der Stöckchenwerfer beiseite, und sie kriecht auf die Kamera zu, sich die Lippen leckend, mit Augen, die nun so flackern, als hätte man ihre Lider unter Strom gesetzt.

Schwarze Augen wie die ihrer Mutter.

Seine Knie kommen ins Bild. Sie senkt ihren Kopf zwischen seine Beine. Er spürt ihre warme, feuchte Mundhöhle an sich, als wäre sie leibhaftig hier. Der Blutdruck in seinem Schritt steigt. Ihm wird beinahe schwarz vor Augen. Er konzentriert sich darauf, so intensiv und gleichmäßig wie es geht in seiner Atemmaske zu hecheln, bis er wieder klar ist.

Er stoppt das Video, bewegt den Zeitcursor einige Millimeter zurück. Das Bild springt nach dem Moment, da sie sich die Lippen leckt.

Hier wird er den Text einsetzen lassen. Für die größtmögliche Wirkung.

***

Berlin-Wannsee

„Sie? Was wollen Sie?", fragt Carla Muthberg den Mann im Rollstuhl anstelle eines Grußes.
Er bleibt ungerührt: „Guten Abend. Entschuldigen Sie die Störung. Ich muss mit meiner Nichte sprechen."
Der Mann trägt Anzug, weißes Hemd, ist sorgfältig gekämmt, seine Stimme klingt kultiviert.
Carla verschränkt unter seinem Blick, der ihren Körper hinaufstreicht, die Arme vor der Brust, um nicht zurückzuweichen wie vor einem Raubtier. „Sonst reicht Telefonieren doch auch", erwidert sie und wischt mit einer heftigen Bewegung ihr Haar zurück.
„Heute nicht", sagt er.
„Sie tun ihr nicht gut. Und Sie kompromittieren sie auch beim Bundeskriminalamt. Gerade jetzt, da ihre Karriere wieder Schwung nimmt."
Er seufzt. „Es ist wichtig."
„Es geht ihr schlecht." Carla klingt mit jedem Wort metallischer.
„Ich weiß", sagt er sanft.
„Woher wissen Sie überhaupt, dass sie hier ist?"
Seine Lippen kräuseln sich unterm Schnurrbart. Fast ein Lächeln. „Sie ist meine Nichte. Ich verfolge ihre Wege, auch wenn wir nicht viel reden. Sie sind eng befreundet, seit Sie Ihnen nach dem Mord an Ihrem Mann das Leben gerettet hat. Und in ihrer Wohnung ist sie nicht."
Carla erschauert und wirft den Kopf zurück. Sie tritt ein Stück beiseite, so dass zum ersten Mal das hellere Licht aus dem Flur auf den Mann fällt. Er hat fleckige Haut, Augenränder.
„Ich schaue, ob Sie sie sehen will." Carla gibt im Umdrehen der Haustür einen Stoß, dass sie fast ins Schloss fällt.
„Lass ihn rein", ruft Schmitt aus dem Wohnzimmer.
Carla tritt in das dunkle Zimmer. Schmitt steht lauschend im Raum, ein schlanker, großer Schatten vor der Fensterwand zum Garten.
Carla fragt: „Bist du sicher, Sibel?"
„Lass ihn rein. Er ist ein Scheißkerl, aber er kann ein verdammt nützlicher Scheißkerl sein mit seinen Verbindungen." Schmitt macht die Stehlampe an, zieht den Cardigan fester um ihre Schultern, lässt sich aufs weiße Sofa fallen. „Er ist sicher wegen Sheri hier. Lass ihn rein."
„Du hast geweint", sagt Carla sanft.

Schmitt dreht den Kopf, dass eine Haarsträhne ihre Augen beschattet. „Nicht mehr als nötig."

„Willst du nichts anziehen?"

Schmitt schaut an sich herunter und zieht den Cardigan noch fester, presst die nackten Knie zusammen. „Alles vom Regen nass. Und was hätte ich vor ihm zu verbergen."

„Na ja, du musst es wissen."

Carla geht zurück zur Haustür. Schnarrt: „Sie erwartet Sie."

„Sie müssen mir über die Stufe helfen", sagt der Alte. „Ich kann aber auch meinen Fahrer rufen."

„Geht schon", sagt sie.

Er dreht den Rollstuhl. „Nach hinten kippen, kräftig ziehen."

Carla packt die Griffe mit beiden Händen, wuchtet Stuhl und Mann die Stufe hoch, stellt ihn im Flur ab.

„Danke", sagt der Alte.

Carla macht eine Handbewegung. „An der Treppe vorbei geradeaus."

Im Flur wirkt er größer. Ein Kerl wie ein Berg. Er rollt ins Wohnzimmer. An den Sesseln muss er stoppen.

Schmitt zieht die Beine aufs Sofa, dreht ihr Gesicht noch tiefer in den Schatten. Macht keine Anstalten, ihm zu helfen.

„Guten Abend, Prinzessin."

Sie schüttelt sich unter der Anrede. Sagt heiser „Onkel", die zweite Silbe leicht gehoben.

Er zeigt zurück in den Flur. „Wie alt ist sie? Anfang 50, oder? Sehr hübsch. Sie sieht viel besser aus als beim letzten Mal, auch wenn sie jetzt grau ist."

„Logisch, wir waren auf der Flucht damals." Sie wundert sich über sich selbst, dass sie „damals" sagt nach nur einem knappen Dreivierteljahr. Carla ist ihr wie eine Schwester. Als wäre sie immer da gewesen. „Ihre Tochter war gerade gestorben, ihr Mann ermordet worden."

„Weiß man jetzt, wer ihren Mann getötet hat? Man hört so wenig über den Prozess. Wann soll er beginnen?"

„In ein paar Wochen. Und nein. Der Tod ihres Mannes bleibt wohl unaufgeklärt. Nach meinem juristischen Verständnis dürften die Verfahren zu Beginn getrennt werden: eines gegen die Nazi-Terroristen, die ich festgenommen habe, und als zweites Verfahren das gegen die Drogenschmuggler, die die Nazis finanzierten. Es gibt zwar unter den Schmugglern zwei, die wegen des Mordes an Walter Muthberg beschuldigt werden, aber ich sehe wenig Potenzial für eine Verurteilung. Wegen der Drogensache sind sie aber sicher dran."

„Drogenschmuggel über die Auslandseinsatz-Logistik der Bundeswehr" – er pfeift durch die Zähne – „Da wäre selbst ich nicht drauf gekommen."

Schmitt seufzt. „Die sind ja auch nicht drauf gekommen. Carlas Mann und sein alter Freund, unser Ex-Verteidigungsminister Schleekemper, steckten dahinter. Aber der ist nicht angeklagt."

„Glaubst du, der hat ihren Mann umbringen lassen?"

Schmitt zieht die Schultern hoch. „Muthberg wollte reden. Was glaubst du?"

„Und was meint *sie*?" Er neigt den Kopf nach dem Flur, wo er Carla Muthberg zurückgelassen hat.

„Carla ist froh, wenn überhaupt jemand bestraft wird. Sie wehrt jedes Gespräch darüber ab, dass ihr Mann nicht nur Verteidigungs-Staatssekretär, sondern auch Drogenhändler war."

Einen Moment Schweigen. Dann sagt er: „Sie mag mich nicht. Sie weiß alles, oder? Über ... uns?"

„Jeden einzelnen Fick und jeden Scheiß-Schlag, den dein Sohn mir verpasst hat, als ich das nicht mehr mitmachen wollte." Schmitt presst drei Fingerspitzen gegen die Narbe, die ihre linke Gesichtshälfte teilt. „Ist auch schwer zu verschweigen. Euer Ehrenmordversuch hat ja Spuren hinterlassen."

„Djamil hat mit dem Leben bezahlt."

„Ich war's nicht, die ihn umgebracht hat. Leider." Schmitt wischt sich durchs Haar.

„Allah wahduhu ya'rif", murmelt er.

Nur Gott weiß es.

„Sie haben fast ein Jahr lang ermittelt damals: Ich war's nicht", braust Schmitt auf. „Und lass die frommen Sprüche. Arabisch – du kannst doch nicht mal mehr richtig Türkisch."

Sie fixieren einander über die Sessellehne hinweg.

Schmitt ist es, als würde sie in ihre eigenen Augen schauen. Groß und schwarz und voll Leben. „Du bist doch nicht zum Plaudern hier. Was willst du?"

Er hebt die Hände, als wolle er sie beschwichtigen. „Ich hab jemand mitgebracht. Er ist noch draußen, falls ..."

„Wer?"

„Dein Bruder möchte dich sehen. Metin."

Schmitt erstarrt. Ruft „Mensch ...", springt auf, eilt hinaus, vorbei an der im Durchgang zur Küche lauschenden Carla, zur Haustür.

Metin wartet beim schwarzen Mercedes. Als er Schmitt aus dem Haus stürmen sieht, geht er ihr mit langen Schritten entgegen. Sie fallen einander in die Arme, küssen sich auf die Wangen mit Tränen in den Augen.

Schmitt drückt ihn auf Armlänge von sich. „Du siehst fast genauso aus wie unser Baba, nur dicker. Und groß bist du, Mann."

„Du bist noch immer größer als ich. Wie lang ist das jetzt her?" Sein Gesicht strahlt vor Begeisterung.

Sie weicht einen Schritt zurück. Ihr Lächeln verschwindet. „20 Jahre. Ich erinnere mich gut. Als wäre es gestern gewesen. Ich bin aus dem Koma erwacht, Gesicht zerschlagen, gebrochene Knochen, benommen, kann mich nicht regen, nicht sprechen. Schlampe, schreist du, Schande für die ganze Familie. Fuchtelst mit einem Messer rum. Du willst erledigen, was Djamil nicht geschafft hatte. Sie haben dich aus der Charité geschmissen, weil du so gebrüllt hast. Du hättest mich abgestochen, wenn sie dich nicht gestoppt hätten."

Er steckt die Hände in die Taschen seiner Jeans und scheint erst jetzt Wind und Regen zu spüren. „Die Typen in der Schule hatten so geredet, du hast keine Ehre und so, weil deine Schwester eine Hure ist und so, und da dachte ich ..."

Schmitt wischt sich die Augen. „Die Typen in der Schule? Ihr habt mich aus der Familie ausgeschlossen, weil irgendwelche kleinen Wichser ...?"

Er zieht die Schultern hoch. „Du weißt, wie es ist, der Druck auf die Familie. Du hast doch drauf spekuliert, verstoßen zu werden. Oder wieso sonst bist du damals schwanger geworden?"

Sie schüttelt den Kopf. „Ich war Djamils und Onkel Timurs Matratze und hatte keine Ahnung, wie ich es sonst anstellen sollte, da rauszukommen."

„Sibel, ich, ich ..." Er breitet wieder die Arme aus, macht einen Schritt auf sie zu.

„Was willst du jetzt?", fragt sie eisig, weicht zurück.

„Mutter ist krank. Blutkrebs. Sie braucht eine Knochenmark-Transplantation. Sie stirbt sonst."

Schmitt wischt sich den Regen aus dem Gesicht, als wären es Tränen. „Sie hat drei Söhne."

„Wir sind schon alle getestet. Geht nicht."

„Sie hat keine Tochter mehr", stellt Schmitt fest, mit zitternder Stimme. „Muss ich dich daran auch erinnern?" Dreht sich weg.

„Sie hat es nicht gewusst ..."

„Wie, *sie hat es nicht gewusst*? Ich musste für euch anschaffen gehen, so war das! Der Onkel hat uns versorgt, und dafür musste ich die Beine breit machen. Aber dann, als ich von einem anderen schwanger war, da war die Empörung plötzlich groß" – sie spricht immer lauter, hebt die Arme im Satzrhythmus –, „ohh, der Imam, und ohh, die Leute, was sie wohl sagen, und ohh, die Familie daheim in der Türkei, Katastrophe! Was für ein unwürdiges, widerliches Theater! Und als ich von unserem Cousin dafür fast totgeschlagen wurde, hat unsere Ana ihm noch recht gegeben."

Nebenan öffnet sich ein dunkles Fenster, eine Gestalt beugt sich heraus.

Schmitt schreit: „Ja, hörense nur zu, Herr Nachbar! Da könnense wat lernen."

Das Fenster schlägt wieder zu.

Sie wirft den Kopf zurück. „Unsere kleinen Brüder haben nichts gewusst. Aber Mutter und du – ha! Ihr seid weder blind noch blöd."

Bitter sagt er: „Unserer Mutter willst du nicht helfen. Aber ausgerechnet mit Onkel Timur gibst du dich ab. Das passt doch nicht zusammen."

Schmitt verengt die Augen, zischt: „Das geht dich einen Scheißdreck an, Brüderchen, einen Scheißdreck. Immerhin hab ich ihn in den Knast und in den Rollstuhl gebracht. Und dennoch ... Ach Scheiße, was rede ich: Von seinem Lakaien muss ich mir keine Vorhaltungen machen lassen. Bist jetzt du sein Fahrer?"

Er weicht einen Schritt zurück. „Nur manchmal."

„Idiot! Seine Söhne sind schon ruiniert. Halt dich aus seinen Geschäften raus. Er würde dich nie zwingen ..."

„Ich mache es aus Dankbarkeit. Ohne ihn hätte ich nie meinen Laden ..."

„Ich hab's doch auch ohne ihn geschafft", unterbricht Schmitt. „Also was?"

„Mutter ..."

„Ich bin nicht mehr ihre Tochter. Das war ihr letztes Wort, ehe sie mich mit zerschlagenen Knochen, mit dem Kind und meinem ganzen Scheiß-Leben allein ließ."

„Sibel ..."

Sie schreit, das Gesicht verzerrt: „Was?! Etwa nicht?" Dreht sich um und geht zum Haus.

„Sibel, bitte ..."

Schmitt schlägt die Tür. Stürmt ins Wohnzimmer. „Bring den nicht mehr mit, ja? Nie mehr! Und mach ihn nicht zum Handlanger deiner schmutzigen Geschäfte, verstanden?", herrscht sie ihren Onkel an. „Ich hab keine Lust, irgendwann den eigenen Bruder in den Knast bringen zu müssen!"

„Deine Mutter stirbt", sagt er leise.

Sie steht beim Fenster, sieht hinaus auf die Terrasse. „Was mich betrifft, ist sie lange tot."

„Du bist hart."

Sie dreht sich um. Tränen laufen über ihr Gesicht. „Sie hat mich verstoßen, Metin hat mich bedroht, und sie haben den Kleinen den Umgang mit mir, der Hure, verboten, nachdem ich ihr geholfen hatte, sie aufzuziehen nach Babas Tod. Dabei war ich selbst noch ein Kind. All die Jahre kein Wort, auch nicht nach Sheris Verschwinden. Nichts. Dann wird sie krank und ihr kommt gekrochen. Das geht nicht so ..., so einfach geht es nicht. Sie ist doch mit fast allen in eurem Dorf irgendwie verwandt, sollen sie da nach einem Spender suchen."

Er atmet tief ein und seufzt: „Wir haben die halbe Türkei schon mit Wattestäbchen untersuchen lassen. Deine Mutter hat ein seltenes Muster. Die Ärzte sagen, es gibt Hoffnung, die nächste weibliche Verwandte, Mutter oder Tochter, hätte dasselbe Muster. Und ihre Mutter ist lange tot."

Schmitt verschränkt die Arme. „Na gut, ich weiß es nun."

„Prinzessin …"

„Nenn mich nicht so", faucht sie, Fäuste geballt. „Ich bin nicht deine Prinzessin. Nie gewesen."

„Sie hat nicht mehr viel Zeit."

„Ich nehme es zur Kenntnis."

Sie starren einander an.

Schmitt: „Und, noch was?"

Er verlagert sein Gewicht von einer Armlehne auf die andere. Streicht mit einer Handbewegung über seine Wangen und seinen Schnurrbart. „Ich habe gehört, es gibt Lebenszeichen von deiner Tochter."

„Hast du eine Ahnung, wo sie sein könnte?"

Er schüttelt den Kopf. „Ich will nur sagen: Ich bin da, wenn du Hilfe brauchst, dein Kind zu finden." Seine Stimme ist gleichmäßig sanft. „Ich will, dass du weißt, dass ich da bin für dich und dein Mädchen."

Schmitt schweigt eine Sekunde. „Wie kannst du es schon wissen?"

„Wozu bezahle ich deine Bullenkollegen?"

„Ich dachte, du bezahlst sie, um deine Geschäfte mit Drogen und Sex zu decken."

„Der DNS-Fund – weißt du Details?"

Sie schüttelt den Kopf. „Ich hab auch nur eine SMS von den Kollegen bekommen und dann kurz telefoniert. Die Akte kommt erst noch."

„Ein Messer mit Sheris DNS, gefunden in Auberg. Kennst du Auberg?"

„Nur was bei Wikipedia steht. Du?"

„Da hatte ich nie zu tun."

„Sie sagen, dass die Umstände des Funds auf ein Arrangement deuten." Es hält sie nicht an ihrem Platz. „Ich habe Sheri über zwei Jahre lang Tag und Nacht gesucht. Sag mir, wo mein Fehler liegt. Wo und bei wem hätte ich noch suchen können?"

„Du hast nichts falsch gemacht."

Sie sinkt neben seinem Rollstuhl auf die Knie, als ob sie plötzlich die Kraft in ihren Beinen verlöre. Beugt sich vor, birgt das Gesicht in den Händen. „Wenn es arrangiert ist, ist es eine Botschaft, und wenn es eine Scheiß-Botschaft ist, richtet sie sich an mich. Dann war die Entführung eine Beziehungstat, wie ich zuerst vermutet hatte: Ich hab so vielen Arschlöchern deines Kalibers die Geschäfte versaut, als ich bei der Sitte war … Das heißt aber nichts anderes, als dass die Lösung offensichtlich ist. Sein muss! Und dass ich sie übersehen hab. Ich habe mich mit Speed bedröhnt und bin rumgerannt wie eine Irre, statt die Dinge klar zu sehen und Sheri zu helfen. Das werde ich mir nie verzeihen." Sie schluchzt, heult: „Und selbst jetzt sehe ich nicht klar. Ich komm einfach nicht drauf, wer sie entführt hat."

Er zögert. Legt sehr leicht seine Hand auf ihre Schulter, so dass seine Finger sie gerade berühren. Sie zuckt nicht zurück. Er streichelt ihren Rücken, legt die andere Hand auf ihren Kopf.

Ihr seidiges Haar an seiner Handfläche.

„Prinzessin", murmelt er.

Sie schüttelt sich, kriecht davon, bis ein Sessel sie stoppt, krächzt: „Geh jetzt bitte."

„Du hast alles getan", sagt er. „So weit ich das überblicke, hast du keinen Fehler gemacht. Ich will, dass du weißt: Sheri hat dir nichts vorzuwerfen."

Schmitt schüttelt den Kopf.

„Ich melde mich, wenn ich etwas höre", verspricht er. „Vielleicht sickert ja was durch, was ich früher mitkriege als du bei der Polizei."

Sie stöhnt heiser. „Das Schlimmste ist, dass ich angefangen hatte, mich abzufinden. Je mehr ich Kampagne gemacht habe, desto weniger glaubte ich im Grunde meines Herzens noch, sie zu finden. Ich hatte Sheri aufgegeben. Dabei war sie immer irgendwo da draußen, ganz allein."

***

T-3

Chef des Bundeskanzleramtes, Arnold Horn: Notiz eines Telefongesprächs mit dem Bundesminister für Verteidigung a. D. Schleekemper, umgehend zu den Akten genommen sowie z. K. an den Bundeskanzler gemailt.

Streng vertraulich.

... *Schleekemper sagte, dass er die Steuerungs-Software nach dem Diebstahl der Drohne an sich nahm. Er verwahre seither alle zu Inbetriebnahme, Konfiguration und Start der Drohne erforderlichen Uploads und Schlüssel an einem absolut sicheren Ort.*
Ich bat ihn darum, seinem Diensteid als Verteidigungsminister a. D. zu genügen und uns die Speichermedien auszuliefern.
Er antwortete, dass er in diesem Fall Schaden vom deutschen Volk am besten abwenden könne, indem er die Software behalte, so lange es nicht sicher ist, dass sich die Drohne wieder unter Kontrolle der Bundeswehr befindet. Er erinnerte an die Diskussion über die Duldung eines illegalen Waffengeschäfts mit Abu Nar vor einigen Jahren – ein solches Geschäft will er nicht befördern.
Nach seiner „quasi unehrenhaften" Entlassung, als die sein Rücktritt nur allzu leicht erkennbar gewesen sei, fühle er sich überhaupt nur noch an seinen Amtseid, jedoch „mit Sicherheit ganz und gar nicht mehr" an den Kanzler und seinen „bekanntermaßen prinzipienarmen Pragmatismus" gebunden. Dies würde dann doch bedeuten, seine „natürliche Loyalität zu überlasten".
Ich sprach ihm noch einmal den Dank des Kanzleramts für seinen raschen Rücktritt aus Ich erinnerte ihn aber auch an seine Rolle als Gründer und Nutznießer der Unternehmungen, die die Bundeswehr zum Drogenschmuggel missbrauchten und aus dem Profit verfassungswidrige neonazistische Organisationen förderten, weit über das Maß hinaus, das die Geheimdienste im Rahmen der Überwachung dieser Organisationen für vertretbar hielten. Aus diesem Grund sei sein Rücktritt unausweichlich gewesen.

Er sagte hierzu, dass etwas mehr unserer an sich erfreulichen Konsequenz bei anderen Personen angebracht gewesen wäre.

Schleekemper erwartet eine Form der Rehabilitation als Gegenleistung für die Software. Er sprach allgemein von „einem dieser Jobs zum gepflegten Abservieren von ehemaligen Weggefährten, unbedeutend, aber ehrenvoll, vielleicht in der EU".

...

Unmissverständlich sagte er, dass er überhaupt nur bereit sei, sich zu bewegen, wenn der Wunsch „in angemessener Form" vom Kanzler selbst geäußert werde. ...

***

BKA, Dienstort Berlin

„Hallo Schmitt." Stefan Held drückt ihre Hand.

„Tag Chef." Sie geht mit langen Schritten und wiegenden Hüften auf ihren Heels an seinem Tisch vorbei zum Fenster. „Wie immer?"

Er nickt grinsend und lässt sich mit einem Stöhnen wieder in seinen Stuhl fallen.

Sie öffnet das Fenster, lehnt sich an die Fensterbank, holt Zigaretten aus ihrer Jackentasche. „Noch immer der Rücken?"

„Ganz furchtbar."

Im Gegenlicht ist sie eine düstere, dünne Gestalt mit tiefen Augenhöhlen. Er schaltet die Schreibtischlampe an. Sie blinzelt im Licht. Ihre Lider sind geschwollen.

Er fragt: „Und Sie haben nicht geschlafen, oder?"

„Nicht viel." Sie nimmt eine Zigarette und zündet sie an, während sie ihm eine anbietet, reicht ihm das Feuerzeug und steckt die Packung wieder in die Lederjacke.

Mit Schmitts Rauch fließt ihm die Kühle des grauen Tages entgegen. Er inhaliert ebenfalls seinen ersten Zug. Anstatt ihr das Feuerzeug zurückzugeben, hält er Schmitts Hand fest. „Sie wollen wirklich nach Auberg?"

Sie dreht Feuerzeug und Finger aus seinem Griff. „Ich muss. Und ich darf, wie Sie wissen."

Er nickt. „Steht in Ihrer Stellenbeschreibung. Aber nun, da es akut wird ..."

„Stimmt. Niemand hatte mehr damit gerechnet, dass Sheri wieder auftaucht. Da war es leicht, mir zuzusagen, dass ich in ihrem Fall selbst ermitteln darf."

„Sie haben eine gewalttätige Vergangenheit, haben immer wieder Ärger gemacht, vor allem bei Ermittlungen nach dem Verschwinden ihrer Tochter."

Sie bläst langsam Rauch aus, so dass ihr Gesicht einen Moment lang verschleiert ist. „Und?"

„Letztlich bin ich als Ihr Vorgesetzter dafür verantwortlich, welche Fälle Sie übernehmen und welche nicht. Und wie Sie sie angehen. Und ich halte es klar für falsch, dass Sie das selbst übernehmen. Zumal ich gerade niemanden habe, den ich mit Ihnen losschicken kann."

Sie zeigt ein halbes Lächeln. „Ich werde dem nachgehen, so oder so."

Er verdreht die Augen. „Bleiben wir sachlich, bitte."

Schmitt starrt reglos, Zigarette im Mundwinkel. „Wenn Sie meine Personalakte nicht kennen würden: Hielten Sie mich dann auch für unkontrolliert?"

Sein hageres Gesicht ist grotesk ausdrucksvoll. Er arrangiert seine Falten zu einer Maske der Sympathie. „Sie wissen, dass Sie eine meiner Besten sind." Er wischt sich Asche vom Ärmel. „Aber das ist nicht der Punkt."

„Klar. Ich bin intelligent und manipulativ. Ich weiß mich zu verstellen, um meine Ziele zu erreichen." Sie grinst. „Ich habe mich schon gefragt, warum Sie heute nicht mit mir flirten. Wer sitzt Ihnen im Nacken, dass Sie den Ton verhärten?"

„Bitte Schmitt, lassen Sie das. Sie wissen, dass ich Ihre Akte nicht ignorieren kann. Ich mag Sie, aber jetzt ist unser übliches Geplänkel nicht angesagt. Niemand sitzt mir im Nacken, okay? Aber ich hab die Verantwortung, und jetzt stellen sich halt Fragen, die vor diesem DNS-Fund irrelevant waren. Sie sind schon einmal wegen Ihrer Tochter durchgedreht, Gewalt-Exzess, haben sich einweisen lassen, waren monatelang in der Psychiatrie. Alles vor nicht mal eineinhalb Jahren." Er hebt beide Hände, dreht ihr die Handflächen zu. „Ich verstehe, dass die Entführung Ihrer Tochter Sie emotional schwer mitgenommen hat. Vielleicht sollten wir uns daher gemeinsam fragen, ob Sie sich nicht besser auf Ihren Nazi-Prozess konzentrieren, und diese Sache von anderen weiterverfolgen ließen, die weniger … involviert sind. Wir können Sie lückenlos informiert halten."

Schmitt legt etwas auf den Schreibtisch und hebt herausfordernd das Kinn. Ein Smartphone älterer Bauart, wie man sie günstig zu Low-Rate-SIMkarten erwerben kann. „Habe ich per Bote bekommen. Vierstelliger Code: Das Geburtsjahr meiner Tochter. Geben Sie ihn ein."

Er tippt.

Sie sagt: „Okay, was fällt Ihnen auf?"

Held wischt über den Bildschirm. Ruft die Liste der SMS auf und die der Anrufe. Stutzt und gibt ein Geräusch der Überraschung von sich. Ruft die gespeicherten Kontakte auf. „Schleekemper", sagt er. „*Der* Schleekemper?"

Sie nickt. „Unser ehemaliger Verteidigungsminister höchstselbst. Wie Sie im Anrufspeicher sehen, habe ich vier Minuten, 17 Sekunden lang mit ihm geredet. Streng vertraulich. Das Handy ist eine Art rotes Telefon. Die Nummer, die er mir gegeben hat, ist eine direkte Verbindung nur für mich. Ich habe die Nummer überprüft. Auf seiner Seite ist es auch eine neue Prepaid-SIM."

Held reicht ihr das Handy zurück, und sie sagt: „Das Messer mit Sheris DNS ist auf seinem Grundstück gefunden worden. Schleekemper hat dies mit Hilfe seiner Verbindungen aus den Akten heraushalten lassen, um diesen neuen Link zwischen uns zu verschleiern."

Held blickt sie nur an. Schleudert die Zigarette reflexhaft fort, als die Glut seine Finger erreicht. Die Kippe landet bei Schmitts hochhackigen Stiefeln auf dem Teppichboden.

„Sie fragen nicht, also wissen Sie wahrscheinlich, dass Schleekemper und ich eine gemeinsame Geschichte hinter uns haben." Sie bückt sich und wirft seine Kippe mit ihrer aus dem Fenster.

„Schemenhaft", sagt er.

„Ist streng vertraulich."

Er nickt, verlagert sein Gewicht. „Ich weiß. Schon weil es im Prozess nicht vorkommt. Hat sich trotzdem rumgeschwiegen. Details kenne ich aber nicht." Seine Falten signalisieren Rückenschmerz.

Schmitt: „Diese Nazis, die letztes Jahr in Kreuzberg die schmutzige Bombe hochgehen lassen wollten, hatten das Ding aus dem Drogenschmuggel über die Bundeswehr-Logistik finanziert. So viel ist bekannt. Nur sehr wenige Menschen wissen, dass auch Schleekemper drinsteckte. Und so soll das bleiben." Sie zündet sich eine neue Zigarette an.

Er pfeift durch die Zähne. „Dann war Staatssekretär Muthberg nicht allein?"

„Muthberg wurde getötet, weil er reden wollte. Der wahre Dunkelmann ist Schleekemper. Als Geheimdienste dem Schmuggel auf die Spur kamen, gab er ihnen einfach Geld ab, zur freien Verfügung. Da war er noch nicht Minister, und es passte denen gut. Andere bedienten sich auch, war ja genug Geld. Am Ende bastelten die Nazis unter den Augen der Geheimdienste mit diesem Geld an ihrer Bombe, und keiner konnte sich mehr regen, ohne selbst Hauptfigur einer Affäre ungeheuren Ausmaßes zu werden. Oder zu enden wie Muthberg." Sie zielt mit dem Finger auf Held und mimt einen Schuss.

„Verstehe."

Schmitt blickt finster. „Ein Minister, der Nato-Transporte für Drogenschmuggel nutzt, Geheimdienste als Mitwisser und Komplizen, Nazi-Terroristen als Profiteure: zu groß für einen Prozess. Es wird einen Deal geben, keine Beweisaufnahme."

Er setzt zu einer Frage an. Schmitt hebt die Hand. „Ich hab schon zuviel gesagt. Was die Verbindung zwischen mir, ihm und Sheri sein könnte, ist sowieso völlig unklar. Schleekemper glaubt aber nicht an einen Zufall", sagt sie. „Alles deutet auf minutiöse Planung. Ich sehe das genauso. Stellt sich die Frage, wie sinnvoll es ist, jemand anderen auf den Fall anzusetzen, der meine Vorgeschichte mit Schleekemper nicht kennt." Schmitt saugt an ihrer Zigarette, ihre Finger zittern. Lächelt frostig, als sie den Rauch ausatmet. „Ich kann in ein paar Stunden losfahren und wäre heute Abend in Auberg. Sie entscheiden, Chef. Es liegt bei Ihnen."

***

Bundeskanzleramt, Berlin

Für jemand, dessen Spitzname „Fischkopp" sich aus guten Gründen von den Hauptstadtjournalisten ausgehend im Regierungsviertel durchgesetzt hat, ist Außenminister Keller heftig verärgert. „Nicht nur, dass Abu Nar in unseren ohnehin schwierigen Verhandlungen völlig überraschend plötzlich auf dieser Drohne beharrt: Man hält es nicht für nötig, mich auf mehrfache Anfrage zu informieren, was es mit dem Ding auf sich hat. Ich danke sehr, dass Sie sich die Zeit nun nehmen."

Der Kanzler hat nach dem Anruf eines alten Parteifreunds aus dem Auswärtigen Amt mit dem Ausbruch gerechnet. Mit einem Blick bedeutet er Kanzleramtschef Horn, dass nun er das Wort habe.

Horn doziert: „Als die alte Regierung vor einigen Jahren schon einmal mit Abu Nar verhandelte, war das Thema Drohne Chefsache. Es ging, wie Sie sich erinnern werden, um ein ganzes Paket von Maßnahmen damals, es war eine etwas andere Konstellation als heute. Abu Nar vertrat die Ansicht, er brauche eine Drohne, um potenzielle Drohnenangriffe abzuwehren." Er beugt sich vor, sein Eames-Aluminiumstuhl knirscht unter seinen drei Zentnern in maßgeschneidertem dunklem Tuch. „Was jetzt kommt, ist streng geheim, Herr Kollege, ich bitte also darum …"

Der Außenminister nickt mit einem sauren Gesichtsausdruck.

„Bei uns liegen Drohnen nicht einfach herum, schon gar nicht zum Versand in die arabische Welt", fährt Horn fort. „Streng genommen, verfügen wir gar nicht über solche Flugkörper. Jedenfalls nicht über solche in der hier zur Diskussion stehenden Qualität. Aber diese Drohne war damals gerade aus einem Bundeswehrdepot verschwunden. Praktisch fabrikneu und original verpackt. Abu Nar hätte das Ding beinahe bekommen, aber wir – äh – schafften es, die Hand drauf zu halten. Dann kam der Anschlag von Halloun, und die Verhandlungen waren erstmal zu Ende."

Außenminister Keller hebt abwehrend die Hand. „Das ist wie lange her jetzt? Fünf, sechs Jahre? Wie kommt er auf die Idee, dass er die Drohne noch bekommen kann? Das ist doch eine alte Geschichte."

Der Kanzler und der Amtschef wechseln einen Blick. „Leider nicht", sagt Horn. „wir dachten das ehrlich gesagt auch. Aber es ist wieder im Gespräch, seitdem Abu Nar wieder einmal nicht mehr Terrorist sein will. Er rechtfertigt das wohl inzwischen mit dem Konzept eines Gleichgewichts des Schreckens. Er möchte, dass wir beide Seiten aufrüsten."

„Indem wir das tun, zementieren wir aber den Zerfall des Landes. In Somalia wurden seinerzeit auch alle Seiten versorgt", stellt Keller fest. „Sie kennen das Ergebnis".

„In Somalia sind nicht zum ersten Mal alle Seiten versorgt worden. Aber nicht alle von uns", belehrt Horn Keller.

Der Außenminister verschärft seinen Ton. „Sie glauben doch nicht, dass Sie eine Stammesgesellschaft in einem Failed State befrieden können, indem Sie alle kaufen, die dort etwas zu melden haben. Sie rufen nur noch mehr Leute auf den Plan. Am Ende haben Sie Milliarden an sogenannter Entwicklungshilfe gezahlt, die Drohne geliefert, und Russen und Chinesen kommen schließlich doch zum Zug, weil bei denen noch mehr zu holen ist. Das nimmt kein Ende. Nicht auf diese Weise."

Horn möchte etwas sagen.

Der Außenminister hebt wieder die Hand. „Wenn ich recherchieren lasse, was für eine Drohne das war, die aus dem Depot verschwand, ist das Ergebnis dann eindeutig?"

„Verstehe nicht." Horn klingt, als ob er das Thema gern erledigen würde.

„Na: ist es eine Aufklärungsdrohne? Ohne Wenn und Aber?"

Der Kanzler hüstelt. „Tatsächlich ist es eine – äh – Multi-Purpose-Drohne. Die meisten dieser Flugkörper sind Mehrzweckwaffen. Es ist kein Problem, eine solche Drohne entsprechend auszurüsten. Ich habe von unseren Experten gelernt, dass dies weniger ein Hardware-Thema ist als eine Frage der Konfiguration und der Software. Man braucht in unserem Fall eine Art Schlüssel, um die Sensoren und andere Geräte, die bereits installiert sind, zum Beispiel so zu schalten, dass die Drohne zum Markieren von Zielen in einem Smart War eingesetzt werden kann. Dazu ist gerade das Expemplar, über das wir hier reden, in der Tat bestens geeignet."

„Und, soll Abu Nar den Schlüssel bekommen?"

„Tatsächlich ist die Drohne ohne den Schlüssel nicht nur nicht umzunutzen, sondern völlig wertlos."

Der Außenminister zügelt sein Temperament. Hält seinen Tablet-PC so fest, dass seine Knöchel weiß werden. „Dann haben wir ein Problem mit einem tief gehenden Interessenkonflikt, nicht wahr?"

„In der Tat", sagt Horn an Stelle seines Chefs. „Unsere israelischen Freunde sind nicht erfreut, um es vorsichtig auszudrücken. Sie glauben so wenig wie wir daran, dass Abu Nar die Drohne braucht, um die eigenen Leute zu dominieren. Das wäre mit Kanonen auf Spatzen geschossen. Mit einer solchen Drohne kann man, wenn man gut ist, den Iron Dome unterfliegen, Israels Raketenabwehr. Abu Nar könnte endlich seinen extremistischen reichen Freunden zeigen, was für ein toller Kerl er ist. Gruppen wie seine, der IS oder die Hisbollah sind schließlich vor allem eines: ein Spitzen-Geschäft für ihre Anführer, politisch wie finanziell. Wer sich in diesen Kreisen profilieren will, kann das am besten auf Kosten Israels. Die Israelis wären aber noch viel weniger erfreut, wenn er eine Drohne unbekannter Spezifikation aus russischen oder chinesischen Beständen bekäme."

Etwas in Horns Ton macht den Außenminister, der dem dozierenden Kabinettskollegen mit zunehmend säuerlicher Miene folgt, aufhorchen. „Keine Woche mehr bis zur entscheidenden Verhandlungsrunde. Es eilt also. Würde ich morgen den Deal inklusive Drohne abschließen, hätte ich dann übermorgen ein Paket für Abu Nar?"

„Bitte?", fragt der Kanzler.

„Verfügen wir über die Drohne?"

Der Regierungschef dreht den Kopf und blickt durch die Fensterwand auf die Schweizer Botschaft unter den tief hängenden Wolken, in denen sich die über das Abgeordnetenhaus gegenüber ragende Spitze des Fernsehturms verliert. „Gute Frage", sagt er. „Sehr gute Frage."

Der Kanzleramtschef antwortet, das Kinn tief in die Fleischwülste seines Halses versenkt: „Indirekt. Wir verfügen über den Schlüssel, die Software", sagt er und schaut in die Runde „Jedenfalls wissen wir, wo sie sich befindet. Und die Drohne, die ist – hm – gewissermaßen – äh – wahrscheinlich gar nicht wirklich weg, sondern nur … verlegt. Man trägt nicht einfach Waffen aus unseren Depots. Zum Glück. Man – äh – sorgt mit Hilfe von Hackern dafür, dass sie aus dem Inventar verschwinden, und bezahlt Insider, sie im Lager zu verlegen, so dass wir sie nicht mehr finden können. Der Plan war wahrscheinlich, sie irgendwie rauszuschaffen. Unter dem Deckmantel irgendwelcher Bauarbeiten oder so. Nach allem, was wir wissen, ist das bisher nicht geschehen. Ist jetzt nicht mehr nötig. Bringen wir den Schlüssel, … ähm … findet sich die Drohne auch."

„Wie gut, dass wir in all den Jahren nicht in der Lage waren, da irgendwie für Klarheit zu sorgen." Der Außenminister zieht ironisch die Brauen hoch. „Und schön, dass Sie erst einmal mit Dieben ein Geschäft machen müssen, ehe Sie mit Terroristen eines machen können." Er verzieht sein Gesicht zu einem boshaften Grinsen. „Ich nehme an, dass Sie mir auch nicht die Gnade der Einsicht gewähren werden, wer parallel mit mir mit Abu Nar verhandelt? Und über welches Mandat er oder sie verfügt? Falls – und ich sage *falls* – es überhaupt ein Mandat der Bundesregierung gibt?"

Horn klappt der Mund auf. Der Kanzler kommt ihm zuvor, Eisblumen auf der Stimme: „Ich verbitte mir solche Reden, Herr Minister. Sie würden diese Sache verstehen, wenn Sie Details wüssten, die Sie zu Ihrem eigenen Besten und zum Besten unserer Koalition gar nicht wissen wollen. Und sonst auch niemand." Lächeln an. „Wir verstehen uns?"

Außenminister Keller ringt um Fassung. „Keine Drohne, keine Einigung. Abu Nar sagt dies beziehungsweise lässt dies sagen im Brustton einer Überzeugung, die *ich* ihm nicht gegeben haben kann."

Der Kanzler wendet sich Horn zu. Lächeln an, Lächeln aus. „Ich habe Sie so verstanden, dass die Software auf dem Weg sei."

„Wir könnten die Dinge beschleunigen, wenn Sie ein Arrangement treffen."

„Indiskutabel", zischt der Kanzler so leise und nah an Horns Ohr, dass Keller ausgeschlossen ist. „Ich kann Schleekemper nicht rehabilitieren, und das weiß er selbst sehr gut. Und Sie wissen es auch. Es gibt zu viele, die sich fragen würden, ob ich noch Herr der Lage sei, nach allem, was geschehen ist. Die Bundeswehr für Drogenimporte zu missbrauchen und nicht zu bemerken oder gar billigend in Kauf zu nehmen, dass Profite aus diesem Geschäft an diese Nazis abgeflossen sind ... er ist absolut untragbar. Wir haben dieses Debakel bisher erfolgreich verschwiegen. Taucht er wieder auf, gibt es Fragen, die wir unmöglich beantworten können." Er wendet sich an den Außenminister, dessen Verdruss während des Flüsterns sichtlich gewachsen ist. Lächeln an. „Ich fürchte, mein lieber Freund, dass Sie sich noch etwas werden gedulden müssen."

Lächeln aus.

Zu Horn: „Auf der anderen Seite ist es indiskutabel, wenn wir nach all den langwierigen Verhandlungen nicht mit den erwünschten und bereits in aller Welt als erreichbar dargestellten Ergebnissen vor die Öffentlichkeit treten. Wenn die Einigung scheitert, die Lage sich zuspitzt, so dass damit zu rechnen ist, dass daraufhin *noch* einige Hunderttausend Flüchtlinge vor unseren Grenzen auftauchen, und wir es außerdem nicht schaffen, dass ein Deutscher nächsten Mittwoch zum Außenbeauftragten der EU ernannt wird, kosten die Rechtspopulisten und die EU-Skeptiker uns noch bis zu 20 Prozentpunkte mehr bei den Wahlen. Und zwar bei allen, viermal Landtag, Bundestag. Unsere Mehrheit im Bundesrat gerät ins Wanken, auch wenn es im Bundestag noch zum Regieren reicht." Im Ton des Parteichefs der Nationalliberalen sagt er: „,Deutschland zahlt ständig in die Kaffeekasse ein, ist für jeden und alle das Sozialamt, darf aber dann nur Muckefuck saufen.' Wenn ich das höre ... Wenn Abu Nar nicht einlenkt, gibt es eine Krise, die wir nicht so schnell vergessen werden, in Deutschland und europaweit."

Horn sieht den Außenminister an, dann den Kanzler. „Plan B bleibt eine Option."

Der Kanzler schaut verständnislos zurück. Horn spricht nicht weiter. Dann begreift er. Lächeln an. Händedruck für den Außenminister. „Aber Sie müssen nun weiter, lieber Freund. Wir kümmern uns darum. Wir sehen uns."

Der Minister wischt sich über die Krawatte, als müsste er seine Hand von der Berührung reinigen. Der Außenminister nickt Horn zu und geht ab.

Horn murmelt nah beim Ohr des Kanzlers: „Schleekemper ist Geschäftsmann. Jemand sollte ihm ein Angebot machen."

Der Regierungschef wägt die Optionen ab. Einem korrupten Ex-Politiker Geld zu geben, ist mit seinen Maßstäben unvereinbar. „Was schlagen Sie vor?"

„Drei, vier Millionen … Operative Kosten der Terrorismusbekämpfung?"

„Also unter ‚Sonstiges' in den Kosten des BND?"

„Zum Beispiel."

Kalkulation: Wie er als Regierungschef dastünde, wenn die Öffentlichkeit Wind von der Sache bekäme.

Drohnen sind teuer und nicht frei verfügbar.

Aber warum von Drohnen reden? Drei, vier Millionen sind keine wirklich große Summe für relative Ruhe im Nahen Osten und wirtschaftliche Konsolidierung durch günstige Rohstoffpreise. So lässt sich das verkaufen. „Sie nehmen das in die Hand. Wohlverstanden absolut diskret."

***

Auberg, Franken

„Verfluchtes Scheißwetter." Der Polizist zieht die Stablampe aus der Halterung am Armaturenbrett des Streifenwagens und öffnet die Tür.
„Meinst du nicht, wir sehen vom Auto aus genug?", fragt sein Kollege am Steuer. „Ich meine, wer soll schon bei dem Regen ..."
Jenseits der Straßenbeleuchtung herrscht die Nacht. Die Scheinwerfer des Streifenwagens stanzen ein Loch hinein. Darin Dunst, fallende Tropfen ziehen Silberstreifen durchs Licht. Oben ragen die Türme des Doms über Eichen, fahl erleuchtet wie hinter Milchglas.
Unter den Eichen rechts filtern Vorhänge das Licht in den hohen Fenstern eines Hauses.
„Scheiß Doktorin", sagt der Beifahrer mit einem Blick auf das stille Haus. „Ich denke zwar auch, dass die Alte nicht merken würde, wenn niemand kommt. Aber sie würde die Hölle lostreten, wenn hier, direkt an ihrem Haus, wieder ... *etwas* gefunden wird. Dann sollten wir auf ihren Anruf hin besser genauer hing'schaut haben." Der Fahrer schaltet die Zündung ein und lässt die Scheibenwischer laufen.
Der Regen trommelt auf die Karosserie.
Sie starren in den Dunst.
Der Wischer quietscht.
Der Fahrer schnarrt: „Das ist ein Park, nicht Dr. Menters Vorgarten. Jeder verfluchte Jogger und Hundebesitzer kann hier ... Als wenn wir nicht schon dreimal ..."
„*Er* könnte hier sein. Der – der Schlächter. Er könnte wieder hier sein mit Leichenteilen, und wir haben nichts gemacht", erwidert der Beifahrer.
Dem Fahrer behagt nicht die Richtung der Überlegungen seines älteren Kollegen. Er atmet tief ein. „*Er* könnte hier sein, und am Ende sind es Teile *unserer* Leichen, die man findet." Zuletzt klingt seine Stimme heiser. „Ich habe eine Scheißangst, und wenn ich dreimal Polizist bin. Grauenhaft, was der mit seinen Opfern macht. Erwachsenen Männern. Davon einer ein Ex-Polizist, der sich sicher wehren konnte."
„Ja, Scheiße", sagt der Beifahrer schließlich und setzt seine Mütze auf. „Wir können aber auch nicht einfach hier sitzen. Ich halte die Lampe, du sicherst uns ab. Schieß im Zweifel einfach das Magazin leer, wenn du etwas Verdächtiges siehst."
Anstelle einer Antwort öffnet der Fahrer seufzend seine Tür. Zieht seine Dienstwaffe, hält den Lauf gesenkt.

Die Wiese zwischen den Bäumen ist zunächst eben, dann gibt es eine halb im Gras versunkene, gepflasterte Fläche, an deren Rand der Hang des Dombergs grenzt.

Die beiden Männer werfen vor den Scheinwerfern des Streifenwagens bizarre Schatten in den Dunst.

„Vorsicht Jungs, die Polizei ist schon hier", sagt eine klare Stimme leise und ruhig irgendwo im Dunkel links vor ihnen. Ein junger Mann oder eine Frau mit einer tiefen Stimme. „Bitte nicht schießen."

Der Fahrer fährt herum. Ein Schuss löst sich. Der Polizist mit der Lampe schreit „Nein!", während sich ein weiterer Schuss löst.

Eine Gestalt wischt durchs Licht. Ein Aufprall. Der Fahrer geht zu Boden und bleibt liegen, zuckend wie ein träumender Hund, die Waffenhand irgendwie verkrümmt.

Und leer.

Der Beifahrer zieht seine Waffe. Streckt die Stablampe vor, drückt die Automatik dagegen, beschreibt mit Lauf und Lampe einen wilden Bogen nach rechts, links, zuckt wieder zurück, irritiert durch seinen eigenen Schatten im Nebel.

Er spürt unter seinem Mützenrand an seinem Hinterkopf etwas Kaltes, Hartes.

„Ganz ruhig. Ich will nicht schießen, also gib mir keinen Grund dazu." Das klingt eindeutig weiblich. „Ich bin KR Sibel Schmitt vom Bundeskriminalamt. Dem Kollegen ist nichts passiert. Allenfalls ein paar gebrochene Finger und ein Brummschädel. Dir wird auch nichts passieren, wenn du tust, was ich sage. Du wirst deine Waffe vorsichtig sichern und fallen lassen."

Sie spricht leise, langsam.

Der Polizist steht wie verwurzelt, beide Hände leicht erhoben. „Haben Sie keinen Dienstausweis?" Seine Stimme zittert. Sein Waffenarm spannt sich an.

Die Stimme sagt ruhig: „Denk nicht mal dran. Ich weiß, was in dir vorgeht. Und ja, du hast ganz recht. Ich würde dir sehr gern meinen Dienstausweis zeigen. Geht aber nicht. Das Ding liegt im Hotel. Etwas blöd, aber nicht wirklich ein Problem. Wir können das regeln, ohne zu schießen, ja? Versuchst du aber inzwischen etwas Dummes, muss ich dir wehtun."

Er hebt die Waffenhand. Sie drückt den Lauf etwas fester gegen seinen Kopf. „Denk nach. Ihr Deppen habt euch ins Licht gestellt. Ich war im Dunkeln. Vorteil Schmitt. Warum sollte ich so bescheuert sein, mich auf eine direkte Konfrontation einzulassen? Wenn ich wollte, hätte ich euch einfach so abknallen können. Peng, peng, beide tot."

Seine Waffenhand verharrt leicht schwankend in erhobener Position. „Vielleicht brauchten Sie erst eine Waffe", sagt er hinter Atem. „Jetzt haben Sie eine."

„Gar nicht so dumm gedacht", erwidert sie und lacht leise, den Lauf von seinem Kopf zurückziehend. „Kleiner Tipp. Wenn ihr so loszieht wie eben – einer zielt, der andere trägt die Lampe – dann sollte der Waffenträger nur dann links gehen, wenn er Linkshänder ist."

Seine Waffenhand sinkt leicht. Er denkt nach. „W-warum?"

Ein Stoß unter seinen Ellenbogen katapultiert die Automatik im hohen Bogen aus seiner Hand. Er lässt die Lampe fallen, hält sich stöhnend den Arm. Dreht sich um. Sieht sich einer hoch gewachsenen, schlanken Gestalt gegenüber.

„Warum?", sagt Schmitt. „Erstens, um dich mit der Frage abzulenken und dann zu entwaffnen. Zweitens: Die Waffenhand ist besser außen, damit der Lampenmann nicht aus Versehen spontan erschossen wird, wenn der Schütze bedroht wird. Deshalb sollte der Lampenmann links gehen, etwas nach hinten versetzt. Wenn der andere dann mit rechts schießt, ist er außerhalb der Gefahrenzone."

Der Polizist bückt sich ächzend nach der Stablampe und richtet sie auf die Gestalt im Gegenlicht. Die Frau grinst. Ihr schwarzes Haar, ihr weißes Shirt und ihre Motorradjacke sind tropfnass.

„Was machen Sie hier, im Dunkeln? Sie sehen nicht aus wie jemand, der Schmitt heißt. Oder wie ein Kriminalrat. Sitzen die nicht im Büro und leiten irgendwas? Und barfuß, bei dem Wetter, im März?", fragt der Polizist.

„Viele Fragen auf einmal", sagt sie; er kann ihr Amüsement hören. „Also erstens: Meine Stiefel stehen irgendwo auf der Terrasse, oder was das ist, da weiter vorn. Mit zehn Zentimetern Absatz hätte ich dem Kollegen ein Loch in den Schädel getreten. Nicht, dass ich es groß bereut hätte, nachdem der Idiot zweimal auf mich geschossen hat. Aber der Papierkram ist furchtbar, wenn man einen Menschen tötet. Hast du schon mal jemand getötet?"

Der Lichtstrahl sucht ihr Gesicht, zittert, gleitet ab. „Nein."

„Sei froh. Zweitens: Kriminalrat ist ein Dienstrang, keine Tätigkeit, wie du sicher weißt. Ich bin Ermittler. Drittens: Mein Name ist Schmitt, Sibel, geborene Yurdal. Passt das besser zu meinem Aussehen?"

„Klingt türkisch. Gibt es Türken beim BKA?"

„Warum nicht? In meinem Pass bin ich außerdem so deutsch wie du, Kollege."

„Den Pass haben Sie aber auch nicht dabei. Trotz Ausweispflicht."

„Nein. Vergessen. Konnte ja nicht ahnen, dass ich ohne erschossen werde."

Er braucht eine halbe Sekunde, dies zu verdauen. Fragt: „Und was machen Sie hier?"

„Hier sind Spuren gefunden worden zu einem Fall, den ich bearbeite. Ich wollte mir kurz das Gelände anschauen."

„Nach 22 Uhr? Im Dunkeln?"

Die Frau tritt einen Schritt näher. „Eine Nacht gewonnen. Ich hockte im Hotelzimmer über der Akte und dachte, es könnte nützlich sein, das Gelände zu kennen."

„Es ist stockdunkel, der Nebel …"

„Gut genug für mich. Es gibt Taschenlampen. Und ich konnte ja nicht ahnen, dass hier gleich die Bullen kommen, wenn man in den Park geht. Ist ja wie in Istanbul." Die Lampe findet ihr Gesicht. Sie kräuselt ihre vollen Lippen. Eine Art Lächeln. Ihre großen Augen bleiben ernst. Der Schatten der Narbe zerschneidet senkrecht ihre linke Gesichtshälfte. Regen tropft von ihrer schmalen Nase, aus ihren Brauen, Tropfen hängen in den Wimpern. Sie blinzelt nicht, steht entspannt, mit hängenden Armen, die Automatik des anderen Polizisten in der Rechten.

Der Mann am Boden regt sich. Fasst sich an den Kopf. Reibt stöhnend die Hand, aus der Schmitt die Waffe gedreht hat. Die Frau tritt einen Schritt zurück, als er auf die Beine kommt.

„Und jetzt?", fragt der andere.

„Dies ist euer Revier. Was schlägst du vor?", sagt Schmitt.

„Wir nehmen Sie fest und überprüfen Ihre Angaben."

„Guter Plan", lobt sie. Entlädt die Waffe seines Kollegen, lässt das Magazin rausfallen. Hält ihm beides hin. „Keinen Unsinn machen bitte, okay? Ich nehme jetzt langsam meine eigene Dienstwaffe aus dem Halfter, das ich unter der Jacke trage, entlade sie und gebe sie dir. Dann fahren wir in euer Präsidium, und wir sehen weiter. Ist das akzeptabel?"

Sie hält die Automatik so fest, dass seine Finger am nassen Metall abgleiten, als er danach greift.

Er nickt. „Akzeptiert."

***

Berlin, Bundeskanzleramt

Karlbacher bekommt ein Ping auf der verschlüsselten Verbindung.
Er schließt alle anderen Programme und Verbindungen. Öffnet den „Tor"-Browser, gibt den mehrzeiligen Schlüssel ein – 281 Zeichen aus dem Gedächtnis. Das Mailprogramm verlangt einen weiteren Schlüssel. Dann ist er im Dark Web, wo Hacktivisten für grenzenlose Freiheit sorgen.
Die Botschaft kommt von einem Informanten aus dem BKA: „SS ist in Auberg."
SS: Sibel Schmitt.
Etwas in Karlbachers Magen klumpt zusammen.
Dasselbe Gefühl hatte er, als Krätz ihm in gespielter Beiläufigkeit sagte, dass er übrigens die DNS des Mädchens und seine eigene „ausgelegt" habe, um „endlich mit Schmitt abzuschließen".
Nun habe ich also wieder mit dieser Frau zu tun.
Sie hat uns schon Millionen gekostet. Das ganze Unternehmen ist weniger wert. Verletzlicher.
Der Prozess wegen der Drogendeals über die Bundeswehrlogistik: eine Katastrophe.
Er blickt aus dem Fenster in den Dunst, in dem die Fernsehturm-Kugel verschwimmt. Geht seine Überlegungen noch einmal durch.
Rache ist Karlbacher fremd.
Er ist ein Rechner.
Nun, da Schmitt sich bewegt, geht seine Gleichung in dem Drohnengeschäft nicht mehr auf.
Karlbacher kann keine Zufälle zulassen.
Blut muss fließen.
Krieg, mit allen Mitteln: zur Sicherheit.
Karlbacher schiebt beiseite, woran er gerade sitzt, und widmet sich dem Wesentlichen. Seinem Feldzug gegen Schmitt.

***

T-2

Auberg, Polizeipräsidium

Als sie aufwacht, liegt Schmitt, wie sie eingeschlafen ist, auf dem Rücken, Beine parallel, Arme verschränkt. Sie fröstelt, hat sich nur mit dem Laken zugedeckt, die säuerlich riechende Decke unter das mit Kunstleder bezogene Polster am Kopfende geschoben.
Sie öffnet die Augen.
Das Neonlicht konkurriert mit grauem Tageslicht, um die Zelle noch unwirtlicher aussehen zu lassen. Linoleumboden in Behördengrau, Wände bis Schulterhöhe grünlich lackiert, darüber mattweiß. In den Ecken hängt Staub wie ein Schatten, der sich von Licht emanzipiert hat. Geräusche übertragen sich durch den Beton in die Zelle. Schritte vor allem. Viele Menschen kommen und gehen.
Schichtwechsel.
Je nach Dienstplan ist es nun also sechs, sieben, halb acht oder acht, schätzt sie. Noch eine Viertelstunde, maximal. Der Chef oder sein Stellvertreter wird sich erst orientieren und dann kommen, mich freizulassen, kalkuliert Schmitt.
Es klopft an der Zellentür, deren Metalloberfläche so grau ist wie der Boden. Ein Schlüssel dreht sich im Schloss. Schmitt setzt sich auf, ihr Haar nach hinten wischend.
Ein Mann um die 50 tritt ein, die Knie der grauen Hose leicht ausgebeult, weißes Hemd, rote Krawatte, Trachtenjacke, breitgetretene Schuhe. Seine Glatze und sein Nasenrücken glänzen im Neonlicht. „Guten Morgen, Frau Schmitt. Ich bin PD Toni Meyer. Ich hoffe, die Nacht war nicht allzu unangenehm."
Polizeidirektor. Der Stellvertreter also.
„Sie sollten das Ding da mal reinigen lassen. Riecht nicht gut", sagt sie und deutet auf die Decke. Als sie aufsteht und ihm die Rechte entgegen streckt, tre-

ten unter der Haut bei jeder Bewegung ihrer Arme Muskeln hervor. „Nett, Sie kennenzulernen."

Im ersten Moment hat er das Gefühl, etwas sehr Zartes zu hart anzufassen. Die Frau ist so groß wie er, vielleicht etwas größer, aber ein Leichtgewicht. Doch Schmitts Händedruck schmerzt wie der eines Mannes, der seine Kraft nicht ganz unter Kontrolle hat.

„Tut mir leid wegen gestern Abend", sagt er und starrt sie an, abgelenkt. Er kennt aus Zeitschriften Bilder ihres Gesichts, dessen Ernst und verletzte Schönheit ihn anrühren. Auf diesen Blick ist er nicht vorbereitet. Schwarz, eisig, schnelle Pupillenbewegungen.

Die Narbe auf ihrer linken Seite schneidet glänzend durch Stirn, Augenbraue, Wange.

Sie blickt zurück. Wie ein Laserscanner.

Er räuspert sich, will woanders hinschauen, aber auch nicht auf ihre nackten Schultern. Er richtet die Augen an ihrem Ohr vorbei nach dem Fenster. „Tut mir leid", sagt er wieder. „Die Nachricht, dass Sie kommen würden, lag zwar vor, aber erst seit dem Nachmittag. Die Kollegen waren nicht vorbereitet …"

„Schon recht", sagt Schmitt, als ob sie jeden Tag festgenommen würde. „Was macht die Kollegen so nervös? Der kleinere, der mit der Waffe, hat sich fast in die Hose gemacht."

„Sie haben es nicht in der Presse gelesen?"

„Was?"

Er schüttelt den Kopf missbilligend. „Wir haben einen Serienkiller hier. Ein Tier. Vivisektion. Teile eines seiner Opfer hat man nicht weit von da gefunden, wo Sie festgenommen wurden."

Schmitt pfeift durch die Zähne. „Er zerlegt seine Opfer bei lebendigem Leib?"

Meyer nickt. „Keine Grenzen. Extremes Vorgehen. Eine Verdächtige ist in Haft, aber die Nerven liegen halt noch blank."

Schmitt zieht die Augenbrauen hoch. „Eine Frau?"

„Sie hat ein Motiv, und sie hat kein Alibi."

Schmitt blickt ihm forschend ins Gesicht. „Sie sind sich unsicher. Wo liegt das Problem?"

Er dreht sich rasch zur Tür. „Ziehen Sie sich an." Er deutet auf ihre Sachen, die sie auf dem Boden zum Trocknen ausgebreitet hat. Er geht hinaus, zieht die Zellentür so weit zu, dass sie gerade nicht ins Schloss fällt.

Das T-Shirt ist fast trocken, die Jeans sind feucht, die Stiefel vollgesogen, die Sohlen an den Rändern abgelöst. Schmitt tritt, die Schuhe in der Hand, hinaus in den Flur. Meyer nickt ihr zu, geht voraus. Sie kommen an eine Gitterschleuse. Eine Kamera zeigt Rotlicht. Meyer winkt, und die Tür im Gitter öffnet sich elektrisch. Meyer zieht die Tür zu. Die Tür im zweiten Gitter öffnet sich. Der Uniformierte im Wachraum hinter der Scheibe rechts in der Flurwand nickt Meyer zu und mustert Schmitt.

„Ich kann dann wohl gehen?", fragt Schmitt.

„Ihre übrigen Sachen sind in meinem Büro. Aber Sie müssen mir erlauben, Sie zum Frühstück einzuladen."

***

Berlin, Bundeskanzleramt

Ein Zug taucht hinter dem Bundespresseamt auf, fährt über die S-Bahntrasse zum Hauptahnhof.
Frühe Touristen machen Aufnahmen voneinander mit dem Kanzleramt im Hintergrund.
Blitze auch in der Glaskuppel des Reichstags.
Der Fernsehturm silbern wie eine futuristische Skulptur vor den düsteren Wolken.
Karlbacher liebt das Panorama. Geordneter Raum, die Menschen bewegen sich auf festen Bahnen wie Ameisen. In den Glaskästen residiert die Macht.
Auf seinem Schreibtisch das Notebook. Im Notebook die Anträge. Jeder für sich eine bürokratische Banalität. Alle zusammen ein Kunstwerk der verdeckten Geldbeschaffung. Das Dokument auf dem Bildschirm ein PDF wie Milliarden andere.
Ein sauberer Beleg.
Regel Nummer 1: Zweigst du Geld aus einem geordneten System ab, versuche nicht, Spuren zu vermeiden. Lege besser eine Akte an.
Wieviel es wohl sein mag? Karlbacher hat nie mehr als 15.000 Euro in bar auf einem Haufen gesehen. 300 Fünfziger. Ein brauner Umschlag so dick wie eine Packung Kopierpapier.
Wieviel Volumen haben 70.000 Fünfziger? 233 solche Umschläge. Zwei schwere Metallkoffer. Zusammen 3,5 Millionen Euro.
Leicht verdientes Geld.
Sicheres Geld.
Karlbacher zuckt zusammen, als Kanzleramtschef Horn eintritt. „Verdammt, würden Sie es irgendwann mal schaffen, anzuklopfen?"
„Entspannen Sie sich mal, ja?", schnarrt Horn. Er blickt auf Karlbachers Schreibtisch. „Und?"
Karlbacher dreht das Notebook um. Horn beugt sich darüber. Blättert in den Anträgen. Die Perfektion des Geldabzweigens.
„Wenn das rauskommt ...", sagt Horn, das Ende des Satzes offen lassend.
Karlbacher lacht.
Horn stützt beide Hände auf Karlbachers Schreibtisch. Gegen das Holz gepresst zittern sie nicht. „Und dann? Sind Sie dann endlich zufrieden?"
Karlbacher lehnt sich zurück und hebt die Arme hinter den Kopf. Schweißflecken im blauen Hemd. „Es ist doch auch ganz in Ihrem Interesse, wenn ich dafür sorge, diese leidige Affäre um Krätz und Schleekemper sauber und ohne Aufse-

hen über die Bühne zu bringen." Sein teigiges Gesicht hinter der randlosen Brille gerät in den Lichtkreis der Schreibtischlampe, als er sich wieder vorbeugt. Lächelnd, zufrieden. „Krätz wird die Software besorgen. Wir haben das Geld. Niemand wird Fragen stellen."

„Wenn das so leicht wäre. Müssen Sie wirklich diese Schmitt ...? Sie weiß nichts von Krätz. Bis sie spitz kriegt, was Sache ist, haben wir doch alles abgewickelt."

Karlbacher schüttelt den Kopf. „Wir hätten sie umlegen sollen, als Gelegenheit dazu war. Schon weil der verdammte Prozess aus dem Ruder zu laufen droht, da unsere rechtsextremen Freunde Morgenluft wittern und alles auf den Richtertisch legen wollen, was sie wissen. Ohne die Zeugin Schmitt wäre das ganze Verfahren aussichtslos. Und jetzt hat Krätz' idiotische Intrige sie auch noch in der Drohne-Geschichte ins Spiel gebracht. Sie ist ein Unsicherheitsfaktor. Sie kann und wird alles dramatisch durcheinander bringen. Wir *müssen* sie liquidieren."

Horn krümmt sich: „Es gibt kein Wir", zischt er. „Und es sind nicht *unsere* rechten Freunde. Ich weiß auch gar nicht, warum Sie mich in Ihre Pläne einweihen ..."

Karlbacher ätzt: „Kein *Wir*? Nicht einweihen? Wollen Sie aussteigen?"

Seine Stimme erzeugt Gänsehaut.

„Ich will einfach nur, dass Ruhe ist. Wie lang soll das noch gehen, dass Menschen sterben müssen, damit Ihr Konzern aus Drogenhandel und Wer-weiß-was weiter floriert?" Horn zerrt an seiner Krawatte, die ihm plötzlich den Hals abschnürt.

„Ruhe ist ganz in meinem Sinne. Aber Sie wissen selbst, die Frau ist gut. Und selbst wenn sie die Lösung erstmal nicht findet, ist es doch so, dass Krätz mit ihr spielt. Falls Schmitt und Krätz aufeinander treffen, fliegt uns das um die Ohren."

„Das fliegt uns auch um die Ohren, wenn irgendwie rauskommt, dass ein hochrangiger Mitarbeiter der Bundesregierung eine Polizistin ermorden lässt."

„Wer sollte auf diese vollkommen abwegige Idee kommen? Schmitt hat Feinde. Alle Welt wird denken, dass es ein Racheakt irgendwelcher Rechtsextremisten war. Wir sorgen dafür, dass sich sowas wie eine Drohung gegen sie herumspricht. Und wir arbeiten mit doppeltem Boden, damit es zuverlässig über die Bühne geht. Auf Nummer sicher."

Horn erschauert, zieht die Schultern hoch, dreht sich nach dem Fenster. „Könnten wir Krätz nicht einfach die Kommunikation abschneiden?"

Karlbacher grinst. „Nachdem er die einzige direkte Verbindungslinie mit Abu Nar aufgebaut hat?" Lacht meckernd. „Da müssen Sie mal unseren Chef fragen, was er davon halten würde."

Horn seufzt. „Mir behagt das alles nicht. Ganz und gar nicht. Es wird Aufruhr geben, es ist ungesetzlich. Und nicht zuletzt ist es mir zuwider, dass Sie erneut Ihre sauberen Verbindungen spielen lassen."

„Ich hab das im Griff", sagt Karlbacher abwinkend. Wenn Horn ihm bei alledem allerdings im Nacken sitzt, nervt das nicht nur – es erhöht das Entdeckungs-Risiko.

Karlbacher hat eine Eingebung, wie er den Bedenkenträger erstmal zur Ruhe bringt: „Aber okay. Kompromiss. Wir geben Schmitt eine Chance. Ich habe, bevor Krätz aus seinem Loch gekrochen kam, etwas auf den Weg gebracht gegen sie, eine kleine Pressekampagne, die sie als Zeugin erledigt. Vielleicht reicht die Aufregung ja, sie von Krätz lange genug fern zu halten, um unser Geschäft abzuwickeln. Und auf dem Behördengang lässt sich ja vielleicht auch noch etwas regeln."

Horn zischt: „Das glauben Sie selber nicht. Es geht um Schmitts Tochter." Er spürt, dass er seinen Hass auf Karlbacher kaum noch zügeln kann. „Und wir wollen das mal klarstellen: Sie haben und hatten nie das Wohl der Bundesregierung im Sinn. Es ging immer nur um Sie und Ihre Einkünfte. Erst um das Geld aus dem internationalen Drogengeschäft und der Sicherheitsbranche. Der Bombenanschlag in Kreuzberg wäre gut fürs Geschäft gewesen. Terror fördert Sicherheitsgeschäft und Korruption, Ihr Business. Seitdem Schmitt Ihr System gestört hat geht es Ihnen um den Ausgleich Ihrer Verluste und neue Erlösquellen. Sie müssen verzweifelt sein, weil Ihr schmutziges Netzwerk ohne das Drogengeld zu zerbrechen droht, ist es nicht so? Ganz zu schweigen davon, was Schmitt alles aufdecken könnte, wenn Sie Ihnen zu nah kommt."

Auf Karlbachers Stirn stehen Schweißperlen. Aber er grinst. Sein Ton ist frostig wie immer. „Machen Sie sich über mich keine Sorgen. Und was mein Netzwerk betrifft: Erzählen Sie dem Herrn Bundeskanzler doch davon. Und sagen Sie ihm bitte auch gleich, wieviel Geld Sie selbst daraus abgezweigt haben, um Ihre Gutmenschenspielchen gegen Nazis an den Gremien vorbei zu finanzieren. Und welches Ende *genau* unser Freund Muthberg genommen hat."

Horn atmet schwer. „Haben Sie über all das Zeug, das Sie aushecken, überhaupt noch den Überblick?"

„Hoffen wir's für Sie mit." Karlbachers Lachen scheppert wie Porzellan auf Beton. „Wenn nicht, gehe ich unter. Aber Sie gehen mit."

***

Auberg, Polizeipräsidium

Die Leuchtröhren in der Kantine strahlen gegen das Grau des Morgens an. Regentropfen und Kondenswasser mattieren die Fensterwand. Schmitt hat sich gewaschen und das Schulterhalfter angelegt, aus dem der Griff ihrer Automatik ragt. Die klamme Lederjacke und die ruinierten Stiefel trägt sie zu dem Tisch, an dem Meyer wartet, legt sie auf einem der Plastikstühle ab.

Köpfe drehen sich nach Schmitt.

„Großer Milchkaffee, großer O-Saft, Obstsalat, wie bestellt", sagt Meyer. Er weist mit der Hand über die drei Teller mit Rührei, Wurst, Käse und Semmeln auf seiner Hälfte des Tisches. „Sind Sie sicher, dass Sie nicht doch das ganze Programm wollen? Sie sehen aus, als könnten Sie's vertragen."

„Danke", sagt Schmitt und trinkt ihren Saft in einem Zug aus. Sie stellt das Glas mit einer entschlossenen Geste ab. „Ich bin gleich verabredet und muss mir vorher noch neue Schuhe kaufen. Wenn Sie Fragen haben, stellen Sie sie bitte jetzt."

Meyer nimmt sein Besteck. „Sie sind in *meinem* Haus verabredet. Sie haben alle Zeit der Welt. Und ob Sie da trockene oder überhaupt Schuhe tragen, ist egal. Ihr Auftritt gestern Nacht hat sich herumgesprochen. Die beiden Kollegen haben es mächtig ausgeschmückt, um nicht komplett idiotisch zu wirken. Es wäre fast eine Enttäuschung, wenn Sie Schuhe trügen, da Sie schon nicht zwei Meter groß und breit und drei Zentner schwer sind." Er lässt den Anflug eines Grinsens erlöschen. „Was haben Sie eigentlich da oben gemacht?"

Schmitt sieht ihn an, dann ihren Obstsalat. Sie nimmt ihre Gabel. „Sie wissen, warum ich hier bin."

Er senkt die Gabel mit Rührei wieder, die er gerade zum Mund führt. „Ich habe sehr spärliche Informationen. Denen kann ich entnehmen, dass Sie der DNS-Spur einer Sheri Yurdal folgen, die wir vor einigen Tagen dort gefunden haben. Dass Sheri Yurdal Ihre verschwundene Tochter ist, weiß ungefähr jeder. Sie haben mit Ihrer Suche über die Medien genug Aufsehen erregt. Aber Sie können nicht ernsthaft denken, dass Sie Ihre Tochter hier am Domhügel finden. Also: Was haben Sie da oben gesucht?"

„Was Sie wissen, reicht im Grunde."

Meyer nimmt seine Papierserviette, spricht dahinter mit vollem Mund. „Sie sind in meinem Revier, Sie haben zwei meiner Leute dienstunfähig geprügelt, also stelle ich die Fragen und erwarte anständige Antworten." Er schluckt, tupft sich die Lippen.

Schmitt legt ihre Gabel ab und sieht ihm ins Gesicht. „Ich habe niemanden verprügelt. Ich sagte, wer ich bin, und die haben geschossen. Sie können froh sein, dass die Idioten noch leben."

„Sie haben dem einen Kollegen fast den Zeigefinger abgedreht."

Schmitt lächelt freudlos. „Mein Humor nutzt sich spätestens nach dem zweiten Schuss etwas ab, den einer auf mich abgibt, Polizist oder nicht. Sie können von Glück sagen, dass die da in dem Park nicht auf einen Zivilisten gestoßen sind. Das hätte einen hübschen Skandal gegeben. Vielleicht sogar einen Toten."

Meyer macht eine Bewegung, die wohl das Thema beenden soll. „Bleibt die Frage, was Sie da getrieben haben. Die Aktenlage hätte völlig gereicht, um sich ein Bild zu machen. Sie haben alle Fotos, alle Daten, alle Untersuchungsergebnisse in den Unterlagen, die wir ans BKA geschickt haben. Ihre Tochter ist offensichtlich nicht hier. Also was?"

Schmitt nippt an ihrer Tasse. „Sie bekommen Antworten, wenn ich welche bekomme."

„Wozu?"

„Zu Ihrem Serienkiller-Fall."

„Warum? Sie wissen, dass Sie das nichts angeht."

„Ich interessiere mich für Serienkiller. Nennen Sie es eine Déformation professionelle. Vivisektion ist etwas Besonderes."

Er zieht die Augenbrauen hoch, nickt. „Okay. Ihr Fall zuerst." Er legt die Gabel ab. „Wir haben im Park auf der gepflasterten Fläche in der Wiese unterhalb des Dombergs eine Blutlache gefunden. Genug Blut, dass es dem Menschen, von dem es stammt, wenigstens eine Zeitlang nicht besonders gut gegangen sein kann. Außerdem DNS auf einem Messer. Großflächig verteilt, die DNS Ihrer Tochter. Hautpartikel, verschmierte Körperflüssigkeiten. Schweiß, Speichel. Diese Spuren sind frisch. Kein Blut am Messer, kein Hinweis darauf, von wem das Blut stammt, keine Spur eines Kampfes. Sieht so aus, als hätte jemand eine Blutkonserve vergossen, damit man das Messer auf jeden Fall kriminaltechnisch untersucht und die DNS Ihrer Tochter findet. Eine Nachricht, die automatisch ihr Ziel erreicht, wegen des Vermisstenfalls Sheri Yurdal. Eine andere Erklärung habe ich nicht."

Schmitt schließt die Augen, presst zwei Finger gegen die Lider. „Haben Sie zufällig Schmerztabletten? Ibuprofen?"

„Nein. Soll ich mal fragen …"

„Danke, geht schon."

Er nimmt die Gabel wieder auf, sagt: „Sie erwarten gar nicht, Ihre Tochter hier zu finden. Jemand lockt Sie hierher. Eine Kriegserklärung, mindestens eine Provokation."

Sie öffnet die Augen, presst die Finger an ihre Narbe. Schaut ihn an, die Augen verengt, eine senkrechte Falte auf der Stirn. Sie schließt die Augen wieder, reibt ihre Schläfen. Spricht wie geistesabwesend. „Sie war länger als zwei Jahre verschwunden, ohne ein Wort, ohne eine Spur. Dass sie offenbar lebt, ist eine freudige Überraschung für mich. Aber es ist in der Tat hoch unwahrscheinlich, dass sie jetzt einfach so wieder auftaucht." Sie öffnet die Augen. „Ich lese es so wie Sie. Jemand lockt mich hierher."

„Und, wer steckt dahinter?"

„Ich bin dran mit Fragen."

Er sieht nicht glücklich aus. „Okay."

„Sie haben eine Verdächtige in Gewahrsam, aber kein Vertrauen in diese Festnahme. Was soll das?"

Meyer lässt seine Gabel erneut sinken. Als hätte er die Kraft im Arm verloren. „Kein Vertrauen? Wer sagt das?"

Schmitt lächelt matt. „Sie. Als ich sagte, dass der Täter wahrscheinlich keine Frau sei, zuckte ein Muskel an Ihrem linken Auge, und Sie haben drei, vier Mal hintereinander geblinzelt. Wie gerade wieder. Außerdem hat gestern Abend nicht viel gefehlt, und ich wäre erschossen worden. Ein Moment der Panik, unprovoziert. Ihre Leute haben Angst, und die ist durch die Festnahme der Frau nicht geringer geworden. Sie ahnen, dass der Täter noch da draußen ist. Es muss viehisch sein, wie der seine Opfer zurichtet."

Meyers Gesicht verhärtet sich. „Die Festnahme war gut und richtig. Der Rest ist Sache des Gerichts. Im Prinzip ist also alles offen. Auch wenn eine Verdächtige einsitzt, kann der Täter noch da draußen sein. Ich muss Ihnen die Unschuldsvermutung doch wohl nicht erklären?"

„Danke nein. Ich bin Volljuristin. Summa cum laude. Aber, unter uns Bullen: Es gibt Verdächtige, die überhaupt nur deshalb verdächtigt werden, weil sie jemand hinter Gittern sehen möchte. Warum auch immer. Dann weiß jeder Beteiligte, dass der Täter noch da draußen ist. Dann schlafen die Verantwortlichen schlecht, weil er jeden Moment auftauchen kann. Die Unschuldsvermutung ist hier der einzige Weg aus einem Dilemma. So etwas haben wir hier, oder wie gut schlafen *Sie*?" Sie grinst und sagt, ohne die Antwort abzuwarten: „Sie müssen sich dieses Blinzeln abgewöhnen."

Er atmet tief ein und wieder aus. „Es gibt gute Gründe für die Festnahme."

Sie zeigt in sein Gesicht. „Das mit den Augen. Sie machen es schon wieder."

„Lassen Sie mich in Ruhe." Er wirft Gabel und Messer auf den Tellerrand, dass man sich an Nachbartischen nach ihm umdreht. „Warum Auberg?"

„Was?"

„Warum ist die DNS Ihrer Tochter gerade hier abgelegt worden?"

„Ich weiß nicht, ich kenne hier niemand", lügt Schmitt.

Wie er wohl reagieren würde, wenn er wüsste, dass sie mit Schleekemper zusammenarbeitet? Der war mal der Held der ganzen Gegend, hat sie sich angelesen. Aber nun, ohne seine Partei- und Staatsämter?

Sie stochert mit ihrer Gabel im Obstsalat. „Beschreiben Sie, wie Sie die Opfer gefunden haben."

Er atmet wieder tief ein. „Rauchen Sie? Ich muss eine rauchen."

„Ich dachte, Sie fragen nie", sagt Schmitt. „Ich muss bei Ihnen eine Zigarette schlauchen. Meine sind nass geworden."

„Passt schon." Er steht auf.

Schmitt folgt ihm durch eine Schiebeglastür in einen Hof, der mit Betonplatten belegt ist. „Das hat ein militanter Nichtraucher angelegt", bemerkt sie, als sie den Raucherbereich sieht: Ein großer Aschenbecher/Mülleimer abseits des Ausgangs, nicht trockenen Fußes zu erreichen, überdacht mit vier Quadratmetern trübgelblichen Wellplastiks auf rostigen Metallstelzen. Zwei Raucher stehen dort schon, Zivilisten in Trachtenjacke und grauer Hose wie Meyer, die Schmitt mit den Augen verfolgen, wie sie durch den Regen zum Ascher geht. Auf einen Wink Meyers werfen sie ihre Kippen weg und entfernen sich.

Meyer zückt eine Packung Marlboros und hält sie Schmitt hin. Gibt ihr Feuer. Zündet sich selbst eine an. Er sagt: „Wir finden den Kopf in der Mitte. Dem Opfer steckt der eigene Penis im Mund. Hände und Füße davor. Die Füße stehen vom Kopf her gesehen innen und einwärts, die Hände liegen außen mit der Handfläche nach unten und den Fingerspitzen nach außen."

„Immer gleich?"

„Ja."

„Vorgehen?"

„Amputation von Händen und Füßen bei lebendigem Leibe. Er nimmt sich Zeit. Zwischen der ersten und der letzten Amputation vergehen bis zu drei Tage. Schließlich Kastration und Exitus, durch Verbluten. Der Kopf wird zuletzt abgetrennt." Er räuspert sich.

„Wurde der Rest der Leichen gefunden?"

„Bislang nicht."

„Wann die erste?"

„Vor fünf Wochen, dann alle zwei Wochen die anderen."

„Irgendeine Eskalation? Veränderungen im Vorgehen?"
„Nein. Aber er lernt. Er hält sie länger am Leben."
Schmitt bemerkt: „Sie sagen: er."
Meyer blinzelt. Sie stehen und rauchen, schauen aneinander vorbei in den Hof mit seinen Beton- und Glaswänden, hinter denen Neonröhren Büros und die Kantine beleuchten. Der Regen pladdert auf das Plastikdach.
Als er nicht auf ihre Feststellung reagiert, fährt Schmitt fort: „Schnittkanten?"
„Sauber."
„Chirurg oder Metzger?"
„Beschreiben Sie den Unterschied."
„Metzger hacken, Chirurgen schneiden und sägen."
„Okay, dann Metzger. Aber mit medizinischen Kenntnissen. Er muss irgendeine Methode nutzen, den Schmerz zu lindern."
„Nicht wirklich. Wenn er jeweils nur eine Amputation vornimmt und gute Schlagmesser hat, oder wie man die Dinger nennt, und das Blut effektiv stillt, ist das Trauma nicht zu groß, und das Adrenalin ist erst einmal so etwas wie eine Narkose. Hat er den Schock und die Blutung im Griff, reichen später normale Schmerzmittel", erklärt Schmitt.
„Woher wissen Sie das?"
Schmitt drückt den Handballen an ihre Narbe. „Ich weiß es. Wie viel Zeit zwischen Exitus und Ablegen?"
„Keine 24 Stunden."
Als Schmitt am Ende ihrer Zigarette angekommen ist, hält Meyer ihr wortlos die Packung hin. Sie nimmt eine neue, entzündet sie an der Glut der alten.
„Verbindung zwischen den Opfern?"
Auch er zündet sich eine zweite Zigarette an. Nimmt sich Zeit, heftig blinzelnd. „Alle waren leitende Mitarbeiter der hiesigen Zeitung. Der dritte war vorher Polizist."
„Irgendeine gemeinsame private Vorgeschichte? Dunkle Punkte?"
„Nichts."
„Ablageorte der Leichenteile?"
„Zweimal das Verlagsgelände, einmal vor dem Haus von Frau Dr. Menter, der früheren Verlegerin der Zeitung."
„Die Verdächtige?"
„Ehefrau des ehemaligen Chefredakteurs der Zeitung."
„Motiv?"
„Ihr Mann ist rausgeflogen. Irgendeine hässliche interne Geschichte. Er ist in der Klapsmühle wegen Depressionen, die Frau mit drei Kindern allein."

Schmitt schüttelt den Kopf. „Nicht Ihr Ernst."

„Für das LKA ist das gut genug." Er blinzelt.

„Okay. Nicht *deren* Ernst." Sie fixiert ihn herausfordernd. „Ich bin sowieso kein Profiler. Nur ein halbwegs kundiger Laie nach einigen Semestern forensische Psychologie nebenher und einigen Jahren Ehe mit einem Polizeipsychologen. Und ich habe viel gesehen. Ihre Morde gehen mich auch gar nichts an."

Er winkt ab. „Reden Sie schon."

Schmitt bläst einen Rauchring, der im Wind vergeht. „Es gibt offenbar keine Eskalation, aber den Effekt von Übung. Das deutet auf einen Anfänger, aber keinen, der mit seiner Tat eine Phantasie auslebt und fortentwickelt. Es ist eine von langer Hand detailliert geplante Geschichte. Sie suchen nicht nach einem typischen psychopathischen Serienkiller, sondern nach einem Menschen mit einer Botschaft, der sein Programm abspult. Schlüssel ist die Anordnung der Leichenteile. Er ist durch irgendein Geschehen schwer traumatisiert oder schizophren mit einem sehr detaillierten und fest strukturierten Wahnbild, das für ihn real ist. Vielleicht beides: Das Trauma gibt das Motiv, die Schizophrenie den Antrieb. Wenn das stimmt, scheidet trotz der eindeutigen sexuellen Komponente der Tat sexuelle Befriedigung als Motiv aus. Sie suchen demnach nicht zwingend nach einem jüngeren Mann, auch wenn es ein Ersttäter ist, und auch nicht zwingend nach einem, der schon eine typische Vorgeschichte mit Gewalt, Tierquälerei oder sowas hat." Schmitt zieht an ihrer Kippe und wirft sie in den Ascher. „Sie suchen aber auf jeden Fall nach einem Mann, der Traumatisches erlebt hat. Ich muss Ihnen nicht sagen, wie unwahrscheinlich es ist, dass eine Frau solche Taten begeht. Eine traumatisierte, schizophrene Frau kehrt die Aggression eher gegen sich selbst und/oder korrumpiert ihre Beziehungen. Und das Motiv ist zu schwach. Mit der Frau verschwenden Sie Ihre Zeit."

Seine Augenlider flattern. Er zieht den Rauch seiner Zigarette tief in seine Lungen. „Wir werden sehen."

„Was macht er mit den Opfern? Ich meine, weiß man irgendetwas darüber, wie er sie einfängt?"

„Zu Ihrem DNS-Fund", sagt er. „Haben Sie dazu auch ein Profil?"

Schmitt zieht die Schultern hoch. „Ein organisierter, intelligenter Kontrollfreak. Machtmensch." Hauch eines Grinsens. „Ein Mann."

„Und Sie kennen ihn."

„Sehr wahrscheinlich. Ich zermartere mein Hirn, wer es sein könnte." Ihre Unterlippe zittert, sie verzieht den Mund.

„Sie fragen, was unser Killer mit den Opfern macht." Meyer seufzt. „Sie verschwinden. Aus dem Alltag, keiner sieht etwas."

„Sagen Sie mir, was das heißt."

„Lassen Sie es gut sein jetzt." Er beißt die Zähne aufeinander, seine Schläfenadern treten hervor. „BITTE!"

Schmitt sagt übertrieben betont: „Die Frau kann es nicht gewesen sein. Der Täter beobachtet die Opfer, bis er sich seiner Sache sicher ist. Er kann sie kontrollieren, gefangen halten, ungestört bearbeiten. Eine Frau, derzeit allein mit drei Kindern? Einem Mann, den sie im Krankenhaus besuchen muss? Unmöglich. Schon aus zeitlichen Gründen." Schmitt hebt das Kinn, runzelt die Brauen, verengt ihre Augen zu Schlitzen. „Widersprechen Sie mir. Welche Details stehen gegen meine Theorie?"

Er wirft die Kippe in eine Pfütze. „Nein. Schluss jetzt. Sie haben ganz recht: All das geht Sie sowieso nichts an."

„Sie sind ein ehrlicher Typ", sagt sie. „Lassen Sie sich nicht korrumpieren."

„Wie kommen Sie darauf, dass ich besonders ehrlich bin?"

"Bequeme Schuhe", antwortet sie.

„Was?"

Schmitt deutet auf seine Füße und reibt sich fröstelnd die Arme. „Sie tragen weiche, bequeme Schuhe mittlerer Qualität. Karriere-Arschlöcher, die nie viel Laufarbeit leisten mussten, tragen schwere und steinharte Budapester oder ähnlich teure italienische Designerschuhe, nur gut für den Weg zwischen Dienstwagen und Bürotür."

„Und was hat es zu sagen, dass Sie auf himmelhohen Absätzen unterwegs sind, die sie gerade in Momenten höchster Verletzlichkeit abstreifen müssen?" Er verschränkt die Arme vor dem Bauch, über dem sein Hemd spannt.

Schmitt blickt auf ihre Füße und bewegt die Zehen mit den schwarz lackierten Nägeln auf dem nassen Beton. „Gute Frage." Lacht. „Um meine Überlegenheit und Dominanz augenfällig zu machen, liebe ich Nuttentreter, in denen ich mit Haaren locker über Einsneunzig groß bin. Ich habe daher auch keinen Schuh- oder Designerfetisch, die Dinger können billig sein: Hauptsache, sie sind hoch." Sie hebt den Kopf. Zeigt ihre Zähne. Eine ironische Grimasse. „Auch eine Waffe." Sie gibt ihm keine Gelegenheit zur Erwiderung. Deutet nach unten: „Sie tragen Arbeitsschuhe, keine Statusschuhe. Sie haben sich den Aufstieg vom kleinen Bullen zum Chef ehrlich erlaufen. Schätze mal, ohne große Intrigen und ohne viel Politik. Mit harter Arbeit und Loyalität. Sie sind Familienvater, wertkonservativ, Teamarbeiter, glauben an das Gute in unserer Arbeit. Sie fahren Passat Kombi oder Touran, nicht A6, E-Klasse oder Fünfhunderter-BMW. Ich mag das. Machen Sie es nicht kaputt."

Er spürt, wie seine Lider flattern, und wendet sich ab. „Lassen Sie mich in Frieden. Und halten Sie sich da raus."

„Wie Sie wollen." Schmitt zieht die Schultern hoch, presst die Fingerspitzen ihrer Linken an ihre Narbe.

Er beugt sich vor. „Wie kommt es überhaupt, dass Sie das Verschwinden Ihrer Tochter selbst bearbeiten?"

„Wer sollte mich stoppen?" entgegnet sie finster.

„Es ist gegen die Vorschriften."

„Nennen Sie es eine Art Gratifikation. Für herausragende Leistungen."

„In meinen Augen ist das falsch. Ich frage mich, womit es begründet wird." Er schüttelt den Kopf. „Aber vermutlich will ich das so genau gar nicht wissen."

„Guter Punkt. Wenn ich es Ihnen verriete, müsste ich sie töten." Grinst.

Meyer hebt beide Hände wie ein Prediger. „Jetzt spiele ich mal den Profiler."

Schmitt zieht nickend die Mundwinkel runter. „Bitte."

„Sie sind hochbegabt, aber unberechenbar. Sie wirken ruhig, souverän. Aber keine Sekunde lang ruhen Ihre Finger oder Ihre Augen. Als wenn Sie unter Strom stünden. Oder als wenn etwas brennt in Ihnen. Es zehrt so sehr an Ihnen, dass Sie nur gespannte Sehnen und Muskeln sind. Sie wissen, Ihnen eilt ein Ruf voraus: Kein Fall ohne Drama, ohne Blutvergießen. Wo Sie auftauchen, gibt es Ärger." Er ballt die Hände zu Fäusten, öffnet sie wieder. „Kurzum: Wir kommen hier klar. Wir brauchen keine hyperaktive Bullette aus Berlin in unserem Städtchen. Okay?"

Schmitt lächelt. Ihre Augen ruhen in seinem Gesicht, ihre Hände sind entspannt. „Passat oder Touran?"

Die Frage erwischt ihn wie ein Schlag. „Passat."

Sie nickt. „Ich nähme gern noch eine Zigarette, wenn es recht ist." Ihr Lächeln verschwindet. „Und okay: Keine Alleingänge, keine Gewalt, keine Einmischung in Auberger Angelegenheiten. Schön so?"

Schmitt hat noch ein paar Minuten bis zu ihrer Verabredung. Bleibt auf dem Treppenabsatz stehen, fummelt das Schleekemper-Handy aus ihrer feuchten Jacke.

„Ja?" Die wohlbekannte Medienstimme des Ex-Ministers klingt verfremdet.

„Ich hab es zwar nur im Dunkeln gesehen bisher, aber allem Anschein nach ist an dem Grundstück in der Tat nichts Besonderes, außer dass es Ihnen gehört", sagt Schmitt leise. „Wer weiß das?"

„Jeder, der recherchiert, kann das herausfinden. Es steht im Grundbuch. Es ist eine unserer Familien-Gesellschaften."

Schmitt grunzt. „GmbH-Schachtelbeteiligungen, bis eine Steuerschuld nicht mehr zu ermitteln ist?"

Er bleibt ruhig, die nur leicht mundartgetönte Sprechweise routiniert, gelassen. „Man schätzt uns auf 300 Millionen. Überwiegend Wald und Immobilien, nicht sehr ertragsstark. Zumeist uralter Familienbesitz. Würden Sie dafür Erbschaftssteuer zahlen wollen, bei manchen Liegenschaften nach fast 900 Jahren?"

„Irgendwas, worauf ich achten muss, wenn ich nachher nochmal hinfahre?"

„Da fällt mir nichts ein."

„Irgendein Signal unseres gemeinsamen Freunds, oder eine Idee, wer es sein und was er wollen könnte?"

„Nein, tut mir leid."

„Okay. Ich melde mich, wenn ich da war."

Sie verstaut das Prepaidhandy, nimmt ihr Diensthandy und aktiviert einen Kontakt: A. Schmitt. Wenn sie ihren Ex-Mann jetzt nicht anruft, nervt er den ganzen Tag.

Anselm grüßt nicht. Er fragt: „Wo warst du?" Seine sanfte Stimme klingt gepresst. „Ich habe dauernd versucht ..."

„Hab ich gesehen. Bin aber noch nicht dazu gekommen, zurückzurufen. Ich war im Knast."

„Was?"

Schmitt kann nicht anders, als ihn zu provozieren.

Vierzehn SMS über Nacht, allein von ihm.

Sie sieht ihn vor sich in seiner typischen Haltung, wenn er Fürsorge übt oder zuhört, privat und beruflich ganz Fürsorger und Zuhörer, Polizeipsychologe, Dr. phil. in Erziehungswissenschaften, gelernter Sozialarbeiter: den langen Oberkörper im ewigen karierten Hemd leicht gebeugt, den Kopf mit den wilden graublonden Locken geneigt, der ernste Blick durch die goldgeränderte Brille ein Kontrast zu seinem jungenhaften Gesicht, das immer freundlich wirkt.

Sie weiß nicht mehr, was sie fühlte, als sie ihn heiratete.

„Geht es dir gut?"

Schmitt seufzt. „Die dachten, ich wäre der Mörder."

„W-worum geht es? Und jetzt? Geht es dir gut?"

„Mir geht's super. Was willst du?"

Sie spürt denselben Fluchtimpuls wie in jener Nacht, als sie während eines depressiven Schubs einfach aus dem Ehebett aufstand, in ein Laken gehüllt die Wohnung verließ.

Sie ertrug diesen sorgenvollen Ton nicht mehr.

Lieber auf der Straße leben.

Sie stabilisierte sich, beantragte die Scheidung. Nach Monaten der Funkstille sind sie durch das Scheidungsverfahren wieder im Gespräch.

Er liebe sie noch, sagt Anselm oft.

Er kann nicht damit aufhören. Nicht einmal mit dem Gerede.

Er ist ein herzensguter Mensch.

Und nervt.

Ein freundliches und tolerantes Sozialverhalten im Freundeskreis hält Borderliner wie dich in der Spur, meint Schmitts Therapeut.

So sei es denn.

„Du bist in Auberg, ja?", sagt Anselm. „Wieder einmal Sheri suchen, auf eigene Faust. Warum hast du nicht mit mir geredet?"

„Du hättest versucht, es mir auszureden."

„Zu recht."

Anselm ist uneitel, ohne Dominanz. Beides ist selten an intelligenten Männern.

Er ist 15 Jahre älter als Schmitt.

Väterlich.

„Du bist schon einmal auf der Suche nach ihr über den Rand des Wahnsinns hinaus geraten", stellt er fest.

Schmitt lehnt sich ans Geländer und blickt von der Galerie ins Foyer des Polizeipräsidiums. Um diese Zeit ein ruhiger Ort.

In Auberg vielleicht immer ein ruhiger Ort.

Er fragt: „Was ist, wenn du Sheris Entführer gegenüberstehst?"

„Dann bringe ich ihn um."

Anselm hört keine Ironie. „Genau das meine ich. Komm zurück nach Berlin, überlasse diesen Fall lieber anderen."

„Sollst du mit mir reden? Hat mein Chef ... Oder Carla ...?"

„Nein: Dein Onkel war bei mir."

Schmitt lässt die Hand mit dem Telefon einen Moment lang sinken. Schließt die Augen. „Und?"

Sie weiß, was kommt.

„Du wirst es bereuen, wenn du deiner Mutter kein Knochenmark spendest."

„Dafür ist er zu dir gekommen? Du hasst ihn, und er weiß es."

„Ich hab meine Gründe. Er zieht dich runter. Er ist der Motor deiner Depressionen. Er ... Ich habe es ihm zu verdanken, dass du mich nicht erträgst."

„Anselm ..." Schmitt atmet tief ein. Auf verdrehte Weise hat er recht. „Du warst nur noch mein Pfleger. Du hast Besseres verdient als eine Frau, die ... eine wie mich."

„Ich bin Psychologe. Ich wusste, worauf ich mich einlasse."

„Scheiße, nein. Zwischen Opfer begutachten und Opfer heiraten gibt es doch Unterschiede. Du hast selbst einen Knall, wenn du das nicht weißt."

„Er ist zu mir gekommen, obwohl er weiß, was ich von ihm halte. Gegen seinen Stolz. Er flehte mich an, Einfluss auf dich zu nehmen. Er sagt, dass es deiner Mutter sehr schlecht geht."

„Das geht dich nichts an."

„Sie stirbt. Du bestrafst sie für etwas, wofür sie nichts kann."

„Sagt mein Onkel das auch?"

Die Frage macht Anselm stammeln. „Ich ... äh ... er sagt ..."

Fast muss Schmitt laut auflachen. „Ihr seid ein schönes Gespann: Der Kinderschänder mit dem Schuldkomplex, der Psychologe mit dem Helfer-Syndrom. Klasse."

„Du wirst es nicht verwinden, wenn deine Mutter tot ist und du ihr hättest helfen können."

„Wenn ich mich nicht testen lasse, werde ich das nie erfahren. Es ist keineswegs sicher, dass ich ihr helfen kann."

„Sibel ..."

Sie unterbricht: „Noch was? War's das? Ich muss weiter."

Er atmet tief ein. „Okay. Versprich mir, drüber nachzudenken. Und pass auf dich auf."

„Jaja."

Schmitt kappt grußlos die Verbindung.

Wenn sie könnte, würde sie rennen. Weit weg, über jede Erschöpfung hinaus.

Sie steckt das Handy in die Tasche, schließt die Augen, reibt sich die Schläfen, die Narbe.

Wenn nur der Kopfschmerz nicht wäre. Aber er ist immer da.

***

Berlin, Oranienplatz

Die beiden Typen passen nicht nach Kreuzberg und nicht in den „Suppenkaspar". Schwarze Blousons wie Uniformjacken, ausrasierte Nacken, massive Muskulatur, präzise Bewegungen, sichernde Blicke in alle Richtungen. Als ob ihnen die Biotee schlürfenden dünnen Frauen und die Männer mit den modischen Bärten, die sie an den anderen Tischen über ihr Müsli hinweg mustern, etwas antun könnten.
    Für sie ist Wachsamkeit Routine.
    Gelernt im Kriegsgebiet. Irak. Afghanistan. Kosovo.
    Sie setzen sich über Eck, beide mit dem Rücken zur Wand, den ganzen Raum im Blickfeld. Bestellen alkoholfreies Weizenbier. Warten wortlos. Verfolgen einen dritten Typen, als er noch draußen vor dem Fenster ist, mit Blicken.
    Sie erkennen ihn, weil er ihnen ähnlich ist.
    Er kommt rein, tritt an ihren Tisch. Legt ein Smartphone mit Ohrhörern zwischen die Biergläser. Sagt leise: „Ich stelle gleich per SMS die Verbindung her. Wenn ihr nicht mitmacht, lasst ihr das Telefon nach dem Gespräch einfach liegen. Macht ihr mit, ist es unsere sichere Verbindung. So oder so: Ich bin nur der Bote. Und nicht allein. Wer mir zu folgen versucht, wird nicht glücklich. Verstanden?"
    Die beiden nicken.
    Der dritte Mann nimmt einen anderen Tisch. Setzt eine SMS ab. Bestellt alkoholfreies Weizenbier.
    Das Smartphone klingelt mit dem Rufton der Kommunikatoren der Raumschiff-Crew von „Star Trek".
    Die beiden Männer stecken sich jeder einen der knopfgroßen Lautsprecher ins Ohr. Der Größere nimmt das Smartphone und aktiviert die Verbindung.
    „Ja?"
    Die eisige Stimme eines Mannes sagt: „Kevin Landowski, 31, Scharfschütze, Rico Marschner, 33, Nahkampfexperte. Sie waren beide bei Spezialtruppen der Bundeswehr, dann vier Jahre lang bei Top Security, bis die Firma implodierte."
    Die beiden Männer wechseln Blicke, während die Stimme fortfährt. „Sie nehmen Aufträge an, die sonst niemand erledigt. Sie haben zusammen 695.000 Euro Umsatz gemacht mit sechs Morden für verschiedene Kunden, darunter das kolumbianische Narco-Kartell und zwei Erben, die schneller reich werden wollten. Sie sind sehr teuer, aber intelligent, organisiert und effizient. So weit richtig? Brauchen Sie Namen? Soll ich Ihnen noch Ihre Tattoos aufzählen?"
    „Wo haben Sie das her?", fragt Marschner.

„Sagen wir, ich sitze an der Quelle."
„Nichts davon ist geschehen. Nicht mit der geringsten Verbindung zu uns."
„Gäbe es verwertbare Beweise gegen Sie, hätte ich nicht mit Ihnen Kontakt aufgenommen. Ich habe einen Auftrag für Sie."
„Wozu das Versteckspiel? Haben Sie Angst, dass wir zur Polizei gehen?"
Marschner und Landowski grinsen einander einen Moment lang an.
Die Stimme sagt: „Keine Spuren. Keine nachweisbare Verbindung. Ich brauche Diskretion über das Normalmaß hinaus. Ihr Schweigen reicht mir nicht. Sie könnten erwischt werden."
„Es gibt also einen Haken."
„Das Ziel ist eine Polizistin. Keine aus der Masse. Man kennt sie. Es wird eine Welle in der Öffentlichkeit geben, wenn sie erledigt ist."
Die beiden Männer wechseln einen Blick. Marschner: „Ist eine Frage des Preises. Wie kommen Sie auf uns?"
„100.000 sollten reichen. Ich verhandle nicht. 20.000 lege ich drauf, wenn Sie es in 36 Stunden erledigen. 50.000, wenn es in 24 klappt."
Marschner wischt sich mit der Hand über die hohe Stirn. „Wie kommen Sie auf uns?"
„Ihre kindische Anzeige im Dark Web ist es jedenfalls nicht. Ich sage doch, ich sitze an der Quelle. Wie immer Sie es nennen wollen. Gemeinsame Freunde. Scheißegal, oder?"
„Wir arbeiten nicht anonym. Wie wissen wir, dass Sie uns nicht linken?"
Die Stimme lacht. Ein hässliches Geräusch. „Das wissen Sie nicht. Aber immerhin werden Sie das Geld vorab erhalten, wenn Sie zusagen. Die ganzen 100.000."
„So läuft das nicht. Sie müssen ..."
„Okay", unterbricht die Stimme. „Dann lassen wir das Ganze."
Die Verbindung erstirbt.

Im abhörsicheren Raum im Kanzleramt schwingt Karlbacher seine Budapester auf den nächsten Stuhl und zupft seine Bügelfalte zurecht. Er startet den Sekundenzähler seiner Armbanduhr. „100, maximal", murmelt er.

Es braucht einen Moment, bis Leben in Landowski und Marschner kommt. Sie sind es nicht gewohnt, dass man einfach aufhängt.
„Mann", sagt Landowski, „100.000, vielleicht 150. Was verlieren wir schon?"
„Und wenn das ein Bulle ist, der uns linken will?"
„Wie, uns linken? Als wenn das so leicht wäre. Mann, 150.000!"

Sie schauen einander an. Kalkulieren stumm das Risiko. Wie man sie reinlegen könnte. Mit welchen Methoden, die sie nicht selbst schon hundertmal angewandt hätten.

Sie sind Experten. Schnelle Bewegung ohne Geräusch. Unsichtbar. Spurlos. Tödlich.

„Okay." Marschner erhebt sich, geht zu dem Mann, der das Telefon gebracht hatte. „Schicken Sie nochmal eine SMS."

Der Mann nickt, zückt sein Handy.

Als sein Smartphone vibriert, stoppt Karlbacher seine Uhr. Grinst. „41 Sekunden. Uncool."

Das Handy klingelt. Marschner nimmt die Verbindung an. „Wo ist die Frau?"
„In Auberg."
„Für 200.000 plus doppelte Zulagen bei schneller Arbeit, kein Problem."
Die Stimme lacht. „Ich sagte, ich verhandle nicht."
Die Männer schauen einander an.
„Na gut. Deal."
„Alle Koodinaten, Profil und Foto des Ziels schicke ich Ihnen auf Ihr neues Telefon. Das Honorar finden Sie in zehn Minuten in Ihrem Auto. Und Vorsicht, die Frau ist messerscharf."

***

Auberg, Polizeipräsidium

Der Mann ist groß, deutlich größer als Schmitt auf ihren bloßen Füßen. Er trägt Jeans und Lederjacke, darunter ein kariertes Hemd, schwarze Adidas-Turnschuhe. Er federt in den Fußgelenken, als er sich durch den Flur nähert. Durchtrainiert. Ein Schwergewicht.
Schmitt gibt ihm die Hand. „Sibel Schmitt, BKA."
Er hat einen festen Händedruck und eine trockene, kühle Hand. Er lässt ihre Hand nicht los und mustert sie von oben bis unten. „Ja! Ja Mensch! Wow, Sibel! Das ist so toll, ich weiß nicht, was ich sagen soll."
Sie lächelt vage und entzieht ihm die Hand mit einer Drehung des Arms. „Wieso?"
„Dann sag ich's halt: Es ist mir eine Ehre. Die Nummer letztes Jahr in diesem Kaff in Brandenburg, dass du allein all diese Nazis erledigst – Mensch, Klasse. Ich hab jede Zeile drüber gelesen."
Er spricht nur leicht tegitzauerisch gefärbt.
Sie verschränkt die Arme. „Kennen wir uns?"
Er scheint begeistert. „Ja Mensch, ich bin doch der Jakob, Jakob Hertlein. Wir waren gemeinsam auf Schulung. Lange her. Du warst die coole Berlinerin, ich der provinzielle Franke. Ich bin dir gar nicht aufgefallen, richtig? Dein Name war aber noch nicht Schmitt ... irgendwas Türkisches."
Schmitt hat das Bild eines viel jüngeren Hertlein vor Augen, glühende Wangen, anzügliche Sprüche.
„Doch, ich erinnere mich", sagt sie. „Jetzt, da du's sagst. Aber nicht sehr lebhaft."
„Kein Wunder. Du hattest anderes im Kopf."
„Verlass dich drauf."
Er lacht. „Verdammt, wie du die Dozenten rundgemacht hast. Du wusstest die Strafprozessordnung auswendig und alle Kommentare und die Geschichte jedes Paragraphen noch dazu."
„Ich hab mich gelangweilt in dem Seminar. Und die Dozenten erzählten Sachen, die aus meiner Sicht als Juristin nicht wirklich Hand und Fuß hatten."
„Naja, für den Durchschnitts-Bullen hätte es vielleicht gereicht."

Sie treten in die abgestandene Luft eines Büros mit zwei einst weißen, nun leicht vergilbten Schreibtischen. Darauf stehen jeweils ein Computer und ein Telefon, einige Aktenordner aufgereiht. Auf einem der Tische liegen Zettel und ein Stift.

Er fragt: „Machst du noch Kampfsport? Damals hast du an Wettkämpfen teilgenommen ..."

„Ich bemühe mich, jeden Tag zu trainieren."

„Bist du länger hier?"

„Du weißt ja, wozu ich hier bin. Spätestens Montag werde ich wieder in Berlin erwartet."

„Wie wäre es mit einem kleinen gemeinsamen Training? Verabreden wir uns auf ein Sparring? Ich muss dranbleiben, nächste Woche habe ich Titelkampf. Polizeisportmeister."

Schmitt nickt. „Warum nicht? Was machst du?"

„Judo."

„Dann kann ich dir nicht wirklich helfen. Ich mache im Wesentlichen Jiu Jitsu, mit Einsprengseln aller möglichen Techniken, eigentlich eher Freestyle. Ist in deinem Wettkampf eher nutzlos."

Hertlein grinst. Er lässt sich in einen der Schreibtischstühle fallen. „Aber du bist nicht hier, um über alte Zeiten zu plaudern. Tut mir leid, was dir letzte Nacht im Dompark passiert ist."

„Haben die dich nicht gleich informiert? Ich meine ... ich hoffe, du hättest mich nicht im Knast übernachten lassen?"

„Ich war nicht erreichbar."

„Okay." Schmitt neigt den Kopf. „Und, was sagt *er*?"

Hertlein wirkt aufgescheucht. „Bitte was?"

„Was hat er gesagt?" Schmitt steht noch immer an der Tür. Auf Distanz. Intensiver Blick, eine Art Lächeln. Eishart.

Hertlein wendet die Augen ab. „Wer?"

„Der Kaiser von China, Kollege." Sie schnaubt. „Meyer natürlich. Was hat er dir gesagt über mich?"

„Ich soll auf dich aufpassen. Keine Spielchen, kurze Leine. Er sagt, du bist ebenso schön wie durchgeknallt."

Schmitt verzieht keine Miene. „Und, wie schön bin ich?"

Er feixt. „Passt schon. Für meinen Geschmack kannst du nicht durchgeknallt genug sein."

Schmitt lächelt. „Was sind Spielchen?"

„Sonderwege, Abwege, irgendwas Illegales. Irgendwas, das mit deinen Ermittlungen nichts zu tun hat."

„Zum Beispiel etwas zum Thema Serienmörder?"

Er verschränkt die Arme. „Dass du da nicht reinfunkst, dafür werde ich schon sorgen. Ich leite die Ermittlungen. Der hiesige Oberstaatsanwalt hat mich eigens für diesen Fall aus München geholt."

„Haben die hier nicht genug Leute?"

„Vertrauenssache." Er lehnt sich zurück, verschränkt die Arme hinter dem Nacken. Eine Haltung der Selbstzufriedenheit. „Ich komme von hier. Und ich hab halt mit dem hiesigen Leitenden Oberstaatsanwalt immer sehr gut gearbeitet, als er noch ermittelnder Staatsanwalt in München war."

„Schön", sagt sie. „Aufregender Fall. Gut für die Karriere." Tritt an die Magnetwand an der Längsseite des Büros. Links Fotos einer Frau. Hübsch, unscheinbar. Darunter „Ursula Rath", eingekringelt mit rotem Marker.

Die Verdächtige.

Ein Bauernhaus mit einem Gerüst an der Giebelwand. Mit schwarzem Marker beschriftet: „Wohnhaus Rath". Ein Mann mit Halbglatze: der Ehemann, der frühere Chefredakteur. Rechts oben die vergrößerten Passfotos dreier Männer.

Die Opfer.

Darunter Fundortfotos. Bizarre Details, multipliziert um die Zahl der Bilder, vergrößert, aus allen Winkeln. Seltsam abstrakt. Wie die Auslage in einer Fleischtheke. Geordnet und sauber.

Schmitt wendet sich Hertlein zu. „Und, wenn ich Spielchen mache, was sollst du tun?"

„Meyer informieren."

„Und dann?"

Er zuckt die Achseln. „Keine Ahnung. Er ruft das BKA an und macht dir Ärger."

„Und sonst?"

„Sonst nichts. Ich hab genug zu tun. Ich führe dich herum, wenn nötig. Ich kenne mich aus. Ich bin hier geboren. Aber ich gehe davon aus, dass du dir zu helfen weißt."

„Wieso du?"

„For old times sake", sagt er mit zu hartem „r". „Ich hätte mich darum gerissen, wenn es nicht uncool ausgesehen hätte. Vielleicht klappt es ja jetzt mit uns."

Er lächelt breit. Dann sieht er Schmitts Blick. Sagt ernst: „Die wollten dich erst mit einem Neuling zusammenspannen, irgendeiner jungen Beamtin. Aber die halten das nach der Nummer heut Nacht nicht mehr für geboten. Ich hab denen gesagt, dass ich dich kenne, da hab ich das halt aufgedrückt bekommen. Du hast einen etwas wilden Ruf, weißt du."

Sie geht zum Fenster. „Nachdem ich im Zuge meiner Ermittlungen versehentlich in deinen Fall reingeraten bin, interessiere ich mich halt." Aus zwei Stockwerken Höhe schaut Schmitt hinunter auf eine Straße. „Der Park, ich möchte da noch mal hin. Mit allen Fotos aus der Akte, um den Fundort genau erkunden."

Der Regen ist in Schnee übergegangen. Fette, nasse Flocken. Ein verbeulter Kleinbus mit Geschäftsaufschrift passiert sehr langsam das Präsidium. Schmitt kann im Schneegestöber die grauen und braunroten Dächer und Schornsteine der Altstadt um den Domberg und einen weiteren Hügel mit einer Kirche darauf kaum ausmachen. Es ist dunkel wie kurz vor Sonnenuntergang.

„Wird lustig bei dem Wetter. So oder so muss ich dort noch mein Auto abholen. Und weißt du, wo ich erstmal Schuhe kaufen kann?"

***

Berlin-Mitte, Bundesministerium des Innern

Diese Begegnung sieht nur aus wie Zufall.
Zwei Männer kreuzen einander beim Eingang des Innenministeriums. Der eine hat seinen schwarzen A6 an der S-Bahn ins Halteverbot gestellt, streift den anderen Mann mit einem gleichgültigen Blick, die Hand in der Tasche seiner Glencheck-Hose, die Ziegenlederjacke über dem dunkelroten Hemd und dem Paisley-Seidenschal offen, spitze italienische Schuhe an den Füßen, die Pfützen auf dem Gehsteig lässig vermeidend – Uniform Nonkonformist, gehobene Gehaltsklasse, absolute Führungspersönlichkeit.
Der andere ist aus dem Gebäude gekommen, dunkler Anzug, braune Schuhe, blaues Hemd, rote Krawatte – Uniform gehobener Dienst.
Beide sind leicht nervös, etwas gehetzt, aber professionell gesammelt.
Der in Ziegenleder schneidet den Weg des anderen, der folgt. Nein, er folgt nicht wirklich: Es sieht so aus, als gehe er eben auch da lang. Zufall. Keine Verbindung. Und tatsächlich geht der eine über die Straße, der andere bleibt auf dem Gehweg.
In ihren Bewegungen ähneln die beiden Männer einander wie Brüder. Oder wie Menschen, die dasselbe Training genossen haben.
Der im Anzug verschwindet im Eingang einer Bar unter einem im Wind schwingenden „Espresso-Bar"-Schild. Er bestellt am Tresen einen Espresso und folgt dem Wegweiser zur Toilette die Treppe hinab.
Der Ziegenleder-Mann überquert wieder die Straße, geht ein Stück zurück, betritt das übernächste Haus durch den Torbogen. Wendet sich im Hof nach links. Betritt den Seitenflügel durch die Kellertür. Geht hinab bis zu einer Eisenluke. Hört Schritte auf der anderen Seite.
Der Hebel an der Luke bewegt sich quietschend von „ZU" nach „AUF".
Der Anzugmann muss sich im Durchgang bücken, richtet sich ächzend auf, tritt ins Licht der trüben Glühbirne, die in einem Drahtkäfig an der Wand hängt. „Was für ein Ort", sagt Stefan Held. „Grüß dich, Max. Lang nicht gesehen. Du bist ein großer Mann jetzt. Geheimdienst-Beauftragter der Regierung – wow!"
„Ein alter Luftschutzgang, zufällig entdeckt. Ich nutze ihn schon länger für bestimmte Gespräche. Entschuldige das Versteckspiel. Es schien mir geboten. BKA und Geheimdienste sollten einander unter bestimmten Umständen lieber fernbleiben." Er schüttelt die Hand des anderen, grinst. „Mein Held. Lange her, in der Tat."

„Leider keine Zeit für Smalltalk, mein Lieber. Ich hoffe, es hat einen Grund, mich aus dem Jour fixe mit dem Minister zu holen." Stefan Held verzieht das Gesicht und presst seine Faust gegen seinen Rücken.

Max Denzler wiegt die Schultern. „Du hast das Zerren? Dagegen gibt es in deinem Amt die goldenen Hände von Vera Bernburg, der Pathologin. Ich bin von ihr mal auf einer Schulung entknackt worden, ich sage dir …"

Held unterbricht mit einer Handbewegung. „Also, was gibt es so Wichtiges für ein konspiratives Treffen?"

„Okay, let's talk business. Was es Wichtiges gibt? Dass du ja wohl total bescheuert bist, unsere gemeinsame Freundin nach Auberg fahren zu lassen. Und dann auch noch allein", zischt Denzler, ohne Übergang von Smalltalk auf Vortrag der Anklage schaltend.

Held atmet scharf aus und wieder ein. „Ich verbitte mir diesen Ton. Du selbst hast Schmitt dem BKA angedient und ihre Beförderung empfohlen, schon vergessen? Du warst es auch, der ihr hat zusichern lassen, dass sie den Fall Sheri selbst bearbeiten darf. Wenn du mich fragst, wäre sie eher reif für eine Frühpensionierung gewesen. Ehrenvolle Entlassung auf ärztlichen Rat, mit fetter Beförderung und maximalem, pensionswirksamem Bonus – das wäre kein Problem gewesen, sie war ja halb tot nach ihrem Einsatz gegen diese Nazis letztes Jahr. Du bist ihr verdammter Freund und Förderer, mich hat niemand gefragt."

Denzler schnarrt: „Ich hatte nicht gesagt, dass Schmitt jede Info über Sheri ungefiltert und sofort erhalten soll. Und du weißt so gut wie ich, dass sie auch dann nicht zu bremsen gewesen wäre, wenn wir sie entlassen hätten. Aber sie steht nicht über der Befehlskette. Nach all der Zeit ist doch klar, dass der Entführer ein extrem gefährlicher Mensch sein muss. Mit Macht, überlegener Kontrolle. Sie hätte wenigstens eine Begleitung gebraucht, Mann."

„Für eine Doppelbesetzung habe ich nicht genug Leute. Unter normalen Umständen hätten wir nicht einmal *einen* Beamten da hingeschickt."

Denzler tippt dem anderen mit der Fingerspitze aufs Revers. „Schmitt hätte niemals von dem DNS-Fund erfahren dürfen. Du musst sie zurückpfeifen."

Held zieht die Brauen hoch. „Dir geht es gar nicht um Schmitt. Worüber reden wir eigentlich?"

„Hast du dich nicht gefragt, von wem die Blutspur und der Fingerabdruck stammen, die mit Sheris DNS gefunden wurden?"

„Es war nichts in der Datenbank. Erst schienen es gesperrte Informationen zu sein, dann war da plötzlich nichts mehr."

„Nein. Es war nichts in der Datenbank." Denzler holt tief Luft. „Top secret. Es ist eine verdammte Staatsaffäre, in die du mitten reintappst, indem du Schmitt an der langen Leine gehen lässt.

Helds Mund öffnet sich langsam. „Du willst sagen, wir wussten die ganze Zeit, wo Schmitts Tochter ist?"

„Ich will gar nichts sagen." Denzler ballt die Fäuste. „Schmitt ist wie eine geladene und entsicherte Waffe, das ist der Punkt. Ich habe harte Typen gesehen, die nach solchen Verletzungen wie die, die sie sich letztes Jahr im Kampf gegen diese Nazis eingefangen hat, nie wieder richtig auf die Beine gekommen sind. Aber Schmitt ist noch während der Reha in den Kraftraum gegangen und hat trainiert, unter Schmerzen, jeden Tag, bis zur totalen Erschöpfung. Ein paar Wochen später war sie wieder da. So ist sie in allem, und nicht nur zu sich selbst. Es wird eine Katastrophe geben. Du ahnst nicht, was sie anrichten kann. Du allein bist für die Folgen verantwortlich. Ich sagte Staatsaffäre. Und ich meine es. Höchste Priorität! Kanzler-Kompetenzbereich."

„Die Information über die DNS ihrer Tochter gelangte durch ihr eigenes Netzwerk direkt zu Schmitt. Da war nichts zu machen." Helds Stimme klingt scharf. „Du musst in heller Panik sein, dass du dich an diesem lächerlichen Ort mit mir triffst, ASAP, wie du zu smsen beliebtest." Held schüttelt den Kopf. Faltet sein Gesicht zur ironischen Maske. „Sag mir, was Sache ist, und ich überlege, was ich tun kann. Druck machen hilft bei mir nicht. Ich bin kein Idiot."

„Top secret, höchste Stufe. Nimm es hin, du Scheiß-Dickkopf, dass es Dinge in diesem Land gibt, die du nicht wissen sollst." Denzler bleckt die Zähne. „Und sei dir mal nicht so sicher, ungeschoren da heraus zu kommen. Schmitt ist eine deiner Leute. Keine Chance."

Held gibt sich gelassen. „Mach mich nicht dafür verantwortlich, dass du dachtest, eine Schmitt ist im BKA am besten unter Kontrolle zu halten. Absurde Idee. Andererseits kann ich Schmitt nicht anders behandeln als meine anderen Leute. Zumal sie exzellente Arbeit leistet. Und die Zusagen bezüglich ihrer Tochter, auf die sie sich beruft, hat sie nun einmal von dir. Ich hab sogar versucht, ihr die Ermittlung auszureden, wegen ihrer – ähm – instabilen Vergangenheit. Dann habe ich ihr eingeschärft, keinen Unsinn zu machen, und ich sehe keinen Grund zu der Annahme, dass sie sich daran nicht hält. Ich habe meinen Job gemacht. Also rede du selbst mit ihr, wenn du etwas von ihr willst."

„Ich bin ihr Ex-Kollege, du bist Schmitts Chef. Berufe sie ab."

„Mit welchem Argument, bei der Geheimniskrämerei?" Held dreht ächzend seinen Oberkörper und verzieht sein Gesicht. „Weil *du* es willst?"

„Kein Wort von Staatsgeheimnissen zu Schmitt, oder dass ich dahinterstecke. Du bist ihr Vorgesetzter, du brauchst keine Argumente. Schieb einen anderen Fall vor. Was immer!"

„Als wenn das reichen würde, Schmitt ausgerechnet von dieser Fährte abzulenken." Held tritt einen Schritt zurück. „Und, mal ganz ehrlich, was soll das?

Warum befreien wir ihre Tochter nicht einfach, wie sich das gehört? Wir reden von einem Kapitalverbrechen, Mann."

„Noch einmal: Es geht um die Staatsraison. Weltpolitik. Krieg oder Frieden. Ein internationaler Top-Deal. Hochbrisant. Wenn Schmitt auftaucht und mit ihrer unnachahmlichen Art alles durcheinander bringt, würde es das Fass überlaufen lassen. Nach dem Deal können wir das Mädchen dann rausholen. Nur ein paar Tage …"

Held hebt beide Hände in einer Abwehrgeste. „Ich habe keine Lust auf diese Scheiße. Du bist nicht mein Vorgesetzter. Ich schulde dir nichts. Im Gegenteil. Ich bin nur ein kleiner Bulle, in dessen Abteilung du reinfunkst. Weltpolitik ist nicht mein Geschäft. Wenn du also etwas von mir willst, musst du mir den Weg ebnen. Gib mir einen sauberen Anlass, und ich bewege mich. Aber du musst den ersten Zug machen. Ich wüsste wie gesagt sowieso nicht, wie ich sie davon abhalten sollte, zu tun, was du ihr zu tun erlaubt hast."

„So kannst du dich nicht aus der Affäre stehlen, und du weißt es", sagt Denzler.

„Das ist doch alles nicht auf deinem Mist gewachsen. Sitzt dir der neue Wadenbeißer des Kanzleramts im Nacken? Dieser Karlbacher? Wie kommt er eigentlich an seinen Job? Ein total undurchsichtiger Typ ist das, wenn du mich fragst."

„Zerbrich dir nicht meinen Kopf." wehrt Denzler ab. „Also: Ich warte auf deine Entscheidung." Wartet, bis Held die Stille über wird.

Der steckt die Hände in die Taschen, hebt steif die Schultern. „Na gut. Ich schlage vor, wir machen das so: Gib mir einen Grund, Schmitt abzuservieren. Schriftlich und verbindlich. Etwas, das ich präsentieren kann, ohne rot zu werden. Ohne diesen Grund kriegst du nichts. Spiel es meinetwegen über Bande. Zersetzung ist dein Geschäft, nicht meins."

„Zersetzung? Wir sind nicht die Stasi!" Denzler fletscht fast die Zähne in wütender Machtlosigkeit. „Aber na schön, ich werde sehen, was sich machen lässt. Du hörst von mir."

Held nickt, dreht sich um und verschwindet durch die Luke. Denzler tritt sie fluchend zu und verriegelt sie mit dem quietschenden Hebel.

Verdammt.

Er mag Schmitt. Aber es gibt höhere Güter als Freundschaft.

***

Auberg, Dompark

Hertlein stellt den Motor seines tiefergelegten 3er BMW ab, greift nach den beiden Schnellheftern auf dem Rücksitz. Schmitt steigt aus, stellt sich an die Rasenkante, dreht sich langsam. Bei Licht und ohne Nebel ist es eine unspektakulär ansteigende Wiese, an ihrer steilsten Stelle von Bäumen bewachsen, Kulisse für den Dom mit seinen vier schlanken Türmen ganz oben.

Hertlein hat dafür keinen Blick. Er streicht mit den Fingerspitzen sanft über die Motorhaube des Audi mit dem Berliner Kennzeichen, hinter dem er seinen BMW abgestellt hat. „Gott, ist das etwa dein Auto?"

Schmitt öffnet die Türen mit der Fernbedienung. „Ja, ist meiner. Wieso?"

„Oh Mann. Audi V8, mein Traum von einem Auto, als ich ein Junge war." Er geht um den Wagen herum. „Holz, Leder ... Phantastisches Grau, die Sitze! Toll zu dieser Gold-Lackierung. Und was für ein Zustand, der muss doch dreißig Jahre alt sein! Aber verbraucht der nicht wahnsinnig viel?"

„Spaßfaktor eingerechnet? Nein."

Er öffnet die Fahrertür – „Darf ich?" – und lässt sich in den Sitz gleiten. „4,2 oder 3,8 Liter Hubraum?" Er berührt mit den Fingerspitzen das Lederlenkrad, das Holz am Armaturenbrett.

„4,2 natürlich. Schärfere Nockenwelle und andere kleine Modifikationen."

„Und Schalter mit sechs Gängen. Perfekte Kombination, superselten. Wie schnell?"

Sie zieht die Mundwinkel runter. „Bis Tacho 270 bin ich schon gekommen. Da war das Pedal aber noch nicht ganz unten."

„Ist das geil. Wo hast du den nur her?"

„Mein Onkel ist Autohändler, er hatte den übrig. Irgendein Deal über mehrere Autos, der Wagen steckte im Paket. Er stand dann nur rum. Kein Mensch will heute ein Auto kaufen, das als Spritsäufer gilt. Nicht zu einem vernünftigen Preis. Der hier ist fast wie neu, aber viel mehr als dreitausend Euro sind kaum machbar auf die Schnelle. Da hat er ihn mir überlassen."

„So einen Onkel will ich auch haben."

„Willst du nicht." In einer Bö dreht sie rasch ihren Kopf, dass ihr das Haar nicht ins Gesicht weht. Einige dicke Tropfen fallen. Hertlein wischt mit der Hand die Nässe vom Leder der Türverkleidung, steigt aus, wirft die Tür ins Schloss. „Soll ich einen Schirm holen?"

Schmitt blickt hügelan in den Dunst, in dem hinter einer Baumgruppe die vier Domtürme verschwimmen. Sie schüttelt den Kopf. „Regnet ja nicht dramatisch."

Er hält ihr einen der beiden Schnellhefter hin. Sie ignoriert ihn, blickt auf den Boden. Das Gras ist wintergrau unter der semitransparenten Schicht nassen Schnees, die langen Halme sind ineinander verschlungen. „Das Messer mit der DNS meiner Tochter lag doch da hinten irgendwo. Gab es keine Trittspuren?"

„Nein. Hier war alles steinhart gefroren."

Schmitt steigt aus ihren neuen roten Peeptoes und macht einen großen Schritt ins triefnasse Gras.

Hertlein lacht. „Ich kann nicht fassen, dass du dir als Ersatz für deine ruinierten Stiefel diese turmhohen offenen Dinger gekauft hast."

Schmitt wirft ihm einen Blick zu, dass er auf Ernst schaltet und sagt: „Du musst dich weiter rechts halten. Wo das Pflaster ist, an der rechten Ecke war es."

Hertlein geht mit kurzen, schnellen Schritten vor, den Arm ausgestreckt, um die Richtung zu weisen.

„Warum ist da Kopfsteinpflaster mitten in der Wiese?" Schmitt watet durchs Gras wie durch einen flachen Teich.

„Hier war ein alter Gasthof, der nach längerem Leerstand abgerissen wurde. Das Pflaster war die Fläche davor. Irgendwo im Gras ist auch die Zufahrt versunken."

„Ist Auberg nicht ein Flächendenkmal?"

„Warum?"

„Ich hätte gedacht, dass man einen alten Gasthof nicht einfach abreißen darf, wenn die ganze Stadt unter Denkmalschutz steht."

Hertlein macht eine lässige Bewegung mit dem Daumen, deutet auf eine Villa, die hügelan unter hohen Bäumen steht. „Kommt auf die Nachbarn an."

„Wer wohnt denn da?"

„Frau Dr. Menter, die ist ein hohes Tier hier. Bei der Zeitung und in der Partei. Sie nannte den Gasthof einen Schandfleck."

„Ist es die Frau Doktor, bei der euer Serienkiller eines seiner Opfer abgelegt hat?"

Hertlein verzieht das Gesicht, sichtlich mit sich ringend, ob er antworten soll.

Ein voll besetzter Transit mit Rostansatz an den Türen rollt gerade an den Audi heran, bleibt kurz stehen, fährt nach dem Hupen des nachfolgenden Astra weiter.

Hertlein sieht dem Wagen hinterher, antwortet zerstreut: „Ja, das ist sie, der – äh – Fund lag vor der Einfahrt, aber ..."

Schmitt hebt eine Hand. Sie bleibt am Rand der gepflasterten Fläche stehen. „Blut und Messer, wo genau?"

Er schaut rasch auf den Ausdruck des Fundortfotos im Schnellhefter und deutet auf das Ende der trapezförmigen gepflasterten Fläche, die hier spitz ausläuft. Er hält Schmitt das Bild hin. Die blickt nur kurz hinein.

„Wer hat den Fund gemeldet?"
„Ein Hundebesitzer. Sein Hund hat ihn hergeführt."
„Das steht in der Akte. Aber wie heißt er, wo wohnt er, was sagt er? Warum habt ihr ihn nicht vernommen?"
„Er hat seinen Namen nicht genannt und dann sein Handy abgeschaltet."
„Prepaid?"
Hertlein nickt. „Ausländisch. Russisch glaube ich."
„Wurde das Handy jemals wieder eingeschaltet?"
„Nicht, dass ich wüsste."
„Ihr habt ihn also nicht finden und vernehmen können. Das hat euch nicht zu denken gegeben?"
Hertlein zieht die Schultern hoch, senkt die Mundwinkel, schüttelt den Kopf.
Schmitt stöhnt. „Ich nehme an, das Blut war nicht gefroren, als ihr hier ankamt?"
„Ich war nicht dabei. Aber so weit ich weiß, nein. Man hätte es gefroren ja kaum gleich als Blut identifiziert. Warum?"
Schmitt stöhnt wieder. „Es ist euch nicht in den Sinn gekommen, dass derjenige, der das hier ausgelegt hat, auch der Anrufer gewesen sein könnte, oder?"
Er fröstelt. „Nein."
Schmitt angelt eine Zigarette aus ihrer Jackentasche, zündet vergeblich das Feuerzeug, schüttelt es, nichts. Steckt es in die Tasche zurück, behält die Zigarette zwischen den Lippen. „Wer hat eigentlich gestern Abend die Polizei gerufen. Die von da drüben?" Sie zeigt auf die Villa.
Er nickt.
Beiläufig sagt sie: „Ungewöhnlich, dass eine Frau der Killer ist."
„Meinst du?"
„So selten, dass es nicht mal Statistiken darüber gibt."
„Wusste ich nicht", sagt er.
Sie geht zur Straße, steigt in ihre Schuhe.
„Na und?" fragt er.
„Nichts. Nur so."

***

Imerschwang bei Auberg

Er träufelt Wasser aus dem Schlauch über den Fleck. An einigen Stellen glänzt er wie brauner Lack. Aus dem rissigen Rand lösen sich Schlieren, rot wie frisches Blut. Ziehen Fäden, die sich zu Wolken auflösen, aus dem Fleck treiben, mit dem Wasser durch das Loch am Tischrand abfließen.
 Er drückt den Daumen auf den Schlauch.
 Der verschärfte Strahl löst Krümel aus dem Fleck, mehr rote Fäden, ausdünnende Streifen, Wolken im Wasser.
 Dann ist der Edelstahl makellos. Aber nicht ohne Spuren. Das Neonlicht bricht sich in feinen Schnitten und Kratzern. Winzigen Beulen. Wenn das Beil abgleitet und im falschen Winkel einschlägt, entstehen diese Krater.
 Alois Schuggenberger streckt die Hand aus wie nach einem Reliquar. Betastet die Oberfläche andächtig mit den Fingerspitzen, erforscht die Spuren jahrzehntelangen Tötens und Tranchierens.
 Er wischt die Fläche mit einem Tuch trocken. Mit einem zweiten Tuch beseitigt er die Streifen, die das erste Tuch hinterlassen hat. Drückt den Gummischieber über den Boden, bis die letzte rote Schliere im Abfluss verschwunden ist.
 Das Blut von Nummer Drei. Der Schreiner-Schorsch hatte einen Vorsprung vor den beiden anderen. Das Bewusstsein. Wochenlang konnte er sich überlegen, was er sagen würde, wenn er auf der Schlachtbank liegt.
 Die von Hunderten Händen in Jahrzehnten polierten Bakelitgriffe, aus denen abgerundet die Nieten herausstehen, schmeicheln den Fingern, den Handflächen.
 Schuggenberger breitet Tücher über die Edelstahltische, drapiert darauf, was nötig ist, nach Größe und Beschaffenheit sortiert. Hackmesser, Knochenbeil, Tranchiermesser, alle Formen, alle Größen. Zum Entbeinen, Häuten, Schneiden, Trennen, Filetieren.
 Ein Bild reiner Schönheit. Tabellarisch. Da ist er in seinem Element. Damit sind seine Hirnströme synchronisiert. Seine Hände bewegen sich wie von selbst.
 Er muss seine Botschaft in Fleisch schreiben.
 Eine Pflicht, die erledigt sein will.
 Töten ist Kunst, wenn die Lektion stimmt. Der Moment, in dem das Objekt begreift, ist der Moment, in dem sich diese Kunst erfüllt. Wenn das Objekt begreift, dass er ein Abbild seines damaligen Selbst schafft, zitternd, wimmernd, um Gnade winselnd, ohne Hoffnung. Schließlich das Arrangement, wodurch das Unsagbare dann doch zu Tage kommt.
 Der Schreiner-Schorsch begann mit der Beichte, im Verständnis heischenden Brustton: „Es hatte Gründe, dass ich die Sache nicht – äh – behandelte, das wis-

sen Sie doch. Schließlich ging es damals auch darum, Sie nicht öffentlich bloßzustellen. Sie waren doch erst 15!" Respektvolles „Sie" – das hatte seinerzeit anders geklungen: „Wir schicken dich zu den Idioten."

Als Schuggenberger unbeirrt mit den Vorbereitungen fortfuhr, flehte der Schreiner-Schorsch: „Sie haben den Falschen. Ich war doch nur ein kleiner Wachtmeister damals! Sie wissen doch, wer bei uns wirklich das Sagen hat. Halten Sie sich zum Beispiel an Ihren Cousin! Oder an ... an den, der Ihnen das angetan hat."

Schuggenberger fiel beinahe aus der Rolle, spürte den Impuls, sich die Maske vom Gesicht zu reißen und zu schreien: Du schaffst es nicht einmal jetzt, den Kerl beim Namen zu nennen und Klartext über seine Tat zu reden!

Aber ein solcher Ausbruch hieße, die Sache zu einer persönlichen Angelegenheit zu machen.

Schuggenberger muss objektiv bleiben. Sein Schweigen ist die Voraussetzung für das Gelingen seines Vorhabens.

Mutter sagt: Du darfst nicht reden. Niemand will wissen, was du zu sagen hast. Was *du* zu sagen hast.

Ja. Ich versprech's.

Die Tat löscht das Schweigen. Schuggenberger wird Einen nach dem Anderen richten, bis die Übrigen reden. Sie werden sein Schweigen brechen. Sie werden bekennen müssen oder sterben. Sie werden das Defizit auf der Haben-Seite ausgleichen. Für Balance sorgen.

Der Schneider-Schorsch, noch einmal eine Tonlage höher: „Wenn Sie mich gehen lassen, werde ich die Sache vor Gericht bringen, damit Ihnen Gerechtigkeit geschieht."

Nein. Darum geht es nicht. Nicht mehr. Versäumt. Damals als Polizist. Und, welche Ironie, heut als Lokalchef der Zeitung auch. Seitenweise haben sie geschrieben über den „Schlächter von Auberg". Geleugnet, verdreht. Diese Frau niedergemacht.

Dies Versäumnis ist historisch. Dinge sind geschehen, die sich nicht ungeschehen machen lassen.

Schließlich kreischte der Schreiner-Schorsch: „Das können Sie nicht machen. Verdammte Scheiße, du kranke Sau, lass mich gehen!"

Da war es Zeit für den Knebel. Das Objekt wurde zum Medium. Spürte zugleich die Hilflosigkeit, mit der Schuggenberger aufgewachsen ist. Mit jedem weiteren Schritt Schuggenbergers wurde diese Erfahrung etwas tiefer.

Mit jedem Schnitt.

Am Ende stellte er Klarheit her.

Bis auf die Knochen.

Beim ersten Objekt war dies noch schwer. Es gab noch kein Beispiel. Das Objekt verstand die Botschaft nicht. Schuggenberger musste ihm sein Gesicht zeigen, um in seinen erlöschenden Augen noch in letzter Sekunde den Funken des Bewusstwerdens aufglimmen zu sehen.

Doch auch wenn es heißt, dass die Menschen im letzten Moment noch Lebensbilanz zögen, glaubt Schuggenberger nicht, dass der dicke Bemmer sich in der kurzen Zeit, die ihm noch blieb, der verflossenen Chance bewusst wurde, die darin gelegen hätte, nicht mitzumachen damals.

Aber Bemmer hatte mitgemacht. ER war doch der Wohltäter von Auberg. Da *musste* Bemmer doch mitmachen.

Der Staubgeruch des Kellers im Hang überm Bootshaus. Ein Sonnenstrahl schnitt schräg ins Flirren der winzigen Körner. SEIN riesiger Schatten in der Tür. „Komm mein Junge. Ich geb dir was Schönes, da hast du. Wollen wir etwas spielen? Wenn du mit mir spielst, wird dich das nicht reuen." Immer wieder: „Das bleibt unser Geheimnis, Junge."

Danach durfte Schugge Bier trinken. Ihm schmeckte das nicht, aber er trank das Bier, um den Geschmack loszuwerden. Die Männer sprachen über Geschäfte. Die Sparkasse, die Brauerei, die Anzeigen in der Zeitung, Hunderte, Tausende, Zehntausende Mark Umsatz.

Schugge kriegte zehn Mark.

Bemmer ging raus. Sie waren allein. Schugge saß auf SEINEM Schoß, erstarrt unter SEINEN Händen.

Überwältigende Scham.

Danach durfte Schugge gehen, ER begleitete ihn zur Tür.

Gebenedeit unter den Männern, der gute Mensch. Bester Mensch von ganz Auberg.

Draußen sind die anderen, nah und doch plötzlich so weit weg. Unter ihnen rappelt das Boot. Stimmen klingen durcheinander, das Popp-Popp des Volleyballs und das Kreischen der Mädchen, die sich im Wasser um einen Schwimmring balgen.

Als er rauskommt, ist er beschmutzt.

Diese Blicke.

Verstohlenes Wegsehen wie ein Griff in eine frische Wunde.

ER legte schon die Hand sanft in den Nacken eines anderen Jungen, als Schugge noch dastand wie unter einer Glasglocke. Er konnte die anderen sehen und hören und sie ihn auch, aber eine Verbindung gab es nicht.

Der Junge von damals lebt noch in Alois Schuggenberger. Verschreckt, befleckt. Befangen in seiner Schüchternheit, linkisch. Er spürt die Angst noch immer, wenn er unter Menschen geht. Eine andere Angst als die vor Mutter. Die

Angst vor Entdeckung, vor Entblößung, Nähe. Ein Verstörter. Sein älterer Cousin Wolfgang Schäfer nannte ihn Meschuggenberger, und daraus wurde Schugge.

Wie Schugge dem Blick Bemmers begegnet, damals am Bootshaus, wie der wegschaut und seine Sonnenbrille von der Stirn auf seine Nase schiebt.

Schuggenberger führte ihn am Ende zurück zu diesem Moment. Aber nicht mit Tiefe und Nachhaltigkeit. Bemmer war zu sehr dem Stress des nahenden Todes ausgesetzt.

Erst beim letzten Akt, auf dem Höhepunkt des Schmerzes und am finalen Tiefpunkt seines Lebens angelangt, angesichts seines dem Ausmaß seiner Schuld angemessenen Todes, erkannte Bemmer, warum geschah, was ihm geschah. Schuggenberger riss seine Maske runter, und in Bemmers schon verlöschende Augen kam noch einmal Leben. Für den Bruchteil einer Sekunde, bevor er ausgeblutet war.

Ja, Herr Bemmer. Ich bin's leibhaftig.

Schugge: Schweiger, Glotzer, Streber, Mamakind, Hosenscheißer, Angsthase Pfeffernase.

Der Gerechtigkeit wollte, nicht einmal nur für sich, und Hohn und Schmerz bekam.

Das muss enden. Es hat lang gedauert.

Das zweite Objekt gelangte schneller zur Erkenntnis.

Doch auch Verlagsleiter Eulenbeck musste dazu Schuggenbergers Gesicht sehen. Schuggenberger gewährte ihm diesen Blick früher.

Eulenbeck blieb sachlich. Er beteuerte immer wieder, nichts mit irgendetwas zu tun zu haben, was Schuggenberger betreffe. Schuggenberger sei ein bedauerliches Opfer, und bedauerlich sei auch, dass ungesühnt geblieben sei, was ihm angetan wurde. Mit oder ohne sein Zutun wäre passiert, was passiert sei. Er, Eulenbeck, sei doch nur ein kleines Rädchen im Getriebe gewesen, seinerzeit.

Er starb um sein Leben bettelnd.

Alles ist gerichtet für den Nächsten. Schuggenberger verbeugt sich. Das gilt ihm selbst, der die Erfüllung herbeiführt, den sie noch den Schlächter nennen, aber bald schon als den Rächer erkennen werden.

Die Objekte werden durch die Behandlung Träger der Lektion und damit veredelt. Gereinigt von Schuld.

Schuggenberger lächelt fast. Murmelt: „Ich tu es auch für euch."

***

Polizeipräsidium Auberg

Schmitt parkt ihren Audi. Ruft mit dem Billigtelefon Schleekemper an.
„Ja, Frau Schmitt?"
„Da stand ein Gasthof früher. Irgendwelche alten Geschichten? Traumatische Ereignisse? Blut, Schweiß, Sperma?"
Er braucht eine Sekunde, sich auf die Frage einzustellen. „Nichts. Gar nichts."
„Vielleicht wissen Sie nicht alles. Vielleicht war was mit den Pächtern. Oder es gab einen Unfall. Irgendwas."
Schleekemper räuspert sich. „Frau Schmitt, Sie haben keine Vorstellung von unserer Art Familienunternehmen. Wir wissen immer, was los ist. Immer und alles. Als der Gasthof stillgelegt wurde, hatte sich der letzte Pächter gerade zurückgezogen. Seine Familie hatte den Laden seit vier Generationen gepachtet. Er war der Letzte, der das wollte, er kündigte die Pacht aus Altersgründen, ohne Nachfolger. Keinerlei Ärger. Der gehörte zur Familie. Verstehen Sie?"
„Besser, als Sie denken." Schmitt fröstelt. Patriarchenscheiße, denkt sie, aber nicht mein Milieu. „Ich wüsste sowieso nicht, wie das mit mir zusammenhängen könnte."
„In der Tat."
„Haben Sie oder die Pächter jemals mit Gangstern zu tun gehabt, eventuell aus Berlin? Prostitution, Drogenhandel, Schutzgelderpressung?"
„Nein."
„Sie sind sich sicher, dass Sie davon erfahren hätten?"
„Das war ein Familiengasthaus. Schweinebraten mit brauner Sauce und Knödeln, Sonntagnachmittag Kaffee und Kuchen. Garantiert keine Prostitution und Drogen. Höchstens mal ein urfränkisches Besäufnis, an dessen Ende die Fäuste flogen. Nichts Ernstes."
„Und Erpressung?"
„Nach menschlichem Ermessen wäre ich noch vor der Polizei informiert worden. Da war nichts."
Schmitt seufzt. „Na gut, falls Ihnen doch noch was einfällt ..."
„Rechnen Sie nicht mit einem Anruf", unterbricht er.
„Okay, ich rufe wieder an, wenn ich Infos oder Fragen habe."
„Danke. Bis dann."
Schmitt trennt die Verbindung, steigt aus dem Audi. Der Wind reißt an ihrem Haar.

Ein Mädchen in einer Steppjacke läuft ihr entgegen. „Frau Schmitt, sind Sie Frau Schmitt?"

Alle Mädchen müssen sich in Schmitts Augen mit ihrer Sheri messen. Dieses ist vielleicht 12 oder 13, jedenfalls zu dünn und zu lang für sein Alter, sein strähniges Blondhaar ist teilweise aus einer Plastikspange gerutscht, bleiche Haut, blaue Augen, Dutzendgesicht: Sheri war hübscher in dem Alter und fertiger, denkt Schmitt. „Schmitt, das bin ich", sagt sie. „Und wer bist du?"

„Rebecca Rath. Meine Mutter sitzt im Gefängnis."

Dem Mädchen folgt ein zierlicher Mann, unrasiert, graue Locken, der friert in seiner Combat-Jacke von irgendeinem Designer, der den Vintage-Look mag. „Sie wissen, Ursula Rath, die Frau unseres früheren Chefredakteurs, die man für den Schlächter hält", sagt er mit sanfter Stimme.

„Schon klar", antwortet Schmitt. „Und wer sind Sie?"

Er streckt die Hand aus. „Paul Poll. Ich bin Reporter beim Tagblatt. Im Moment nur Rebeccas Chauffeur."

Schmitt schüttelt Polls Hand und wendet sich Rebecca zu. „Und was willst du von mir?"

Das Mädchen beißt sich die Lippe und schaut unsicher nach Poll.

Der sagt: „Rebecca hat mich um Hilfe gebeten, als ihre Mutter in Haft kam. Ich konnte aber nichts machen. Dann hörte ich, dass Sie in der Stadt sind. Sie sind eine Gute, und das BKA hat vielleicht die Autorität ... Wir warten schon seit fast einer Stunde hier."

Rebecca insistiert: „Bitte, Frau Schmitt. Meine Mutter war es nicht. Sie kann es nicht gewesen sein."

„Sie hat kein Alibi", sagt Schmitt mechanisch und ärgert sich im selben Moment über sich, als sie die Enttäuschung des Mädchens sieht.

Rebeccas Augen füllen sich mit Tränen. „Alles ist zerstört. Ich hätte mich um meine Brüder gekümmert, aber das durfte ich nicht. Ich bin bei diesen blöden Leuten untergekommen, die ich nicht kenne. Ich versteh die nichtmal, so wie die Fränkisch sprechen. Und die Kleinen sind auch bei wildfremden Leuten, am anderen Ende der Stadt. Die weinen sich bestimmt die Augen aus." Sie ergreift Schmitts Arm. „Ich will ja nur, dass Sie mal schauen. Wenn das meine Mutter war, dann soll sie auch ins Gefängnis. Aber wenn sie es nicht war, dann soll sie nach Hause kommen."

Schmitt zieht Rebecca an sich. Das Kind ist so dünn in seiner Jacke, dass es sich anfühlt wie ein paar Lagen Stoff, die locker um eine Katze gewickelt sind. Sie legt die Hand an Rebeccas Hinterkopf und drückt ihr Gesicht sanft an ihre Brust. Sie sieht über das Mädchen hinweg zu Poll, als sie sagt: „Ich weiß nur, was ich hier von allen höre: Frau Rath hat Morddrohungen ausgestoßen, dann sind die Morde geschehen, und sie hat kein nachvollziehbares Alibi." Sie lockert die Umarmung, und Rebecca löst sich von ihr. Verlegen und trotzig wischt das Mädchen sich die Tränen aus den Augen.

„Ich weiß", sagt Poll. „Aber das ist es dann auch schon. Ich kenne keinen, der aus tiefem Herzen wirklich daran glaubt, dass es Frau Rath war. Und es erklärt nicht, warum weiter nach dem Täter gesucht wird." Er zieht die Augenbrauen hoch, um den Effekt der Pointe zu erhöhen. „Wenn auch nicht in erster Linie von der Polizei."

„Was?"

Poll zieht eine Packung Zigaretten aus seiner Jackentasche, hält sie Schmitt hin, die eine nimmt. „Es gibt eine Art Bürgerwehr. Fußballfans aus der hiesigen Südkurve. Harte Typen, Hools zum Teil. Die fahren in der Stadt und im Umland Patrouille."

„Weiße Kleinbusse", stellt Schmitt fest. „Von einem Bauunternehmen. Warten Sie ... Waldherr, oder?"

„Das ist der Sponsor." Er reicht Schmitt sein Feuerzeug, weil er im Wind ihre Zigarette nicht angezündet bekommt, und nuschelt an seiner Zigarette vorbei. „Genau die."

„Ich hatte mich schon gefragt, warum die ständig auftauchen. Fahren ziellos herum, auffällig. Ist nicht gerade Bausaison. Wissen Sie denn auch, wonach oder nach wem die suchen? Und warum?"

Er schüttelt den Kopf. „Das weiß ich nicht. Sie sagen, sie halten nach verdächtigen Typen Ausschau. Fremden. Vor allem, heißt es, nach kräftigen Männern mittleren Alters um einen Meter achtzig Größe. Sie klappern die ganze Gegend ab, schauen auch nach Bewegung in leerstehenden Häusern und so."

Rebecca steht fröstelnd zwischen dem Journalisten und der Polizistin, dreht den Kopf mit dem Gespräch wie eine Zuschauerin am Centre Court.

„Wer hat diese Jungs rausgeschickt?"

„Keine Ahnung. Keiner sagt etwas. Die Typen selbst behaupten, sie fahren aus freien Stücken raus. Zur Bekämpfung der Ausländer-Kriminalität. Schirmherr des Fanprojekts ist der Oberbürgermeister, aber auch der weiß angeblich von nichts."

„Ausländer-Kriminalität?" fragt Schmitt mit einem Unterton.

„Es gab hier eine Bande aus Tschechien, die ist in über vierzig Häuser eingebrochen, ehe man sie erwischte. War eine Riesengeschichte."

„Hm." Schmitt runzelt die Brauen. „Und was machen Sie daraus?"

„Ich bin davon überzeugt, dass Frau Rath es nicht war. Ich kenne sie und ihren Mann ganz gut. Auf keinen Fall war sie es." Er zieht noch einmal an seiner Kippe und schnippt sie ins Beet an der Parkplatz-Einfassung. „Sieht so aus, als ob es noch andere gibt, die das so sehen. Aber niemand spricht es aus. Warum auch immer."

Schmitt starrt ins Leere. „Ja, warum auch immer", wiederholt sie. „Aber irgendwas muss es doch gegeben haben, dass sie in einen solchen Verdacht gerät."

„Sie hat den Rausschmiss ihres Mannes schlecht verdaut und ziemlich übel herumschwadroniert. Kann man wohl auch als Morddrohungen auffassen."

„Warum der Rausschmiss?"

„Plötzlich hieß es, Rath müsse die Leute besser mitnehmen, er könne sich nicht so abschotten, er gehe eigenmächtig und brutal vor ... Aber reden Sie am besten mit ihm selbst."

„Ist nicht mein Fall. Ich kann nicht privat ermitteln", erklärt Schmitt. „Sagen Sie mir, worum es ging."

„Rath war eingestellt worden, um die Zeitung zu reformieren. Die ganze Familie zog hierher. Und dann, praktisch von heute auf morgen, bekam er Ärger und flog wieder raus."

„Wie sollte er die Zeitung denn reformieren?"

„Na, mit Journalismus anstelle von Vereinsmeierei und Verlautbarungen auf Schulzeitungsniveau, die dann möglichst auch noch unbearbeitet ins Blatt kommen." Polls Augen blitzen. Dies ist sein Thema. „Solches Zeug lesen nur noch die Alten, und auch die bestenfalls aus Gewohnheit. Können Sie sich vorstellen, was das für die Auflage bedeutet? Die Jüngeren kriegen Sie nur mit guten Geschichten dazu, überhaupt noch Zeitung zu lesen, Abos zu zahlen und sich für das zu interessieren, was in ihrer Gegend passiert. Die denken ja inzwischen, hier sei wirklich alles langweilig und provinziell. Dabei gibt es hier jede Menge spannende Geschichten. Nicht unbedingt Mord und Totschlag und politische Enthüllungen. Sondern zum Beispiel Themen, die junge Familien betreffen. Man kann sogar über Vereine schreiben - aber richtige Geschichten, die Tagesgespräch werden, nicht das Zeug, das deren Schriftführer einliefern."

„Klingt logisch. Und das hat Rath nicht hingekriegt?"

„Aber ja. Der hat unheimlich viel bewegt in der kurzen Zeit." Poll grinst bitter. „Aber wenn die örtlichen Politiker, Unternehmer, Vereinschefs und sonstigen Funktionäre seit Jahrzehnten denken, dass die Zeitung nur für sie gemacht wird, dann wird es schwierig. Wenn die es nicht gewohnt sind, dass ein Journalist auch mal nachfragt. Da geht es um die Macht, verstehen Sie? Nicht darum, mit einer interessanten Zeitung wirklich Öffentlichkeit herzustellen oder ernsthaft inhaltliche Diskussionen zu führen."

Schmitt lächelt, offenbar brennt der Mann für seinen Job. „Also ist er doch gescheitert, Ihr Reformator."

„Würde ich so nicht sagen. Jetzt ist alles bei uns wieder wie vorher. Der Landrat, jeder Bürgermeister, Bankfilialleiter, größere Unternehmer und Vogelzüchter findet seine Ergüsse wieder ungefiltert in der Zeitung. Haben die also gewonnen? Aus unserem Vertrieb war zu hören, dass die neue Zeitung bei den Probe-Abonnenten gut ankam, und um die ging es ja eigentlich. Nun sinkt die Auflage im Sturzflug. Viele Leser hatten kapiert, was sich bei uns tat, und plötzlich soll das alles nicht mehr richtig gewesen sein. Meine Güte, nur weil der hiesige Metzger nicht mehr als Sponsor der Kirchweih mit Bild in der Zeitung stand und meinte, deswegen seine Anzeigen stornieren und noch andere Unternehmer aufhetzen zu müssen … Was für eine bescheuerte Drohung! Wo sollen die denn sonst hin mit ihren Anzeigen, wenn es weit und breit keine andere Zeitung gibt? Aber nach anderthalb Jahren knickte die Geschäftsleitung ein."

„Verstehe ich nicht", wendet Schmitt ein. „Entweder, die haben Leser, dann haben sie auch Einfluss. Oder sie haben keine, dann ist doch das ganze Zeitungsgeschäft sinnlos."

„So schwarzweiß ist es nicht. Das TT hat über 100.000 zahlende Abonnenten. Das sind die Alten, Tendenz sinkend, aber erst mal bleibt das ein gutes Geschäft. Dazu kommen etwa 50.000 Leute, die uns regelmäßig online lesen. Laufkundschaft, sozusagen, die kriegen im Moment fast alles für umsonst. Wir sind weit und breit die einzige Zeitung. Monopolisten. Nun hat eine Zeitung zwei Möglichkeiten: Man schöpft die bestehenden Zahler aus – so heißt das wirklich – und nutzt den Einfluss, den man bei ihnen hat. Bis zum Anschlag: mit vielfältigen Nebengeschäften, und vor allem, indem man politische Freunde, Lokalprominenz und Anzeigenkunden zum gegenseitigen Vorteil fördert."

Poll sieht aus, als hätte er gerade keinen guten Geschmack im Mund. „Das funktioniert besonders gut, wenn diese Leute sowieso demselben Klüngel angehören. Was denn – es soll noch andere Parteien, andere Leute mit einer Meinung, andere Brau-, Bank-, Möbel- und weiß-nicht-was-für Häuser geben? Undenkbar … Die ‚Ausschöpfer' sind wie moderne Feudalherren. Da wird so eine Region ganz schön eng. Und immer enger. Da fasst keiner Fuß, der nicht schon drin ist. So wie bei uns. Die Jüngeren sind so kritisch, die glauben den Quatsch sowieso nicht, um die brauchst du mit so einer Zeitung nicht zu kämpfen. Also ist irgendwann Schluss. Aber das dauert, bis die Geschäftsführer von heute steinreiche Rentner sind. Also ist das denen egal. Und solange die Rendite stimmt, den Gesellschaftern auch."

Pause. Schmitt schaut aufmunternd. Nicht nötig – er ist in Fahrt: „Zweite Möglichkeit: Du machst richtigen, unabhängigen Journalismus. Die Alten mögen den auch, da gibt es wenig Probleme. Von den 50.000 jüngeren Online-Lesern können im Laufe der Jahre einige Hundert, vielleicht auch einige Tausend zu zahlenden Lesern werden, weil sie der Zeitung glauben und sich gut informiert fühlen. ... In Kommentaren zum Grundgesetz ist übrigens die Rede davon, dass eine unabhängige Presse konstitutiv für unsere Demokratie ist. Ich will mich nicht aufplustern, aber dafür bin ich mal Journalist geworden. Rath sicher auch. Klüngeln, Kungeln und Vorteilsnahme sind im Grundgesetz nicht vorgesehen. Aber kostengünstig, einfach. Und natürlich kuschliger."

Schmitt wartet, ob noch etwas kommt, runzelt die Brauen. „Klingt fast so, als hätte Rath seinen Job verloren, weil er sich nicht einwickeln ließ."

„Ist so. Die hatten ihn sogar gerade deshalb geholt, weil er mit dem Klüngel hier nichts zu tun hat und als taffer Blattmacher und Mann mit Gespür für Geschichten gilt. Und mit den neuen Medien kennt er sich auch aus."

„Der Mann kommt von außerhalb, arbeitet sich auftragsgemäß ein, lässt seine Familie nachkommen – und verliert als Bauernopfer für den plötzlich wieder mutlosen Verlag seinen Job. Richtig?"

Poll nickt nur.

„Einer der Geschäftsführer ist dann ermordet worden."

„Eulenbeck, ja."

Schmitt zieht die Augenbrauen hoch.

Poll hebt die Hände. „Ich verstehe, wie verbittert Ursula ist. Für die Familie bricht alles zusammen. Aber Mord? Niemals."

„Jedenfalls wäre es ein Fall mit Seltenheitswert", bestätigt sie. Sie wendet sich Rebecca zu. „Ich werde sehen, was sich machen lässt. Versprechen kann ich dir nichts. Ich habe mit dem Fall nichts zu tun, also kann ich auch nicht ermitteln. Es liegt nicht in meiner Zuständigkeit. Und wenn ich doch etwas herausfinde, bedeutet das möglicherweise nichts, weil ich offiziell nichts zu sagen habe. Verstehst du das?"

Das Mädchen strahlt plötzlich. „Ja, danke, danke."

Schmitt lässt ihre Kippe fallen und brummt mit einem Blick auf Poll: „Chauffeur, ja? Sie wussten doch ganz genau, dass ich verwaisten Kindern und Müttern nichts abschlagen kann. Und Rebecca hat sicher nicht allein rausgefunden, dass ich hier bin."

Er grinst. „Recherche hilft immer. In Ihrem Fall war sie leicht: Ich bin einer Ihrer 40.000 Facebook-Freunde. Und Ihr Auftritt gestern Abend hat sich rumgesprochen." Hält ihr eine Visitenkarte hin. „Wir telefonieren, ja?"

***

Berlin, Bundeskanzleramt

„Was wollen Sie hier?", sagt Kanzleramtschef Horn.
„Zu freundlich", antwortet Sven Keller.
„So war das nicht gemeint." Horn geht um seinen Schreibtisch herum, reicht dem Außenminister die Hand. „Ich bin nur überrascht, Sie hier zu sehen. Sind Sie angemeldet?"
„Nein. Ich hab spontan auf Referentenebene klären lassen, ob Sie Zeit haben. Ein informeller Freundschaftsbesuch unter Koalitionspartnern." Keller folgt Horn zur Sitzgruppe am Fenster. Sie setzen sich.
„Kaffee, Tee?"
„Nein danke. Sind wir hier unbeobachtet? Abhörsicher?"
„Solange wir nicht telefonieren … Nach menschlichem Ermessen, ja."
Der Außenminister zeigt ein dünnes Lächeln. „Ich habe mit dem Innenminister gesprochen." Vielsagendes Augenbrauenheben, Kunstpause.
Schnösel, verdammter, denkt Horn. Fragt höflich: „Und?"
„Ich war augenscheinlich der einzige aus dem engeren Kabinett, der nichts von dieser Drohne gewusst hatte."
„Der Innenminister ist Vizekanzler, da sollte er wohl wissen … Bekanntermaßen stehen der Kanzler und er einander vielleicht nicht so nahe, dass ihre Familien gemeinsam in den Urlaub fahren würden, aber politisch … Die Drohne spielt gerade auf höchster Regierungsgebene eine Hauptrolle. Dass ihr Verschwinden vor einigen Jahren, ihre Wiederbeschaffung und ihr Einsatz als Verhandlungsmasse, dann die mögliche Vergabe an Abu Nar andererseits problematisch genug sind, um sie nicht breit zu diskutieren, liegt aus meiner Sicht auf der Hand."
„Ich bin Außenminister der Bundesrepublik Deutschland, und es wurde mir zugemutet, dass ich während wichtiger Verhandlungen überrascht wurde, als diese Drohne plötzlich zur Sprache kam."
Horn spürt Verstimmung in sich aufsteigen. „Es war nicht vorgesehen, dass die Drohne auf Ihrer Ebene erwähnt wird. Die offizielle Diplomatie sollte sauber bleiben. Die Grenzen verlaufen, wie Sie besser wissen als ich, nicht irgendwo, sondern zwischen Personen, und sie sind schnurgerade gezogen. Man hatte entschieden, dass Sie draußen sind, und ihr Gesprächspartner sollte ebenfalls draußen bleiben. Ich muss Ihnen doch nicht sagen, dass es ein übler Fauxpas dieses Unterhändlers war, die Drohne Ihnen gegenüber zur Sprache zu bringen. Eine Art Kurzschluss. Wer hinter den Kulissen über – ähm – Schmiermittel feilscht, macht dafür normalerweise keine Reklame."

„Wir haben doch schon hinter den Kulissen verhandelt. Hier gibt es hinter den Kulissen noch eine Kulisse, hinter der verhandelt wird. Potenziell hat das kein Ende, also sollte man erst gar nicht damit anfangen."

Horn hebt die Hände in einer Geste, die sagt: So what – es ist nun mal, wie es ist.

„Aber gut, besondere Lagen brauchen besondere Maßnahmen. Alle scheinen recht verzweifelt zu sein in dieser Sache", setzt Keller fort. „Und Sie verstehen mich falsch. Es geht mir nicht so sehr um das Gerät, sondern um seine Bedeutung. Und zwar nicht extern, sondern intern."

Wieder muss Horn den anderen aufmuntern, ehe der weiterspricht: „Aha?"

Keller streicht eine Strähne seines dünnen blonden Haars aus seiner Stirn. „Zu meiner großen Überraschung spekuliert der Innenminister für den Fall, dass die Verhandlungen mit Abu Nar scheitern und die zu vergebenden EU-Posten nicht mit unseren Leuten besetzt werden, auf einer überraschend – sagen wir – abstrakten Ebene."

„Hm-hmm?", macht Horn.

„In diesem Fall, meint er, könnte man es für geboten halten, sich über Strukturen hinwegzusetzen. Es gebe Kreise in unserem Land, die sonst so populär werden könnten, dass die etablierten politischen Kräfte das Nachsehen hätten."

Horn legt seine Stirn in Falten und nickt vage.

Keller fährt fort: „Er spricht von einer fatalen Entwicklung der Politik, die das Profil altgedienter Volksparteien an beiden Rändern aufzulösen droht. Zugleich wird immer mehr Unmut laut über die zunehmende Integration in die EU. Deutschland, so meinen immer mehr Menschen, kann sich nicht so bewegen, wie es seiner – ähm – Leistungskraft zukommt. Außerdem seien bestimmte Themen mit Sprechverboten belegt. Das müsse ein Ende haben, glaubt er. Wir sähen in den sozialen Medien, wie sehr das viele Menschen aufbringe."

Keller macht wieder eine Pause. Er ist nun in Fahrt und braucht keine Ermunterung mehr. „Der Innenminister deutet an, dass ein Scheitern der Verhandlungen mit Abu Nar eventuell Gelegenheit dazu böte, auf den Wogen bestimmter Stimmungen Veränderungen herbeizuführen. Entscheidende Veränderungen."

Vor dem Panoramafenster reißt die Wolkendecke auf, und einen Moment lang fällt gleißender Sonnenschein auf das Spreeufer und die kahlen Bäume gegenüber. Horn beschattet seine Augen. „Und was wollen Sie mir nun sagen?"

„Die Verhandlungen mit Abu Nar sind verfahren. Überhaupt ist es wahrscheinlich fruchtlos, aber sicher fahrlässig, sich mit ihm einzulassen."

Horn zieht seine Stirn in Falten. „Wollen Sie sich aus der Verantwortung stehlen? Dann sind Sie bei mir an der falschen Adresse. Soll ich dem Kanzler Ihr Rücktrittsgesuch weiterreichen? Oder was erwarten Sie?"

Zu Horns Überraschung braust der Außenminister nicht auf. „Nein, das ist es nicht. Ich möchte mein Befremden bekunden darüber, wie viel der Kanzler darauf setzt, sich mit Abu Nar zu einigen. Die Äußerungen des Innenministers zeigen, wie brenzlig – um nicht zu sagen: gefährlich – die Situation ist. Deutschland geht es gut, wir stellen etwas in der Welt dar. Und der Kanzler setzt alles auf einen dubiosen Deal. Es wäre besser, wenn er ergebnisoffen darangenge. Aber nein, wir arbeiten mit Hochdruck am Gelingen. Ist das sinnvoll? Was, wenn der Deal scheitert …" Keller starrt Horn einen Moment lang an, mit einem fragenden Ausdruck. „Ich möchte nicht illoyal erscheinen, als Koalitionspartner und – ähm – so etwas wie ein Freund unseres Herrn Bundeskanzlers. Ihr Zuständigkeitsbereich sind die Geheimdienste. Vielleicht haben Sie das eine oder andere – ähm – Gerücht schon gehört, das Sie nun besser einordnen können. Vielleicht reden Sie mit dem Innenminister."

Horn sieht auf die Uhr. Erhebt sich aus seinem Sessel. „Das wird nicht nötig sein." Er lacht laut auf. „Das ist alles ein Missverständnis."

Keller steht ebenfalls auf, etwas zu schnell, als ob er vor Horns in Bewegung geratener Leibesfülle zurückweichen wollte. Der Außenminister lacht ebenfalls, gezwungenermaßen. „Da bin ich erleichtert. Auch wenn die Motivlage mir nicht ganz abwegig erscheint, wenn ich das sagen darf. Wie weit sind Sie übrigens gekommen mit der Beschaffung der Drohne?"

„Bis zur entscheidenden Verhandlungsrunde werden wir darüber verfügen." Horn wischt sich die Oberlippe.

„Ich glaube, es gibt keine andere Chance für diese Verhandlungen als die Drohne. Sie ahnen nicht, wie sehr mir Abu Nars Leute im Nacken sitzen."

Horn schaut erneut auf die Uhr. „Gut, gut. Wenn das alles war … Mein Zeitfenster schließt sich gerade, wie Sie sicher bereits auf Referentenebene in Erfahrung haben bringen lassen."

Keller hat Horns ausgestreckte Rechte ergriffen und lässt sich von ihm an dem Händedruck zur Tür bugsieren.

„Und danke für Ihre gutgemeinten Hinweise", sagt Horn. „Ich werde sie mit der nötigen Diskretion behandeln." Er lässt Kellers Hand los, öffnet die Tür. „Wir sehen uns in der Kabinettsrunde."

***

Polizeipräsidium Auberg

„Ich hasse diese Dinger", murmelt Schmitt, als sie sich die Latexhandschuhe überstreift. „Ich könnt nie zur Spurensicherung gehen."
„Ich auch nicht", sagt Jakob Hertlein.
Sie stehen an einem Tisch in einem mit Akten vollgepackten Nebenraum der Asservatenkammer. Schmitt hat den Plastikbeutel mit dem Messer, den Untersuchungsbericht und die Digitalfotos vom Fundort auf dem Tisch arrangiert, die Bilder angeschaut, den Bericht durchgeblättert, den Beutel mit dem Messer im Neonlicht gedreht.
Nun öffnet sie den Beutel. Zieht das Messer heraus. Hält es dicht vor ihren Augen ins Licht.
Ein billiges Kochmesser, laut Akte aus einem Kaiser's Supermarkt, ohne auffällige Gebrauchsspuren oder besondere Kennzeichen.
„Was denkst du?", fragt Schmitt.
Hertlein zuckt die Achseln.
Schmitt spricht in einem leisen Singsang: „Es ist, als hätte Sheri das Messer abgeleckt und dann an ihrem Körper abgewischt, so gleichmäßig sind die Spuren verteilt. Keine Fingerabdrücke oder irgendwelche anderen Spuren am Griff. Aber ein sauberer Daumenabdruck mitten auf der Klinge."
Sie blickt in die Akte, als würde sie deren Inhalt nicht auswendig kennen. Der Fingerabdruck von der Klinge ist darin abgebildet. Nicht Sheris. Keine Entsprechung in den Datenbanken.
Schmitt schiebt das Messer in den Beutel, verschließt ihn, legt ihn vorsichtig in die Archivbox. „Was zum Teufel will er sagen?"
„So wie das Messer präpariert ist, sieht es so aus, dass deine Tochter kooperiert hat, oder?", sagt Hertlein.
Schmitt nickt abwesend. Runzelt die Stirn, blättert die Akte um. Der Befund zur Blutspur, das Foto vom Fundort. „Die Blutspur ist gleichmäßig und sauber. Keine Spritzer, keine Bewegungsschlieren. Keine Verunreinigung mit Haaren, Hautzellen, Stofffasern. Das Blut ist nicht geronnen, als es gefunden wird. Rund ein Liter. Es ist menschliches Blut, DNS-Datenbankvergleich ohne Ergebnis. Warum ohne Ergebnis?"
Hertlein sieht sie etwas verdattert an. „Es ist halt irgendwelches Blut."
Schmitt senkt die Mundwinkel. „Hm." Hebt den flachen Beutel an, der nur ein Stück Papier enthält, DIN/A 4, gewellt von Feuchtigkeit, bedruckt mit „T-7". Ein Laserdruck ohne besondere Kennzeichen. Sie schaut Hertlein an. Zieht die Stirn kraus. „Und wie verstehen wir dies?"

Er schüttelt den Kopf.

Schmitt streift die Handschuhe ab, eine steile Falte zwischen den Augenbrauen. „Am Fundort gibt es genau eine etwas größere Fläche zwischen den Pflastersteinen, wo eine Flüssigkeit nicht gleich versickern kann. Exakt in der Mitte dieser Fläche finden wir das Blut, nicht nur nicht geronnen, sondern auch noch nicht gefroren, dank des schnellen Anrufs." Sie starrt ihn gedankenverloren an.

„Und, was ist die Frage?", fragt er.

„Und die Herkunft des Blutes soll auf Zufall beruhen?"

„Wieso, was meinst du denn?"

Sie wirft die Handschuhe in den Mülleimer neben dem Tisch. „Findest du etwa, dass das zusammenpasst? Da passt doch gar nichts."

Schmitts Handy klingelt. Sie zieht es aus ihrer Jackentasche, räuspert sich, aktiviert die Verbindung. „Ja?"

„Schmitt? Sind Sie das?", fragt eine Frauenstimme, die geschult klingt wie die einer Radiomoderatorin.

„Ja."

"Bretschneider. Können Sie reden?"

Schmitt hat das Bild der Staatsanwältin vor Augen. Eine kontrollierte Frau um die 50, immer im Business-Kostüm, wie an den Körper gebügelt, das kurze Haar rotblond, perfekt.

„Was gibt es denn?"

„Es gibt eine Krise. Der Fall droht zu platzen. Wir müssen uns sehen."

„Ich bin in Auberg."

„Verdammt."

„Was ist denn los?"

„Eben ruft ein Boulevardreporter an. Einer von den Typen, die nicht Ruhe geben. Der fragt mich doch, ob Sie wirklich letztes Jahr bei den Ermittlungen gegen unsere Nazi-Terroristen einen verletzten Verdächtigen gefoltert haben? Ob es in Ordnung sei, dass eine der Hauptzeuginnen in einem solchen Verfahren, die ermittelnde Polizeibeamtin, mit solchen Methoden arbeitet."

Schmitt wendet sich Hertlein zu, zeigt mit einem um Entschuldigung heischenden Blick auf ihr Telefon, flüstert: „Du kannst die Sachen wieder einräumen. Wir seh'n uns."

Er tippt auf seine Uhr. „Nicht vor halb zwölf."

Nickend dreht sie ab, geht langsam zum Ausgang. „Was haben Sie geantwortet?"

Bretschneider: „Ich hab ihm gesagt, dass Sie die sauberste aller Polizistinnen sind, und dass er sich zum Teufel scheren soll."

„Gute Antwort."

„Und, haben Sie einen verletzten Verdächtigen gefoltert?"

Schmitt wendet sich draußen im Flur nach links, betritt die Damentoilette.
"Und wenn?"
„Also ja."
Schmitt atmet tief ein. „Scheiße. Ich geb gar nichts zu." Sie bückt sich, checkt mit einem Blick unter die Türen, dass die Kabinen leer sind. „Aber vielleicht war ich auf der Suche nach den Bombenlegern und ihrer Bombe. Gefahr im Verzug. Extreme Eile. Vielleicht hab ich diesem Scheiß-Nazi den Finger in seine frische Schusswunde gesteckt. Falls es so war, gab es keine Zeugen. Sein Wort gegen meins."

„Wenigstens sind Sie ehrlich." Die Staatsanwältin setzt eine halbe Oktave höher wieder an: „Verdammt, Schmitt: Folter! Ich brauche Ihnen wohl nicht zu sagen, was das für den Fall heißt. Die Gegenseite kann schon unangemessene Gewalt sowie ihre von Ihnen hartnäckig geleugneten unbekannten Hilfssheriffs bei der Festnahme anbringen, außerdem den unklaren Verlauf der Ermittlungen. Das hier bringt das Fass zum Überlaufen. Selbst wenn Sie leugnen können, streut es weitere Zweifel. Das wird zum Fall Schmitt, wenn es so weitergeht."

Schmitt hält das Handy nun so fest, dass das Gehäuse knackt. Sie beherrscht sich mühsam. „Schön", sagt sie, wenig Druck, viel Luft in der Stimme. „Ich lege liebend gern jederzeit die ganze Wahrheit auf den Tisch, um die Umstände der Ermittlungen und der Festnahme aufzuklären. Vom doppelten Spiel einiger Geheimdienstleute und Polizisten, das mich zwang, mit der Hauptzeugin unterzutauchen, bis dahin, dass ich schwer verletzt und fiebrig nicht zimperlich mit den Nazis umgegangen bin, die Kreuzberg mit einer schmutzigen Bombe zur No-Go-Area machen wollten. Ich bin bereit. Sind Sie es auch?"

„Wahrheit ist das, was das Gericht befindet", stellt Bretschneider fest.

„Klar", sagt Schmitt. „Und wir alle profitieren nicht schlecht davon, dass der ehemalige Herr Verteidigungsminister Schleekemper sich nicht für den Mord an seinem Freund Muthberg und die Finanzierung dieser Nazis durch sein Drogenschmuggelnetzwerk verantworten muss. Oder dass nicht wieder ein Riesenskandal um Rechtsextremismus und Geheimdienst-V-Leute losgetreten wird. Dafür, dass ich den Mund halte, bin ich jetzt beim BKA und genieße weitreichende Freiheiten. Der Kollege Denzler ist vom Strippenzieher im LKA zum Quasi-Chef aller Geheimdienste aufgestiegen. Der Journalist Kreutz, eben noch ganz heiß drauf, verzichtete auf die Veröffentlichung der Geschichte, als er auf seine alten Tage den Chefposten im Bundespresseamt bekam. Was hat man Ihnen versprochen? Werden Sie irgendwo Oberstaatsanwalt oder Gerichtspräsidentin, wenn alles gut läuft?" Sie kramt nach ihren Zigaretten in der noch immer feuchten Innentasche ihrer Lederjacke.

„Schmitt, ich …"

Die ist in Fahrt. „Und was heißt ‚unangemessene Gewalt'? Ich habe denen ein paar Knochen gebrochen, als sie auf mich losgingen, oder? Aber am Ende war ich es doch, die am Boden lag, zerschlagen, bewusstlos, mit kollabierter Lunge, gebrochenem Arm und gebrochenen Rippen und einem entzündeten, perforierten Rippenfell, während ich aus meiner angestochenen Niere innerlich verblutete. Und ja, die sieben Zwerge aus der Räuberhöhle meines Onkels haben mir geholfen – na und? Von unseren Leuten konnte ich keinem vertrauen. Ich bin dennoch fast krepiert für diese Scheiße." Sie nimmt sich einige Sekunden, um Kontrolle über ihren Ton zu gewinnen. „Walter Muthberg ist tot, ermordet, um den ganzen Dreck zu vertuschen. Und beim Vertuschen helfen nun auch wir. Das ist falsch durch und durch." Schmitt wischt eine Träne von ihrer vernarbten Wange, schiebt sich eine Zigarette zwischen die Lippen. „Ich scheiße auf diesen Prozess. Er ist ein billiges Schauspiel." Sie gibt sich Feuer.

„Der Prozess platzt, Schmitt", stellt die Staatsanwältin fest. „Wenn Sie nicht mitmachen, werden wir die Terroristen nicht erledigen. Auch wenn wir die Hintermänner aussparen, sollten wir wenigstens diese Nazis dingfest machen. Das meinen Sie doch auch."

Schmitt saugt an der Zigarette, betrachtet ihre Hand. Die zittert.

„Sind Sie noch da?", fragt Bretschneider.

„Ich werde als Zeugin die Wahrheit verschweigen und verschleiern müssen. Mich belastet das. Sie sollte das auch belasten. Carla Muthberg hofft auf irgendeine Art Gerechtigkeit für ihren Mann und ihre Tochter. Sie nimmt, was sie bekommen kann. Aber Sie und ich korrumpieren das Recht, kalt und berechnend, wider besseres Wissen. Das sollten wir nicht tun." Sie macht ein Geräusch tief in ihrer Kehle. „Meinetwegen kann die ganze Wahrheit auf den Tisch. Inklusive Folter."

Bretschneider seufzt. „Sie wissen selbst, wie sehr es undenkbar ist, dass wir alles aufdecken, was da gelaufen ist. Ihre Geschichte, Schmitt, will niemand wissen, und wenn sie dreimal wahr ist. Und andererseits halten Sie es doch nicht für besser, wenn diese Typen freikämen, diese Nazis und die Kerle von dieser Sicherheitsfirma Top Security, über die das Drogengeschäft abgewickelt und die Nazis finanziert wurden."

„In der Tat." Schmitt wischt sich das Gesicht.

„Das steht eh alles auf der Kippe. Die Verteidigung riecht den Braten natürlich. Mit ein paar gezielten Beweisanträgen könnten die uns die mühsam ausgehandelten Deals versieben. Im schlimmsten Fall haben wir sie alle im Zeugenstand: Schleekemper, Max Denzler, eine unübersehbare Zahl Geheimdienstleute und wen nicht noch alles, und es werden mehr Fragen gestellt, als irgendjemand beantworten will. Oder kann. Es geht bis hoch ins Kanzleramt, wie Sie wissen.

Der Fall ist schon komplex genug, auch ohne dass Sie plötzlich den Moralischen kriegen."

„Das ist wohl wahr", sagt Schmitt. Ironischer Ton. Sie hat sich gelockert. Bretschneider klingt erleichtert, als sie fragt: „Was tun wir also?"

„Ich rede mit dem Journalisten, smsen Sie mir seine Nummer."

„Was wollen Sie ihm sagen?"

„Ich leugne natürlich. Aber das ist gar nicht das Ding. Haben Sie sich nicht gefragt, wie das an die Presse gelangt ist?"

„Was meinen Sie?"

„So gut wie niemand weiß von der Episode. Da ist jemand sehr gut informiert."

„Was also denken Sie?"

„Wer immer das war, will den Prozess stören. Cui bono?"

„Sie sind eine kluge Frau."

Schmitt lacht. „Mag sein. Nicht schön, auf die Art nun noch mal in die Zeitung kommen. Was für ein Mist. Reden Sie mit meinem Chef?"

„Okay. Der wird begeistert sein."

„Und wie."

„Bis dann."

„Wiedersehen."

Schmitt stöhnt, dabei Rauch ausstoßend. Sie versetzt der Tür zum nächsten Abteil einen Tritt, dass sie mit einem Knall in die Kabine schlägt.

Das Telefon quittiert die SMS der Staatsanwältin mit einem Dreiklang. Der Anrufer war ein Jan Thalberg vom „Berliner Abend". Schmitt entzündet an ihrer Kippe eine neue Zigarette, aktiviert dann mit einem Tippen auf die Nummer die Option „anrufen".

„Ja?", meldet sich der Mann.

„Schmitt", sagt sie. „Ich höre, Sie wühlen in meinem Leben."

„Das geht ja schnell", sagt er mit hörbarem Unbehagen. Er klingt jung.

„Die Polizei, dein Freund und Helfer", ätzt Schmitt. „Wenn irgendwo die Geier kreisen, sind wir gleich zur Stelle: schauen, ob jemand verletzt ist. Nur dass hier gerade der Geier selbst das Problem ist. Und er kreist über mir."

„Zu freundlich, Frau Schmitt. Sie werden das öffentliche Interesse an dieser Sache doch nicht wirklich leugnen wollen?"

„Nein, wenn das Gerücht denn stimmt, hätten Sie sicher gern noch Fotos und ein Video."

Schmitt hört ein Feuerzeug klicken. Er fragt: „Und, stimmt's, das Gerücht?"

„Mit Verlaub, Herr Talfahrt ..."

„Thalberg."

„Meinetwegen, wie auch immer ... Es ist erstunken und erlogen. Wie alles in Ihrem Revolverblatt. Und wenn es denn stimmte, wäre noch immer die Frage, wen das interessieren sollte."

Er reagiert nicht auf die Provokation. „Sie sind eine öffentliche Person mit Vorbildfunktion, seitdem Sie diese Nazis daran gehindert haben, halb Kreuzberg in die Luft zu jagen. Eine Heldin für uns bei der Boulevardpresse, ein hehres Beispiel als taffe Frau und Polizistin mit Migrationshintergrund für die Kollegen vom Großfeuilleton. Sie haben diese Öffentlichkeit auch selbst gesucht und genutzt für die Kampagne zur Suche nach Ihrer Tochter. Zeitweise waren Sie in jeder Talkshow. Wenn nun Ihre Glaubwürdigkeit erschüttert ist, dann ist dies von öffentlichem Interesse. Ein Denkmal wird aufgestellt, ein Denkmal wird demontiert. Presserechtlich sauber. So ist das."

„Was würde es über meine Glaubwürdigkeit aussagen, wenn ich einem Terroristen ein wenig Schmerz zugefügt hätte? Das zu thematisieren, heißt doch nur, mir ohne Beweise mit böswilligen Andeutungen die Hölle anzuheizen. Die Sache könnte mich meinen Job kosten."

„Andeutungen? Wir haben eine eidesstattliche Erklärung. Sie wissen selbst, dass dies der bedeutendste Nazi-Prozess seit dem Verfahren gegen den Nationalsozialistischen Untergrund ist ..."

„Ja eben, Herr Talbach ..."

„Thalberg."

„Eben weil das ein wichtiger Prozess ist, möchte ich Sie bitten, einmal zu überlegen, warum Sie diese ... diese Unterstellung über mich überhaupt gesteckt bekommen haben. Ich will Sie nicht nach Ihrem Informanten fragen: Aber haben Sie sich selbst mal nach ihm gefragt? Nach seinem Interesse, hier Unruhe zu stiften? Danach, was Sie eventuell in seinem Sinne anrichten, wenn Sie die Glaubwürdigkeit einer wesentlichen Zeugin angreifen? Ist es das, was Sie wollen?"

„Ich übe nicht Zensur oder versuche Gedanken zu lesen, ich verbreite Nachrichten, die meine Leser interessant finden könnten."

„Dann sind Sie der Depp für jeden, der Ihnen irgendeinen Scheiß erzählt. Hauptsache, die Geschichte ist skandalös genug."

„Mir liegt die eidesstattliche Erklärung vor. Der würde sich strafbar machen, wenn ..."

Schmitt lacht: „Der Kerl steckt schon über beide Ohren in Anklagen. Meinen Sie, auf einen Meineid kommt es noch an?"

„Es gibt auch ein ärztliches Gutachten."

„Den Arzt will ich sehen. Kommt es Ihnen nicht wenigstens merkwürdig vor, dass Ihnen jemand plötzlich gegen Ihr vermutlich relativ jämmerliches Honorar diese Dokumente zukommen lässt? Ich sage Ihnen: Die Antwort auf diese Frage ist Ihre Geschichte."

„Sie geben also zu, dass die Beobachtungen zutreffen?"

„Sie werden von mir zu Ihren Gerüchten keine Stellungnahme bekommen. Was haben Sie denn schon in der Hand? Aussage gegen Aussage. Und was Ihre Dokumente betrifft: Wer weiß, was so ein Schundblatt anstellt, um an eine solche Story zu kommen, oder? Egal wie, ich kann mir nicht wirklich vorstellen, dass Sie die Herkunft dieses Zeugs öffentlich debattieren wollen. Und was kostet es Sie, wenn ich mein Persönlichkeitsrecht einklage gegen die Behauptungen eines Nazis?"

„Sie sind ganz schön taff."

„Klar. Berlins härteste Polizistin. Haben Sie das nicht geschrieben?"

Er lacht. „Ein Kollege."

„Bringen Sie die Story in die Welt, richten Sie einen Riesenschaden an. Für nichts. Die eigentliche Geschichte ist nämlich eine andere: Fragen Sie doch Ihren Informanten mal, was er davon hätte, mich zu diskreditieren?"

Sie hört wieder das Feuerzeug. Er räuspert sich. „Ich weiß nicht wirklich, wo das herkommt."

„Was? Und dann würden Sie ..."

Er grunzt. „Ich würde eben nicht. Nicht einfach so. Ich recherchiere doch gerade, oder? Wenn ich das wollte, wäre das Internet schon voll mit der Story."

„Und wo kommt das Material nun her?"

„Ein Typ, der schon lange für uns arbeitet, hat es uns verkauft. Ein schmieriger Ex-Stasi. Aber er bringt immer gutes Material. Er ist spezialisiert auf die Skandalgeschichten Prominenter. Mal recherchiert er die Sachen selbst, die er verkauft, mal bekommt er sie, wie er sagt, ‚zur Verfügung gestellt'."

„Und beruft sich auf den Informantenschutz."

„Genau."

„So auch hier."

„Ja."

Die Neonleuchten summen.

Schweigen.

Schmitt lehnt sich ans Fensterbrett. „Haben Sie eine Vorstellung, worum es in diesem Prozess geht?"

„Die Medien waren tapeziert mit der Geschichte."

„Die wissen nichts. Ich kann Ihnen nicht sagen, worum es insgesamt geht. Aber wenn diese Nazis am Ende verurteilt werden, dann ist damit nur ein Bruchteil des Falls geklärt."

„Wie meinen Sie das?"

„Ich meine, dass es sehr interessant wäre, wenn ich wüsste, wer Ihr Informant ist. Es wäre auch interessant für Sie. Sogar sehr. Der ‚Berliner Abend' ist zwar nicht die ‚New York Times', aber …"

Er lacht. „Sie wollen mich leimen. Oder? Ködern, dass ich stillhalte."

„Sind Sie sicher, dass ich nichts für Sie habe?"

Wieder teilen sie Stille. Hören einander atmen.

Thalberg holt scharf Luft. „Okay. Mal anders gefragt: Was bieten Sie?"

„Wenn jemand den Prozess torpediert, und Sie sind es nicht, kriegen Sie von mir die ganze Geschichte."

„Sie erwarten also, dass ich die Katze im Sack kaufe."

„Pffft", macht Schmitt. „Bei Ihrem Stasitypen beschweren Sie sich darüber auch nicht."

„Und was bekomme ich, wenn niemand den Prozess stört, und auch ich habe brav stillgehalten, so dass meine Story gestorben ist?"

Schmitt lacht. „Die Hintergrundinformationen zum Prozess gebe ich Ihnen, wenn Sie es nicht sind, der ihn stört."

„Ich weiß selbst nicht, warum ich mich darauf einlasse." Er seufzt übertrieben. „Eine Bedingung."

„Ja?"

„Mein Informant sagt auch, dass Ihnen Rechtsextremisten nach dem Leben trachten. Dazu will ich ein Statement, noch heute. Und ich will Sie sehen. Wir treffen uns. Ich möchte ein Interview mit Ihnen. Mit Bild."

„Das sind zwei Bedingungen. Drei. Nein vier sogar."

„Und?"

„Okay. Mein Statement: Ich habe keine Angst vor Nazis. Die meisten sind feige Schweine mit einem großen Mundwerk. Und mit den paar rassistischen Pennern, die man als Terroristen ernst nehmen muss, werde ich schon fertig. Hab ich ja gezeigt letztes Jahr. Und ich würde mich freuen, wenn alle sich entschlossen gegen den braunen Mob stellen würden, was leider nicht der Fall ist. Die einen fürchten um die Investitionen in Deutschland und leugnen, dass wir ein Problem haben, die anderen mögen stille Sympathie mit manchen Nazi-Ideen hegen – ich weiß es nicht. Ich meine, jeder anständige Deutsche muss sich hier engagieren, und ich mache das. Soviel dazu. Und das Interview können Sie haben. Aber ich bin voraussichtlich bis Montag nicht in Berlin. Ich rufe Sie dann an."

**

Berlin-Schöneberg

Thor lauscht ins Treppenhaus. Alles ruhig. Er verlässt die Wohnung, zieht die Tür ins Schloss. Ein dürftiges Ding für eine Polizistin, mit einem billigen Reparaturbeschlag zusammengeflickt. Wenn das Zusatzschloss nicht verriegelt ist, mit einer Kreditkarte zu knacken.
 Das zweite Schloss war offen.
 „Die Kriminalpolizei rät", murmelt Thor, als er die Treppe absteigt. Lachhaft.
 Die Bombe liegt in einem Schrank. Ein simples Teil. Ein paar Kilo Semtex, ein paar Kilo Zimmermannsnägel, ein elekrischer Zünder an einem Handy. Auf Anruf Countdown: drei Minuten. Zehn Tage Standby. Das reicht.
 Er hat Schmitt gehen sehen, er wird sie kommen sehen.
 Im richtigen Moment den Countdown aktivieren.
 Und bumm. Sieg Heil.
 Als er aus dem Haus tritt, fährt gerade ein Streifenwagen vorbei. Thors Hals verengt sich.
 Nicht zucken. Nicht aufschauen. Nicht rennen. Bullen sind wie Hunde. Sie riechen Angst. Wer rennt, verliert.
 Fraglich, ob sie ihn erkennen würden. Thor ist nicht mehr Thorsten Sittke, der Mann, nach dem gefahndet wird. Der Mann, der die schmutzige Bombe für Kreuzberg organisierte. Der Anführer, der das Plutonium besorgte.
 Dank Sibel Schmitt ist er nun seit mehr als einem halben Jahr ein Phantom mit Namen Randy Werner aus Stendal.
 Name und Ausweis echt. „Verloren", irgendwann. Der Führerschein auch. Ein Kamerad. Randy Werner ist Thorsten Sittke mit Bart. Mit Bart und Hoody, um alle seine Aryan-Nation-Tattoos zu bedecken.
 Randy Werner wohnt bei Kameraden, mal hier, mal da. Ein paar Tage, ein paar Wochen, auf der Couch, im Gästezimmer.
 Inaktiv, nutzlos. Ein Gespenst. Ex-Aktivist. Bittsteller.
 Dann kam unter Kameraden die Idee auf. Der Prozess, kein Ruhmesblatt. Hunderte Kilo Sprengstoff, Plutonium, und dann ... Sieben Mann von der Türkin allein überwältigt und festgenommen. Die Welt lacht.
 Ob man da nichts machen kann?
 Ob man nichts machen muss?

Ein Fanal: Schmitt grillen, die Heldin und Hauptzeugin.

Klar, sagte Thor. Ne Bombe. Wir legen ihr ne Bombe in die Wohnung. Wenn das zu schwierig ist, schicken wir eine per Post. Mit Liebesbrief drin. Aber in der Wohnung ablegen ist besser. Unheimlicher. Technischer. Aufwändiger. Eine Machtdemonstration.

Er malte es aus mit den Kameraden, bis Wodkaflasche und Bierkasten leer waren. Am Ende war er allein übrig, sturzvoll, stellte sich vor, wie er wieder ins Geschäft kommt mit der Aktion gegen Schmitt, gegen die verlorene Ehre, gegen Schmitts Ruhm und die eigene Bedeutungslosigkeit.

Als Randy Werner hat Thor keine direkten Kanäle zum Nachschub. Aber Thor weiß, wie er sie für Werner risikolos aktivieren kann. Ein Tipp an einen Kameraden. Eine Mailadresse. Eine Handynummer. Das Schlüsselwort.

Thor hat inzwischen die Zündvorrichtung gebaut. Das Altmetall dazugepackt. Die Lage gepeilt. Eisige Nächte lang im Kleinbus auf Lauer gelegen. Beobachtet, analysiert, geplant.

Aber der Sprengstoff kam nicht. Lange. Sehr lange.

Dann war der Kamerad am Abend plötzlich mit dem Zeug da. Beste Nato-Qualität. Genug für einen Sprengsatz, der die Türkin mit ihrem gesamten Krempel komplett zu den Fenstern rausblasen wird.

Thor überquert die Straße. Seine Basis ist im vierten Stock. Perfekter Blick, perfekte Lage, perfekt ausgespäht.

Es ist, wie eine eigene Wohnung zu haben und eine Frau. Oder wie bis letztes Jahr bei Muttern, nur mit Sex.

Thor hat bei Helga Wolf Quartier bezogen. Helga: Ende 30, geschieden, allein lebend. Es war leicht, sie einzuschüchtern. Klingeln, bedrohen, in ihre Wohnung zurückdrängen. Hat auf Arbeit angerufen: Mama krank, ganz schlimm. Brauche zwei Wochen Urlaub.

Geheult hat sie, Thors Messer am Hals. Klang überzeugend.

Helga hat nicht aufgehört zu heulen. Ist der zweite Tag jetzt, heult noch immer. Winselt um ihr Leben. Thor ist in ihr Bett gekrochen. Thor hat ihr eine runtergehauen. Thor hat sie beschlafen. Sie hat geheult.

Soll sie heulen.

Hauptsache: leise.

Thor lässt sich mit Helgas Schlüssel in die Wohnung ein. Besucht sie im Schlafzimmer. Sie gibt erstickte Geräusche von sich. Er lockert den Knebel aus

Putzlappen. „Bind mich los, bitte, binde mich los", flüstert sie, spannt die Arme an, dass das Bettgestell bebt, an das sie mit der Vorhangkordel gebunden sind.

„Jetzt nicht", sagt Thor. „Halt's Maul."

„Ich muss aufs Klo."

„Du warst doch gerade. Und jetzt still."

Er geht in den Flur, die Küche. Greift in den Kühlschrank. Flasche Bier in der Hand, schlurft er ins Wohnzimmer. Logenplatz im Erker: Perfekter Blick, die Wohnung der Türkin schräg gegenüber.

Kommt Schmitt, sieht er sie.

Ist sie drin, reicht ein Anruf.

***

Polizeipräsidium Auberg

Schmitt erreicht Hertleins Vorzimmer um 11:12 Uhr.
　Wenn alles klappt, hat sie 18 Minuten.
　„PR Schmitt, Bundeskriminalamt. Ich möchte Herrn Hertlein sprechen bitte."
　Die füllige Frau hinter dem Schreibtisch mustert Schmitt aus blassen Augen hinter schlierigen Brillengläsern von oben bis unten. „Grüß Gott, erst einmal, ja? Ordnung muss sein." Sie hat einen schweren Tegitzau-Akzent.
　Schmitt zählt innerlich bis drei. „Guten Tag." Sie verschluckt, was ihr sonst noch einfällt. Als die Frau sie weiter anstarrt, fragt sie: „Herr Hertlein?"
　„Haben Sie einen Termin?"
　„Er erwartet mich."
　„In welcher Angelegenheit wollen's ihn denn sprechen?"
　„In der Angelegenheit, die ich mit ihm besprechen möchte."
　Die beiden Frauen schauen einander an. Schmitt beißt die Zähne aufeinander und spürt ihre Kiefernmuskeln arbeiten. Ruhig sagt sie: „Wollen Sie mich nicht anmelden?"
　„Er is ned do."
　„Er hat mir gesagt, dass er etwa um die Zeit wieder da ist. Ich bin mir sicher, dass er nichts dagegen hätte, wenn ich die paar Minuten in seinem Zimmer warte."
　„Wer sind Sie noch mal?"
　„Schmitt. Bundeskriminalamt. Kriminalrätin Sibel Schmitt. Und es ist wichtig."
　Die Frau nimmt den Telefonhörer auf, drückt drei Knöpfe, sagt: „Herr Hertlein, do is a dungle Frömma, die will Ihna sprächa. A Frau Schmitt vumm Be-Ga-A." Pause. „Nei, die is do, steht glei vor mei'm Disch. Sagt nicht, was sie will." Der letzte Satz auf Hochdeutsch, begleitet von einem auf Schmitt abgeschossenen Blick. Dann sieht sie enttäuscht aus und legt auf. „Sie können schonmal reingehen. Er kommt."
　Ein Ordner liegt offen. Schmitt blättert zweimal um.
　Uninteressant.
　Aus der Ordner-Reihe auf dem Schreibtisch zieht sie den Aktenband mit der Aufschrift „Vernehmung Rath", legt ihn auf den anderen, blättert, liest im Stehen.

Als Hertlein eintritt, findet er Schmitt an der Magnetwand mit den Fundortfotos.
　„Horror", sagt sie. „Hast du keine Albträume?"

„Nein. Das ist alles schrecklich, aber ich lasse es nicht an mich ran."
Schmitt wendet sich ab von den Bildern. „Könnte ich nicht. Ich will verstehen. Ich fühle mit den Opfern. Mit manchen Tätern auch."
Er grinst. „Typisch Frau."
Sie zieht ihre Zigaretten aus der Tasche. Hält ihm die Packung hin.
„Ich rauche nicht mehr. Aber du kannst ruhig ..."
Sie gibt sich Feuer. „Ich wollte dir noch danken für deine Betreuung. Ich hab jetzt erstmal nichts mehr zu tun. Einige Dinge müssen im BKA noch geklärt werden zu meiner Ermittlung, dann fahre ich wahrscheinlich nach Berlin zurück. Ich werde dich wohl nicht noch mal behelligen."
Schmitt schaut wieder zur Magnetwand. „Was für ein Hass in einem solchen Menschen stecken muss", sinniert sie. „Dabei sieht die Frau ganz normal aus. Nett eigentlich."
Er zuckt die Achseln. Greift sich ans Ohr. „Früher dachte man, Leute mit angewachsenen Ohrläppchen neigen zur Kriminalität. Wäre praktisch, wenn man sich auf so was verlassen könnte."
„Ja. Vielleicht." Sie zieht an der Zigarette. „Ich weiß, dass das viel verlangt ist. Hättest du was dagegen, wenn ich bei einer der nächsten Vernehmungen von Frau Rath dabei wäre? Um ein Bild zu bekommen. Ich interessiere mich für die Täter-Psyche."
„Verständnis gewinnen, ja?", spottet er. „Vielleicht hatte die Rath ja eine schwere Kindheit."
Schmitt lächelt. „Du machst dich lustig."
„Hattest du auch für deine Nazis Verständnis?", fragt er grinsend.
Sie schneidet Luft mit der Handkante. „Ich hab sie leben lassen. Das musste reichen."
Er lacht. „Siehst du. Verständnis ist eine Frage der Perspektive. Ich habe keins für Serienmörder. Und du als Türkin ..."
„Was ist mit Frau Rath", unterbricht ihn Schmitt. „Darf ich?" Sie lächelt.
Er blickt auf seine Armbanduhr. „Tatsächlich bin ich schon überfällig, zu ihr zu fahren. Es sind noch einige Dinge zu klären. Wenn du magst, kannst du gleich mitkommen."
„Gern." Schmitt zerreibt die Glut zwischen Daumen und Zeigefinger, wirft die Kippe in den Papierkorb.
Hertlein starrt mit großen Augen. „Was ... was ist das?"
„Oh." Sie wischt die Finger über ihre Jeans. „Kleine Marotte. Entschuldige, wenn ich dich erschreckt habe."
„Tut das nicht weh?"
„Alles eine Frage von Übung, Technik und Geschwindigkeit."

„Schon ein bisschen spukig." Er schaut zerstreut auf dem Tisch herum. Steckt einen der Zettel ein, nimmt den Kugelschreiber, steht auf. „Lass uns gehen."

Sie sind allein im Flur. Hertlein hält für Schmitt die Zwischentür. Eine durchs Foyer geschwungene Betontreppe führt sie zum Ausgang.

Die Wolken hängen düster, aber es regnet nicht. Draußen fragt Schmitt: „Fährst du mit mir oder fahre ich mit dir?"

„Ist nur um die Ecke, wir könnten auch ... Aber wann hätte ich schon noch Gelegenheit ... Ich fahre gern mit dir", sagt er. „Geile Karre."

***

Justizvollzugsanstalt Auberg

Ursula Rath spricht klar und laut. „Leute wie Sie, Herr Hertlein, ändern sich nicht. Selbstgefällig, arrogant, verbohrt. Sie können mich befragen, solange Sie wollen – wie können Sie nur denken, dass das Sie irgendwann ins Recht setzen könnte?" Eine Viertelstunde lang hat sie Hertleins Fragen nach Details anderer Vernehmungen beantwortet. Dann der wohlerzogene Ausbruch. Und ein Lächeln.

Ursula Rath ist eine zierliche Frau mit roten Locken, deren Ansatz grau ist. Die Frau wirkt farblos in diesem Raum des Auberger Stadtgefängnisses, der mal eine Klosterzelle war und sich mit Behörden-Lindgrün an den Wänden und gefliestem Boden präsentabel zeigt, aber doch immer ein enges Gelass zwischen dicken Wänden bleibt.

Vernehmungszimmer: Ein langer Tisch, an der einen Seite sitzt die Beschuldigte auf einem einfachen Stuhl, ihr gegenüber Schmitt und Jakob Hertlein, am langen Ende die Protokollantin mit ihrem Notebook. Das milchige Licht von draußen lässt Ursula Rath noch blasser aussehen.

Schmitt stellt sich die Frau frisiert und geschminkt vor. Hübsch, aber unspektakulär. „Für eine Frau, die sich in Haft befindet, weil Morde geschehen, die sie mit ihrem losen Mundwerk praktisch angekündigt hat, reden Sie ganz schön frisch", sagt sie, ihr bisheriges Schweigen brechend.

Rath lächelt und macht eine wegwerfende Handbewegung. „Ich habe nicht die Kraft, mich zu verstellen. Ich bekomme seit Tagen praktisch rund um die Uhr immer dieselben Fragen gestellt. Ich rede nur noch, wie mir der Schnabel gewachsen ist."

Schmitt fragt: „Sie werden rund um die Uhr vernommen?"

„Das ist Unsinn", versucht Hertlein für sie zu antworten. „Wir haben gar nicht die Leute …"

„Es ist eine Art Schichtdienst", erklärt Ursula Rath unbeirrt. „Von 5 oder 6 bis 12 Uhr, von 13 Uhr bis 19 Uhr, von 20 Uhr bis tief in die Nacht, manchmal bis 3 Uhr. Man betet mir immer den gleichen Katalog Fragen vor. Dazwischen schlagen sie mir vor, ich könne doch rasch gestehen, dann habe die ganze Plackerei ein Ende. Erzählen mir, wie ich es gemacht habe. Insgesamt sind es fünf Mann, die mich abwechselnd vernehmen, hin und wieder kommt Herr Hertlein, dann gibt es Abwechslung: Er hält mir Widersprüche vor."

„Was sagt Ihr Anwalt?" Schmitt hat sich gestrafft, ihre Stimme füllt den Raum.

Rath zeigt ein müdes Lächeln. „Dr. Summter. Er sagt, das werde alles in der Hauptverhandlung interessant."

Schmitt lacht. „Da hat er wohl recht. Hat er Ihnen geraten, die Vernehmungsprotokolle nicht alle zu unterschreiben?"

Hertlein wendet sich Schmitt zu und runzelt die Brauen.

Rath antwortet: „Auf die Idee bin ich selbst gekommen. Die haben irgendwann angefangen, mir Täterwissen zu unterstellen. Sie haben mir aus anderen Vernehmungsprotokollen vorgehalten, was ich zu den Taten gesagt hatte."

„Sie haben exakt das gesagt, was protokolliert wurde", schnappt Hertlein.

Sie nickt. „Ja, ich sagte, dass es diesem Eulenbeck recht geschieht, wenn man ihm den eigenen ... Dings ins Maul schiebt. Und ich stehe dazu. Was die meinem Mann und unserer Familie angetan haben, liegt schließlich allein daran, dass die Kerle sich mehr Potenz zugetraut haben, als sie am Ende hatten."

Hertlein schlägt triumphierend mit der Hand auf den Tisch.

„Das wurde so protokolliert, als wäre ich selbst darauf gekommen", fährt Rath mit erhobener Stimme fort. „Aber dass die Opfer so gefunden wurden, wusste ich nicht, das hatte mir zuvor der Vernehmer erzählt. Herr Hertlein unterstellte mir dann, ich hätte Täterwissen vorgebracht. Im Protokoll stand dann etwa: Die Beschuldigte zeigte sich gegenüber den Taten und der Art der Begehung indifferent, insbesondere begründete sie den Umstand, dass sie den Penis im Mund hatten, mit ... und so weiter. Quasi ein indirektes Geständnis. An dem Punkt bin ich ausgestiegen."

Hertlein schüttelt den Kopf und will etwas sagen.

Schmitt hebt die Hand, ohne Rath aus dem Blick zu lassen, fragt: „Haben Sie nicht protestiert?"

„Natürlich. Zumal zugleich einiges von meiner sonstigen Aussage im Protokoll unterschlagen wurde. Nachdem man mir die näheren Tatumstände geschildert hatte, war ich erst einmal schockiert und aufgebracht. Ich saß hier wie vom Donner gerührt und sagte mehrmals so was wie, das sei ja ekelhaft, schrecklich, unfassbar, wer macht denn so was? Davon findet sich im Protokoll nichts. Erst am Ende, als ich mich wieder gefangen hatte, und nachdem der Vernehmer die Umstände der Tat stundenlang immer wieder geschildert und mit mir erörtert hatte, kam dann mein zynischer Spruch. Dass nur der dann ins Protokoll fand, ist schon sehr merkwürdig. Wenn es nicht Absicht war, so war es doch Schlamperei."

Schmitt gibt Hertlein einen Seitenblick. Er ballt Fäuste, presst die Lippen aufeinander. „Und?", fragt sie. „Wie reagierte man, als Sie protestierten?"

„Gar nicht. Also unterschrieb ich die weiteren Protokolle nicht mehr. Ich sagte denen auch, dass ich nicht mehr mit ihnen reden will. Ursprünglich hatte ich gedacht, mit Wahrheit und Offenheit am weitesten zu kommen. Aber hier war dann Schluss. Dennoch saßen mir dann weiter im Schichtdienst diese Typen gegenüber und stellen mir Fragen. Aber Protokolle gab es davon nicht. Oder nicht immer. Was mich wieder gewundert hat, denn die hätten die Fragerei und meine Aussageverweigerung doch auch protokollieren müssen, oder?"

Schmitt nickt. „Ich hab mich schon gefragt, warum es so viele Protokolle nicht gibt, wie es Vernehmungen gegeben haben muss."

„Verdammt, woher kennst du die Akte?", fragt Hertlein durch die zusammengebissenen Zähne.

„Ich kenne sie halt", lässt Schmitt fallen.

„In meinem Büro hast du ..., das ist das Letzte!"

Schmitt dreht sich übertrieben nach der Frau, Hertlein den Rücken zuwendend. „Aber Sie haben nicht durchgehend geschwiegen, oder?"

„Das tagelange Schweigen hat mich zermürbt. Also redete ich wieder, aber ich habe sehr genau darauf geachtet, dass die Protokolle sauber waren. Da Protest keinen Zweck hat, habe ich nur die unterschrieben, die exakt wiedergeben, was ich gesagt hatte. Die anderen können Sie im Grunde in die Tonne treten. Laut meinem Anwalt sind sie unvollständig und damit wertlos, da sie weder die Unterschrift noch eine Begründung für die verweigerte Unterschrift enthalten." Sie legt mit einer resoluten Geste beide Hände auf den Tisch.

„Das ist so gut, als wären sie geschrieben worden, ganz ohne Sie zu vernehmen", bestätigt Schmitt.

Hertlein beugt sich vor. „Sie sagten eben, ‚die' hätten Ihrem Mann und Ihrer Familie etwas angetan. Nehmen wir dies mal auseinander: Wer sind ‚die'?"

Die Frau kommt in Fahrt. „Gut, dass Sie fragen. Zum hundertsten Mal: Diesen Bemmer und den anderen, den Lokalchef, die kenne ich gar nicht. Sie mögen Anteil an dem haben, was meinem Mann passiert ist. Eulenbeck habe ich bei verschiedenen Gelegenheiten gesprochen, einmal etwas länger, als mein Mann und ich ihm und seiner Frau zufällig in der Fußgängerzone begegneten und in einem Café ganz nett geplaudert haben. Er und sein Geschäftsführer-Kollege Gregor Malik, das sind die Typen, die meinem Mann die Karriere kaputtgemacht und uns als Familie reichlich aus der Bahn geworfen haben."

„Was werfen Sie denen vor allem vor?"

„Dass sie umgefallen sind. Illoyalität gegenüber meinem Mann. Dass sie uns so entwurzelt haben. Die ganze Familie herzulocken und und dann das. Die hätten doch rechtzeitig sagen können: Herr Rath, wir wissen Ihre Arbeit zu würdigen, aber wir haben das Gefühl, wir schaffen die Reform nicht, lassen Sie Frau und Kinder mal in Frankfurt. Stattdessen haben sie von Nachhaltigkeit geredet und meinen Mann bekniet, sein Engagement hier als ein Langfristiges anzusehen. Ihn sogar angetrieben, weil es ihnen mit den Neuerungen an der Zeitung angeblich nicht schnell genug ging. Dann alles wieder zurück. Für die Kinder ist das furchtbar. Und meinem Mann haben sie eine tadellose Karriere versiebt. Um selbst besser auszusehen, reden die jetzt auch noch schlecht über meinen Mann: Er sei zu radikal vorgegangen. Soll ich Ihnen sagen, was seine Radikalität ausmachte?" Ursula Rath macht eine Kunstpause. Schmitt zieht aufmunternd die Augenbrauen hoch. „Er ist nicht in die Kungelrunden eingetreten", fährt Ursula Rath fort. „Die erste Frage, die man ihm stellte, als er herkam, war: ‚Lions oder Rotarier?' Er ist weder da noch dort eingetreten, und er wurde auch nicht Förderer des Auberger Theaters, wurde nicht Beirat des Museums- und Kunstvereins, er lehnte seine in seiner Abwesenheit vorgenommene Wahl in das Lenkungsgremium der Regionalmarketinggesellschaft ab, und er hat sich von keiner Bank, die ihm das anbot, und das waren einige, zu besonders günstigen Bedingungen, die sonst kein Kunde bekommt, unser Haus hier finanzieren lassen. Er hat sich in keine Jury für Bier- und Fahr- und Schönheits- und Talentwettbewerbe berufen lassen, und er hat sich bei derlei Veranstaltungen auch nicht am Buffet satt gegessen, er fährt kein großzügig von einem Autohaus auf Dauer zur Verfügung gestelltes Luxusauto ... Habe ich was vergessen?" Die Frau hält inne, etwas hinter Atem.

Schmitt lacht, überrascht und befremdet von Raths Temperament.

Hertlein wirft ein: „Man wirft Ihnen und Ihrem Mann Arroganz vor, weil Sie nie irgendwo erschienen sind."

„Schauen Sie, das ist doch ganz klar: Wenn so ein Klüngel funktionieren soll, muss jeder wichtige Mensch mitmachen. Als Chefredakteur Teil des Klüngels werden – mein Mann fand das unmöglich. Die haben als Bedrohung empfunden, dass er nicht mitmachte, und haben ihn abserviert. Diese Leute denken ausschließlich in Kategorien von Macht und Einfluss. Dass da einer kommt, der einfach nur eine anständige, unabhängige Zeitung machen wil, das können die gar nicht begreifen. Die empfinden das als Angriff. Und jetzt ist unser ganzes Leben aus den Fugen." Ursula Rath hat sich in Rage geredet. Ihr steigen Tränen in die Augen. Sie winkt ab. Fängt sich. „Aber Sie fragen gar nicht das Entscheidende."

„Das wäre?"

„Ja, warum habe ich den sauberen Herrn Schäfer nicht umgebracht?"

Schmitt blickt ratlos.

Hertlein assistiert: „Schäfer ist der neue Chefredakteur."

Ursula Rath spricht nun sehr laut. „Wenn ich die wäre, für die ich gehalten werde, hätte ich mir den Kerl natürlich zuerst vorgenommen. Ich hätte meine helle Freude daran, ihn leiden zu sehen, nachdem er meinen Mann um den Job gebracht hat." In ihren Augen blitzt nun etwas Leben. Auffällig blau sind diese Augen, gerötet und unendlich müde. „Ich sag's noch einmal fürs Protokoll: Wenn ich den zu packen kriege, mache ich ihn platt" – zur Protokollantin: „Haben Sie das?" – zu Schmitt: „Wir haben inzwischen gehört, dass Schäfer herumerzählt, wie raffiniert er monatelang hinter dem Rücken meines Mannes Stimmung gegen ihn bei der Verlagsleitung gemacht hat. Schäfer war Lokalchef und wie alle seine Kollegen in den Veränderungsprozess eingebunden. Er hat unten in der Redaktion alles befürwortet, dann ist er hoch zu den Geschäftsführern und hat gegen meinen Mann intrigiert. Was für ein Widerling! Auf einem Empfang neulich konnte er meinen Mann nicht einmal anständig grüßen. Wir sahen ihn, er uns, und er tauchte seitwärts zwischen Leute ab, um uns bloß nicht zu begegnen. Und überhaupt, was ist mit Frau Dr. Menter?"

Schmitt zieht fragend die Stirn in Falten, um Raths Flow nicht zu stören.

„Dr. Menter, die frühere Geschäftsführerin und Herausgeberin der Zeitung, brüstet sich in der ganzen Region damit, meinen Mann als Chefredakteur losgeworden zu sein, durch Intrigen und Mobilisieren ihrer Freunde in Politik und Wirtschaft und der Gesellschafter des Verlags. Mein Mann war noch keine drei Monate im Verlag, als Frau Menter einen leitenden Redakteur zu sich nach Hause einlud und ihm vorschlug, sie könne ihm die Redaktionsleitung verschaffen, wenn er gegen meinen Mann intrigiere. Der hat das nicht getan, sondern es meinem Mann erzählt. Menter steckt also hinter all dem. Sie ist auch so eine, die mir besser nicht begegnet." Rath blickt schwer atmend in die Runde.

Als sie sicher ist, dass der Ausbruch beendet ist, fragt Schmitt: „Wie sind Ihre Aussichten? Ich meine, wirtschaftlich."

„Wir haben noch das Gehalt vom Verlag für zwei Monate. Dann ist Schluss. Unsere Wohnung in Frankfurt ist vermietet, unser Haus hier noch nicht fertig saniert und bis unters Dach mit Schulden belegt. Mein Mann ist derzeit arbeitsunfähig, aber es kommen sowieso keine Angebote. Es gibt nicht viele Posten auf seinem Niveau, die Medienbranche ist überschaubar. Und dann ist mein Mann ja auch so ‚rabiat', nicht wahr?"

„Das ist ja in der Tat alles ziemlich bitter." Schmitt räuspert sich, legt ihr Smartphone, mit dem sie das Gespräch aufzeichnet, in eine andere Position, um die Wichtigkeit des Folgenden zu unterstreichen: „Frau Rath, ich bitte Sie nun um eine ehrliche, kurze, klare und sachliche Antwort. Haben Sie die drei Morde begangen?"

Hertlein schlägt auf den Tisch. „Das ist lächerlich. Welche Antwort erwartest du?"

Ursula Rath fixiert Schmitt, sagt ernst und deutlich, den Kopf leicht nach dem Telefon neigend: „Nein. Ich habe diese Männer nicht angerührt. Zwei von ihnen kannte ich nicht einmal. Außerdem hab ich eine Familie zusammenzuhalten. Da laufe ich doch nicht rum und zerstückele fremde Männer."

„Haben Sie irgendeine Idee, wer der oder die Täter sein könnten? Haben Sie sie oder ihn eventuell beauftragt?"

Hertlein: „Sibel, du hörst jetzt sofort auf, in meinem …"

Schmitt hebt die Hand.

Rath sagt: „Habe ich den Täter beauftragt, kenne ich ihn? Ganz klar und deutlich: nein und nein. Ich habe nicht die geringste Ahnung."

Hertlein springt auf, geht schnaufend am Tisch entlang, zurück. Setzt sich wieder.

Schmitt: „Was sind Ihre Gefühle angesichts der Taten, wie man sie Ihnen geschildert hat?"

„Die Taten sind widerlich und verabscheuungswürdig. Ich könnte so etwas nicht tun. Ich kann nicht einmal einen Fisch ausnehmen – da können Sie jeden fragen, der mich kennt."

„Und Ihre aggressiven Auslassungen und Beschimpfungen gegenüber den Opfern?", fragt Hertlein. Er schreit fast.

Ursula Rath lächelt. „Das ist wieder so eine Frage … Sie suggerieren, ich hätte mich zu den Opfern ausfällig geäußert, dabei kannte ich nur einen der Männer. Also, präzise geantwortet: Meine Ausfälligkeiten zur Person und zum Verhalten des Herrn Eulenbeck bereue ich keineswegs, und ich habe ihm auch die Pest an den Hals gewünscht. Ich bereue auch meine Bemerkung über den Leichenfund nur so weit, als sie mich hier tiefer in diese absurde Situation gebracht zu haben scheint. Aber ich habe Herrn Eulenbeck nicht umgebracht, und die anderen schon gar nicht." Wieder Tränen.

„Sie haben in den Nächten, in denen die Leichen abgelegt wurden, kein Alibi", bemerkt Hertlein.

„Das ist lächerlich. Ich habe drei Kinder, mein Mann ist in der Psychiatrie. Zwischen 22 Uhr und 6 Uhr haben die Kinder jeweils geschlafen, und ich war zu Hause. Hätten Sie ein Alibi in diesen Nächten? Wahrscheinlich müssten auch Sie sagen, was ich gesagt habe: Ich saß bis etwa 23 Uhr vor dem Fernseher, ging dann zu Bett und schlief, bis ich meine Kinder wecken musste, damit sie rechtzeitig zur Schule kamen. Ich habe derzeit leider keinen Liebhaber, der bezeugen könnte, dass ich die Zeit dazwischen in seinen Armen verbrachte."

„Ihre Nachbarn berichten von nächtlichen Ausfahrten …", hält Hertlein ihr vor.

„… aber nicht in diesen Nächten. Es ist jedoch richtig, dass ich manchmal nicht schlafen kann. Dann setze ich mich ins Auto und fahre in der Gegend herum, schon weil der Verlag es noch bezahlt und ich mir einen Spaß daraus mache, jeden Weg mit dem Dienstwagen zu fahren, und wenn's nur zum Bäcker in dreihundert Metern Entfernung ist. Und da die Frage kommen wird: Ja, ich bin auch am Verlag gewesen. Aber nicht in jenen Nächten, und nicht um auszubaldowern, wie man da am besten Leichen ablegt oder Leute verschleppt, wie mir unterstellt wird. Ich hatte Lust, ein Graffiti an die Wand der Druckerei zur Straße zu schmieren, irgendwas Drastisches. Mit der Idee beschäftigte ich mich einige Tage lang. Ich habe es dann aber nicht gemacht. Leider, denn jetzt könnte ich meine Aussage damit belegen." Sie legt Schärfe in ihren Ton. „Aber das wissen Sie ja alles lange."

Hertlein insistiert: „Sie können jedoch nicht nachweisen, dass Sie nicht auch in jenen Nächten dort waren. Schließlich heißt es gar nichts, dass Sie nicht gesehen wurden. Vielleicht sind Sie einfach nur besonders gerissen."

Schmitt zieht Luft ein.

„Vielleicht, ja." Ursula Rath zieht die Schultern hoch. „Weisen Sie mir nach, dass ich dort war."

„Wir werd...", beginnt Hertlein.

„Das können wir nicht", unterbricht Schmitt. „Und die Polizei hat bei Ihnen, an ihren Fahrzeugen, im Haus, an Ihrem Körper, Ihrer Kleidung, nicht das kleinste Stäubchen gefunden, das darauf hindeutet, dass Sie die Täterin sein könnten."

Ursula Rath nickt. „Das sagt mein Anwalt auch."

Schmitt sieht Hertlein an, dessen Gesicht bis auf die bleichen Lippen rot ist, die Protokollantin, Ursula Rath, nickt. „Na fein", sagt sie. „Wollen wir das Stenogramm noch durchgehen? Wir wollen doch, dass dies jetzt mal ein anständiges Protokoll wird, das Sie ruhigen Gewissens unterschreiben können. Das ist auch ganz im Sinne des Kollegen Hertlein. Nicht wahr?"

„Du hast mich hintergangen", schreit Hertlein, als sie das Tor des Stadtgefängnisses zur Straße passiert haben. „Du hast von Anfang an geplant, mich vorzuführen."

„Wieso? Du hättest doch verhindern können, dass ein Protokoll angefertigt wird. Wäre ja nicht das erste Mal", entgegnet Schmitt, ohne die Stimme zu erheben. „Erzähl mir nicht, dass hier sauber gearbeitet wird."

„Das geht dich doch einen Scheißdreck an! Mensch, wie du mich eingewickelt hast – ‚Ich hab manchmal schlaflose Nächte. Ich will verstehen, wie so ein Serientäter tickt.' Was für eine Scheiße!"

„Chill mal, Kollege", sagt Schmitt. „Hat doch super in dein Weltbild gepasst. Typisch Frau, oder?" Sie lacht. „Außerdem geht es mich was an. Kein Mensch glaubt an diese Verdächtige. Ihr lullt die Öffentlichkeit ein, aber wisst selbst ganz genau, dass der Täter noch da draußen ist. Deshalb wäre ich gestern beinahe erschossen worden. Schlechte Eröffnung, um mich aus dem Spiel rauszuhalten. Oder was meinst du? Und fang jetzt nicht mit der Unschuldsvermutung an."

Sie umrunden die Kirche auf dem Vorplatz des Gefängnisses. Schmitts Audi steht dahinter auf einem Behördenparkplatz.

Sie sagt: „Bei allem Respekt: Dieser Fall ist ein Konstrukt, eine Luftnummer. Ich habe nicht Partei ergriffen, sondern in Würdigung der Beweise gesprochen."

„Du bist aber nicht Richterin, und schon gar nicht bist du Anwältin. Als Polizistin hast du Beweise zu erheben, nicht Wertungen abzugeben."

„Völlig richtig. Gerade darum verbietet es sich mir, voreingenommen heranzugehen. Ich muss streng sachlich ermitteln. Wir sind verpflichtet, entlastende Momente zu berücksichtigen. Und hier sehe ich, dass eine bestimmte Person aktiv als Täter eingegrenzt werden soll. Warum, kannst du das erklären?"

„Der Vorwurf der Voreingenommenheit geht unter die Gürtellinie."

„Du bist der Chef, da sollst du ihn wohl persönlich nehmen."

„Ich bin nicht der Chef. Ich unterstütze und koordiniere die Ermittlungen auf Wunsch von Oberstaatsanwalt Pöhner. Und das auch erst seit ein paar Tagen. Er ist der Chef."

„À propos Staatsanwalt. Der Haftbefehl ist von einem Dr. Brunster ausgestellt worden. Anfangs war er in der Akte sehr präsent, inzwischen nicht mehr. Was sagt der eigentlich?"

„Keine Ahnung. Er ist krank", brummt Hertlein. „Aber warum reicht dir der Haftbefehl nicht? Für sowas gibt es doch klare Kriterien."

„Na eben!" Hinter der Hand als Schutz gegen den Wind zündet sich Schmitt eine Zigarette an. „Mann, Frau Rath ist ein Fall für Amnesty International. Wenn sie vor Gericht erzählt, was sie uns eben berichtet hat, dann platzt der Prozess schon wegen eurer Vernehmungsstrategie. Ihr wollt sie offenbar so lange befragen, bis sie sich irgendwann schon aus Erschöpfung reinreitet. Dass ihr nicht die Aussageverweigerung akzeptiert habt und immer wieder die gleichen Fragen stellt, ist doch der Hammer!"

„Das sagt doch nur die Frau Rath. Lässt du den Gedanken zu, dass das vielleicht deshalb nicht dokumentiert ist, weil es nicht stimmt?"

„Wie du willst. Ich lasse den Gedanken zu und betrachte die Beweise: Gegen diese Frau liegt nichts vor. Absolut nichts, oder?" Der Wind macht Schmitt Frösteln. „Ich möchte, dass der Haftbefehl gegen Frau Rath geprüft wird, in Anbetracht auch aller entlastenden Faktoren."

„Wer sagt dir, dass das nicht ohnehin geschieht? Es ist ganz schön arrogant, dass du nach nur einer Vernehmung schon das Urteil zu kennen glaubst. Vergiss die Sache am besten."

„Stell dir vor, wir tun nichts, und morgen steht in der Zeitung, dass die Frau praktisch rund um die Uhr verhört wird, um eure Festnahme irgendwie zu rechtfertigen. Durch Aktivität, idealerweise aber mit einem erpressten Geständnis. So ein Bericht sähe nicht gut aus. Im hiesigen Wahlkampf zum Beispiel."

„In welcher Zeitung sollte das wohl stehen?"

„Es gibt noch andere außer dem Käseblatt hier. Für diesen Fall interessiert sich die ganze Republik."

„Und wer sollte denen das stecken?"

Schmitt bläst Rauch in den Wind. „Im Zweifel ich. Wir können nicht die große, schwere Justiz auf eine kleine Frau werfen, gegen die es nicht den Hauch eines Beweises gibt."

„Nun werd mal nicht melodramatisch. Selbst ihr Anwalt sagt, wir sollten die Hauptverhandlung abwarten."

„Nein. Wenn ich das richtig verstanden habe, sieht der Anwalt den Fall in der Hauptverhandlung platzen und rät seiner Mandantin, bis dahin auszuhalten. Der Mann ist von hier und scheint die Verhältnisse zu kennen. Vielleicht ist er ja gut beraten, nicht jetzt schon auf Konfrontation zu gehen."

„Vielleicht wärst du auch gut beraten, nicht auf Konfrontation zu gehen", entgegnet er.

Schmitt lacht. „Das ist nicht meine Natur. Außerdem bewegt sich die Staatsanwaltschaft auf dünnem Eis, wenn sie Frau Rath in Haft hält. Das ist Freiheitsberaubung, da mache ich nicht mit."

„Was heißt ‚Da mache ich nicht mit'? Ist das etwa dein Fall?"

Schmitt hebt die Hände. „Der Mordverdacht ist doch total hohl, Mann. Was können wir ihr eigentlich nachweisen, außer dass sie Leuten Unglück an den Hals wünscht?" Sie macht eine Kunstpause. Hertlein schaut sie an, zieht die Schultern hoch. Schmitt fährt fort: „Wenn wir diese Verwünschungen zum relevanten Tatbestand erklären, wird dies ein Hexenprozess. Frau Rath ist eine unbescholtene, intelligente, gebildete, redegewandte, augenscheinlich sehr aufgebrachte, hoch emotionale, aber bislang verhaltens-unauffällige, durchschnittliche Frau. Laut Akte 1,70 Meter groß, 58 Kilo schwer, untrainiert bis auf zwei Stunden Hausfrauen-Aerobic die Woche. Sie kommt nicht aus der Region und kennt sich sicher nicht gut hier aus. Aber sie soll in der Nähe einen Ort für diese Taten gefunden haben, völlig abgeschieden und zugleich technisch perfekt für solche Morde geeignet. Bei den Opfern haben wir es mit drei erwachsenen, teils erheblich übergewichtigen, in Eulenbecks Fall sogar durchtrainierten Männern zu tun. Die Taten wurden offenbar im Detail entwickelt, minutiös vorbereitet, mit Liebe zum Detail, extremer Brutalität und ohne Täterspuren an den Leichenteilen durchgeführt, um diese Teile dann unter hohem Risiko an den Fundorten zu drapieren und zu verteilen. Habe ich etwas übersehen?" Schmitt wirft die Zigarette auf den trostlosen Grünstreifen, der den Parkplatz hinter der Kirche begrenzt. Steckt die Hände in ihre Jackentaschen, lehnt sich an den Kofferraum ihres Audi. Der Luftzug weht ihr das Haar ins Gesicht.

„Dass man ihr das Täterwissen in den Mund gelegt habe, sagt doch nur Frau Rath selbst", wendet Hertlein ein.

„Der Fall platzt schon in dem Moment, in dem die Verteidigung die Liste der Vernehmungstermine und die ungezeichneten Protokolle vorlegt und die Lücken in der Dokumentation nachweist." Schmitt schüttelt den Kopf und wischt eine Strähne hinters Ohr. „Das Schlimme ist: Frau Rath käme sogar frei, wenn sie die Täterin wäre, weil ihr die Sache so tief in die Scheiße geritten habt. Der Prozess platzt so oder so. Sie war es aber nicht. Ich kann es daher rechtlich und menschlich nicht verantworten, dass die Frau im Knast sitzt, und die Kinder werden vom Jugendamt verwaltet."

„Du musst das ja auch nicht verantworten", stellt Hertlein fest. „Pöhner schafft das ganz gut allein."

Schmitt gibt ein Geräusch des Unmuts von sich. „Er ist über Kritik nicht erhaben, wie man sieht."

Er rollt die Schultern in seiner Jacke, als leichter Regen einsetzt. Schmitt weiß, dass sein Unbehagen nicht nur am rauen Wetter liegt: Ihre Intervention kann ihn nach Lage der Dinge bei der Staatsanwaltschaft in Teufels Küche bringen.

Er sieht auf die Uhr. Sagt: „Was hältst du von einem sportlichen Deal? Wir kämpfen es aus. Beim Training. Jetzt gleich, in der Mittagspause. Wenn ich gewinne, vergisst du das Ganze einfach."

„Und wenn du verlierst?"

„Dann begleite ich dich zu Oberstaatsanwalt Pöhner, und wir überzeugen ihn gemeinsam davon, dass er die Frau entlässt."

Sie stößt sich vom Auto ab, stellt sich vor ihm auf, blickt ihm mit hochgezogenen Brauen ins Gesicht. „Du meinst das ernst, oder?"

„Mit meinen Argumenten erreiche ich dich ja nicht."

„Du bist dir wirklich sicher, dass du das willst?"

Er nickt. „Ich gewinne, du ziehst dich zurück und schweigst." Er hält ihr die Hand hin.

Sie zögert. Schlägt ein. „Na gut. Fein. Simple Regeln: Jede Runde ist ein Punkt, wir kämpfen bis zum 2:0 oder 2:1. Wer abschlägt, länger als zehn Sekunden fixiert bleibt oder blutet, verliert. Deal?"

Er grinst. „Die Wette gilt."

***

Berlin, Kanzleramt

Karlbacher vergisst alles um sich herum, als der rote Punkt sich auf der Karte wieder in Bewegung setzt und endlich Fahrt aufnimmt:
 Das Telefon, mit dem die Auftragskiller Landowski und Maschner unterwegs sind, bewegt sich von einer Funkzelle zur anderen. Karlbacher hat die Nummer bei einem Internet-Handytracker registriert.
 Der Punkt auf dem Bildschirm seines Notebooks ist unentschlossen in Berlin herumgeirrt, seit die Männer den Auftrag gegen Schmitt angenommen haben. Von dem Kreuzberger Café ein, zwei Blocks nach Norden, dann Westen. Wieder nach Süden. Langer Stopp. Quälend.
 Jetzt wandert der Punkt nach Südwesten. Die Avus entlang, auf den Ring.
 Auf die A9, Richtung Auberg.
 Ja. Jajaja. Es geht los.
 Schmitts Stunden sind gezählt.

***

Le journal diplomatique, Paris

Deutschland, Macht ohne Garantien

Morgen beginnt in Berlin die entscheidende Runde der Verhandlungen über Frieden mit dem selbsternannten islamischen Großfürsten Abu Nar. Am Tag nach dem Treffen von Regierungs-Experten aller beteiligten Mächte wird die deutsche Regierung Abu Nars Unterhändlern das Dokument für den Friedensschluss unterschriftsreif präsentieren.

Deutschland, so hat es den Anschein, hat seine Rolle als Vermittler im Mittleren Osten wieder einmal mit Erfolg erfüllt. Doch was macht Deutschland, sollte Abu Nar gegen die Friedensauflagen verstoßen? Deutschland lehnt es ab, die Bundeswehr ohne Nato- oder UN-Mandat einzusetzen.

Andere Mächte beteiligen sich zwar mit Experten an den Verhandlungen, und Deutschland informiert seine Partner mustergültig lückenlos. Abu Nar besteht jedoch auf einem bilateralen Abschluss mit Berlin, das offiziell im Auftrag, aber nicht im Namen der EU handelt. Verstößt er gegen den Vertrag, hat er nichts zu befürchten. Abu Nar hat also wenig zu verlieren. Mit Gewinn kann er indessen bereits rechnen.

...

***

Polizeipräsidium Auberg

Schmitt ist vor Hertlein in der Sporthalle. Es gibt drei Matten. Zwei Männer in Judoanzügen üben auf der ersten Matte beim Eingang Würfe und Griffe, eine Frau joggt auf einem der Laufbänder an der Wand.
Schmitt betritt die letzte Matte. Entspannt und konzentriert sich, beginnt eine Taijiquan-Sequenz. Bei den ersten Bewegungen hält sie die Augen noch geschlossen. Als ihr Atem fließt, öffnet sie sie.
Jakob Hertlein ist nun da, und bei ihren Drehungen sieht sie ihn Stretching- und Lockerungsübungen machen. Er trägt einen Judoanzug mit schwarzem Gürtel.
Schmitt kehrt ihren Blick nach innen. Achtet auf das jeweilige Höchstmaß an Spannung und Entspannung beim Gleiten von einer Figur in die andere, beschleunigt ihre Bewegungen allmählich. Ihr Körper ist ein Fließen in Wellen von Kontraktion und Ruhe, von den Zehenspitzen zu den Fingerspitzen, vom Nacken zu den Waden. Nur ihr Gesicht bleibt unbewegt. Sie spürt, wie ihre Muskulatur warm und weich wird, wie ihr Körper ins Gleichgewicht kommt, dass die auf einem Bein gedrehten Figuren entstehen, ohne dass sie Schwung nehmen oder das Standbein anspannen muss, um die Balance zu halten.
„Das ist Sibel Schmitt, die Kollegin aus Berlin, die im Sommer die Nazi-Terrorbande zur Strecke gebracht hat", hört sie Hertlein halblaut sagen. Er steht mit den beiden Judoka vom anderen Ende der Halle am Rand ihrer Matte.
Ihre Konzentration ist gestört.
Sie unterbricht. Die drei applaudieren leise.
„So habe ich Tai Chi noch nie gesehen", sagt der größere der beiden Judoka von der anderen Matte.
„Toni Meyer, Sibel Schmitt vom BKA", stellt Hertlein ihn vor.
„Wir kennen uns", sagt Schmitt. Sie schütteln einander die Hand. „Er war so nett, mich heut Morgen aus der Zelle zu retten."
Meyer deutet auf die Matte. „Ihre Figuren sind wunderbar präzise und balanciert. Grandioser Anblick. Sie sind schneller als die meisten. Tut mir leid, dass wir Sie gestört haben."
„Danke. Meine Trainerin in Berlin sagt das auch immer: schnell und zackig. Aber sie meint es als Kritik, fürchte ich." Sie lächelt und schüttelt auch dem anderen Judoka die Hand. „Klaus Jakubowski", stellt der sich vor.
„Du trittst zur Meisterschaft an, höre ich?", fragt Meyer.
Hertlein nickt. „So ist es."
„Und jetzt trainierst du mit Schmitt?"

„Es ist ein Kampf. Wir haben gewettet", wirft Schmitt ein.

„Judo gegen, ich erinnere mich: Kickboxen – darin waren Sie doch mal Berliner Landesmeisterin? Das ist ungewöhnlich", wundert sich Meyer.

Schmitt neigt den Kopf. „Ich kämpfe inzwischen meinen eigenen Freistil, ich gehe nicht mehr in Wettkämpfe. Irgendwas zwischen Jiu Jitsu, Taekwondo und Karate. Etwas Judo ist auch drin. Aber es bleibt ungewöhnlich, stimmt."

Hertlein lacht. „Leicht wird es nicht. Dafür habe ich mehr Kraft als sie, längere Arme. Wenn ich sie fixiert kriege, hat sie keine Chance."

„Herr Meyer, wollen Sie unser Schiedsrichter sein?", fragt Schmitt. „Jede Runde ist ein Punkt, wir wollen bis zum 2:0 oder zum 2:1 kämpfen. Wer die Matte verlässt, länger als zehn Sekunden fixiert bleibt oder abschlägt, hat verloren."

Meyer nickt. „Es ist mir eine Ehre. Nach welchen Regeln?"

Hertlein und Schmitt schauen einander an. Schmitt sagt: „Ich schlage vor, dass alles erlaubt ist. Voller Kontakt." Hertlein nickt.

Schmitt und Hertlein stellen sich an die Ränder der Matte. Sie verbeugen sich voreinander. Noch aus der Verbeugung heraus stürmt Hertlein voran, versucht, sie am Arm zu packen und mit seinem Bein aus dem Stand zu sicheln. Schmitt springt über die Sichel, und bevor sie wieder auf den Füßen steht, hat sie ihm ihre Hände mit zwei schnellen Armbewegungen im Abstand einiger Hundertstelsekunden ins Gesicht gestoßen, um dann aus seiner Reichweite herauszufedern, während er noch dahin greift, wo Momente zuvor ihre Arme waren. Die Schläge in sein Gesicht hinterlassen keine physische Wirkung. Aber er ist gereizt. Schmitt tänzelt am Rand der Matte, während er ihr geduckt, beide Hände in Bereitschaft, immer die Front zuwendet. Zwei, drei, viermal schafft sie es erneut, mit ihren Händen sein Gesicht zu streifen. Er rudert mit den Armen wie ein zorniger Bär.

Aus ihrem Tänzeln heraus macht Schmitt, die Arme am Körper angelegt, einen Salto vorwärts. Nutzt den Schwung zu einem Tritt gegen seine Brust, der ihn von den Füßen schlägt. Er schafft es, ihren Fuß festzuhalten, während er nach hinten abrollt. Aber Schmitt ist noch in Bewegung, sie nutzt seinen Zug an ihrem Bein durch Überdrehen dazu, seinen Oberkörper in eine Beinschere zu klemmen, mit der sie ihn rücklings am Boden hält. Er versucht, ihre Beine auseinander zu drücken, nimmt Schwung, um sich mit Hilfe seiner größeren Masse abzurollen und Schmitt loszuwerden.

Sie hält die Schere, drückt ihn nieder, indem sie ihren Körper streckt und damit ihren Schwerpunkt praktisch zwischen ihre Knie verlagert. Um ihn an einer Drehung zu hindern, breitet sie die Arme aus.

Hertlein hat keine Chance, diesem Griff zu entkommen.

Meyer zählt langsam bis zehn: „Schmitt gewinnt die erste Runde."

Sie löst die Umklammerung. Die Kämpfer erheben sich und richten ihre Jacken.

„Pause oder gleich weiter?", fragt Meyer.

„Mir egal. Meinetwegen gleich weiter", sagt Schmitt.

Hertlein nickt, schwer atmend. In seinen Augen blitzt Angriffslust, als sie einander wieder an den Mattenrändern gegenüber stehen und sich verbeugen.

In der zweiten Runde nutzt Hertlein seine größere Reichweite und Kraft, wie er es erwartet hatte. Er packt Schmitt, als sie wieder sein Gesicht berührt, am linken Ärmel und lässt nicht mehr los. Keine Drehung, kein Ausfallschritt hilft ihr gegen seinen Griff, und er steht zu sicher, als dass sie ihn als Leichtgewicht mit einer Beinsichel oder einem Fußstoß zu Fall bringen könnte. Sie dreht sich ein, nutzt seinen Griff, um den Hebel zu verstärken, wirft den Mann über ihre Schulter. Sie entreißt ihm mit dem Wurf aber nicht den Ärmel, so dass sie mitgezogen wird und in einen Würgegriff gerät.

Sie braucht nicht zu versuchen, was er in ihrer Beinschere versucht hatte: Es fehlen ihr mindestens 30 Kilo dazu, genug Schwung gewinnen zu können, um doch vielleicht noch hoch zu kommen. Sein Gesicht ist über ihrem, tiefrot. Er grinst.

Schmitt gibt sich durch Abklopfen geschlagen, ehe Meyer loszählt.

„Jakob gewinnt die Runde", sagt sie. „Weiter."

Applaus für Hertlein.

Während der zweiten Runde sind zwei weitere Judoka in die Halle gekommen und haben sich an die Matte gestellt.

Verbeugung, Schmitt greift sofort an, und wieder schafft Hertlein es, ihren Ärmel zu packen. Er zieht Schmitt, mit einem neuen Schulterwurf rechnend, an sich heran, aber Schmitt entspannt sich, kauert sich nieder, stellt beide Füße gegen seine Fußgelenke und streckt, als ihr Rumpf Bodenkontakt hat, mit Wucht ihre Beine. Er verliert den Stand, rollt ab, und da er ihren Ärmel nicht loslässt, hoffend, sie erneut allein durch sein Gewicht und seine größere Kraft in seine Gewalt zu bekommen, gibt er Schmitt Gelegenheit, mit seinem Ärmelgriff als Hebel und Antrieb seine Drehung mit einer Beinbewegung noch zu verstärken, um auf seinen Oberarmen zu knien zu kommen, die linke Hand an seinen Hals geklammert.

Er hält noch ihren Ärmel, aber mit ihrem Knie auf seinem Bizeps ist der Griff nutzlos. Er versucht, mit den Beinen ihren Oberkörper zu hebeln. Sie weicht aus.

Schmitt zieht ihre Rechte hoch und zielt mit den Knöcheln in sein Gesicht.

Ginge es auf Leben oder Tod, hätte er nun die Wahl. Der erste Schlag würde seine Nase treffen, um ihn den Schmerz spüren zu lassen. Der Zweite, gäbe er nicht auf, seinen Kehlkopf zertrümmern. Exitus.

Schmitt lässt die Hand vorschnellen, touchiert seine Nase aber nur leicht. Sie zieht die Hand langsam wieder zurück, krümmt die Finger erneut mit so viel Spannung zu Krallen, dass ihre Knöchel weiß und kantig vorstehen, Muskeln und Sehnen sich an Handfläche und -rücken abzeichnen. Kurz vor dem Maximum der Ausholbewegung verengt sie die Augen, knirscht mit den Zähnen.

Er klopft ab.

„Schmitt gewinnt", ruft Meyer in den beginnenden Applaus.

Auch die Joggerin steht nun an der Matte.

Die Kämpfer erheben sich und verbeugen sich voreinander.

„Hättest du zugeschlagen?", fragt Hertlein leise.

Schmitt antwortet mit einem stillen Blick. „Warum hast du abgeklopft?"

Hertlein strafft sich. „Noch eine, außer Wertung?"

Schmitt zuckt die Achseln. „Klar."

Sie verbeugen sich. Schmitt macht einen langen, schnellen Schritt vorwärts. Wieder scheint es, als ob sie ihn ihren Ärmel greifen ließe. Doch ehe er sie packen kann, springt sie aus der Bewegung mit einer Drehung rittlings auf seine Schulter, seinen Kopf mit beiden Armen umfassend, das Schwungbein um seinen Hals winkelnd. Ihr Sprung zwingt ihn mit wedelnden Armen zu Boden. Er rollt ab, will Schmitt in der Drehung abstreifen. Sie blockt seinen Schwung mit dem freien Bein. Sie hält seinen Hals in der Kniebeuge wie in einem Schraubstock.

Eine Bewegung, sein Genick bräche.

„Schmitt gewinnt", ruft Meyer schnell.

Sie entspannt und erhebt sich. Hertlein erschlafft.

„Noch eine", keucht er.

Schmitt, die wieder am Mattenrand steht und ihre Jacke richtet, tauscht einen Blick mit Meyer. Der fragt Hertlein: „Bist du sicher?"

„Scheiße", sagt Hertlein. „Noch eine Runde."

Meyer schaut Schmitt an. Sie wissen beide, dass sie die Herausforderung nicht ablehnen kann. Sie nickt ihm kaum merklich zu.

Schmitt und Hertlein verbeugen sich. Sie geht frontal auf ihn los. Ehe er nach ihrem Ärmel oder ihrem Revers greifen und einen Wurf ansetzen kann, hat sie zwei blitzschnelle, leichte Schläge in seinem Gesicht gelandet. Er hebt die Arme zur Deckung. Im nächsten Moment trifft sie ihn mit dem Ballen der linken Hand zwischen seinen Ellbogen an der Brust, dass die Umstehenden den Schlag als einen dunklen Rumms hören. Hertlein lässt mit einem Quietschen aus seinem Mund die Arme sinken. Seine Beine knicken ein. Schmitt stützt ihn, dass er nicht zu heftig auf seinen Knien landet.

„Ruhig, du kriegst gleich wieder Luft", sagt sie leise und tritt zurück an den Mattenrand. Es sind keine zehn Sekunden verstrichen seit der Verbeugung.

Niemand applaudiert. Alle starren Schmitt an, als hätte sie einen Schuss auf Hertlein abgegeben.

Mit einem weiteren Quietschen kommt seine Atmung wieder in Gang. Er schüttelt sich auf allen Vieren, rafft sich keuchend auf, deutet eine Verbeugung an und schlurft aus der Halle.

„Wo haben Sie das gelernt?" Meyer geht auf Schmitt zu, sich ebenfalls vor ihr verbeugend, die dies erwidert. „Sie haben ihn die ganze Zeit unter Kontrolle gehabt, auch in der zweiten Runde, oder?"

„Ich musste ihn erst einmal abtasten. Er ist gut", sagt sie leise. „Aber er könnte viel, viel besser sein. Er kämpft hier ..." – sie tippt sich an den Bizeps – „...und ich gewinne da." Sie tippt sich an die Stirn, auf der Schweißtropfen perlen.

„Sie wissen, was ich meine", sagt Meyer mit einem Kopfschütteln. „Wir haben es alle gesehen: Sie wollten töten in den letzten drei Runden, und bei diesem letzten Schlag fehlte dazu nur so viel." Er hält Daumen und Zeigefinger einen Zentimeter weit auseinander. „Sie machen an der Oberfläche nicht Halt."

Schmitt öffnet den Zopf, den sie sich für den Wettkampf geflochten hat. „Wenn Jakob seine Kraft richtig einsetzte, hätte ich keine Chance gegen ihn. Jeder gute Kampfsportler in seiner Gewichtsklasse mit einer ähnlichen Einstellung wie ich könnte mich locker ausschalten. Oder jeder halbwegs bewegliche Mensch mit einem Baseballschläger."

„Wie lange haben Sie keinen adäquaten Gegner mehr gehabt? Einen ohne Baseballschläger, meine ich."

Sie zieht die Schultern hoch, lächelt, schüttelt den Kopf.

Meyer fragt weiter: „Warum gehen Sie nicht mehr in Wettkämpfe? Sie könnten es weit bringen."

Schmitt wischt sich Schweiß von der Oberlippe. „Je weiter ich in den Gegner reingehen muss, desto schwieriger ist die Kontrolle. Außerdem mische ich die Stile. Sie wissen, was Kampfrichter davon halten."

Meyer schaut finster. „Sie müssen doch auf Anhieb gesehen haben, dass Jakob nicht entfernt an Sie heran reicht?"

Sie erwidert seinen Blick kalt. „Er ist fast doppelt so schwer wie ich, und ich lag vor ein paar Monaten noch im Krankenhaus mit mehreren Knochenbrüchen, einem perforierten Rippenfell, einer lebensgefährlichen Sepsis und einer zerstochenen Niere. Klingt halbwegs fair für mich. Und es ist auch nicht mein Problem, dass er sich für unwiderstehlich und unschlagbar hält: Er hatte die Wette vorgeschlagen. Es kam mir genauso auf den Sieg an wie ihm auch."

„Worum haben Sie gewettet?"

„Er wird sich mit mir gemeinsam dafür einsetzen, dass Frau Rath aus der Untersuchungshaft entlassen wird. Hätte ich verloren, hätte ich meine Argumente gegen die fortgesetzte Rechtsbeugung zu Lasten von Frau Rath nicht mehr wiederholt."

„Respekt", sagt Meyer. „Dass Sie sich da aber mal nicht überheben. Diese Ermittlungen sind Chefsache. In dieser Sache trifft Dr. Pöhner lückenlos alle Anordnungen. Niemand sonst ist befugt, ..." Der Satz endet weit oben.

Schmitt sieht ihn mit großen Augen an. „Sie wollen sagen, bei diesen Morden gibt es nur Pöhner und Hertlein? Kein Team, das ..."

„Nicht bei der Polizei. Und meines Wissens auch nicht bei der Staatsanwaltschaft. Staatsanwalt Brunster stand ebenfalls unter seiner Weisung. Nicht lustig. Aber sagen Sie nicht, ich hätte nicht versucht, Sie rauszuhalten."

„Ach so?", sagt Schmitt. „Ich hielt es eher für einen genialen Schachzug von Ihnen, mich ausgerechnet von Hertlein betreuen zu lassen. Als ob ich mich gerade mit der Sache beschäftigen sollte."

Er schüttelt nur den Kopf.

Schmitt insistiert nicht. „Wenn ich Sie recht verstehe, handeln die Beamten, die Frau Rath vernehmen, also nur nach Sprechzettel?"

„Sieht so aus."

„Kommt hier so was öfter vor?"

Seine Augenlider zucken, aber er behält die Kontrolle. „Nicht, so lange ich hier bin. Und ich gehöre praktisch zum Inventar."

„Die Akten, die endlosen Vernehmungen ..."

„Dr. Pöhner."

„Was halten Sie von Pöhner? Was hat er für einen Ruf?"

Er hebt die Schultern. „Anständiger Jurist, eigentlich, Karrierebeamter mit Ambitionen. Macht seinen Job sauber. Ich habe schon andere Typen auf seinem Stuhl gesehen, das können Sie mir glauben. Er ist extrem gut vernetzt. Sein Vater war Landtagsabgeordneter, es gibt Fotos mit dem kleinen Pöhner auf den Knien von ... Ach, ist auch egal."

„Die Staatsanwaltschaft, die objektivste Behörde der Welt." Schmitt wischt sich das Gesicht mit der Handfläche. Lächelt. „Gut. Danke. Interessant."

Er beugt sich vor, berührt mit den Fingerspitzen Schmitts Arm. „Hören Sie", sagt er sehr leise. „Hier in der Tegitzau müssen Sie nicht nur die lauten Männer mit den Baseballschlägern fürchten. Hier arbeitet man gern mit verdeckten Fußangeln und vergifteten Pfeilen aus dem Hinterhalt."

„Sie müssen es wissen."

„Ja, und ich hab lange überlebt. Und bisher war meine Karriere sauber, trotz allem."

„Das war sicher schwer", seufzt Schmitt und wendet sich zum Gehen. „Danke, dass Sie uns bei unserem kleinen Wettkampf sekundiert haben."

„Ich habe zu danken", sagt er. „Wenn Sie für Ihre Arbeit hier etwas brauchen, Hilfe oder Rat, rufen Sie mich an. Durchwahl 122. Hängen Sie das aber bitte nicht an die große Glocke."

Schmitt hört ihn nicht kommen. Hertlein steht einfach da, an die Seite der offenen Dusch-Nische gelehnt, als sie sich umdreht, um ihr Haar auszuspülen. Weit über jede Distanzgrenze hinaus.
„Das ist die Frauendusche", sagt sie. „Du hast hier nichts verloren."
Er wendet nicht den Blick von ihr, und sie bedeckt sich nicht.
„Du wusstest, dass du gewinnen würdest", sagt er rau.
„Unter einer anderen Voraussetzung hätte ich nicht gewettet. Nicht auf Kosten von Frau Rath. Es war *dein* Spiel. Und du wusstest genau, mit wem du es zu tun hast. Besser als ich, genau genommen", stellt sie fest. „Also, was willst du?"
Sein Blick irrt über ihren Körper. Muskulös, kein Gramm Fett, die Knochenstruktur zeichnet sich unter der Haut ab. Kleine Brüste, breite Hüften, flacher Bauch.
Sie weiß, dass es nicht der Anblick ihrer Brüste oder ihrer Beine ist, der ihn einige Sekunden lang erstarren lässt. Sie kennt diesen Blick. Spuren ihres Lebens: Von den frischen Narben perlt das Wasser anders als von unverletzter Haut und alten, vernähten Platzwunden, wie die Narbe in ihrem Gesicht Spuren des Ehrenmordversuchs ihres Cousins mit einem Stück Armiereisen. Eine Schussnarbe am Arm. Alte Schnitte an Oberschenkeln und Unterarmen sind in eigentümlichen Mustern angeordnet: Selbstverletzungen.
Hertlein räuspert sich, blickt in ihr Gesicht. Sagt: „Ich gehe mit dir zu Pöhner und helfe dir, die Rath frei zu kriegen. Im Zweifel bist du eh nicht zu stoppen, da bin ich lieber dabei. Wir treffen uns um halb drei dort. Dann sind wir quitt. Aber in Zukunft solltest du aufpassen, dass sich unsere Wege nicht kreuzen, ich rate es dir im Guten."
Sie stellt das Wasser ab, wringt ihr Haar aus. „Und, wenn doch, was dann?", fragt sie. „Klaust du mir die Vorfahrt? Haust du mir eine? Holst die großen Jungs, die mit mir fertig werden? Oder was?"
Sie streift ihn fast, als sie zu der Bank geht, auf der ihre Sachen liegen.
„Ich sag's dir nur", antwortet er.
„Hab's gehört." Sie nimmt das Handtuch auf. „Und jetzt verpiss dich, oder ich schreie den ganzen Laden zusammen."

***

New York Intelligencer Magazine

Abu Nars großes Spiel

... Dem Vernehmen nach erwartet der Milizenchef, der sich als frommer Mann gibt und Zehntausende Menschen auf dem Gewissen hat, erhebliche Vorleistungen für seine Friedensbereitschaft. Im Umfeld der Verhandlungs-Delegationen ist die Rede von einem zweistelligen Millionenbetrag in Euro, der auf ein Konto Abu Nars in der Schweiz eingezahlt werden soll. Auch von Waffenlieferungen und Straflosigkeits-Garantien ist die Rede.

Es hat mehr und mehr den Anschein, dass Abu Nar bei seinem Pokern mit der deutschen Regierung leichtes Spiel hat. Es ist sehr unglücklich, dass ausgerechnet Deutschland die Verhandlungsführerschaft überlassen wurde. Zwar gilt Deutschland als guter Anwalt arabischer Interessen – was angesichts seiner zugleich innigen Beziehungen zu Israel nur Vorteile zu haben scheint. Jedoch wollen die Deutschen mittels der Einigung mit Abu Nar ihr Standing in der EU aufbessern. Während es in Europa wenig Unterstützung für eine noch stärkere Rolle Deutschlands gibt, halten deutsche Regierungskreise diese Stärkung innenpolitisch für unerlässlich angesichts der gewaltig aufkommenden rechtspopulistischen Europaskeptiker. Das könnte die Position der Regierung gegenüber Abu Nar gefährlich aufweichen.

Offiziell wird all dies selbstverständlich dementiert. Doch passt es ins Gesamtbild. Abu Nars Verhalten ist traditionell opportunistisch. Er hatte sich in den vergangenen Jahren immer wieder verhandlungsbereit gezeigt, wenn die militärische Lage oder die politische Situation für ihn schwierig wurde oder sich auf der anderen Seite eine Lücke in der Front gegen Verhandlungen mit Terroristen zeigte. So auch jetzt: Rivalisierende Milizen machen ihm die Herrschaft streitig, und auch die Regierung seines Landes gewinnt wieder an Boden – und zugleich zeigt Deutschland erhöhte Kompromissbereitschaft. Kritiker gehen sogar so weit, dass sie Deutschland vorwerfen, die Verhandlungsführung Abu Nar zu überlassen. Denn es stehe ihm jederzeit frei, bei Schwierigkeiten im Verhandlungsgang mit einem neuen Anschlag, einem neuen Massaker Zeitgewinn für sich herauszuschinden. Schließlich habe dies auch in der Vergangenheit nie dazu geführt, ihn endlich zu ächten.

Andererseits: Eine allseits akzeptierte Friedensvereinbarung wäre ein historischer Einschnitt, der es rechtfertigen würde, Deutschland einen stärkeren Einfluss auf die Geschicke der EU einzuräumen. „Alle reden, als hätte die bisherige Härte die tollsten Erfolge gezeitigt", sagt ein deutscher Regierungsvertreter. „Wir wissen alle, dass das nicht der Fall ist."

Die Welt ersehnt diesen Frieden. So viel immerhin steht fest.

***

Berlin –Mitte

Jan Thalberg lehnt sich zurück, Mobiltelefon am Ohr, als der Klingelton zu hören ist.
„Ja?", sagt die tiefe Stimme der Frau.
„Talfahrt hier", sagt er grinsend. „Hallo Frau Schmitt. Können Sie reden?"
„Nur Schmitt bitte, ohne Frau. Was gibt's?"
„Ich hab meinem Informanten einen Namen aus der Nase gezogen." Er legt seine Füße in den schwarzen Budapestern neben das aufgeklappte Notebook auf den Schreibtisch. „Kennen Sie einen Max?" Er fummelt eine filterlose Camel aus dem Softpack an der Schreibtischkante, leckt das Papier an, steckt sie sich zwischen die Lippen. „Hallo? Hören Sie?"
„Ja, ich höre", antwortet die Frau. Ihr Zögern und etwas in ihrer Stimme sagen ihm, dass sie mit diesem Namen nicht gerechnet hat. „Max also. Und wie weiter?"
Er bläst Rauch unter die grau verkleidete Decke. „Sie wissen, wer das ist, oder?"
„Ich brauche mehr Informationen. Was sagt Ihr Lieferant über Max?"
Er legt den Kopf auf den Rand der Rückenlehne. „Für 200 Euro sagte er mir, dass Max eine Quelle sei, die er, wäre er Journalist, mit der Umschreibung ‚aus Regierungskreisen' zitieren könnte."
„Unsinn. So reden nur Journalisten. Was sagte er wörtlich?"
Thalberg wischt sich Asche vom Jackett. „Stimmt. Er sagte von sich aus gar nichts. Ich habe es aus ihm rausbekommen, indem ich Suggestivfragen stellte."
„Und er stimmte zu, als Sie ihn fragten, ob er den Mann ‚aus Regierungskreisen' zitieren würde."
„So war es. Bundesregierung, erklärte er auf Nachfrage. Hochrangiger Typ, sagte er. Sehr geheimniskrämerisch, aber absolut vertrauenswürdig."
„Hatte er schon früher Informationen von Max bekommen?"
„Ja. Er verriet mir aber nicht, welche. Aber es waren insgesamt vier."
„Was haben Sie ihn noch gefragt?"
Thalberg nimmt die Füße vom Tisch, setzt sich auf, gibt das Passwort in sein Notebook ein, um seine Notizen zu sehen. „Was Max im Schilde führen könnte – Antwort: Das wisse er nicht, und das sei ihm auch egal, solange seine Informationen stimmen. Frage: Ob sich ein Muster erkennen lasse in den Informationen, die Max liefert – Antwort: Ja, es handle sich stets um personenbezogene Informationen mit politischer Brisanz. Frage: Auf einer Skala von 1 bis 4 – wo würde er im Vergleich zu den anderen Max-Informationen die politische Brisanz der

Schmitt-Folter-Info einordnen? – Antwort: zwei bis drei. Frage: Für welchen Betrag er Max' Identität preisgeben würde – Antwort, und jetzt aufgepasst: für kein Geld der Welt, denn das würde ihm schweren Ärger einbringen, Max lege Wert auf Diskretion. Er wisse aber Max' Identität ohnehin nicht genau, er kenne ihn nur als Max und habe ihn nie gesehen. Frage: Wie er sich darauf verlassen könne, dass ihm Max keinen Scheiß liefert – Antwort: Bevor sie ins Geschäft kamen, habe ihm Max zwei nicht zur Veröffentlichung gedachte Informationen gegeben, auf die seinerzeit alle Welt wartete. Diese hätten sich jeweils einige Zeit später bis ins letzte Detail als korrekt erwiesen. Max habe sich damit und auch mit seinen übrigen Lieferungen als Top-Informant aus höchsten Kreisen ausgewiesen." Thalberg schließt das Text-Dokument. „Das war's. Können Sie etwas damit anfangen?"

Er kritzelt „Max" auf einen Block und malt ein großes Fragezeichen daneben. Schmitt: „Nicht wirklich. Was sagen Sie dazu?"

„Sie hatten Recht. Eine Intrige. Dass jemand aus Regierungskreisen diesen Prozess torpedieren will, ist schon der Hammer. Ich recherchiere auf dieser Schiene weiter. Aber wenn ich rausfinde, wer Max ist und was er will, bringe ich die Geschichte. Okay? Sind wir im Geschäft?"

„Sie bringen die Story aber nicht, ohne mich noch mal zu fragen."

Er legt den Kopf in den Nacken, als Rauch in seine Augen steigt. „Okay. Aber die Entscheidung liegt allein bei mir."

„Wie groß ist die Wahrscheinlichkeit, dass noch jemand informiert ist?"

„Keine Ahnung. Aber ich habe bezahlt. Bisher konnte ich mich darauf verlassen, dass Informationen von diesem Typen immer exklusiv waren. Ob Max selbst die Story weiter streut, wenn wir nichts bringen, weiß ich natürlich nicht."

„Melden Sie sich, wenn Sie mehr herausfinden?"

„Klar. Und Sie vergessen mich auch nicht, wenn Sie etwas für mich haben, ja?"

„Wie könnte ich Sie vergessen, Herr Thalberg."

„Sind Sie sicher, dass Sie keinen Max kennen?"

***

SMS von Sibel Schmitt an Max Denzler:

„Erbitte dringend Rückruf. Habe eine wichtige Frage, die nur du beantworten kannst. S."

SMS von Max Denzler an Sibel Schmitt:

„Rr. baldmöglichst, habe viele Termine. LG, Max"

***

Auberg, Staatsanwaltschaft

Der Leitende Oberstaatsanwalt Dr. Anton Pöhner lässt Schmitt hereinbitten, obwohl Hertlein noch nicht da ist. Als die Sekretärin sie in sein Büro führt, steht er vom Schreibtisch auf, eilt ihr mit ausgestreckter rechter Hand entgegen. Begrüßt sie wie eine alte Bekannte: „Frau Schmitt, welche Ehre, Sie hier zu haben. Grüß Gott und willkommen."
 Schmitt reagiert automatisch mit einem Lächeln. „Danke." Das mit hellem Holz getäfelte Büro hat Fenster Richtung Altstadt. „Grandioser Blick."
 „Besser als der des Polizeipräsidenten und des Landrats", antwortet der Oberstaatsanwalt. „Die sitzen hinter uns und schauen der Justiz in den Rücken. Wie sich das gehört." Er lacht. Seine Stimme klingt wie die einer Frau. Der Mann ist so füllig, wie sein Foto im Internet Schmitt ahnen ließ. Reicht ihr gerade bis zur Schulter, als er am Fenster neben ihr steht und hinauszeigt. „Da vorn, das ist die gotische Klosterkirche St. Georg, der Dachreiter links vom Dom markiert die romanische Stadtpfarre, rechts vom Dom die schiefe Spitze ist St. Martin, die hat sehenswerte Gewölbemalereien und Fresken aus dem späten Mittelalter. Das Kloster oben auf dem Berg beherbergt seit der Säkularisierung die Universität."
 Sie schaut hinaus, die Fingerspitzen auf der Granit-Fensterbank. „Schön hier", sagt Schmitt.
 Er steuert auf die Sitzgruppe zu, die in der anderen Ecke des Raums steht. „Nehmen Sie doch bitte Platz."
 Schmitt schreitet auf ihren Absätzen durch den Raum und setzt sich mit dem Rücken zum Licht. Er lässt sich ihr gegenüber auf dem schwarzen Ledersofa nieder. „Ich höre, Sie haben in Auberg zu tun? Wegen der Hinweise zur Entführung ihrer Tochter? Ich hoffe, Sie kommen in der Sache weiter?"
 Schmitt nickt, wischt das Thema mit einer Handbewegung beiseite. „Aber darum geht es nicht. Frau Rath ..."
 „Sehen Sie, Frau Schmitt, das ist eine kleine Stadt. Hier kennt jeder jeden. Dieser Fall ... diese Fälle nehmen viele Menschen hier sehr mit."
 Schmitt wartet, ob noch etwas kommt, aber er schweigt. „Ich habe die Akten studiert." Sie zögert. „Und es mag eventuell so sein, dass ich auf die Schnelle etwas übersehen habe. Aber ..." Er wirkt gesprächsbereit, das will sie nutzen. Andererseits kann sie es kaum anders als klar sagen: „...aber was ich gesehen habe, lässt tatsächlich den Schluss zu, dass die Kollegen eher nicht überambitioniert waren, die diese Akten angelegt haben."

„Wie meinen Sie das, bitte?" Er klingt sanft, aber seine Augen sind verengt und direkt auf Schmitts Gesicht gerichtet.

„Schauen Sie sich das am besten selbst einmal an und fragen Sie sich, was ein guter Verteidiger vor Gericht daraus machen würde. Die Fundorte der Leichen sind so erfasst, dass ich sie anhand der Beschreibung nicht rekonstruieren könnte. Aus einigen Perspektiven fehlen Fundortfotos. Die Protokolle der Gespräche mit der Beschuldigten sind zu einem großen Teil nicht unterschrieben, und die Indizienkette gegen Frau Rath ist lückenhaft. In der Vernehmung stellte sich dann heraus, dass ein erheblicher Druck auf sie ausgeübt wird. Ich bin kein Strafverteidiger, aber wenn ich einer wäre, würde ich diesen Fall in drei Minuten auseinandernehmen. Ich verstehe nicht, warum die Frau in Haft ist. Verstehen Sie's?"

Pöhner spricht zu Schmitt langsam, wie zu einem Kind, dem komplexe Sachverhalte vermittelt werden sollen: „Wenn Sie die Akte gelesen haben, werte Frau Kollegin, dann muss Ihnen doch aufgefallen sein, dass es zahlreiche Zeugen gibt, denen Frau Rath, ob sie wollten oder nicht, ihre wüsten Allmachts- und Tötungsphantasien mitgeteilt hat."

Schmitt will rauchen. „Ich bin mit Herrn Hertlein der Meinung, dass Frau Rath nicht ins Gefängnis gehört. Sie ist …"

Die Tür öffnet sich, die Sekretärin schaut ins Büro. „Der Herr Hertlein wär' jetzt hier."

„Soll reinkommen", schnarrt Pöhner und erhebt sich.

„Tag Herr Doktor", grüßt Hertlein und wirkt dabei wie ein Junge, der mit dem Ball statt des Tors das Wohnzimmerfenster getroffen hat.

Pöhner ignoriert Hertleins ausgestreckte Rechte. „Frau Schmitt hat mir gerade mitgeteilt, dass Sie keine berechtigten Haftgründe mehr für die Rath sehen. Woher der Sinneswandel?"

Hertlein zieht die Hand zurück und stammelt: „Ich … ich dachte …"

Er fasst sich und steckt beide Hände in die Jeanstaschen. „Herr Dr. Pöhner, ich denke, wir müssen das noch mal überdenken mit dem Haftbefehl. Frau Schmitt hat mich überzeugt."

Pöhner atmet scharf ein, halb wieder aus, und sagt zu Schmitts Überraschung ruhig: „Zuallererst müsste Frau Schmitt ja wohl *mich* überzeugen."

Schmitt lächelt. „Überzeugen wir uns doch gegenseitig. Wie erklären Sie sich die Ungereimtheiten?"

„Vorerst gar nicht. Es gibt keinen Grund, in diesem Stadium Zweifel zu hegen. Sollte es zur Anklage kommen, wird das schon anständig vor Gericht verhandelt."

Schmitt steht nun ebenfalls auf. „Unterdessen läuft der Mörder frei herum. Meinen Sie nicht?"

„Ach ja", sagt Pöhner zu Hertlein. „Bevor Sie kamen, kritisierte Frau Schmitt gerade die Art und Weise, wie wir hier in Bayern unsere Ermittlungsakten führen."

„Das ist keineswegs der Fall", sagt Schmitt. „Ich kritisierte, wie *diese* Ermittlungsakten geführt werden. Herr Dr. Pöhner, in ungeschminkter Deutlichkeit: Sie begehen Rechtsbeugung zu Lasten dieser Frau. Selbst wenn sie die Täterin sein sollte, wären alle ihre bisherigen Aussagen wertlos, das ist Ihnen doch klar. Frau Rath gehört auf freien Fuß gesetzt. Sofort."

Pöhner hält die Luft an, scheint anzuschwellen. Er lässt sie mit einem Zischen ab. „Sind Sie auch dieser Meinung?", fragt er Hertlein. Seine Stimme schlägt beim „Sie" ins Kieksen um.

Hertlein nickt. Sieht seekrank aus.

Pöhner überrascht Schmitt erneut damit, dass er es schafft, Ruhe zu bewahren: „Frau Schmitt, die Ansage gefällt mir, ‚in ungeschminkter Deutlichkeit' – in ungeschminkter Deutlichkeit also: Ich kann Sie nicht aus der Stadt werfen. Aber in meinem Büro, in diesem Gebäude und in dieser Behörde habe ich das Hausrecht. Verschwinden Sie! Raus, sofort! Erledigen Sie, was immer Sie zu erledigen haben, und verlassen Sie die Stadt und die Region. Und wenn Sie inzwischen in Auberg Unruhe machen sollten, wird es nicht lange dauern, bis Sie in der Zelle neben der von Frau Rath sitzen. Deutlich genug?"

Schmitt lächelt. „Perfekt." Sie nickt Hertlein zu. „War nett. Wir sehn uns." Geht hinaus. Zieht noch unter der Tür ihr Mobiltelefon aus der Jackentasche und aktiviert den letzten Eintrag in der Liste der Gespräche.

***

Burg Schleehagen

Krätz gibt Grefe Ordnung. Ordnung erzeugt bei ihm ein warmes Gefühl.
Krätz sagte: „Du wirst mit Harim nach Franken fahren und den Jungen holen."
„Was, wenn Kollateralschäden nicht zu vermeiden sind?", fragte Grefe.
„Dann sind Kollateralschäden nicht zu vermeiden. Blutvergießen kann eine Botschaft sein", antwortete Krätz und sog Sauerstoff aus der Maske. „Keine Zeugen, klar? Ich vertraue dir."
Auch dieser letzte Satz erzeugte ein warmes Gefühl.
Grefe stellt den Befehl nicht in Frage. Entführung kratzt ihn so wenig wie Blutvergießen. Muss manchmal sein.
Die Warterei auf Beobachtungsposten: egal.
Der Kampfanzug hält Kälte und Nässe ab. Grefe hat schon weniger komfortabel auf Lauer gelegen.
Nur Harim nervt. Er ist wie eine Katze. Er jagt nur, was sich bewegt. Geht nicht auf Posten. Oder schläft auf Wache ein. Auch jetzt würde er schlafen, hätte er nicht zu checken, wo der Ex-Minister Schleekemper, seine Frau, sein Sohn hinfahren.
Krätz musste es nicht sagen, das ist Grefe auch so klar: Kollateralschäden sind akzeptabel, solange der Hausherr unversehrt bleibt.
Der Junge ist vier Jahre alt. Damit fällt er als verlässlicher Zeuge aus.
Keine Masken, keine Drohungen, keine Fesseln, Knebel.
Gut.
Grefe hasst es, ältere Kinder zu kontrollieren. Achtjährige sind nicht berechenbar. Sie zu kontrollieren, gibt Grefe Flashbacks, wie ihn sein Vater schlug, bis er wochenlang nur noch Blut pisste.
Nur dass in den Flashbacks Grefe selbst der Vater ist.
Ansonsten hat er sich in der Gewalt.
Krätz hat für Lagepläne gesorgt. Und für einen Terminplan. Wann der Junge das Haus verlässt, zur Kita, zum Sport, zum Musikunterricht. Wo, mit wem.
Grefe ist die Wege der Familie abgefahren. Hat Gebäude, Schwachpunkte gecheckt.
Bleibt: Angriff auf die Burg. Darin die Schleekempers, also volles Programm, Personenschutz, elektronischer Alarm. Aber überschaubar.
Das Tor ist immer offen. Doch wäre es nicht klug, den üblichen Weg hinein zu nehmen. Grefe weiß nicht, wo die Bilder der Kamera an der Mauer über dem Tor auf einen Bildschirm gespielt werden. Das geben Krätz' Pläne nicht her.
Grefe weiß nur, dass er kein Video von seinem Eindringen hinterlassen will.

Nun, unter den Regenwolken, sind alle Zimmer der Burg beleuchtet wie für ein Fest.

Aber nichts bewegt sich, seit Schleekemper und seine Frau in seinem Range Rover weggefahren sind, gefolgt von Personenschützern in einem Tuareg. Die Köchin hat frei. Die Gutsverwaltung bald Feierabend. Der Hofladen schließt um 16 Uhr.

Im Haus sind dann noch drei Männer, das Kindermädchen, der Junge.

Es braucht keine generalstabsmäßige Planung oder eine Armee für die Entführung des Jungen. In der Burg wird er beschützt, aber ohne System. Grefe amüsiert das Hin und Her der Wachen. Wie in einer Boulevardkomödie. Die Männer sind Wachschutz-Profis, armeemäßig durchtrainierte Typen. Nahkämpfer. Aber sie werden als Fahrer eingesetzt, als Lastenträger. Vor allem von der Frau.

Unordnung.

Zuviel Familienkontakt.

Die weiche Tour macht schlaff, müde, träge. Sie sind stark, aber in Routine ermüdet.

Gegen guerilla- und bandenkrieggestählte Typen wie Grefe und Harim haben sie keine Chance.

Aber sie werden wissen, sich zu wehren.

Es wird Tote geben.

***

Berliner Abend, Online-Ausgabe

Auberg – die Stadt sucht einen Mörder

Der Schlächter – eine Frau?

Falsche Verdächtigungen gegen dreifache Mutter – warum lässt die Polizei der fränkischen Bezirksstadt Serienkiller unbehelligt?

Von Jan Thalberg

... und während die Verdächtige, die, nach Aussage aus gut informierten Kreisen ‚mit an Sicherheit grenzender Wahrscheinlichkeit unschuldig ist', in Untersuchungshaft schmort und dem Vernehmen nach praktisch rund um die Uhr verhört wird, steigt die Gefahr, dass weitere Morde begangen werden.

Trotz des erheblichen Drucks auf die Verdächtige, obwohl Kriminaltechniker jeden Stein auf ihrem Grundstück und in dessen weiterem Umfeld umgedreht haben, ist Wesentliches ungeklärt geblieben. Vor allem wurden die Körper der Toten bisher nicht gefunden. Kräftige, teils füllige Männer. Wie hat die Frau sie beseitigen können? Und wo?

Nein, so ein sachkundiger Beobachter, der ungenannt bleiben möchte: Der Täter ist noch da draußen.

Den Leitenden Oberstaatsanwalt, Anton Pöhner, interessiert das nicht, heißt es. Kritik bügelt er ab, und auch sein Pressesprecher sagte auf Anfrage des ‚BA' nur: „Diese Vorwürfe sind unbegründet und unhaltbar."

Unterdessen wächst in Auberg die Angst vor dem Schlächter. Eine bange Frage wird immer lauter: Welches dunkle Geheimnis schützt den Serienkiller vor ernsthaften Ermittlungen? Wer wird sein nächstes Opfer?

***

Auberg

Er weiß, wie man unsichtbar wird. Es ist eine Frage der Haltung.
Du nimmst die Spannung raus. Kein Blickkontakt. Nichts sagen. Keine bestimmte Richtung einschlagen. Ohne fixes Tempo, ohne Rhythmus bewegen. Den Rhythmus oder die Richtung nicht vorsätzlich oder auffällig wechseln: Irgendwie langsam, ziellos arbeiten.
Er ist irgendein Typ im weißen Kittel und weißer Schirmmütze im Supermarkt. Niemand schaut. Er stapelt Gläser neben dem Kühlregal. 200 Gramm Tegitzauer Salzfleisch. „Sonderpreis 1,49" steht auf roten Klebeschildern.
Es gibt für diese Gläser keinen Barcode.
Regionale Ware.
Frisch.
24 Gläser pro Karton. 18 Kartons waren es diesmal. Jetzt sind es noch drei.
Dies ist der sechste und letzte Supermarkt. Die Gläser ergeben eine sehr ordentliche Pyramide.
Die leeren Kartons stellt er am Ausgang zu den anderen auf den Packtisch.
Majoran. Das Geheimnis ist Majoran. Außerdem Salz und Pfeffer. Glucose als Geschmacksverstärker. Innereien, Fleisch und Knochen sind fast vollständig verwendbar. Zerlegen, reinigen, lange kochen, zu feiner Masse verarbeiten.
Die Maschine funktioniert tadellos, immer noch.
Er erinnert sich gut, wie glücklich seine Mutter war über die Neuanschaffung.
Würzen, rühren, erneut erhitzen, in die heißen Gläser abfüllen. Viel Majoran, ein wenig gemahlener Senf. Spezialität des Hauses.
Ohne Farbstoffe, nur ein wenig Rosenpaprika.
Das Fleisch ist grau. Geschmacklich spielt das keine Rolle. Es sieht aus und riecht wie Schweinefleisch. Nichts spricht dagegen, dass es auch ähnlich schmeckt.
Er hat sich bei der Verarbeitung gefragt, ob man Nikotin rausschmecken könne.
Aber Alois Schuggenberger hat nicht davon gekostet.

***

BKA-Außenstelle Berlin, Treptower Park

„Sie müssen sich locker machen, sonst wird das nichts", sagt Vera Bernburg und presst ihren Ellenbogen bei Stefan Held genau an die Stelle zwischen Wirbelsäule und Schulterblatt, an der er die schmerzhafte Verhärtung spürt. Held stützt sich mit beiden Händen auf den Konferenztisch und versucht es. Auf seinem Schreibtisch klingelt das Telefon. „Verdammt", murmelt er und löst sich aus Bernburgs Griff. „Genau da sitzt es", ruft er ihr auf dem Weg zu seinem Schreibtisch zu und rollt die Schultern. Er nimmt den Hörer ans Ohr.

„Sibel Schmitt ruft aus Auberg an", sagt die Sekretärin.

„Ja." Er winkt Vera Bernburg zu und macht eine Bewegung Richtung Tür. Die Pathologin hebt zum Abschied die Hand und geht hinaus.

„Hallo Chef. Sie haben mir eine Rückrufbitte per SMS geschickt", sagt die Frau am anderen Ende der Leitung.

Held mag ihre tiefe Stimme, stellt sich Schmitt vor, ihren aufgeweckten Blick. In seiner Vorstellung ist ihr Gesicht makellos, ohne Narbe. „Ich grüße Sie. Sind Sie weitergekommen auf der Suche nach Ihrer Tochter?"

„Nicht wirklich", antwortet Schmitt, und er hört ihr an, dass sie an seinem Ton bemerkt hat, dass er die Frage nur als Übergang zu seinem Anliegen gestellt hat. „Was gibt's?"

„Überraschung", sagt Held. „Sie dürfen vielleicht länger in Auberg bleiben als geplant. Die haben BKA-Unterstützung angefordert wegen dieses Serienkillers, und die haben konkret Sie bestellt …"

„Das wundert mich. Bisher waren die hier ganz und gar nicht wild darauf, mit mir über die Sache zu reden. Dabei denken sie derzeit an nichts anderes." Sie macht eine Kunstpause. „Genau genommen, bin ich vor nicht einmal zwei Stunden beim Leitenden Oberstaatsanwalt rausgeflogen. Ich hab Hausverbot."

„Ich hoffe, Sie sind nicht handgreiflich geworden?"

Schmitt lacht. „Nicht gegen den Staatsanwalt."

„Ich höre, Sie waren kaum angekommen und landeten in dieser Sache schon in Gewahrsam?"

„Tatsächlich dachten die, ich sei der Killer, weil ich mich im Dunkeln zufällig in der Nähe eines der Leichenfundorte aufhielt."

Held lacht. „Dann sind Sie ja im Stoff."

„Ich sehe nicht, dass ich allzu viel für die Auberger tun kann. Die ermitteln auf Abwegen. Sie haben sich auf eine bestimmte Verdächtige versteift."

„Das habe ich gelesen. Sagen Sie mir, dass Sie nicht hinter dem Artikel im ‚Berliner Abend' stehen."

„Ist das eine Anweisung?"
„Nein. Ich mag nicht belogen werden." Held klemmt den Hörer zwischen Schulter und Kinn, hält sich an der Tischkante fest und versucht, seinen Rücken mit einer Drehung selbst zu deblockieren. „Ich habe ein paar Andeutungen zu hören bekommen, aus denen ich nicht schlau wurde. Politik", presst er hervor. „In Bayern ist Wahlkampf. Aber das ist genau der Grund, weshalb das BKA eingeschaltet wird. Damit der Fall nicht noch Wellen gegen die Landesregierung schlägt."
Schmitt macht ein Geräusch des Unmuts. „Muss das wirklich sein? Da kann ich doch nur zwischen die Mühlsteine geraten."
„Sie haben sich längst eingemischt und würden es auch mit Hausverbot nicht lassen. Sie können doch gar nicht anders, oder?" Held verdreht seinen freien Arm, um mit den Fingerspitzen seinen Rücken abzutasten. „Seien Sie klug, seien Sie unabhängig, dann wird es schon werden." Er drückt seine Faust gegen die schmerzende Stelle. „Falls es politische Scherereien gibt, rufen Sie mich an. Tag und Nacht."
„Okay."
„Akten, so weit bei uns vorhanden, Kontaktdaten aller für Sie relevanten Ansprechpartner und so weiter haben wir Ihnen gemailt. Sie werden einen Kollegen vom LKA zugeordnet bekommen, der mit dem Fall schon befasst war. Wir haben nicht genug Ermittler frei, um so kurzfristig ein Team zu bilden."
„*Den* hab ich verprügelt."
„Sagen Sie mir, dass das nicht wahr ist."
„Ich dachte, Sie wollten nicht belogen werden." Sie lacht. „Keine Sorge. Es war eine Wette. Er ist wie ich Kampfsportler."
„Haben Sie gewonnen?"
„Ich hätte sonst nicht gewettet."
„Sie tun wirklich alles, sich beliebt zu machen, oder?"
Er versucht, den Rücken durchzudrücken und stöhnt laut, als die Schmerzzone erreicht ist.
„Ich hab Sie auch lieb, Chef, aber Ihr Stöhnen irritiert mich", sagt Schmitt.
„Ich habe wieder diese Rückenschmerzen. Bald werde ich nur noch sitzen können. Wie einbetoniert. Nicht mal den Kopf drehen. Ich sehe es kommen."
„Vera Bernburg hat bei mir Wunder gewirkt. Sie erinnern sich, wie unbeweglich ich anfangs nach der Reha war."
„Sie haben exzessiv trainiert. Das waren keine Rückenschmerzen, das waren Folterfolgen. Selbstfolter."
„Okay." Schmitt räuspert sich. „Chef?"
„Ja?"
„Es ist kein Zufall, dass ich den Auftrag bekomme. Richtig?"

„Sie sind die Einzige unter unseren Besten, die sich derzeit ohne erkennbaren Zeitdruck auf einer relativ kalten Spur befindet, und die Bayern brauchen schnell einen Ermittler mit starkem Profil. Zufall und Absicht begegnen hier einander. Es ist wohl so, dass die ganz happy waren, dass Sie die Sache übernehmen können. Die Landesregierung, die für die Staatsanwaltschaft die Anforderung eingefädelt hat, wusste nicht, dass Sie schon in Auberg sind. Die stehen offenbar extrem unter Druck. Dahinter steckt ein Staatsanwalt mit dem aus Sicht der Landesregierung falschen Parteibuch. Die Anforderung wurde direkt über den Innenminister eingeleitet, da kann der Artikel noch keine zehn Minuten online gestanden haben. Die brauchen genau jemand wie Sie. Im Fall, dass etwas schief geht, hat das nicht mal die Top-Ermittlerin vom BKA richten können. Sie verstehen: Schwarzer Peter erfolgreich delegiert."

„Danke für die Offenheit."

„Seien Sie vorsichtig. Wenn es irgendeinen Vorfall gibt, der einen Schatten auf unser Amt wirft, stelle ich Sie augenblicklich kalt. Und halten Sie die Medien raus. Schön cool bleiben, auch wenn Ihnen etwas nicht passt, okay? Das gilt übrigens auch für alles, was Sie möglicherweise über den Verbleib Ihrer Tochter rausfinden. Keine Solo-Feldzüge, kein Chaos, volle Transparenz nach innen, volle Diskretion in der Öffentlichkeit."

„Was meine Tochter betrifft: Kann es sein, dass jemand bei einem Teil der Fingerabdruck- und DNS-Daten aus dem Auberger Messerfund auf dem Schlauch steht?"

Er presst die Zähne aufeinander. Nicht aus Schmerz diesmal. Mist, Mist, Mist!

„Warum?"

„Weil nichts zusammenpasst, wenn es nicht so ist. Ich hab mir das Messer angesehen: Sauber und sorgfältig präpariert. Es ist offensichtlich, dass das Blut nicht nur einfach daneben vergossen wurde, um angesichts der Blutlache die kriminaltechnische Untersuchung des Messers zu bewirken. Es wurde an der einzigen Stelle weit und breit vergossen, wo es nicht verlaufen oder versickern konnte: ebenfalls eine sauber ausgelegte Spur. Ich glaube daher, dass es etwas bedeuten muss. Es ist Teil der Mitteilung. Ich bin mir sicher."

Sie spekuliert, denkt Held. Gut.

Schmitt: „Bei dem Blut wurde richtig Aufwand getrieben, dass es noch frisch ist, wenn es gefunden wird. Ist es gefroren, hält es sich länger. Aber dann lässt sich sein Frischegrad nicht mehr exakt feststellen, wenn man nicht weiß, wie lange es wie kalt gehalten wurde. Genau darauf, dass es nicht gefroren und somit nachweislich frisch war, schien der Spurenleger Wert zu legen. Daher rief er rechtzeitig die Polizei an. Er hat dafür gesorgt, dass man nach Minuten am Fundort war. Wir haben also neben dem Messer noch eine Spur, die offenkundig zeigen soll, dass die Person, von der sie stammt, zumindest kürzlich noch gelebt hat."

„Interessante These."

„Das Blut steckt laut Analyseergebnis der Auberger Kriminaltechnik voller Hinweise. Es stammt von einem Mann. Sein Blut enthält besonders viel Hämoglobin, also dürfte er ein Problem mit der Sauerstoffaufnahme haben. Er hat es an der Lunge, oder er lebt in Höhenluft. Ich tippe auf ersteres. Es gibt Indikatoren für Entzündungen, das Blut enthält eine hohe Konzentration Antibiotika."

„Und, haben Sie eine Idee, wer es sein könnte?", fragt Held mit einem Prickeln im Nacken.

„Nein. Aber es wäre sinnlos, diese Hinweise zu geben, wenn nicht die Blutlache ebenso klar identifizierbar und interpretierbar wäre wie die Spuren, die von meinem Kind stammen. Es ist nicht einfach irgendwelches Blut, um die Aufmerksamkeit auf den Fundort zu lenken. Dafür hätte man nicht das Blut eines Kranken genommen. Dasselbe gilt für den Fingerabdruck."

Held brummt unbestimmt.

Schmitt: „Ein Fingerabdruck ist so etwas wie eine Unterschrift. Die DNS im Blut ebenso. Einwände?"

„Worauf wollen Sie hinaus?", fragt er. Er denkt an Denzlers Warnung: Staatsaffäre, Kanzler-Kompetenz. Held erkennt die Chance, Schmitt zu bremsen.

„Die Frage ist, warum der Absender sicher davon ausgeht, dass die Spuren, die er legt, leicht lesbar sind", erklärt Schmitt. „Die Aktion wäre sonst sinnlos. Falls aber seine Einschätzung im Prinzip richtig ist – und ich sehe keinen Grund, daran zu zweifeln – falls er also richtig liegt, wurden uns Informationen unterschlagen, um die Identifikation zu verhindern."

„Schwer vorstellbar." Neutral formulieren. Tür offen halten.

Schmitt sagt: „Wir wissen beide, dass es Umstände und Personen gibt, die eine Unterdrückung von Daten und Ermittlungsergebnissen rechtfertigen. Aber so etwas kann immerhin stufenweise erfolgen. Ich meine, was die hiesige Polizei nicht geliefert bekommt, könnte für das BKA freigegeben sein. Wenigstens auf Leitungsebene. Könnten Sie für mich nachfragen?"

Zeitgewinn in Sicht. „Gut, Schmitt. Aber das kann dauern. Und ich verspreche Ihnen nichts. Wenn da etwas ist, könnte es so geheim sein, dass ich Ihnen nichts sagen darf, sollte ich etwas in Erfahrung bringen. Das wissen Sie."

„Ich wäre wenigstens für eine Andeutung dankbar."

„Okay. Schauen wir mal." Professionelle Vorsicht. Das wird sie verstehen.

„Danke."

Hört er einen Unterton? „Gibt es noch etwas?"

Schmitt zögert. „Hat Sie die Staatsanwältin Bretschneider schon erreicht?"

„Nein, steht auf der Liste der Rückrufe. Warum?"

„Ein Journalist hat sie angerufen. Man hat ihm gesteckt, ich hätte einen der Nazis letztes Jahr gefoltert."

„Und, haben Sie?"

„Aussage gegen Aussage."

„Also nein. Ist doch gut."

„Ich wollte nur, dass Sie Bescheid wissen."

„Danke. War's das?"

„Ja."

„Dann viel Erfolg bei den Ermittlungen. Und schön brav sein. Ich will Sie nicht suspendieren müssen."

Schmitt lacht. „Bin ich doch immer." Lacht wieder. „Tschau, Chef."

„Tschau." Er kappt die Leitung. Kommt aus seinem Stuhl nicht hoch. Drückt auf die Taste der Sprechanlage. Eine der beiden Sekretärinnen sagt: „Ja bitte?"

„Meine Rückenschmerzen bringen mich um. Ich brauche bitte sofort einen Termin beim Orthopäden, sonst falle ich aus. Am besten gleich."

„Mache ich. Noch etwas?"

„Wenn Frau Schmitt anruft, bitte immer sofort zu mir durchstellen. Egal, was ist, was ich mache und wo ich bin. Sagen Sie das bitte auch dem Nachtdienst."

***

Verdens Tidende, Oslo

Ende der Profillosigkeit

... Falls Deutschland bei der Vergabe wichtiger Posten in der EU im Sommer leer ausginge, würde dies bedeuten, dass aller Wahrscheinlichkeit nach das neue Bündnis aus Rechtspopulisten und ultraliberalen EU-Skeptikern bei den Wahlen im Frühherbst siegen würde. Die aktuellen Umfragen, in denen es bereits mehr als 40 Prozent Zustimmung erhalten hat, zeigen, wie dringend die Regierung einen Erfolg braucht.

Deutschland scheint genau der richtige Verhandlungspartner zu sein. Wer außer der sanften Großmacht in der Mitte Europas mit ihrer dunklen Vergangenheit und der Erfahrung mit deren Bewältigung würde mit einem mörderischen Phantom wie diesem verhandeln können. Die Deutschen dringen nicht einmal ernsthaft darauf, dass Abu Nar zur Besiegelung des Friedens, der den Lauf der Geschichte im Mittleren Osten ändern soll, morgen und übermorgen selbst zur entscheidenden Verhandlungsrunde in Berlin erscheint.

Der Einsatz ist also hoch. Nicht auszudenken, was in Deutschland und Europa – und mit Deutschland in Europa – geschieht, wenn diese Partie verloren geht.

***

Auberg, Bahnhofstraße

Schmitt parkt ihren Audi mit dröhnendem V8 in mehreren Zügen zwischen zwei Bäumen auf einem Platz, der kaum länger ist als der Wagen. Sie legt die 150 Meter durch den Regen bis zum Grand Hotel National im Trab zurück.

Im Foyer ist die Decke mit grauen Metallleisten abgehängt. Über dem Tresen der Rezeption leuchtet eine der drei Lampen gegen die Düsternis des Nachmittags an.

Mehrere Nachrichten erwarten Schmitt. Polizeipräsidium und Staatsanwaltschaft jeweils mit Rückrufbitte, ein verschlossenes Kuvert aus schwerem Bütten mit dem aufgedruckten Absender „Dr. Emilie Menter" und auf einem weiteren Zettel nur der Name K. Eisenhut mit einer Handynummer.

„Wer ist K. Eisenhut?", fragt Schmitt die blonde Frau an der Rezeption.

Die zieht die Schultern hoch. „Keine Ahnung, ich war noch nicht im Dienst, als das reinkam. Soll ich den Chef fragen?"

„Ist nicht nötig", sagt Schmitt. „Ich werde es schon rausfinden."

„Geht es Ihnen gut? Wir dachten schon, Ihnen ist etwas passiert, da sie gestern Abend nicht zurückgekommen sind. Wenn Sie nicht vom BKA wären ..."

Schmitt grinst. „Ich habe die Nacht im Knast verbracht."

Die Blondine lacht wie über einen Witz, als sie Schmitt den Schlüssel zu ihrem Zimmer reicht.

Schmitt benutzt die Treppe in den dritten Stock. Zimmer 38 liegt am Ende des Flurs. Sie öffnet die Tür, kickt ihre Heels vor das Doppelbett. Sie war am Abend gleich nach ihrer Ankunft aufgebrochen, so ist das Panorama vor dem Fenster eine Überraschung. Sie blickt über die Dächer der Bahnhofsvorstadt direkt auf die Domtürme. Sie hätte nicht gedacht, dass der Dom so nah ist.

Sie pellt sich die feuchten Sachen vom Leib, hängt sie zum Trocknen über Stuhl, Kleiderschranktüren, den Heizkörper im Bad, schluckt drei Ibuprofen gegen den Kopfschmerz, schaltet den Fernseher ein, kämmt ihr Haar, verflucht die Nagellack-Industrie, entfernt den beschädigten Lack und malt sich die Nägel an Händen und Füßen neu.

Sie raucht.

Nachrichten-TV: Der neue Verteidigungsminister setzt eine Kommission ein zur Klärung von Korruption im Bundeswehr-Beschaffungswesen und Schmuggel über die Truppenlogistik, bei Tel Aviv sind Raketen eingeschlagen, Arbeitslosigkeit stabil.

Im Auberger „Schlächter"-Mordfall soll das BKA eingeschaltet werden, wie das Justizministerium in München mitteilt.

Schmitt murmelt: „Schau mal, wir sind im Fernsehen!"
Wetterbericht: Es wird kälter.
Als der Nagellack trocken ist, setzt sich Schmitt mit ihrem Tablet aufs Bett.
Sie aktiviert den Bildschirm, loggt sich ins Drahtlos-Netz „National" ein, öffnet ihre jüngste Mail. Überfliegt die Akte im Anhang. Nichts Neues für sie.
Schmitt schreibt „K. Eisenhut" ins Suchfenster des Browsers, tippt auf den Wikipedia-Eintrag. „Klaus Eisenhut, geboren 1949 in Auberg, ist ein deutscher Politiker …" Schmitt pfeift durch die Zähne und murmelt: „Nicht schlecht, du bist noch keine 24 Stunden hier und hast schon die Handynummer des Bundestagsabgeordneten."
Sie googelt Menter. „Dr. Emilie Menter ist eine deutsche Publizistin …" Nach Jahren an der Spitze eines Wirtschaftsverbands wurde sie Geschäftsführerin und Herausgeberin des „Tegitzau-Tagblatts", bis sie vor zwei Jahren in den Ruhestand trat, ist Vorsitzende und Beirätin mehrerer Vereine und Stiftungen, Mitglied der Landes-Regierungspartei …
Schmitt reißt den Umschlag auf. Eine sehr akkurate und weit ausschweifende Handschrift, Schriftbild teurer Kolbenfüller: „Sehr geehrte Frau Schmitt, besondere Umstände erfordern angemessene Maßnahmen: Als langjährige Herausgeberin des Tagblatts kann ich Ihnen sicher mit Informationen zur Hand gehen, wenn Sie nun die Aufklärung der schrecklichen Morde angehen. Ich nehme mir daher die Freiheit, Sie für den morgigen Tag zum Frühstück im Restaurant des Hotels Mühlengraben einzuladen. Bitte geben Sie mir formlos Bescheid, ob Sie kommen, und welche Zeit Ihnen genehm ist. Es gibt dort Frühstück für Nicht-Hotelgäste ab 8:00 Uhr, aber es ließe sich, falls nötig, sicher auch früher etwas arrangieren." Es folgen eine E-Mail-Adresse und eine Handynummer.
Ich bin eine begehrte Frau, denkt Schmitt.
Bei der Staatsanwaltschaft meldet sich unter der angegebenen Nummer eine freundliche Frauenstimme.
„Schmitt, BKA. Sie hatten mich angerufen", sagt Schmitt.
„Ich stelle durch zum Herrn Leitenden Oberstaatsanwalt Dr. Pöhner", sagt die Frau.
Die Stimme des Oberstaatsanwalts klingt kindlich übers Telefon. „Pöhner."
„Schmitt. Sie hatten mich angerufen."
„Ja, ja. Sieht so aus, als wären Sie nun in Auberg fest etabliert. Schon gehört?" Er lacht, dass der Hörer mit einem Scheppern übersteuert.
„Klar."
„Wollen Sie noch heut' Nachmittag vorbeikommen, dass wir uns auf die Zusammenarbeit einrichten?"
„Halb sechs?"
„17 Uhr 30. Bis dahin."

Sheri-Dienst: 562 Visits auf der Facebook-Seite, 34 Nachrichten, die meisten freundliche Mitgefühl-Bekundungen.

Jemand hat Schmitt unter dem Titel „T-3" am Abend zuvor eine Datei geschickt.

Ihr wird heiß.

Das ist er.

Sheris Entführer.

Sie hat den Ausdruck „T-7" vor Augen, der dem Messer beilag.

Die Datei ist nicht zu öffnen, erstellt mit einem unbekannten Programm. Sie schickt sie an die Kollegen in der BKA-Technik.

Schließt die Augen, massiert ihre Schläfen, bis sie sich wieder auf ihre Facebook-Nachrichten konzentrieren kann.

Zwei Irre nennen Sheri eine Hure und die Entführung Allahs Strafe.

Schmitt glaubt nicht, dass Islamisten ihre Tochter entführt haben. Sie schickt ihre Daten trotzdem zur Identifizierung und Analyse an die Kollegen von der Cybercrime-Abteilung. Ebenso die der stillen Spanner, die von Facebook auf ihre Website gekommen sind, um sämtliche Bilder von Sheri runterzuladen.

Nachrichten von einem anonymen Profil, das "Em Ine" heißt: zwei Videos.

Schmitt klickt das erste an. Der Player öffnet sich und startet Bilder, deren Unschärfe auf eine Camcorder-Aufnahme deuten, die nachträglich digitalisiert wurde.

Sheri als Fünf- oder Sechsjährige am Keyboard, daneben sie selbst, die sagt: "So, jetzt spiel es noch mal."

Türkischer Akzent?

Hatte ich nie.

Es trifft Schmitt wie ein Schlag: Das Mädchen ist nicht Sheri. Ich bin es selbst. Dunkler, dünner.

Die Frau ist meine Ana.

Der Duft ihrer Mutter. Gewürze und Rosenwasser. Schmitt fühlt die Tasten unter ihren Fingerspitzen. Weiß, was sie gleich spielen und singen wird, mit kleiner Stimme, aber guter Intonation. Pochenden Herzens.

"My funny Valentine, sweet comic Valentine ..." Abgehört von einer Lieblingsplatte ihres Vaters und heimlich geübt.

Ihr Vater hat Geburtstag. Der Onkel führt die Kamera. Ihr ältester Bruder Metin steht neben ihm. Ihr Vater hinter ihr, sie spürt seine Hände warm und leicht auf ihrern Schultern. Und auf einem Stuhl links neben ihr sitzt ihre Mutter. Emine Yurdal.

Was Schmitt nicht erinnern kann, weil sie es beim Spielen nicht sah, offenbart das Video: Das Gesicht ihrer Mutter, die strahlt unter Tränen, die die Augen gar nicht wenden kann von ihrer Tochter. Es liegen Stolz, unendliche Liebe und

Zärtlichkeit in diesem Blick, als sie mit ihrer tiefen Stimme einstimmt, und der Vater auch mit seinem weichen Organ, und sie singen:
„Is your figure less than greek?
Is your mouth a little weak?
When you open it to speak
Are you smart?
But don't change your hair for me
Not if you care for me
Stay, little Valentine, stay
Each day is Valentine's day."
Bei der vorletzten Zeile stimmt Schmitt jetzt ein, haucht das „Stay" so weit oben wie das Kind. Als das Lied endet, umarmen und küssen sie die Eltern, Babas Hände heben sich von ihren Schultern, seine Arme bergen ihren Kopf, Anas Arme ihren Körper, beide sind ganz nah. Vater, Tochter, Mutter sind eins.

Der Bildschirm verschwimmt. Die Haare auf Schmitts Unterarmen haben sich aufgestellt, ihr Gesicht ist nass. Sie nimmt die Hände vor die Augen, wiegt den Oberkörper, fassungslos unter den Erinnerungen. Tausende Berührungen, zärtliche Worte, kleine Scherze, stille Momente zwischen Mutter und Tochter. Verdrängt, verflogen, verwischt und beschmutzt vom späteren Missbrauch und Verrat.

„Du ersparst mir nichts, Onkel", murmelt Schmitt, die Tränen abwischend.
Öffnet das andere Video.

Das Gesicht ihrer Mutter, eingefallen, fahl, umrahmt von wirrem grauen Haar. Ob sie schläft oder bewusstlos ist – schwer zu sagen. Schmitt hat sie zuletzt mit 40 gesehen, eine große Frau mit feinen Gesichtszügen, deren Abbild sie heute wäre, wenn nicht 20 Kilo leichter und vernarbt. Die Alterung ihrer Mutter ist ein Schock.

Nach 15 Sekunden bricht das zweite Video ab.

Schmitt fühlt sich wie nach einem Flug über mehrere Zeitzonen. Sie rafft sich auf, zieht die Nase hoch, wischt sich das Gesicht. Steht vor dem Bett, den Kopf geneigt, lauscht: Chet Baker, ihre eigene Kinderstimme singen „My funny Valentine", ihre Hände bewegen sich im Fingersatz. Der blecherne Klavierklang des Batterie-Keyboards, auf dem sie übt. Dann hat sie wieder Babas Hände auf den Schultern und Anas Duft in der Nase, das Rotlicht von Onkel Timurs Kamera ...

Es braucht körperliche Anstrengung, sich loszureißen.

Schmitt nimmt ein neues T-Shirt aus der Weekend-Bag, streift es über, zieht die feuchte Jeans wieder an. Schlüpft in die Peeptoes. Geld, Smartphone sind in der Lederjacke, die sie gerade weit genug schließt, um das Schulterhalfter zu verbergen.

Der Dienstausweis liegt vor dem Bett. Sie steckt ihn ein.
58 Minuten Zeit für einen Gang durch die Stadt.
Ein Blick in den Spiegel, mit gespreizten Fingern das Haar geordnet.
Sie sieht ihre Mutter. Presst die Zähne aufeinander.
Du bist nicht mehr meine Tochter.
Anas Augen erkalten zu schwarzen Kristallen.
Und los.
Der Regen ist noch ein Nieseln. Schmitt orientiert sich am Dom. Die Bahnhofstraße führt über eine Tegitz-Brücke direkt in die Altstadt, aus der düsteren, heruntergekommenen und zuletzt vor zwanzig, dreißig Jahren billig renovierten Gründerzeit des Bahnhofsviertels in puppenstubig saniertes und konserviertes Spätmittelalter und Barock. Rot-Weiße Tegitzau-Folklore an und in jedem zweiten „Lädla".

Die Menschen gehen langsamer als in Berlin und sind im Durchschnitt besser gekleidet.

***

Auberg, Altstadt

TT-Chefredakteur Schäfer parkt immer im selben Parkhaus am alten Stadtschloss. So auch diesmal, obwohl sein Ziel das Theater ist. Dorthin muss er nun einen Umweg gehen. Auf seiner üblichen Strecke.
Schuggenberger weiß noch nicht, wo er diesmal zuschlagen wird. Er tendiert zur Öffentlichkeit.
Dass es auf dem Parkplatz des Verlags bei Dunkelheit besonders leicht wäre, ist ein Trugschluss, bei zwei Wachschutz-Gorillas.
Wenn jedoch in der belebten Fußgängerzone zwei Männer kurz miteinander rangeln und in einer Gasse verschwinden, kümmert das niemanden.
In beidem liegt Faszination und, ja, Schönheit. Der Nervenkitzel, es auf dem Parkplatz zu versuchen, reizt ihn.
Schuggenberger schaut Schäfer nach, wie er in die Fußgängerzone abbiegt, und beschleunigt seine Schritte. Nicht, dass er nicht ohnehin wüsste, wo Schäfer hingeht – aber ihn auch nur für Sekunden zu verlieren, hieße Nachlässigkeit hinzunehmen.
Die gleichgültigen Gesichter der Passanten, ihre Geschäftigkeit, ihre dumpfen Blicke, die nicht wirklich etwas sehen, so lange man ihnen die Augen nicht öffnet.
Alle sind hier.
Sie waren dabei.
Gealtert, wie Schuggenberger. Aber so selbstgewiss. Manche kennt er aus der Zeitung. Wichtige Leute. Und er ist noch da. ER ist noch da.
Er ist *noch* da.
Jemand muss doch was tun.
Schuggenberger könnte Schäfer mit einer Schlinge von der Straße weg einfangen.
Die intensiven Augen einer schlanken, dunklen Frau schrecken ihn auf, lassen ihn einen Schritt in die Gasse zurück treten.
Ihr Anblick gibt ihm einen Stich.
Das kann nicht Mutter sein.

Schmitt stößt beim Einbiegen in die Gasse Richtung Dom fast mit einem Mann zusammen, der befremdet scheint, gerade sie zu sehen.
Der Eindruck verfliegt.

Sie ist mehr als zehn Minuten zu früh. Sie zündet sich am Fluss eine Zigarette an, lehnt sich gegen die Ufermauer. Blick auf die Altstadt. Dunkle Wolken hängen über der Bischofskirche. Das Himmelgrau und die dunklen Umrisse der Hügel im Hintergrund bieten dem Hellocker der Kirchturmmauern Kontrast, die über die Dächer in ihren vielfältigen Grautönen ragen. Im Vordergrund schiefe bunte Häuschen, jedes mit anderem Fachwerkmuster, die Grundmauern im Wasser, davor sind an kleinen Stegen Ruder- oder Motorboote vertäut. Die Sonne vergoldet mit ihren letzten Strahlen die Domtürme.

Es gibt keine Graffiti hier. Keine Dreckecken, Punks, Emos, Turbanträger, Bärte über Kaftanen, Kopftuchmädchen.

Ich darf arbeiten, wo andere Ferien machen, denkt Schmitt.

Drei verstümmelte und zerstückelte Männer, den eigenen Penis im Mund.

Sie schnippt die Kippe ins Wasser.

***

Auberg, Staatsanwaltschaft

Oberstaatsanwalt Pöhner wirkt wie ausgewechselt. Keine Verlegenheit, kein Smalltalk-Versuch. Er gibt Schmitt die Hand, als ob nichts gewesen wäre: „Willkommen zurück." Seine Hand ist feucht und schlaff.

Hertlein nickt ihr nur zu. Er sitzt mit verkniffenen Lippen auf dem Ledersofa, das zum Fenster schaut. Schmitts Platz mit dem Rücken zur Aussicht ist frei.

Pöhner setzt sich neben Hertlein und eröffnet, an Schmitt gewandt, das Gespräch, indem er die Hand rasch hebt und zur Faust geballt auf seinem Knie niedergehen lässt. „Ich verhehle nicht, dass mir das nicht gefällt. Sie haben keine Ortskenntnis, Sie kennen nicht die Spezialitäten unserer Region, Sie sind rechthaberisch und arrogant. Aber das wissen Sie vermutlich selbst, wie Sie bei den Menschen ankommen. Ich will nur klarstellen: Keine Alleingänge. Keine einsamen Entscheidungen. Ich leite diese Ermittlungen, damit verantworte ich sie auch."

Schmitt zieht die Augenbrauen hoch und sagt leichthin, mit viel Luft in der Stimme: „Ja. Klar. Wie sonst? Sie sind der Staatsanwalt."

Pöhner springt wieder auf. „Und wenn es noch so einen Artikel gibt, mache ich Sie fertig."

Schmitt hebt einen Mundwinkel. „Wüsste zwar nicht, warum Sie mich mit dem Artikel in Verbindung bringen, aber ich nehme Ihre geschmackvolle Ankündigung erstmal zur Kenntnis."

Er fletscht die Zähne, sagt aber nichts.

Schmitt fragt: „Wie stellen Sie sich mein Verhältnis zu Herrn Hertlein vor? Ist er der Kollege, mit dem ich zusammenarbeiten soll?"

„Ja, ist er. Keine Hierarchie. Sie sind beide Ermittlungspersonen der Staatsanwaltschaft. Sie sind zwar ranghöher, Frau Schmitt, aber nicht in derselben Behörde tätig, ihm also auch nicht vorgesetzt. Ist das für Sie in Ordnung?" Er bezieht mit einer Kopfdrehung Hertlein in die Frage ein.

Schmitt und Hertlein nicken.

„Hab's eh nicht mit Hierarchien, wie Sie wissen", merkt Schmitt an.

Die Tür öffnet sich, und ein weißhaariger Mann in Tweedjackett und grauer Hose tritt ein.

„Schön, dass Sie kommen konnten", sagt Pöhner. „Frau Schmitt, Polizeipräsident Friedrich Bärlauch, Herr Bärlauch, Sibel Schmitt vom BKA."

Schmitt steht auf und reicht Bärlauch die Hand. Er ist etwas kleiner als sie auf ihren Heels und viel kräftiger.

Er sagt etwas zu laut: „Mein Gott, wir sollten mehr Personal wie Sie haben." Lächelt breit. „Nicht nur kompetent und taff, sondern auch noch strahlend schön. Ihre Fotos werden Ihnen nicht annähernd gerecht."

„Danke", sagt Schmitt.

„Und Sie Leichtgewicht haben zwei meiner Leute verprügelt letzte Nacht?" Er schüttelt Hertlein die Hand. „Und heut Mittag dieses Prachtexemplar von einem Hertlein noch dazu?"

Hertlein zwingt sich zu einem Lächeln und sinkt noch mehr in sich zusammen.

„Sie sollten Ihren Leuten angewöhnen, erst zu fragen und dann zu schießen", schlägt Schmitt vor.

Bärlauch lacht. „Und, was macht Berlin? Schöne Stadt, da möcht man sein."

„Wie Sie sagen, schöne Stadt", sagt Schmitt.

„Zu meiner Zeit war die Regierung noch in Bonn, leider. Ich arbeitete unter Zimmermann im Innenministerium. Bonn ist ähnlich beschaulich wie unser schönes Auberg. Berlin ist sicher aufregender. Wenn ich hinfahre, habe ich meistens im Ministerium zu tun, da komme ich leider gar nicht dazu, mir die Stadt anzusehen. Höchstens mal auf ein Weißbier mit dem Innenminister in der ‚Ständigen Vertretung' am Schiffbauerdamm."

„Och", sagt Schmitt, „so wild ist Berlin nun auch nicht. Dafür sorgen wir schon."

Bärlauch lässt sich neben Schmitt aufs Sofa fallen und legt seinen Arm auf die Lehne, dass die Hand fast ihre Schulter berührt. „Speziell Sie, meine Liebe, speziell Sie. Man hat ja Großes gehört von Ihnen. Ohne Sie wäre halb Kreuzberg in die Luft geflogen, Respekt! Na zum Glück ticken bei uns hier die Uhren anders."

„Na ja, ich hätte Schwierigkeiten, mich daran zu erinnern, wann es in Berlin zuletzt einen Serienkiller von Format gegeben hätte."

Er lacht. „Serienkiller, ha! Ist das nicht ein wenig zuviel Ehre für unsere kleine Frau Rath?"

„Ja, das ist es, was mir auch zu denken gibt. Die Taten und die mutmaßliche Täterin passen in meinen Augen nicht zusammen." Schmitt versucht, dies in seinem leichten und beiläufigen Ton zu sagen.

Er senkt seine Stimme. „Sie haben aber schon die Akte studiert, oder? Die Frau hat monatelang die wildesten Dinge erzählt. Das klang mitnichten harmlos, und die Morde wirken geradezu wie Illustrationen der Worte."

„Das ist nicht ganz richtig. Sie hat nie Tatdetails phantasiert. Frau Rath hat ihren Gedanken freien Lauf gelassen, zweifellos, aber dass sie imstande wäre, drei Männer langsam zu Tode zu quälen oder dies auch nur in Erwägung gezogen hätte, sehe ich nicht. Und dafür haben wir auch keinerlei Spuren gefunden. An ihrem Auto nicht, in ihrem Haus nicht – dabei muss jede der Taten eine ungeheure Schweinerei angerichtet haben. Mal ganz abgesehen davon, dass drei kopflose Leichen irgendwie zum Verschwinden gebracht wurden."

„Uns ist klar, dass sie die Taten nicht zu Hause begangen haben kann. Aber immerhin hat sie schon Täterwissen offenbart, da sind wir sicher nicht mehr weit davon entfernt, dass sie den Rest auch erzählt."

„Na ja", sagt Schmitt, „wenn alles doch so sonnenklar ist, wozu brauchen Sie dann mich?"

Pöhner räuspert sich und hebt einen Finger, als ob er sich wie ein Schüler zu Wort melden wollte. „Wenn ich da einhaken darf: Frau Rath wird wohl noch heute Abend aus der Haft entlassen. Ich habe mir die Akte und die Haftgründe noch einmal sehr gründlich …"

„Einen Scheiß hast du", unterbricht Bärlauch und lacht dröhnend. „Du hast einen Anruf aus München bekommen und ziehst den Schwanz ein, oder?" Der Mann wendet sich Schmitt zu. „Verstehen Sie mich nicht falsch, Sie sind mir natürlich hoch willkommen. Aber ich hätte das BKA nicht angerufen. Wir arbeiten rund um die Uhr an dem Fall, auch ohne Ihre Hilfe."

„Na ja", wirft Pöhner ein, „Frau Schmitt gilt ja als besonders effizient. Vielleicht kommt sie ja zu neuen Erkenntnissen. Muss ja nicht schlecht sein." Er blickt Schmitt an. „Haben Sie sich schon erste Schritte überlegt?"

Sie nickt. „Ich werde zur Zeitung gehen und dort Nachforschungen anstellen, ob es wohl noch Anderes gab als die Kündigung des Chefredakteurs. Und mit Dr. Menter sprechen. Halt Leute befragen, wie sich Hinweise ergeben. Wenn Frau Rath es nicht war, ist die ganze Akte wertlos, die Sie angelegt haben. Und ich gehe der Frage nach, was es eigentlich mit dieser Bürgerwehr in den weißen Kleinbussen auf sich hat."

Pöhner und Bärlauch wechseln einen Blick.

Bärlauch sagt: „Bürgerwehr? Wovon sprechen Sie?"

Schmitt mustert ihn. Treuherziger Augenaufschlag, hochgezogene Augenbrauen. Er spielt gut, oder er ist verwundert. Sie sagt: „Auch gut, wenn daran nichts ist. Ein Strang weniger zu verfolgen."

„Ich bitte um Berichte. Kurz und knapp, zeitnah. Letzter Schritt, nächster Schritt", sagt Pöhner. „Von Ihnen beiden unterschrieben."

„Kopie an mich, wenn's recht ist", ruft Bärlauch.

Schmitt und Hertlein schauen einander an. Sie kann sehen, wie sehr er genervt ist. Vermutlich kann man dies auch mir ansehen, denkt sie. „Klar. Ständige Berichte", sagt Schmitt und denkt: Leckt mich alle mal am Arsch.

***

Berlin, Hauptbahnhof

Karlbacher klappt sein Notebook auf, loggt sich ins Drahtlosnetz des kleinen Stehcafés ein. In dem silbernen 11-Zoll Notebook, kein Kilo schwer und nicht dicker als ein Finger, sowie in der dunklen Tiefe des Internets existiert sein Konzern als geschlossenes Netzwerk im Netz.

Karlbacher schaut sich um. Niemand wendet plötzlich den Blick ab, niemand dreht sich um. Niemand hat seine Aufmerksamkeit auf ihn gerichtet oder zeigt auffälliges Desinteresse.

Ein Stehtisch in der zentralen Halle von Berlins größtem Bahnhof, direkt am Strom der Passanten, zehn Minuten Laufdistanz vom Kanzleramt, wird in diesem Moment seine Konzernzentrale.

Er nippt an seinem doppelten Espresso, sieht sich noch einmal um. Setzt den USB-Headset auf, ruckelt Kopfhörer und Mikrofon zurecht, aktiviert den Kommunikationskanal „Head of Finance".

Es dauert nur wenig länger als bei Skype, bis die sichere Leitung durchs Dark Web über das Zerhacker-Programm geschaltet ist. Nur Audio. Video ist Spielerei. Karlbacher zieht es vor, unsichtbar zu bleiben.

„Sie haben einen Rückruf gewünscht", sagt er, als sich die Verbindung öffnet.

Grüßen ist Zeitverschwendung.

„Bonjour Patron", sagt die Stimme eines Mannes, der irgendwo in Beirut sitzt. Er klingt ruhig, rau und rauchig. Karlbacher weiß nicht viel über ihn. Er wurde vor Jahren von einem Geschäftspartner empfohlen und ist aufgestiegen. Karlbacher kann sich auf den Mann verlassen. Der Mann verdient sehr gut für einen 40 Jahre alten syrischen Flüchtling im Libanon. Als Schlepper, als Händler, als Karlbachers Manager. Er rechnet damit, dass seine jüngere Schwester, die mit falschen Papieren in Italien lebt, einen Unfall hat, wenn er nicht funktioniert. Das fördert seine Loyalität. Die Zahlen stimmen.

Der Mann ist mehr als Head of Finance, er ist eine Art Chief Operating Officer Global Transactions, schnell, intelligent, und im Gegensatz zu Karlbacher ständig präsent für den Fall, dass es ein Problem gibt.

Der Syrer spricht passables Deutsch. „Unser Mann in Serbien ist festgenommen worden. 45 Kilo Heroin und mehr als 600.000 Euro wurden beschlagnahmt."

„Damit ist nur noch der russische Korridor offen", stellt Karlbacher fest.

„Ja. Nicht gut. Die Bestechung steigt dort ins Unermessliche."

„Wo sind wir? 75 Prozent des Umsatzes?"

„In dem Bereich. Und unsere russischen Dealer in Deutschland weigern sich, in Russland zu intervenieren. Sie sind sehr schlecht gelaunt wegen der Übergriffe der Afrikaner."

„Und die kriegen wir nicht in den Griff, weil ich sie ohne Geld nicht überzeugt bekomme, den Russen nicht die Reviere streitig zu machen ... Wie geht es mit diesen Wirtschaftsprüfern voran in Frankreich und Polen?"

„Gar nicht. Keine Chance, über die Spielhallen dort an Geld zu kommen. Und anderswo lässt sich unser Gewinn auch nicht mehr aktivieren."

Karlbacher gefällt der Ausdruck „Gewinn aktivieren" für „Geldwäsche". „Also keine Chance, die Afrikaner schnell auf Linie zu kriegen."

Der COO atmet tief ein. „Nein, sorry, Patron. Der Nachschub aus Afghanistan stockt ohne den Transit über die Militärtransporte, und das Geschäft mit den Flüchtlingen stockt auch, seitdem unser Mann in der Ost-Türkei verschwunden ist. Da buttern wir sogar rein – kein Schleuser, keine Schleusung. Und die Menschen müssen essen."

„Ich hatte gesagt: Keine Sozialromantik", ärgert sich Karlbacher. „Wer nicht nachzahlt, wird zurückgeschickt."

„Die Grenze ist dicht in beide Richtungen. Die Leute sind schon in der Türkei. Wie wollen wir dann diese Schleusungen bezahlen?"

„Wieviel fehlt?"

„Um 1,2 Millionen Dollar."

„Nicht nur im Flüchtlingsgeschäft. Over all."

„Provisionszahlungen aus dem Waffenhandel zwischen Russland und dem Nahen Osten und Afrika sind ausgefallen. Wie gehe ich damit um?"

„Das muss Sie nicht kümmern", sagt Karlbacher.

Geschäfte geerbt von Krätz, den er schon kannte, ehe er ins Kanzleramt kam: Der Alte hat noch einmal reingefummelt und Geld zu seinen Gunsten umgeleitet. Karlbacher ist sich nicht sicher, ob er es zurückbekommt. „Und Sie sollten sich alsbald um die Anfragen der Organhändler kümmern, die sich stapeln. Möglichst, so lange die vielen Flüchtlinge noch auf türkischem Boden sind. Lassen Sie sie am besten gleich screenen."

„Okay. Ohne das Waffengeld und mit den möglichen Einnahmen aus dem Organhandel liegt das strukturelle Defizit bei derzeit rund 17 Millionen Dollar."

Karlbacher atmet tief ein und halb wieder aus. „Okay. Wir schulden aber niemandem etwas, richtig?"

„Nein. Wir haben nur – äh – Sonderzahlungen nicht geleistet, die uns das Leben und das Geschäft deutlich erleichtern würden", bestätigt der COO.

Karlbacher kalkuliert: Das Netzwerk, im Kern einige Hundert Leute. 50 Millionen Euro Jahresumsatz. Nicht hierarchisch, wie die klassische Mafia, wie zu Krätz' Zeiten: dezentral wie Al Qaida, in Einzelunternehmungen. Zellen. Fliegt eine auf, existieren die anderen weiter. Import-Export. Drogen, Menschen. Legal: Müllentsorgung, Spielhallen, Gastronomie in ganz Europa. Ein Konzern in der Krise, Revierkämpfe getrieben von Gier und Testosteron, da weniger Geld zu verteilen ist. Aber nicht sehr verletzlich. Für eine Wette auf die Zukunft gut. „Ich habe gerade über drei Millionen Euro in Aussicht", sagt Karlbacher. „Wie müsste ich die anlegen, um wieder flüssig zu werden?"

„Mit möglichst langem Hebel. Insider-Trading, wenn Sie irgendwelche Verbindungen haben. Legal ginge es über Devisenspekulationen in Krisengebieten, Rohstoff-Futures, Derivate …"

„High risk."

„No risk, no gain", bestätigt der COO.

„Okay."

„Noch etwas", sagt der Mann in Beirut. „Eine Kleinigkeit. Deshalb habe ich Sie ursprünglich um Rückruf gebeten. Gibt es einen bestimmten Grund dafür, dass heute Morgen zwei Prepaid-Handys mit einer sauberen Kreditkarte bezahlt wurden?"

Karlbacher muss dies einige Sekunden lang sinken lassen. „Scheiße … Was?"

„Ich weiß nicht, was Sie mit den Handys vorhaben. Aber wenn jemand anders das prüft, und die Dinger sind nicht sauber, haben Sie ein Problem, Patron. Am besten, Sie werfen sie beide gleich weg."

Auf dem Rückweg durch den Regen fummelt Karlbacher die SIM aus seinem Prepaidhandy für den Schmitt-Job, zerknickt sie zwischen den Zähnen. Ein Problem gelöst, eine neue anonyme SIM-Karte ist schnell besorgt.

Was jetzt?

Er kalkuliert: Anonyme ausländische Prepaid-Handys für die interne Kommunikation jeder laufenden Transaktion. Adressen von Fremden im Ausland zur Aktivierung – simples Identity Grabbing. Am Schluss verschwinden die Handys mitsamt SIM-Karte spurlos. Ein gutes Muster. Wo wegen irgendeiner Panne noch ein Handy zu finden war, war es für Ermittler ein totes Ende.

Karlbachers Verbindungsmann zu Marschner und Landowsky sollte ein Handy für die beiden Killer kaufen, eins für Karlbacher. Keine Spuren.
Nur dass der Idiot diesmal nicht mit Bargeld zahlte. Sondern mit seiner Firmenkreditkarte. Warum auch immer.
Mit dem Wachschutz, in dem der Verbindungsmann arbeitet, hat Karlbacher offiziell nichts zu tun.
Aber mit dem Verbindungsmann.
Kein Problem, wenn die beiden Killer es schaffen, Schmitt zu erledigen. Wenn das Handy zu Karlbacher reibungslos zurückfindet.
Er eilt am Kanzleramt vorbei, ohne zu bemerken, dass ihn der Polizist vorn am Gitter grüßt.
Er würde den Weg nach Franken laufen, wenn er so das Handy zurückbekäme. Sinnlos.
Karlbacher stoppt, als der Regen durch die Schulternähte seines Jacketts geweicht ist. Beißt die Zähne zusammen.
Ich muss das Risiko eingehen. Und für den Fall, dass …, schnellstens an eins meiner Schließfächer, um mich zu bewaffnen.

***

Norisnews.de, Nürnberg

Prominente BKA-Polizistin übernimmt Auberger „Schlächter"-Fall

Sibel Schmitt aus Berlin, im vergangenen Jahr bekannt geworden als die Polizistin, die sieben Nazi-Terroristen ganz allein daran hinderte, drei mit Plutonium versetzte Autobomben im Stadtteil Kreuzberg zu zünden, hilft der Staatsanwaltschaft bei den Ermittlungen nach dem „Schlächter von Auberg". Man sei entschlossen, den tragischen Fall zu einem raschen Ende zu bringen, teilten das Landesministerium für Justiz in München, die Auberger Staatsanwaltschaft und die Auberger Polizei gemeinsam mit. Sibel Schmitt sei eine „herausragende Ermittlerin, die die Sache zuverlässig abschließen wird, ehe es weitere Opfer gibt", hieß es. ...

Derzeit sitzt Ursula Rath, die Frau des ehemaligen Chefredakteurs des „Tegitzau-Tagblatts", in Untersuchungshaft, da sie verdächtigt wird, der „Schlächter" zu sein, der seine Opfer bei lebendigem Leib zerstückelt. Sie verfüge über Täterwissen, teilte die Staatsanwaltschaft mit. ...

Schmitt sagte Norisnews.de, sie werde sich „eingehend mit Frau Rath beschäftigen", ziehe aber auch andere potenzielle Lösungen des Falls in Erwägung, um die Taten und ihre möglichen Hintergründe „vollständig und ehrlich" aufzuklären. Weiter wollte sie sich einstweilen nicht äußern.

***

Auberg, Schillertheater

„Was muss ich hören?", grollt Dr. Emilie Menter. „Unser LKA-Mann hat sich mit dieser Türkin um die Entlassung von Frau Rath geprügelt und verloren, und unser roter Bruder Meyer war der Schiedsrichter?"

Alle anderen Gespräche verstummen. Das Gewimmel oben im Foyer – Vereinsmitglieder der Freunde und Förderer des Theaters, Journalisten beim Sekt vor der Pressekonferenz – ist ein Rauschen wie Regen vor dem Fenster.

Polizeipräsident Bärlauch lächelt säuerlich. „Meyer sagte, es sei ein tadellos fairer Kampf zwischen einem talentierten Amateur und einer genialen Amazone gewesen."

„Ich hörte eher, dass sie ihn verprügelt hat. Warum musste sich der Schwachkopf überhaupt darauf einlassen? Man glaubt es nicht." Emilie Menter dreht sich um. „Und Sie, mein lieber Dr. Pöhner, haben natürlich keine Sekunde lang den Gedanken ventiliert, die Aufhebung des Haftbefehls eventuell nicht zu beantragen, egal was die Türkin und das Opfer ihres Übergriffs sagen?", höhnt sie so laut, dass ihre Worte im Souterrain des Auberger Schillertheaters widerhallen.

Der Leitende Oberstaatsanwalt windet sich. „Durchaus, liebe Frau Doktor", sagt er, sich seiner weichen Stimme sehr bewusst, „ventiliert habe ich es wohl. Doch dürfte Ihnen nicht entgangen sein, dass die Staatsanwaltschaft an Weisungen und an Gesetze gebunden ist. Einmal ganz abgesehen davon, dass wir Wahlkampf haben, was die Arbeit nicht immer leichter macht."

„Haben Sie etwa Angst vor diesem Brunster?", keift Menter.

„Mit Brunster allein würden wir fertig", sagt Pöhner. „In München herrscht helle Panik wegen jeder Kleinigkeit, die unsere Position weiter schwächen könnte. Jemand hat den Verlauf unserer Ermittlungen an eine Zeitung in Berlin durchgestochen. Da war nicht länger standhaft bleiben, was Frau Rath betraf. Ich habe einen Anruf aus dem Justizministerium bekommen, und das war's. Seitdem der Ministerpräsident je nach Umfrage-Institut zwölf bis einundzwanzig Punkte verloren hat, gilt die Parole: keine Aufregung anheizen, schon gar nicht in der Presse."

„Ich hoffe, die Frau Justizminister weiß, wem sie ihre Position zu verdanken hat", zischt Emilie Menter. „Sie wäre nicht einmal Staatssekretärin geworden, wenn sie nicht täglich mehrmals in unserer Zeitung gewesen wäre damals."

„Sie wird Tag und Nacht darüber nachdenken, da bin ich sicher", ätzt Pöhner. „Allerdings gibt es dennoch die kleine Unbequemlichkeit für sie, erneut gewählt werden zu müssen, um die Früchte der Unterstützung Ihres Blattes weiterhin genießen zu können."

„Ex-Blatt. Ex, ex", wirft Polizeipräsident Bärlauch ein.

Menter übergeht dies. „Sie haben die Türkin nicht einmal davon überzeugen können, dass die Region bereits auf mögliche Tatorte, Leichen- und Täterverstecke durchgekämmt wurde, höre ich?"

Pöhner holt tief Luft und zählt an den Fingern auf: „Haben wir denn auch stillliegende Gasthöfe überprüft? Lerrstehende Industriehallen? Schuppen? Bauernhöfe? Und ging es uns nur um die stillgelegten und leerstehenden Gebäude, oder haben wir auch dort nachgeschaut, wo vielleicht im letzten halben Jahr der Besitzer wechselte?"

Emilie Menter sieht aus, als ob sie Pöhner gerne mit ihrer elfenbeinfarbenen Handtasche schlagen möchte. „Und?"

„Das waren Schmitts Fragen. Und die Antworten lauteten: Nein. Nein. Haben wir nicht. Was sollten wir auch sagen? Was wir *offiziell* getan haben, war wenig, und genau das ist in der Akte dokumentiert. Die Frau versteht ihr Geschäft, das können Sie mir glauben. Sie hat die Defizite auf den ersten Blick gesehen."

„Und jetzt tun Sie, was sie verlangt?"

„Sagen wir's so: Eilig damit haben wir es nicht. Aber ich sehe keinen Weg, so zu tun und es doch zu lassen. Für solche Kunststücke sind Sie zuständig, Frau Doktor. Sie und Ihr Blättla sind hier die Meister in Möchtegern und Gernegroß", erwidert der Staatsanwalt. Seine Stimme erreicht nun eine schrille Tonlage.

Emilie Menter lässt Pöhner stehen. „Und, Herr Polizeipräsident, wie sieht es mit Plan B aus?"

Der Polizeichef schüttelt den Kopf. „Unser Freund in Berlin weist ebenfalls auf den Wahlkampf hin. Er wird schauen, was sich machen lässt. Aber auch wenn er nicht zur Wahl steht, kann er sich schlechtes Karma in der Heimat, wie er sagt, ortsvereinsmäßig gerade nicht leisten. Es reiche ihm vollkommen, dass aus der Redaktion Ihres Ex-Blatts Gerüchte dringen, das Innenministerium sei involviert gewesen in die Kampagne, die Chefredakteur Rath die Position gekostet hat, lässt er ausrichten. Er finde das, Zitat: ‚zum Kotzen'."

„Es ist dem Herrn Minister aber hoffentlich klar, was es ortsvereinsmäßig für ihn bedeuten würde, wenn diese Bombe platzt, oder?" Dr. Menter schüttelt den Kopf. „Er muss die Türkin doch einfach nur mit einem guten Grund abziehen und jemanden schicken, der solide Ermittlungsergebnisse angemessen zu würdigen imstande ist. Als wenn die Opposition oder die Linkspresse daraus irgendetwas machen könnten! Die Frau hat immerhin einen LKA-Mann verprügelt, um die Rath aus dem Gefängnis zu holen. Außerdem stellt diese dahergelaufene Türkin schamlos und rücksichtslos die Kompetenz unserer Polizei in Frage. Sie war schon früher gewalttätig und sogar drogensüchtig. Ist das etwa nichts?"

Pöhner assistiert, angetrieben von dem Gefühl, Emilie Menter zu hart die Stirn geboten zu haben: „Wie die schon aussieht in ihrem Leder- und Jeans-Outfit, mit schwarz gemalten Fußnägeln in roten Sandalen, im März: unterstes Proletentum. Kein Wunder, dass ihr Cousin einen Ehrenmord an ihr versucht hat. Absolut peinlich."

Polizeipräsident Bärlauch verzieht das Gesicht, als wäre sein Weißwein sauer. „Das mit dem LKA-Mann war ein Wettkampf, keine Prügelei. Die Kollegin ist Trägerin mehrerer Auszeichnungen, die Presse hat rauf und runter berichtet über ihre Leistungen." Er setzt ein spitziges Lächeln auf. „Und ich meine: die Weltpresse, werte Frau Doktor."

„Auf welcher Seite stehen Sie eigentlich?", zischt Emilie Menter. „Wenn wir sagen, sie hat den LKA-Mann verprügelt und ist ausfällig geworden, dann ist sie ausfällig geworden. Und was heißt, dass sie alternative Tathergänge und Täterprofile in Betracht ziehen wolle? Lassen Sie es sich etwa bieten, dass Ihnen eine einzelne Frau das Heft des Handelns aus der Hand nimmt? Es muss doch verdammt noch mal möglich sein, diese Person loszuwerden, damit wir diese peinliche Angelegenheit in aller Ruhe auf unsere Weise erledigen können."

Bärlauch: „Sollten wir nicht in Betracht ziehen, dass es ein Fehler gewesen sein könnte, Frau Rath ..."

Alle Köpfe drehen sich nach Bärlauch. Er hält inne, als ob jemand einen Schuss abgegeben hätte.

Oberbürgermeister Schramberg, der abseits an der Heizung lehnt, hebt eine Hand und lässt sie krachend auf das braune Holzgehäuse fallen, in dem der Radiator steckt: „Mein lieber Herr Polizeipräsident, Sie klingen, mit Verlaub, schon wie Ihr ewiger Stellvertreter Meyer, der Zaghafte. Was wäre denn die Alternative? Wenn Sie meinen, dass es nicht Frau Rath war, ermitteln Sie meinetwegen jemand anderen." Er macht eine kreiselnde Bewegung mit dem Zeigefinger und spricht in seinem besten Sonntagsredenton in die Runde. „All das hier, die Renovierung des Theaters und der halben Stadt, die Pflege unserer Tradition und Trachten, die sportlichen Erfolge des FC und die damit verbundenen Umsätze der Brauerei und der Zeitung, liebe Frau Dr. Menter, die Sanierung Ihres Schlosses und zahlreiche lukrative Fälle für Ihre Kanzlei, werter Herr von Auberg, die Auslandsstipendien vieler Ihrer Kinder und Enkel, meine Herren, die erfolgreichen Wahlkämpfe für Kreis-, Land- und Bundestag, mein eigener um unser schönes Auberg inklusive, alles das steht neben unser aller gutem Ruf auf dem Spiel." Er haut auf den Tisch. „Nicht zu vergessen die Veranstaltung, die wir heute stolz ankündigen. Ohne unseren Waldherr-Ferdl als Wohltäter, Mäzen und Sponsor wären wir ein Nichts und diese schöne Stadt ein Provinznest mit einfallenden Dächern. Mein Gott, Freunde, er lässt es sich Unsummen kosten, dass das Philadelphia Philharmonic Orchestra hier bei uns gastiert. Unsummen!" Er öffnet die Faust auf dem Tisch und schließt sie wieder. „Es hilft nichts. Wir sind da rein, wir müssen jetzt da durch." Er grinst, und sein grau melierter Schnäuzer sträubt sich. „Wenn es sein muss, mit alt-tegitzauer Methoden. Aber das habe ich nicht gesagt."

Emilie Menter räuspert sich. „Danke, Herr Oberbürgermeister. Wir werden sehen. Unser Freund Eisenhut weilt nicht unter uns, weil er die Türkin heute Abend zum Essen ausführt. Vielleicht hilft's ja. Meine Wenigkeit wird wohl morgen mit ihr frühstücken. Wir fühlen ihr auf den Zahn und schauen mal, wie sie reagiert."

„Na dann, viel Spaß", wirft Pöhner ein.

Emilie Menter ist entschlossen, den Oberstaatsanwalt zu ignorieren. Sie dreht sich mit Schwung weg von ihm, um sich umzuschauen. „Gleich müssen wir raus. Schäfer ist hier, oder?"

Der Polizeipräsident nickt. „Ich habe ihn oben gesehen, als ich kam."

„Der gute Mann ist im Vergleich zu Rath ein journalistischer Kleingärtner, aber er funktioniert gut", sagt Menter mit einem Grinsen und nicht ohne Stolz. „Ich gebe ihm unseren vorgeschriebenen Text, da kann er sich besser vorbereiten, was er schreiben soll. Der Artikel geht dann online raus, sobald wir hier fertig sind. Und für die morgige Zeitung wird Schäfer sicher wieder selbst ein wenig Szenisches und ein, zwei Zitate einfügen. Das kann er ja ganz gut." Sie reckt den Kopf nach dem Intendanten des Theaters, der in der Tür steht, um den Fördervereinsvorstand auf die Bühne zu holen. „Ist auch sonst alles vorbereitet, Herr Dr. Schell?"

„Ja, alles klar, Frau Doktor."

„Gut, gehen wir raus", ruft Emilie Menter, hakt sich beim Oberbürgermeister im Losgehen freundschaftlich unter und sagt leise: „Kesse Rede, mein Lieber. Alt-tegitzauer Methoden. Finde ich gut. Sehr gut. Wenn die Frau nicht hören will, bekommt sie eine unserer bewährten Lektionen. Besser früher als später, meinen Sie nicht?"

***

Meldung der Nachrichtenagentur ADD

Dreifach-Mord: Frau aus U-Haft entlassen

Auberg (add). Die Untersuchungshaft gegen die 43-jährige Ursula R. im Fall des „Schlächters von Auberg" ist aufgehoben worden. Damit besteht offenkundig kein Tatverdacht mehr gegen die Frau, die drei Morde an Mitarbeitern des „Tegitzau Tagblatts" begangen zu haben, die seit Wochen die Metropole der Tegitzau im nördlichen Bayern in Atem halten. ...

***

Imerschwang

Alois Schuggenberger schluckt eine Handvoll Pillen. Prozac, Ritalin, Valium. Etwas gegen die Vibrationen seines inneren Motors. Gegen die Überhitzung.
Mehr Fokus, mehr Gelassenheit.
Die Frau, die sie haben Schugges Wahrheit einfangen lassen, ist wieder frei.
Seine Botschaft war mit ihr in der Zelle. Schugge hat dies nicht an sich herangelassen, um seine Konzentration, seinen Rhythmus nicht zu stören.
Sie sollen es selbst erkennen, das ist das Prinzip seines Handelns.
Nun haben sie es erkannt. Ohne Manipulation. Das ist wichtig: Ja, er hätte mit einem schnellen Mord für Ordnung sorgen können. Natürlich bohrte sich dieser Gedanke immer tiefer in ihn hinein, solange sie mit der Frau den „Schlächter" gefangen hielten. Aber diese Rohheit zu erwägen, war nur Theorie.
In der Praxis kann es einen Wettbewerb nicht geben zwischen ihm, dem Sender, und einem Popanz, der seine Botschaft verschleiern sollte.
Nun, da die Frau wieder frei ist, trifft es ihn mit der Wucht, die nur Erkenntnis haben kann: Damit ist auch seine Botschaft wieder frei.
Die Botschaft. Sie muss ins Fleisch geschrieben werden und sich aus der Inschrift verdichten, bis sie aus ihnen spricht.
Aus ihnen, nicht aus ihm.
Schugge kauert sich zusammen.
Seine kalten Augen.
Sein Lächeln.
Seine Hände.
Er schwitzt. „Du willst es doch. Du willst es doch auch. Lass es unser Geheimnis sein."
Seine Hände überall.
Schugge erwacht.
Mutter, ich habe geträumt.
Ja sag.
Er war da. Er hat mich angefasst und wollte, dass ich ihn anfasse.
Fängst du wieder damit an?
Er will, dass ich ihn anfasse. Er fasst auch andere Jungs an.
Red nicht so. Du sollst nicht lügen, sagt der Herr.

Mama, ich lüge nicht. Andere Jungs fasst er auch an. Es ging mit mir los, als ...

Ich will das nicht wissen, deine Lügen will ich nicht wissen. Du kriegst ein paar auf die Ohren, wenn du weiter so redest.

Es ist nicht gelogen, Mama.

Flenn nicht.

Es ist aber doch nicht gelogen.

Und warum redet sonst keiner davon? Niemand will es wissen, merkst du's nicht?

Er gibt ihnen Geld, und ihren Eltern auch.

Schweig. Er gibt auch uns Geld, Junge. Oder, wie glaubst du, habe ich die neue Maschine, die Kühlanlage ...

Alois Schuggenberger erwacht.

Es ist Zeit.

***

Burg Schleehagen

Grefe spürt mehr als er hört, dass Harim sich nähert.
 Harim flüstert: „Sie sind im Theater. Dauert noch."
 Sie blicken zur Burg hinauf. Sie wird angestrahlt. Perfekte Kontraste gegen den Nachthimmel. Mauern in ockerfarbenem Sandstein, weiß der Putz der Wohn- und Verwaltungstrakte, Dachlandschaft in Rot.
 Ein Postkartenmotiv.
 „Wir gehen rein", sagt Grefe.
 Grefe spannt und entspannt seine Muskeln. Genießt den Moment, da sein Körper nach der Warterei wieder geschmeidig wird.
 Harim ist 25 Jahre jünger, doch registriert Grefe mit Genugtuung, dass er selbst es ist, der sich noch immer wie ein Dschungelkämpfer bewegt. Federnd, fließend, kraftvoll.
 Ein Tiger, seit der Nahkampfausbildung in der Nationalen Volksarmee.
 Perfekt: Wenn kein Fenster dunkel ist, sieht ein Angreifer jeden Beobachter sofort. Entweder direkt als Silhouette gegen das Licht. Oder indirekt, weil irgendwo das Licht verlischt und daher davon auszugehen ist, dass jemand ans Fenster tritt und dort nicht sofort gesehen werden möchte.
 Sie hätten es sich sparen können, durch den Schneematsch in der Senke vor dem Burghügel zu robben: Nichts tut sich dort oben.
 Sie richten sich auf, als sie im Blickschatten der Mauer nach der verwundbarsten Stelle der Burg schleichen. Das Tor. Immer offen. Wenn die Scharniere überhaupt noch beweglich sind.
 Trotz der Tarnfarben ihrer Anzüge fühlen sie sich wie auf dem Präsentierteller, als sie an der Reihe Scheinwerfer ankommen. Aber es gibt kein Haus und keine Straße in der Nähe. Unwahrscheinlich, dass sie zufällig jemand sieht.
 Und wenn: Würde er denken, am frühen Abend greifen zwei Typen diese Burg an?
 Harim zieht den Hammer aus seiner Jacke. Zerschlägt die beiden Scheinwerfer, die die steilste Stelle des Hügels anstrahlen. Wo der Hang aus nacktem Fels besteht. Eine Steilwand bis zur Straße zum Tor.
 Als die Scheinwerfer erlöschen, sind die Männer einen Moment lang blind.
 Grefe tritt an den Fuß der Felswand, wirft den Anker über die Mauer an der Straße. Ruckelt am Seil, bis er sicher ist, dass es trägt. Klettert zuerst hoch. Wartet oben, hilft Harim über die Mauer.
 Das gräfliche Wohnhaus ist der Bergfried mit seinen Anbauten aus Barock und Renaissance.

Das Portal gibt sich wehrsam unter Wappenschilden zwischen Säulen. Doch es knackt kaum hörbar, als Grefe die geschnitzte Eichentür aufhebelt.

Sie haben keinen Blick für die Balken, den Stuck, die Holztäfelungen. Die Eingangshalle: potenzielles Kampfgebiet. Deckungslos. Nur ein schwerer Tisch unter dem Kronleuchter aus Geweihen.

Mehrere Türen.

Ihre Gummisohlen rollen lautlos auf dem Steinboden ab.

Etwas muss den massigen Kerl dennoch alarmiert haben, der im Durchgang zum Treppenhaus erscheint, die Automatik im Anschlag.

Er reißt die Augen auf, als er die Eindringlinge sieht, zielt.

Harim reagiert schneller, als der Mann schießen kann. Harims Messer dringt durchs Auge tief in dessen Hirn. Er kippt still um, zuckt, erschlafft. Ein bizarrer Anblick: der schwere Mann auf dem Rücken, den Messergriff im Gesicht.

Harim zieht das Messer aus dem Auge.

Sie zerren die Leiche an den Armen aus dem Entrée ins nächste Zimmer.

Steigen ins Obergeschoss.

Sie finden den Jungen schlafend in seinem Zimmer.

Die Tür zum von der Nachttischlampe erhellten Zimmer der Kinderfrau steht offen, aber sie ist nicht da.

Gut.

Grefe setzt dem schlafenden Kind eine Spritze, um keine Überraschung zu erleben. Jagt ihm die Nadel einfach durch den Pyjama in den Oberarm. Der Junge zuckt auf, dann drehen sich seine Augen ein, und er ist bewusstlos.

Grefe hebt ihn mit der Decke aus dem Bett.

Legt ihn wieder ab.

Leichte Schritte nähern sich im Flur.

Grefe und Harim beziehen Posten. Der eine hinter der Tür. Der andere hinter der Lehne des Sessels beim Fenster.

Die Kinderfrau summt eine Melodie, als sie sich dem Zimmer nähert. Dann erscheint sie in der Tür, ein dünnes Mädchen in Jeans und Pullover, Anfang 20.

Sie bemerkt Grefe erst, als er ihr ins Haar greift. Er schlägt ihren Kopf zweimal gegen den Türrahmen. Beim ersten Mal gibt sie ein Quietschen von sich, eher überrascht als schmerzvoll. Beim zweiten Mal knicken ihre Beine ein. Harim steckt ihr das Messer kurz zwischen die Rippen. Die Hand noch immer an ihrem Kopf, spürt Grefe, wie das Leben sie verlässt.

Er lässt sie los. Sie rutscht am Türrahmen ab, rollt herum. Ihre grauen Augen starren ihn an. Perlenzähne zwischen entspannten Mädchenlippen.

Schade drum, denkt Grefe. Aber sicher ist sicher.

Schwere Schritte nähern sich.

„Malika?", ruft eine Männerstimme. „He, Malika, alles in Ordnung?"

Sie haben die zerschlagenen Scheinwerfer entdeckt. Die aufgehebelte Tür. Oder den Toten.

Grefe hält seine 22er, aber er braucht sie nicht. Harim wirft ein Messer, trifft den ersten der beiden Männer in die Brust. Seine Beine sacken weg. Er zieht sich das Messer aus der Brust. Das beschleunigt sein Verbluten.

Spasmen, Exitus.

Der andere Mann sieht einen Moment zu lang seinem Kollegen beim Sterben zu. Fuchtelt unter Schock mit seiner Waffe herum – Grefe, Harim, Grefe.

Grefe rollt sich seitlich ab. Nimmt aus dem Augenwinkel eine Bewegung wahr. Harims zweites Messer zieht eine silbrige Spur durchs Licht der Stehlampe. Trifft den Mann am Hals. Er gurgelt. Schafft es noch, zu schießen. Stuck und Balkensplitter spritzen von der Decke. Die Blutfontäne ist kräftig genug, einen roten Bogen über die Wand zu ziehen, als der Mann mit einer halben Drehung zu Boden geht.

Grefe und Harim nehmen Deckung, da sich die Waffenhand kraftlos noch einmal hebt.

Der pulsierende Blutstrom ebbt ab. Die Waffenhand fällt. Das Gurgeln wird zum Röcheln, schließlich zu dem Geräusch, wie wenn Luft aus einem Ball entweicht. Dann ist es still.

Grefe erhebt sich, sagt: „Aufräumen, abhauen."

***

Bericht im „Tegitzau Tagblatt"

... „*Bei der Hochkultur fragt man nicht nach den Kosten*", betonte *Fördervereinsvorsitzende Dr. Emilie Menter auf der Pressekonferenz im Schillertheater.*
... *Dr. Menter würdigte in der Pressekonferenz ausführlich Waldherrs „segensreiches Wirken für unsere schöne Stadt". So habe Waldherr „große Teile seines Millionengewinns in die Sanierung der Altstadt, in die erfolgreiche Entwicklung des Auberger FC, in verschiedene Kultureinrichtungen, allen voran das Theater, das darüber erhebliche überregionale Bedeutung gewonnen hat, und nicht zuletzt in seinen heiß geliebten Trachten- und Traditionsverein investiert, um Auberg zu einer noch lebenswerteren Stadt zu machen".*
Dr. Menter bedauerte sehr, dass der 74-jährige Unternehmer, einer der größten Arbeitgeber in der Tegitzau, aus gesundheitlichen Gründen diesem „großen, wenn nicht größten Moment seines ehrenvollen Mäzenatentums nicht beiwohnen" könne. In einem besonders emotionalen Moment der gut besuchten Pressekonferenz sagte Dr. Menter: „Ferdl, wir alle wünschen dir auf diesem Wege gute Besserung. Mögest du schon bald unsere Freude über all das teilen, das wir dir zu verdanken haben."
Dr. Menter dankte ferner der Sparkasse der Stadt und des Landkreises Auberg, der Löwen-Brauerei, dem Fanclub des Auberger FC, dem Verein Trachten- und Traditionen der Tegitzau e.V. ...

***

Verlag des Tegitzau-Tagblatts

Schuggenberger ist Chefredakteur Schäfer vom Theater gefolgt, früher als vermutet, hat ihn seinen SUV abstellen und durch den Hintereingang vom Parkplatz her ins Verlagsgebäude gehen sehen.
　Es ist noch früh genug für eine kleine Maskerade. Schuggenberger trägt den Overall einer Reinigungsfirma. Eimer und Besen machen ihn quasi unsichtbar. Niemand sieht den Putzmann.
　Er schlüpft mit den Fingern in den Schlagring. Wickelt einen Putzlappen darum. Wischt den Windfang am Hintereingang.
　Als Tarnung.
　Das Ding hat es nötig, denkt er.
　Er kann putzen.
　Jahrelang: den Gang im ersten Stock. Den im zweiten.
　Schuggenberger hat die Anstalt sauber gehalten.
　Hat beim Putzen schweigen gelernt.
　Niemand spricht mit dem Putzmann im Irrenhaus.
　Geschwiegen, bis sie seinem Schweigen glaubten.
　Schweig, das will niemand wissen.
　Ja Mama. Sie müssen mich nicht mehr einsperren.
　Hysterisches Kichern.
　Am Ende wird die Zeitung keinen Chefredakteur mehr haben, aber diese Dreckecke auf dem Verlagsgelände ist endlich sauber.
　Sechs, sieben Redakteure laufen an Schuggenberger vorbei, ohne ihn anzusehen.
　Als Schäfer herauskommt, lässt er ihn erst einmal vorbeigehen.
　„Herr Schäfer? Entschuldigen Sie bitte."
　„Ja?"
　Schuggenberger hat die Überraschung auf seiner Seite, obwohl ihn Schäfer sofort erkennt.
　Hallo Cousin.
　Verräterschwein.
　Lügner.
　Heuchler.
　Schäfer reißt die blassblauen Augen auf. Schrecken, ja Entsetzen zeigt sich in seinem Blick.
　Er weiß.
　Aber er hat nicht geredet.

Schuggenberger schlägt Schäfer die metallbewehrte Faust mit voller Kraft auf die Nase.

Das geht immer.

Schmerzexplosion. Schock. Benommenheit.

Schuggenberger verschließt mit Klebeband Schäfers Lippen, zieht den Sack über Schäfers Kopf. „Jetzt kommt der Heilige Geist", presst er zwischen den Zähnen hindurch, als er die Schlinge um Schäfers Hals zuzieht.

Flashback: Wie ihm damals diese Worte ins Ohr geraunt wurden, als er abends vor seinem Elternhaus von fünf, sechs Kerlen in Skimasken gepackt und verschleppt wurde. In einen Kofferraum geworfen, gefahren nach dem Hügelland im Norden. Wie ihm die Kleider vom Leib gerissen wurden und er mit Reisigruten gestäupt, dann in der Morgendämmerung durch den Wald gejagt wurde.

Das helle atemlose Bellen der Hunde.

Die Scham. Die Schmach. Die Schande.

Der Hasenschrot in seinem Hintern.

Dann das Grinsen. Alle wussten es. Alle. Allealleale.

Nur er konnte nicht schweigen.

Er nicht.

Er lernte zu schweigen auf die harte Tour. Nach der Einweisung. Fürs Leben.

Schäfer ist nicht wirklich eine Last für ihn. Vier Meter ohne Deckung zu den offenen Türen des Kleintransporters: kein Problem.

Ein Typ im Blaumann einer Reinigungsfirma, der etwas aus einer Dreckecke in seinen Wagen zerrt: Man will nicht genau wissen, was. Auch nicht als Personenschützer.

***

Berlin-Mitte

Das Abendessen liegt Karlbacher schwer im Magen. Er fährt mit seinem Jaguar Mark X kurz entschlossen vorbei an dem Hochhaus in der Leipziger Straße, in dem seine Zweitwohnung liegt. Konservierte DDR: kleingemusterte Tapete in Orange, Schrankwand mit Holzimitat, braune Cord-Postergruppe im schattenlosen Licht der Deckenlampe. Ist ihm egal, wie das Loch aussieht. Ein Dach über dem Kopf. Aber ohne Auslauf. Heute kann Karlbacher Stillstand nicht ertragen.

Vorbei am Stadthaus und am Roten Rathaus. Rechts rausfädeln, am Haus des Lehrers links einordnen zum Alex. Gruppen von Rauchern vor der Kongresshalle, bunte Beleuchtung hinter den wandhohen Fenstern.

Der Scheibenwischer schmiert übers Glas, in den Streifen brechen sich die Lichter hundertfach. Liebknechtstraße, Unter den Linden, Wilhelmstraße, Reinhardtstraße ... Das Heck des Jaguars schwänzelt durch die tieferen Pfützen. Die Reifen sind fällig. Der Sechszylinder läuft unregelmäßig. Irgendwas mit der Elektrik.

Karlbacher kriegt den Kopf nicht frei. Er überfährt fast eine Frau, die am Deutschen Theater über die Straße eilt, eine Hand schützend an der Frisur. Steht nach der Vollbremsung quer auf der Straße. Würgt den Motor ab. Flucht, bringt den Wagen wieder in Gang. Biegt an der Ampel links ab und hält auf der Sperrfläche vor dem Friedrichstadtpalast. Zückt das Billighandy mit der neuen anonymen SIM, wählt die Nummer der Killer, zählt die Klingeltöne.

17. Eine Ewigkeit.

„Ja?"

„Warum gehen Sie nicht ans Telefon?", fragt Karlbacher.

„Ich geh doch gerade dran", sagt der Mann am anderen Ende emotionslos. Marschner oder Landowsky, egal. „Was gibt es?"

„Sie bewegen sich seit Stunden keinen Meter mehr. Was ist los?"

„Sie tracken uns?", fragt der Mann, gleiches Stimmungslevel.

„Scheint ja nötig zu sein", sagt Karlbacher in dem Ton, der die Angst in die Gesichter seiner Gesprächspartner treiben kann.

„Wir sind rumgefahren. Polizeipräsidium, haben die Auberger Hotels abgeklappert. Wo man als BKA-Mensch überall sein könnte. Wir haben den Audi der Frau schnell gefunden, ist ne kleine Stadt. Wir observieren. Irgendwann wird sie kommen."

„Und Sie denken, sie wird Sie nicht bemerken, wenn Sie da so rumstehen und observieren? Sie sind naiv, oder?"

„Sie sorgen sich um die Falschen. Wir sind Profis. Geht alles seinen Gang. Wir sind voll im Zeitplan", sagt der Mann ruhig. „Noch was?"

Karlbacher kappt die Verbindung, wirft das Handy auf den Beifahrersitz.

Er braucht diese Drohne. Ganz Scheiß-Deutschland ist süchtig nach dieser Drohne. Nur Krätz spielt sein eigenes Scheißspiel. Verwirrt die Fäden, macht gerade Wege krumm.

Erst ohne Schmitt wird Krätz wieder in die Spur kommen.

Bis dahin wird er nicht ruhen können, weiß Karlbacher.

Legt den ersten Gang ein und schert blinkerlos auf die Fahrbahn. Jemand hupt. Ihr könnt mich. Alle.

***

Restaurant „Stella", Auberg

Schmitt pickt mit der Gabel an ihrem Vitello Tonnato herum.
 „Sie können für Sicherheit sorgen", sagt der Bundestagsabgeordnete Eisenhut. „Die Menschen in der Region brauchen Sicherheit. Vor allem müssen diese schrecklichen Morde aufgeklärt werden. Ruhig und sicher. Scheußlich, was diese Frau getan hat."
 „Frau Rath ist seit heute Nachmittag wieder frei", stellt Schmitt fest. Rasende Kopfschmerzen strahlen von ihrer Narbe aus, erzeugen flimmernde Schlieren, die ihren Blick verhängen.
 „Wie Sie wissen, ziehen wir es vor, uns den Fakten auf *unsere* Art zu stellen. Und die Fakten sind die Fakten, ungeachtet ihrer jeweils aktuellen juristischen Bewertung."
 Schmitt fixiert gegen das Pupillenzittern einen Fettfleck, der langsam auf dem Revers von Eisenhuts grauem Anzug wächst. „Ich weiß nicht, wieso alle so sicher sind, dass es Frau Rath war. Sollten wir nicht das Ende der Ermittlungen und den Richterspruch abwarten?"
 Der Blick seiner blassblauen Augen ist starr, er spricht sehr leise. „Ich bedarf Ihrer Belehrungen nicht." Er spießt eine Krabbe auf und führt die Gabel zum Mund. Wieder tropft ihm Knoblauchöl aufs Revers. „Ich hoffe, Sie verstehen, dass es Prioritäten zu setzen gilt. Dass das klar ist: Sie sollten nicht verkennen, dass der Herr Oberstaatsanwalt Sie nicht gerufen hat wegen irgendwelcher Unklarheiten in den Akten oder so. Sondern allein, weil die Opposition Unruhe stiftet."
 Schmitt massiert mit der Fingerspitze den Punkt, an dem ihre linke Augenbraue von der Narbe unterbrochen ist. Auch sie spricht nun sehr leise. „Sie müssen sich keine Sorgen machen. Ihr Wahlkampf geht mich nichts an." Sie senkt die Hand und beugt sich leicht vor. „Aber es gibt nun einmal Unklarheiten in der Akte." Sie neigt sich nun so weit vor, dass das Licht der Kerze einen scharfen Schatten in ihrer Narbe wirft. „Da frage ich mich unvermeidlich, wer oder was so wichtig ist, dass eine ernsthafte Aufklärung der Taten nicht beabsichtigt scheint."
 „Passen Sie auf mit Ihren Unterstellungen." Er flüstert jetzt fast. Schmitt sieht sein Gesicht als Umriss hinter dem Feuerwerk, das der Kopfschmerz in ihrem Hirn abfackelt. Sie würde ihn nicht verstehen, wären die Nachbartische nicht unbesetzt. „Als Gerechtigkeitsfanatiker kommt man nicht weit", sagt er. „Dies ist eine bodenständige, konservative, zutiefst *christliche* Region. Die Leute wollen Führung und Sicherheit. Diese Morde müssen *anständig* aufgeklärt werden."

Du musst essen, sagt sie sich. Schon um sich abzulenken. Um das Gefühl der Bedrängnis loszuwerden, das die altersdunkle Holztäfelung des Gastraums ihr plötzlich vermittelt. Schmitt nimmt Messer und Gabel wieder auf, rollt ein Stück des Kalbfleischs um ihre Gabel, schiebt noch etwas mehr von der Thunfischsauce darauf, kaut, schluckt. Das Schweigen dehnt sich, da Schmitt einfach in Ruhe isst.

Eisenhut gibt dem Drang nach, zu reden. „Sie haben in Berlin den Ruf einer Ermittlerin, die mit Nachdruck und Akribie vorgeht", sagt er. „Bis hinauf in prominente politische Kreise werden Sie in den höchsten Tönen gelobt."

„Das freut mich", sagt Schmitt. „Das freut mich aufrichtig."

„Sie ahnen nicht, wie gut man auf Sie zu sprechen ist. Das könnte sich auf Ihre weitere Karriere auswirken."

Von seinem nächsten Bissen tropft erneut Öl auf Eisenhuts Revers.

Schmitt unterdrückt einen Anfall hysterischer Heiterkeit. Ihre Narbe pocht.

„Andererseits sind wir *einfache* Menschen hier", sagt er. „Wir haben klare Vorstellungen, auf was und auf wen wir uns einlassen. Manche Menschen haben es schwer mit uns, sehr, sehr schwer. Es sind immer die, die glauben, sie müssten uns in unseren ureigenen Angelegenheiten und hier, wo wir zu Hause sind, Vorschriften machen. Da sprechen wir gegebenenfalls auch mal Klartext." Er betont das „wir". Wo *wir* zu Hause sind.

Schmitt isst einen weiteren Bissen, kaut. „Sagen Sie, Herr Dr. Eisenhut, drohen Sie mir?"

Er lächelt schmallippig. Sein Kinn glänzt fettig. „Das wäre doch ganz sinnlos. Was sollte Ihnen passieren? Das Verfahren führt unser Leitender Oberstaatsanwalt. Da kann doch gar nichts schief gehen. Sie werden früher oder später wieder nach Berlin fahren, wo Sie zu Hause sind."

Wo *Sie* zu Hause sind.

Schmitt legt ihr Besteck bei halb vier auf ihrem Teller ab. Sie betupft ihre Lippen mit der Serviette und nimmt noch einen Schluck Weißwein. „Ich bitte um Entschuldigung", sagt sie. „Ich habe starke Kopfschmerzen. Ich glaube, ich werde auf die Hauptspeise verzichten müssen." Sie zieht die Scheine-Klammer aus ihrer Jackentasche und legt 25 Euro auf den Tisch. „Ich denke, das wird reichen." Sie steht auf.

Er schiebt das Geld zu ihr hinüber. „Sie waren natürlich eingeladen..."

„Lassense mal. Ich danke Ihnen für den interessanten Abend. Das Gespräch war so anregend wie aufschlussreich. Gute Nacht."

Er erhebt sich ebenfalls, streckt die Hand aus zum Abschied. Schmitt ist schon auf dem Weg zur Tür.

Es regnet wieder. Vom besten Italiener Aubergs, wie Eisenhut das Lokal genannt hatte, in die Bahnhofstraße zum „National" sind es mindestens zehn Minuten zu Fuß, schätzt Schmitt.

Sie genießt den Regen auf ihrem Gesicht, die kühle Luft.

Zündet sich ihre letzte Zigarette an, wirft die leere Packung in den Rinnstein.

Schmitts Schritte hallen von den Fachwerkfassaden wider. Sie ist unsicher, ob sie die richtige Gasse genommen hat. Alle Winkel sind stumpf, die Wege gewunden.

Plötzlich steht sie am Dom, unwirklich erleuchtet auf seinem erhöhten Platz zwischen den Barockfassaden der Bischofsresidenz und gegenüber mehreren Stadtpalais. „Die Erhabenheit des romanischen Bauwerks und der Platzanlage wurde durch Abriss der mittelalterlichen Anbauten des Domes 1937 sichtbar gemacht", hat Schmitt in einem Reiseführer auf „Google-Books" gelesen. Daneben zeigte ein Schwarzweißbild den Dom wie eine Glucke zwischen Küken von Fachwerkhäusern umgeben, die kleinsten nur ein Fenster breit und zwei hoch, direkt ans gewaltige Gemäuer der Basilika gebaut.

Erhabenheit des Bauwerks, denkt Schmitt und fröstelt.

Ihr verwirrter Orientierungssinn führt sie hinter den Dom, den Hügel hinab, durch enge, menschenleere Gassen, vorbei an adrett renovierten Altstadthäusern. Kleinwagen mit Ledersitzen parken dicht an den Hauswänden.

Plötzlich steht Schmitt am Fluss, wo die grob gepflasterte Gasse endet. Weiter östlich führt eine Brücke über den nördlichen Tegitzarm. Sie stellt fest: Dort am Domhügel abgebogen, und sie käme zum Fundort der Blutlache und des Messers auf dessen Parkseite.

Sie irrt durch vier Gassen und landet auf der Straße, die über den Fluss führt. Das andere Ufer ist beziehungslos vollgestellt mit heruntergekommenen Zweckbauten aus dem letzten Jahrhundert: Landratsamt, Gericht, Staatsanwaltschaft.

Schmitt erkennt das Polizeipräsidium. Von dieser Seite hat sie es noch nicht gesehen. Hotel National: entgegengesetzte Richtung, wieder in die Gassen.

Im Erdgeschoss eines mit Schindeln verkleideten Hauses brennt Licht, Schnapsflaschen stehen im Fenster, das mit bunten Troddeln verziert ist. „Nachtverkauf" steht über der Tür, flankiert von Zigarettenreklame. Schmitt tritt ein.

Bierkästen, im Licht der Neonröhre gestapelt bis unter die Decke, Süßwaren, Chips, H-Milch, Konserven, Softdrinks. Hinter dem Tresen rechts ein Regal mit Schnapsflaschen, links ein Tabakregal. Sie sieht den Fernseher nicht, aber sie hört den Ton.

Sie nimmt den Mann auf seinem Stuhl erst wahr, als sie nah an den Tresen herantritt. Er beachtet sie nicht, starrt in die Ecke, wo der Fernseher steht.

„Guten Abend, Großvater. Du solltest dir nicht diesen Unsinn ansehen", sagt sie laut auf Türkisch. „Am Ende werden sie sowieso heiraten."
Er springt auf, zuerst erschrocken. Lacht. „Du bist frech." Dreht den Fernseher leise. „Guten Abend. Was darf es sein?" Er reicht ihr kaum bis zur Schulter.
„Zigaretten", sagt Schmitt auf Deutsch. „Wests, bitte. Und ich suche die Bahnhofstraße."
Er bleibt beim Türkisch. „Woher kommst du?"
„Berlin."
Er stellt die Zigarettenschachtel auf den Tresen. „Ich meine, woher kommst du aus der Türkei?"
Schmitt lächelt. „Berlin. Meine Eltern sind aus der Gegend von Izmir."
„Und was verschlägt dich hierher, bei dem Wetter?"
Sie wirft einen Zehn-Euro-Schein auf den Tresen. Spricht weiter Deutsch. „Arbeit."
„Bei mir?"
„Ach so. Nein. Ich komme gerade so vorbei, hab mich verlaufen auf dem Weg vom Abendessen zum Hotel."
„Was machst du?"
„Ich bin bei der Polizei."
„Und, gut?"
Auf Türkisch antwortet sie: „Berlin rauscht. Nicht nur der Regen. Das Leben. Man merkt, dass es so ist, wenn man es nicht hört. Auberg ist sehr still."
„Ich meine: Ist es gut bei der Polizei?"
Deutsch: „Jemand muss Ordnung schaffen."
Er lacht. „Du redest wie eine Deutsche." Gibt ihr das Wechselgeld in die Hand. „Ein Glas Raki, zum Aufwärmen? Du bist ja triefnass und eiskalt."
„Gern."
Er stellt Schnapsgläser auf den Tresen. Seins ist gebraucht. Er gießt ein.
„Wie ist Auberg?", fragt Schmitt.
Nun spricht er auch Deutsch, türkisch und tegitzauerisch eingefärbt. „Ich hab mich dran gewöhnt. Du bleibst ein Fremder hier. Und deine Kinder auch. Meine Kinder sind nach Berlin gegangen." Er zeigt auf ein Bild. Es zeigt den Alten und eine kleine Frau seines Alters zwischen einer jungen Frau und einem jungen Mann, die sie um Haupteslänge überragen. „Sie arbeiten. Haben beide studiert. Haben Familie. Ich bin stolz auf sie."
„Berlin ist gut", sagt Schmitt.
„Ja, aber sie kommen nicht zurück."
„So wie du nicht zurück nach Anatolien gegangen bist", sagt Schmitt.
Der Alte seufzt. „Ich habe in Erlangen gearbeitet. Ich bin jeden Tag mit deutschen Kollegen im Zug hin- und zurückgefahren. Dreißig Jahre lang. Dann Früh-

rente, der Rücken. Seitdem grüßen sie mich nicht mehr. Kaufen ihr Bier bei mir und kennen mich nicht mehr." Er gießt den Raki ein. „Auberg ist eng. Katholisch und konservativ."

Schmitt nickt. „Ich hab auch schon zu hören gekriegt, dass ich hier nicht hingehöre."

„Aber daheim habe ich auch niemanden mehr."

„Nach der langen Zeit …"

Der Alte hebt sein Glas. „Gib's ihnen."

Sie stoßen lächelnd an, trinken aus.

Er gießt nach. „Hast du einen Mann? Kinder?"

„Ich bin geschieden. Ich habe eine Tochter."

„Wie alt ist sie?"

„Neunzehn."

„Du bist doch selbst kaum älter."

Schmitt lächelt. „Du siehst zu viele türkische Fernsehserien. Ich sage doch, das vernebelt die Sinne. Ich bin 36."

„Und? Sicher studiert sie auch, oder? Du hast bestimmt studiert."

„Jura. Ich hab Jura studiert." Sie streicht sich übers nasse Haar. „Meine Tochter hat Musik gemacht und Theater gespielt. Sie war sehr gut darin. Vielleicht hätte sie etwas daraus gemacht. Es gibt gute Schauspielschulen in Berlin." Sie streicht sich wieder übers Haar. Wischt sich durchs Gesicht. „Aber sie ist vor fast drei Jahren verschwunden. Entführt."

„Oh Allah. Entschuldige."

Sie nimmt ihr Glas, berührt damit seins, das auf dem Tresen steht. „Auf unsere Kinder."

„Auf die Kinder."

Sie trinken. Sie stellt ihr Glas ab. Deckt die Hand darüber, als er nachgießen will. „Zur Bahnhofstraße?"

„Raus und zweimal links, dann stehst du an der Kreuzung." Er hebt die Flasche an. „Wirklich nicht noch einen?"

„Danke. Vielen Dank. Ich bin müde." Sie nimmt ihre Zigaretten, wendet sich zum Gehen. „Tschüß."

„Güle Güle. Komm wieder, wenn du magst."

Sie geht hinaus. Ein weißer Kleinbus mit einem defekten Scheinwerfer bremst ab, holpert langsam übers Kopfsteinpflaster vorbei, voll besetzt, Jungmännergesichter hinter den schmierigen Scheiben. Beschleunigt, als er vorbei ist.

Schmitt folgt dem Hinweis des Alten. Steht nach wenigen Schritten an der Bahnhofstraße, dem Hotel gegenüber.

***

Auberg, Bahnhofstraße

Das ist sie. Dieselbe Frau. Am Nachmittag waren sie beinahe zusammengestoßen, in der Stadt.
Wie Mutter, denkt Schugge, als sie direkt an seinem Ford-Truck vorbei mit wiegenden Hüften über die Straße schreitet. Mutter war groß, größer als alle anderen, dünn, hatte ebenfalls langes Haar.
Er weiß nicht, warum er sich auf die Suche gemacht hat. Warum er bei den vier, fünf Hotels und Pensionen, die in Frage kommen, nach Berliner Autos Ausschau gehalten hatte. Bis er den alten Audi fand. Er weiß auch nicht, was es ihm gebracht hat, nun Gewissheit zu haben, da sie sich unter den Baldachin am Hoteleingang unterstellt und ihre Zigarette aufraucht, das Gesicht im kalten Licht bleich und nackt. Oder was ihm das Wissen bringt, dass dies Sibel Schmitt ist. Die Frau von den Fotos im Internet, die jetzt ermitteln soll.
Eine Welle der Sympathie rollt über ihn, zugleich spürt er, wie Zorn wächst auf diese Person, die seine Mutter nicht ist, aber durch die Ähnlichkeit zur Repräsentantin wird. Sibel und Mutter in einem.
Die Frau, die ihn verfolgt.
Die Frau, die ihn verrät.
Sie wirft die Zigarette in den Regen hinaus und verschwindet im Hotel.
Er starrt hinüber zum Hoteleingang, bis ein Kleinbus mit einem defekten Scheinwerfer ihm die Sicht verstellt. „Waldherrbau" steht auf der Flanke.
Schugge startet den Sechszylinder und fährt stadtauswärts. Geistesabwesend, das schöne Gesicht der Mutter im Neonlicht unter dem Hotelvordach ständig vor Augen wie ein überbelichtetes Digitalfoto mit Blaustich.
Unter der Plane auf der Ladefläche, gefesselt und geknebelt, der Chefredakteur des TT.

Die Killer Marschner und Landowski sitzen Schulter an Schulter in ihrem Volvo Kombi.
Das Auto: gestohlen, umgespritzt, Nummernschild eines Schrottwagens.
Sie lauern. Sitzlehnen tiefgestellt. Halten das Hotel in den Rückspiegeln im Blick.
Als die Frau auftaucht, sagt Marschner: „Schönes Weib."

Ohne den Anruf ihres Auftraggebers hätten sie in Stunden nicht mehr als diese beiden Worte gesprochen.

Profis. Gut aufeinander eingespielt.

Seine Nervosität irritiert sie nicht. Auftraggeber sind so. Selbst der kälteste Hund erteilt einen solchen Auftrag unter Druck. Druck sucht Entlastung.

Das Handy abzustellen, bedurfte keiner Absprache. Ein Handytracker: keine gute Idee. Nicht, wenn man einen Mord plant. Nicht, wenn das Ziel schon anvisiert ist.

Die Frau ist tot. Sie weiß es nur noch nicht.

***

Strausberg bei Berlin

Krätz sieht, wie der grüne Punkt neben Schmitts Profilbild aufleuchtet. Sie ist online.
Er könnte jetzt den Chat aktivieren, Klarheit schaffen.
Zu früh.
Langsam ist sein Spiel grausamer. Er will sie auflösen in Emotion. Sie steuern, wenn sie selbst die Kontrolle nicht mehr hat.
Alles um ihn herum ist versunken. Krätz starrt auf den grünen Punkt. Auf das vertraute Gesicht auf dem winzigen Profilbild. Er klickt mit zitternden Greisenfingern darauf, zieht es groß. Schaut wieder einmal in IHRE schwarzen Augen, die auf dem Bild leicht nach oben gerichtet sind, als hätte sie die Frisur des Fotografen begutachtet. Ein irritierend abwesender, ernster Blick, abgeklinkt vom zurückhaltenden Lächeln ihrer Lippen.
Unergründlich, unverständlich.
Das Video zielt auf ihre Substanz. Ihr Innerstes. Und keine Reaktion?
Er blickt auf den Punkt, als könne dies etwas bewegen.
Komm, Layla.
Und stirb.

***

Auberg, Grand Hotel National

Die tonlose elektronische Stimme spricht langsam, abgehackt, atemlos: „Sie ist meine kleine Hure. Komm und hol sie dir. Du wirst sie nicht mehr kennen. Und sie dich nicht. Ich habe sie mir angeeignet. Sie gibt mir alles. Sie dient mir. Am Ende ist alles Leid. Dein Leid. Ich erwarte dich zum Tee, oder du findest nur noch ihre Leiche. T minus 3."

Schmitt schließt die Augen. Kopfschmerz-Feuerwerk. Rauschen in den Ohren.

Ein Ultimatum. Ein verschissenes Ultimatum nach fast drei Jahren. Warum? Was soll das? „Wer bist du?", schreit sie den Bildschirm an.

Sie packt den Tablet-PC, hebt ihn über ihren Kopf, beißt die Zähne zusammen, beherrscht sich, wirft ihn nicht. Sitzt mit geballten Fäusten, die Knöchel weiß, presst Geräusche aus ihrer Kehle, die nicht menschlich klingen.

Zorn. Ohnmacht.

Alles zum Bersten gespannt, in ihrem Kopf, in diesem indifferenten, kalten Zentner Fleisch und Knochen, in dem sie lodert und wütet wie in einem dunklen Käfig.

Schmitt springt vom Bett auf, kippt mit fliegenden Händen ihre Day Bag mit dem Aufdruck „Türk Hava Yollari" auf dem Tisch aus, findet das Schweizer Messer zwischen Unterwäsche und Shirts. Öffnet es, drückt die Klinge an ihren Unterarm, zieht sie parallel zu den Narben einige Zentimeter weit Richtung Armbeuge.

Einmal, zweimal.

Blut quillt aus den Schnitten, tropft ab, versickert im dunkelbraunen Teppichboden.

Sie presst den Arm stöhnend gegen ihre Brust, um nicht noch mehr Blut zu vertropfen, geht ins Bad. Steigt in die Wanne. Die Emaille eiskalt an ihrer Haut. Sie setzt einen weiteren Schnitt. Noch einen und noch einen. Zwei weitere tief in die ersten Schnitte. Augen geschlossen, laut atmend. Beißt die Zähne zusammen, um nicht zu schreien. Schreit dann doch, ohne Stimme, nur mit Luft, dass ein kehliges Pfeifen ertönt.

Sie betrachtet die Schnitte, um den Schmerz körperlich spüren zu können.

Sie bekämpft den Impuls, sich mehr Schnitte zu setzen. Schließt das Messer und lässt es über den Wannenrand gleiten. Es schlägt auf den Boden. Ein Stück Plastik platzt von den Griffflächen ab und klackt gegen die Wand.

Schmitt hebt den Arm. Das Blut tropft vom Ellenbogen an den Wannenrand. Andere Tropfen lösen sich nicht, kriechen ihren Arm entlang. Jeder Tropfen zieht seinen eigenen Streifen, über ihre Haut, die weiße Emaille.

Schmitt erhebt sich zitternd, wickelt ein Handtuch um ihren Arm, geht zurück zum Bett.

Das erste Bild des Videos ist als Standbild zu sehen. Die Gestalt einer jungen Frau auf Händen und Knien in Dreck und Schneeresten in einem düsteren Hof. Sheri.

Download. Per Mail versenden: An die Profiler des BKA. An ihren Ex. Ihren Onkel.

***

Imerschwang

Es ist ein Scheißtag zum Töten. Aber es ist *der* Tag.
Das Objekt ist fällig. Er muss da durch, der zitternde Mann auf der Schlachtbank.
Normalerweise.
Befremdet über die Mattheit seiner Bewegungen, redet Schuggenberger sich zu, um sich zu fokussieren: Wenn ich den logischen nächsten Schritt getan habe, wird es besser enden, als es begonnen hat.
Auf Nummer sicher: Das Objekt erst gut auf dem Tranchiertisch anbinden, dann Handfesseln, Halsschlinge und Kapuze abnehmen.
Die Panik in Schäfers Augen!
In Betrachtung des Objekts, das warme Fleisch betastend, sucht er Konzentration zu finden und doch noch den Antrieb, die Überzeugung zu gewinnen, dass er für eine Zukunft ohne Schatten sorgt, wenn er diese Tat nun begeht.
Es droht eine freudlose Exekution dessen zu werden, was getan werden muss.
Zwecklos, die Augen zu schließen, um sich doch noch zu sammeln. Einen fassungslosen Moment des Mitgefühls lang ist es sogar, als ob er sich selbst hyperventilieren und wimmern hörte.
Wie damals.
Was das Objekt sieht: die Neonröhren und die Rohre an der Decke der Schlachterei, braunfleckig von Was-Auch-Immer.
Schuggenberger gefällt der Gedanke, dass es Blut ist von den vielen Generationen Tiere, die hier vom Leben zum Tod befördert wurden.
Die gelblich gekachelten Wände. An den Wänden Magnethalter für Hackbeile, Schlachtermesser, Knochenzangen, Sägen.
Der stark abgenutzte Hackbock neben dem Tranchiertisch.
Der Anblick der Schlachterei beeindruckt das Objekt. Panik in seinen Augen, heftiger Atem.
Vielleicht ist es auch Schuggenbergers Anblick in seinem Schutzanzug: weiße Plastikfolie von oben bis unten. Die Kapuze bedeckt Kopf und Gesicht, der mit Folie abgedeckte Sehschlitz ist kaum größer als der eines Niqab.
Schuggenberger nimmt das Messer vom Hackblock.
Schäfer atmet nun so heftig, dass seine gebrochene Nase nicht genug Durchsatz hat. Er saugt seine Wangen ein und bläst sie auf, stoßweise, will durch den Mund atmen. Der ist mit Tape verklebt.

Schuggenberger nähert sich Schäfer mit dem Messer.

Hyperventiliert der Mann? Warum wird die Atmung schwächer?

Schuggenberger spielt mit dem Messer ein wenig in Schäfers Gesichtsfeld herum, setzt es an seinem Ärmel an, schlitzt diesen auf.

Er lässt sich Zeit.

Das Jackett zuerst. Er soll die Kälte des kaum geheizten Raums spüren. Die Ärmel, die Schultern sauber aufschneiden, zuletzt den Kragen teilen. Schuggenberger zieht das Jackett unter Schäfer hervor.

Der protestiert, den Kopf hin und her werfend, stimmhafte Laute durch die Nase abgebend.

Sein Atem geht wieder ruhiger.

Nun die Hose. Schuggenberger setzt den Schnitt an der Innenseite des rechten Hosenbeins an. Bewegt das Messer mit der Schneide nach oben durch den Stoff.

Ein Vorgeschmack.

Das Objekt windet sich.

Den Gürtel löst er, um den Hosenbund aufzuschneiden. Schuggenberger hat gelernt: Gürtel sind selbst für ein scharfes Messer ein Hindernis.

Er schneidet das andere Hosenbein auf. Langsam, ruhig.

Die Beine des Mannes zucken gegen die Fesseln.

Dünne, bleiche, haarige Männerbeine.

Lächerlich. Widerlich.

Wie kann etwas auf solchen Stelzen standhaft sein?

Als er den Slip aufschneidet, schreit der Mann durch die Nase. Aus dem schlaffen Glied in seinem hellen Haarbusch fließt ein dünner Strahl Urin in die Blutrinne des Tranchiertischs.

Schuggenberger berührt das Ding mit dem Messer. Sanft. Er soll die Kälte des Metalls spüren.

Der Mann schreit durch die Nase.

Ruhig, Cousin, noch sind wir nicht so weit.

Er schneidet das Hemd auf. Erst die Knopfleiste von unten nach oben. Dann die Ärmel.

Zuletzt das T-Shirt.

Der Mann ist nackt. Er stinkt nach Schweiß, wie er so da liegt, heftig atmend. Sommersprossen sprenkeln weiße Haut, farblose Behaarung im schattenlosen Neonlicht.

„Die Schwurhand zuerst", murmelt Schuggenberger.

Schäfer windet sich in den Fesseln.

Schwach.
Resignierend.
Schuggenberger erklärt: „Ich binde deinen Arm gut ab. Dann nehme ich das Hackbeil. Ein Schlag reicht, weißt du?"
Der Mann bäumt sich auf.
Aber da ist kein Trost.
Er wird fahl und kalt. Der Schock.
Schuggenberger befreit Schäfer von dem Knebel. Setzt sich auf den Edelstahltisch, der beim Kopfende steht, lässt die Beine baumeln.
Der Mann kommt wieder zu sich. Zuckt, verdreht den Kopf, sieht den anderen da sitzen. Fleht ihn an: „Bitte."
„Du weißt, worum es geht", sagt Schuggenberger.
Der Mann nickt. „Lass uns reden, bitte."
Schäfer ist in seinem Element: Er passt sich an. Anpassungsfähigkeit ist sein wichtigstes Talent.
Anpassung, Manipulation.
„Ich habe doch Verständnis für dich", heult er. „Aber was hätte ich denn tun sollen? Die sind stärker. Du weißt, dass die stärker sind. Niemand weiß es besser als du."
„Du hast nicht geredet. Niemand hat geredet." Schugge singt ein Spottlied: „Lügen haben kurze Beine, Lügen haben kurze Beine."
In seinem Kopf singt Schäfers jüngere Stimme dies, wieder und wieder.
„Erinnerst du dich?" Er zieht das Band unter Schäfers Arm durch. Der bäumt sich auf gegen die Rohrschellen, die ihn am Tisch halten.
„Blechschrauben", erklärt Schugge sanft. „Du tust dir nur weh." Er zieht die Schlinge zu.
Ihm steigt das strenge Odeur von Angstschweiß in die Nase.
Schäfers Stimmlage ist die eines bedrängten Tieres. Er spricht atemlos, die Worte überschlagen sich: „Du warst so ein Kind, wie man es manchmal trifft, ein Sonderling. Ich kannte dich ja kaum. Deine eigenen Eltern haben dir nicht zugehört! Verdammt, was hätte ich denn denken sollen?"
Spottlied-Singsang: „Das will niemand hören, das will niemand hören." Schugge prüft den Sitz des Bandes. „Ihr habt es gewusst. Und habt nicht geredet. Ihr habt mich eingesperrt."
Er greift das Hackbeil.
Schäfer beißt die Zähne zusammen in Erwartung des Schmerzes. „Es war auch mein Erbe. Es war auch mein Erbe, mit dem du nach Amerika gegangen bist. Ich

habe gezahlt, Loisl, gezahlt habe ich. Denk mal nach: Deine Mutter und mein Vater sind Geschwister. Und ich habe nichts genommen von dem Geld. Nichts. Ich hätte es anfechten können, dass alles bei dir geblieben ist, was noch übrig war. Ich habe es dir gelassen."

Schuggenberger lacht. „Acht Jahre!" schreit er. „Acht Jahre in der Klapsmühle deines Landrats. Und du behauptest, dafür auf ein Erbe verzichtet zu haben, von dem dir nichtmal ein Pflichtteil zustand?" Er beugt sich über Schäfer, lacht ihm ins Gesicht. „Ja wer ist denn hier der Irre?"

Lacht und lacht.

So geht es überhaupt nicht mehr. Ohne den nötigen Ernst.

Er legt das Beil ab und knebelt Schäfer wieder.

***

Berlin-Schöneberg

Es klingelt an der Wohnungstür. Thor bleibt sitzen. Dann klopft es. Und klingelt erneut.

Er schleicht in den Flur. Sieht durch den Spion.

Scheiße. Bullen.

Zwei Mann.

„Machen Sie bitte auf", sagt einer der beiden.

Thor öffnet die Tür. Zwingt sich zu einem Grinsen. „N'Abend. Was gibt's denn um die Zeit noch?"

Der vordere der beiden Polizisten ist der Wortführer. „Wir hatten einen Anruf. In Ihrer Wohnung schreit eine Frau um Hilfe."

Ruhe bewahren. „Hier? Nee. Aber ich hab auch was gehört. Ich dachte, es käm von draußen. Klang aber weniger wie ne Frau als wie'n Actionfilm oder so. Geschrei halt und Geknalle."

Der hintere Polizist steigt auf die Zehenspitzen, versucht, über Thors Schulter in die Wohnung zu schauen.

„Können wir mal kurz reinkommen?"

Lektion Nummer eins des Kameraden Anwalt bei der NPD: Sie dürfen nur rein, wenn's nachweislich brennt. Oder wenn du sie lässt.

„Nee, das wär mir jetzt mal echt nicht so lieb."

„Ist die Hauptmieterin nicht da?"

„Nö. Ist unterwegs bei Verwandten."

„Und wer sind Sie?"

„Ein alter Freund der Familie. Zu Besuch in Berlin."

„Können Sie sich ausweisen?"

„Klar." Lächeln. Breit, mit Augen. Ein bisschen doof, ein bisschen brav. Er macht keine Anstalten, einen Ausweis zu zeigen.

Die beiden Polizisten schauen einander an. „Na denn. Nischt für Unjut."

„Schon klar, Chef", antwortet Thor.

Schließt die Tür.

Geschafft.

Dann wird ihm schlecht.

Er trägt obenrum nur das Muscleshirt.

Das „Aryan Nation"-Tattoo mit dem Eisernen und dem Keltischen Kreuz voll im Blick der beiden Bullen.

***

Auberg, Grand Hotel National

Schmitt hat das Zimmer abgedunkelt, um das Bild besser zu sehen. Das Video ist bei natürlichem Tageslicht entstanden. Entweder in der Dämmerung oder an einem sehr schattigen Ort.
Griesig, verpixelt.
Sie lädt eine App aus dem Netz, mit der sie mehr Licht und Kontrast herausholt.
Der schwarze Hintergrund ist eine Betonwand, dunkel und schlierig von Feuchtigkeit. Die Typen sind nicht erkennbar. Nicht der, dem Sheri das Stöckchen apportiert, nicht der andere.
Der andere, der die Kamera hält. Den sie befriedigt.
Schmitt reibt ihren Unterarm. Der Blutfluss ist gestillt. Die Wunden nässen. Sie hat Toilettenpapier draufgeklebt.
Sie raucht. Spielt das Video wieder und wieder. Lädt Apps zur Videobearbeitung runter, macht Screenshots, vergrößert sie, bearbeitet sie in winzigen Segmenten. Raucht mehr. Schiebt die Details in Dateien, analysiert neue Segmente des Videos.
Raucht.
Arbeitet.
Das Haar ist viel länger als zur Zeit von Sheris Verschwinden.
Um wie viel wächst Haar in einem Monat, einem Jahr, zwei Jahren und acht Monaten?
Schmitt zündet gerade wieder eine Zigarette an ihrer Kippe an, als sie angeskypt wird. Sie aktiviert die Videophonie-App, wirft die Kippe in den Aschenbecher.
„Hallo, Schöne. Wir haben uns Sorgen gemacht", sagt Carlas klare Stimme. Das Bild zeigt Rauschen.
Schmitt stellt ihren Tablet-PC auf die Fensterbank, dass die Kamera sie im Blick hat, wenn sie auf dem Bett sitzt. Ihre schmale Gestalt auf dem Monitor-Teil des Bildschirms wirkt verloren im schattenlosen Licht der Deckenlampe, umgeben vom Grieseln des übrigen Bildes, dahinter das Fenster, an dem Tropfen und Schneeflocken abgleiten.
„Ihr habt das Video bekommen?"
„Ist das deine Tochter? Anselm sagt, sie könnte es sein. Aber das Bild ist so dunkel."

„Ja. Ja, ja, ja, ich bin mir sicher. Ist Anselm da? Ich habe kein Bild, die Verbindung ist schlecht." Klar ist er da, denkt sie. Er hat Carlas Nähe gesucht, um seinen Einfluss auf mich über sie zu verstärken. Anselmsche Psycho-Spielchen.

„Ich bin da", sagt ihr Ex-Mann. „Wie geht es dir?"

„Ich hab mich geschnitten. Aber lass jetzt die Seelendoktor-Scheiße und sag mir aus deiner Sicht als Polizeipsychologe professionell und sachlich, was du davon hältst." Sie weiß, er wird ins Dozieren geraten.

„Du hast dich seit Jahren nicht geschnitten."

„Jetzt habe ich mich geschnitten, okay? Und jetzt sag mir bitte etwas zu dem Video. Was hältst du davon?"

„Ich weiß es nicht", antwortet er. „Bis er das Video bei Facebook hochgeladen hatte, lebte sie, da bin ich mir sicher. Bis gestern also. Die Kontaktaufnahme ändert aber vielleicht alles. Das Video zeigt seine Macht und Kontrolle über Sheri. Er hat sie abgerichtet und missbraucht sie. Untergebene abzurichten, sie als Tiere zu behandeln, das gibt es auch in der Schwarzen Pädagogik. Und natürlich im Sadomasochismus."

„Wie ist das Verhältnis der beiden?"

„Das ist aus dem kurzen Film schlecht abzuleiten. Er hat weitgehend ihren Willen gebrochen, ihre Selbstbestimmung. Und er will sie demütigen, indem er sie total unterwirft. Dabei hängt er an ihr. Es ist persönlich, es geht ihm offenbar nicht darum, sie zu töten. Das hätte er längst tun können. Er will aus ihr etwas formen, denke ich. Wie Herr und Hund. Das heißt aber, dass die beiden einander nahe stehen. Ein solches Verhältnis kann sich stabilisieren zu einer engen Beziehung mit intensiver emotionaler Bindung." Er zögert. „Für das Opfer heißt das natürlich meist: Stockholm-Syndrom. Je intensiver es mit Zuckerbrot und Peitsche manipuliert wird, desto stärker werden emotionale Abhängigkeit und Bindung. Und natürlich ändert es vieles, wenn nicht alles, dass er zu dir Verbindung aufgenommen hat."

Schmitt zieht zitternd an ihrer Zigarette. „Was ist er für ein Typ?"

„Mit weit über 50-prozentiger Wahrscheinlichkeit organisiert, intelligent, sehr auf Hierarchie und Regeln fixiert. Es gibt wahrscheinlich eine Vorgeschichte. Sheri wird nicht sein erstes Opfer sein. Vielleicht hat er es auch mal mit einer Ehefrau versucht, und inzwischen ist er geschieden. Möglicherweise mehrfach."

„Warum glaubst du nicht an einen Ersttäter?"

„Anfänger haben Schuldgefühle und Skrupel, wenn sie nicht durch und durch psychopathisch sind oder glauben, eine gerechte Sendung zu haben. Mindestens sind sie selbstunsicher. Durch Ritualisierung ihrer Handlungen und Depersonalisierung ihrer Opfer bauen sie die Schuldgefühle dann ab, aber verlieren auch schleichend durch Gewöhnung die Lust an ihren Handlungen, was zur Eskalation führt. Das ist bei diesem Täter anders. Er hat seine Technik optimiert und steht nicht oder nicht mehr unter Eskalationszwang. Wir wissen nicht, wie er angefangen hat, aber wahrscheinlich liegt die Eskalation weit zurück. Er hat sein Spiel gefunden."

„Warum droht er dann jetzt? Das passt doch nicht ins Bild."

„Stimmt. Nach mehr als zwei Jahren ist er mit Sheri sicher sehr vertraut. Auch wenn er sie als Objekt behandelt, ist sie nach dieser Zeit nicht depersonalisiert, sondern er hat ein komplexes Bild von ihr, und er misst ihr auch einen großen emotionalen Wert zu. Seine Kontaktaufnahme bedeutet daher eine dramatische Veränderung, wenn auch nicht gegenüber dem unmittelbaren Objekt seiner Machtausübung. Er selbst verändert sich, und er ändert die Konstellation. Er hat sich exponiert, öffnet die Beziehung. Aber sie war immer ein Dreieck. Von Anfang an warst du das Ziel, und Sheri war das Medium. Mittel zum Zweck, dich zu terrorisieren. Dies prägt alles, was er ihr antut, wie sein Text einigermaßen klar zeigt. Gibt es irgendwas Auffälliges an der Datei?"

Das Bild stabilisiert sich. Carla und Anselm sitzen nebeneinander auf einem der weißen Sofas in Carlas Wohnzimmer, vor sich Rotweingläser.

Schmitt spürt flüchtiges Amüsement darüber, wie die beiden da sitzen, mit hängenden Schultern und ernsten Mienen, wie ein altes Ehepaar.

Schmitt inhaliert Rauch, zerreibt die Glut zwischen Daumen, Zeige- und Mittelfinger und lässt die Kippe in den Aschenbecher fallen. „Die Techniker im BKA haben das Video aus einem ihnen unbekannten Format konvertiert. Es wurde hochgeladen über einen Server, der die IP ersetzt. Der steht irgendwo an einem der Enden der Welt, wo man sich mit einem deutschen Gerichtsbeschluss, Kundendaten rauszugeben, lachend den Arsch wischen würde. Alles, was man sonst an Informationen in Videos finden kann, geht beim Konvertieren verloren, oder da ist von vornherein nichts. Die Datei selbst ist nicht verschlüsselt, aber die Metadaten sind mit langen Textabschnitten ersetzt, die keinen Sinn ergeben. Ich habe versucht, noch mehr Infos aus den Bildern selbst zu holen. Sind aber kaum genug Pixel da, um die Darstellung zu verbessern." Sie wischt ihre Finger gedankenverloren am Bett ab.

„Macht und Kontrolle", erklärt Anselm. „Wir haben es mit einem organisierten, wahrscheinlich überdurchschnittlich intelligenten Menschen zu tun. Das Muster ist identisch. Er will dich provozieren, er sucht auch die Konfrontation, aber er will den Ablauf bestimmen."

„Das kann ich sehen." Schmitt zündet sich eine neue Zigarette an. „Was machst du aus dem Ultimatum? Bei dem Messer lag ein Zettel mit ‚T-7'. Die Datei mit dem Video ist von gestern, er sagt ‚T-3'. Die Zahlen beziehen sich auf übermorgen, wenn es das bedeutet, was ich vermute. Ein Countdown."

„Hm. Warum so plötzlich, nachdem er Sheri so lange in seiner Gewalt hatte?"

„Auf jeden Fall will er sich jetzt offenbaren. Vielleicht ist es das. Vielleicht kann er mit dem Gedanken nicht mehr leben, dass ich nicht weiß, wer sich hier wofür rächt. Vielleicht hat er auch irgendwie gespürt, dass ich begann, mich zu stabilisieren."

„Ja, vielleicht. Stimmt schon, du hast deinen Absturz in der Öffentlichkeit überwunden. Vielleicht ist es so banal.", sagt Anselm. „À propos Absturz: Hast du deine Medizin genommen?"

„Ja, alle die bunten Pillchen, die eine brave Beamtin aus mir machen", lügt Schmitt.

Antidepressiva, etwas zum Runterbringen.

Seit sie von dem DNS-Fund weiß, hat sie sie nicht genommen. Sie braucht sich scharf, hellwach.

„Du musst das Zeug nehmen und regelmäßig essen, wenn du nicht wieder entgleisen willst. Das weißt du."

„Du bist nicht mein Therapeut."

„Nein, nur deine Familie. Also: Wie geht es dir?"

Schmitt kreuzt die Arme über der Brust und zieht die Beine aufs Bett. „Mir ist scheiß kalt. Ich würde mich mit Schnaps bedröhnen und Crystal draufschmeißen, wenn ich Schnaps und Crystal hätte. Scharf sein und weit weg. Stattdessen habe ich mich geschnitten. Und ich habe es genossen, hörst du? Genossen. Als ich den Schmerz spürte, bin ich feucht geworden."

Anselm seufzt, wischt sich das Gesicht. „Du solltest so nicht reden."

„Dann lass mich verflucht noch mal in Ruhe." Schmitt hustet Rauch. „Du bist nicht meine Familie. Nicht mehr."

„Soll ich runter nach Auberg kommen?", fragt Carla.

„Nur wenn du Kippen mitbringst. Ich hab nichts mehr zu rauchen", krächzt Schmitt mit hochgezogenem Mundwinkel.

„Mach ich glatt", sagt Carla.

„Lass mal. Ich bin keine Gesellschaft für dich. Ich bin das böse Weib mit dem Raben auf der Schulter." Schmitt legt die Stirn an ihr Knie und blickt wieder auf. „Was soll ich jetzt tun, Anselm? Wie gehe ich mit dem Video um?"

„Was sagen die Profiler vom BKA?", fragt Anselm.

„Noch nichts, sie haben das Video gerade erst bekommen."

„Ich würde sagen, er kommuniziert, also solltest du antworten. Und, was denkst du selbst?"

„Klingt vernünftig. Er ahnt vermutlich nicht, dass seine Spur für mich nicht lesbar war."

„Glaube ich auch. Du solltest möglichst flach antworten, denke ich. Du bist eine dominante Persönlichkeit, und er übt wahrscheinlich Macht aus, weil er es nötig hat. Halte dich zurück. Sheri ist das Band, das euch verbindet. Rede über

Sheri. Mehr kannst du nicht tun. Und Sibel: Du darfst dich nicht schuldig fühlen, hörst du?" Anselms Stimme bricht. Carla legt ihm die Hand auf den Arm.

„Heulst du? Kommst du klar?", fragt Schmitt tief und rau. „Soll ich nach Berlin kommen und dir ein paar von meinen Pillen mitbringen?"

Er lacht und wischt sich die Augen. „Verdammt, Sibel. Du bist ein schlimmer Mensch."

Carla sagt: „Mein Gott, sei glücklich, dass dein Kind lebt. Gott, sie lebt! Damit ist sie dir doch näher, als du jemals ernsthaft gedacht hättest in den letzten zwei Jahren."

„Allahu akbar", sagt Schmitt und hebt beide Hände. Das blutige Toilettenpapier pellt sich von ihrem Unterarm. „Gut so?"

„Wirst du klarkommen?"

„Logisch."

„Ich fahre jederzeit zu dir nach Auberg, wenn du möchtest", sagt Carla.

„Ich komme klar." Schmitt schließt Skype, drückt die Zigarette in den Aschenbecher, wobei drei, vier Kippen über dessen Rand fallen.

Sie starrt auf den Bildschirm. Wechselt zu ihrem Profil. Schreibt als Antwort auf das Video: „Wohin soll ich kommen? Sag Sheri, dass ich sie liebe. Rechne mit deinem Tod."

Senden.

Schmitt geht ins Bad und putzt sich die Zähne, versucht ihren Augen im Spiegel Ruhe und Zuversicht zu geben. Spuckt die Zahnpasta aus, schaut sich ins Gesicht. Eine verschreckte Mutter mit wirrem Haar blickt zurück, die Augen aufgerissen, der Mund ohne Spannung, als würde sie gleich in Tränen ausbrechen. „Nicht schuldig fühlen", äfft sie Anselms Ton nach. Die Fliesen reflektieren ihre Stimme hart und kalt.

Was für eine Scheiße. Irgendeins deiner Monster hat seit fast drei Jahren dein Kind, und dir blödem Weib fällt niemand mehr ein, der es sein könnte.

Nicht schuldig fühlen.

Alles stürmt auf sie ein.

Ihr Kind, wie es durch den Schmutz kriecht

Der Krebs ihrer Mutter

Rebecca Raths dünner Körper im Steppanorak

Schmitt kann die Tränen nicht halten. Presst die Handflächen gegen ihr Gesicht, geht zu Boden, krümmt sich, schluchzt, will schreien vor Schmerz. Als das Schluchzen nachlässt, zieht sie sich am Waschbeckenrand hoch, spritzt Wasser in ihr erhitztes Gesicht, tupft sich mit dem Handtuch ab.

Sie dreht sich um, das Bad zu verlassen.

Sieht den Mann noch kommen. Für eine Reaktion ist es zu spät.

Den Kopf mit der Strumpfmaske gesenkt, schiebt er sie mit solcher Wucht zurück gegen das Waschbecken, dass ihre Füße den Boden verlieren und sie mit dem Hinterkopf an den Spiegel schlägt, der klirrend zerbricht. Der Mann hält mit beiden Händen ihren Kopf, schlägt ihn wieder und wieder gegen die Wand, während noch zwei Kerle in den winzigen Raum drängen, ihre Arme packen.

Schmitt versucht, sich zu befreien. Tritt um sich. Schafft es in der Enge nicht, den Bewegungen genug Druck zu geben.

„Wir bringen den Heiligen Geist", ruft der Vierte im Tonfall der Region, geht auf sie los, ohne dass sie eine Chance zur Abwehr hätte. Stülpt ihr einen stinkenden Stoffbeutel über den Kopf, zieht ihn unten zu. Die Typen biegen ihre Arme hinter ihrem Körper zusammen, etwas Hartes, Flexibles wird um die Handgelenke gewickelt, eine Art Band, und straff verschlossen.

Kabelbinder.

Schmitt wird heftig zur Seite gezerrt und gestoßen, dass sie in die Wanne fällt, wieder mit dem Kopf an die Wand schlägt. Kaltes Wasser prasselt auf sie herab, durchnässt die Kapuze, nimmt ihr die Luft. Sie versucht erneut, mit den Beinen auszuschlagen, doch trifft sie nur Wand.

Die Kapuze klebt in ihrem Gesicht. Schmitt senkt den Kopf, eine Luftblase bildet sich, in der sie atmen kann. Das Wasser wird abgestellt, etwas süß Riechendes ergießt sich über die Kapuze.

Sie kennt den Geruch.

Chloroform, woher haben diese Typen Chloroform?

Scheiß Internet, ist ihr letzter Gedanke.

***

Auberg, Bahnhofstraße

Marschner und Landowski haben den Kleinbus bislang ignoriert. Er steht in zweiter Reihe, direkt vor Schmitts Hotel.
 Irgendeine Lieferung, Besuch – what the hell.
 Nun ist klar: Der Bus steht in ihrem Revier. Ist wegen der Frau hier.
 Die Frau ist leblos, gefesselt, trägt eine tarnfarbene Kapuze. Drei Kerle tragen sie aus der Einfahrt neben dem Eingang, öffnen die Heckklappe, wuchten sie hinein, haben beim Schließen der Klappe Mühe wegen ihrer schlaff rausrutschenden Beine.
 Die Kerle sehen sich um, setzen sich in den Bus, der ohne Licht losfährt.
 „Da machen welche unsere Arbeit", sagt Landowski. „Das wäre leicht verdientes Geld."
 „Werden wir sehen", sagt Marschner. Sie richten ihre Sitzlehnen auf.
 Der Kleinbus biegt ab. Landowski startet den Volvo, legt den Gang ein, gibt Gas.

***

T-1

Im Wald nördlich von Auberg

Keine Luft, Enge. Kalt!
Schmitt kämpft gegen den Nebel in ihrem Hirn.
Klarheit schaffen: Du bist dissoziativ. Du musst dein Schmerzempfinden, dein Körpergefühl bewusst einschalten. Das ist Selbstschutz! An der Oberfläche bleiben, auch wenn es schmerzt. Nicht auf die andere Seite wechseln,
nicht
nicht

Alles gut.
Da vorn an der Wasserlinie sitzt der Vater im Liegestuhl und liest die Zeitung. Es ist eine deutsche Zeitung. Aus Prinzip, sagt er immer, keine türkische. Ihr kleiner Bruder spielt im Sand. Das Meer ist weit an diesem Tag, und der Horizont teilt scharf den Himmel vom Wasser. Berge haben sie in Berlin nicht, und diese hier recken runde Rücken ins Helle und haben abgründige Einschnitte, tiefschwarz zwischen den besonnten Flächen.
Sibel zeichnet die Berge im Dunst des frühen Morgens, wenn die Landschaft in Blaugrau verschwimmt, durch das die Steinflächen des Gebirges in der blassen Sonne schimmern in einem fahlen Weiß.
Sie hat den Block und die Blechdose mit den Stiften vor sich im Sand, schraffiert den Dunst mit Graphitgrau und mit Blau, hauchzart. Der Dunst besteht aus waagerechten Linien. Den Himmel dunkelt sie ab mit senkrechten Schraffuren, weit oben mit Diagonalen, die einander kreuzen. Sie radiert die besonnten Flächen der Berge aus dem Dunst heraus. Die Berge sind an der Basis dunkler, Sibel schraffiert in Graphit und Blau, die Stifte immer wieder nachspitzend. Für das Meer nimmt sie Grün dazu. Weniger Blau. Blau nur ganz unten auf dem Blatt, im Vordergrund. Jede Welle in anderer Nuance, Lichter setzt sie mit dem Radiergummi.
Das Brennen der Sonne. Das Licht. Der Wind. Die kleinen Wellen, die wie nervös am Strand lecken. Das weiche, feinkörnige Zeichenpapier unter ihren

Fingerspitzen. Ihre hauchzarte Zeichnung von Meer, Weite und Gebirge. Der steinige Sand. Der Vater mit der Zeitung. Der Duft von Wasser und besonntem Zeichenpapier.

Dunkelheit fällt über die Landschaft.

Eisiger Kofferraum, Motorbrummen, Reifenrauschen auf nasser Straße. Kurven mit starker Querbeschleunigung, die Schmitt gegen kalte Metalloberflächen drücken.
    Ihr Kopf dröhnt. Übelkeit. Sie erbricht sich in die Kapuze und würgt haltlos weiter, angewidert vom Gestank des Stoffs, des Chloroforms und des Erbrochenen. Sie hört Männerstimmen reden, lachen. Jemand raucht. Sie versucht sich zu bewegen, stößt an.
    Der Wagen rumpelt über einen Nebenweg. Kommt zum Stehen.
    Kurze Stille. Leises Reden. Die Türen gehen. Werden zugeschlagen. Jemand öffnet den Kofferraum.
    Ein Schwall Kälte auf Schmitts feuchter Haut. Sie zerren sie an der Kordel um ihren Hals aus dem Auto. Sie versucht, den Zug zu mildern und die Bewegung irgendwie zu unterstützen, streckt die Beine, stößt an irgendetwas, stürzt grob zu Boden. Kantige Steine, eisige Nässe. Sie beißt die Zähne zusammen, stöhnt, krümmt sich zusammen. Die Fessel schneidet tief in ihre Handgelenke.
    „Ich hole die anderen", sagt die Stimme eines jungen Mannes. Schmitt hört Autotüren schlagen. Der Motor startet.
    Ein Tritt bringt Schmitt in eine unbequeme Rückenlage. Ihre Arme sind im Weg. Regen prasselt auf die Kapuze. Kälte frisst sich in Brust und Beine.
    „Gar nicht schlecht für ne Türkin", sagt jemand.
    „Zu dünn." Ein anderer.
    „Als wenn du so viel Auswahl hättest."
    Raues Gelächter aus fünf, sechs Kehlen.
    Einer rülpst. „Ich finde, es ist Zeit für eine Lektion tegitzauer Gastfreundschaft für die Kanakenschlampe."
    Jemand zerrt an Schmitts Shirt. Sie zieht die Beine an. Versucht zu treten. Der Stoff kracht, reißt.
    Eine Hand an ihrem Slip. Schmitt bäumt sich auf, biegt sich, tritt um sich.
    Zwei Hände. Sie wird ein Stück weit angehoben. Der Stoff gibt nach.
    Lachen. Roher Jubel.
    Ein Tritt zwingt Schmitts Beine auseinander.
    Sie hält dagegen.
    Mehr Tritte. Schläge. Kräftige Hände überall.
    Schmitt kreischt in die Kapuze.

Ein Gewicht wirft sich auf sie.

Wind, Meer. Die Berge. Ihr Vater, der sie mit Augen anstrahlt, die ihren eigenen sehr ähneln, mit einem Lächeln voller Wärme.
„Baba", murmelt Schmitt.
Strand ihrer Kindheit. Fluchtort.
Sie ist dort und sieht doch die Stelle an der Decke, den Wasserfleck über dem abgenutzten Sofa, die sie fixiert, um nicht das Gesicht Djamils zu sehen.

Ein hübscher Mann ist ihr Cousin noch in der Anstrengung, sich zu befriedigen an seiner Sibel, die 13 war, 15, 16. Oder die geschwollenen Adern an der Stirn von Onkel Timur. Der Fleck an der Decke ist der Startpunkt an den Strand ihrer Kinderferien bei Antalya. Wo sie vier, sechs, neun oder elf Jahre alt ist, wo ihr Vater noch lebt. Wo sie nicht weiß, wie das Leben ist.
Der Onkel keucht „Prinzessin".
Von irgendwo ist Johlen aus Männerkehlen zu hören.

Verschwimmt hinter dem Schmatzen der Wellen.

Sibel begutachtet ihr Bild. Schreibt klein unten rechts „Toros Dağları" darauf und setzt ein geschwungenes S. als Signatur. Sie löst das Blatt von dem Block und geht zu ihrem Vater.
Der süße Duft seines dunkelblonden Tabaks.
„Ich habe dir was gemalt."
Er nimmt das Blatt vorsichtig. „Das ist schön, Kind. Du zeichnest wirklich gut."
„Ich habe versucht, die Linien ganz genau zu zeichnen."
Der Vater legt den Arm um sie. „Hast du dir mal die Bilder van Goghs angesehen? Man kann solche Linien auch anders zeichnen. Du musst sie nicht ordnen. Das ist eine sehr schöne Zeichnung, aber sie ist auch kalt." Mit einer ausladenden Armbewegung eignet er sich Landschaft, Wind und Sonne an. Das kann nur er: Mit einer Bewegung alles umfassen. „Schau, die Berge, das Meer: Das ist Bewegung."
Er hat eine tiefe, weiche Stimme. Sein Deutsch ist gefärbt, aber so, dass man nicht leicht sagen könnte, wo er herkommt. Er ist nicht so alt, aber sein Haar ist grau.
Die kleine Sibel stellt sich Allah genau so vor: ein großer, schlanker Mann, alt und jung, alterslos, mit immer warmen, schmalen Händen und einer sanften Stimme.

Er hält das A4-Blatt, dessen Weiß die sorgfältig aus tausenden nahezu perfekt parallelen und geraden Linien komponierte Landschaft von hinten zu erhellen scheint, als wäre es ein bedeutendes Kunstwerk von unerhörter Kostbarkeit.

Parallele, gerade Linien. Wie die Narben auf Schmitts Unterarmen.

Sibel lehnt sich an ihren Vater, berührt mit den Fingerspitzen seine Hand und sagt mit ganz kleiner Stimme: „Van Gogh malt Kringel, alle ineinander und aneinander. Das Nachtbild mit den Sternen ist ein sehr ordentliches Bild. Aber die Kringel passen nicht zur Nacht. Ich meine: Wenn die Landschaft ruhig ist, müssen die Linien anders laufen. Ich versuche, das genau zu machen."
 Der Vater deutet auf den Schriftzug unten auf dem Blatt. „Du kannst Türkisch schreiben?"
 „Soll ich nicht?"
 Er lacht, legt die Hand leicht auf ihr Haar. Seine Wärme mischt sich mit der Sonnenwärme. „Ich wundere mich nur. Wir sprechen nie Türkisch mit dir."
 „Du sprichst mit Ana Türkisch. Und so nennen die Leute das Gebirge doch, ich hab's so geschrieben wie es hinten auf den Postkarten steht."
 Der Vater nimmt sie in den Arm. „Du bist großartig. Weißt du auch, wie das Gebirge auf Deutsch heißt?"
 „Nein."
 „Taurus."
 „Stier", sagt sie. „Warum?"
 Er lächelt. „Ja, Stier. Es kommt aber von tûr, Gebirge, in der Sprache, die hier vor langer Zeit gesprochen wurde. Tauros machten die Griechen daraus, als sie in der Gegend Städte bauten. Ein Missverständnis."

Die Köpfe unten, kriechen Landowsky und Marschner die letzten paar Meter zur Hügelkuppe auf Knien und Unterarmen. Kein Mond. Zwischen ihrer Erhebung und der Szene im Licht der Kleinbus-Scheinwerfer liegt dunstige Dunkelheit, begrenzt vom gezackten Schwarz des Waldes weiter unten. Landowski blickt durchs Zielfernrohr. „Ich glaube nicht, dass die sie umbringen", flüstert er.
 Marschner übernimmt das Zielfernrohr. „Aber die Arschlöcher richten die ganz schön zu."
 „Schweine", sagt Landowski.
 „Glaubst du, ob du es versuchen kannst?"
 Landowski streckt die Hand aus, Marschner gibt ihm das Fernrohr. Die Distanz beträgt etwa 300 Meter, der Wind ist nicht zu stark. Technisch kein an-

spruchsvoller Schuss. Nicht mit seinem Gewehr, seiner Munition. „Viel Bewegung", sagt er. „Aber nicht unmöglich, wenn ich den richtigen Moment treffe."
„Wäre ideal. Die Typen würden wahrscheinlich sogar die Leiche verschwinden lassen, um ihre eigenen Spuren zu beseitigen."
„Glaubst du wirklich, dass diese Idioten sich gerade Gedanken über ihre DNS machen?"
Landowski seufzt. „Wahrscheinlich nicht." Er greift nach dem Gewehrfutteral an seiner Seite. „Aber umso weniger Sorgen müssten wir uns machen. Deren DNS und unsere Kugel – das ergibt für ein durchschnittliches Gericht Sexualmord, trotz Spezialmunition und fehlender Tatwaffe."
Sie kriechen wieder ein Stück den Hügel hinab.
Marschner hält die LED-Lampe.
Landowski montiert das Scharfschützengewehr.

In der Schwärze der Kapuze entfährt Schmitt ein gedehnter Laut des Ekels.

Funkelnde Wellen im Sonnenlicht, die tiefen Schatten der Bergrücken

Ein dünnes Mädchen, das aussieht wie Sibel, nur blond, hebt langsam die Hand. Fast farblos, von der Sonne unbeschienen, ohne Schatten

Sibel vergräbt ihr Gesicht in ihren Händen, versucht, sich mehr in die Arme des Vaters einzudrehen

Die Landschaft zerfällt in van Goghs Wirbel

Das Mädchen hält die Hand erhoben, mit einem herzzerreißenden Gesichtsausdruck, umgeben von den Wirbeln, in denen das Licht vergeht, die Schatten, die Farben, der Vater, die Wärme. Die Wärme der Sonne verschwindet zuerst, dann seine.
„Geh weg, Sheri", sagt Sibel zu dem Mädchen. „Ich bin doch erst neun. Wir sind noch nicht so weit."

Ihre Kinderstimme verliert sich in der stinkenden Kapuze in einem Schrei wie von einem Tier, der übergeht in ein „Ääääärrrhhhh" voll Ekelhassabscheu.

Sibel weint.
Der Wind ist eisig.

„Vater. Baba", sagt sie leise.
Sie sieht nur seinen Mund, der sagt: Ich bin stolz auf dich.
„Oh Allah", flüstert Schmitt.

Endlich bekommt sie die Beine frei, presst die Knie aneinander, zieht sie an. Grölen, Sprüche, Gelächter, Tritte. Schmitt dreht sich auf die Seite. Konzentriert sich auf ihren Körper. Spannt und entspannt die Muskeln in Gruppen wie beim Taijiquan. Stärkste Spannung, maximale Entspannung. Bewegung ohne Fortkommen, die durch ihren Körper wogt.
 Mit dem Körperbewusstsein kommt der Schmerz über sie.

Das scharfe Brennen der Sonne auf der Haut. „Baba, erzähl mir was aus meinem Kinderleben."
 Sein Arm liegt locker über ihrer Schulter, sie lehnt sich an sein Bein. Sie neigt den Kopf, dass ihr Haar ganz leicht seinen Oberarm berührt. Sie riecht ihn: Zigarette und Aftershave, seine gecremte Haut unter der Sonne, ein Hauch Schweiß.
 Seine Stimme, weich. „Du hast spät gesprochen, Große. Alle machten sich Sorgen um unser Mädchen. Wir beide haben oft lange zusammengesessen und einander in die Augen geschaut. Ich las dir vor, dann haben wir uns angesehen, genau in die Augen. Das ging mit dir, du warst als Kleinkind sehr ruhig und ganz ernst. Deine Mutter hatte Angst, dass du zurückgeblieben bist. Ich hatte diese Angst nicht. Ich sah dich in deinen Augen."
 Sibel kennt diese Geschichte natürlich.
 Sie zu erzählen ist ein Ritual, genau wie sie zu erfragen.
 „Wann habe ich gesprochen? Und was habe ich gesagt?"
 „Du warst gerade drei, wir beide saßen im Auto, und du fragtest ganz klar, mit richtiger Betonung und gar nicht wie ein kleines Kind: ‚Baba, was hält den Mond an der Erde? Warum fliegt er nicht einfach weg?' Ich bin fast gegen die parkenden Autos gerummst."
 „Und dann?"
 „Dann habe ich dir das mit dem Mond erklärt. Ich war so unendlich stolz auf meine große Tochter." Sein Arm schmiegt sich enger an ihre Schulter. „Ich fragte dich, warum du nie gesprochen hattest. Und du sagtest: ‚Ich hatte bisher keine Fragen.' Na, zum Glück hast du inzwischen mehr Geschmack am Reden gefunden."
 Sibel lehnt ihren Kopf an seinen Arm.

Nicht frieren. Sie presst die Oberschenkel an ihren Körper, um dem Wind weniger Angriffsfläche zu bieten.

Strand ihrer Kindheit, das Gefühl, dass die Welt unendlich frei und offen sei, um sie in sich aufzunehmen als ein System aus Zeichen und Bezügen, Formeln, Sprachen, Formen, Geist, Gestalt, Idee, Ordnung, Rhythmus, Muster, Struktur aus Farbe, Licht, Schatten, aus Klängen und Melodien, und aus unendlich vielen Möglichkeiten des Ausdrucks.

Schmitt nutzt das vegetative Kältezittern ihres ganzen Systems für die Muskelübungen. Sie spürt, wie die Kraft in ihren Armen und Beinen nachlässt. Jede Faser in ihr schreit nach Linderung, Ruhe, Schlaf. Wärme.

Ihre Mutter, Tränen laufen ihr die Wangen hinunter: „Dein Baba ist tot, Sibel."
    Ihre Zehen im warmen Sand, das Meer, die Berge. Sein Arm an ihren Schultern, seine Hand, die ihren Oberarm leicht umfasst und liebkost, seine Stimme: „Du bleibst mein großes Mädchen, was immer passiert, weißt du?"
    Die Stimme von Sinéad O'Connor, das Gitarrenriff vibriert in Schmitts Herz:
„Jackie left on a cold, dark night
Telling me he'd be home
Sailed the seas for a hundred years
and left me all alone
And I've been dead for twenty years
I've been washing the sand
With my ghostly tears
Searching the shores for my Jackie-oh."
Die Kälte des Weltalls kommt über sie. Schmitt murmelt: „Baba. Baba. Baba."
Sheri sagt: „Du kannst nicht mit ihm gehen, Mam."
„Ich bin so müde, Süße. Nur einen Moment Schlaf."
Der Strand, die Berge
Babas Lächeln Augen
Hände nach ihr ausgestreckt
Sibel erhebt sich aus dem Sand
Erhebt sich aus dem Sand geht
Geht durch den sanften Wind die Wärme
Und geht
Zu ihm

Das Gekläffe von Hunden, durcheinander redende Männer. Rufe, Kommandos. Schmitt wird an den Oberarmen auf die Knie gezerrt und festgehalten. Man zieht ihr die Kapuze vom Kopf. Autoscheinwerfer blenden sie, davor als Silhouetten Männer, an ihren Leinen zerrende Hunde, die ihr bellend und winselnd so nahe kommen, dass sie ihren stinkenden Atem riecht.

Jemand greift grob ihr Haar. Sie sieht die Strähnen fallen. Versucht Gegenwehr. Wird in den Schmutz gedrückt. Die Hunde über und an ihr mit feuchten Nasen, ohrenbetäubend bellend. Ein Knie auf ihrem Rücken hält sie nieder, während Strähne für Strähne ihres Haares unter starkem Zug an der Kopfhaut gepackt und abgesäbelt wird.

Man zerrt sie auf die Füße. Hält sie aufrecht. Jemand nähert sich ihrem Gesicht mit einem Messer. Harte Griffe verhindern, dass Schmitt ihren Kopf dreht. Etwas wird auf ihre Stirn geritzt. Dann ergießt sich etwas über ihren Kopf, riecht beißend nach Verdünnung. Ein Schwall weißer Flocken stäubt über ihren Oberkörper.

Kein Schnee.

Sie wird gedreht, dass sie direkt in ein Strumpfmaskengesicht schaut. „Verschwinde von hier, Schlampe, oder du erlebst morgen Nacht das Gleiche. Dein Auto steht unten an der Straße. Der Schlüssel steckt. Du kriegst zehn Minuten Vorsprung, da runter zu kommen und wegzufahren. Dann lassen wir die Hunde los."

Schmitt spannt ihre Nackenmuskeln und stößt ihre Stirn mitten in die Strumpfmaske. Der Typ geht zu Boden, wo er sich krümmt, die Hände an die Maske pressend, an der Schmitt Farbe und Federn gelassen hat. Die Hände der anderen lösen ihren Griff an ihren Oberarmen, sie erhält einen Stoß. Schmitt fällt wieder auf ihre Knie. Jemand löst die Handfessel. Die Hunde sind plötzlich nah, nach ihren Waden schnappend, in ihr Gesicht hechelnd, gierig.

Schläge treffen ihren Oberkörper. Ein Schuss löst sich, und Schmitt spürt so etwas wie einen heftigen Windstoß an ihrem Rücken.

Eine Schrotladung, denkt sie, und für einen Moment wird sie sich eines scharf brennenden und stechenden Schmerzes bewusst, der ihren Rücken überzieht.

Sie rappelt sich auf. Zieht das zerfetzte Shirt vor ihren Körper, läuft taumelnd los.

Tunnelblick durchs Zielfernrohr: Landowski fixiert Schmitt. Zielt auf ihren Kopf.

Er krümmt den Finger.

Die Frau fliegt aus seinem Gesichtsfeld wie weggeblasen. Erst dann hört er den Schuss. Gewaltiger Rumms.
„Scheiße, bist du blind?", zischt Landowski.
„Sorry, hab keinen zielen sehen", murmelt Marschner.
Die Frau blutet, aber sie steht auf. „Was verschießen die da?"
„Keine Ahnung."
„Scheiß Dämmerung. Scheiß Typen."
Landowski zielt erneut. Die Frau ist verdeckt. Setzt sich in Bewegung. Schwankt.
Läuft.
Jetzt!
Landowski drückt ab.

Ein zweiter Schuss. Die Wucht bläst Schmitt von den Füßen. Sie kriecht ein Stück, kommt wieder hoch. Rennt. Zu den Bäumen, deren Skelette fahl von den Scheinwerfern der Autos in den dunklen Morgenhimmel gezeichnet werden. Sie lässt das Kläffen hinter sich.

„Fuck", zischt Landowski, als die Frau zwischen den Bäumen verschwindet.
Daneben geschossen. Zuviel Bewegung im Vordergrund.
Die Hunde, die Typen ...
„Die veranstalten eine Treibjagd", stellt Landowski fest. „Ganz schön pervers."
Maschner wägt die Situation ab. Die Frau ist wehrlos, verletzt, abgelenkt durch die Verfolger, die Hunde. „Dranbleiben?"
Landowski: „Klar."
Sie tauchen hinter der Hügelkuppe ab, suchen eine Position, von der aus sie Schmitts Flucht beobachten können.

„Unten an der Straße", hat er gesagt. Schmitt hat keine Ahnung, wo sie ist, aber sie orientiert sich bergab. Versucht zu laufen. Doch trügt der dünnverschneite Boden im ersten Licht. Sie sinkt fast bis zu den Knien durch den Schnee in

Laub, Gestrüpp, lose Erde, schlägt zweimal hin, ehe sie das Tempo reduziert. Fällt dennoch ein drittes Mal.

Sieht, dass sie eine Spur feiner Blutstropfen im Schnee hinterlässt.

Am Fuß des Hügels folgt Schmitt der Neigung einer feuchten Talsohle weiter bergab.

Etwas in ihr gibt Alarm. Sie wird sich bewusst, dass das entfernte Kläffen den Ton geändert hat.

Die Meute ist los.

Schmitt erhöht das Tempo. Stürzt gleich wieder. Kriecht auf allen Vieren weiter zum nahen Bachlauf. Steigt ins knietiefe Wasser, watet mit der Strömung.

Das gierige hohe Kläffen der Meute hallt von den Bäumen, den Hängen wider.

Schmitts Atem rasselt. Sie ist am Rand des Zusammenbruchs. Die Eiseskälte des Wassers lähmt ihren Lauf. Noch hofft sie, dass die Hunde ihre Witterung verlieren. Gleitet auf einem Stein aus, stürzt in den Bachlauf.

Vom erhöhten Ufer kommt mit einem kehligen Knurren ein Körper geschnellt, der sie träfe und umwerfen würde, wenn sie nicht schon im Wasser läge. Als er neben ihr aufklatscht, greift Schmitt den Hund beim Halsband, mit der anderen Hand am Unterkiefer, klemmt den kompakten Körper zwischen ihre Knie, reißt seinen Kopf gegen den Widerstand der Halsmuskeln zur Seite. Im selben Moment, da sie sein Genick brechen spürt, erschlafft sein Körper.

Zwei, drei, kleinere Hunde erscheinen am Ufer. Ein vierter und ein fünfter überqueren, von Stein zu Baumstamm hüpfend, den Bach, sichern das andere Ufer. Schmitt lässt den Kadaver los und steht auf, setzt den Weg stromabwärts fort. Die Hunde sammeln sich vor ihr rechts und links des Bachlaufs, knurrend, kläffend.

Als ein größerer Hund sich gegen sie werfen will, versetzt sie ihm im Flug einen Hieb mit den Knöcheln direkt auf die Nase. Er stürzt, buckelt winselnd, verzieht sich.

Fünf, sechs weitere Hunde erscheinen, verengen Schmitts Bewegungsraum.

Als sie nach einem am Ufer liegenden Stock greift, schnappen mehrere der Tiere wütend nach ihren Händen.

Wieder springt sie ein großer Hund vom Ufer aus an, wirft sie um. Schmitt landet auf dem Rücken, packt das Tier bei den Ohren, um sein sabberndes, hechelndes, gurgelndes Maul auf Abstand zu halten, dreht sich, drückt den Hund unter Wasser.

Der Knall einer Schrotflinte ertönt, noch einer, verhallt in der Tiefe der Landschaft. Schmitt duckt sich, merkt im selben Moment, dass der Knall aus der falschen Richtung kommt.

Das Gekläffe weicht Quietschen und Winseln und dem Geraschel einer hektischen Flucht.

„Sie können loslassen. Er dürfte ersoffen sein", sagt die Stimme eines Mannes. Schmitt blickt auf. Einen Moment lang sieht sie nur einen Kopf im Dämmerlicht schweben, ehe sie seinen in Jäger-Graugrün gekleideten Körper vor dem Hintergrund wahrnimmt.

Es ist in dieser Nacht zuviel geschehen, als dass sie noch zu überraschen wäre. „Herr Schleekemper, gut, Sie zu sehen", sagt sie zu dem ehemaligen Verteidigungsminister, richtet sich auf, nimmt vor seiner Flinte die Hände hoch.

Er senkt den Lauf. Streckt seine Hand aus und beugt sich, um ihr über die Böschung aus dem Bach zu helfen.

Ein kahl geschorener Riese tritt aus dem Schatten der Bäume.

„Das ist Ralf", sagt Schleekemper. „Er passt auf mich auf."

Der Leibwächter streift seine Steppjacke ab und reicht sie Schmitt. Schleekemper dreht sich um und geht voraus. Schmitt schlüpft in die Jacke, in der sie versinkt, zögert mitzugehen. Ralf hält sich hinter ihr und wartet ebenfalls.

„Kommen Sie", ruft Schleekemper. „Die sind gleich hier, und ich will auf diese Deppen nicht auch noch schießen müssen. Ist schon schade genug um die guten Jagdhunde, die wir erlegt haben."

Sie setzt sich in Bewegung. „Sie wissen, wer die sind?"

„Ich hab so eine Ahnung."

„Aber Sie haben nichts damit zu tun."

Er wirft ihr einen Schulterblick zu. „Nein, natürlich nicht. Aber es gibt wenig, wovon ich nichts weiß in dieser Gegend. Meine Familie lebt seit Jahrhunderten hier."

Sie erreichen die Kuppe eines baumbestandenen Hügelrückens. Jenseits verläuft die Straße. Ein schwarzer Range Rover und ein BMW-Kombi mit einer Gestalt am Steuer parken mit den rechten Rädern im verschneiten Gras oberhalb der Brücke über den Bach.

Auf einem Hügel einen knappen Kilometer entfernt rollt sich Landowski vom Laufen schwer atmend auf den Rücken, entlädt das Gewehr, klopft den Schnee vom Combat-Overall. „Okay. Ziel außer Sicht. War eh ein Scheiß-Schussfeld zwischen den Bäumen."

„Die ist taff", sagt Marschner, packt sein Fernglas ein. „Hammer, wie die auf die Hunde losgegangen ist."

„Ja, sehr cool." Landowski hüllt das Gewehr in sein Futteral. „Aber jetzt ist sie reif. Die Nummer hat sie auf Angreifer im Nahbereich geeicht. Sie wird nicht mehr nach Scharfschützen Ausschau halten. Wenn sie das jemals gemacht hat." Er zieht den Reißverschluss zu. „Wer waren die Leute wohl, die da plötzlich aufgetaucht sind?"

„Irgendwelche Jäger, schätze ich mal. Dem Look nach …"

„Glück gehabt, jedenfalls." Landowski hängt sich die Gewehrhülle über die Schulter. „Verpissen wir uns. Sie wird irgendwann am Polizeipräsidium wieder auftauchen."

Steiniger Boden unter dünnem Schnee. Schmitt achtet, dass ihre Zehen nirgends anstoßen. „Und Sie dachten, Sie gehen jetzt mal eben die Frau retten, die Sie das Ministeramt gekostet hat?"

„Sagen Sie nicht, dass es unpassend kam", antwortet Schleekemper.

Schmitt sagt nichts.

Sie waten durch die schlammige Senke neben dem Fahrdamm, erklimmen die Böschung, erreichen die Straße. Ralf entfernt sich zu dem BMW. Schleekemper öffnet die Heckklappe des Range Rovers, entlädt sein Gewehr, verstaut es in seiner Halterung.

„Wir müssen reden", sagt er. „Sie sind letzte Nacht nicht an unsere Hotline gegangen. Dass Sie vor meine Flinte gejagt wurden, war eine gute Gelegenheit zur diskreten Kontaktaufnahme."

Er öffnet die Fahrertür.

Sie mustert mit gerunzelter Stirn die Lehne des Beifahrersitzes, als sie sich an die Verletzungen an ihrem Rücken erinnert. Greift unter die Jacke, an ihre Schulter. Betrachtet ihre von Wundsekret und Blut feuchten Fingerspitzen. Spürt für einen Moment das Brennen hunderter Krater in ihrer Haut. „Die haben auf mich geschossen. Ich brauche einen Arzt, fürchte ich."

„Sie sind ganz schön hart im Nehmen."

„Eingeschränktes Schmerzempfinden. Ich bin dissoziativ." Warum erkläre ich dem Kerl das? Ich muss noch benebelt sein vom Chloroform.

Er sagt: „Ist nur grobes Salz, kein Schrot. Die wollten Sie nicht ernsthaft verletzen. Ich muss mit Ihnen reden, dann lasse ich Sie ins Krankenhaus nach Auberg bringen. Okay?"

Schmitt setzt sich, lehnt sich vorsichtig an. „Dafür, dass Sie nichts damit zu tun haben, wissen Sie gut Bescheid. Salz statt Schrot. Woher haben Sie das?"

„Was Sie erlebt haben, nennt sich, warum auch immer, ‚Heiliger Geist' und hat, fürchte ich, Tradition in unserer schönen Tegitzau." Er startet und setzt den SUV mit dem Schub eines Sportwagens in Bewegung. „Vor dreihundert Jahren gab es hier Lynchjustiz. Wenn der Henker einen Verbrecher mit der Rute aus der Stadt trieb, hetzten, steinigten und prügelten ihn die Leute vor dem Tor manchmal zu Tode, wenn sie die Strafe für zu milde hielten. Als bösen Scherz unter Burschen gibt es das bis heute. Ausziehen, schlagen, teeren und federn, jagen. Vor dreißig, vierzig Jahren hätte man noch leichte Ladungen mit Hasenschrot verwendet. So wenig tödlich für einen Menschen wie Salz, aber nachhaltiger."

Schmitt muss wider Willen lachen. „Ich bin noch keine zwei Tage hier, und schon habe ich im Knast gesessen, bin von einem Politiker bedroht worden und hatte das Vergnügen einer Folkloreveranstaltung allein für mich. Was meinen Sie: Wie komme ich zu der Ehre?" Sie klappt die Sonnenblende runter, betrachtet sich im Spiegel. Ihr wild gestutztes Haar ist mit dunkelgrüner Farbe und verfilzten Federn verklebt. Sie befühlt ihre Stirn, die Kratzer, die im Spiegel wie ein grobes Hakenkreuz aussehen, ihren verbeulten Hinterkopf. „Mein Gott, sehe ich Scheiße aus."

Er gibt ihr einen Seitenblick. „Nichts, was sich mit einem heißen Bad, ein wenig Heilsalbe und einem Friseurbesuch nicht richten ließe." Er setzt den Blinker, bremst ab und folgt einem Wegweiser nach Coburg und Schleekamp. „Sie stehen jemandem auf den Füßen, und dieser jemand will sie loswerden. Was mich wundert, ist das Ding an ihrer Stirn. Das waren keine Nazis."

„Ich weiß." Schmitt klappt die Sonnenblende wieder hoch. „Und wenn ich es Ihren Worten recht entnehme, gehört auch Vergewaltigung nicht zum Standardprogramm dieser folkloristischen Aktionen."

„Nein. Zumal die Opfer eigentlich immer junge Kerle sind." Er räuspert sich. „Haben Sie die Typen erkannt?"

„Weiß nicht. Hatte einen Sack auf dem Kopf und war zeitweise weggetreten. Jedenfalls mehrere. Aber ich stehe noch."

„Tut mir sehr leid."

„Sie haben ja nichts damit zu tun", sagt sie mit Unterton.

„Ich schwöre es Ihnen."

„Ich muss mir noch zurechtlegen, was ich von den Beteuerungen eines Menschen halten soll, der seinen besten Freund hat ermorden lassen, um ihn zum Schweigen zu bringen."

Schleekemper verreißt das Lenkrad, gerät auf die Gegenfahrbahn.

„Frau Schmitt, ich …"

„Sie sind nicht angeklagt in dem Prozess um Walter Muthbergs Tod, ich weiß", beendet sie schroff den Satz.

Er fängt den Wagen ab. „Ich will keineswegs behaupten, mit allem nichts zu tun zu haben. Aber haben Sie in Betracht gezogen, dass ich in wesentlichen Punkten der falsche Angeklagte sein könnte?" Er blinkt viel zu früh vor dem Abzweig nach Schleekamp und biegt dann doch zu schnell ab.

„Sie wollen sagen, dass Sie mit seinem Tod nichts zu tun haben?"

Er beißt sich auf die Unterlippe. „Ich habe schon zuviel gesagt. Glauben Sie mir, unsere Interessen liegen, was den Prozess angeht, gar nicht so weit auseinander."

Die Burg Schleehagen ist jenseits des nächsten Hügelkamms zu sehen, als sie die Baumgruppen an der Kreuzung passiert haben.

„Das müssen Sie mir gelegentlich erklären. Ich darf über unseren Fall jedenfalls nicht lange nachdenken, um nicht sehr wütend zu werden. Der ganze Mist erinnert mich zu sehr an den Umgang mit Verantwortlichen für Verbrechen in Diktaturen."

„Ist der Vergleich nicht etwas stark?"

Sie gewinnen die Höhe des nächsten Hügels. Die Burg und der Ort mit seinen zwei Kirchtürmen und dem Rathausturm werden von der Morgensonne angestrahlt. Die dunklen Wolken geben dem Bild etwas Dramatisches.

Schmitt stellt fest: „Straflos ist straflos. Ich sehe das eiskalt juristisch. Dann ist es strukturidentisch."

Er schüttelt missbilligend den Kopf.

Schmitt fragt: „Sie sagten, Sie wollten mich um Hilfe bitten. Worum geht es?"

„Lassen Sie uns erstmal ankommen."

Er biegt vor dem ersten Haus des Ortes ab und fährt durch den Morgennebel in der Senke direkt an den Burghügel heran, an der Ruine eines Turms vorbei, durch ein Tor und stoppt vor einem Herrenhaus.

Abseits steht Schmitts goldener Audi.

Schleekemper öffnet seine Tür und steigt aus. „Wir dachten, Ihr Auto ist hier besser aufgehoben als mit steckendem Zündschlüssel offen am Straßenrand", antwortet er auf Schmitts unausgesprochene Frage. „Jemand hat auf den Fahrersitz geschissen, das habe ich reinigen lassen."

Schmitt schüttelt sich. „Danke." Sie steigt mühsam aus dem Range Rover, schaut sich nach dem BMW der Leibwächter um. Nicht zu sehen.

Schleekemper zeigt auf ein Nebengebäude, das sich an eine alte Mauer schmiegt, geht voran zu einer blau lackierten Schuppentür, öffnet sie mit einem langen Schlüssel. Gewährt Schmitt Vortritt. Sie weicht einen Schritt von dem düsteren Gebäude zurück in dem Bewusstsein, dem Mann ausgeliefert zu sein. Er nickt nur, geht vor, schaltet das Licht ein.

Eine nackte Energiesparlampe modelliert den Schuppen, seine verstaubten Regale und ineinander gestapelten Gerätschaften in kaltem Licht und tiefem Schatten. Auf dem Betonboden liegen die Leichen dreier Männer in uniformer Freizeitkleidung und einer jungen Frau in Jeans und Pullover, die neben ihnen winzig wirkt.

Schleekemper spricht leise, wie bei einer Beerdigung. „Das ist es, weshalb ich mit ihnen reden muss. Mein Sohn ist entführt worden. Alle, die außer ihm im Haus waren, sind tot. Das Au-Pair, die Personenschützer." Seine Stimme zittert.

„Sie sollten die Polizei rufen", sagt Schmitt in normaler Lautstärke.

Der Mann zuckt zusammen. „Sie sind die Polizei."

„Im Moment bin ich ein halb erforenes, geschändetes Weib, das überraschend mit vier Leichen konfrontiert wird."

Er tritt einen Schritt von den Toten zurück. Nimmt Haltung an wie vor einer Kamera. Sein Ton ist wieder fest. „Sie sind schnell, intelligent, fokussiert, nicht auf mein Geld aus und kennen die Zusammenhänge."

Schmitt zieht die Jacke enger um sich. „In welchem Ihrer Zusammenhänge sehen Sie das? Ich habe gehört, dass Sie einige Hundert Söldner Ihrer Top Security GmbH von heut auf morgen ohne Abfindung rausgeworfen und die Firma komplett umorganisiert haben, nachdem ich auf Ihren Drogenhandel über die Logistik Ihres ehemaligen Großkunden Bundeswehr gestoßen war. Haben die Ihren Sohn entführt, oder waren es Neonazis, denen plötzlich die Finanzierung aus Ihren dunklen Geschäften abgeschnitten wurde?"

Er räuspert sich. „Ich vermute, dass die Entführer Ex-Söldner sind, vielleicht zusammen mit Nazis oder in deren Auftrag. Ich kann nicht einfach die Polizei rufen. Es gäbe zu viel zu erklären. Gerade da der Prozess jetzt ansteht."

Schmitt wehrt mit einer Handbewegung ab. „Mord und Entführung sind Kapitalverbrechen. Was wollen Sie mit den Leichen machen? Es besteht für jeden, auch für Sie, Anzeige- und für mich als Polizistin Strafverfolgungspflicht: Verschwiegenheit wäre illegal. Das kann mich den Job kosten."

„Wenn ich die Polizei anrufe, ist zehn Minuten später die Boulevardpresse hier. Jeder Sensationsjournalist, der meinen Namen schreiben kann, nicht nur aus Deutschland. Mein Kind wäre praktisch tot, oder?" Er steht da, Hände ausgebreitet wie ein Bittsteller, Tränen in den Augenwinkeln.

„Haben Sie eine Zigarette?", fragt Schmitt.

Er schüttelt den Kopf.

„Hat einer von denen geraucht?"

Schleekemper zeigt auf den Leichnam mit dem Loch im Auge.

Schmitt stellt sich breitbeinig über ihn, tastet seine Jacke ab, zieht Zigaretten und Feuerzeug hervor, richtet sich auf. „Ihr Selbstmitleid, Ihre Luxusprobleme mit der Sensationspresse, Sie als Adliger, der alles hat und doch auf erbärmlichste Weise aus Gier sich, seine Regierung und sein Land in den Schmutz zieht ... Sie kotzen mich an. Ich kann gar nicht sagen, wie sehr." Sie zündet sich eine an. „Ihr Sohn kann dafür nichts. Wenn das Kind nicht wäre ... Aber im Prinzip ist mir scheißegal, was Sie und Ihre Kumpane für Händel austragen."

Er räuspert sich: „Ich kann Ihnen helfen, Ihre Tochter zu finden. Ich gebe Ihnen meine Informationen, wenn Sie mir helfen. Quid pro quo."

Die Zigarette geht zu Boden. Schmitt spannt sich an wie zum Sprung, beide Hände auf halber Höhe ausgestreckt, die eine zur Kralle gekrampft, zur Faust die andere. Schleekemper weicht unwillkürlich zurück, bis ihn das Regal unter dem Klirren und Klappern seines Inhalts aufhält.

Sie zischt zwischen zusammengebissenen Zähnen: „Seit wann wissen Sie, wer meine Tochter hat?"

Er weicht am Regal entlang weiter vor Schmitt zurück und hebt abwehrend die Hände. „Ich weiß es nicht", sagt er schnell. „Ich weiß nur, dass ein kompletter Datensatz gelöscht wurde, nachdem eine Polizeibehörde nach einem DNS-Muster und einem Fingerabdruck gesucht hatte. Sie fand auch etwas, aber die Daten waren gesperrt. Es gab Akten zu der betreffenden Person in mehreren Datenspeichern."

Schmitt atmet tief ein. „Sie meinen, die Suche endete nicht einfach an der Sperre mit dem üblichen ‚Geheim'-Vermerk ..."

„Doch, erst einmal ja. Aber dann verschwand der ganze Datensatz. Ich hab schon meine Netze ausgeworfen, um rauszufinden, welcher es war. Vielleicht sogar, wer ihn gelöscht hat. Das muss im System Spuren hinterlassen haben."

„Wie?"

„Verbindungen. Mehr kann ich nicht sagen." Er streckt die Rechte aus. „Deal?"

Sie atmet ein. Atmet aus. Hebt die Zigarette auf, zieht daran. Tief. „Das hier ist keine klassische Entführung." Sie zittert. Ihre Stimme klingt ruhig.

Er steckt die Hand wieder in die Tasche. „Aber ..."

„Entführung ist ein Geschäft. Profis wollen es sauber und geräuschlos betreiben. Was wir hier sehen, ist ein Massaker. Eine Botschaft. Aber nicht die Art Zeichen, wie Nazis, Ex-Soldaten oder frustrierte Wachschutzleute sie setzen. Die hätten ein Hakenkreuz an die Wand geschmiert oder einen Zettel hinterlassen. Das hier ist etwas völlig anderes."

„So wie das auf meinem Grundstück abgelegte Messer."

Schmitt nickt. „Botschaft eines Psychopathen. Wir sollten unsere gemeinsamen Bekannten durchgehen." Sie neigt den Kopf zur Seite, verengt ihre Augen zu Schlitzen. „Wer hat mir die Videos geschickt?"
Schleekemper ist verdattert. „W-was? Welche Videos?"
„Letztes Jahr, als ich den Muthberg-Mord ermittelte, hat mir jemand Videos von Sheris Entführung geschickt, aufgenommen von Überwachungskameras. Leider nicht brauchbar. Unscharfe Straßenszenen, wie Sheri in einen Transporter gezerrt wird. Sie sollten mich ablenken. Wo kamen die her?"
„Ich weiß von keinen Videos."
Sein fragender Ausdruck ist echt.
Schmitt: „Spekulieren Sie."
„Keine Ahnung. In den Fall waren alle Geheimdienste verwickelt. Es herrschte absolutes Chaos. Warum …?"
„Wer die Aufnahmen einsammelte und unter Verschluss hielt, als nach Sheris Entführung ermittelt wurde, könnte mehr über den Entführer wissen. Verstehen Sie? Er wusste, wo er zu suchen hatte. Das könnte eine weitere Fährte sein."
„Weiß nicht, ob ich das rausfinden kann. Keiner, der in die Sache letztes Jahr verwickelt war, legt derzeit Wert auf die alten Verbindungen. Alle ziehen den Kopf ein, froh, dass der Prozess sie nicht erfasst. Und ob ausgerechnet ich diesen Leuten Fragen stellen sollte … Gerade, wenn es einen aktuellen Zusammenhang gibt …"
Schmitt sieht bei ihm ehrliche Zerknirschung, Ratlosigkeit. „Vielleicht nicht." Sie wischt sich das Gesicht. „Na gut. Gut." Sieht an sich herab. „Okay. Weiteres später. Ich brauche erst mal einige Minuten allein, am besten in einem sauberen Badezimmer. Ich hätte dazu gern etwa zwanzig ungebrauchte Gefrierbeutel mit Verschlüssen, einen Folienstift, fünf Löffel mit nicht zuviel Durchmesser, Teelöffel vielleicht, aus Edelstahl oder Cromargan, kein Silber. Außerdem sterile Tupfer oder Verbandskompressen und eine Packung Wattestäbchen, möglichst ungeöffnet. Haben Sie das?"
„Wozu …"
„Spurensicherung."

***

Auberg, Polizeipräsidium

Stehkonferenz: Versammlung von 22 Uniformierten und vier Zivilisten im Besprechungsraum, vorn an Tafel und Landkarte stehen Meyer und Hertlein.

Meyer spricht: „... in Schmitts Zimmer im Grand Hotel National haben wir Blutspuren und ein mit Blut beflecktes Handtuch gefunden. Viel Blut. Im Bad gibt es Spuren eines Kampfes. Schmitts Auto, ein goldener Audi V8 mit Berliner Zulassung, Typ D11 vom Anfang der 90er-Jahre, ist ebenfalls verschwunden. Es hat nicht den Anschein, dass Kleidungsstücke oder Schuhe fehlen, wenn nicht ein ganzer Koffer übersehen wurde – im Hotel ist man aber sicher, dass Schmitt nur mit einer kleinen Tasche unterwegs war und sonst kein Gepäck hatte. Zwei Handys und ihr Computer sind im Zimmer verblieben, ebenso Dienstwaffe, Ausweise und Geld. Wir müssen daher mit einiger Sicherheit davon ausgehen, dass ... Was denn?"

Ein Mobiltelefon gibt laut die ersten Akkorde von „Smoke on the Water" von sich.

Hertlein wird rot und fingert nach seinem Handy. Anrufende Nummer unterdrückt. Er aktiviert die Verbindung und eilt Richtung Tür. „Was?"

„Schmitt hier."

Hertlein bleibt stehen. „Verdammt, Schmitt, wo bist du? Wir haben gerade Lagebesprechung, weil du verschwunden bist, dein Zimmer voller Blutspuren."

„Ich hatte ei...", beginnt Schmitt.

„Ich stelle laut", sagt Hertlein.

„Okay", quäkt Schmitts Stimme aus dem kleinen Lautsprecher. „Ich hatte eine verdammt harte Nacht. Ein Trupp maskierter Burschen haben mich spüren lassen, was man in eurer Gegend den ‚Heiligen Geist' nennt. Die haben mich verschleppt, misshandelt, vergewaltigt, bedroht. Die wollten mich aus der Gegend prügeln und hetzten mich mit Hunden durch den Wald."

„Wie geht es dir jetzt?"

Meyer winkt Hertlein, dass er das Telefon zu ihm dreht, und sagt laut: „Verdammt, Schmitt, hätten Sie sich nicht früher melden können?"

"Herr Meyer, nehme ich an? Guten Morgen. Nein. Ich weile erst seit rund dreißig Minuten wieder unter halbwegs zivilisierten Menschen. Sie können schon mal anfangen, DNS-Proben von diesen Hooligan-Typen zu nehmen, die in der Stadt in weißen Bussen Patrouille fahren. Sie können die wegen schwerer Körperverletzung und Vergewaltigung festnehmen. Ich melde mich wieder, wenn ich in Auberg bin."

Meyer ruft: „Wo zum Teufel sind Sie?"

„Ich ..." Der Rest ihrer Antwort verliert sich in einem Störgeräusch.
„Schmitt? Wo sind Sie? Schmitt!"
Das Geräusch bricht ab. Verbindung beendet.
„Ich wusste, dass die Frau Ärger machen wird", brummt Meyer und reicht Hertlein das Handy. Er hebt die Stimme und sagt in die Runde: „Die gute Nachricht ist, Frau Schmitt ist wieder aufgetaucht, und es scheint ihr den Umständen nach passabel zu gehen. Ich danke euch, die Aktion ist abgeblasen."

Meyer hält Hertlein am Ärmel. „Dich brauche ich noch einen Moment. Was gedenkst du wegen Schäfer zu tun?"

„Frau Rath dürfte jeden Moment wieder in Haft genommen werden", antwortet Hertlein mit einem Blick auf seine Armanduhr.

„Scheiße", zischt Meyer. „Du weißt so gut wie ich, dass der Mann in Lebensgefahr schwebt, wenn er sich in der Hand des Schlächters befindet."

Hertlein gibt sich betont ruhig. „Wir werden Frau Rath befragen, wo sie ihn hingebracht hat." Dreht seinen Ärmel aus Meyers Griff. „Gibt's noch was? Wenn nicht – ich hab zu tun."

***

Strausberg bei Berlin

Es ist die verfluchte Stille. Die Stille zwischen den Bunkerwänden gibt Krätz' Keuchen diese Aufdringlichkeit. Er ist von seinem Atmen aufgewacht, das die Stille erfüllt. Wenn man dieses hochfrequente Wimmern Atmen nennen kann.
 Auch Aufwachen ist zuviel gesagt. Seine temporäre Geistesabwesenheit war nicht Schlaf. Es war eine Bewusstlosigkeit, ein Riss im Leben.
 Genau so ist er erwacht. Wie aus dem Tod gerissen. Unerholt, ermattet.
 Krätz dreht den Kopf auf dem schweißnassen Kissen. Er streckt die Hand nach der Sauerstoffflasche aus. Gibt am Regler mehr Druck. Das Zischen am Rohr unter seiner Nase wächst an.
 Das Mädchen bewegt sich in seiner Ecke im Schlaf. Die Kette am Fußgelenk klirrt leise. Sie hat sich auf ihrer rauen Matte gegen die Kühle des Bunkers zusammengerollt wie eine Katze. Der fahle Widerschein ihrer Haut verschwimmt im Dämmer des Nachtlichts mit dem Grau der Betonwände und des Bodens.
 Es ist bald Morgen. Sie wird bald einen Schuss brauchen.
 Krätz schaltet seine Lampe an. Reguliert noch einmal den Hahn am Ventil der Flasche.
 Sein Blick fällt auf seine Hand. Es ist die eines Untoten. Weiße, altersfleckige Haut. Gelbe, verhornte Nägel. Die Fingerspitzen graublau, wo er seit Monaten nur noch Kälte und Kribbeln spürt.
 Wenn sie schwarz werden, ist er am Ende.
 Er löst die Hand vom Ventilregler der Flasche und ballt sie langsam zur Faust.
 Sie fühlt sich nicht wie eine Faust an. Kraft- und substanzlos. Krätz wird sich immer fremder, je schwächer sein Körper wird.
 Ob Schmitt endlich reagiert hat?
 Zitternd klappt er sein Notebook auf. Wartet ungeduldig, bis alle Verschlüsselungs- und Versteck-Software geladen ist. Loggt sich ein auf Facebook.
 Krätz hört das Knirschen von Schritten auf dem bröseligen Betonboden im Gang. Eine Gestalt im Türspalt. Krätz erkennt Grefe an den katzenhaften Bewegungen seines Schattens. Der Kämpfer beugt sich zu Krätz. „Wir sind zurück. Alles gut gelaufen. Der Junge ist hier."
 „Und?"
 Grefes unregelmäßiges Gebiss glänzt im Licht der Lampe. „Ein Gemetzel."
 „Gut. Message delivered. Haltet den Jungen ruhig, und lasst nicht zu viele von unseren Leuten ihn sehen."
 „Okay."

Grefe dreht um. In Sheris Ecke klirrt die Kette. Das Mädchen ergreift sein Hosenbein. Fleht, flüsternd, wimmernd: „Ich brauch was. Bitte ..."

Grefe schaut zu Krätz. Der keucht. „Ich kümmere mich selbst drum."

Grefe entledigt sich Sheris mit einem Tritt und eilt hinaus in den Gang.

Krätz blickt auf den Bildschirm. Eine Nachricht wartet. Er klickt. Schmitt. Sie nimmt die Herausforderung an. Die Dinge kommen ins Rollen, denkt er mit Genugtuung.

Schickt auf dem verschlüsselten Kanal eine Mail an Abu Nar: „Your drone is almost at arm's length, my old friend."

„Inshallah", lautet die Antwort keine zwei Sekunden später.

Krätz sieht hinüber zu Sheri, die zitternd in ihrer Ecke kauert, die Augen auf ihn gerichtet.

„Du bist bald erlöst", keucht er. Ist sich der Doppeldeutigkeit bewusst.

Sheri tastet nach dem Tuch, das sie zum Abbinden benutzt, findet es auf ihrer Matte. Verzurrt es um ihren Oberarm, nimmt die Zähne zur Hilfe. Streckt den Arm nach ihm aus. Ihr Schweiß schimmert im Zwielicht. Sie murmelt: „Bittebittebitte ..."

Krätz aktiviert für sein anonymes Profil Unbekannt K12345 ein Textfeld, um Schmitt zu antworten.

***

Schleekamp, Burg Schleehagen

Im Gegensatz zu ihrem Mann wirkt Irmgard Schleekemper größer, gröber als im Fernsehen oder auf Pressefotos.

Unverkennbar: ihr spitznasiges Gesicht mit den leicht schräg stehenden blauen Augen. Dezenter blauer Lidschatten, rosa Lippenstift. Selbst ihre Augenbrauen sind blond. Frisur wie ein Goldhelm, straffe Haltung.

Schmitt erinnert sich an den von den Boulevardmedien aufgebauschten Skandal, dass der Hunderte Millionen schwere Tegitzau-Prinz und Polit-Aufsteiger seine Sekretärin heiratete.

Irmgard Schleekemper gibt ihrer Stimme Härte. „Ich wollte die Frau schon immer kennenlernen, die unser Leben umgekrempelt hat."

„Und?", fragt Schmitt.

Die andere geht darüber hinweg. Hält Schmitt einen Stapel Kleidung hin. „Ich habe Ihnen ein paar alte Sachen rausgesucht, die Ihnen passen könnten. Sie sind dünner und größer als ich, aber es wird gehen."

„Danke." Schmitt legt die zu Beweismittelbehältern umgewidmeten Gefrierbeutel auf einer Kommode ab und zieht sich ins Bad zurück.

Als Schmitt in Wollkleid, Pullover und Flip-Flops das Bad verlässt, ein Tuch um den Kopf gewickelt, fragt die Frau. „Werden Sie unser Kind finden?"

„Wollen Sie eine ehrliche Antwort, oder brauchen Sie Trost?" Schmitt greift die Beutel von der Kommode und wendet sich Richtung Treppenhaus.

Irmgard Schleekemper hält sie am Arm zurück, Tränen in den Augen. „Ich kann eine ehrliche Antwort vertragen."

Schmitt drückt kurz ihre Hand. „Ehrlich: Ich weiß es nicht. Das Ganze hat eine irrationale Komponente." Sie versucht ein Lächeln. „Ich werde alles tun. Wenn ich richtig liege, geht es auch um mein Kind."

„Und wenn Sie sich irren?"

„So oder so haben die Entführer nichts mehr zu verlieren. Vier Menschen sind schon tot."

Die Frau hebt die Hand zum Mund und schluchzt.

„Sie wollten Ehrlichkeit", sagt Schmitt und wendet sich ab. „Ich sehe mir jetzt die Leichen an."

Nach dem nüchternen Flur, der nicht zur Benutzung durch die Herren des Hauses gebaut wurde, ist das Treppenhaus erhebend: eine symmetrische Anlage unter einer mit Amor und Psyche bemalten Decke, hell trotz des grauen Wetters.

Die beiden Frauen wenden sich zur Rückseite des Hauses, überqueren den Hof, betreten den Schuppen.

Schleekemper steht noch da, wie Schmitt ihn verlassen hat: Hände in der Manteltasche, Rücken am Regal. Er wirkt gedankenverloren und rauft sich sichtlich zusammen, als die beiden hereinkommen.

„Haben Sie Einmal-Handschuhe?", fragt Schmitt, als sie ihre Beweismittel auf einer freien Stelle im Regal ablegt.

„Glaube nicht", antwortet die Frau.

Schmitt stülpt sich bei der Beweissicherung an ihrem Körper unbenutzt gebliebene Gefriertüten über die Hände und murmelt: „Wird wohl gehen." Fragt laut: „Sie haben die Toten bewegt?"

Schleekemper antwortet: „Natürlich. Sie lagen in der Eingangshalle. Genau so wie jetzt hier. Ordentlich."

„In derselben Lage?"

Als Antwort hält er Schmitt sein Handy hin, ein Foto auf dem Display.

Sie schaut nur kurz darauf. „Sie hätten sie nicht bewegen sollen."

Er steckt das Telefon ein. „Wir sprachen schon über die Boulevardmeute. Hier liegen sie etwas versteckter. Und kühler."

Schmitt macht eine wegwerfende Handbewegung. „Nicht mehr zu ändern." Geht zwischen den Toten herum. Tastet die Kleidung der Männer ab. Langsam, mit den Fingerspitzen.

„Haben Sie ihre Waffen gefunden?"

„Nein", sagt Schleekemper. „Tragen sie sie nicht?"

Schmitt schüttelt den Kopf. „Die Halfter sind da, die Waffen fehlen. Im Haus alles sauber?"

„Es sind Flecken an einer Wand. Das ist alles."

„Flecken wovon?"

„Keine Ahnung. Sie haben Chlorbleiche benutzt. Nicht erkennbar, was das mal war."

Schmitt schüttelt die Gefrierbeutel von ihren Händen. „Sie haben den Staubsauger benutzt und den Beutel mitgenommen?"

„Woher …"

„Profis. Erfahrene Leute. Nehmen brauchbare Waffen mit, machen gründlich sauber. So dass nach Menschenermessen keine Spur von ihnen oder vom Tathergang bleibt."

Irmgard Schleekemper fragt: „Und was schließen Sie daraus?"

Schmitt zieht die Schultern hoch. „Profis sind berechenbar. Das ist gut."

„Aber?", fragt die Frau weiter.

Schleekemper antwortet an Schmitts Stelle: „Sie meint: Wir können jetzt nachrechnen, was es heißt, wenn Profis ein solches Schlachtfest veranstalten."

Schmitt nickt.

Irmgard Schleekemper bricht in Tränen aus. Schreit ihren Mann an: „Du bist so ein Zyniker! Dein Sohn ist entführt! Berührt dich denn gar nichts? Und ich wette, wir verdanken das wieder deinen schmutzigen Machenschaften." Sie wendet sich Schmitt zu. „Oder, ist es etwa nicht so?"

Schmitt: „Ich weiß es nicht. Eher nicht, wenn es auch mit mir zu tun hat."

„Er ist widerlich. Nehmen Sie sich vor ihm in Acht."

Schleekemper stellt sich zwischen die Frauen, unterbricht den Blickkontakt. Sagt seiner Frau: „Geh trinken. Ist doch sicher noch Wodka da."

Sie hebt die Faust gegen ihn. Lässt den Arm sinken. Dreht sich um, schlägt die Tür zu, dass die Kaltlicht-Birne schwingt.

Er seufzt. „Entschuldigen Sie bitte, Frau Schmitt, dass Sie Zeugin werden von …"

„Schmitt. Nur Schmitt, ohne Frau. Und Sie brauchen mir Ihre Beziehung nicht zu erklären."

„Sie verkraftet meinen Abstieg nicht. Wir sitzen hier auf der Burg wie vereinsamte Raubritter. Gelegentlich kommt ein Cousin aus dem Hochadel vorbei und macht feinsinnig gemeinte Bemerkungen." Er holt tief Luft. „Sie macht mir Vorhaltungen. Sie trinkt von morgens bis abends. Sie heult sich bei Dienstboten aus."

„Es gefällt mir nicht, wie Sie reden. Sie ist die Mutter Ihres Sohnes, und sie ist verzweifelt. Vor ein paar Monaten noch waren Sie beide das Glamour-Paar und konnten vor lauter Verliebtheit kaum die Blicke voneinander wenden. Könnten Sie wenigstens so lange den Schein wahren, bis die Sache geklärt ist. Wird das gehen?"

„Muss wohl", brummt er. „Und? Werden wir Leon wiederbekommen?"

Sie fragt zurück: „Was verbindet uns? Warum ist der Entführer hinter uns beiden her?"

Er hält einen Moment die Luft an. „Keine Ahnung."

„Irgendwelche alten Rechnungen? Sie haben jahrelang mit Drogen gehandelt …"

„Aber doch nicht persönlich."

Sie lächelt eisig. „Nein. Typ Organisator, Strippenzieher, Profiteur. Ich bin nie ein großer Fan von Ihnen gewesen, aber warum haben Sie aus dem Drogengeld Nazi-Terroristen finanziert?"

„Habe ich das?"

„Ach ja, entschuldigen Sie bitte", fährt Schmitt gallig fort. „Korrekterweise muss ich wohl sagen, dass Sie persönlich natürlich niemandem Geld gegeben haben. Mit Hilfe Ihres Schwarzgelds aus dem Drogenhandel ist, um es neutral zu formulieren, das Vertrauen zwischen Geheimdiensten und rechtsextremen V-Leuten allerdings so sehr gefestigt worden, dass der selbsternannte NS-

Untergrundführer Thorsten ‚Thor' Sittke sogar das Geld hatte, für seine Bomben Plutonium zu kaufen." Sie zeigt ein Lächeln. „Und Sie sind natürlich weiterhin unbescholten. Sie stehen über dem Strafrecht, denn es sähe in der Öffentlichkeit gar nicht schön aus, dass Sie als Minister eine Nato-Truppe und gleich alle Geheimdienste auf einmal korrumpieren konnten und einen Staatssekretär umlegen ließen, um das zu vertuschen. Ist es so richtig, Herr Graf?"

Schmitt rechnet mit einer scharfen Reaktion. Doch er wirkt resigniert. „Ich muss Ihnen wohl zugestehen, so zu reden, zumal Sie nicht ahnen können, wie dankbar ich Ihnen bin, dass Sie die Bombenleger aufgehalten haben. Aber Sie wissen nicht die Hälfte dessen, was wirklich geschehen ist. Würde ich angeklagt, würden noch ganz andere Bomben zu Tage kommen."

„Okay", sagt sie und gibt ihm Zeit, weiter zu reden. Sie spürt, dass er etwas loswerden will. Aber es kommt nicht mehr. „Okay. Die Entführer werden sich bald melden. Ich bin mir sicher." Sie wendet sich ab. „Ich muss jetzt los. Schlüssel steckt im Auto?"

„Noch etwas, Frau Schmitt."

„Ja?"

Er senkt den Kopf. „Ich muss ... ich kann nicht ... Ich meine ... Es gibt da noch etwas anderes."

Schmitt zeigt ihm einen neutralen Gesichtsausdruck, die Brauen leicht gehoben. Ihr Vernehmungs-Gesicht für Verdächtige kurz vor Geständnis.

Sein Stau löst sich. „Schuggenberger, Alois. Dieser Schlächter von Auberg, Alois Schuggenberger, genannt Schugge, das ist ihr Mörder. Glaube ich jedenfalls. Das ist, das äh ... Ich habe ihn seit ... Ich habe ihn nicht gesehen, seitdem ich nach der Grundschule aufs Internat nach Salem ging. Es sind schreckliche Dinge geschehen damals. Schreckliche Dinge. Und jetzt passt alles zusammen. Er – er ist ein Cousin des TT-Chefredakteurs Schäfer." Er fängt sich, blickt Schmitt ins Gesicht. „Die Familie ist weit verzweigt, sie waren noch vor einer Generation Bauern, Gastwirte oder Fleischhauer, überwiegend in der Gegend südöstlich von Auberg."

Schmitt sieht ihn durchdringend an, fragt: „Sie waren einer, dem dieses Schreckliche widerfahren ist, oder? Was ist passiert?"

„Nein, an einen Schleekemper Grafen zu Schleehagen hätte niemand gewagt, Hand anzulegen." Er atmet tief ein. „Aber Gott weiß, ich habe geschwiegen, wie alle. Ich habe es gewusst, ich habe es gesehen und habe geschwiegen." Er schaut einen Moment ins Leere, strafft sich. „Als es ernst wurde, war ich in Salem. Aber – aber es hat mich trotzdem mein Leben lang beschäftigt. Ich hätte reden müssen. Ich hab mir immer eingeredet, dass es eh alle wissen. War auch so. Keiner traute sich. Hätte *ich* geredet, wäre alles anders gekommen."

Er stockt. Schmitt sagt nichts.

„Dann lese ich gestern, dass Sie den Fall übernehmen …"
„Waren Sie Freunde, dieser Schugge und Sie?"
„Niemand war mit Schugge befreundet. Er war … besonders. Nicht dumm, aber irgendwie verstört. Eigen."
„Es wäre sehr hilfreich, wenn Sie mir mehr verraten würden." Schmitt sieht ihm an, dass er schon bereut, geredet zu haben. „Ich kann nicht auf Grund eines Namens eine Fahndung auslösen."
Sein Blick gleitet ab. Scham, Reue. „Ich wollte Ihnen einen Tipp geben. Ich bin auch gar nicht … Andere waren näher dran. Es gab eine üble Geschichte damals, von der wirklich nicht nur ich weiß. Diese Morde sind wie Signale aus der Vergangenheit."
„Missbrauch."
Er nickt. Dreht sich weg.
Sie insistiert: „Unterdrückte Kinderstimmen. Eine Mauer des Schweigens. Korruption übelster Sorte. Mann, reden Sie doch!"
Er schaut sie an, als ob sie ihm Prügel androht. Schüttelt langsam den Kopf. „Was ich Ihnen sagen könnte, wäre überwiegend Hörensagen. Und Genaues weiß ich auch gar nicht. Ermitteln Sie, finden Sie Schuggenberger. Wenn es dann noch darauf ankommen sollte, sage ich aus."
„Sie sagen, andere waren näher dran – wer?"
„Sie können fast jeden fragen, der in Auberg Rang und Namen hat. Ich habe schon zu viel gesagt. Ehrlich." Er wendet sich schroff ab und geht zum Haus hinauf.

***

Auberg

Schmitt hat die stationäre Aufnahme im Klinkum verweigert. Sie ist intravenös mit einem Schmerzmittel versorgt worden und hat Ibus genommen. Eine stille Pflegerin hat ihre Wunden gereinigt und mit Salbe desinfiziert. Als Verband dient sterile Einweg-Unterwäsche aus dem Fundus der Klinik. Mit einem Haarschneider aus der Chirurgie hat sie sich das abgesäbelte Haar selbst auf einen Zentimeter Länge gestutzt. Hertlein hat ihr Kleidung und ihre Handys gebracht. Dann ist sie gegangen, „auf eigene Gefahr", hat sie unterschrieben.

Sie startet den Audi, rollt vom Krankenhaus-Parkplatz, aktiviert ihr Mobiltelefon über die Freisprechanlage.

„Held", meldet sich der Angerufene.

„Morgen Chef. Ich wollt' nur sagen, dass es mir gut geht."

„Die Auberger Staatsanwaltschaft hat Sie dienstunfähig melden lassen", sagt er. „Wie erkläre ich mir das?"

„Wunschdenken. Die wollen mich loswerden. Die rechnen damit, dass ich sonst ihre Lieblingsverdächtige wieder aus der U-Haft hole."

„Man sagt, Sie ermitteln nicht vorurteilsfrei."

„Die Frau ist offenkundig unschuldig und wird schikaniert, damit sie gesteht."

Seine Stimme klingt staubtrocken. „Sie haben sich binnen weniger Stunden mit so ziemlich jedem angelegt. Sie können doch nicht in eine Stadt einreiten und mit Ihrer Besserwisserei gleich eine Art moralisches Massaker anrichten. Sie ahnen nicht, was Ihretwegen hier los ist. Die haben unsere Zentrale in helle Aufregung versetzt. Der Minister selbst hat sich reingehängt. Man fragt mich, was mir einfällt, in den Wahlkampf einzugreifen."

Schmitt biegt Richtung Altstadt ab. „Klar, Chef, es war schon irgendwie gerechtfertigt, dass die mich heute Nacht misshandelt haben."

Seine Stimme verhärtet sich. „Sie wissen, ich bin sonst nicht so. Aber nach allem, was man hört, ließen Sie jedes Maß vermissen. Und was heißt eigentlich ‚die'? Wollen Sie unterstellen, dass die Typen, die das mit Ihnen gemacht haben, von irgendwem losgeschickt wurden, der mit Ihrem Fall zu tun hat?"

„Es gibt hier so einen Trupp, eine Art Bürgerwehr ... Nazis waren das jedenfalls nicht, glauben Sie's mir. Die haben mir ein Sonnenrad in die Stirn geschnitzt. Linksdrehend. Das ist lächerlich."

„Schmitt, Sie gehen mit Ihren Unterstellungen zu weit. Ihr immer wieder eigenmächtiges und unkoordiniertes Vorgehen ist inakzeptabel."

„Tschuldigung Chef, wenn Sie unzufrieden sind, definieren doch bitte Sie, was ich hier tun soll. Zuschauen, wie man Rechtsbeugung zu Lasten einer Unschuldigen begeht, wider besseres Wissen, am Ende gar dabei mitmachen? Ich bin auch wegen der Neutralitätspflicht zur Polizei gegangen."

„Sie sind eine Gerechtigkeitsfanatikerin. Das verträgt sich nicht gut mit unserer Arbeit."

„Wir sorgen für Rechtsfrieden – wenn es gut läuft, ist das auch gerecht."

Er lässt ein verärgertes Brummen hören. „Belehren Sie mich nicht. Frieden ist das Stichwort. Sie waren insgesamt nur einige Stunden für die Staatsanwaltschaft im Einsatz und haben da unten schon die ganze Szene aufgemischt. Wer sagt Ihnen denn, dass das nötig war? Vielleicht wären die ja mit ihren eigenen Methoden irgendwann – vielleicht etwas langsamer – zum selben Ergebnis gekommen."

Schmitt hält zur Orientierung nach den Domtürmen Ausschau. „Na ja. Jetzt ist es, wie es ist. Ich wollte Ihnen nur sagen, dass ich weiter ermitteln kann. Meine Verletzungen konnten ambulant behandelt werden. Sie brauchen niemand anderen zu schicken."

„Der Minister..." knorzt er.

Schmitt unterbricht: „Der Herr Bundesminister des Inneren, übrigens, wie dieser nicht zu beteuern müde wird, ein Kumpel des Polizeipräsidenten hier, wird bei ruhiger Betrachtung der Sachverhalte sicher zu demselben Schluss kommen. Es sähe jedenfalls nicht gut aus, dass eine Frau im Knast bleiben muss, nur weil einige seiner Parteifreunde im Wahlkampf nicht ihre Leichen aus dem Keller holen mögen. Ich bin nah dran, den Fall zu klären. Ich hab den Namen eines möglichen Verdächtigen. Außerdem ist mein nächster Termin schon vereinbart, und ich werde ihn wahrnehmen."

Er stöhnt. „Meinetwegen. Ich rede noch einmal mit dem Staatsanwalt. Aber dass das klar ist: Wenn beschlossen wird, dass Sie zu krank sind für den Job, dann überlassen Sie das Feld einem anderen."

„Okay. Danke. Noch was: Sheris Entführer hat mich kontaktiert."

„Ich weiß. Ich habe das Video gesehen. Schrecklich. Tut mir sehr leid."

„Danke. Irgendeine Idee, wer es sein könnte?"

„Nein."

„Auch nicht so inoffiziell, dass Sie es mir nicht sagen dürfen?"

Er zögert. „Schmitt, ich..." Falscher Ton. Unsicher. Ausweichend. Eine halbe Note zu hoch. Er bricht ab mit einem Ausatmen, als wäre er gerannt und hätte zum Reden zuwenig Luft.

Schmitt ist zu erfahren als Vernehmerin, um den unvollständigen Satz nicht als Geständnis auf der Appellationsebene zu werten: Held weiß zumindest, wer über die Informationen verfügt. Und sie ahnt: Er weiß ebenfalls, wie sehr er sich die Blöße gegeben hat.

Schmitt verwirft die Idee, Druck zu machen, indem sie die blutige Entführung von Schleekempers Sohn zur Sprache bringt. Das Räderwerk aus Polizeiarbeit und Medienrummel, das dann zwangsläufig in Gang käme, würde jede Chance auf eine Lösung zermahlen.
„Schon recht, Chef." Schmitt beendet die Verbindung.
Sie fühlt sich weniger betrogen als bestätigt.
Sie parkt auf der Fläche zwischen Staatsanwaltschaft und Polizeipräsidium auf einem Platz mit der Beschriftung „Besucher".
Wählt die Nummer des BKA-Profilers, an den sie das Video gemailt hat. Spricht auf seine Mailbox. „Schmitt hier. Ruf mich zurück."

"Bingo", sagt Marschner durch die Zähne.
Landowski schreckt hoch, reibt sich die Augen.
Marschner: „Wir sind wieder im Geschäft." Zeigt mit dem Daumen über seine Schulter nach hinten auf den Parkplatz.
Schmitt steigt gerade Richtung Altstadt über die niedrige Parkplatz-Umfassung auf den Gehweg.
Landowski schaut über seine Schulter. „Wo geht sie hin?"
„Werden wir gleich wissen. Komm, die Pflicht ruft."
Sie warten, bis Schmitt außer Sicht ist.
Steigen aus.
Landowski legt sich den Schulterriemen der Gewehrhülle über.

Die Morgenluft ist eisig, doch die Sonne wärmt schon, als Schmitt durch die Gassen am Altstadt-Ufer des Flussarms Richtung Mühlengraben geht, streckenweise im vollen Licht.
Sie fühlt sich seltsam leicht. Summt die Bassfigur aus Radioheads „Bloom", addiert Schlagzeug und Gesang im Kopf.
Sie ist zu früh am Hotel Mühlengraben. In Erinnerung an das wie aus Hartholz geschnittene Porträt Emilie Menters im Internet einem Impuls folgend, kehrt sie um. Kauft in einem Drogeriemarkt Lidschatten, Kayal und Eyeliner, malt sich am Spiegel des Kosmetikregals zum ersten Mal seit Jahren mit starken Linien den orientalischen Blick, wie sie das im Alter von zehn Jahren von ihrer Mutter gelernt hat.
„Strahlenkanonen", nennt ihr Ex-Ehemann den Look.
Too much, denkt sie, als sie das Ergebnis begutachtet.

Jetzt schaut kein Mensch mehr auf den ungelenken Kratzer an ihrer Stirn. Müde sieht sie auch nicht mehr aus.
Gut.

Marschner kann das Messer rechts und links führen.
Wie ein Tourist die Straße entlangschlendern, im richtigen Moment die Klinge aus der Handfläche nach oben drehen, zweimal rasch hintereinander schräg aufwärts unter den Rippenbogen stoßen, wo das Herz sitzt.
Dauert nicht länger als ein Augenzwinkern.
Sieht nicht anders aus als ein Rempler.
Hoppla, tschuldigung. Verschwinden, einfach weitergehen, während die Menschen sich um die verblutende Zielperson versammeln. Exitus in Sekunden.
Marschner betrachtet Uhren in einem Schaufenster.
Die Frau geht aus dem Drogeriemarkt in seine Richtung.
Bewegt sich ein wenig steifer als am Abend zuvor.
Man muss wissen, was ihr in der Nacht geschehen ist, um den Unterschied wahrzunehmen.
Marschner setzt sich in Bewegung.
Es ist ein Reflex: Sie merkt im selben Moment auf. Heftet den Blick ihrer schwarzen Augen für Sekundenbruchteile erst in sein Gesicht, mustert ihn von der Basecap bis zu den Desert Boots. Wieder sein Gesicht.
Ihre Blicke treffen sich.
Kribbeln im Nacken.
Er lässt das Messer im Ärmel. Hält Abstand. Im Vorbeigehen spürt er ihre Spannung. Nimmt aus dem Augenwinkel wahr, wie ihre Schulterhaltung sich ändert, als er vorbei ist.
Alarm off.
Marschner biegt an der nächsten Gasse ab. Landowski kommt ihm nach einigen Metern entgegen.
„Hast du das gesehen?", fragt Marschner.
„Absolut scharf. Wie ein verdammter Seismograph", stellt Landowski fest.
„Unser Auftraggeber hat uns nicht umsonst gewarnt."
Sie streichen den Angriff im Nahbereich aus dem Katalog ihrer Möglichkeiten.

***

Auberg, Hotel Mühlengraben

Schmitt will ihre Hand zurückziehen. Doch Emilie Menter hat einen eisernen Griff. „Die Bilder in den Zeitschriften werden Ihnen nicht gerecht", sagt sie mit klingender Stimme und rollendem R.
„Dito", antwortet Schmitt. „Ich habe Sie bei Wikipedia gesehen." Die Frau sieht in der Tat nicht weniger eindrucksvoll aus als auf ihrem Bild.
Aber sie ist überraschend klein. Schmitt hat eine gedrungene Person mit kurzen Beinen vor sich, sehr kompakt in ihrem Lodenkostüm. Erst als beide Platz genommen haben, stimmen die Verhältnisse wieder.
„Sie schmeicheln mir alter Frau", sagt Emilie Menter kokett.
Schmitt setzt ein Lächeln auf und sagt wahrheitsgemäß: „Durchaus nicht."
In welchem Kino sind wir eigentlich?, fragt sich Schmitt.
Sie bestellt Orangensaft, ein Croissant mit Honig und Butter, Obstsalat, ein Spiegelei ohne Speck.
Die Kellnerin ist blassblond, hat milchweiße Haut. Ihre elfenbeinfarbene Bluse korrespondiert mit der Farbe der Tischdecke und der Stoffservietten, der Rock mit dem Beige des Teppichbodens, ihren Sommersprossen und Emilie Menters Bluse. Sie notiert die Bestellung mit einem Stift im selben Goldton wie die Rahmen an den Wänden, Menters Brillenbügel und ihre Uhr. Schmitt lässt den Blick schweifen über gediegene ältere Herrschaften in eierschal, orange, dezenten Mustern in braun und grün, behängt mit Goldschmuck. Selbst der schräge Streifen Morgensonne an der Wand glänzt an der Täfelung bernsteinfarben.
Sie fühlt sich an die Sepia- und Orangetöne der Farbelemente im „Tagblatt" erinnert.
Eine Sekunde lang sieht sich Schmitt mit den Augen der anderen in ihrer schwarzen Lederjacke, ihrer Jeans, den roten Heels, den schwarz lackierten Nägeln, den intensiv geschminkten Augen, den raspelkurzen Haaren.
Ratte im Salon.
„Kein Kaffee, keine Pasteten, keine Muffins, Brioche, Räucherfisch, Aufschnitt, Salate? Das ist das beste Hotel der Stadt. Sagen Sie mir nicht, dass Sie auf Ihre Linie achten, schlank wie Sie sind", sagt Emilie Menter.
„Im Gegenteil", antwortet Schmitt.
„Ich höre, dass Sie Kampfsportlerin sind. Sie wissen, dass es hier im Hotel einen großartigen Kraftraum gibt? Sie sollten hier wohnen. Es ist viel besser als das National. Und Sie sind viel näher am Arbeitsplatz als in der Bahnhofstraße."
„Das BKA hat für mich gebucht, im üblichen Preisrahmen. Ich finde das National okay, und ich bin ja nicht zum Vergnügen hier." Die Banalität des Ge-

sprächs raubt Schmitt die gute Laune. „Außerdem sind es nur drei Minuten mit dem Auto, zu Fuß gerade mal zehn. Kein Problem für eine Berlinerin, die ganz andere Entfernungen gewohnt ist. Und mit dem Training ist es in den nächsten Tagen erstmal vorbei. Ich bin, wie sagt man, etwas derangiert."

„Oh, mein Gott, ja, Frau Schmitt. Ich bin wirklich schockiert darüber, was Ihnen geschehen ist."

„Danke", sagt Schmitt. Blickt der Ex-Verlegerin ins Gesicht. „Sie haben ja nichts damit zu tun."

Emilie Menter lässt sich nicht anmerken, ob der Seitenhieb getroffen hat. „Und, haben Sie sich mit dem Fall bereits vertraut gemacht?", fragt sie.

„Ich habe Frau Rath vernommen und die Akte studiert."

„Und, was halten Sie davon?"

„Ich wundere mich, dass sich alle einig scheinen, dass es Frau Rath gewesen sein soll."

„Diese Person und ihr Mann sind, fürchte ich, zu allem fähig", sagt Menter finster.

„Warum?"

„In eineinhalb Jahren haben die es fertig gebracht, sich hier mit jedem zu verfeinden. Sie suchten nicht Kontakt, ließen sich nirgends blicken. Dieser Rath hat die Redaktion des Tagblatts vollkommen rebellisch gemacht. Er hat in kürzester Zeit keinen Stein auf dem anderen gelassen. Jahrelang aufgebaute und intensiv gepflegte Beziehungen hat er aufs Spiel gesetzt." Menter scheint aufgebracht.

Die Kellnerin bringt das Frühstück auf einem Tablett und verteilt Kaffee, Orangensaft und Gebäck auf dem Tisch. Schmitt schätzt das Saftglas auf maximal einen Zehnteliter. „Könnte ich bitte noch zwei Gläser Orangensaft haben?", sagt sie.

„Ich könnte Ihnen eine Karaffe bringen", antwortet die Kellnerin und geht, als Schmitt nickt.

„Können Sie sich erklären, warum in Hotels Orangensaft zum Frühstück in Fingerhüten gereicht wird?", fragt Schmitt. Banal kann ich auch, denkt sie. „Ich meine: selbst in guten, teuren Hotels, wo es doch keine Rolle spielen kann, dass das Frühstück meist pauschal gezahlt wird, also Orangensaft in größeren Mengen nennenswert den Gewinn schmälert?"

Menter ist irritiert. „Darüber habe ich mir noch nie Gedanken gemacht."

Schmitt fragt: „Kennen Sie Frau Rath näher?"

Dr. Menter schüttelt den Kopf. „Nein, sie hat sich ja nie sehen lassen. Aber ich habe viele ihrer Kommentare gelesen, die sie auf der Tagblatt-Internetseite hinterlassen hat. Die sind bodenlos vulgär."

„Vulgär?" Schmitt bestreicht ein Stück ihres Croissants mit Butter und Honig.

„Na, alle diese Herabwürdigungen und Unterstellungen. Frau Rath sieht doch Korruption hinter jedem harmlosen Artikel, der ... der versucht, die Region angemessen positiv darzustellen. Und sie stellt die Kompetenz von Menschen in Frage, die hier seit Jahrzehnten erfolgreich den Journalismus betreiben." Emilie Menter scheint ehrlich empört. „Dazu kommen die Beschimpfungen und Gewaltphantasien, von denen ich direkt natürlich nichts zu hören bekommen habe."

„Erklären Sie mir bitte die Verbindung zwischen Frau Rath und den drei Toten. Was wäre ihr Motiv genau aus Ihrer persönlichen Sicht?"

„Na ja, sie versteigt sich zu der Idee einer großen Intrige zu Lasten ihres Mannes. Verlagsleiter Eulenbeck hatte ihn eingestellt und legte ihm nahe, wieder zu gehen. Bemmer war als Anzeigenleiter unmittelbar betroffen, als Geschäftsleute, die für ihr Geld eine anständige Zeitung lesen wollen, ihre Anzeigen stornierten. Und der Lokalchef ist sicherlich einer derer, der den Zorn dieser Leute an die Verlagsleitung herantrug. Schließlich hatte er täglich mit ihnen zu tun, und dem Chefredakteur Rath waren die guten Beziehungen zwischen unseren Redakteuren und den Menschen in der Region herzlich egal. Ich kann natürlich nicht nachvollziehen, was im Hirn dieser Frau vor sich geht, aber ich denke, dass diese Konstellation schon reicht."

„Was mich etwas wundert", sagt Schmitt, „was mich sogar etwas ratlos macht, ist die Frage, warum der neue Chefredakteur Schäfer nicht getötet wurde. Das läge nach Ihrer Logik doch nahe. Um nicht zu sagen: Das läge am nächsten."

„Ich höre, dass Herr Schäfer verschwunden ist", sagt Emilie Menter. „Kurz, nachdem diese Frau frei gekommen war: Zufall?"

„Sie sind gut informiert", stellt Schmitt fest. „Besonders beachtlich war Ihre SMS heute Morgen. Wie konnten Sie so früh schon wissen, was mir passiert ist?"

Dr. Menter zeigt ihr prachtvoll zurechtgemachtes Gebiss. „Es gehört zu meinem Selbstverständnis als Verlegerin, gut informiert zu sein. Ist ja nicht weit vom Journalismus."

„Ex-Verlegerin", bemerkt Schmitt. Sie nippt an ihrem Saft, bricht dem Croissant eine Spitze ab, buttert sie und träufelt Honig darauf. Sie schafft es nicht, den Ton locker zu halten. „Wer hat Sie informiert?"

Emilie Menter lächelt einnehmend. „Welch eine Frage. Zähle ich jetzt zu den Verdächtigen?"

Schmitt verzieht keine Miene. „Kommt auf Ihre Antwort an."

Dr. Menter versucht, in Schmitts Gesicht etwas zu lesen. Deren Blick ist wie ein Scheinwerfer auf sie gerichtet. Ein Muskel spannt und lockert sich in Menters Wange. „Ich weiß nicht. Dr. Pöhner?"

„Ist das üblich? Ich meine, dass Sie über den Übergriff auf eine Polizistin informiert werden, ehe diese selbst ihrer Dienststelle offiziell Meldung von dem Vorgang gemacht hat?"

Der Muskel zuckt. „Ist es nicht richtig, dass Sie bei der Polizei angerufen haben?"

„Die hiesige Polizei ist nicht meine Dienststelle. Dass der Staatsanwalt darüber informiert wurde, verstehe ich. Aber warum hat er *Sie* informiert, Frau Dr. Menter?"

Emilie Menters Stirn liegt in Falten und überzieht sich mit einem feuchten Glänzen. Der Muskel schließt nun fast ihr Auge, wenn er sich spannt.

Menter schaut durch das Panoramafenster auf Fluss, Stadtschloss, Residenz und Domtürme. Strafft ihre Schultern. „Das müssen Sie wohl den Herrn Oberstaatsanwalt fragen."

„Macht er das oft? Sie binnen Minuten von seinen Amtsgeschäften in Kenntnis zu setzen? Zumal wenn sie Dritte betreffen?"

Emilie Menter zieht die Augenbrauen hoch. „Ich dachte lediglich, dass Sie nach Ihrer nächtlichen Erfahrung sicher krankgeschrieben sein würden ..."

„Na ja, fein, dann ist das jetzt geklärt. Ich bin jedenfalls wohlauf", sagt Schmitt und lässt die Hand auf den Tisch fallen, dass die Gläser leise klingen. „Erzählen Sie mir von Alois Schuggenberger."

Dr. Menter hat gerade ihre Kaffeetasse zum Mund geführt. Sie reißt die Augen auf, öffnet die Lippen, dass sich ein Schwall über ihr Kinn ergießt, setzt die Tasse so heftig auf, dass eine Welle Milchkaffee auf die Tischdecke schwappt. Mit einem Gurgeln bedeckt sie ihren Mund mit der Serviette. „Entschuldigen Sie", sagt sie, als sie mit Husten fertig ist, in Sekunden um Jahre gealtert. „Wie war der Name?"

„Alois Schuggenberger. Genannt Schugge."

„Wer ...", keucht Menter, fängt sich. „Dieser ... dieser Name, der Nachname, kommt mir ... kommt mir vage bekannt vor. Hatten die nicht früher eine Wurstfabrik?" Ihr blassrosa Lippenstift ist Richtung Wange verschmiert, als sie die Serviette vom Mund nimmt.

Schmitt: „Weiß nicht. Ich bin fremd hier."

Die Kellnerin bringt die Karaffe Organgensaft, das Spiegelei, eine Scheibe Toast und eine Menage mit Pfeffer und Salz. Schmitt blickt über den Tisch in Emilie Menters tränende Augen. Als die Bedienung gegangen ist, antwortet Menter: „Das ist Jahrzehnte her. Die mussten wegen Insolvenz schließen, wenn ich mich recht errinnere. Ich könnte das für Sie aus dem TT-Archiv raussuchen lassen."

Schmitt lädt das Spiegelei auf den Toast, streut Salz und Pfeffer darauf. „Glauben Sie wirklich, dass die Archivalien Ihrer Zeitung hilfreich wären?"

Schmitt sieht der anderen an, wie intensiv sie sich fragt, was sie weiß. Und wer sie informiert haben mag. „Sie wissen doch genau, wie viel von der Affäre damals in der Zeitung gestanden hat." Schmitt hebt die Gabel mit einem Stück Toast und Ei. „Nicht viel, oder? Genau genommen gar nichts."

Dr. Menters Schultern straffen sich. Sie hat einen Entschluss gefasst: mauern. Sie kämpft gegen einen Anfall von Heiserkeit. „Wenn da nichts zu finden ist, dann ist damals auch nichts passiert", presst sie hervor.

Schmitt kaut und schluckt. „Es kommt immer darauf an, wer auf der Anklagebank landen könnte, nicht wahr?"

„An wen denken Sie da?"

Dünnes Eis, alarmiert Schmitt sich selbst. „Fragen Sie sich nicht, warum der Bauunternehmer Ferdl Waldherr die Auberger Bürgerwehr für die Jagd nach dem ‚Schlächter' mit Kleinbussen ausstattet?"

***

Berlin, Schiffbauerdamm

Karlbacher lehnt sich gegen den Sturm, der sich verschärft unter der Gleisbrücke über die Spree. Sein Regenschirm schlägt um, als er die Albrechtstraße überquert.

Nass und fluchend betritt er die „Ständige Vertretung".

Horst Gall, der Geldmann, ist schon da. Sitzt an einem Tisch in der Mitte des Raums, Gesicht zur Tür. Ein rundlicher Mensch im grauen Anzug, Krawatte im Hintergrund-Blau seiner Partei. Steht auf und zeigt sein Lächeln. Ein geübtes Lächeln: Mit Anfang 60 hat er sieben Wahlperioden des Bundestages hinter sich und ebenso viele Wahlkämpfe.

Schleimer, denkt Karlbacher. Unerheblich. Der ganze Kerl.

Aber nützlich.

Er schüttelt Galls Hand und setzt sich ihm gegenüber.

Regel Nummer 2: Wenn du schmutzige Deals machst mit Bekannten, triff dich nicht heimlich.

Der Geldmann stammt aus Karlbachers Heimatort. Dort waren sie sich nie begegnet. Aber wer konnte das schon wissen. Unverdächtig, sich hier zu treffen. Hauptsache, es sieht nicht konspirativ aus.

Gall fragt: „Was haben Sie heute für mich?"

„Können Sie auch Öl-Termingeschäfte?"

Gall pfeift durch die Zähne. „Holla. Sie wollen ernsthaft in diese Materie einsteigen?"

Karlbacher lächelt verkniffen. „Ich möchte Optionen kaufen auf Öl, heutiger Preis plus 25 Prozent in fünf Monaten. Für drei Millionen Euro." Er hat spontan sicherheitshalber 500.000 Euro von dem abgezweigten Geld einbehalten, dazu wird sein Anteil an dem kommen, was Abu Nar für die Drohne zahlen wird. Eine Art Sofort-Finanzspritze bis zum ganz großen Deal.

Der Mund des Anderen klappt auf und zu. Er ist plötzlich kurzatmig, „Äh ... ähmmm. Sie ... ämmm. Sie wissen aber, dass der Ölpreis zuletzt nur gefallen ist beziehungsweise stagniert?"

„Also, handelt Ihre Bude nur mit Wertpapieren, oder machen Sie auch solche Geschäfte?"

„Das ist ein horrendes Risiko. Sie könnten einfach auf den Ölpreis setzen. Er muss irgendwann steigen, gibt dann sicher auch guten Gewinn. Auf einen bestimmten Preis zu einer bestimmten Zeit zu setzen, ist Wahnsinn. Oder wissen Sie etwas, was ich nicht weiß?"

Karlbacher schaut unbewegt zurück. „Unsere hübschen Geschäfte mit Rüstungspapieren haben Sie vergessen? Das gleiche Gerede von Ihnen, am Ende einige Hundert Prozent Gewinn. Alles gut gelaufen. Ich weiß Dinge, die Sie nicht wissen, oder?"
„Das war Hühnerkacke im Vergleich zu dem, was Sie jetzt wollen", flüstert Gall. „Hängt es mit den Verhandlungen mit diesem Abu Nar zusammen?"
Karlbacher schiebt sich von seinem Stuhl, schüttelt den Kopf. „Ich sehe, Sie wollen nicht wirklich Geschäfte mit mir machen."
Der Andere packt ihn am Ärmel. Seine Augen glühen.
Gier.
Gut, denkt Karlbacher.
Die Kellnerin steht plötzlich neben dem Tisch. „Was darf ich bringen?"
Karlbacher lässt sich wieder auf seinen Stuhl fallen. „Currywurst und Kölsch."
„Für mich auch bitte", sagt Gall. Flüstert, als die Frau weg ist, wie ein Verschwörer: „Sie werden entschuldigen, dass ich nachfrage. Sie wollen hier eine Wette darauf machen, dass die Weltwirtschaft durch irgendein Ereignis in totale Schieflage gerät. Nur unter solchen Umständen wäre derzeit absehbar, dass der Ölpreis mitten im Sommer in den Bereich steigt, wo Sie Ihren Kaufpreis ansetzen. Und ich nehme an, Sie wollen Gewinn machen. Dann muss der Ölpreis ja noch deutlich höher steigen. Sie können jeden Analysten fragen: Das ist irre."
Ein massiver Drohnenangriff Abu Nars auf Tel Aviv oder Jerusalem, ein massiver Gegenangriff der israelischen Armee, wochenlange Eskalation: Der nahe Osten in Flammen, die USA greifen ein; Russland liefert Waffen an die andere Seite, teils offen, teils verdeckt, woran Karlbacher ebenfalls verdienen wird, schwache Staaten werden weiter destabilisiert, an Stammesgrenzen zerbrechen, Hunderttausende Menschen werden fliehen ... Und natürlich wird der Ölpreis explodieren. Krieg ist immer ein Fest für Spekulanten. Karlbacher sieht es praktisch vor sich. Er sagt: „Total unwahrscheinlich, klar. Das ist doch der Witz an der Sache. Umso leichter komme ich an die Kaufoptionen. Der Hebel ist praktisch endlos."
Gall hat sich etwas beruhigt. Nickt. „Klar. Fein. Wie Sie wollen. Aber eins muss Ihnen deutlich sein: Wenn ich jemanden für den Deal finde, wird er darauf bestehen, dass Sie ihm das Öl zu dem Preis abkaufen, auch wenn es weniger wert ist."
„Logisch. Er muss es mir ja auch verkaufen, wenn es mehr wert ist."
Gall sieht Karlbacher scharf an. Liest nichts in dessen Gesicht. Seufzt tief. „Gut. Wie bei all unseren Deals legen Sie 15 Prozent Diskretion auf die üblichen Gebühren, dafür dass ich das Geschäft in meinem Namen abwickle."
„Wie immer."

„Sie bürgen. Sie müssen eine unfassbar hohe Summe aufbringen, wenn das Ding schief geht."

Karlbacher nickt nur.

„Wir werden erledigt sein, wenn Sie das nicht schaffen."

Karlbacher sagt leise, schneidend: „Dann geht es besser nicht schief, nicht wahr?" Er denkt an Krätz' Rachegelüste gegen Schmitt und an den blinkenden Punkt des Trackers auf der Google-Karte. An das verräterische Handy bei den Killern in Auberg.

Scheiß drauf: No risk, no gain.

Sie schauen der Kellnerin zu, wie sie die beiden Kölschgläser abstellt.

Karlbacher: „Und, Deal?"

„Sobald ich das Geld habe, läuft das Geschäft. Ich gebe durch, wie viele Barrel Sie unter diesen Bedingungen für drei Millionen Euro optioniert kriegen."

Sie prosten einander zu.

***

Gabelsbach bei Auberg

Schmitt stellt den Audi sehr nah an einer Gartenmauer ab, um die schmale Straße nicht zu verstellen. Sie schaut sich um nach Nummer 7 und stellt fest, dass sie genau unterhalb geparkt hat. Es geht einige Stufen hinauf zum überdachten Eingang des weißen Bungalows aus den 60er-Jahren. Eine schlanke Rothaarige mit silbrigen Augen öffnet, in Jeans und Pullover, ein rothaariges Kleinkind auf der Hüfte.
„Sibel Schmitt, Bundeskriminalamt. Ich hatte über Facebook Kontakt mit Ihrem Mann aufgenommen."
„Anne Brunster", sagt die Frau. „Mein Mann erwartet Sie, kommen Sie herein."
Schmitt folgt der Frau in eine sonnendurchflutete Diele mit Steinboden.
Ein Junge von etwa sechs Jahren kommt aus dem Flur des Seitenflügels. „Das ist Felix", stellt Anne Brunster ihren Sohn vor.
„Hallo Felix", sagt Schmitt. „Ich bin Sibel."
„Was hast du denn da im Gesicht?", fragt der Junge und starrt auf ihre Narbe. Er ist blond und hat die hellen Augen seiner Mutter. „Hattest du einen Unfall? Tut das weh?"
„Felix ..." sagt die Mutter.
„Ist schon gut", unterbricht Schmitt und sagt dem Jungen: „Das war kein Unfall, sondern ein dummer, böser Mann hat mich geschlagen. Vor langer Zeit. Das tat sehr weh damals, aber jetzt geht es mir wieder gut."
„Warum hat der Mann das getan?"
Er fragt klar und fokussiert. Schmitt muss an ihren Kollegen Hertlein denken und seine gedrehten Fragen. Was er wohl für ein Kind war?
„Dumme und böse Leute haben oft Gründe, die andere nicht verstehen können. Er mochte mich einfach nicht", antwortet sie.
Schmitt sieht das Gesicht ihres Cousins und Verlobten vor sich, verzerrt, aber nicht von Hass oder Zorn: tränennass. Wie er die Eisenstange auf sie, die schon blutend mit zerschlagenen Gliedern am Boden liegt, niederschwingt. Er heult, als fühlte er selbst den Schmerz. Sie hört das Krachen ihrer Gesichts- und Schädelknochen.
Letzte Wahrnehmung und Ende ihrer Jugend.
Sie presst den Daumen gegen die Narbe und reibt sie mit flatternden Lidern.
„Ist der böse Mann bestraft worden?"
Schmitt fängt sich, lächelt. „Klar. Man darf ja Leuten nicht wehtun, auch wenn man sie nicht mag. Er musste ins Gefängnis."

Für Felix ist damit die Welt in Ordnung.

Anne Brunster wendet sich an Schmitt. „Mein Mann ist im Garten, ich kann ihn natürlich auch reinholen."

„Kein Problem", sagt Schmitt. „Wer weiß, wie lange das schöne Wetter noch dauert."

Der überraschend ebene Garten, eine Art Delle im Hang, ist von alten Eichen umstanden. Schmitt findet den Staatsanwalt hinter dem Haus, er harkt weiter oben Blätter zusammen. Bei den ersten Schritten von der Terrasse bohren sich Schmitts Absätze tief in den Boden. Sie steigt aus den Sandalen und geht langsam zwischen den Laubbergen über die Wiese. „Herr Dr. Brunster?", ruft sie, um ihn nicht zu erschrecken.

Er dreht sich um, ein schlanker Mann mit Glatze und Brille in Jeans und Pullover. Er lächelt. „Frau Schmitt, nehme ich an?"

Sie schütteln einander die Hände.

„Es freut mich, Sie nicht allzu krank anzutreffen", sagt Schmitt.

„Meine Krankheit heißt Pöhner", sagt er. „Aber wenn Sie das irgendwo verwenden sollten, kann ich ein Attest vorlegen."

„Schon klar. Keine Sorge."

„Was kann ich für Sie tun?"

„Ich möchte Sie mit zwei Namen konfrontieren, auf die ich im Zuge der Ermittlungen gestoßen bin. Alois Schuggenberger und Ferdl Waldherr."

Er zieht die Schultern hoch. „Waldherr kennt hier jeder, das wissen Sie sicher schon. Und Schuggenberger – nie gehört."

„Ich habe bislang nur Gelegenheit gehabt, Frau Dr. Menter nach Schuggenberger zu fragen. Ein Hinweisgeber sagte mir, er komme als Schlächter in Frage. Schuggenberger alias Schugge."

Staatsanwalt Brunster zieht die Mundwinkel herunter. „Da klingelt nichts bei mir. Was sagte die Menter dazu?"

Schmitt verengt die Augen gegen die Sonne. „Sie hat ihren Kaffee auf den Tisch gespuckt."

Brunster pfeift durch die Zähne.

Schmitt: „Was ist mit Waldherr?"

„Ich habe nichts gegen ihn. Wie kommen Sie auf die beiden?"

„Ein Hinweis auf Schuggenberger. Und Waldherr ist Sponsor der Bürgerwehr, die auf der Jagd nach dem Schlächter ist. Konkretes habe ich nicht."

„Waldherr hat hier überall die Finger drin. Das muss nichts heißen."

„Nicht der kleinste Hinweis? Irgendwas, das es nicht in die Akte geschafft hat?", fragt Schmitt.

„Sie werden es nach Lage der Dinge kaum glauben, aber die Ermittlungen sind erst einmal sehr geradlinig verlaufen." Er nimmt seine randlose Brille ab, blickt gegen das Licht hindurch und putzt die Gläser mit einem Hemdzipfel, der unter seinem Pullover heraushängt. „Der erste der Morde war einfach nur unheimlich, wir hatten keine Spuren, keine Hinweise. Nichts. Sie kennen ja die gerichtsmedizinischen Berichte: Die Leichenteile sind praktisch antiseptisch sauber, trotz des Blutbades, das der Täter irgendwo angerichtet haben muss – am Tatort, den wir noch immer nicht kennen. Nach dem zweiten Toten aus demselben Umfeld, ebenfalls auf dem Verlagsgelände abgelegt, konzentrierten wir die Ermittlungen auf die Zeitung und ihr Umfeld. Da tauchte dann sehr schnell der Verdacht gegen Frau Rath auf. Nein, eigentlich erst gegen ihren Mann, aber der ist ja in der Psychiatrie, in der offenen, aber doch unter starker Kontrolle. Wo der Verdacht herkam, keine Ahnung. Vielleicht aus der Zeitung, vielleicht von Dr. Menter."

Sie nickt. „Sie haben den Haftbefehl selbst erlassen ..."

„Sie ahnen nicht den Krawall nach dem dritten Mord. Im Wahlkampf. Wir mussten handeln, und Frau Rath hatte noch am ehesten ein Motiv, hatte Drohungen und Verwünschungen geäußert, und sie hatte kein Alibi. Es gab eine Vielzahl Hinweise darauf, dass die Frau, sagen wir, mental angegriffen ist. Gefahr im Verzug, klare Sache."

„Und? Wie kam der Sinneswandel?"

„Gleich bei der ersten Vernehmung wurde mir klar, dass ihre Persönlichkeit und die Taten nicht kompatibel sind. Sie hat keine gewalttätige Vorgeschichte, keine der Deformationen, die es braucht, solche Taten zu begehen. Das ist natürlich nur eine persönliche Einschätzung, und bislang gibt es kein psychologisches Gutachten. Aber meiner Meinung nach lässt sie lediglich verbal Druck ab, wie es sonst nur Männer tun. Das ist alles."

„Es gab also keine Hinweise auf einen anderen Täter, die vielleicht im Zuge der Ermittlungen bewusst ignoriert oder unterdrückt worden wären?"

Er schüttelt den Kopf. „Nichts. Nur das auffällige Dringen und Drängen prominenter Kreise, dass es Frau Rath gewesen sein muss."

„Wie tief sind Sie in Altfälle eingestiegen?"

Er setzt seine Brille wieder auf. „Sehr tief, leider ergebnislos. Es lag ja auf der Hand, dass uns der Täter mit der Art der Tatausführung irgendetwas klar machen will. Aber was ist die Botschaft? Ich habe natürlich konkret danach gefragt, praktisch jeden. Und zwar mit umso größerer Dringlichkeit, je fischiger die Verdachtsmomente gegen Ursula Rath rochen."

„Zumal das Arrangement der Leichenteile sehr nach Fellatio aussieht", wirft Schmitt ein. „Selbst wenn man alle anderen Ungereimtheiten unberücksichtigt lässt, passt das Arrangement nicht ins Rathsche Narrativ."

Brunster nickt langsam. „Das auch. Jedenfalls kehrte sich die Stimmung gegen mich. Die politische Einflussnahme war so auffällig, dass ich mir am Ende nicht anders zu helfen wusste, als eine kleine Dienstreise vorgestern nach München dazu zu verwenden, meine Zweifel ein wenig herumzuerzählen. Das hat Gegendruck erzeugt, der dank Wahlkampf schließlich dazu führte, dass Sie eingeschaltet wurden."

„Ich habe das Meine dazugegeben", bemerkt Schmitt wie beiläufig.

„Ich hörte schon, dass Sie diesen Hertlein vom LKA verprügelt haben, um eine Wette um Frau Rath zu gewinnen. Gut! Wenn es jemand verdient hatte, dann er."

„Wieso?"

„Er ist ein Pöhner-Mann. Für seine Karriere tut er alles."

„Sie dagegen hielten es für besser, rasch zu erkranken."

Er grinst, ihren kritischen Unterton ignorierend. „Ich dachte, es ist Zeit, das Herbstlaub endlich zu kehren, sonst vergammelt unsere Wiese hier noch. Immerhin hatte pausenlose Arbeit dazu geführt, dass ich es liegen ließ. Besser so, als ohne neuen Job abberufen zu werden."

Schmitt blinzelt in die Sonne. „Glauben Sie, Dr. Pöhner weiß etwas?"

Er zieht in einer Geste der Ratlosigkeit die Schultern hoch. „Er ist von hier, er ist in der richtigen Partei, er kennt die richtigen Leute ... Wenn es so ist, dass hier etwas verborgen wird, dann halte ich es für wahrscheinlich, dass er davon weiß. Jedenfalls kann es ihm nicht entgangen sein, dass die Bürgerwehr gebildet wurde, während die Polizei auffällig untätig blieb. Da sollte er immerhin mal dezent fragen, ob jemand mehr weiß, als bislang ermittelt werden konnte."

„Die Busse gehören Waldherrs Bauunternehmen. Steht groß und breit drauf. Aber wo genau kommen die Typen her? Ein Journalist erzählte mir etwas von ‚Südkurve'."

Brunster nickt. „Die kommen aus der harten Ecke des Fanblocks des FC Auberg."

„Wer mobilisiert die?"

„Kann man schwer sagen. Ist eine der üblichen Geschichten hier. Alle wichtigen Leute sind irgendwie an allen wichtigen Vorgängen beteiligt. Vereinschef ist der Oberbürgermeister, ursprünglich hauptberuflich Eventmanager und Konzertveranstalter. Hauptsponsor ist Waldherr. An seiner Seite die Sparkasse. In deren Verwaltungsrat sitzen wiederum alle, die hier wichtig sind. Mit allen diesen Leuten ist die Zeitung geschäftlich und über die Menter auch persönlich oder politisch verbandelt. Sagen Sie mir nun, wer das Kommando über die Typen hat. Ich weiß es nicht." Er schiebt die Hände in seine Hosentaschen.

„Die waren auch das hier", sagt Schmitt und deutet auf ihre Stirn.

„Ich fragte mich schon, wo Sie das herhaben." Er schüttelt den Kopf. „Was für eine Scheiße. Tut mir leid, dass Ihnen in meinem Revier so was geschieht."

Sie schiebt sich eine Zigarette zwischen die Lippen und zündet sie an. „Was halten Sie von der Rath-Geschichte?"
„Sie meinen, vom Fall des Chefredakteurs?"
„Ja."
„Das ist ein übles Ding, das meinen eigenen Erfahrungen hier ganz ähnlich ist. Eigentlich sollte ich Leitender Oberstaatsanwalt werden, und in allerletzter Sekunde änderte sich alles, und ich bin wieder nur der zweite Mann. Jetzt hat Dr. Pöhner nicht nur meinen Job – er verhindert auch meine Versetzung."
„Und was hat das mit Rath zu tun?"
„Er ist wie ich kein Insider. Denen, die hier wirklich das Sagen haben, ist letztlich schnurz, wer unter ihnen in staatlichen oder gesellschaftlichen Strukturen oder in Wahlämtern arbeitet, so lange sie die Oberhand behalten. Das wahre Zentrum der Macht liegt in Auberg – mit den üblichen Unschärfen an den Rändern und Metastasen sowie Gegenkräften hier und da – beim Vorstand und den verschiedenen anderen Gremien des Vereins der Förderer des Auberger Schillertheaters und der angeschlossenen Stiftung."
„Dr. Pöhner ist drin?"
„Er ist drin. Genau wie der Polizeipräsident, einige der größten Unternehmer am Ort, der Sparkassenvorstand, der Landrat. Das Erzbistum ist vertreten, drin sind auch einige Politiker, alter und uralter Adel ... Die Top-Twenty von Auberg, könnte man sagen, und alle haben eines gemeinsam: Das richtige Parteibuch oder alte Herrschaftsansprüche in der Region, manchmal beides. Man kommt sonst gar nicht rein. Da kungeln sie dann und ziehen ihre Strippen."
„Ist der frühere Verteidigungsminister Schleekemper auch drin?"
Er nickt. „Allerdings lässt er sich seit seinem Rücktritt kaum noch blicken. Wieso?"
„Ich hatte mal mit ihm zu tun. Der Abgeordnete Eisenhut ist also auch drin."
„Klar. Wie kommen Sie auf ihn?"
„Er hat mich gestern Abend unter Druck gesetzt."
Brunster lacht. „Das macht er gern. Nein klar, Eisenhut ist dabei. Es gibt keinen bedeutenden Menschen in anderen Vereinen, Gremien, Körperschaften, Organisationen, was auch immer, der nicht Förderer des Schillertheaters ist. Würde man die Verbindungen grafisch darstellen, ergäbe dies eine Art Strickmuster der Einflüsse und Einflüsterungen, des großen Eine-Hand-wäscht-die-Andere, im Zentrum Dr. Menter als Vereinsvorsitzende. Rath wollte da nicht rein, und er sagte auch jedem ganz selbstbewusst, warum."
Schmitt macht eine Bewegung, als wischte sie sich eine Strähne aus dem Gesicht, streicht über ihr geschorenes Haar. „Deshalb nennen ihn alle arrogant."
Brunster nickt. „Im Zuge meiner Ermittlungen sagte mir ein Stadtrat, dass Rath in einem Vortrag vor der versammelten Stadtpolitik verkündet habe: Guter

Journalismus ist, wenn jeder Politiker im gleichen Maße und mit gleicher Intensität den heißen Atem des Rathausreporters im Nacken spürt. Aus meiner Sicht ist völlig klar: Der Mann wurde abserviert, weil dies zu funktionieren begann. Im Rathaus war das spürbar, und auch sonst, nicht nur auf Politiker bezogen, in allen gesellschaftlichen Bereichen. Ich habe es selbst bemerkt, als Pressesprecher der Staatsanwaltschaft."

„Wie ist Ihr Bild von seinem Nachfolger Schäfer?"

„Er ist als der ehemalige Sprecher eines Politikers unserer hiesigen Lieblingspartei selbst so etwas wie ein Politiker, aber einer ohne Eier. Das totale Kontrastprogramm zu Rath. Sogar noch kuschliger als der vor Rath."

„Verstehe." Schmitt versenkt ihre rechte Fußspitze tief in einem Laubhaufen und wühlt etwas abwesend darin herum.

Der Mann folgt ihrem Blick. „Ich bitte um Entschuldigung", sagt er. „Mir ist bisher gar nicht aufgefallen …"

Schmitt wehrt lächelnd ab. „Mit den Absätzen wäre ich in ihrem Rasen versunken. Kein Problem, wirklich."

„Wir können hinein gehen."

„Alles gut." Sie schaut von dem Laub auf, mit dem sie spielt, ihm ins Gesicht. „Sagen Sie, was halten Sie von folgendem Szenario: Einer oder mehrere von denen hat oder haben eine Leiche im Keller. Auf die will uns nun der Mörder, ein schwer traumatisierter und verwirrter Mensch, aufmerksam machen. Er geht auf Leute los, die ihm irgendwie nahe stehen, nicht auf den Kerl im Hintergrund, den er bloßgestellt sehen will. Die Tatumstände deuten auf eine Sexgeschichte hin. Dass das Schweigekartell trotz der Morde hält …"

„… liegt am Ausmaß des Tabus", beendet der Staatsanwalt den Satz. „So weit war ich auch schon. Der Auftrag lautet im Grunde: …"

„… Finde den oder die Kinderschänder", sagt Schmitt.

Er nickt. „Nur Kindesmissbrauch ist stark genug, um eine Gemeinschaft Mitwisser, die aus politischem oder wirtschaftlichem Opportunismus schweigen, auf Dauer zusammenzuhalten. Die gesellschaftliche Ächtung ist so extrem, dass man nicht darüber reden, ja nicht einmal anonyme Hinweise geben kann …"

„… weil man damit zugleich auch auf sich selbst als Mitglied der verschwiegenen Gemeinschaft im Umfeld des Täters hinweist."

Sie schauen einander an. „Anders kann es nicht sein", sagt Schmitt. „Nur ein Missbrauchs-Trauma ist stark genug als Motivation solcher unglaublicher Taten."

„So ist es", bestätigt er.

„Gab es jemals irgendetwas gegen Waldherr?", spricht Schmitt die Frage aus, zu der ihm die Antwort bereits auf der Zunge liegt: „Nicht, dass ich wüsste oder je davon gehört hätte. Aber die Hiesigen hätten bei keinem anderen mehr Veranlassung, ihn gegen irgendwelche erheblichen Anschuldigungen in Schutz zu nehmen. Sein Geld ist wie ein warmer Regen. Der sponsort praktisch alles und jeden hier."

Sie stehen und blicken einander an. Ratlos. „Es gibt nicht den geringsten Anhaltspunkt für eine solche Vermutung, außer die Morde selbst", stellt Brunster fest.

„Was zu beweisen bleibt", sagt Schmitt. „Eine Idee, wohin Schäfer verschleppt worden sein kann?"

„Nein. Ich nehme an, bei Frau Rath wurde schon gesucht?"

„Klar. Ganz ohne mein Zutun." Schmitt lacht. „Diesmal hole ich sie nicht raus. Falls Schäfer in Teilen wieder auftaucht, ist sie alibitechnisch besser dran, wenn sie im Knast sitzt und Tag und Nacht verhört wird."

Auf ein Klopfen hin schaut er zum Haus. Seine Frau winkt und gestikuliert durchs geschlossene Fenster. „Kaffee?", fragt er Schmitt.

„Gern", sagt die.

„Gehen wir rein. Aber kein Wort mehr über Verschwörungen, Zerstückeln und Missbrauch bitte."

***

Facebook-Nachricht von Unbekannt K12345 an Sibel Schmitt

Was ist das für eine Mutter, die ihr Kind so lang im Leid allein lässt? Du wirst es zu spüren bekommen, Hure. T-1

Facebook-Nachricht von Sibel Schmitt an Unbekannt K12345

Wo finde ich dich? Du wirst zwischen meinen Händen langsam und qualvoll verrecken. Mein Kind wird dabei jubelnd zuschauen.

***

Auberg-West

Schugges Erregung steigt mit jedem Kilometer.
Mutter hat verstanden.
Sie fährt den richtigen Weg. Immer etwas zu schnell. Zu Waldherrbau. Unverkennbar. Über die Ringstraße um die Altstadt, an den Hügel mit der Neuenburg, die über den westlichen Stadtrand wacht.
Schugge hält Abstand.
Ein Volvo setzt sich noch dazwischen.
Als Schugge sich gerade fragt, was wohl die beiden Typen in dem Volvo veranlasst, die Frau zu beschatten, biegt der Wagen ab.
Schugge folgt dem Audi an den Fuß des Neuenburgbergs. Hier, zwischen Hafen und Burg, zerfasert die Vorstadt in ein Gewerbegebiet.
Schugge weiß alles über die Waldherrbau GmbH & Co. KG. Es ist eins der ältesten Unternehmen hier, etabliert in den 50er-Jahren mit eigenem Gleisanschluss und großem Erweiterungsflächenpotenzial vor den Toren der Stadt. Nun liegt es zwischen Baumärkten, Möbelhäusern und Discounthallen. Alle von Waldherrbau auf ehemaligem Waldherr-Land erbaut.
Das Gelände hinter dem Maschendrahtzaun ist bedeckt von Zementstaub und Schneematsch. Kein Mensch zu sehen. Im Winter läuft nicht viel im Baugeschäft. Nur beim rot und weiß gefliesten Verwaltungsbau im Stil der 60er-Jahre stehen einige Firmenwagen. Abseits, bizarre Schemen im Dunst, sind Baumaschinen abgestellt.
Weiße Kleinbusse.
Die Frau nimmt ohne zu Zögern die Einfahrt und fährt vor zur Verwaltung.
Schugge sucht sich einen Parkplatz auf dem morastigen Grünstreifen am Zaun. Zwischen all den anderen Autos, deren Fahrer den Baumarkt gegenüber oder das Einkaufscenter besuchen und die Gebühr im Parkhaus sparen wollen.
Da ist wieder der Volvo mit den zwei Männern. Sie parken einige Autos weiter ein.
Massige Typen, sieht Schugge durch die getönte Scheibe, breit wie Schränke. Schulterschluss über der Mittelkonsole.
In Schugges Ohren rauscht das Blut. Ihm wird heiß.
Also doch Verfolger.
Die Frau hat ihr Auto beim Verwaltungsgebäude abgestellt. Ist mit steifen Bewegungen ausgestiegen, ins Haus gegangen.
Beide Männer steigen aus dem Volvo. Kurzgeschoren. Duchtrainiert. Bewegen sich im gleichen Takt.

Der eine holt etwas in einer Hülle aus dem Kofferraum, das aussieht wie ein Jagdgewehr. Überquert die Straße und verschwindet durch den Fußgängereingang im Parkhaus.

Der andere geht durchs offene Tor aufs Waldherrbau-Gelände. Schnelle, selbstbewusste Schritte.

Nähert sich dem Audi.

Zersticht, von vorn rechts an gegen den Uhrzeigersinn, die Reifen. Wie im Vorbeigehen wirkt das, als ob es selbstverständlich wäre.

Gerade die Beiläufigkeit des Sabotageakts macht Schugges Herz stechen und schnürt ihm den Atem ab.

Profis. Ganz klar.

Etwas soll passieren.

Etwas Großes.

„Schmitt, Bundeskriminalamt." Sie zeigt ihren Ausweis. „Ich möchte bitte Herrn Waldherr sprechen."

Die Empfangsdame zieht die gezupften Brauen hoch. Ihr Lidschatten ist so graublau wie ihre Augen. „Herr Waldherr is scho lang nimmer hier gwesn."

„Gibt es einen Vertreter?"

Sie mustert Schmitt. Den Ausweis. „Sie sehen net wie die Frau auf dem Ausweis aus."

„Ich habe eine neue Frisur, bin drei Jahre älter und momentan nicht so verkrampft wie vor der Kamera. Sehen Sie Ihrem Passbild ähnlich?"

Die Frau streicht sich durchs blondierte Haar. „Freilich."

„Mein Beileid. Soll ich eine Vorladung schicken lassen, oder schaffen Sie es vielleicht trotz des misslungenen Passfotos, jemand zu holen, der mit mir spricht?"

„Wir hätten den Herrn Franke."

Schmitt steckt ihren Ausweis ein. „Na ist doch schön. Dann möchte ich den Herrn Franke sprechen. Er ist der Geschäftsführer, oder?"

„Freilich." Die Frau nimmt einen Telefonhörer ans Ohr, einen grünlichen Plastikknochen aus den 70er-Jahren.

Schmitt schaut sich im Foyer um. Sichtbeton und Travertin. Ein Leuchter aus Messingrohren, trübe Glasballons an den Schnittstellen. An der Wand entlang,

unter eigenen Strahlern, sind Architekturmodelle in verstaubten Vitrinen präsentiert.
Einer von fünf Spots ist dunkel.
Schmitt will rauchen.

Der Mann mit dem Messer setzt sich wieder in den Volvo.
Schuggenberger phantasiert seit Jahren über Mord. Mordpläne sind wie ein Puzzle für ihn.
Lösbar.
Dieser ist offensichtlich: Die Frau kommt raus. Wird durch Sabotage aufgehalten an einem gut einsehbaren, schlecht überwachten Ort.
Wo würde er mit einem Gewehr hingehen?
Schuggenberger schaut sich nach dem Parkhaus um.
„You goddamn idiot", verflucht er sich selbst. Drückt die Fahrertür auf, rennt über die Straße.
Reifenquietschen, Hupen.
Schuggenberger nimmt den Fußgängereingang. Eilt die Treppe hinauf.
Gut: Die Bewegung löst seine Spannung und Beklemmung.
Er denkt nicht an sich. Er denkt an die Frau.
Er rechnet:
Sie wird abgewimmelt werden.
Waldherr ist nicht da. Schuggenberger weiß das, aber sie weiß es nicht. Im Abwimmeln sind sie gut in dieser Firma. Jahrzehnte überaus dreisten, hoch erfolgreichen Geschäftsgebarens machen selbstbewusst.
Sie wirkt nicht wie eine Frau, die leicht einzuschüchtern ist.
Aber wenn der Chef nicht da ist, dann ist er eben nicht da, der Chef.
Schuggenberger kann sich nicht vorstellen, dass sie jemanden findet, der mit ihr redet.
Zwei Minuten Wege im Gebäude, drei, vier Minuten vielleicht für das Gespräch. Fünf, sechs Minuten.
Drei sind um.
Zwei, drei bleiben übrig.

Schmitt blickt in die Vitrine unter dem ausgefallenen Spot. Ein Stadionmodell, umgeben von winzigen Baumaschinen, die alle mit dem Waldherrbau-Logo verziert sind.

Waldherr-Arena, Auberg, steht da.

„Das ist sehr putzig", sagt Schmitt dem Mann, der aus dem Lift direkt auf sie zukommt. Sie kennt ihn von einem Spatenstich-Bild auf der Internetseite der Zeitung. Da stand er neben dem Landrat, dem Sparkassenvorstand und dem Bürgermeister. Daumen hoch.

„Das größte Stadion Nordbayerns", sagt der Mann und streckt die Hand aus. „Franke." Er rollt markig das R und schwächt das K ab. Einer aus der Gegend.

„Hübsch, die kleinen Bagger da. Alle mit dem Waldherr-Logo."

„Was kann ich für Sie tun?"

„Schmitt, Bundeskriminalamt." Sie zeigt ihren Ausweis. „Herr Waldherr ist nicht zu sprechen?"

Franke lässt seine wässrigen Augen hinter den randlosen Gläsern von Schmitts Gesicht abwärts bis zu ihren roten Peeptoes und langsam wieder hinauf wandern. „Nein. Er ist krank. Und nicht einmal im Lande."

„Wo kann ich mit ihm reden?"

„Ich sage, er ist im Ausland. Zur Erholung. Er kann Sie nicht empfangen. Aber er *muss* Sie auch nicht empfangen, richtig?" Er starrt auf Schmitts Brust.

Schmitt schweigt.

„Und ich muss sie auch nicht empfangen. Es sei denn, es drohte eine Gefahr."

Schmitt neigt den Kopf. „Droht eine Gefahr?"

„Sagen Sie's mir."

„Wo, sagen Sie, ist er?"

„Ich sagte nicht, wo er ist. Muss ich auch nicht. Korrekt?"

Wo nur in diesem Parkhaus würde er sich mit einem Gewehr auf die Lauer legen?

Schugge läuft die Treppe hoch. Der Geruch von Urin, gemischt mit Abgasen.

Erstes Parkdeck. Balustrade Richtung Nord. Unverstellter Blick aufs Waldherr-Gelände.

Säulen stehen direkt an der Betonbarriere, an der die Autos parken. Das macht die Sache unübersichtlich.

Schugge muss jeweils zwischen zwei Säulen nach vorn an die Fassade, um zu sehen, ob sich vor und zwischen den Fahrzeugen jemand versteckt.

Jemand, der ein Gewehr in einem Futteral in dieses Parkhaus getragen hat.

Acht Säulen, sechs Zwischenräume.

Auf jedem Stockwerk.
Das dauert.

„Unsere Autos können überall unterwegs sein, ich sage doch, es gibt viele Fuhrparkberechtigte", sagt Franke.

„Müssen diese Leute Fahrtenbücher führen?"

Franke starrt auf Schmitts Brust. „Nein. Wir halten nichts von Bürokratie. Wir lassen die Leute fahren, dafür erwarten wir, dass sie mit den Autos zur Stelle sind, wann immer wir sie im Geschäft brauchen." Er verzieht den Mund, schaut für einen Sekundenbruchteil in Schmitts Gesicht. „Im Moment ist kaum Geschäft. Geht erst wieder richtig los, wenn es sicher frostfrei ist."

„Was wissen Sie von Patrouillenfahrten? Auberger Fußballfans, die in ihren Kleinbussen als eine Art Schutztruppe Streife fahren?"

„Nichts."

„Was halten Sie davon?"

„So lang die mit den Autos anständig fahren …"

Schmitt und der Mann stehen einander gegenüber in dem stillen Foyer. „Sollte ich BH tragen?", fragt sie.

Er blickt auf. „Bitte?"

„Sie wenden den Blick nicht von meiner Brust. Sollte ich BH tragen? Zeichnen sich die Nippel unter dem T-Shirt ab? Oder was ist Ihr Problem?" Schmitt verschränkt die Arme, so dass die Lederjacke geschlossen ist.

Der Mann zuckt die Achseln. „Haben Sie noch Fragen?"

„Alois Schuggenberger, kennen Sie den?"

„Sollte ich? Arbeitet der für uns?"

„Sind Sie aus Auberg?"

„Nein. Schweinfurt. Warum ist das wichtig?"

„Einer Ihrer Kleinbusse hat einen defekten Scheinwerfer. Wer fährt den?"

Franke schüttelt grinsend den Kopf. „Gibt's jetzt ein Strafmandat? Das meinen Sie nicht ernst."

„Lassen Sie das meine Sorge sein. Gruppen junger Männer fahren in Ihren Autos durch die Stadt. Irgendwer sagte, es seien Fußballfans."

„Schon möglich. Die sind in einem Verein organisiert. Wenn Sie über die etwas wissen wollen, fragen Sie dessen Vorstand."

„Die nutzen Ihre Autos auch einfach so?"

„Nö, nicht einfach so." Er grinst breiter. „Hat schon alles seine Ordnung."

„Ist es okay, wenn Typen, die mit Ihren Bussen unterwegs sind, eine Polizistin misshandeln, vergewaltigen, mit Hunden durch den Wald jagen und ihr weitere Gewalt androhen für den Fall, dass sie ihre Ermittlungen fortsetzt?"
„Die wollen halt Spaß haben, die jungen Leut'." Das Grinsen fällt ihm während dieses Spruchs aus dem Gesicht. „Können Sie das beweisen?"
„Ich hätte gern die Liste der Fuhrparkberechtigten."
„Haben Sie einen Gerichtsbeschluss?"
„Nein."
„Wenn Sie einen haben, kriegen Sie die Liste. Noch was?"

Ein rot-weißes Flatterband sperrt den Aufgang aufs vierte Parkdeck.
    Schugge prüft nicht erst das dritte.
    Taucht gleich unter dem Band durch und steigt keuchend hinauf.
    Das oberste Parkdeck ist autofrei. Lange Bahnen Dachpappe dichten den Boden provisorisch ab.
    Der Winterjackenrücken des Kerls aus dem Volvo hat den gleichen Grauton wie die Pappe. Er kniet an der Balustrade. Hebt gerade das Gewehr, um den Lauf darauf abzustützen.
    Schugge sieht, wie sich gegenüber eine Gestalt auf roten Schuhen vom Bürogebäude entfernt. Am goldenen Audi bleibt sie stehen.
    Mutter!
    Der Bakelitgriff des kleinen Tranchiermessers schmiegt sich perfekt in Schugges Hand. Es ragt aus seiner Faust, als wäre ihm ein Stahlstachel zwischen Handfläche und kleinem Finger gewachsen.
    Schugge zögert nicht. Auch nicht, als der Mann den Kopf nach ihm dreht.
    Seine Augen weiten sich.
    Im Vorwärtseilen hat Schugge ausgeholt zu einer Rückhand, die er nun schlägt, schräg nach unten, die Faust angewinkelt, damit die Klinge im richtigen Winkel auf Fleisch trifft.
    Das Messer schneidet glatt durch den Hals, bis an die Wirbelsäule. Blut spritzt auf Schugge, an die Balustrade. Der Körper sackt zusammen, während der Kopf seltsam abknickt.
    Als der Gewehrkolben auf den Boden schlägt, löst sich ein Schuss, der den Körper des Ausblutenden zurückstößt, als hätte er noch einen Sprung gemacht.
    Schugge sticht das Messer tief in die zuckende Brust, wo er das Herz vermutet. Wischt die Klinge an der Jacke des Mannes ab.

Geht, zutiefst befriedigt, zum Eingang des Treppenhauses zurück.
Mutter ist sicher.

Schmitt wartet auf den Pannendienst.
Sie zittert.
Das Bürogebäude hält den Wind nicht ab. Sie hätte sich in den Wagen setzen können, um mit Meyer und mit Hertlein zu telefonieren. Aber Sitzen ist schmerzhaft. Die Krater auf ihrem Rücken erzeugen elektrische Impulse, die wie Blitze über ihren Körper zucken.
Vorhin dachte sie, einen Schuss zu hören.
Schmitt spürt plötzlich, dass ihre Wunden an der sterilen Wäsche kleben, die ihr als Verband dient. Sie fühlt sich einen Moment lang hautlos gefangen in einem Cocon.
Der Pannendienst kommt. Die gelben Rundumlichter des Abschleppwagens machen ihr rasende Kopfschmerzen. „My funny Valentine" sirrt in ihrem Hirn.
Der Monteur sieht die Reifen an. Wendet sich ihr zu, schluckt, was er sagen will, fragt: „Alles klar?"
„Ja, ja", sagt Schmitt.
„Ich meine, weil ... weil Sie weinen", sagt er.
Sie wischt sich das Gesicht. „Das ist der Wind." Schmitt zieht an ihrer Zigarette. Sie würde gern toben und schreien, jemanden oder etwas zusammentreten. „Mir geht es gut, danke", sagt sie.
„Weiß nicht, ob ich die Reifen in der Größe mit diesem Geschwindigkeits-Index habe. Das dauert wahrscheinlich", sagt der Mann. „Ich muss rumtelefonieren, ob jemand so was vorrätig hat. Wenn Sie wollen, nehme ich Sie mit in die Stadt."
Ein Windstoß. Schmitt macht eine Bewegung mit der Hand, als ob sie eine Haarsträhne am Wehen hindern wollte. „Danke. Ich habe einen Kollegen angerufen, er wird gleich hier sein."
Der Mann deutet auf das tief in den Lack der Motorhaube gekratzte Hakenkreuz. „Sind Sie sicher, dass Sie nicht die Polizei rufen wollen?"
Schmitt lächelt müde. „Ich bin Polizistin."
„Wie Sie wollen. Ich lade das gute Stück dann mal auf meinen Wagen."
„Ich könnte Ihnen Geld da lassen, wir rechnen nachher ab."

„Geben Sie mir Ihre Handynummer, wir werden schon irgendwie klar kommen."

Sie gibt ihm die Nummer, den Autoschlüssel und 20 Euro „für die Kaffeekasse", dankt ihm und geht zum Tor.

Der Wind zerrt an ihr. Es beginnt zu regnen.

Ihr Mobiltelefon klingelt. Meyer. „Ihr Riecher ist gut", sagt er. „Steht der Volvo noch da?"

Schmitt blickt den Zaun entlang. „Ja." Der Wagen ist leer.

„Gut, wir schicken einen Streifenwagen. Das Auto scheint gestohlen. Jedenfalls passt das Nummernschild nicht dazu."

„Machen Sie schnell. Ich werde gleich abgeholt und bin dann weg. Was ist mit dem Pickup?"

„Nichts Besonderes. Ist zugelassen auf einen Bill Sherman, der seit ein paar Monaten rund dreißig Kilometer entfernt in einem Dorf namens Imerschwang gemeldet ist. Sagt Ihnen das was?"

„Nein." Schmitt ist am Straßenrand angekommen und stellt sich an den Bordstein. „Der Pickup ist jetzt weg."

„Sind Sie sicher, dass die Sie verfolgt haben?"

„Der Pickup folgt mir seit Stunden. Nicht zu übersehen. Er stand auch gestern vor dem Hotel. Der Volvo saß mir nicht ganz so auf den Hacken. Er bog irgendwann ab, tauchte aber wieder auf. Kein Zufall." Schmitt zieht an der Kippe, die sie noch zwischen den Fingern hält. Kalter Rauch. Sie verzieht das Gesicht und wirft die erloschene Zigarette in den Rinnstein.

„Sie sagten vorhin, dass man ein Hakenkreuz in ihr Auto geritzt hat …"

„Ja. Aber das waren keine Nazis."

„Wie können Sie so sicher sein?"

„Warum sollten sich Nazis damit aufhalten, mein Auto zu ritzen? Die würden mich umbringen und sich damit brüsten. Drohungen hat es genug gegeben. Ich gehe davon aus, dass es ein weiterer Ihrer Tegitzauer Willkommensgrüße ist. Die haben das angekündigt letzte Nacht."

„Warum dann immer wieder Hakenkreuze?"

„Auf meiner Stirn, das ist kein Hakenkreuz."

„Darüber hatten wir ja schon gesprochen." Meyer versucht, verbindlich zu klingen. Er klingt aber eher wie eine Gouvernante, die einem Kind Recht gibt, um ihre Ruhe zu haben.

„Ich bin letztes Jahr bekannt geworden als die Bullette, die einer Horde Nazis ihren Anschlag versiebt. Ist doch klar, dass einer, der mir was tun will, sich als Nazi tarnt. Ich bin mir sicher, dass das keine waren", bekräftigt Schmitt.

„Pöhner ist ungehalten, weil Sie aus dem Krankenhaus verschwunden sind, ohne jemandem zu sagen, wohin."

„Ich habe mit seiner Freundin Menter gefrühstückt und dann mit seinem Kollegen Brunster einen Kaffee getrunken. Ich wüsste nicht, was sein Hertlein da hätte helfen können."

Meyer lacht. „Sie legen es wirklich drauf an. Bloß keinem Ärger aus dem Weg gehen, oder? Hätten Sie nicht wenigstens an Ihr Handy gehen können?"

„War stummgeschaltet. Ich hab nichts mitgekriegt."

Er lacht wieder. „Was tun Sie eigentlich bei Waldherrbau?"

„Fragen stellen." Schmitt macht Hertleins silbernen BMW im Pkw- und Kleintransporter-Fluss auf der Straße aus und hebt grüßend die Hand. „Ich muss jetzt Schluss machen. Hertlein ist hier. Rufen Sie mich an, wenn Sie etwas rausgefunden haben über den Volvo beziehungsweise über den Typen, der mir im Pickup gefolgt ist? Was Waldherr betrifft: Ich habe Hinweise darauf, dass der Herr Waldherr mal wegen Kindesmissbrauch angezeigt worden sein könnte. Von einem Alois Schuggenberger. Der Fall wurde beerdigt. Muss um die 30 Jahre her sein. Aber es könnte irgendwo immerhin noch eine Akte rumliegen. Können Sie das für mich überprüfen?"

Sie hört eine Art Pfiff. „Ist Ihnen klar, was Sie da sagen?"

Sie öffnet die Beifahrertür des BMW. „Sie rufen mich an? Von dieser Nummer, dass ich sehe, wer es ist?"

„Ja. Passen Sie auf sich auf."

„Ich versuch's. Danke." Sie steckt das Handy in ihre Jackentasche und lässt sich vorsichtig auf den Sitz gleiten.

„Was zum Teufel treibst du hier?", fragt Hertlein und legt den Gang ein.

„Waldherrbau", sagt Schmitt nur und legt sehr behutsam den Gurt über ihre Schulter.

„Was, Waldherrbau?"

„Ich weiß jetzt, dass die Typen, die mich überfallen haben, in einem Verein organisiert sind, der die Autos dieser Firma nutzt."

„Ist gar nicht sicher, dass die dich überfallen haben."

Schmitt gibt ihm einen trüben Seitenblick. „Deshalb ermittle ich."

„Streng genommen, ist es gar nicht deine Sache, das zu ermitteln."

„Waldherr steckt Hinweisen zufolge, die ich erhalten habe, bis zum Hals in meinem Fall."

„Pöhner reißt mir den Arsch auf wegen deines Alleingangs. Schäfer ist verschwunden, und du meinst, dich abseilen zu können."

„Wieso? Ihr habt Frau Rath doch wieder in Gewahrsam. Da kann Schäfer doch nichts passieren. Und schau in dein Handy – ich hab versucht, dich zu erreichen. Du bist nicht drangegangen."

„Und wie oft hast du es klingeln lassen, dass du nicht mal auf die Mailbox gekommen bist?"

„Jedenfalls oft genug." Schmitt unterdrückt ein Grinsen.

***

Berlin, Kanzleramt

Der Druck konzentriert sich auf Karlbachers Nasenwurzel und strahlt von dort aus.
Letzte, entscheidende Runde internationaler Experten zur anstehenden Friedensvereinbarung mit Abu Nar.
Risiken abwägen, Aufgaben verteilen. Schauen, wie der Stand ist bei Themen, die noch zu klären waren.
Ein freundlicher Albaner berichtet gerade über junge Männer im Kosovo, die als rückkehrende Kämpfer aus dem Nahen Osten in Westeuropa ihre Art Dschihad führen wollen und entschlossen sind, einen Frieden mit Abu Nar zu hintertreiben.
Karlbacher hört nur mit einem halben Ohr zu. Aber er könnte, wenn er jetzt angesprochen würde, jederzeit über Dschihadisten aus Kosovo extemporieren, indem er nach zwei, drei hingestammelten Sätzen in einen aus Phrasen-Bausteinen zusammengesetzten Grundsatztext überginge.
Es spielt ohnehin keine Rolle.
Außenminister Fischkopp, hört man, ist völlig aufgelöst. Abu Nars Leute mauern, filibustern, nerven.
Karlbacher weiß, was sie wollen.
Und wer die Drohne hat.
Verfluchter Scheiß.
Er stürzt von dem Gefühl rauschender Allmacht, wenn er an das Potenzial des anstehenden Deals denkt, in panische Verschattung im Gedanken an Schmitt und an Krätz. Und zurück.
Das muss dringend enden.
Er wechselt auf seinem Notebook den Bildschirm, um diesen roten Punkt auf dem Auberger Stadtplan anzustarren.
Irgendwann am Morgen war das Handy wieder angeschaltet worden. Karlbacher gab dem Impuls nicht nach, anzurufen, um den beiden Kerlen zu sagen, wer bestimmt, wo es lang geht. Er konnte aber nicht anders, als auf dem Tracker den Punkt zu verfolgen, der durch Auberg irrte.
Nun ist er seit exakt einer Stunde eingefroren an einer Stelle im Nichts.
Industriegebiet Auberg-West. Er hat den Ort auf „Google Earth" angesehen – Niemandsland, ein Unort zwischen Parkplätzen, Baumärkten und Industriehallen.
Was zum Teufel treiben Marschner und Landowski da? Ist doch undenkbar, dass sich diese Schmitt dort so lange aufhält, oder nicht? Wenn sie dort wäre,

dann könnte man sie abknallen wie eine Schießbudenfigur. Freies Schussfeld. Aber nirgendwo im Internet die Eilmeldung: Frau in Auberg erschossen.
Etwas ist schief gegangen, definitiv.
Karlbacher drückt den Daumen an die Stelle zwischen den Brauen, wo er den Druck spürt, und sieht plötzlich alle Blicke auf sich gerichtet. Er lässt die Hand sinken, blickt ernst in die Runde.
Hat keinerlei Vorstellung davon, was man von ihm will oder was in den letzten Sekunden vor dieser erwartungsvollen Stille geredet wurde.
Er räuspert sich. Nickt entschlossen, sagt: „Gute Frage. Und die Antwort ist: Nein. Ich halte das für verfrüht. Sie wissen, ich tendiere eher zum Hardlinertum, aber wir können nicht alle – äh – rechtsstaatlichen Gesichtspunkte allzu leicht übergehen."
Der Brite verkneift den Mund, der Franzose nickt kaum merklich, der Albaner fährt fort, über die Gefahr zu schwadronieren, die von den reisenden Dschihadisten ausgeht, die sich angeblich gerade in Berlin versammelt haben, um die Verhandlungen mit Abu Nar durch einen Terrorakt zu stören.
Natürlich will der Albaner vor allem eines: Geld für seinen kosovarischen Saftladen. Dem Briten geht es ehrlich um Sicherheit, er sieht immer so verkniffen aus, wenn er das Wort „Rechtsstaat" hört. Der Franzose denkt an die französischen Muslime – Wähler.
Richtige Reaktion also.
Nur der Kanzleramtsminister schaut Karlbacher mit gefurchter Stirn an – nicht zu täuschen mit Bullshit-Bingo. Karlbacher starrt einige Sekunden lang zurück, einfach geradeaus in Horns Augen. Der blickt beiseite.
Staredown! Schlappschwanz.
Karlbacher kappt die Verbindung zu dem Handy, löscht den Tracker von seinem Computer, reinigt mit Sweeper-Software die Registry und alle Logs von jeder Spur.
Wenn etwas ist, wäre der Tracker verräterisch.
Karlbacher startet das Notebook neu, als der Sweeper ihn dazu auffordert, und lehnt sich zurück.
Wieder sehen alle ihn an.
Er nickt. „Dieser Ansicht bin ich auch", sagt er. „Da bin ich vollkommen bei Ihnen. So machen wir das."
Keinen blassen Dunst, was ich gerade gekauft habe.
Einige nicken. Alle lächeln. Bingo!
Nur Horn nicht.
Der Typ nervt.

***

Auberg, Verlag des „TT"

Der Verlag ist ein Kasten aus den 70er-Jahren, monotone Fensterbänder, aufgehübscht mit neueren Paneelen in Braun und Orange. Einige Stufen hoch, vor dem Eingang unter der Leuchtschrift „Tegitzau-Tagblatt" in Fraktur, steht rauchend und telefonierend der Reporter Poll, lächelt Schmitt zu.

Schmitt erwidert das Lächeln und gestikuliert: Ich will mit Ihnen reden. Er sagt zu seinem Gesprächspartner: „Danke erstmal, ich rufe wieder an", und schließt sein Klapp-Handy. „Was gibt's?"

Sie wirft ihre Kippe in den Ascher neben der Automatiktür. „Haben Sie einen Moment? Ich hätte einige Fragen."

„Für Sie immer. Ich liebe Ihren Stil." Er zeigt auf ihre Füße. „Die Schuhe sind sensationell. Alle Polizisten, die ich kenne, tragen Bequemtreter. Die Frauen sowieso, in so einem Männerjob, und bequeme, unscheinbare Klamotten. Sie sind da schon etwas offensiver. Und dass ausgerechnet Sie mit diesen Fuck-Me-Shoes unterwegs sind: Sie sind doch bestimmt zwei Meter groß damit, oder?"

„Fuck-Me-Shoes, das ist besonders galant." Sie lacht. „Ich wollte Sie etwas fragen."

Er sagt: „Wenn ich Sie beschriebe, käme ich nicht weit. Zuviele Widersprüche. Ich weiß, dass Sie gestern einen Schwergewichtler auf die Matte geschickt haben. Es hieß, sie hätten ihn töten können, wenn Sie gewollt hätten. Vor mir steht eine schlanke Frau, etwas schlaksig und eckig, niemand, dem man das zutrauen würde. Ich weiß, dass Sie letzte Nacht schwer misshandelt wurden, aber Sie sehen nicht so aus, als hätte das bei Ihnen großen Eindruck hinterlassen. Die Schuhe wiederum sagen mir: definitiv ein Mädel, und sie waren sehr liebevoll zu Rebecca Rath. Was mache ich nur aus Ihnen?"

„Ich bin halt als Bewohnerin Ihrer Texte nicht geeignet. Mir ist die Medienaufmerksamkeit in den letzten Monaten sowieso zu weit gegangen."

„Ich behalte mir vor, Sie in Texten vorkommen zu lassen. Aber keine Angst, ich bin immer fair." Er gibt Schmitt Feuer. „Das kurze Haar steht Ihnen gut", sagt er. „Tut mir leid, wie es dazu gekommen ist."

„Wie haben Sie davon gehört?"

„Ich habe meine Verbindungen."

„Verstehe", sagt Schmitt und zieht tief Rauch ein.

„Wie kann ich Ihnen helfen?"

„Ich habe den Namen eines möglichen Verdächtigen. Schuggenberger oder Schugge. Sagt Ihnen das was?"

„Nein."

„War sicher vor Ihrer Zeit. Gibt es in der Zeitung irgendwen, der mir vielleicht Hinweise geben könnte?"

„Sicher."

„Ich muss jetzt rein. Sind Sie in einer Viertelstunde oder so noch hier?"

„Lässt sich machen."

Sie schnippt die Zigarette an den Fuß der Treppe und betritt das Gebäude.

Hertlein hat sie am Empfang bereits angemeldet. „Man wartet auf uns im zweiten Stock", sagt er mit saurer Miene.

„Dann gehen wir doch hinauf", sagt Schmitt sanft. Sie nehmen den Lift, in dem sie schweigend aneinander vorbei schauen. Oben folgen sie dem Wegweiser zur Geschäftsführung.

Blauer Teppichboden, weiße Wände. Glastüren.

Eine Glastür führt ins Sekretariat.

„Frau Schmitt und Herr Hertlein?", fragt lächelnd die Sekretärin, eine rundliche Person in Blond, die hinter einem Schreibtisch thront.

„Ja", sagt Hertlein.

Die Frau steht auf und geht durch eine Glastür vor. Schmitt und Hertlein folgen ihr in einen großen Raum, der zu niedrig ist für seine Fläche. Ein dünner, kleiner Mann erhebt sich. Schmitt betrachtet seine gezupften Augenbrauen, als er ihr seine spannungslose Hand reicht. „Malik", stellt er sich vor. „Robert Malik". Seine hohe Stirn spiegelt. Er schwitzt. „Setzen Sie sich", sagt er. Er hat sein Jackett ausgezogen, sein tailliertes Hemd spackt am Bauch, als er sich niederlässt.

Die Sekretärin steht noch in der Tür. „Möchten Sie etwas trinken? Kaffee, Tee?"

„Espresso und stilles Wasser, bitte", sagt Schmitt.

Hertlein wirkt angespannt. „Für mich nichts."

Malik schaut zu Schmitt. „Was können wir für Sie tun?"

„Ihr Chefredakteur ist verschwunden. Was fällt Ihnen dazu ein?"

Einige Momente vergehen, bis Malik seine sorgfältig geformten Augenbrauen hochzieht. Er zeigt auf Hertlein. „Ihr Kollege war schon hier. Mit so was wie einer Hundertschaft, schätze ich. Ist ja wohl nur eine Frage der Zeit, bis man Herrn Schäfer findet. Frau Rath ist, wie ich höre, ja wohl wieder in Haft."

„Sie halten also auch Frau Rath für die Täterin?"

Malik neigt seinen Kopf zur Seite. „Ja, wieso nicht? Sie tun es doch auch?"

„Nein", sagt Schmitt. „Ich halte Frau Rath nicht für die Täterin. Und Sie auch nicht. Oder warum haben Sie da draußen diese Typen postiert? Ich habe drei gesehen."

Hertlein schaut sie überrascht von der Seite an. Schmitt kümmert sich nicht darum.

Sie spricht weiter: „Zwei Typen in einem Auto, einer hier oben im Flur. Was werden die wohl sagen, wenn ich meinen Polizeiausweis zeige und frage, wen oder was sie hier erwarten und warum sie glauben, hier Wache schieben zu müssen?"

Hertlein schüttelt den Kopf. „Ich kann gerade nicht folgen ...", sagt er verärgert.

Schmitt spricht langsam wie zu einem Kind: „Da sitzen Personen- und Objektschützer in einem Fünfer-BMW mit Berliner Kennzeichen vor dem Gebäude und sehen wachsam und gefährlich aus. Ein weiterer spaziert mit Waffe und Funkgerät am Gürtel im Flur herum. Fragst du dich nicht auch, warum die hier rumlungern, wenn die böse Frau Rath doch wieder im Knast sitzt?"

Hertlein zieht die Augenbrauen hoch und wendet sich Malik zu. Der seufzt und sagt: „Seit dem zweiten Mord haben wir den Personenschutz da."

„Das heißt, dass es Herrn Eulenbeck trotzdem erwischt hat? Und jetzt möglicherweise auch Herrn Schäfer?"

„So ist es", sagt Malik. „Wir haben nach dem Mord an Herrn Eulenbeck den Wachschutz gewechselt."

„Und jetzt kommt die Preisfrage: Gegen wen schützen Sie sich, wenn nicht gegen Frau Rath?" Schmitts Stimme hat einige Nuancen an Schärfe gewonnen.

Malik: „Eigentlich ist es Harald Rath, den wir fürchten. Dass der immer ein wasserdichtes Alibi hatte, wundert mich sehr. Die Frau ist allerdings nicht weniger ... weniger ... wie ein Panzer. Nicht zu glauben, in welch kurzer Zeit dieser Mann alle rebellisch gemacht hat. Und die Frau ist keinen Deut besser. Wie die im Internet auf uns losgegangen ist, war wirklich ohne Beispiel."

„Zwei Personenschützer können allenfalls einen Menschen abdecken", stellt Schmitt fest. „Wenn ich die jetzt fragen würde – wüssten sie, wer Herr und Frau Rath sind? Und wen würden sie mir als ihre potenzielle Zielperson nennen?"

Malik setzt seine schwarze Brille mit dem großen Burberry-Schriftzug am Bügel ab und dreht sie zwischen den Fingern.

Das schwere Gestell hat so sehr sein Aussehen bestimmt, dass es Schmitt einen Moment lang so vorkommt, als hätte er sein Gesicht abgenommen.

Maliks wässrigblaue Augen wirken schutzlos. Er sagt: „Herr Schäfer war sicher besonders gefährdet, zumal Frau Rath insbesondere ihn immer wieder öffentlich herabgesetzt hatte. Aber wir wollen auch nicht ausschließen, dass ich auf deren Liste stehe. Die Personenschützer wissen von den Raths, aber wir haben ausdrücklich offen gelassen, wer die Bedrohung ist. Schließlich könnten die Raths ja auch jemanden beauftragt haben."

Schmitt schlägt mit flacher Hand auf den Tisch, spricht laut, schnell: „Hören Sie sich eigentlich selbst zu? Wir reden hier von unglaublich brutalen Foltermorden. Sie haben eineinhalb Jahre lang eng mit Herrn Rath zusammengearbeitet: Wollen Sie allen Ernstes behaupten, dass der zu so viehischen Morden imstande wäre, nur weil er vielleicht den einen oder anderen ihrer politischen Freunde etwas härter angegangen ist?"

Hertlein berührt mit den Fingerspitzen ihren Ärmel. „Schmitt, es reicht, bitte …"

Sie hebt schroff die Hand, um ihn abzuschütteln. „Oder die Frau? Weil sie ein paar unwirsche Kommentare ins Netz gestellt hat, nachdem Sie ihrem Mann gekündigt haben? Mit Verlaub, Herr Malik: Ich kann überhaupt nicht nachvollziehen, wieso Sie mir angesichts dreier Morde einen solchen Scheiß auftischen! Da draußen sterben die Leute, Ihr Chefredakteur ist verschwunden, und Sie behindern die Ermittlungen. Wovor oder vor wem haben Sie Angst? Es ist doch unfassbar, dass hier alle mauern, während ein Killer rumläuft und Leute tranchiert. Warum tun Sie das?"

Malik ätzt mit bemüht weicher Stimme: „Ich hörte schon, dass Sie bei Ihren Ermittlungen ungern zur Kenntnis nehmen, was Ihnen nicht in den Kram passt." Sein Blick irrt einmal nicht aus ihrem Gesicht ab, als er die Brille wieder aufsetzt und sagt: „Frau Schmitt, ich kann Ihnen nur sagen: Versuchen Sie den Menschen zuzuhören. Sie müssen sie mitnehmen, wenn Sie etwas erreichen wollen. Sie werden mit Gewalt nicht zu ihnen vordringen."

Schmitt säuselt, seine aufgesetzte Sanftheit spiegelnd: „Ich bin weit davon entfernt, Gewalt anzuwenden, Herr Malik. Ich verstehe auch nicht, weshalb Sie nun eine Grundsatzdiskussion beginnen. Ich will nur meine Arbeit machen, und im Moment fühle ich mich nicht durch Sie unterstützt. Was mir bei einem, der sich für ein potenzielles Opfer hält, etwas seltsam vorkommt."

Malik hebt die Hände und legt sie wieder auf die verchromten Armlehnen seines Eames-Stuhls. „Ich kann Ihnen nur sagen, was ich zu sagen habe."

„Kennen Sie den Bauunternehmer Waldherr?"

Malik ist irritiert. „Was soll jetzt die Frage?"

„War sie zu kompliziert? In irgendeiner Weise zu anspruchsvoll? Wenn nicht, bitte einfach antworten."

„Jeder in dieser Region kennt Herrn Waldherr. Er ist ein weithin bekannter Wohltäter und Sponsor, und ehrenamtlich sehr intensiv für viele Dinge engagiert."

„Wieviel Umsatz machen Sie mit Herrn Waldherr?"

„Wenn Sie mir nicht klar machen, was das mit diesem Fall zu tun hat, glaube ich nicht, dass Sie das etwas angeht."

„Ist Ihnen bekannt, dass es Vorwürfe gegen Waldherr gibt, er habe Kinder missbraucht? Könnte es sein, dass Ihre Zeitung geholfen hat, etwas zu vertuschen?"

Malik öffnet den Mund, als ob er etwas sagen will, aber er sagt nichts. Er sitzt einfach mit geöffnetem Mund da. Völlig entgeistert.

Er weiß nichts, ist Schmitt sich in diesem Moment sicher. Er tut nur, was man ihm sagt. Dr. Menter. Waldherr. Oder wer immer.

Brunsters Worte klingen ihr in den Ohren: Es ist denen, die hier die Macht haben, egal, wer unter ihnen Chefredakteur ist, so lange er spurt.

Oder Verleger.

Dennoch fragt sie, der Vollständigkeit halber: „Sagt Ihnen der Name Schuggenberger etwas?"

Sein Gesicht ist leer, als er den Kopf schüttelt.

„Seit wann sind Sie hier in Auberg?"

„Ich bin seit drei Jahren Co-Geschäftsführer. Warum ...?"

Schmitt steht auf. „Dann wollen wir unsere Zeit hier nicht weiter vertun. Wir sind mit Herrn Rath verabredet. Es wird Zeit, dass ich den Herrn kennenlerne." Sie nickt und geht zur Tür. „Sie wissen ja, wo Sie uns finden können, falls etwas ist. Kommst du, Jakob?"

Hertlein erhebt sich verdattert und folgt ihr.

„Tschau", sagt Schmitt. Sie reicht Malik die Hand. Seine Handfläche ist feucht. „Ich glaube nicht, dass Sie etwas wissen. Aber es ist unklar, ob der Mörder das auch weiß. Passen Sie auf sich auf. Verlassen Sie sich nicht zu sehr darauf, dass Sie in Sicherheit sind, so lange Frau Rath hinter Gittern sitzt."

Seine Augen hinter der Designerbrille gleiten zur Seite ab.

Schmitt tritt in den Lift, den Hertlein offen hält. Die Türen fahren zu.

Hertlein zischt: „Was war das jetzt? Ich meine, das mit Waldherr. Du hast nichts gegen ihn. Bist du wahnsinnig geworden?"

„Wenn's dir nicht passt, kannst du ja bei Pöhner petzen gehen. Er erwartet eh ständige Berichte, nicht vergessen."

„Ich habe eine SMS bekommen. Er will uns sehen. Sofort."

„Unser Termin mit Rath?"

„Fällt aus."

***

Auberg, Staatsanwaltschaft

„Was Sie, Frau Schmitt, als sinnvoll, oder, wie Sie sich auszudrücken belieben, als Schwachsinn ansehen, ist zum Glück nicht mehr von Bedeutung. Sie sind raus aus dem Fall." Pöhner steht an seinen Schreibtisch gelehnt, reibt sich die Hände. „Ich hatte vorhin einen erhellenden Anruf aus dem Bundesinnenministerium. Man zieht Sie ab."

Da er sich nicht gesetzt hat, bereut Schmitt es, zu sitzen. Er schaut auf sie herab. Sie lehnt sich zurück, schlägt die Beine übereinander, lockert sich.

„Da Sie so gut informiert sind, wissen Sie doch sicher auch, warum", sagt sie.

Er nickt. „Das weiß ich sehr wohl, und wenn Sie an Ihr Handy gehen würden, wüssten Sie es bestimmt auch: Es hat eine anonyme Anzeige gegen Sie gegeben wegen Bestechlichkeit. Sie sollen von einem Gangster ein Auto als Geschenk angenommen haben."

Schmitt fixiert Hertlein, der den Blick abwendet. „Interessant", sagt sie. „Und ich nehme wohl zu Recht an, dass das Innenministerium gleich das größte Verständnis dafür hatte, dass eine Polizistin unter einem solchen Verdacht untragbar sei für Ihre weiteren Ermittlungen, wenn auch in einem Fall, der keinerlei Berührung mit diesem Thema hat."

„Selbstverständlich", sagt Pöhner, ohne die Miene zu verziehen. „Unsere Arbeit muss rechtlich und personell über jeden Zweifel erhaben sein. Daher werden Sie beurlaubt und von den Dienstgeschäften ausgeschlossen. Sie werden mir Ihre Dienstwaffe und Ihren Dienstausweis übergeben. Ich lasse sie an Ihre Dienststelle schicken."

Schmitt lehnt sich weit zurück und hebt ihr Kinn. „Und was ist, wenn ich Ihnen sage, dass es sich bei dem Gangster um meinen Onkel handelt, der es mir zu verdanken hatte, dass er fast drei Jahre im Knast verbrachte? Er ist nebenbei auch Autohändler und hat mir den Wagen geschenkt, als ich meinen Führerschein zurückhatte."

„Den Sie, was wir alle nicht vergessen sollten, wegen eines Unfalls unter Drogen verloren hatten." Pöhner grinst.

„Den ich nicht selbst verursachte. Aber ja: Sie haben recht. Ich bin betrunken gefahren, und ich hatte auch Speed genommen. Das war falsch. Jetzt, wo Sie es sagen, sehe ich natürlich absolut ein, dass Frau Rath schuldig sein muss, weil sie eine Kamikazefahrerin und Gangsternichte als Fürsprecherin hat. Sippenhaft und politisch passende Verdächtigungen schlagen in diesem Landstrich alle juristischen Argumente, selbstverständlich. Wie dumm ich doch bin!"

Pöhner stößt sich von seinem Schreibtisch ab und geht Richtung Tür. „Schön, und nachdem Sie nun Ihre ressentimentsschweren Unverschämtheiten noch einmal abgelassen haben, bitte ich Sie, aus meiner Behörde zu verschwinden und uns in Ruhe unsere Arbeit erledigen zu lassen." Er öffnet die Tür. „Raus!"

Als Schmitt nach drei Sekunden Kunstpause nicht aufgesprungen und hinausgerannt ist, fügt er hinzu: „Jetzt."

Sie entlädt ihre Waffe, wirft sie auf den Tisch, dass sie einen armlangen Kratzer übers Edelholz zieht und auf Pöhners Seite über die Kante fällt. Den Dienstausweis lässt sie einfach zwischen ihre Knie fallen. Schmitt erhebt sich, so geschmeidig es ihre Verletzungen zulassen, aus dem Sessel und geht mit langen, langsamen Schritten zur Tür.

Pöhner weicht einen Schritt zurück, als sie ihn passiert.

„Na denn", sagt sie. Geht ab.

Sie nimmt die Treppe ins Erdgeschoss, um störungsfrei telefonieren zu können.

„Ich konnte nichts machen", sagt Held. „Ich musste Sie beurlauben. Ich wollte Sie noch anrufen, aber Sie waren nicht erreichbar."

„Die Anzeige kam bestimmt von meinem LKA-Kollegen hier, da zweifle ich nicht dran. Er war der Erste, der wusste, dass ich mich nicht krankschreiben lassen wollte. Er fand das Auto toll, und ich hatte ihm ohne Hintergedanken erzählt, wo es herkommt", berichtet Schmitt.

„Das war dumm."

„Quatsch. Die Herkunft des Wagens ist kein Geheimnis, jeder in meiner Dienststelle kennt sie, Sie kennen sie. Lustigerweise muss man, um aus dem Geschenk jetzt einen Fall zu konstruieren, tatsächlich als Argument gegen mich verwenden, dass ich meinen Onkel damals in den Knast brachte. Der Interessenkonflikt ergibt sich allein daraus, dass ich nicht, wie es geboten gewesen wäre, seinerzeit dienstlich Abstand zu ihm hielt, sondern an dem Fall dranblieb. Das ist doch absurd!"

Held seufzt. „Ich bin sicher, dass ein mögliches Verfahren gegen Sie im Sande verlaufen wird. Aber jetzt sind Sie erst einmal am Haken."

„Mir tut es vor allem leid für die Frau, die inzwischen wieder im Knast sitzt. Wenn sie Pech hat und alles besonders dumm läuft, wird man ihr für etwas den Prozess machen, was sie nicht getan hat. Und so wie die hier gepolt sind, wird sie auch verurteilt werden. Das lässt einen am System zweifeln."

„Kümmern Sie sich nicht weiter darum", rät Held. „Lernen Sie was draus: Gerade in Ihrem Job müssen Sie sich örtlichen Gegebenheiten anpassen können. Schließlich ist es der Staatsanwalt, der einen BKA-Ermittler anfordert: Der kann dann nicht kommen und als erstes die Arbeit der Staatsanwaltschaft an grundsätzlichen Punkten in Frage stellen."

Schmitt passiert die Automatiktür am Ausgang. Es regnet. „Es ging hier nicht um Politik, es ging um die schlichte juristische Frage, ob ausreichend Haftgründe für die Frau gegeben seien, oder ob die U-Haft Freiheitsberaubung war. Die Antwort war so was von glasklar, das kann ich doch nicht ignorieren!"

„Der Herr des Verfahrens ist der Staatsanwalt, das können Sie drehen und wenden, wie Sie wollen. Leben Sie damit."

Schmitt stellt sich an den Straßenrand und winkt einem weißen Mercedes, den sie wegen des Reiters auf dem Dach auf den ersten Blick für ein Taxi hält. „Man hat mir die Reifen zerstochen, können Sie es fassen? Und ein schönes Hakenkreuz auf die Motorhaube geritzt. Diesmal sogar richtig gedreht." Das Auto fährt vorbei. Es ist ein Notarztwagen.

Held lacht. „Scheiße. Gehen Sie ins Hotel oder zurück ins Krankenhaus, ruhen Sie sich aus. Die Provinz ist für Sie nicht gemacht, und Sie sind nicht gemacht für die Provinz. Alles Weitere wird sich finden: Die Vorwürfe gegen Sie sind absurd."

„Ich hatte einen Profiler um Rückruf wegen des Videos gebeten. Er hat mir zurückgesmst, dass Sie alle Sheri-Informationen erstmal selbst auf dem Tisch haben wollen. Gibt es etwas Neues wegen der fehlenden Informationen?"

„Sie sind raus. Suspendiert."

Schmitt beißt einen Moment die Zähne zusammen. „Nicht Ihr Ernst, oder?"

„Was soll ich Ihrer Meinung nach tun? Sie sind der Dienstgeschäfte enthoben, nicht nur einfach aus dem Auberger Fall raus. Da kann ich nichts machen."

Schmitt verliert die Kraft in den Armen, fast entgleitet ihr das Telefon. Den Kopf schüttelnd steht sie am Straßenrand, die Hände unten. „So ein Scheißdreck. Ich fasse es nicht. Fuck! Kann es sein?" Hebt das Handy an ihr Ohr. Tränen in den Augen, in der Stimme. „Sheris Entführer spielt mit mir, sein Countdown endet morgen. Scheiße, was wollen Sie jetzt? Sind Sie zu retten?"

Held bleibt still.

„Was?", schreit Schmitt. „Na? Sie haben nur drauf gewartet, dass ich suspendiert werde, oder? Beim Staatsanwalt hat das Innenministerium angerufen. Liege ich falsch, wenn ich das nicht für den Normalfall halte?"

„Sagen wir es so: Das Ministerium hatte es besonders eilig, die Information ins Ziel zu tragen."

Sie hört ihm an, wie sorgfältig er seine Worte wählt. „Warum, wissen Sie nicht?"

„Was ist mit Schleekemper?", fragt Held matt, als hätte er ihre Frage überhört.

Sie schließt für einen Moment die Augen. Ihre Gedanken rasen – die gelöschte Akte, die Morde, die Entführung des Jungen ... „Was interessiert Sie das noch? Ich bin weg vom Fenster."

„Schmitt ..."

„Wir hatten bisher kaum Verbindung, Schleekemper und ich", lügt sie. „Wie soll es jetzt weitergehen mit Sheri? Wer übernimmt den Fall?"

Ein Schneeschauer stiebt vom Fluss her über die Straße. Schmitt dreht sich aus dem Wind.

„Chefsache", sagt Held.

„Okay. Und was werden Sie tun?"

Flocken schmelzen in Schmitts Nacken.

„Weisungsgemäß nichts", sagt Held. „Ich muss sowieso mit meinem Rücken ins Krankenhaus. Not-OP an der Bandscheibe. Akut. Der Krankentransport ist schon bestellt."

„Haben Sie einen Namen für mich?"

„Selbst wenn ich den hätte, wüsste ich noch immer nicht den Ort."

„Sie müssen ... Ich erwarte ..."

„Treiben Sie's nicht zu weit." Er kappt die Verbindung.

***

Berlin, Kanzleramt

Ein Handy klingelt.
Das Handy klingelt.
Karlbacher unterbricht sich mitten im Satz. Steht auf, zieht das Handy hervor. Auf dem Display wird nicht die Nummer des anderen Handys angezeigt. Eine Nummer mit Auberger Vorwahl. „Ja?"
„Ich muss den Kontrakt kündigen", sagt der Mann. „Mein Kollege ist ... ausgefallen."
Karlbacher geht in den Flur. Zieht die Tür zu. Zischt: „Was ist mit dem Handy? Warum rufen Sie nicht mit dem Handy an?"
„Mann, Landowski ist tot, und Sie fragen mich nach Ihrem Scheiß-Handy?"
Karlbacher geht ein Stück, schaut sich um, bleibt stehen. Besinnt sich. Sagt ruhig: „Sie ... Sie werden verstehen, dass ich auf Sicherheit achten muss."
„Er hatte das Handy. Zufall. Einer musste es nehmen. Landowsky sollte vom Parkhaus schießen. Hat er aber nicht. Hat sich nicht gemeldet und nicht reagiert. Dafür kann es nur einen Grund geben. Er ist tot."
Fuck, denkt Karlbacher. „Wir waren uns einig: keine Spuren ... Was sagt Ihnen das?"
„Ich hab nach ihm gesucht. Dann tauchte Polizei auf. Taktischer Rückzug."
„Sie haben an das Handy nicht gedacht."
Langes Schweigen. „Es hätte das Risiko nicht gelohnt. Sorry. Ich hab auch das Auto stehen lassen müssen."
Karlbacher schließt einen Moment lang die Augen. „Kriege ich jetzt einen netten Anruf von irgendwelchen Polizisten?"
„Nicht sofort, aber die werden das nachverfolgen. Im Handy selbst ist nichts. Wir löschen immer alles, nach jeder SMS, jedem Anruf. Ich hab Ihre neue Nummer memoriert. Jetzt bin ich an einem Payphone, anonym. Keine Spuren. Entsorgen Sie Ihre SIM am besten gleich nach diesem Gespräch."
„Okay. Sind Sie sicher, dass Sie den Kontrakt abgeben wollen?"
„Allein kann ich das Ziel nicht erreichen. Nicht so schnell jedenfalls ..."
„Meinetwegen. Aber ich brauche das Geld schnell zurück. Ziehen Sie Ihre Spesen ab ..."
„Sind 10.000 okay? Wir hatten Auslagen."
„Okay. Berlin-Mitte, Parkplatz Dircksenstraße. 23 Uhr?"
„Parkplatz Dircksenstraße?"
„Hinter dem Alexa – das hässliche Einkaufszentrum am Alex."
„Ich werde da sein."

Karlbacher kappt die Verbindung. Erschrickt, als er sich umdreht. Horn steht direkt hinter ihm, herrscht ihn an: „Sind Sie irre? Muss ich Sie daran erinnern, dass Abu Nars Leute in ein paar Stunden ankommen? Da drin sitzen Sicherheitsleute von siebzehn Geheimdiensten, und Sie sind erst total abwesend, dann verschwinden Sie, als Ihr Handy klingelt! Sie können sich nicht einfach so aus einer Dienstbesprechung davonmachen."

„Sie können mich ... Warum haben Sie nicht einfach ‚Kaffeepause' gesagt?" brummt Karlbacher.

„Genau das habe ich getan. Und wenn Sie sich nicht zusammenreißen, dann ..."

Karlbacher kichert schrill. „Was dann, Herr Minister, was dann?" Er zeigt den Gang entlang. „Sollen wir gemeinsam zu den Kollegen von der Bundespolizei gehen und ein Geständnis ablegen? Wollen Sie das?"

Karlbacher legt Horn die Hand auf die Brust, schiebt ihn beiseite. „Schluss jetzt. Ich hab zu tun."

„Sie gehen in die falsche Richtung. Was soll ich denen sagen?"

„Sie sind Politiker. Lügen Sie." Karlbacher eilt durch die Feuertür ins Treppenhaus.

***

Auberg, Grand Hotel National

Schmitt ist zu Fuß gegangen. Schnell. Atemlos. Hat sich zum Essen gezwungen. Eine Viertelpizza auf die Hand, im Gehen. Schmitt beißt zweimal ab, würgt die Bissen runter, wirft den Rest in einen Mülleimer. Pizza auf der Lederjacke. Tomatensauce rinnt daran hinunter.

Sheris Entführer wird mich schmoren lassen bis zur letzten Sekunde. Dann wird alles nach seinen Regeln laufen. Totale Kontrolle. So tickt er.

Ich brauche einen Vorsprung. Ein Überraschungsmoment. Und wenn es Minuten sind. Wenn ich wenigstens wüsste, wer es ist, könnte ich mich auf ihn einstellen.

Schleekemper antwortet auf ihren Anruf atemlos: „Schmitt! Hallo, ja, was haben Sie? Haben Sie …?"

„Nein, entschuldigen Sie. Ich dachte, Sie hätten eventuell …"

Sie kann seine Enttäuschung geradezu greifen. „Nichts Neues", sagt er. „Ich spreche gerade auf der anderen Leitung. Melde mich."

Schmitt spannt ihre Hand um das Handy, bis sie schmerzt.

Helds Verrat durch Schweigen, Max' stille Verweigerung des mehrfach erbetenen Rückrufs: Die Lösung liegt in Berlin.

In drei Stunden könnte ich dort sein, Druck machen …

Und warum wurde das Messer dann in Auberg abgelegt? Nachher bist du in Berlin, und …

Schleekemper, ausgerechnet, ist mein letzter Verbündeter. Ich muss mich auf ihn verlassen.

Ihre Kiefernmuskeln mahlen, dass ihre Zähne knirschen. Fäuste geballt. Rücken und Schultern brennen.

Quälender Leerlauf der Gedanken.

Sheri muss leben. Sherimussleben. SHERI MUSS LEBEN!

Schmitt kommt schneller als erwartet beim Hotel an. Steht vor dem Eingang. Die automatische Tür öffnet sich. Sie fühlt sich riesenhaft und wie eine durchgeladene Waffe. Als ob ihre Energie die Fassade auf die Straße bliese, wenn sie nun dort einträte und sich zur Ruhe zwänge.

Hätte meine Medikamente vielleicht doch nehmen sollen.

Sie schließt die Augen. Tai-Chi-Atemübung: drei-, viermal kontrolliert die Lunge gefüllt und geleert, eine Art Pirouette gedreht in einer Spannungs-Entspannungswoge aller Muskeln von den Fingerspitzen zu den Zehen.

Augen auf. Schmitt entzerrt ihre Wahrnehmung.

Reality Check: Die feuchte Straße zwischen den Gründerzeitfassaden. Provinziell entspannter Verkehr. Das Dröhnen in ihrem Kopf lässt nach.

Sie streckt einem Jungen die Zunge raus, der sie aus einem in der zweiten Reihe abgestellten Mercedes mit offenem Mund anstarrt.

Gelockert geht sie hinein.

Der junge Mann an der Rezeption sagt: „Wir haben Ihnen ein neues Zimmer gegeben. Polizisten waren da und haben alles untersucht."

„Die Spurensicherung."

„Sah aus wie bei ‚CSI'", bestätigt er.

„Haben Sie eine Ahnung, wie diese Typen reingekommen sein können?"

„Das hat die Polizei schon gefragt."

„Ich bin auch die Polizei."

Er lacht. „Das ist wie im Fernsehen. Wie wir reden."

Schmitt wirft sich in Positur und sagt mit verstellter Stimme: „Wo waren Sie zwischen 17 Uhr 02 und 17 Uhr 36? Und sagen Sie nicht wieder, Sie hätten mit dem Bürgermeister Mikado geübt. Ihr Spiel ist aus."

Beide lachen.

Sie fragt erneut: „Nachts ist die Rezeption nicht besetzt. Wie kommt man eventuell ohne Schlüssel rein?"

„Ich kann sagen, was der Chef Ihren Kollegen auf diese Frage gesagt hat: Ohne Schlüssel müssten Sie warten, bis jemand reingeht oder rauskommt. Die Tür braucht ein paar Sekunden, bis sie sich geschlossen hat."

„Und die Zimmertür, ist die aufgebrochen worden?"

Dazu fällt ihm nichts ein.

„Gut", sagt sie, „ich rede mit den Kollegen. Alle meine Sachen sind im neuen Zimmer?"

„Klar."

Das neue Zimmer hat denselben Schnitt und dieselbe Aussicht, sogar noch ein wenig besser.

Schmitt schlüpft aus den Peeptoes, streift vorsichtig die Lederjacke und das leere Schulterhalfter ab. Ihr Einweg-Shirt aus der Klinik hat Flecken, wo die Wunden durchgenässt haben. Sie bemüht sich, nicht an ihre Schultern und ihren Rücken zu denken.

Spürt die Tatenlosigkeit wegen des Stillstands in Sachen Entführung als körperlichen Druck.

Und der „Schlächter" hat TT-Chefredakteur Schäfer in seiner Gewalt.

Schmitt fragt sich, was sie zu verlieren hat: Sie riskiert allenfalls eine Abmahnung. Wenn sie nicht sowieso wegen Korruption rausfliegt.

Sie steigt in ihre Schuhe, zieht die Jacke an, geht durch die stillen Flure des Hotels und die Treppen hinunter zum Ausgang. Hält Ausschau nach einem Taxi.

Zwei Männer in einem Golf starren sie an. Nicht die aus dem Volvo. Schmitt sieht ihre identischen Pullover und muss grinsen.
Sie biegt in die Seitenstraße ab. Hört hinter sich Autotüren zuschlagen.

Der kleine Laden sieht im Tageslicht noch trister aus als am Abend zuvor. Der Fernseher plärrt eine türkische Soap.
Schmitt lächelt dem Alten zu, während er einen Mann für Bier und Zigaretten abkassiert.
„Hallo, Schöne", sagt der Alte, als der Kunde geht.
„Hallo, Lieber. Zigaretten, bitte."
Er legt eine Packung West auf den Tresen. „Trinkst du çay mit mir? Oder lieber was Härteres?"
„Tee ist gut, danke. Hast du einen Hinterausgang?"
Er fixiert sie, kneift die Augen zusammen, dass seine Krähenfüße Schatten werfen. „Ärger?"
„Zwei Typen sind hinter mir her."
„Du bist die Polizei, nimm sie fest." Er stellt zwei Teegläser auf den Tresen. Zuckerwürfel und Löffel auf einer Untertasse.
„Die sind auch Polizisten."
Er gießt aus einer Blechkanne Tee ein. „Die eigenen Leute im Nacken? Was ist los?"
„Hast du einen Hinterausgang?" Schmitt versenkt einen Zuckerwürfel im Tee und rührt um. Nippt an dem Glas. „Gut, dein Tee."
„Du bist müde. Wo ist dein schönes Haar?"
„Lange, hässliche Geschichte. Keine Zeit zum Erzählen."
„Du warst in der Zeitung. Wegen dieses Schlächters. Hat es damit zu tun?" Er bläst über seinen Tee und trinkt.
„Die wollen nicht wirklich, dass der Fall gelöst wird. Ich bin rausgeflogen. Mache trotzdem weiter."
Er zeigt mit dem Daumen über seine Schulter. „Da ist ein Fenster im Lager, das geht auf den Hof. Du kletterst über die Mauer und bist auf der anderen Gasse."
Sie trinkt den Tee aus, wirft einen Fünf-Euro-Schein auf den Tresen. Fasst mit beiden Händen den Kopf des überraschten Alten und küsst ihn auf den Mund. „Ich geh dann mal. Gibt's ein Klo hinten?"
Er strahlt. „Ja, durchs Lager im Gang."
„Kannst du es von außen abschließen, als wäre jemand drin?"
„Mit einer Münze."

Sie geht um den Tresen herum durch den Vorhang im Durchgang zwischen zwei Regalen ins Lager. „Wenn die reinkommen, sag ihnen, ich hätte nach dem Klo gefragt. Schließe das Fenster zum Hof, so weit es geht. Nicht verriegeln."
Er folgt ihr grinsend. „Bist du sicher, dass das legal ist?"
„Eine Frau aufs Klo zu lassen? Ich bitte dich." Sie schiebt leere Bierkisten beiseite, öffnet das Fenster. Schwingt ein Bein über die Fensterbank. „Kannst du mir ein Taxi in die Seitenstraße rufen?"
Er lacht. „Klar."
Schmitt ist draußen. „Und wenn sie Fragen stellen ..."
„...kann ich nur Türkisch. Dummer Integrationsverweigerer-Kanake."
Sie strahlen einander an.
„Danke", sagt Schmitt.
„Immer wieder, Schöne."

Der Taxifahrer zeigt beim Lächeln Goldzähne, die gut zu seinem grauen Haar und dunklen Teint passen. „Grüß Gott."
„Hallo", antwortet Schmitt und schiebt sich auf den Rücksitz. „Zum Tegitzau-Tagblatt bitte."
„Haben Sie gehört, denen ist jetzt auch noch der Chefredakteur entführt worden", berichtet der Mann mit einem Akzent, der nicht nach einem Deutschen klingt. „Eben erst war's im Radio. Er ist nun der Vierte – ich glaub's ja gar nicht, dass so was in unserer Gegend vorkommt."
„Tja", sagt Schmitt vage und hofft, dass ihn das inspiriert.
Sie biegen in die Parallelstraße ein. Schmitt dreht sich um. Die beiden Polizisten warten auf dem Gehweg gegenüber vom Laden.
Der Taxifahrer sagt: „Was der Mörder wohl mit der Zeitung zu schaffen hat? Da steht doch nix drin."
„Tja", sagt Schmitt wieder, mit etwas höherer Stimme diesmal. Sie ist abgelenkt, schickt eine SMS an Poll, dass sie in fünf Minuten da ist.
Der Mann lässt sich nicht bremsen. „Viele Leut' sind sauer mit der Zeitung, das können Sie mir glauben. Als der Bürgermeister von den Roten kam, da war für die alles schlecht in der Stadt, jetzt ist es wieder ein Schwarzer, da ist wieder alles gut. Gerade jetzt wird in meinem Taxi viel über die Zeitung geredet, wo es all diese Morde gibt. Die Zeitung macht, was sie will, sagen sie, die bedient ihre Freunde und will von den anderen nichts wissen, die hat keine Ahnung davon, was wirklich passiert ... So reden die Leute. Aber was sollen sie hier sonst lesen? Wenigstens steht drin, wer heiratet und wer gestorben ist."
„Tja", sagt Schmitt wieder.

Er biegt auf das Verlagsgelände ab, hält vor dem Haupteingang. „Da sind wir. Macht achtneunzig."

Schmitt reicht ihm einen Zehner, dankt und steigt aus.

Poll und ein kleiner Mann mit grauem Bärtchen kommen gerade aus dem Gebäude.

„Hallo, Herr Poll", sagt Schmitt und reicht dem anderen Mann die Hand.

„Schmitt, BKA."

„Carolus."

„Ich höre, es geht um den Schlächter?", fragt Carolus. „Alle Welt sagt, dass es Frau Rath war, weil ihr Mann rausgeflogen ist. Und ist sie nicht schon wieder in Haft?"

„Mag sein", sagt Schmitt. „Aber gute Polizisten ermitteln in jede Richtung."

„Ehrlich gesagt, ich hab auch meine Zweifel", bemerkt Carolus: „Die Morde passen nicht zu einer Frau."

„Wieso?", fragt Schmitt.

„Na, das mit den Penissen – das macht keine Frau. Rein gefühlsmäßig."

„Das ist Täterwissen."

„Ups", sagt Carolus. „Nehmen Sie mich fest."

Schmitt lacht. „Die Spatzen pfeifen das hier von den Dächern, oder wie?"

„Ich habe es von jemandem bei der Polizei."

„Ich auch", sagt Poll.

Schmitt: „Dann sind wir drei."

Die Männer lachen.

„Ich frage mich, warum der Mörder auf Ihre Zeitung zielen könnte. Ich meine: Wenn es nicht Frau Rath ist", sagt Schmitt.

Die beiden Männer schauen einander an. „So schlecht ist sie nun auch wieder nicht, die Zeitung", sagt Poll und grinst.

Carolus: „Keine Witze Mann, vier Männer sind tot."

„Einstweilen sind drei tot", stellt Schmitt fest. „Wie es Schäfer geht, wissen wir nicht. Einer der Staatsanwälte hier hat eine Theorie. Die besagt, dass etwas Dramatisches geschehen sei. Etwas Großes, wovon einige der höheren Herren wissen, worüber sie aber nicht reden können. Das Opfer der Sache damals ist unser Täter von heute."

„Damals? Wann meinen Sie?", fragt Carolus.

„Sagen wir in den letzten 20 bis 40 Jahren. War da was? Und was sagt Ihnen der Name Schuggenberger in diesem Zusammenhang? Alois Schuggenberger?", fragt Schmitt

Poll senkt die Mundwinkel und schüttelt den Kopf. Carolus sagt: „Das ist eine große Familie. Es kommen immer wieder Schuggenbergers in der Zeitung vor, aber ich erinnere mich an keinen Zusammenhang, der hier eine Rolle spielen könnte."

„Gravierend genug wäre Missbrauch, Kindesmissbrauch", führt Schmitt aus. „Widerlich genug, um zu schweigen, traumatisierend genug für Morde."

Carolus zieht die Schultern hoch. „Es gab natürlich immer wieder Fälle von Missbrauch in der Kirche. Einige davon wurden nie wirklich aufgeklärt. Aber da ist eigentlich von uns nichts zurückgehalten worden."

„Na, mein Lieber ...", beginnt Poll einen Einwand.

„Na gut, ich meine: Wir haben nichts zurückgehalten, wenn andere schon darüber berichtet hatten." Carolus grinst.

Schmitt wirft ein: „Die Kirche sehe ich bislang nicht in der Sache."

Carolus und Poll schauen einander an. „Wir fragen Kregel", sagt Poll. „Was meinst du? Wenn da was war, müsste er es doch wissen."

Carolus stimmt zu: „Kregel weiß alles, auch die Sachen, über die niemand geschrieben hat."

„Wer ist Kregel?", fragt Schmitt.

„Kregel ist der Beste", antwortet Poll. „Er war hier Wirtschaftsredakteur und eine ganze Ewigkeit lang Mitglied der Chefredaktion. Er ist seit einigen Jahren im Ruhestand, aber noch immer helle und gut informiert."

„Wo finde ich ihn?", fragt Schmitt. „Ich hab derzeit kein Auto ..."

Poll zieht einen Schlüssel hervor. „Ich kann Sie bringen. Mich interessiert auch, was er zu sagen hat."

***

SMS-Austausch zwischen Jan Thalberg, Redakteur des „Berliner Abend", und Sibel Schmitt

Thalberg: *„Hallo, ich höre aus dem BKA, dass Sie suspendiert werden. Ich habe nichts publiziert oder raussickern lassen, muss aber jetzt berichten – sorry. Grüße, jat"*

Schmitt: *„Bin schon suspendiert, hat aber andere Gründe als Ihren Folter-Unsinn. Bitte nicht berichten, unser Deal steht. Ich ermittle weiter nach dem ‚Schlächter v. Auberg'. Sie kriegen ihn ggf. zuerst. Okay? Grüße, Schmitt"*

Thalberg: *„Sie verlangen viel."*

Schmitt: *„Melden Sie: Schmitt wg. angebl. Korruption suspendiert, dem Vernehmen nach kein Zusammenhang m. Prozess gg. Bombenleger-Nazis. Statement Schmitt: Vorwürfe absurd u. haltlos, wird sich alles lückenlos klären."*

Thalberg: *„Okay."*

***

Auberg, Wohngebiet „Am Kragen"

„Mit mir geht es zu Ende", seufzt Martin Kregel und beugt seinen sehr dünnen, langen Körper noch ein wenig mehr unter der Tür seines Reihenhauses.
„So schlimm?", fragt Poll, der seinen früheren Kollegen mit einem lockeren „Wie geht's" begrüßt hatte.
„Vierte OP jetzt. Ich habe es satt", sagt Kregel. Doch seine Augen blitzen, als er Schmitt die Hand reicht. „Hallo, schöne Frau. Von Ihnen hört man viel."
„Wir dachten, du könntest ihre Fragen beantworten", sagt Poll. „Kollege Carolus lässt grüßen."
Kregel hält weiter Schmitts Hand. „Grüß ihn zurück, den alten Deppen. Und sag ihm, er soll anständig schreiben. Kaum ist der Rath vom Acker, schreibt er wieder dieses Schwurbelzeug, das keiner lesen mag."
Poll lacht. „Sag ich ihm gern. Aber das Schwurbelzeug ist wieder gefragt. Wenigstens intern."
Kregel lässt Schmitts Hand los. „Na, dann kommt mal rein. Die Frau ist gerade nicht da, also entschuldigt die Unordnung."
Schmitt lässt im Hineingehen den Blick schweifen über eine Sammlung kleinformatiger Ölbilder an der weißen Flurwand, abstrakt, bunt. Im Wohnzimmer liegen auf allen Sitzmöbeln Zeitungen herum. Kregel eilt sich, zwei Sessel frei zu räumen und lässt sich in den dritten sinken.
Schmitt schaut zum Blumenfenster. „Kommt die Frau wirklich wieder?"
Kregel sagt zu Poll: „Die ist wirklich nicht schlecht, deine Polizistin. Ich sollte wohl Staub wischen und das Grünzeug gießen." Zu Schmitt: „Wir nehmen eine Auszeit. Die Rente bekommt mir nicht gut, und ich bekomme in diesem Zustand nicht der Frau."
„Entschuldigen Sie, ich wollte nicht ..."
Er lacht. „Ich konnte mit meinen Beobachtungen auch nie hinterm Berg halten. Deshalb bin ich wohl nie Chefredakteur geworden, obwohl ich lange ganz oben auf der Anwärterliste stand." Er wischt mit der Hand durch die Luft. „Wie kann ich Ihnen helfen?"
„Was sagt Ihnen der Name Alois Schuggenberger, genannt Schugge?"
Kregel blickt von Schmitt zu Poll und wieder zu Schmitt. „Der ist schon lange nicht mehr hier", stellt er fest.
„Gab es da irgendeine finstere Geschichte?", fragt Poll.

„Sehen Sie einen Zusammenhang mit den Morden?", will Kregel von Schmitt wissen.

„Es gibt einen Hinweis aus der Bevölkerung", sagt sie.

Kregel seufzt. „Schuggenberger war ein trauriger Fall. Ein junger Mann aus gutem Haus, alte Familie hier aus der Gegend. Er drehte irgendwie durch und wurde in die Psychiatrie eingewiesen. Ich erinnere mich an Gerede in dem Zusammenhang. Aus irgendeinem Grund glaubte der Landrat, sich des Vorwurfs der Freiheitsberaubung erwehren zu müssen. Die Psychiatrie liegt ja in der Zuständigkeit des Kreises. Ich war in der Wirtschaftsredaktion, hab also nicht viel mitbekommen davon. Es war auf der Regionalseite."

„Wo ist Schuggenberger jetzt?"

Kregel macht eine Geste der Ratlosigkeit. „Keine Ahnung. Das Letzte, was ich weiß, ist dass seine Mutter Selbstmord beging. Wegen der Schande, hieß es. Schöne Frau, Sie sehen ihr ein wenig ähnlich. Sie kam von auswärts. Sie war unbeliebt, was nichts heißen muss. Unbeliebt ist hier jeder, der hier fremd ist oder sich absondert. Bei ihr war's beides. Sie wirkte immer sehr kühl, aber vielleicht war sie einfach nur schüchtern. Sie war etwas älter als ich. Er soll sehr an ihr gehangen haben, erinnere ich mich dunkel."

„Worum ging es bei dem Gerede?"

„Davon schreibst du nichts, hörst du?", sagt Kregel zu Poll, wendet sich dann wieder Schmitt zu. „Missbrauch. Der Mann soll Knaben betatscht haben. Oder Schlimmeres. Aber es war wirklich nur Gerede. Nicht das übliche besoffene Getratsche im Wirtshaus, sondern sehr verhuscht und heimlich."

Schmitt nickt. „Welcher Mann?"

Kregel hebt die Hände. „Von mir haben Sie das nicht. Und es ist auch nichts bewiesen, ja?"

„Klar."

„Der Bauunternehmer Ferdl Waldherr war damals der Vorsitzende unseres Auberger Trachten- und Traditionsvereins. Überall dabei, immer im Zentrum. Er war das, was man einen Hallodri nennt. Man hat allerhand geredet über ihn. Aber eigentlich wilde Frauengeschichten. Es gab nie eine Anzeige."

„Wieso ist Schuggenberger eingewiesen worden?"

„Obszöne Selbstgespräche, hieß es."

„Daher das Gerede."

„Viele waren erleichtert, als er endlich aus dem Verkehr gezogen war."

„Wer von den ‚Schlächter'-Opfern war beteiligt?"

„Der damalige Landrat ist längst gestorben", sagt Kregel und schaut zur Decke, als ob die Antwort da geschrieben stünde. „Wolfgang Schäfer hatte gerade sein Studium beendet und war seinerzeit sein Sprecher. Eulenbeck war damals Frau Dr. Menters rechte Hand in der Verlagsleitung. Lokalchef Georg Schreiner arbeitete seinerzeit bei der Polizei. Vielleicht hatte er mit der Einweisung zu tun. Was der Chef der Anzeigenabteilung ..."

Schmitt: „Bemmer, oder?"

„...richtig, so hieß er. Also was der damit zu tun hatte, wird mir nicht klar. Er war damals schon in der Anzeigenabteilung. Und auch ein hohes Tier im Traditionsverein. Eulenbeck war da natürlich auch drin. Beziehungspflege nennt man das wohl."

„Sie könnten alle auf verschiedenen Ebenen daran beteiligt gewesen sein, die Sache zu vertuschen. Oder waren Mittäter."

„Möglich."

„Wo könnte Schuggenberger sich verstecken? Ich meine, wenn er hier wäre, wo hätte er vielleicht eine Zuflucht in der Gegend, eine sturmfreie Bude für drei bis vier Morde?"

„Vier?"

„Oder nicht weit davon."

Kregel krault seinen grauen Kinnbart. „Er ist der Erbe von Schäfers Konserven. Fleischkonserven. Große Schlachterei. Nach dem Tod der Mutter lief der Laden immer schlechter und steht jetzt seit Jahren still. Wenn ich er wäre, würde ich einfach nach Hause gehen."

Schmitt wirft Poll einen Blick zu. Der nickt. „Ich weiß, wo das ist."

Sie sagt: „Zu offensichtlich. Fällt Ihnen noch etwas ein?"

„Es gibt Dörfer in der Gegend, in denen jedes zweite Haus leer steht. Aber nichts, was für diese Morde so gut geeignet wäre wie eine Fleischfabrik", sagt Kregel.

„Aber wenn man weiß, wen man sucht, dann sucht man doch zuerst, wo man ihn bestimmt vermutet", wendet Schmitt ein.

Poll: „Vielleicht hat er sich irgendwie getarnt? Die Sache von damals ist lange her. Es ist doch vorstellbar, dass er zurückgekehrt ist, und niemand hat ihn erkannt."

„Hm", macht Schmitt und wendet sich Kregel zu. „Und, was halten Sie von dieser Geschichte?"

„Schuggenberger als der Schlächter?" Er verzieht das Gesicht. „Sie gefällt mir jedenfalls besser als die Vorstellung, dass eine kleine, zarte Frau diese drei kräftigen Kerle entführt hat, um ihnen den Penis abzuschneiden."

„Das ist Täterwissen", sagen Schmitt und Poll im Chor.

Kregel zuckt die Achseln. „Ich hab's von der Polizei."

Es klingelt. Kregel seufzt, stößt sich aus dem Sessel ab, geht in den Flur.

„Darf ich mitfahren, wenn Sie Schuggenberger suchen?", fragt Poll Schmitt. „Ich kenn mich hier aus."

Kregels dünne Gestalt erscheint im Türrahmen. „Frau Schmitt? Könnten Sie bitte mal kommen?"

Hertlein und eine junge Polizistin in Uniform stehen vor der offenen Haustür. Auf der Straße stehen Hertleins 3er BMW mit den breiten Kotflügeln und zwei Streifenwagen, aus denen gerade vier Uniformierte aussteigen.

„Tschuldige, Schmitt", sagt Hertlein und sieht zerknirscht aus. „Wir haben den Auftrag, dich aus der Stadt zu begleiten. Du hast hier nichts mehr zu ermitteln. Wir haben deine Sachen aus dem Hotel geholt, dein Auto ist fertig. Die Staatsanwaltschaft hat die Reparatur schon bezahlt. Komm mit, wir bringen dich hin."

„Ihr seid nicht ganz bei Trost", stellt Schmitt fest.

Hertlein schiebt sich vor. „Also ich sehe das so: Du kannst mit uns kommen. Oder die Kollegen nehmen dich fest, und du fährst in Handschellen mit dem Streifenwagen."

„Festnahme? Warum?"

„Amtsanmaßung. Du bist beurlaubt."

Schmitt lacht. „Ihr seid echte Witzbolde. Soll ich vor Gericht tatsächlich erzählen, wie Pöhner und seine Leute den Fall so lange verdreht haben, bis es nicht mehr ging und nur noch mein Rausschmiss half, ihn nicht aufzuklären? Und mir nur noch Amtsanmaßung blieb, um diese Pervertierung des Rechts zu verhindern?"

„Probier's nicht aus."

„Wie habt Ihr mich gefunden?"

„Handy-Ortung."

„Verstoß gegen das Fernmeldegesetz. Wir sind quitt."

„Unter Kollegen? Vergiss es."

„Ich bin im Zwangsurlaub. Praktisch Zivilistin." Zu Kregel sagt Schmitt: „Schließen Sie die Tür. Die Herrschaften möchten gehen."

Kregel grinst und schiebt die Tür zu. „Sie gefallen mir immer besser, Frau Schmitt."

Hertlein stellt den Fuß zwischen Tür und Rahmen. „Schmitt, lass das. Wir machen Ernst. Du weißt, äh ..."

„... wozu ihr imstande seid? Allerdings. Hätte ich kein Alibi, müsste ich wohl damit rechnen, für ein paar von euren verbliebenen ungeklärten Fällen zur Verantwortung gezogen zu werden, nicht wahr?"

„Wir können auch Zwangsmaßnahmen ergreifen. Volle Kante, mit Waffe raus und Fixierung. Willst du das?"

Schmitt nickt Kregel zu. Der lässt die Tür los. Sie dreht sich zu Poll um, der aus dem Wohnzimmer in den Flur gekommen ist. „Ich melde mich. Warten Sie in der Redaktion auf mich. Kein Wort zu irgendwem", flüstert sie schnell. Laut sagt sie: „Gut. Ich komme." Sie schaut Poll an.

Der neigt den Kopf. „Okay."

Schmitt zwinkert Kregel im Hinausgehen zu. „Danke. Auf Wiedersehen."

„Jederzeit."

Schmitt bietet Hertlein ihre Arme an, dass er ihr Handschellen anlegen könnte. „Na? Tu's!"

„Steig ein", brummt er nur und hält Schmitt die hintere Tür auf. Ihre kleine Reisetasche steht auf dem Rücksitz.

Hertlein fährt, die junge Polizistin setzt sich auf den Beifahrersitz. Schmitt versucht ihre Tür zu öffnen. Die Kindersicherung ist verriegelt. „Wem habe ich diese freundliche Aktion zu verdanken?", fragt sie.

„Du vergiftest die ganze Gegend", antwortet Hertlein. „Man hat dich gesehen: Es gab einen Anruf aus der Zeitung, dass du da Redakteure befragst, obwohl du doch raus bist."

„Dass die das schon wissen …"

„Pöhner hat dafür gesorgt, dass es rumging, nach dem Aufruhr, den du gemacht hast. Monumentaler Ärger, wie du dir vorstellen kannst. Außerdem wurde bei Waldherrbau eine Leiche gefunden."

Schmitt atmet scharf durch den Mund ein. „Es wurde – was?"

„Gegenüber auf dem Parkhaus wurde eine Leiche gefunden. Ein Mann, etwa 30 bis 35 Jahre alt. Er hatte ein Foto von dir in der Tasche. Und er hatte ein Scharfschützengewehr. Mehr wissen wir noch nicht. Wir wissen nur, dass du dort warst."

Schmitt schüttelt heftig den Kopf. „Ihr glaubt doch wohl hoffentlich nicht … Ich war nie in dem Parkhaus."

„Nein. Wer immer das war, kann nicht ohne größere Blutspritzer an der Kleidung den Tatort verlassen haben. Ich bin dein Entlastungszeuge." Er schnaubt, als ob er dies bedaure. „Außerdem brauchst du kein Messer, um im Nahkampf zu töten. Auch das kann ich bezeugen."

„Wer ist der Tote?"

„Wie gesagt: Wir haben nicht die geringste Ahnung."

„Sollte ich mir den Toten nicht lieber ansehen? Vielleicht kann ich ihn ja identifizieren."

„Wenn wir dies für nötig halten, schicken wir dir ein Foto."

„Mann, das ist Standard-Prozedur. Er war ja wohl auf mich angesetzt. Kann doch kein Zufall sein, dass ich ein paar Meter entfernt von einem Reifenstecher am Wegfahren gehindert wurde."

„Erspar dir deine Belehrungen. Deine Zeit hier ist rum."

Sie biegen in eine Einfahrt ab. Der Audi parkt auf neuen Pneus vor der Werkstatt.

„Vergiss deine Tasche nicht. Du fährst nun zur Autobahn Richtung Berlin", befiehlt Hertlein und reicht Schmitt den Autoschlüssel. „Wir werden dich bis zur Auffahrt eskortieren. Wenn du rumzickst, nehmen wir dich fest."

„Mit welcher Begründung?"

„Uns fällt schon was ein."

„Davon bin ich überzeugt."

***

Berlin, Kanzleramt

Kanzleramtschef Horn boxt Karlbacher in die Seite. „Lassen Sie das Telefonieren."

„Moment", schnarrt Karlbacher in das Handy, dann zu Horn: „Sie sind irre, oder? Sie wissen doch, was auf dem Spiel steht. Brauchen Sie die Drohne nicht mehr? Schnell, ohne Spuren?"

„*Ich* bin irre?", flüstert Horn mit aufgerissenen Augen. „Allerdings weiß ich, was auf dem Spiel steht. Sie treiben Wer-weiß-was, während die halbe Welt hier versammelt ist. Und *ich* bin irre?"

Karlbachers Ausdruck könnte nicht gleichgültiger sein. „Im Moment wüsste ich keinen besseren Ort, oder wer achtet heute auf mich? Außer Ihnen, meine ich. Kann ich jetzt weiter telefonieren?"

Horn berührt mit seinen Lippen fast Karlbachers Ohr. „Ja, telefonieren Sie nach Herzenslust. Sie sind raus. Wenn Sie jemand fragt: Sie fühlen sich nicht gut. Dienstunfähig, nicht auf der Höhe. Kapiert? Gehen Sie nach Hause."

Karlbacher verzieht keine Miene. „Auf die Gelegenheit haben Sie gewartet, oder? Ist aber unpraktisch. Sagen wir, mir ist übel, aber ich bin nicht dienstunfähig, okay?"

„Unpraktisch. Was soll das nun wieder heißen?"

„Ich will in Sicht bleiben."

Horn schaut verständnislos.

Karlbacher formt ein Wort mit den Lippen: „A-li-bi."

Horn knirscht fast mit den Zähnen. „Was? Sie sind ein …"

Karlbacher wendet sich ab, hebt das Handy wieder ans Ohr. Sagt leise: „Hören Sie noch? Es geht um einen der beiden Männer, denen Sie gestern das Handy in das Kreuzberger Café gebracht haben. Die Kerle haben den Auftrag verbockt, er bringt das Geld zurück. Er ist zu dumm zum Schweigen. Verstehen Sie?"

„Ja, verstehe. Wann und wo?"

„Kennen Sie den Parkplatz hinter dem Alexa?"

„Dircksenstraße. Ja."

„22.45 Uhr. Der Mann kommt um zwo-drei-null-null. Das Geld behalten Sie. Diskretion. Kein großes Feuerwerk."

„Kein Feuerwerk. Okay."

Die Verbindung erstirbt. Karlbacher öffnet das Handy, knipst die SIM-Karte aus ihrer Halterung, zerknickt sie zwischen den Zähnen.

***

Auberg, Autobahnzubringer

Die Ampel am Berliner Ring zeigt Rot. Schmitt hält als erste an der Kreuzung, steigt aus, geht an den Autos entlang zurück zu Hertleins BMW. Macht schon einige Meter entfernt die kreisende Fingergeste: Scheibe runterdrehen.
 Hertlein drückt auf den Knopf. Sagt: „Verdammt, Schmitt, findest du das lustig, uns abzuhängen?"
 Schmitt zeigt über die Kreuzung: „Da sind die Typen, die mich vergewaltigt, geschoren und durch den Wald gejagt haben. Der weiße Kleinbus. Das rechte Licht ist kaputt. Das sind sie."
 Hertlein schüttelt den Kopf. „Und ...?"
 „Was wohl!?", herrscht Schmitt ihn an. „Ich will, dass wir die festnehmen."
 „Wir können nicht – wie viele Typen sind das?", sagt Hertlein.
 „Sechs fette Fußball-Hooligans mit Knüppeln. Der Typ, dem ich eins auf die Nase gegeben habe, sitzt mit seinem Veilchen hinten." Schmitt sieht zur Kreuzung. Die Fußgängerampel schaltet auf Rot. „Gleich fahren die Arschlöcher weiter. Also was ist?"
 „Steig in dein Auto und verschwinde", brüllt Hertlein. „Deine Zeit hier ist vorüber."
 Die Ampel schaltet auf Grün. Die Fahrer in den Autos hinter Schmitts V8 hupen, einer lässt die Scheibe runter und schreit etwas, das nicht freundlich klingt.
 Schmitt geht mit großen Schritten auf die Gegenfahrbahn, stellt sich in die Spur des Kleinbusses und hebt die rechte Hand.
 „Scheiße, Schmitt", ruft Hertlein, springt aus dem Auto.
 Der Kleinbus beschleunigt, hält auf Schmitt zu.
 Sie steht. Hand erhoben, Beine leicht gespreizt. Starrt genau da hin, wo hinter der spiegelnden Windschutzscheibe des Busses der Fahrer sitzen muss.
 Der Bus nähert sich. Schmitt sieht den Fahrer. Der Typ grinst. Dann weiten sich seine Augen, als er erkennt: Die Frau bleibt stehen. Sein Mund öffnet sich wie zu einem Schrei.
 Der Typ steigt mit aller Kraft auf die Bremse. Die Reifen radieren Gummi auf die Fahrbahn. Die kantige Karosserie scheint Schmitt zu absorbieren. Der Motor erstirbt ruckelnd.
 Schmitt geht mit großen Schritten zur Fahrertür. Verschlossen.
 Sie ballt die Faust, schlägt die Scheibe ein, rammt den Kopf des schreckstarren Fahrers mit einem Stoß in seinen Nacken aufs Lenkrad, dass Blut aus seiner Nase spritzt, reißt die Tür auf, packt ihn beim Ohr und schlägt seinen Kopf hef-

tig dem Beifahrer ins Gesicht, der fassungslos zu ihr hinüber sieht. Einmal, zweimal. Der Beifahrer verdreht die Augen.

Die junge Polizistin will rübergehen.

Hertlein: „Lass sie. Du kannst sie eh nicht bremsen."

„Jemand muss ihr helfen."

Hertlein legt ihr die Hand auf den Arm. „Lass Schmitt einfach machen."

Zwei Typen k.o.

Auf den Kleinbus-Rücksitzen Gebrüll und ein Gewirr aus wedelnden Fäusten und Baseballschlägern, die keinen Raum zum Schwingen haben.

Schmitt greift nach dem Zündschlüssel und entriegelt per Fernbedienung die Türen. Lässt den Schlüssel fallen. Zieht am Griff der seitlichen Schiebetür. Einer der Knüppel beschreibt eine ungenaue Kurve in ihre Richtung. Sie fängt ihn in der Bewegung ab und nutzt den Schwung, den Typen am anderen Ende von seinem Sitz auf die Straße zu zerren. Er ringt um Gleichgewicht, lässt den Schläger aber nicht los.

Fehler.

Schmitt dreht ihm den Knüppel aus der Hand und bewegt das Teil gleich weiter. Der Schwerpunkt wird in der Rotation zugleich dessen am schnellsten beschleunigte Partie, trifft den Typen oberhalb des Knies.

Gehupe, Gebrüll, das Geräusch der Motoren – und doch hören Hertlein und seine Kollegin den Knochen brechen.

Dritter Mann am Boden.

Schmitt stößt den über sein abgeknicktes Bein sich krümmenden Typen aus dem Weg. Gibt dem Knüppel wie spielerisch aus dem Handgelenk einen waagerechten Impuls in den Wagen hinein. Trifft den vierten Hool an der Stirn, bevor er seine Arme und seinen Baseballschläger so weit sortiert hat, sie anzugreifen.

Der Metallkörper des Knüppels in Schmitts Hand vibriert wie eine ausklingende Glocke. Der Typ erschlafft, Blut schwallt aus seiner Nase.

Vier.

Der Fünfte ist der, dem Schmitt in der Nacht mit ihrem Kopfstoß die Nase gebrochen hat. Er wirft seinen Baseballschläger durch die offene Schiebetür hinaus, birgt seinen Kopf in seinen Armen und beugt sich in den Schutz des Sitzes vor ihm.

Der Sechste starrt Schmitt an, hebt die Hände und schüttelt nur zitternd den Kopf, die Lippen bewegend.

Schmitt lässt den Baseballschläger fallen.

„Ihr Pisser seid festgenommen", schnarrt sie. „Falls ihr wider Erwarten nicht total verblödet seid, nehmt ihr euch einen Anwalt und haltet so lange das Maul, bis er euch eingeschärft hat, was ihr sagen sollt. Am besten lasst ihr ihn einen Deal für euch aushandeln – Name eures Auftraggebers gegen mildernde Umstände." Sie rammt die Schiebetür zu, hebt den Schlüssel auf, lässt auch die Fahrertür ins Schloss schwingen. Ruft durch das eingeschlagene Fahrerfenster: „Und wenn ihr noch einmal eine wehrlose Frau quält, komme ich zurück und haue euch richtig zusammen, ihr jämmerlichen Sackgesichter."

Die Polizistin und Hertlein stehen wie erstarrt, als Schmitt sich ihnen wieder zuwendet. Sie wirft den Schlüssel Hertlein zu, der keine Anstalten macht, ihn zu fangen. Sie reibt ihren rechten Arm. Von der Hand tropft Blut. „Als braves Mädel hast du doch sicher immer ein sauberes Taschentuch", sagt Schmitt zu der Kollegin. Die zieht eine Packung Tempos aus ihrer Tasche. Schmitt greift mehrere Tücher und presst sie auf ihren Handrücken. „Vielleicht holt ihr Verstärkung", schlägt sie vor. „Ihr Zwei habt gerade sechs Mann festgenommen, die als gewalttätig gelten. Respekt. Ihr kriegt meine Aussage gegen die Typen schriftlich. Außerdem gibt es auch noch die Spuren, die ich heute Morgen an meinem Körper gesichert habe." Sie dreht ab. „Ich geh dann mal."

Hertlein schreit: „Mach dich fort, Schmitt, hörst du? Verschwinde aus dieser Gegend! Fahr direkt nach Berlin. Du bist beurlaubt!"

Schmitt zeigt ihm den Mittelfinger, ohne sich umzudrehen. Setzt sich in den Audi, dessen Motor noch läuft, gibt Vollgas. Der schwere Wagen schießt bei Rot über die Kreuzung. Bremsquietschen und Hupen übertönen nicht das Grollen des beschleunigenden Achtzylinders.

Der Typ mit dem gebrochenen Bein bricht in Geheul aus. Die junge Polizistin zückt ihr Mobiltelefon, bittet um Verstärkung und um Rettungswagen für vier Verletzte.

Hertlein regelt den Verkehr.

Die Frau sichert den Bus mit den Festgenommenen.

Ihr Blick fällt auf die beiden Glatzen auf den Vordersitzen. Der eine hält seine blutende Nase mit der rechten Hand, der andere seine mit der linken.

Die Polizistin schafft es nicht, ernst zu bleiben. Sie lacht noch, als der erste Rettungswagen eintrifft.

***

Imerschwang

„Ich werde deine Schwurhand befreien", sagt Schuggenberger im Ton einer Feststellung. „Morgen deine Füße. Erst den einen, dann den anderen. Lügen haben kurze Beine. Sorgen wir dafür, dass du Spaß hast, ja?"
   Sagt SEINE Stimme: Sorgen wir dafür, dass du Spaß hast. SEINE Hände auf Schugges Schultern erhöhen den Druck. Du hast doch Spaß, Schugge, sorgen wir dafür. Dass du Spaß hast.
   Öffnet den Reißverschluss.
   sorgenwirdafür Spaßspaßspaßspaßspaß.
   Hab nicht gebissen. Aus Angst. Nicht mal gekotzt vor Ekel.
   Mutters Stimme: Das will keiner hören, Junge. Von mir nicht, von dir nicht.
   Schäfer hyperventiliert. Seine Augen drehen sich nach oben und hinten, die Lider flattern.
   Schuggenberger legt das Beil ab. Hält Schäfer einen Plastiksack vor die Nase, damit er hineinatme.
   Seine Atmung stabilisiert sich.
   Sein Blick wird sanft, schicksalsergeben.
   Der Mann ist nun schwach, überschwemmt mit Hormonen, die den Schmerz unterdrücken und den Fluchtreflex auslösen.
   Er weiß, was kommt.
   Schuggenberger lässt sich Zeit. Blickt in die blassen Augen des Cousins.
   Er sieht darin Angst, aber nicht Verstehen.
   Wissen, aber nicht Erkenntnis.
   Kein Medium: dumpfes Vieh, das allein an sich denkt. Ohne Moral. Kein Gegner, eigentlich.
   Ihn zu töten ist, wie einen Wurm zu zertreten.
   Es ist schwer, in Stimmung zu kommen.

***

Auberg

Schmitt meldet sich nicht mit Namen. „Wo sind Sie?", fragt sie nur.
„Seit zwei Minuten wieder im Verlag", antwortet Poll.
„Ich will da nicht vorfahren. Wo treffen wir uns?"
„Aus welcher Richtung kommen Sie?"
„Weiß nicht. Die Navigation zeigt Bamberger Straße an. Westliche Richtung."
„Einfach geradeaus weiter, Sie sehen den Verlag dann rechts. Fahren Sie vorbei und dann aufs Gelände der Schlosserei, die an der übernächsten Ecke ist. Ich komme da hin."
„Okay."
Schmitt drückt auf den Abschalt-Knopf ihres Smartphones, bis die Programmschluss-Grafik mit dem Bildschirm erlischt. Lässt das Gerät ins Ablagefach der Mittelkonsole gleiten. Die Navigation leitet sie weiter stadteinwärts, dann auf eine Rechtsabbiegerspur mit kurzer Ampelphase.
Sie biegt ab, als die Ampel eben auf Rot schaltet, und sieht vor sich rechts das Verlagsgebäude. Polls Citroën fädelt auf die Fahrbahn. Sie folgt ihm auf das Gelände der Schlosserei. Er stellt das Auto abseits ab, sie rangiert dahinter ein. Poll versteht Schmitts Handzeichen richtig und öffnet die Beifahrertür.
„Kommen Sie", sagt Schmitt. „Zu der alten Fleischfabrik."
„Jetzt doch?"
„Warum nicht. Irgendwo müssen wir anfangen." Sie fährt los. „Rechts raus oder links?"
Er schnallt sich an. „Na gut. Die Straße weiter nach rechts, nächste wieder rechts, dann auf die Autobahn Richtung Berlin für etwa 25 Kilometer."
Er fragt mit einer Bewegung in Richtung ihrer Hand: „Sie sind verletzt? Was war los?"
„Sie sollten die anderen sehen", brummt Schmitt und beschleunigt, um die Ampel noch zu schaffen, wo sie rechts abbiegen soll. „Es waren einige der Arschlöcher, die mir heut Nacht die neue Frisur verschafft haben."
„Autsch."
„Sechs Mann. Ich hab sie festgenommen und bei meinen Kollegen gelassen."
„Das sah vorhin, was Sie betrifft, auch mehr nach Festnahme aus als nach Kollegen."
„Ich bin eigentlich der Dienstgeschäfte enthoben. Ich habe eben meine Eskorte auf dem Weg zur Autobahn abgehängt."

Er lacht. „Sie neigen nicht dazu, sich neue Freunde zu machen."
Sie fragt: „Inwiefern?"
Schmitt schert aus und überholt vier Lkw. Ein entgegen kommender BMW blendet auf. Bremst. Steht auf der Gegenfahrbahn. Schmitt beschleunigt, weicht haarscharf dem BMW aus, schert Zentimeter vor dem vierten Lkw direkt nach ganz rechts auf die Autobahn-Auffahrt. Das Horn des Lkw ertönt. Schmitt tritt aufs Gaspedal. Der Audi schiebt mit einem Ruck in die enger werdende Kurve.
„Wow", sagt Poll atemlos.
Schmitt fährt von der Einfädelspur auf den Seitenstreifen und überholt einige Pkw und zwei Lkw, die bei Tempo 100 beide Fahrspuren blockieren. Tacho 190.
„Gefahr im Verzug. Wir sind immerhin einem Serienkiller auf der Spur, der sein nächstes Opfer schon in seiner Gewalt hat", erklärt sie und gibt Vollgas.
„Wenn Sie beurlaubt sind, ist es dann nicht illegal, den Mörder weiter zu suchen?"
„Auch Sie könnten ihn suchen, das ist legal. Ertappen wir ihn nicht auf frischer Tat, dürfen wir ihn allerdings nicht festnehmen. Andererseits würden wir ihn ohnehin nicht festnehmen, wenn er nichts getan hat, oder?" Schmitt betätigt die Lichthupe, schert aus, überholt langsamere Autos auf dem Seitenstreifen.
„Achtung, die Ausfahrt kommt gleich", sagt Poll.
Ein Schild: fünf Ortsnamen. Einen davon kennt Schmitt. „Fahren wir etwa nach Imerschwang?"
„Ja, wieso?"
„Kennen Sie einen Bill Sherman?"
„Nein, warum?"
Schmitt biegt ab, bremst scharf vor dem Abzweig der Landstraße Richtung Imerschwang, gibt, als der Weg frei ist, wieder Vollgas, und der Wagen schießt auf die Landstraße.
Schmitt rast mit 140 im dritten Gang die gewundene Straße entlang, ohne die Kurven zu schneiden. „Ein Bill Sherman aus Imerschwang hat mich verfolgt, als ich bei Waldherrbau war."
„Sie glauben, dass das kein Zufall ist?"
„Zufall ist möglich, aber sehr unwahrscheinlich", sagt Schmitt. „Keine Ahnung. Fahren wir erstmal hin."
Der Kirchturm taucht als erstes hinter der Kuppe auf, dann eine Gruppe Häuser wie um die Kirche gewürfelt.
„Hier nach rechts", weist Poll an.

Schmitt biegt zwischen die Häuser ab. Die Straße mündet nach wenigen Metern auf einen Marktplatz, dessen Zentrum ein schlankes gotisches Rathaus mit einer offenen Säulenhalle als Erdgeschoss bildet.

„Wie eine verdammte Puppenstube", brummt Schmitt. „Wo sind bloß die Menschen?"

„Weggezogen, wenn sie jung sind; zu unbeweglich, um rauszugehen, wenn sie alt sind. Und die Aktiven, die noch hier wohnen, sind um die Zeit in Auberg, Bayreuth, Coburg oder Bamberg bei der Arbeit." Poll zeigt auf ein verlassen aussehendes Haus auf der Kirchseite des Platzes. „Das ist es."

Schmitt hält beim Rathaus, schaltet den Motor ab. „Können Sie die Aufschrift lesen?"

„Nein, aber ich weiß, was da mal stand: St. Huberti Hof. Das ist so verwaschen, weil da lange ein größeres Leuchtschild drüberhing, ‚St. Huberti Hof' groß oben, drunter kleiner: ‚Schäfers Fleischkonserven und Frischwürste'. Es war einer meiner ersten Artikel, dass das Schild von der Freiwilligen Feuerwehr abgenommen werden muss, damit es nicht auf die Leute fällt."

„Welche Leute?"

Er grinst. „Es gab immerhin die von der Freiwilligen Feuerwehr."

Schmitt öffnet die Fahrertür. „Sieht nicht sehr bewohnt aus. Aber da hängt etwas am Eingang."

Sie überqueren den Platz. Nichts regt sich. In den unteren Geschossen der Häuser brennt vereinzelt Licht hinter den Gardinen. Von sechs Geschäften liegen zwei hinter gebleichten Auslagen dunkel. Ein Laden ist mit welligen Holzplatten vernagelt.

Am großen Tor des alten Gasthofs hängt ein A4-Blatt in einer von innen beschlagenen Klarsichthülle.

„Eine Bauanzeige", stellt Poll fest.

„Hängt seit Oktober hier." Schmitt tritt einige Schritte von der Fassade zurück und schaut an ihr hoch. „Generalsanierung, Abriss und Neubau einer Werkhalle, Teilentkernung, Umbau, alles denkmalgerecht. Steht da. Ganz schön umfangreich. Sieht aber nicht so aus, als ob allzu intensiv gebaut würde." Sie nähert sich wieder dem Tor. „Das Schloss ist neu. Kennen Sie den Bauherrn?"

Poll blickt auf den Zettel. „Grau & Berndes GmbH & Co-Kg., Nürnberg", liest er halblaut vor. „Nein. Nie gehört. Aber das Handelsregister ist online. Ich schaue nach, wer die Gesellschafter sind. Vielleicht kenne ich die." Er zückt sein Smartphone.

Schmitt sucht nach einem Klingelknopf. Klopft mit der unverletzten Faust gegen das Tor.

Nichts. „Ich sehe mich mal um", sagt Schmitt. „Vielleicht komme ich irgendwo weiter hinten aufs Grundstück."

Sie ist es. Sie ist es. Oh Gott, sie ist es.

Schugge tritt vom Fenster zurück.

Sie kann mich nicht sehen. Nein, sie kann mich nicht sehen. Nur ein winziges Loch in der Sichtblende erlaubt, die Straße zu beobachten.

Dennoch zittern seine Hände.

Sie wird mich strafen. Für das, was ich hier mache, wird sie mich strafen.

Das Beil rutscht ihm aus der Hand. Sein dumpfes Klirren auf dem Dielenboden macht, dass Schugge zusammenzuckt.

Sie wird eine Erklärung erwarten. Denn sie haben nicht geredet. Sie wird ihm nicht glauben. Sie haben nicht geredet.

Die Frau verschwindet aus Schugges Blickfeld.

Er weint.

Die Gasse zwischen den alten Mauern liegt im Dunkeln. Hinter dem Gasthaus ist das Anwesen mit Nebengebäuden verstellt. Schmitt klammert sich an einer besonders verwitterten Stelle der Mauer an vorstehende Steine. Versucht, Tritt daran zu fassen.

„Soll ich nicht lieber Räuberleiter machen?", fragt Poll.

Schmitt zuckt zusammen, fällt fast von der Wand und muss lachen. „Besser nicht. Ich bin zwar halbwegs geländegängig, aber das ist wohl doch zuviel." Sie lehnt sich an die Mauer gegenüber und zeigt nach oben. „Schauen Sie. Was sehen Sie?"

Er legt den Kopf in den Nacken. „Verlassenes Gemäuer. Sieht nicht nach Bauarbeiten aus. Was zu der GmbH passen würde. Die gibt es nämlich nicht. In Nürnberg nicht und nirgendwo sonst."

„Sie hat einen Bauantrag gestellt", sagt Schmitt. „Also muss sie sich irgendwie manifestieren."

Poll hebt senkt die Mundwinkel. „Wenn Sie in dieser Gegend das Vertrauen der Gemeindeverwaltung gewinnen und einen Architekten von hier nehmen, reicht für den Bauantrag eine Visitenkarte. Wenn Sie die überhaupt brauchen. Wer hier investiert, kriegt den roten Teppich ausgerollt."

„Na gut. Aber das ist nicht das Entscheidende." Schmitt hebt wieder die Hand. „Was sehen Sie da oben?"

Er blickt wieder hinauf. „Alte Mauern."

„Und?"

„Nichts."

„Das dachte ich zuerst auch. Dann sah ich es. Und dann wollte ich die Mauer hochklettern, um zu sehen, ob es an allen Gebäuden auf dem Grundstück so ist."

„Was meinen Sie?"

Schmitt eilt an der Mauer entlang, zeigt nach oben. „Die Fenster sind mit irgendetwas von innen verklebt oder zugeschmiert. Alle jedenfalls, die ich von hier aus sehe. Vorn auch, an der Platzseite, die beiden unteren Stockwerke, oder?" Am Ende der Gasse überquert sie eine schmale Straße, dreht sich um und hebt die Arme. „Ich frage mich, was geschieht, wenn jemand da drin das Licht anschaltet? Würde man es hier draußen bemerken? Was meinen Sie?"

Poll betrachtet die Fassade des Hinterhauses, eines niedrigen Industriebaus aus den 50er-Jahren. Über der Torausfahrt hängt die teilweise bemooste Reklametafel der Fleischfabrik noch. Das große Fenster daneben ist mit frischen Spanplatten verschlossen. Schmitt sucht in ihren Taschen. Das Schleekemper-Handy muss im Auto sein. „Geben Sie mir bitte Ihr Telefon", sagt sie und streckt die Hand aus. „Meins wird wahrscheinlich noch immer von irgendwelchen Arschlöchern verfolgt."

„Kein Problem."

Sie wählt eine Nummer, und als Poll sich diskret zurückziehen will, folgt Schmitt ihm in die Gasse und überholt ihn, den Hörer am Ohr. „Herr Meyer, sagen Sie mir bitte, unter welcher Adresse Bill Sherman gemeldet ist."

„Sie sind beurlaubt, Schmitt. Wo sind Sie?"

„Schon ein ganzes Stück weit Richtung Berlin. Sagen Sie mir die Adresse, bitte."

„Warum?"

Sie steht auf dem Platz, sucht die Fassade nach der Hausnummer ab. „Und wenn ich sie Ihnen sage? Wie wäre es mit Imerschwang, Am Markt 4?"

„Was ... wie ...?"

„Das ist die stillgelegte Fleischfabrik der Familie Schuggenberger."

„Das Objekt ist überprüft worden."

„Von den Fußball-Deppen."

„Ist doch egal von wem."

„Was, wenn ich Ihnen sage, dass die Fenster verdunkelt wurden. Es soll verlassen aussehen. Ist aber eher eine Festung. Jemand rechnet mit Besuch."

„Ich ... bitte ..."

„Glauben Sie an solche Zufälle? Ich wette, Schäfer ist hier. Alois Schuggenberger ist sein Cousin, übrigens."

„Sagen Sie mir nicht, dass Sie jetzt dort sind."

„Wieso, ist doch keine Gefahr? Frau Rath sitzt doch im Knast."

„Schmitt, Sie ahnen gar nicht, wie Sie mir auf die Nerven gehen."

„Verlassen Sie sich nicht drauf. Also, Gefahr im Verzug: Was gedenken Sie zu tun?"

Er grunzt. „Ich schicke die Kavallerie, was sonst. Sie haben das Anwesen erkundet?"

„Das Gelände ist unübersichtlich. Zwei Tore auf zwei Straßen hinaus; Fenster vorn, seitlich und hinten. Zugeklebt oder vermalt, so weit ich sehen kann. Ob jemand drin ist, kann ich nicht sagen. Ob er beobachten könnte oder würde, was draußen los ist, auch nicht. Kameras hängen nicht hier, jedenfalls keine, die so groß sind, dass man sie sieht."

„Das SEK kann zehn Mann in einer Stunde oder dreißig in drei bereitstellen. Sie wählen."

„Schicken Sie die zehn gleich diskret zur ersten Sicherung und die zwanzig anderen für den Zugriff hinterher."

„Okay."

„Ich warte hier. Machen Sie schnell."

„Und Schmitt: Keinen Alleingang."

„Klar, Chef. Nur wenn er angreift." Schmitt kappt die Verbindung und reicht Poll sein Handy. „Nehmen Sie meinen Wagen und postieren Sie sich unauffällig hier beim Tor. Da vorn, wo sie es gerade noch sehen. Tun Sie nichts. Bleiben Sie im Auto sitzen. Der Typ ist gefährlich. Fahren Sie weg, wenn er sich rührt und sich Ihnen nähern sollte. Wenn sich etwas bewegt, egal was, holen Sie mich auf dem Marktplatz ab. Ich bin beim Rathaus."

Poll nimmt den Autoschlüssel, den sie ihm hinhält. „Wow. Hilfssheriff wollte ich schon immer mal werden."

„Mir reicht eine Kippe als Dank", sagt Schmitt. Er bietet ihr die Packung. Sie nimmt sich eine Zigarette und zündet sie an. Er reicht ihr noch zwei, die sie in eine Jackentasche schiebt.

Schmitt dankt mit einem Nicken. „Holen Sie jetzt das Auto. Wenn Sie hier auftauchen, gehe ich durch die Gasse nach vorn. Falls wir beobachtet wurden, steht nun wenigstens nicht mehr mein Auto vor dem Haus."

Schmitt lehnt sich an die Mauer und schaut zum Haus, die Augen gegen den milchigen Himmel beschattend. Nichts deutet auf Bewohner hin.

Sie hört ihren V8, bevor sie ihn sieht. Poll sitzt mit einem Grinsen am Steuer und lässt die Scheibe in die Tür gleiten. „Ich würde ja gern noch ein wenig weiter fahren als nur um die Ecke."

„Sie haben doch auch ein schönes Spielzeug." Schmitt grinst. „Sie dürfen mein Auto noch wenden. Sie können, wenn Sie da vorne in der Biegung parken, das Haus im Rückspiegel beobachten und vorwärts abhauen, wenn etwas geschieht."

„Jawoll, Chefin. Oder wie sagt man bei der Polizei?"

„Sie machen das gut. Sie sind eingestellt. Ich gehe jetzt nach vorn. Und nicht vergessen: Wenn etwas geschieht, hauen Sie nur ab und kommen zu mir auf den Platz."

„Jawoll, Chefin."

Schmitt überquert die Straße. Kaum ist sie in der Gasse, spürt sie eine Bewegung. Intuitiv keilt sie aus. Der Elektroschocker wird ihr seitlich hinten am Nacken angesetzt. Sie bricht in einer Konvulsion aller Muskeln auf dem feuchten Kopfsteinpflaster zusammen.

***

Berlin, Bundeskanzleramt

„Sie sitzen im Dunkeln?", fragt Kanzleramtsminister Horn.
Der Kanzler dreht seinen Stuhl, beugt sich vor, schaltet die Schreibtischlampe ein. „Ich mag das Panorama in der Dämmerung. Fünf Minuten Ruhe." Er hebt eine Tasse an. „Wollen Sie auch einen? Aus der guten Schublade?"
Horn lässt sich in den Sessel am Teetisch fallen. „Doppelt."
Der Kanzler angelt die Flasche aus der Schublade, trägt Tasse und Flasche mit hängenden Schultern zur Sitzecke. „Wie läuft es in Ihrer Ecke des Rings?" Er setzt sich Horn gegenüber, entkorkt die Flasche, nimmt eine leere Teetasse vom Tablett.
„Die Geheimdienste der Welt sind auf Frieden und dessen Sicherung eingerichtet." Horn lacht kurz wie über einen beiläufigen Witz. „Alle sind engagiert, aber niemand glaubt wirklich daran, dass Abu Nar ..."
„Glauben Sie daran?" Der Kanzler schiebt Horn die Tasse über die Tischplatte. Prostet ihm zu. Nippt Scotch.
Horn trinkt. Setzt die Tasse hart ab. „Haben Sie den Pressespiegel gesehen?"
Der Kanzler nickt. „Sie wetzen ihre Messer."
„Gute Beschreibung."
Sie trinken.
„Noch diese Nacht, dann kann es erreicht sein. Es ist ein Missverständnis, dass wir nur aus taktischen Gründen mit Abu Nar verhandeln. Es wäre ein ungeheurer Gewinn für den ganzen Nahen Osten, wenn einer der großen Milizenführer sich auf Frieden einließe." Die Stimme des Regierungschefs klingt gewinnend, warm, begeistert. Horn fühlt sich an Momente erinnert, in denen ihn dieser Mann bezaubern und befeuern konnte während ihrer zu großen Teilen parallel verlaufenen Karrieren. Der Kanzler fährt fort: „Stellen Sie sich vor, wie es wäre, wenn Handel und Wandel in der Region wieder in Gang kämen, wenn der Wiederaufbau beginnen und das Flüchtlingselend beendet werden könnte. Stellen Sie sich vor, wie eventuell am Ende selbst Israel aus seiner Angststarre finden könnte und fruchttragende Verhandlungen mit den Palästinensern beginnt."
Horn sagt: „Ich frage mich, wozu Abu Nar die Drohne braucht. Man benötigt nicht allzu viel Phantasie ..."
„So wie unser Herr Außenminister." Der Kanzler erlaubt sich den Hauch eines Grinsens wegen der Doppeldeutigkeit seiner Bemerkung. „Aber irgendwann müssen sich die Dinge ändern. Diese Kriege dauern inzwischen zu lang. Sie sind kein gutes Geschäft mehr. Es ist daher nicht zwingend, dass Abu Nar vorhat, den Einsatz zu erhöhen, um das Krisengeschäft wieder anzukurbeln, wie alle diese

Journalisten glauben. Seine Leute sind der Kämpfe müde. Es gibt unter ihnen kaum einen, der nicht Freunde und Verwandte verloren hat oder selbst mindestens einmal vor Kampfhandlungen geflohen wäre und alle Habe zurücklassen musste. Wenn Abu Nar den Frieden kontrolliert, werden er und seine Leute deutlich mehr davon haben, sie werden sich mit Luxus umgeben können, statt in Bunkern ihr Blutgeld zu zählen. Aber er braucht ein Unterpfand. So verstehe ich das: Mit der Drohne könnte er seinen Leuten zeigen, dass er nicht zum Weichei geworden ist. Allein, indem er sie besitzt."

Horn schweigt. Er spürt seinen Nacken heiß werden.

„Ich brauche Loyalität in meinem engsten Kreis", sagt der Kanzler plötzlich im Ton persönlicher Ansprache. „Und ausgerechnet Sie halten mich für naiv."

Horn stammelt: „Ich weiß gar nicht …, ich bitte Sie …, d-durchaus nicht, Herr Bundeskanzler."

„Ich höre, Sie verbringen viel Zeit mit unserem Neuen, diesem Karlbacher."

„Notgedrungen. Er ist einer unserer wichtigsten Verwaltungsleute an der Schnittstelle der Geheimdienste."

„Notgedrungen? Sie haben ihn reingeholt, aber Sie mögen ihn nicht?"

Zuviel verraten. Horn gibt sich gelassen. „Das spielt keine Rolle. Er ist ein Profi. Ex-BND."

„Es gibt Gerüchte. Karlbacher soll in die Muthberg-Sache verwickelt gewesen sein."

Horn bleibt einen Moment lang die Luft weg. Beinahe hätte er sich an den Kragen gefasst, um am Krawattenknoten zu zerren. „Ich gebe nichts auf Gerüchte", hustet er.

„Und, wäre es denkbar?"

Horn zwingt sich zu einem Lachen. „Wenn Ihnen ein Journalist diese Frage stellt, fahren Sie ihm übers Maul und antworten: Denkbar ist alles." Er zieht die Schultern hoch. „Wenn es so wäre, hätte ich ihn nicht eingestellt. Wir sind damals knapp einer Katastrophe entgangen, und ich bin nicht scharf drauf, die Affäre wiederzubeleben. Wer redet denn so über Karlbacher? Vielleicht knöpfe ich mir den mal vor."

Der Kanzler schüttelt den Kopf. „Ich habe es irgendwo aufgeschnappt."

Horn weiß, dass das gelogen ist. Eine Karriere, die in nahezu vierzig Jahren durch die Parteihierarchie und mehrere Ministerien an die Spitze des Staates führt, beruht immer auch auf einem exzellenten Gedächtnis und der Gabe, wie ein Paranoiker die Flöhe husten zu hören. Der Kanzler fügt hinzu: „Wenn nichts dran ist, okay. Aber wir sollten uns nicht kompromittieren lassen."

„Da ist absolut nichts dran. Karlbacher hat alle üblichen Sicherheits-Screenings durchlaufen und bestanden. Und die Muthberg-Sache habe ich im Griff", sagt Horn. Sein Management des Prozesses gegen die Nazis könnte kaum besser sein, weiß er, zumal Karlbacher hier zum Selbstschutz Ruhe hält: kein Wort zuviel über den Mord an Staatssekretär Muthberg. Selbst Karlbachers rechte Handlanger halten sich daran. Horn entspannt sich ein wenig.

Der Kanzler seufzt. „Es ist aber schon gut, dass unsere Verhandlungen mit Abu Nar gerade die Aufmerksamkeit für den Prozess total absorbieren."

„Schadet nicht", räumt Horn ein.

Nach einem Moment des Schweigens fragt der Kanzler: „Was ist mit der Drohne?"

Horn schnappt erneut nach Luft. „Wenn alles gut geht, morgen Abend. Spätestens. Die Software ist wirklich an einem verdammt sicheren Ort. Das dauert, sie zu beschaffen."

„Ich hätte Schleekemper nicht ernsthaft für bestechlich gehalten."

Horns Gedanken rasen. „Ja", sagt er nur.

„Wieviel genau?"

„Wollen Sie das wirklich wissen?"

„Guter Punkt." Der Kanzler hebt einen Mundwinkel. „Haben Sie in letzter Zeit mit dem Außenminister geredet?"

„Wieso?"

„Abu Nars Leute sind fixiert auf diese Drohne. Seitdem sein Unterhändler in Genf den Außenminister mit dem Thema – äh – konfrontiert hat, reden sie von nichts anderem mehr. Dabei haben wir ihnen nichts versprochen. Und wir haben keinen Plan B. Sven Keller ist außer sich. So habe ich ihn noch nicht erlebt."

„Ich weiß." Horn seufzt.

„Noch einen?", fragt der Kanzler, eine Fingerspitze an der Flasche.

„Danke."

„Was macht Sie sicher?"

„W-was?"

„Dass wir die Drohne morgen haben – was macht Sie sicher?" Er gießt Whisky in Horns Tasse.

„Was sollte ich wohl darauf sagen?", fragt der zurück und denkt an Karlbacher und Schmitt und Krätz. „Ich bin so sicher, wie man sein kann." Karlbacher wird die Drohne beschaffen. Wenn das überhaupt möglich ist, wird er das hinkriegen. Aus reinem Eigennutz. Darauf kann man sich bei ihm verlassen: seinen Egoismus.

„Der Außenminister rät mir, die weiteren Verhandlungen abzusagen und in Sachen Drohne einen klaren Schnitt zu ziehen", sagt der Kanzler. „Er sagt, es sei zwecklos ohne die Drohne, und ich würde mich unmöglich machen, wenn ich am Ende zur Unterzeichnung komme, und die Welt schaut auf ein Debakel. Aber mit der Drohne gäbe es das Debakel eben etwas später, nicht minder unausweichlich, und in globalem Ausmaß. Was halten Sie davon?"

Jajaja, denkt Horn. Absagen, gute Idee. „Es steht viel auf dem Spiel", stellt er fest. Immer schön offen formulieren. Nicht dass es sein Rat ist, der …

„Keller macht wilde Andeutungen, ich hätte keine Ahnung, wie viel tatsächlich auf dem Spiel stehe. Was könnte er meinen?", fragt der Kanzler.

„Keine Ahnung." Warum nicht auf Nummer Sicher gehen, denkt er – ich habe nichts zu verbergen: „Er ist offenbar von irgendetwas irritiert, was der Innenminister ihm sagte …"

„Und was, glauben Sie, war das?"

„Keine Ahnung." Horn hebt etwas übertrieben beide Hände. „Sie kennen den Außenminister. Er redet manchmal in Rätseln."

„Allerdings." Der Kanzler lacht. „Allerdings." Horn erwartet eine der üblichen Keller-Anekdoten. Aber der Kanzler lehnt sich zurück, starrt einen Moment lang ins Leere. Er sieht im Streulicht der Schreibtischlampe müde aus. „Ich sehe schon Gespenster, oder?"

„Vielleicht sind es seine. Kellers, meine ich." Horn lacht auch.

Der Kanzler strafft sich wieder. „Wenn diese Sache schief geht, sind wir verdammt noch mal am Arsch, um es auf gut Deutsch zu sagen. Davon würden wir uns nicht erholen." Er leert seine Tasse in einem Zug. Schüttelt sich. Schaut auf seine Uhr, springt auf. „Okay. Endspurt. Können wir das Programm für heut Nacht gleich durchgehen? Wenn Sie noch fünf Minuten hätten …" Er geht wieder zum Schreibtisch, setzt sich, zieht einen Block zu sich heran. „Checkliste. Bereit?"

***

Schäfers Fleischkonserven, Imerschwang

Es sind die Augen.
Er bewegt sich wie ein Athlet. Geschmeidig, kraftvoll.
Er wäre ein gut aussehender Mann, wenn diese Augen nicht wären, fanatisch glänzend in dunklen Löchern.
Der Schlächter von Auberg behandelt Schmitt sanft, ja zärtlich. Und er entschuldigt sich, als er sie an den Stuhl bindet – so komfortabel das geht, Handgelenke an Armlehnen. „Ich muss das tun, damit du sicher bist." Er hat einen leichten englischen Akzent. „Was ist mit deinem Haar geschehen?", fragt er und streicht mit der Hand über ihren Kopf, so dass er kaum die Haarspitzen berührt.
Schmitt sitzt an einer Art Küchentisch mit grauer Kunststoffplatte. Es gibt noch andere Stühle wie ihren. 50er- oder 60er-Jahre, rotes Kunstlederpolster, gebogene Lehne aus Holz. Tisch und Stühle stehen zwischen Spinden hinter einer Art Theke. Dies ist vielleicht einmal die Pausenecke gewesen für die Arbeiter in diesem Raum, der mit Edelstahlmöbeln eingerichtet und mit Neonröhren schattenlos ausgeleuchtet ist wie die Restaurantküche, die Schmitt einmal bei einem Verwandten in der Türkei gesehen hatte.
Aber dort gab es keine Fleischerhaken an Laufbändern, die an einem Metallgerüst unter den Leuchtröhren angebracht waren.
Und es lag dort kein nackter Mann auf einem Edelstahltisch, in seinen Knebel wimmernd.
Für wen hältst du mich? fragt sich Schmitt und versucht, sich zu konzentrieren. Der Elektroschocker hat ein Dröhnen in ihrem Körper hinterlassen, das in ihrem Kopf widerhallt.
Sie erinnert sich, was der alte Redakteur Kregel erzählt hatte. Und versucht, mütterlich zu wirken. „Es ist gut, Junge", sagt sie sanft. „Du kannst mir alles ganz in Ruhe erzählen. Du erzählst, was du loswerden willst. Und dann kannst du mich losbinden."
Er schaut sie zweifelnd an, für einen Moment irritiert. Dann versinkt er wieder. „Du darfst mir aber nicht böse sein, nicht böse sein, nein?"
Schmitt schüttelt den Kopf. „Ich kann dir gar nicht böse sein. Nicht mehr. Ich bin für dich da. Erzähl mir, was dich bedrückt, und ich werde schauen, wie ich dir helfe."
Der Mann schluchzt. Tränen überströmen sein Gesicht. Er sackt zusammen, kauert vor Schmitt, umfasst ihre Knie wie ein kleiner Junge. „Er sagte, wenn ich lieb zu ihm bin, dann würde er niemandem etwas verraten."
„Was verraten?"

„Dass ich Sachen genommen habe, aus seinem Keller. Der stand immer offen, und ich habe Sachen genommen. Ich dachte, die lägen da für die Kinder, und ich dürfte sie nehmen. Aber dann kam er und war enttäuscht und böse und wollte dir verraten, was ich getan hatte, und die Polizei rufen."

„Dann hat er dich missbraucht", sagt Schmitt leise.

Er schluchzt so heftig, dass sein ganzer Körper geschüttelt wird.

Schmitt schafft es, mit ihren Fingerspitzen sein Haar zu kraulen.

Er schreckt zurück, die Augen aufgerissen, kriecht rückwärts eine Armlänge weit davon. „Nicht berühren, nicht berühren, nicht berühren", fleht er mit überschlagender Stimme.

Schmitt hält die Luft an, schließt für einen Moment die Augen, um ihre eigene Panik zu verbergen.

Seine Mutter muss eine kalte, harte Frau gewesen sein.

Die Mutter seiner Vorstellung ist der realen Frau wahrscheinlich ähnlich, aber anders: eine Superheldin. Eine Übermacht, autoritär, aber nicht kalt.

„Es ist gut", sagt sie so tief sie kann. Sanft und fest zugleich. „Es ist gut, Junge. Erzähl weiter. Ich fasse dich nicht an."

Wieder eine Irritation in seinen Augen. Die vergeht. Er kauert sich an ein Tischbein. „Er hat … Sachen mit mir gemacht. Und dafür versprochen, nichts zu verraten, weil wir doch Freunde sind", schluchzt er, und sein Blick irrt über den gefliesten Boden.

„Aber du hast ihn verraten, nicht wahr?"

„Sie haben mich eingesperrt. Bei den Irren. Ich war lange eingesperrt."

„Wo bist du danach gewesen?"

Er hebt den Kopf. „Ich hab Geld geerbt. Damit bin ich weggegangen. Wo mich keiner kannte, ging es mir gut." Er lächelt. „Ich habe in Amerika gearbeitet." Seine Augen wechseln den Ausdruck. „Du bist tot."

Schmitt spürt ein Prickeln im Nacken. „Es ist dir gut gegangen in Amerika."

Er sieht sie an. „Ich weiß, dass du nicht Mutter bist. Du bist nicht meine Mutter." Er legt einen Finger an seinen Mund wie ein kleiner Junge, der nachdenklich aussehen will. „Aber wer bist du dann?"

Schmitt lächelt. „Ich kann dir helfen, weißt du? Ich bin eine große, starke Frau und kann dir helfen." Sie wirft den Kopf nach hinten, als hingen ihr Haare ins Gesicht. „Amerika war also gut?"

„Ja, Amerika war gut. Die Leute haben mich nicht mehr so angesehen."

„Wer ist Bill Sherman?"

„Ich bin Bill Sherman."

„Du bist Schugge."

„Ich bin Schugge. Ich bin Bill Sherman. Er ist am gleichen Tag geboren wie Schugge. Aber er ist nur vier geworden. Ich habe ihn vom Friedhof."

„Du hast seine Identität angenommen."
„Ja. Du weißt, wie das geht?"
„Ich habe davon gehört. Ich nehme an, Bill Sherman hatte bereits eine Sozialversicherungsnummer. Du hast dir als Bill Sherman eine Sozialversicherungskarte besorgt mit dem Argument, du hättest die alte verloren, du hast dir einen Führerschein beschafft, eine Kreditkarte und einen Reisepass beantragt und warst fortan Bill Sherman."
Er wirkt verträumt. „So ähnlich. Ich bin klug. Du auch. Was machst du?"
Soll ich? Soll ich nicht? „Ich kann dir helfen, wenn du mir deine Geschichte erzählst", sagt Schmitt. Tief, ruhig. „Ich bin von der Polizei."
Er krampft seine Hände zusammen. Hechelt. „Polizisten sind dumm und böse. Sie hören nicht zu und glauben mir nicht. Sie sperren mich ein."
Schmitt fühlt Schweiß auf ihre Stirn treten. Kontrolliert sich. „Du kennst nicht alle Polizisten. Ich bin aus Berlin gekommen, dir zu helfen. Ich bin vom BKA. Es ist nicht deine Schuld, dass du es damals nur mit dummen, bösen Polizisten zu tun hattest – aber wenn schon damals jemand vom BKA gekommen wäre …"
„BKA?"
Amerika! Das TV-Serien-Klischee: „FBI. Wir sind besser als die lokalen Bullen, weißt du?"
Er nickt. Seine Augen gleiten ab.
„Warum bist du zurückgekommen? Du hättest als Bill Sherman drüben glücklich bleiben können."
Er kauert sich wieder zusammen. „Aber ER war doch da! Plötzlich war er da."
„In Amerika?"
„Sie haben etwas gefeiert, und ER war dabei, und er war da in der Zeitung, wie er immer in der Zeitung war."
„Ferdl Waldherr."
„Onkel Ferdl." Er schaut sich mit aufgerissenen Augen um, als ob Waldherr an der Tür auftauchen könnte. „,The successful businessman with a high reputation for entrepreneurial boldness as head of his construction company as well as for intense charity activities', the newspaper wrote. I had talked, and I was there. I was scared, and at night they told me I had to do something about it."
„They?", fragt Schmitt. „Wer waren ‚Die'?"
„Dr. Seebüll und Schwester Heinser aus dem Heim. Sie sagten mir, ich würde wieder eingesperrt, wenn ich rede. Ich hab alles aufgeschrieben, damit ich nicht wirklich irre werde, weißt du." Er zieht ein abgenutztes schwarzes Notizbuch aus der Hosentasche, legt es auf den Tisch. „Darin blieb es verschlossen, und all die Zeit hab ich es für mich behalten. Ich bin schlau. Ich bin nur rausgekommen, weil ich es aufgab, das Reden, weißt du? Ich hab es selbst eine Spinnerei genannt und mich klein gemacht. Ich darf nichts sagen."

„Der Doktor und die Schwester kamen nachts und haben dir gesagt, was du tun sollst?"

„Sie – sie waren in meinem Kopf." Er wischt sich die Augen. Drückt den Zeigefinger gegen seine Schläfe, als wollte er den Ort zeigen, an dem der Doktor und die Schwester gewesen waren. „Irgendwie wusste ich dann, dass die es sagen müssen, die es gewusst haben." Er macht eine vage Bewegung nach dem gefesselten Mann auf dem Tranchiertisch. „Ich schreibe es ihnen ins Fleisch, dass es rauskommt. Wenn es rauskommt, und ich hab nichts gesagt, dann wird alles gut." Er blickt starr vor sich hin und sagt: „Sie waren in meinem Kopf. Sie waren immer in meinem Kopf. Sie haben mir gezeigt, wie sehr ich lüge, wenn ich rede. Ich habe Schweigen gelernt für sie. Sie haben mir gezeigt, wie ich die Wahrheit sage, ohne zu reden." Er atmet stoßweise. „Lügen ist böse. Reden ist verboten. Schugge wird eingesperrt für Lügen und Reden. Aber Schugge ist nicht böse." Er schaut sich wieder um, als müsste er mit Verfolgern rechnen.

Schmitt folgt einem Gefühl, indem sie flüstert: „Der Mann, der Schugge bedroht, ist Ferdl Waldherr, nicht wahr?"

Er nickt. Haucht: „Es ist Onkel Ferdl. Und er macht das nicht nur mit Schugge. Und er ist nicht allein. Er macht Sachen, und die anderen schauen. Sie müssen doch reden."

„Ja", sagt Schmitt. „Sie hätten reden müssen."

***

Auberg, Polizeipräsidium

Der Einsatzleiter des SEK mustert Hertlein, sagt: „Was soll das? Sie können mitkommen, aber mehr nicht. Wir kommen allein zurecht."
 Hertlein schließt die untere Schnalle der schusssicheren Weste. „Wenn Sie mir mit der oberen Schnalle helfen, kommen wir schneller los. Ich leite die Ermittlungen, also gehe ich mit rein. Ich bin fit. Und das ist nicht mein erster Einsatz dieser Art. In München ..."
 „Kann ja sein. Aber wir sind ein eingespieltes Team. Das Risiko, dass etwas schief geht, ist zu hoch. Nur zu Ihrer Sicherheit ..."
 „Ich gehe rein. Auf eigene Verantwortung. Wenn Ihnen das nicht passt, fragen Sie den Oberstaatsanwalt. Aber richten Sie sich drauf ein, dass es ungemütlich wird."
 Der Mann schließt den Clip. „Am Einsatzort hab ich das Kommando. Klar?"

***

Imerschwang, Franken

Poll raucht bei halb geöffnetem Fahrerfenster. Lässt das Haus nicht aus den Augen. Er friert. Fragt sich, wo es hinführt, ewig im Rückspiegel ein Tor anzustarren.

Eine alte Frau im karierten Mantel kommt zwei Mal mit einem struppigen Hund vorbei. Poll muss lachen: Sie haben den gleichen Gang. Er zählt drei Autos, eins davon zweimal. Ein alter Escort, ein Greis darin. Er rumpelt mit flackerndem Rücklicht davon.

Wie lange soll das noch gehen?

Die Stimme eines Mannes sagt: „Polizei. Nehmen Sie die Hände hoch und steigen Sie langsam aus."

Poll sieht sich umringt von Männern in SEK-Einsatzausstattung. Sie sind aufgetaucht wie aus dem Nichts. „Ich bin Journalist. Es bringt Unglück, Journalisten zu bedrohen, wissen Sie das nicht?"

Der Polizist öffnet die Autotür. Poll steigt aus, Hände erhoben. Der Wortführer ist um einiges größer als er selbst, trägt SEK-Uniform mit schusssicherer Weste, aber der Helm hängt an seinem Gürtel. „Paul Poll, ich arbeite beim TT. Wenn Sie aufhören, auf mich zu zielen, kann ich Ihnen meinen Ausweis zeigen. Ich hab ihn in der Jacke."

„Geben Sie mir eine plausible Erklärung dafür, dass Sie im Wagen meiner Kollegin sitzen."

„Schmitt hat mich gebeten, das Haus zu beobachten. Es ist niemand rausgekommen." Poll sieht, während ihn ein zweiter Beamter abtastet, die linke Hand des Polizisten. Er hält Schmitts rote Schuhe. „Wa- warum ...?", stammelt Poll. „Wo ist sie?" Auf ein Nicken des Wortführers lassen auch die anderen die Läufe sinken. Poll nestelt seinen Presseausweis hervor.

Der andere sagt: „Hertlein, LKA. Schmitts Schuhe habe ich vorn bei der Ecke gefunden."

„Dann ist sie drin. Sie wollte das Haus vom Markt her beobachten. Der ... der Typ muss sie irgendwie eingefangen haben."

„Kann es nicht sein, dass sie reingegangen ist?"

„Wie? Auf Klopfen hat niemand reagiert. Über die Mauer? Glaube ich nicht. Und wenn sie freiwillig durch die Tür reinspaziert wäre, würde sie doch wohl Schuhe tragen."

Hertlein blickt hinüber zum Haus. Überlegt. Er winkt dem Einsatzleiter der SEK-Leute. Geht mit ihm beiseite.

Poll lehnt am Auto. Als Hertlein und der andere Polizist ihr Gespräch beendet haben, sammeln sich die Uniformierten. Traben durch die Gasse Richtung Marktplatz.

Poll ist vergessen.

Er murmelt: „Die gehen rein." Setzt sich in den V8, lässt ihn an. Zweimal rechts, und er rollt wieder auf den Markt.

Drei im Dämmerlicht schwarz wirkende BMW-Kombis parken nun ebenfalls dort. Nicht nebeneinander und nicht zusammen. Doch die drei Wagen wirken wie uniformiert.

Poll parkt den V8 abseits.

Die SEK-Leute haben sich auf der Seite des Rathauses versammelt, die vom St. Huberti Hof her nicht einzusehen ist.

Poll zählt elf Mann, plus Hertlein, der als einziger helmlos ist.

Zwei der Polizisten tragen eine Ramme zum Tor.

Poll schaltet sein Handy stumm und auf Kamerabetrieb.

Breitbeinig nehmen die Polizisten Aufstellung. Schwingen die Ramme rhythmisch und wuchten sie beim dritten Ausholen nahe dem Schloss gegen das Tor. Das Tor knickt in der Mitte ein. Die Scheinwerfer auf den Gewehren leuchten auf und bohren staubdurchflirrte Lichtbündel ins Dunkel, die auf rissigen Wänden abgleiten.

Hertlein eilt voraus. Dann folgen die anderen, erst einer, leicht abfallend an Hertleins linker Seite, dann paarweise die anderen. Sie sichern aus dem Oberkörper, sie drehen auf der Stiefelspitze in die Einfahrt ein, gehen seitwärts Richtung Hof.

Poll filmt den Einsatz mit seinem Smartphone. Er hat die Option abgewählt, den LED-Blitz als Scheinwerfer zu verwenden.

Nur nicht auffallen.

Im Hof gibt es nur eine Tür, durch die schwach Licht schimmert.

Hertlein zögert nicht.

Er geht hinein.

Schuggenberger springt auf, hinter Schmitts Stuhl, hält ihren Kopf bei der Stirn, presst ihren Hinterkopf gegen seinen Bauch, drückt ihr mit der anderen Hand das Messer an den Hals. „Ich schneide ihr die verdammte Kehle durch, wenn ihr reinkommt! Ich bringe sie um", ruft er. Seine Stimme klingt fest.

Schmitt kann am ungleichmäßigen Druck seiner Finger spüren, wie aufgeregt er ist. Sie sieht aus dem Augenwinkel, wie eine Gestalt in den Raum huscht.

„Ich bringe sie um!", ruft Schuggenberger, während ihn Hertlein ihn aus der Deckung hinter einem Edelstahlschrank anherrscht: „Polizei. Geben Sie auf und nehmen Sie die Hände hoch. Wenn Sie nicht augenblicklich das Messer fallen lassen, wird scharf geschossen."

Schmitt ruft: „Ich hab die Lage im Griff. Zieht euch zurück, Jakob, und wir kommen hier wieder zur Ruhe und werden das Haus geordnet übergeben, ohne Blutvergießen."

„Halt's Maul", sagt Schuggenberger. Das Messer ritzt Schmitts Kehle.

„Verschwindet, Hertlein. Ich habe die Lage im Griff", ruft sie.

Hertlein taucht in Schmitts Gesichtsfeld hinter den Edelstahlmöbeln auf. Kurz nur, sichernd. Er sieht, dass die Zielperson keine Schusswaffe hat. Richtet sich auf, das Schnellfeuergewehr im Anschlag.

„Scheiße", zischt Schmitt. Drückt sich mit den Füßen ab und wirft sich mit aller Kraft nach links, in Schuggenbergers Arm. Hofft, ihn aus dem Gleichgewicht zu bringen. Ritzt sich dabei erneut am Messer, hat es aber nicht mehr am Hals, als sehr schnell nacheinander drei Schüsse fallen, kalt und trocken.

Schmitt spürt, wie die Hand an ihrem Kopf erschlafft. Schuggenberger geht mit einem dumpfen Klatschen zu Boden.

„Zielperson gesichert", ruft Hertlein.

Schmitt dreht sich nach Schuggenberger um. Dessen glasige Augen spiegeln die Neonröhren. Er hat ein Loch in der Stirn. Ein sauberer Schuss, ihrer Seitwärtsbewegung zum Trotz kaum versetzt.

Sie ballt Fäuste, presst die Zähne aufeinander, schließt die Augen.

Hertlein löst ihre Fesseln. Schmitt nimmt Schwung, rammt ihm die Faust an den Hals und das Knie an die Brust. Er taumelt rückwärts, gegen einen Stuhl, geht darüber rücklings zu Boden und schlägt mit dem Kopf an die Wand. Ehe er die Waffe hochnehmen kann, ist Schmitt über und auf ihm, setzt einen Würgegriff an, seine Arme und die Waffe einklemmend. Keinen Fingerbreit vor seinem Gesicht fletscht sie die Zähne und brüllt: „Das war eine Hinrichtung, du verdammtes Arschloch. Das war kaltblütiger, vorsätzlicher Mord. Ich hatte sein Vertrauen. Er hatte mir seine ganze Scheiß-Lebensgeschichte gebeichtet, und die Morde dazu. Er wollte aufgeben."

Hertlein will reden. Kann nur die Zunge zitternd zwischen den verzerrten Lippen rausstrecken. Schmitt lässt kurz locker, wirft noch einmal ihr Gewicht auf ihn, dass seine Augen hervortreten, lässt los und steht auf. „Das wirst du büßen."

Um Luft ringend, zielt Hertlein auf Schmitt. Die nimmt intuitiv die Hände hoch, als sie Hertleins Augen sieht. Pure Angriffslust.

Dann fällt sein Blick auf Poll, der still hinter den SEK-Leuten reingekommen ist, mit beiden Händen das Mobiltelefon als Handkamera führend.

„Wer zum Teufel hat Sie reingelassen?" Hertlein lässt die Waffe sinken, steht auf.

Poll hält die Kamera auf Hertlein. Er hat alles aufgezeichnet: wie die Polizisten reingehen, dann, nur Ton und Türrahmen, wie die Schüsse fallen, nachdem Schmitt gerufen hat, dass sie die Lage im Griff habe, dann Schuggenbergers Leiche. Wie Hertlein Schmitts Fesseln löst, von ihr überwältigt und fast erwürgt wird.

Schmitts Mordvorwurf.

Seine Reaktion.

Hertlein entreißt Poll das Mobiltelefon, wirft es zu Boden, trampelt mit dem Absatz darauf herum. „Verpiss dich, oder ich mache mit dir dasselbe wie mit deiner Kamera."

„Du bist festgenommen", schnarrt Schmitt, packt den Lauf des Gewehrs, drückt ihn beiseite und schiebt sich vor Hertlein, während Poll sich nach den Trümmern seines Telefons bückt.

Hertlein lacht. Tritt einen Schritt zurück, zieht mit einem Ruck den Lauf aus ihrer Hand. „Hört ihr das, Leute, die Kollegin dreht vollends durch. Sie hat mich angegriffen und will mich festnehmen, nachdem ich ihr das Leben gerettet habe. Finaler Rettungsschuss."

Keine Reaktion. Die Beamten stehen da und schauen, Helme auf den Köpfen, Waffen gesenkt. Zwei von ihnen machen sich daran, Schäfer von dem Tranchiertisch zu befreien.

„Er hat ihn hingerichtet", sagt Schmitt mit belegter Stimme. Räuspert sich. „Er hat ihn einfach abgeknallt. Der Verdächtige war geständig. Ich hatte alles unter Kontrolle."

Der Einsatzleiter nimmt seinen Helm ab. Das schüttere blonde Haar klebt ihm an der schwitzigen Kopfhaut. „Ich weiß nur, dass Sie an den Stuhl da gebunden waren. Das Messer der Zielperson am Hals."

Poll sagt sehr ruhig: „Wir können dann gehen, Frau Schmitt." Er streckt seinen Arm mit einem sanften, intensiven Blick einladend aus, die Hand halb geöffnet, als wollte er sie auf eine Tanzfläche führen. „Bitte." Schmitt legt ihre Hand in seine. Poll spürt am Druck ihrer Fingerspitzen, dass sie gespannt ist wie eine Stahlfeder.

Hertlein nickt den SEK-Leuten schwer atmend zu: gehen lassen.

In der Dunkelheit des Marktplatzes sagt Schmitt, Poll ihre Hand entziehend: „Ich hätte ihn töten sollen."

„Er ist es nicht wert", sagt Poll. „Außerdem wäre das nur der halbe Spaß. Ich wette, dass die Speicherkarte aus meinem Handy noch funktioniert."

„Das trifft sich gut", sagt Schmitt und hebt ein abgenutztes schwarzes Notizbuch. „Denn ich habe dies."

***

Schleekamp

Schmitt schaltet den Motor aus, wirft ihre Kippe aus dem halb geöffneten Fenster. „Und Sie sind sicher, dass Sie zurechtkommen? Vielleicht fährt kein Zug mehr heute Abend. Ohne Handy können Sie nicht einmal ein Taxi rufen."
 Poll lacht. „Bis ein Taxi hier wäre, bin ich zu Fuß gegangen. Aber ich komme schon klar, keine Sorge."
 Schmitt blickt hinaus in die von den Straßenlaternen spärlich erleuchtete Nacht. Bungalows. Vier Staffeln Reihenhäuser. Es gibt kein Bahnhofsgebäude, nur den „Schleekamp" beschrifteten Bahnsteig hinter einem Zaun. Ein Wartehaus im gelben Licht einer Peitschenlampe. „Na ja, dann danke für alles. Ich bin gespannt auf Ihren Artikel."
 „Ich hoffe, dass Ihr Jan Thalberg nicht kalte Füße kriegt. Das muss sich ein Redakteur erstmal trauen, den Großkopferten einer Stadt kollektiv vorzuwerfen, Kinderschänder zu sein oder zu decken."
 Schmitt lächelt. „Zunächst geht es darum, dass die einen Serienkiller gedeckt haben. Das wissen Sie sicher. Sicher wissen Sie auch von den vielfältigen Verflechtungen und Verfilzungen um Waldherr. Wenn Sie den Missbrauch schön mit ‚soll haben' und ‚angeblich' als Verdachtsberichterstattung ins Mutmaßliche ziehen und die Vertuschung als Spekulation kennzeichnen …"
 „Sie glauben, dass man sich auf Schuggenberger-Shermans Aussage verlassen kann?"
 „Hundertprozentig. Ich werde seine Aussage in meinen Bericht genau so wiedergeben, wie ich sie Ihnen gerade geschildert habe. Er war ein Wahrheitsfetischist. Er mordete allein dafür, dass zutage kam, was er erlebt hatte. Es passt dazu, dass die Auberger sogar seine Morde in Kauf nahmen, damit es nicht rauskam."
 Er nickt. „Außerdem habe ich mein Video aus der Fleischfabrik. Und es gibt das Notizbuch, wenn es auch ziemlich wirr ist."
 „Es ist nur deshalb wirr, weil er sich so in die Details bohrt. Aber es rundet das Gesamtbild ab. Und Sie bekommen von mir zur Not vor Gericht Unterstützung. Aber das wird nicht nötig sein. Jede Wette, dass noch andere Opfer reden, wenn es einmal raus ist."
 „So war das bei den Missbrauchsfällen in der Kirche auch", stimmt Poll zu.
 „Gut", sagt Schmitt in einem Abschluss-Tonfall. „Rufen Sie mich an, wenn Sie noch Fragen haben."
 Er öffnet die Beifahrertür. „Grüßen Sie Herrn Schleekemper von mir."

Sie stutzt. Lacht. „Klar, wen sollte ich sonst besuchen an diesem Ende der Welt. Sie kennen ihn?"

Poll zieht die Tür wieder ins Schloss. „Jeder kennt ihn. Wir ganz besonders. Unsere Zeitung hat ihn quasi erfunden. Intensive Förderung durch Dr. Menter. Ohne unsere täglichen Loblieder wäre er nie Politiker geworden. Ich hab mal eine Homestory mit ihm gemacht. Er war nicht begeistert. Der Text hatte einen ironischen Unterton, fürchte ich."

„Was halten Sie von ihm?"

Poll fährt das Beifahrerfenster runter und ascht nach draußen. „Uralte Familie, vernetzt und verschwägert in der ganzen Region, vor allem in Auberg und natürlich hier, rund ums Schloss. Die treten als Wohltäter auf. Er selbst hat durchaus politisches Talent. Persönlich nicht so einnehmend wie K.-T. zu Guttenberg seinerzeit. Aber er ist schon ein anderer Typ als die meisten Politiker hier, die eher krachledern auftreten. Er genießt Respekt, sogar Verehrung bei den Leuten." Poll führt die Zigarette zum Mund. „Er hat übrigens souverän darauf reagiert, dass Rath vom üblichen Kuschelkurs ihm gegenüber abgewichen ist. Keine Bandagen, als Kritik angebracht war. Ich hätte mitgekriegt, wenn er Teil des Trupps gewesen wäre, der den Kopf des Chefredakteurs forderte. Ein Profi. Als Geschäftsmann gilt er als hart und skrupellos."

„Das kann ich bestätigen. Darüber hat nicht nur Ihre Zeitung bisher nicht berichtet", sagt Schmitt.

„Darf ich fragen, welcher Art Ihre Geschäfte mit ihm sind?"

Schmitt legt beide Hände ans Lenkrad. „Sagen wir, unsere Wege haben sich gekreuzt in einem Moment, als wir beide die Unterstützung des anderen brauchten."

„Haben Sie Ihre Tochter gefunden?"

Schmitt blickt ihn scharf an, fragt aber nicht, wie er auf die Frage kommt. „Scheint so. Ich weiß noch nicht genau, wo. Aber die Dinge ordnen sich gerade."

„Mit Schleekempers Hilfe?"

„Mit seiner Hilfe. Und falls Sie mich warnen wollen: Es beruht auf Gegenseitigkeit. Es sieht so aus, dass ich nicht allein weiterkäme, und er nicht ohne mich. Aus meiner Sicht ist das eine anständige Geschäftsgrundlage."

„Passen Sie auf sich auf." Er dreht sich halb auf seinem Sitz, nähert seine Hand langsam ihrem Gesicht, berührt ihre Wange, als sie nicht zurückzieht. „Ich würde Sie gern näher kennen lernen, eines Tages."

Sie hebt einen Mundwinkel. „Ich bin total verkorkst."

Er beugt sich über die Mittelkonsole, küsst ihren Mund. Ihre Lippen sind warm und trocken. Sie reagiert nicht. Sitzt einfach da.

Er öffnet die Tür. „Wenn alles glatt geht, ist der Artikel morgen früh online. Ich melde mich."

Sie startet den Motor. Er wirft noch seine Zigaretten auf den Beifahrersitz. „Hier, damit Sie durch die Nacht kommen."

Schmitt fährt grußlos an, als die Beifahrertür ins Schloss gefallen ist.

Zwischen den Fassaden hallt das Dröhnen ihres Achtzylinders.

Die Durchfahrt zum Schlossbezirk blockiert ein schwarzer SUV. Ein junger Mann in einer polizeilich à l'américaine wirkenden Uniform beugt sich zum Fahrerfenster hinab. „Wer sind Sie, was wollen Sie?"

„Wer sind Sie denn bitteschön?"

„Sicherheitsdienst Top Security. Wir sind beauftragt, das Privatgrundstück des ehemaligen Verteidigungsministers zu bewachen."

„Ach. Wo waren Sie, als Herrn Schleekempers Sohn entführt wurde?"

Der Typ bleibt unbewegt. „Name und Anliegen?"

„Sibel Schmitt, Bundeskriminalamt. Ich bin mit Herrn Schleekemper verabredet."

„Warten Sie hier, ich muss telefonieren."

Er geht einige Schritte beiseite und zückt ein Handy.

Dann wird der SUV angelassen und rollt einige Schritt weit, bis die Durchfahrt breit genug ist. Schmitt lässt den Audi an und fährt in den hell erleuchteten Hof. Hinter ihr blockiert der Wagen wieder den Weg.

Schleekemper steht am Fuße der Treppe des Wohnhauses, als wollte er einen Freund in Empfang nehmen. „Wo waren Sie? Warum sind Sie nicht erreichbar?"

„Wieso lassen Sie die Einfahrt sperren?"

„Ich will Ihnen etwas zeigen, kommen Sie." Schleekemper geht hinein. „Ich höre, Sie haben Schuggenberger?"

Schmitt folgt ihm die Treppe hinauf. „Der Tipp war gut. Er hat gestanden. Dann wurde er erschossen."

„Ein Heckenschütze?"

„Nein, ein Kollege. Notwehr, sagt er. Aber ich wäre beinahe von einem Heckenschützen erwischt worden. Auf dem Gelände von Waldherrbau. Vermutlich verdanke ich Schuggenberger mein Leben."

Sie nähern sich dem Schuppen. Ein Bewegungsmelder schaltet die Scheinwerfer an der Fassade ein.

„Waldherr wollte Sie töten lassen?" Er schaltet das Licht in einem kahlen Flur hinter dem Treppenhaus ein.

„Weiß der Geier. Ich würde nicht sehr hoch darauf wetten, dass er jemals belangt wird. Erwischen wird es ihn dennoch."

„Wie, wenn es keinen Prozess gibt ...?"

„Es gibt einen Journalisten, der nicht länger den Schwanz einkneift. Und im Gegensatz zu Ihnen fehlt Waldherr die Deckung der Bundesregierung." Ihre Stimme klingt im zweiten Satz schärfer.

Sie stehen vor einer abgeschabten Tür im kalten Neonlicht.

„Schäfer lebt?"

„Ja, aber sein Selbstwertgefühl dürfte gelitten haben."

Schleekemper ruckelt an der Tür, während er den Schlüssel dreht. Schaltet einen altmodisch geschwungenen Leuchter an der Decke ein. Das Arbeitszimmer ist unbeheizt. Die Fünfzigerjahre-Schränke mit Aktenordnern hinter gelblichem Glas passen zur Deckenlampe; alte Teppiche, ein neuerer Schreibtisch.

Schmitt nimmt noch einen tiefen Zug, drückt die Kippe in den Ascher auf dem Tisch. „Sie wollen mir etwas zeigen?"

Er reckt sein Kinn hoch. „Sie kennen Gregor Krätz."

Das ist keine Frage, sondern eine Aussage.

Schmitt sagt langsam: „Einer der schlimmsten Menschen, die ich je kennengelernt habe. Und ich habe viele kennengelernt in meinem Job, das können Sie mir glauben. Gewalttätig aus schierer Freude an Gewalt und am Leiden anderer." Sie wischt mit der blutigen Hand durch die Luft. „Aber Krätz ist tot."

Schleekemper schüttelt den Kopf.

Auf Schmitt lastet das Gewicht des Universums. „Nein. Nein, nein. Neineinein." Etwas Eisiges umklammert ihre Eingeweide, schnürt ihr die Atmung ab. „Er ist tot. Ich habe ihn erschossen", hört sie sich krächzen.

Schleekemper zieht das Notebook über den Schreibtisch, gibt ein Passwort ein, klickt auf den Anhang einer E-Mail. Rauschen. Dann eine Stimme. Ohne elektronische Verzerrung. Verstärkt durch die Resonanz der Tischplatte. Seine Stimme. Keuchend, wie dem Tode nahe. Aber unverkennbar. „Schluss mit den Spielchen. Sibel Schmitt soll mir den Code bringen, sonst stirbt dein Junge. T minus eins." Rauschen. Stille.

Schmitt spürt ihre Beine nicht mehr. Sie muss sich an der Tischkante festhalten. „Ist das alles? Wo finde ich ihn?"

„Keine Ahnung. Es ist noch nicht der Tag, wenn ich seine Zählung richtig interpretiere. Dann wird er den Ort wohl noch nennen."

Schmitts Gedanken rasen. Replay: Sie hebt den Arm. Zielt auf Krätz wie er auf sie. Schießt. Ein Projektil mitten in die Brust. Keine Täuschung möglich. Und doch ... „W-warum ... Wie kann es sein? Wieso lebt er noch?"

Schleekemper schüttelt den Kopf. „Er ist nützlich, vermute ich mal. Ich habe herausgefunden, wer die Akte unterdrückt hat. Es war Krätz' Blut, sein Fingerabdruck auf dem Messer. Wer das wusste, der wird auch wissen, warum Krätz lebt und wo er ist."

„Wer?"

„Max Denzler. Der Leiter der neuen Kommission für die Geheimdienste. Ich wollte ihn zur Rede stellen. Ist nicht zu sprechen."

Schmitts Oberkörper sinkt nach vorn wie von einem Schlag in den Bauch. „Ich hielt ihn für einen Freund."

„Das tut mir leid."

Sie spürt, dass sie sich eine Blöße gegeben hat. Schleekemper ist jedenfalls kein Freund. „Sparen Sie sich das Gesülze." Schmitt strafft sich. „Er wird seine Gründe haben, nicht wahr?"

„Sie haben den Verbleib Ihrer Tochter bei allen Ihren Feinden gecheckt, oder? Das wusste er doch."

Tränen rinnen über Schmitts Wangen. „Wollen Sie vielleicht nicht mehr, dass ich Ihren kleinen Scheißer da raushaue? Dann ..."

„Entschuldigen Sie bitte, Frau Schmitt. Ich wollte nicht ... Sie haben völlig Recht. Das war unangemessen."

Sie stehen an dem Schreibtisch, über Eck, im harten Licht des tristen Büros, schauen einander an. Schmitt dreht den Kopf wie eine Tänzerin schräg nach oben, nimmt die Schultern zurück, wischt sich die Augen, entzündet eine Zigarette. Schaut Schleekemper wieder an, gefasst, eisig. „Tag Null ist morgen. Unser Jahrestag. Ich war vernagelt."

„Jahrestag?"

„Krätz' und meiner. Ich habe ihn morgen Abend vor genau fünf Jahren erschossen. Dachte ich. Um welchen Code geht es?"

„Streng geheim."

Sie bläst Rauch in den Deckenleuchter. „So läuft das nicht. Ich trage meine Haut zu Markte, da muss ich wissen, wofür."

„Es geht um wichtige Verhandlungen der Bundesregierung im Nahen Osten. Ich kann nicht ..."

„Ich weiß jetzt, wie ich zu meiner Tochter komme. Womöglich mit Überraschungseffekt: bevor er den Ort genannt hat. Es liegt an Ihnen, ob es eine Chance gibt, Ihren Sohn da rauszukriegen – oder nicht."

Er gibt sich einen Ruck. „Es ist der Zugangscode zur Software einer Drohne. Eine Art Schlüssel, selbst ein Stück Software."

„Wozu braucht Krätz den Code?"

Schleekemper seufzt. „Die Drohne wurde gestohlen, als ich Verteidigungsminister war. Für einen dieser extremistischen Irren, die im Namen dessen, was sie für die reine Lehre halten, ganze Landstriche im Nahen Osten mit Terror überziehen: Abu Nar."

„Und warum haben Sie noch immer den Code?"

„Um zu verhindern, was jetzt passieren soll. Die Bundesregierung würde die Drohne nur zu gern an Abu Nar ausliefern. Frieden in Nahost – eine Sensation, wenn der Kanzler das hinkriegte."

„Und wieso soll er sie nicht bekommen?"

„Glauben Sie wirklich an Frieden? Wenn die Islamisten sich einig sind, geht es gemeinsam gegen Israel."

Plötzlich steht Irmgard Schleekemper in der Tür. „Jaaaa", sagt sie. „Er ist ein Held, mein lieber Mann. Ritter in scheinender Rüstung." Sie lehnt sich an den Türrahmen. „Israel ist gerettet." Und lacht. Eine andere Frau als am Morgen. Die Goldhelm-Frisur wirr, das Make-Up verwischt, die Kleidung zerknittert, die Bluse am Hals aufgerissen.

„Verschwinde, Irmgard", sagt Schleekemper.

Schmitt tippt sich selbst an die Stelle an der Wange, wo die Frau ein Hämatom hat. „Schlägt er sie?", fragt sie mit einem stahlhartem Unterton.

„Sie ist auf mich losgegangen ...", beginnt Schleekemper und wird durch das Lachen seiner Frau unterbrochen. „Wir schlagen uns", sagt sie. „Er ist ein Hochstapler, ein Würstchen, der große Herr Politiker. Wenn es um den eigenen Sohn geht ..." Sie presst die Faust an ihre schweißfeuchte Stirn und schluchzt.

Schmitt wendet sich Schleekemper zu. „Krätz schafft für die Bundesregierung also die Scheiße beiseite. Mit allen Mitteln", stellt sie fest, lodernden Zorn in den Augen, mühsam unterdrückt in der Stimme. „Das ist ungeheuerlich. Ist Ihnen eigentlich klar, wie monströs das ist?"

Er nickt.

„Sie haben der Bundesregierung bis letzten Sommer selbst angehört. Können Sie nicht ...?"

„Ich habe mich geweigert, den Code dem Kanzleramt zu überlassen. Nächster Schritt war die Entführung. Welche Optionen sehen Sie? Wer wäre mein Ansprechpartner, wenn das Kanzleramt ..." Er presst die Zähne aufeinander, dass die Kiefernmuskeln sich an seinen Wangen abzeichnen. Zischt: „Diese ganze korrupte Scheiße wird unser Land ruinieren, ich sage es Ihnen."

Schmitt verzichtet darauf, ihn an seine eigene Affäre zu erinnern, die ihn das Amt gekostet hatte: mit Hilfe der Geheimdienste vertuscht durchs Kanzleramt zum Wohle des Staates.

Die Frau ruft: „Haaaa, Korruption, da kennen wir uns aus, Schatz, oder?"

Schmitt fixiert sie. Irmgard Schleekemper strafft sich unter dem eisigen, harten Blick. „Ich verstehe Ihren Schmerz, Frau Schleekemper", sagt Schmitt fest. „Aber es ist jetzt nicht der Moment für eine Szene."

Die Frau tritt vor, ergreift Schmitts Arm mit beiden Händen. „Versprechen Sie, dass Sie meinen Sohn retten." Sie versucht, Schmitts Hand an ihre Brust zu drücken.

Schmitt riecht Alkohol und Schweiß und spürt im Griff der Anderen die Spannung der Verzweiflung. Weicht einen Schritt zurück. Muss sich zusammenreißen für einen Ton, der Zuversicht spenden soll. „Ich werde alles geben. Es geht auch um meine Tochter." Löst sich aus dem Griff und drückt kurz Irmgard Schleekempers Hand. „Und jetzt bitte ich Sie, zu gehen."

Schmitt sieht, dass die Frau zerrissen ist zwischen Hoffnung und Panik. Sie kennt das Gefühl gut. „Bitte, Frau Schleekemper."

Die Frau versucht ein Lächeln, dreht sich langsam um. Schmitt drückt sanft die Tür ins Schloss. Nimmt noch einen tiefen Zug aus der Zigarette. Löscht die Glut zwischen Daumen und Zeigefinger und lässt die Kippe in den Papierkorb fallen.

„Entschuldigen Sie bitte", sagt Schleekemper heiser.

„Ich weiß genau, was in ihr vorgeht", antwortet Schmitt. Wischt das Thema mit einer Bewegung beiseite. „Und jetzt den Code, bitte."

„Ich habe ihn oben im Schlafzimmer im Safe. Kommen Sie." Er löst das Notebook vom Netzteil, klappt es zu und nimmt es mit.

Die Frau ist nicht zu sehen, das Haus still, wie unbewohnt.

Er geht voran durch eine Flügeltür in ein ausgemaltes Foyer. Öffnet den Durchgang in einen Salon mit verzierten Wänden. Eine zerwühlte Decke auf dem Ledersofa, zwei Flaschen auf dem Tisch, ein halbleeres Glas.

Er geht voraus in einen Raum mit Regalen voller Bücher an allen Wänden außer der Fensterwand, eingerichtet mit Einzelsesseln und einem antiken Schreibtisch. Sie passieren ein mit Jagd- und dionysischen Gelageszenen ausgemaltes Esszimmer mit futuristischem Mobiliar und offener Edelstahl-Einbauküche, einen großen Prachtraum mit Billardtisch, Tischfußball und Kinderspielzeug auf dem Boden, verteilt wie Slalom-Hindernisse, durch einen Flur mit Wandschränken auf beiden Seiten.

Das Schlafzimmer ist unbeheizt, ein barocker Traum in Creme und Hellblau, Decke und Wandfelder ausgemalt mit sonnigen Landschaften, belebt mit entspannten Akten beiderlei Geschlechts. Ein großes weißes Bett in der Mitte unter makellos straffer Tagesdecke.

Ein Schlüssel an Schleekempers Bund öffnet den Safe hinter einer Tür, die aus einem der Wandbilder aufschwingt. Er greift tief hinein. Hält einen USB-Stick, als er sich zu Schmitt umdreht. „Das ist der Schlüssel. Ein Supercomputer braucht rund viertausend Jahre, den zu knacken. Ohne diesen Stick ist die Drohne nutzlos. Er ist selbst mit einem Passwort gesichert." Er klappt das Notebook auf dem Schminktisch auf. „Nun geben Sie dem Ding ein neues Passwort, das Ihre Lebensversicherung sein wird." Er steckt den Stick in die USB-Buchse. Ein Fenster bietet Optionen an. Bittet um Eingabe des Passworts. Er klickt auf

„Passwort ändern". Gibt sein Passwort ein. Nickt Schmitt zu. Wendet sich ab, als sie auf Eingabe klickt.

Draußen segeln Flocken durchs Licht, das aus dem Fenster fällt. Schleekemper schließt fröstelnd die Vorhänge.

Ein Balken auf dem Bildschirm zeigt die Passwortqualität an, fährt von rot auf gelb auf grün. Ist schon am Anschlag, bevor Schmitt die letzten Tasten gedrückt hat. Sie wiederholt die Eingabe. Das Programm denkt kurz nach und gibt dann „Okay", den Stick zu entfernen.

„Das war's schon?", fragt Schmitt.

„Das war's", antwortet Schleekemper. „Der Stick öffnet in einem Computer, der mit der Drohne geliefert wurde, den Zugang zur Steuerung, wenn Ihr Passwort eingegeben wird."

Schmitt hält den Stick zwischen zwei Fingern. „Haben Sie sich das gut überlegt?"

„Wir haben keine Wahl. Am Ende landet das Ding in den falschen Händen. Aber es geht um unsere Kinder."

***

Bei Strausberg

Krätz ist bereit. Hat sich selbst gekümmert, dass alles perfekt vorbereitet ist. Bis zur Erschöpfung.
Er prüft zum vierten Mal das Notebook. Es hat lange gelegen. Das Betriebssystem ist alt, möglicherweise nicht mehr kompatibel. Vielleicht liest es den USB-Stick nicht mehr aus, weil der Anschluss korrodiert oder verschmutzt ist.
In Krätz' Kopf rauscht das Blut. Das Pulsieren klingt, als wäre das Leben in ihn zurückgekehrt.
Krätz brennt. Röchelt in seine Maske.
Von der Bunkerdecke hängt das Seil. Für die Frau.
Sein Verbindungsmann im Kanzleramt hat ihm gesagt, dass Abu Nar einen Mann schickt, der die Software sofort an sich nehmen soll, wenn sie entriegelt ist.
Auch gut.
Alles recht.
Nur eins: Schmitt muss hängen. Langsam krepieren. Während sie ihr Kind sterben sieht.
Wenn sie gut ist, kommt sie vor der Zeit.
Allein.
Ich kann es kaum erwarten.

***

Autobahn, Richtung Berlin

Schmitt fädelt aus der Schleife bei Bayreuth auf die A9. Kümmert sich nicht um die 120-Schilder. Lässt die Scheinwerfer aufgeblendet, ohne Rücksicht auf die Lkw auf der Gegenfahrbahn.
 An der Hügelkuppe zeigt die Tachonadel auf 230. Bergab reduziert Schmitt den Druck aufs Gaspedal, als die Nadel bei 270 steht. Der Wagen strebt auf seinen neuen Reifen zur Kurven-Außenseite. Schmitt korrigiert. Sie nutzt die ganze Breite der Fahrbahn. Überholt Fahrzeuge rechts, links, auf dem Standstreifen.
 Nils Petter Molvaer und Eivind Aarset übertönen mit einem Stück irgendwo zwischen Jazz und Tekkno den Motor. 180 Beats per Minute, Aarsets verzerrte Gitarre, die Trompete Molvaers wimmert, schreit, wispert.
 Schmitt schmeckt Eisen. Verschmilzt mit der Maschine. Die Fäuste am Lenkrad, das Gesicht entspannt.
 Ich werde den Jungen retten. Sheri in Sicherheit bringen.
 Wenn das erledigt ist, kann ich sterben.
 Werde ich sterben.
 Krätz wird mich nicht leben lassen.
 Es steht ihr vor Augen, wie sie ihn von einer 13jährigen runterzieht, die er vergewaltigt. Der schlaffe Hintern, der faltige Körper eines ehemals Fettleibigen, von dem Hauttaschen herabhängen. Seine Erektion lässt nicht nach, ein Monster von einem Ständer hat er von Viagra oder Stärkerem, einen absurd langen und grotesk dünnen Penis, den aus dem Mädchen zu ziehen in Schmitts Erinnerung ewig dauert. Obwohl Schmitt auf ihn zielt, obwohl andere Polizisten nicht weit sind, hat er plötzlich die Snub-Nose in der Hand, einen dieser sechsschüssigen kleinen Revolver aus Amerika. Schießt, erwischt Schmitt am Arm, zielt wieder.
 Schmitt hat ihre Automatik fallen lassen, als sie getroffen wurde. Greift die Waffe im Abrollen mit der Linken. Schießt mitten in Krätz' Brust. Ein sauber umgrenztes Loch, in das sie einen Bleistift stecken könnte. Sie sieht Krätz seitlich wegklappen, sein Ohr liegt auf der Brust des Mädchens. Das nun schreit, als wäre es selbst getroffen.
 Schmitt sieht Krätz' Augen brechen, als sie das Mädchen von ihm befreit.
 Diesen Punkt muss sie korrigieren. Wunschdenken? Eine Erinnerung, die sich aus einer Vorstellung manifestiert?

Sie tritt dann selbst weg. Der Blutverlust.

Als sie wieder zu sich kommt, liegt sie im Krankenhaus, und es sind Stunden vergangen, in denen sie das Geschrei des mit ihrem und Krätz' Blut bespritzen Mädchens immerzu im Ohr hatte, als Untermalung unscharfer und verzerrter Sinneseindrücke wie unter Drogen.

In Wirklichkeit ist es still, nur das Piepsen des Herzmonitors ist zu hören.

Warum hast du nicht rechtzeitig Verstärkung gerufen, bevor du reingegangen bist? fragen die Kollegen von der Internen Ermittlung.

Die müssen Fragen stellen, wenn Schusswaffen eingesetzt wurden. Zumal wenn jemand tödlich getroffen wird.

Tödlich getroffen wie Krätz. So sagten sie es. Kein Zweifel an diesem Punkt.

Sie war allein reingegangen, um das Mädchen vor ihm zu schützen. Gefahr im Verzug.

Sie sagten: Er ist tot.

Schmitt erinnert sich präzise: ER. IST. TOT.

Drei Worte.

Klar und deutlich.

Sie weiß es noch so genau, weil sie danach fragte. Wie geht es Krätz?

Er ist tot.

Sie hat es nach der üblichen Anhörung später noch schriftlich bekommen: Es war Notwehr, ihn zu töten.

ZU.TÖTEN.

Unmissverständlich.

Ein Auto schert auf Schmitts Spur ein. Kein Ausweichen möglich: Sie tritt mit aller Kraft das Bremspedal, der Audi bricht aus trotz ABS. Schmitt lenkt gegen. Lässt die Bremse los, als sie genug Platz hat, nach rechts auszuweichen. Schlägt den dritten Gang rein, gibt Vollgas.

Das Telefon klingelt.

Schmitt aktiviert die Freisprechanlage.

„Anselm hier. Wie geht es dir?"

„Ich bin auf dem Weg zu Sheri."

„Du hast sie gefunden?"

„Ich weiß, wer sie entführt hat. Und ich weiß, wer weiß, wo der Entführer ist. Und da ist sie wohl auch."

„Wer ist es?"

„Krätz. Du erinnerst dich an Krätz?" Schmitt weiß, was jetzt in ihrem Ex-Mann vorgeht. „Keine Sorge, ich bin nicht durchgedreht. Positive Identifikation. Krätz lebt."

„Du hast ihn erschossen."

„Dachte ich auch. Nicht gut genug, offenbar."

„Und jetzt?"

„Ich bin auf dem Weg nach Berlin. Zu dem, der die ganze Zeit wusste, dass Krätz lebt. Er wird mir sagen, wo er lebt. Und dann wird er für Sheris Entführung büßen."

„Sibel ... Verdammt. Wovon redest du?"

„Ich suche jetzt seit fast drei Jahren nach Sheri. Die ganze Zeit war sie in der Gewalt eines der übelsten Sadisten, die nach 1945 in Deutschland gelebt haben. Jemand hat Krätz zusammengeflickt, im Untergrund am Leben gehalten und geduldet, dass er Sheri entführt. Das kann nicht ungesühnt bleiben. Danach gehe ich zu Krätz, befreie Sheri. Bringe zu Ende, was ich seinerzeit begonnen habe."

„*Jemand* – wen meinst du? Wer ist es, der Krätz deckt?" Anselms Stimme überschlägt sich.

„Wenn ich dir das sage, warnst du ihn", stellt Schmitt fest.

„Ich setze Himmel und Hölle in Bewegung, um dich zu stoppen. Scheiße, Schmitt, ich mobilisiere die Kollegen und lasse dich zur Fahndung ausschreiben." Er spricht schnell. Eine Oktave höher als sonst.

Schmitt rast mit 260 in eine Baustelle. Hinter einer Biegung Rücklichter. Viele Rücklichter. Davor das gelbe Geblinke eines Schwertransporters.

Sie steigt auf die Bremse. Verhindert den Aufprall, indem sie über die Licht reflektierenden Plastikfähnchen, die als Fahrbahnbegrenzer dienen, auf die Gegenfahrbahn schwenkt. Hupend weicht ihr ein Lkw aus. Sie wechselt nach ganz links, um zwei Autos auf der Gegen-Überholspur passieren zu lassen. Sie bremst ab, ordnet sich zwischen den Langsamfahrern auf ihrer eigenen Spur ein. Ihr Hintermann hupt. Sie blendet die Scheinwerfer ab. Lockert den Griff am Lenkrad. Ihre Handflächen sind feucht.

„Sibel, bist du da?", fragt Anselm.

Sie atmet tief ein und aus. „Hör zu, Lieber: Es ist nicht nur wegen Sheri. Ein kleiner Junge ist ebenfalls entführt worden. Krätz erpresst seinen Vater. Ich soll ihn raushauen, indem ich das ... äh ... Lösegeld überbringe. Es gibt ein Ultimatum. Du kennst Krätz: Wenn ich da nicht auftauche – was wird deiner Meinung nach geschehen?" Sie drückt den Zigarettenanzünder und fingert nach Polls Zigaretten, die sie in die Mittelkonsole gelegt hat.

„Du redest von Mord."

„Ich rede von Müllentsorgung. Wenn du dazwischenfunken willst, kannst du das tun. Die Folgen musst du selbst tragen."

Er antwortet nicht gleich. Ein gutes Zeichen. Schmitt weiß, wie mit ihm Streiten ist. Wenn er zögert, denkt er. Wenn er nachdenkt, macht er Kompromisse. Er ist der Typ für Kompromisse.

Er sagt: „Wenn du denkst, du kriegst mich mit einer Doppelbindung, irrst du. Ja: Ich lasse dich stoppen. Und ja: Die Folgen werde ich tragen."

„Dann weiß ich Bescheid." Schmitt beschleunigt aus der Baustelle. „Jeder muss wohl tun, was er tun muss." Sie beendet die Verbindung. Schaltet das Handy stumm. Der brachiale Sound von Aarset und Molvaer füllt wieder den Wagen.

260 km/h. 65 Minuten bis Berlin.

***

Berlin, Parkplatz am Alexa

Karlbacher rechnet mit der Wirkung dieses Ortes. Nach Westen: der Fernsehturm, die unpersönliche Rückseite des Einkaufszentrums. Süden: Jenseits der Dircksenstraße die S-Bahn-Trasse. Norden: die Hochhausriegel an der Alexanderstraße. Osten: Melange aus kleinen und großen Betonbauten.

Dieser Platz dazwischen bietet keinen Lebensraum, ist eine Lücke in der Stadt. Ein Nichts im Nieselregen, der durchs Berliner Nachtgraugelb schliert, ohne Schutz für irgendwen.

Karlbacher schätzt solche Unräume für Transaktionen mit schwierigen Typen. Sie sollen sich ungeschützt fühlen.

Eine Stunde vor Mitternacht sind hier nicht einmal Autos geparkt.

Außer dem kleinen Mercedes, mit dem Marschner gekommen ist.

Karlbacher ist in einen bemoosten Wohnwagen eingebrochen, der auf platten Reifen am Rand des Platzes an der Schicklerstraße steht. Er blickt durchs halbblinde Plexiglasfenster hinaus auf den Platz.

Sein Verbindungsmann taucht am Alexa auf. Geht schnellen Schrittes auf Marschner zu. Karlbacher hört nicht, was er sagt. Wahrscheinlich sowas wie: Wo ist das Geld?

Karlbacher verlässt sein Versteck, als Marschner sich anschickt, den Kofferraum des Wagens zu öffnen, den Verbindungsmann wie ein Schatten hinter sich.

Drei scharfe, trockene Schläge ertönen.

Der erste sehr leise. Aufgesetzter Schuss in den Hinterkopf. Nummer zwei und drei sind lauter, nicht aufgesetzt. Einer ins Herz, einer in den Kopf. Sichere Profiarbeit.

Karlbacher spürt so etwas wie Aufregung, als er die alte Walther PP aus der Tasche zieht, entsichert, den Hahn spannt.

Der Verbindungsmann kann ihn unmöglich auf den Gummisohlen herankommen hören. Er beugt sich über Marschners Leiche in den Kofferraum nach dem Geld.

Doch gerade als Karlbacher die Waffe hebt, richtet sich der Mann auf, dreht den Kopf. Instinkt des Kriegers. Blickt in den Lauf der Automatik. Erfasst die Situation. „Ich würde niemals reden. Das wissen Sie."

„Darauf kommt es nicht mehr an. Sie haben das Handy der beiden Killer mit der Firmenkreditkarte gekauft und damit einen Fehler gemacht, der die Polizei direkt auf Ihre und meine Spur bringt", antwortet Karlbacher. „Ich hasse solche Schlamperei."

Der Mann schaut ihn an. Sein Unterkiefer sinkt. Sein Gesicht ist ganz Frage, grotesk übertrieben wie bei einem schlechten Schauspieler.

Karlbacher wartet nicht, bis der andere Abwehr versucht. Er schießt ihm ein Loch in den linken Augenwinkel.

Der Mann sackt über Marschners Leiche zusammen. Karlbacher verzichtet auf den zweiten und den dritten Sicherheitsschuss – keine Gefahr, dass der Mann wieder aufsteht. Er sammelt die vier Patronenhülsen auf, durchsucht die Leichen. Keine Papiere, keine Kreditkarten. Er nimmt ihre Waffen an sich. Lässt das Geld unberührt. Wer weiß, wer den Koffer geöffnet hat, wessen Spuren an den Scheinen sind. Er zieht den prallen Umschlag aus seiner Manteltasche, reißt ihn auf, lässt die verschweißte Plastikhülle mit dem weißen Pulver aus dem Umschlag neben den Geldkoffer gleiten. Nach Verpackung, Menge und Gewicht unverschnittenes Kokain im Wert von rund 100.000 Euro. Nur dass es Backpulver ist.

Ein kleines Verwirrspiel.

Karlbacher verlässt den Parkplatz. Überquert die Alexanderstraße.

Der nördliche Gehweg liegt außer Sichtweite der Kameras am Alexa.

Karlbacher überquert die Jannowitzbrücke. Dreht das Gesicht zur Spree, als er im Bereich der Kameras an der chinesischen Botschaft auf den Uferweg abbiegt.

Nicht dass die Chinesen besonders kooperativ wären, aber wer weiß …

Im Gehen zerlegt er die Waffen, schlenzt Teil für Teil weit in den Fluss. Wendet die Latexhandschuhe auf Links, als er sie auszieht. Hält das Feuerzeug an ihre Fingerspitzen, bis sie verschmolzen sind. Lässt die Reste in die Spree fallen.

Karlbacher überquert die Inselbrücke. Nimmt die schmale Passage zwischen den beiden Hochhäusern.

Leipziger Straße. Kaum Verkehr, außer ihm selbst keine Passanten.

16 Minuten seit dem Mord. Unverdächtiger Abstand, räumlich wie zeitlich.

Im Überqeren der Fahrbahn winkt Karlbacher dem Taxi, das aus Richtung Alex herankommt. Steigt hinten ein, gibt dem Fahrer die Adresse eines Hotels am Hauptbahnhof. Das letzte Stück zum Kanzleramt geht er zu Fuß.

Er lehnt sich auf dem Rücksitz zurück. Kann sich nicht entspannen, obwohl es ein paar Probleme weniger gibt.

Mit der Panik steigt ihm Magensäure auf die Zunge.

Er würgt und schluckt.

Nichts ist gelöst. Er tritt auf der Stelle.

Zwei Tote mehr.

Aber Schmitt ist noch da draußen.

Er atmet durch.

Ganz ruhig.

Einen Angriff auf Schmitt hat er noch.

***

T – Tag der Vollstreckung

Berlin-Schöneberg

Schmitt parkt den Audi in der zweiten Reihe. Lehnt sich zurück, schließt die Augen. Die Stille dröhnt in ihren Ohren. Jemand öffnet die Beifahrertür. Schmitt schreckt hoch. „Verdammt", sagt sie. „Was wollt ihr hier?" Sie steigt aus.
„Wir sorgen uns um dich", antwortet Carla.
Anselm wirft die Beifahrertür wieder ins Schloss „Du folgst deinem Aggressionsmuster", sagt er. „Du ziehst in den Krieg, also brauchst du deinen Bo-Stick und die kugelsichere Weste. Mir wäre deutlich wohler, wenn du nicht hier aufgetaucht wärst. Wenn du den Bo holst, ist es ernst."
Schmitt unterdrückt ein Lächeln, als sie mit langen Schritten zur Haustür geht.
„Was ist ein Bo-Stick?", fragt Carla leise.
„Ein zwei Meter langer Hartholz-Stab, mit dem sie Schädel spalten kann", brummt Anselm. „Hast du sie noch nie damit trainieren sehen?"

Thor, auf Ausguck im Haus gegenüber, kann es nicht fassen. Beide Frauen! Die Türkenzecke und die andere Zeugin in dem Prozess gegen die Kameraden.
Ein Glücksfall.
Ein Coup, über den alle reden werden.
Er schiebt den Vorhang beiseite. Sieht, wie Schmitt an den Treppenhausfenstern vorbei steigt, auf dem Weg zu ihrer Wohnung im dritten Stock. Als sie oben ist, zückt Thor sein Mobiltelefon. Streicht über die Nummerntasten.

An ihrer Wohnungstür dreht Schmitt sich zu Carla und Anselm um, die mit einigem Abstand folgen. „Ihr könnt gern reinkommen, aber ich gehe gleich wieder."

„Du bist völlig am Ende, schau dich nur an", sagt Carla hinter Atem. „Du siehst nicht so aus, als hättest du geschlafen. Und das Blut auf deinem T-Shirt ..."

„Ich denke auch, wir sollten uns ein wenig Zeit zum Reden nehmen", assistiert Anselm.

Schmitt schließt auf und schaltet das Licht ein.

Thor sieht das Licht. Aktiviert den einzigen Kontakt, der auf dieser SIM gespeichert ist. Es klingelt dreimal. Dann ist ein Rauschen zu hören. Thor startet die Stoppuhr-App. Sie ist auf einen Countdown von drei Minuten programmiert.
  00:02:57

Schmitt lässt die Jacke fallen, greift T-Shirt und Unterhemd in einem, zieht sie im Gehen aus.

„Mein Gott", sagt Carla, die Schmitts Rücken im Licht der Halogenspots sieht, die entlang der Wand an einer Schiene hängen. „Was ist mit deinem Rücken?"

Schmitt wirft einen Blick auf die fleckigen Oberteile in ihrer Hand, in den Spiegel neben der Badezimmertür. Dreht sich. Die entzündeten Wunden nässen, es sieht aus wie schwere Akne. Einen Moment lang spürt sie das Brennen, die pochende Hitze.

„Lange Geschichte."

„Du musst behandelt werden."

„Kann warten."

„Mensch, Schmitt." Carla legt ihre Hand sanft auf den Oberarm der anderen.

Schmitt entzieht sich, schlägt die Badezimmertür zu und schließt ab. Dreht das Wasser auf, nimmt eine Handvoll Seife aus dem Spender, seift sich Brust, Hals, Gesicht und Achselhöhlen ein, hält ihr Handtuch unter den Wasserstrahl, wischt mit dem feuchten Stoff den Schaum ab.

Kommt aus dem Bad, schiebt Carla beiseite. Öffnet den Wandschrank.

Anselm: „Sei nicht so verflucht unerbittlich. Du wirst doch ein paar Minuten haben. Es gibt sicher vernünftige Alternativen zu ... zu dem, was du vorhast."

„Ich sehe nichts, was zu besprechen wäre, Lieber."

Sie wendet sich ab, nimmt ein T-Shirt vom Stapel.

Rotes Licht. Sie sieht den Widerschein oben im Schrankfach.
Schmitt zieht das T-Shirt an und nimmt den Stapel ganz aus dem Schrank.
Das Display zeigt 00:00:43.
00:00:42
00:00:41
Sie stellt fest: „Ihr müsst gehen."
Anselms Stimme verliert die antrainierte Psychologen-Ruhe. „Scheiße, Sibel, du musst deine Fixierung lösen, wenigstens einen Moment lang einen Perspektivenwechsel zulassen."
Das Paket ist sehr schwer. Schmitt hebt es aus dem Schrank. Präsentiert es Anselm. „Hier. Perspektivenwechsel. Ihr müsst gehen. Gleich fliegt alles in die Luft."
00:00:36
Carla und Anselm stehen wie gebannt, starren Schmitt an, das Paket mit dem Display.
00:00:35
00:00:34
Schmitt kalkuliert: Alle Wohnungen sind gleich geschnitten. Das Bad. Um diese Zeit sitzen die Nachbarn noch vor der Glotze oder liegen schon im Bett.
„Was machst du?", fragt Anselm.
00:00:32
Schmitt schreit: „Verpisst euch, verdammte Scheiße! Ich komme nach. Raus jetzt!"
Die beiden kommen in Bewegung.
Schmitt nimmt das Paket. Legt es in die Wanne. Nicht bombensicher. Stahlblech, emailliert: besser als nichts.
00:00:25
Schmitt lässt die Tür zum Bad offen. Eilt zur Wohnungstür. Greift die Jacke vom Boden, nimmt Bo und Weste aus der Garderobenecke.
Zieht die Wohnungstür zu.
Runter. Vier Stufen jeder Schritt.

00:00:12

Erreicht das Erdgeschoss, als Anselm gerade Carla die Tür aufhält.
Schreit: „Nein! Bleib drin! Nicht rausgehen!"
Carla macht einen Schritt nach draußen.
Schmitt springt, Bo, Weste und Jacke vorauswerfend, an Anselm vorbei.
Ein Blitz, das Haus bebt.

Schmitt begräbt Carla unter sich auf dem Gehweg, birgt den Kopf der Freundin mit ihrem Kopf und beiden Armen. Gerade rechtzeitig vor dem Regen aus Fassadenstuck und Glasscherben, Fensterrahmensplittern, Backsteinen.
Carla schreit.

Die Druckwelle treibt das Fensterglas in den Vorhangstoff. Thor zuckt zurück, lacht hysterisch, deckt sein Gesicht mit seinem Arm. Schaut wieder hinaus. Gegenüber hängt eine Staubwolke in der Dunkelheit, wo die Explosion zwei Straßenlaternen gelöscht hat. Einige Autos und Läden hupen und klingeln Alarm. Fassadentrümmer auf der Fahrbahn.
„Yesss", ruft er, ballt und hebt die Faust zu einer Triumphgeste.
Scherben vom Fenster sind durch die Gardine bis aufs Bett geflogen, auf dem Helga zitternd liegt.
Thor reißt ihr den vollgesabberten Knebel aus dem Mund.
„Was war das?", fragt sie schrill. „Bind mich los."
„Tschüß", sagt er.
Zeit zu gehen.

***

Berlin, Kanzleramt

Der Wellenscanner ist auf Polizeifunk eingestellt. Ruhige, verrauschte Durchsagen. Tankstellenraub in Moabit, Zimmerbrand im Wedding ... normal. Seit Mitternacht weniger Verkehr, kaum noch Meldungen. Die Stille und das unwirkliche Licht abstrahieren die Stadt vor Karlbachers Fenster.

Was wäre, wenn plötzlich niemand mehr auftauchte? Wenn die Sonne aufginge und ich plötzlich feststellte: Verdammt, wo bleiben die Autos, die Radfahrer, die Audi-Limousine des Kanzlers? Wo die Angestellten der Läden im Alexa, die am Morgen beim Parken zwei Leichen neben einem Volvo Kombi entdecken würden?

Und keine Züge führen auf dem Bahndamm.

Es wäre niemand mehr da außer ihm.

Ein kleiner Lkw der Wasserbetriebe rollt langsam vorbei, Warnblinker eingeschaltet.

Die Illusion zerstiebt.

Rechnen: Wenn die Software nicht zu Abu Nar durchkommt, wieviel Verlust er dann macht mit seinem Öl-Termingeschäft? Und was das hieße.

Mal abgesehen davon, dass dem Kanzler irgendwie erklärt werden müsste, dass das Geld abgezweigt wurde, aber die Drohne noch immer ohne Software ist ...

Karlbacher stellt fest, dass er das bisher aus gutem Grund nicht genau berechnet hat: Verdrängung.

Er wäre tot, oder nah dran. Jedenfalls erledigt.

Dann lebt der Funk plötzlich auf. Es hat einen riesigen Knall gegeben in Schöneberg.

Viele Notrufe, sagen die Polizisten. Chaos in der Zentrale. Gasexplosion. Nein, Bombe. Oder doch Gas?

Mobilisieren: Feuerwehr, die ganze Polizei-Einsatzbereitschaft.

Den Staatsschutz, sicherheitshalber.

„Scheiße, die Bude ist total hinüber", sagt einer der ersten Beamten am Ort der Explosion in sein Funkgerät.

„Funkdisziplin!" murmelt Karlbacher gleichzeitig mit der Frauenstimme aus der Zentrale und schaltet den Funkscanner ab, während der Mann versucht, amtlich sachlich zu beschreiben, was er sieht.

Karlbacher lehnt sich zurück.
Die Adresse passt. „Die Bude ist total hinüber." Über Schmitt eingestürzt.
Sieg Heil, Thor. Arschloch, nützliches.
Jetzt kann Karlbacher sich hinlegen.

***

Berlin-Schöneberg

Schmitt war minutenlang weit weg. Hat ein Fiepen im Ohr, das bleibt, als die Alarmanlagen Ruhe geben.
    An der Ecke rotiert ein Blaulicht im Dunst.
    Schmitt schiebt sich von Carla, schüttelt sich würgend, den Rachen voller Staub, rafft sich auf. Splitter klirren von ihr herab. Sie tastet mit den Fingerspitzen über ihren Rücken, wo sich der Staub mit Blut und Sekret verbindet. Weitere Gips- und Glasfragmente lösen sich aus Haut und Stoff. Schmitt zieht sich langsam das T-Shirt vom Leib, lässt es fallen. Sammelt Bo, Weste und Jacke aus den verstreuten Trümmern.
    Carla regt sich. Offenkundig unverletzt.
    Schmitt nimmt Carlas Smartphone an sich. Steckt es in ihre Jeanstasche.
    Im Hausflur hustet Anselm. Taumelt als Mann aus Staub auf den Gehweg.
    Die Jacke überziehend, wankt Schmitt zum Audi, blutige Fußspuren hinterlassend. Schiebt den Bo diagonal in den Wagen, wirft die Weste hinterher. Findet den Schlüssel in der Jackentasche. Lässt die Scheibenwischer Trümmer und Staub aus der Sicht schieben. Fährt hustend los.

***

Berlin-Wilmersdorf

Schmitt hält den Klingelknopf neben dem polierten Messingschild mit der Gravur „M.D./P.M." gedrückt, wissend, dass ein elektronischer Dreiklang oben in der Wohnung auf diese Weise zum Dauerton wird.

Die Sprechanlage kracht. „Was?", fragt die Stimme Pierre Maurins.

„Sibel Schmitt hier. Entschuldige die Störung. Ich muss dringend mit Max sprechen."

Der Öffner schnarrt, Schmitt zieht an der schweren Tür mit den kunstvoll geätzten Scheiben. Der im Stil der 60er-Jahre matt vernickelte Aufzug bricht mit dem Jugendstil des Treppenhauses aus Marmor, Holz, Gusseisen.

Oben steht Pierre Maurin in der offenen Wohnungstür, ein Knittermuster vom Kopfkissen in die Wange geprägt, ein Haarnetz über der nach hinten arrangierten grauen Mähne, sonst makellos wie immer in seinem grüngrauen Seidenmorgenrock.

„Sibel, chérie! Was ist mit deinen Haaren? Mein Gott, wie siehst du aus!", ruft er. Betrachtet, plötzlich ganz Arzt, ihre Stirn, die Seite ihres Halses, hebt ihren Jackenkragen an für einen besseren Blick, gibt ihr einen Impuls mit den Fingern, dass Schmitt sich umdreht, schiebt die Jacke hoch. „Wo bist du reingeraten? Du blutest. Dein Rücken ist eine offene Wunde." Er zupft an der Jacke. „Du solltest das ausziehen, sonst reibst du den Schmutz tiefer in die Wunden."

Sie lässt sich von ihm aus der Lederjacke pellen. Die Reibung an ihrem Rücken erzeugt elektrische Effekte. „Meine Wohnung ist in die Luft geflogen", sagt sie. „Ich hab jetzt keine Zeit zum Doktorspielen. Ich muss mit Max reden. Sofort. Allein."

„Geheimdienstscheiße", sagt er.

„Ja, Geheimdienstscheiße."

Er geht voraus in die Wohnung. „Ich hole Max. Ich bringe dir was, damit du nicht nackt bist. Pass bitte auf, dass du nicht auf die Möbel blutest."

„Oui, mon général."

„Moi, je t'aime aussi."

Schmitt war selten genug bei Denzler, dass sie noch immer beeindruckt ist, wie man in seiner Wohnung direkt ins riesige, karg eingerichtete Wohnzimmer eintritt. Ihre Füße bluten nicht mehr. Sie macht um den weißen Teppich dennoch einen Bogen.

Sie hat sich noch nicht entschieden, ob sie sich auf einem der eleganten Sessel niederlassen kann, als Denzler, bekleidet mit einem purpurnen Seidenpyjama, hereinkommt mit den Worten: „Ehe wir irgendetwas anderes besprechen: Ich soll dir von Pierre sagen, dass er dich behandeln wird, wenn wir geredet haben. Keine Widerrede."

„Dein Mann ist ein lieber Mensch", sagt Schmitt.

„Damit kannst du dich bedecken", sagt er, hebt ein gefaltetes Tuch an.

Jeder der Schritte, mit denen Denzler sich nähert, lässt in ihr etwas aufsteigen, das sie nicht mehr Hass nennen würde.

Mordlust.

Sie weicht Denzlers Begrüßungsküssen aus. Nimmt das Laken.

Sein Lächeln verliert sich. „Pierre sagt, deine Wohnung ist in die Luft geflogen?"

„Drauf geschissen. Deshalb bin ich nicht hier." Schmitt beherrscht sich, dass es nicht mit ihr durchgeht. Doch ihr Gesicht verzerrt sich zu einer Maske des Abscheus. „Krätz lebt. Und du hast es gewusst. Und warum lieferst du mich den Medien aus? Bist du von allen guten Geistern verlassen?"

Sie beginnt scharf, mühsam gebremst, beide Hände in das Tuch gekrallt.

Am Ende überschlägt sich ihre Stimme.

Denzler weiß: Lügen ist zwecklos. Schmitts gerötete Augen scannen sein Gesicht. Sie kann Menschen lesen; er hat oft gesehen, was ihr das bei Ermittlungen bringt. Er steckt die Hände in die Taschen der Pyjamajacke, ringt um Gelassenheit. „Ich bin Geheimnisträger, Schmitt. Ich weiß vieles, was andere unter keinen Umständen wissen dürfen, auch meine Freunde nicht. Ich habe sogar vor Pierre Geheimnisse."

„Ge'eimdienstscheiße", sagt Schmitt ernst in einer Übertreibung von Pierre Maurins Akzent.

„Ganz genau. Manchmal ist das nicht leicht. Und was war das mit den Medien?"

„Jemand hat einem professionellen Nachrichtenhehler gesteckt, dass ich angeblich einen der Nazis letztes Jahr gefoltert habe. Und der hat es einer Boulevardzeitung verkauft. Gleich mit dem richtigen Dreh: Das ruiniere den Fall der Staatsanwaltschaft im Prozess gegen die braunen Bomber."

„Ach du Scheiße. Und was habe ich damit zu tun?"

„Max. Der Typ heißt Max."

„Und deshalb denkst du, dass ich … Wieso sollte ich wohl den Prozess torpedieren? Und so blöd sein, meinen Vornamen zu nennen." Er klingt ehrlich überrascht und verletzt.

„Wieso solltest du wohl Krätz vor der Strafverfolgung retten?", äfft sie ihn nach. „Sag du's mir, *Max*. Und was deine übliche Ge'eimdienstscheiße betrifft: In meinem Fall gibt es einen gravierenden Unterschied – mein Kind ist entführt worden." Sie zittert in der Anspannung. Beißt die Zähne aufeinander. Zischt:

„Du hast mich Sheri suchen lassen, fast drei Jahre lang, während dieses Schwein sie zur Sexsklavin abgerichtet hat. Und wozu noch alles!"

Denzler tritt langsam zwei Schritte zurück, zur Seite. Bringt einen der Sessel zwischen sich und die Frau mit dem verzerrten Gesicht, an deren Hals die Sehnen hervortreten. Stützt sich auf die Lehne. „Hör mich an, ehe du etwas tust, das du bereuen wirst", sagt er schnell, mit hoher Stimme.

„Was sollte ich wohl bereuen? Was hätte es dich gekostet, mir einen Tipp zu geben?" Ihre Stimme klingt rauer.

Es ist Denzler, als ob Schmitts Zorn den Raum mit Gewalt auflüde, trotz der indirekten Beleuchtung, der harmonieseligen Weiß-, Elfenbein- und Brauntöne und der locker verteilten modernen asiatischen Skulpturen aus Yin- und Yang-Elementen. Seine Fingerspitzen bohren sich ins Lederpolster der Sessellehne. „Ich wusste, dass er lebt, weil ich ihn im Auftrag höchster Stellen seinerzeit verschwinden ließ, nachdem du ihn fast getötet hattest. Er steht seither unter Hausarrest und unter strenger Bewachung. Dass er Sheri hat, wusste ich nicht. Das musst du mir glauben."

„Warum? Gib mir Gründe, dir nicht einfach genau jetzt den Hals umzudrehen."

Er atmet schnell und flach. „Ich wusste es wirklich nicht. Ich erfuhr es auch erst durch diese irre Nummer mit Sheris DNS, seinem But und seinem Fingerabdruck, mit dem er dich auf den Plan rief. Die Akte war gesperrt, es gab einen automatischen Alarm, als darauf zugegriffen wurde. Und ja, dann habe ich seine Daten über die gewöhnliche Sperre hinaus unzugänglich gemacht. Aber nicht, weil ich das wollte. Sondern weil ich es sollte."

Schmitts Stimme versagt. „Wie kann es sein, dass du weißt, dass er lebt, und dass du ihn bewachen lässt, aber nicht bemerkst, dass er Sheri entführt hat?", flüstert sie. Tränen fließen ihre Wangen hinab.

„Ich bin für seine Bewachung nicht zuständig, Schmitt. Ich wusste nichts, wirklich. Sonst hätte ich doch nie zugelassen, dass du selbst ermitteln darfst." Er zögert. „Frag Held, wenn du an meinen Worten zweifelst."

„Der steckt auch mit drin?" Sie schüttelt den Kopf. „Für wen hast du die Akte gelöscht?"

Er verzieht das Gesicht. „Geheimdienstscheiße. Bitte, Schmitt …"

Sie entfaltet endlich das Laken, wirft es sich über die Schultern, zieht es vorn zusammen. Er fühlt, dass ihre Spannung nachgelassen hat, als sie fragt: „Und warum in aller Welt habt ihr das Schwein damals nicht vor Gericht gestellt? Krätz ist ein Menschenhändler, ein Entführer und Vergewaltiger mit Spaß am Foltern und ein Mörder. Dank meiner Ermittlungsergebnisse hättet ihr ihn für den Rest seines Lebens sicher hinter Gitter bekommen."

„Die Gründe sind offensichtlich und geheim. Warum ist Schalck-Golodkowski seinerzeit am Tegernsee gelandet und nicht im Knast, wo er hingehört hätte?"

Als Schmitt bemerkt, dass es keine rhetorische Frage sein soll, antwortet sie widerwillig: „Weil er aus seiner Zeit als Devisenbeschaffer der DDR Dinge wusste, und weil er nützlich war."

„Korrekt. Bei Krätz kam dazu, dass der Regierung, die ihn mit seinen Erfahrungen als DDR-Strippenzieher in Nahost und staatlicher Waffenschieber nützlich fand, seine immer intensiveren kriminellen Machenschaften bis hier standen" – er hält seine Hand waagerecht vor seine Nase. „Ich hörte später, dass er schon Monate vor deinem Zugriff unter dem Druck mächtiger Kreise über Straffreiheit im Gegenzug für Stillhalten und Untertauchen verhandelt hatte. Dein Schuss vereinfachte die Sache zu seinen Ungunsten. Du hast ihn außer Gefecht gesetzt, er war nicht mehr Herr seines Verschwindens. Offiziell war er tot, als er aus dem künstlichen Koma erwachte."

„Und warum gibt er nun Lebenszeichen?"

Denzler zieht die Schultern hoch. „Es ist ironisch: Seine Lunge heilt nicht. Er ist mit einem Erreger infiziert, der ihn bei lebendigem Leib von der Schusswunde ausgehend verfaulen lässt. Krätz stirbt. Antibiotika halten das nicht auf, sie bremsen es nur. Ich denke, er will reinen Tisch machen."

Sie stehen einander gegenüber, die sterbensmüde, mit Blut und Schmutz verschmierte Frau, der zierliche Mann in seinem seidenen Pyjama, und lauschen dem heulenden Motor eines Autos nach, das die stille Straße vor den hohen Fenstern entlang rast.

Denzler hebt die Hände von der Sessellehne in einer in Rhetorikschulungen für Führungskräfte eingeübten Geste des Öffnens, Einbeziehens. „Und jetzt? Was wird jetzt?"

„Jetzt sagst du mir, wo Krätz versteckt ist, und ich bringe es zu Ende."

„Du weißt, dass ich das nicht darf."

„Früher oder später wirst du reden. Wie groß ist deine Schmerzresistenz? Wir können das testen."

„Dann verlierst du mindestens deinen Job."

Sie zuckt die Achseln. „Die Sorte Recht, die Typen wie Held und du anstreben, diese Übelkeit erregende politische Interessenbalance ist mit meinem Rechtsempfinden sowieso unvereinbar. Ich bin ausgekämpft."

„Du könntest im Knast landen."

Denzler erschrickt, als Schmitt laut lacht. „Ja, das wäre ein konsequentes und angemessenes Ende meiner Karriere." Sie wischt den Gedanken mit einer Handbewegung beiseite. „Hör zu, es geht nicht allein um Krätz und mich und Sheri. Krätz hat einen kleinen Jungen entführt, und ich regle das im Auftrag der Eltern. Er will den Jungen umbringen, wenn ich da nicht auftauche. Du weißt, er macht das wahr. Irgendwann wird er sich melden und seinen Standort bekannt geben. Ich habe also einen eventuell erheblichen taktischen Vorteil, wenn ich vorher auftauche. Deshalb bin ich hier. Ich kann Ruhe geben, aber dann brauche ich Sicherheit. Ich halte still, wenn du mir versprichst, heute noch mit einer Hundertschaft der GSG 9 für Ordnung zu sorgen, wo immer Krätz sich versteckt hält."

Denzler schüttelt den Kopf. „Du weißt, dass das nicht in meiner Macht steht."

„Klar, die Politik", sagt Schmitt ohne Bitternis. „Sag mir wenigstens, was ich wissen will. Du kannst ja sagen, dass ich dich gezwungen habe. Erspar uns beiden, dass ich dir wehtun muss."

Denzler ringt mit sich, die Luft anhaltend. Seufzt. „Krätz lebt im Wald bei Strausberg in einem ehemaligen Bunker der Nationalen Volksarmee. Das ist ein riesiges Labyrinth von Stahlbetonräumen, Sälen und Tunneln. Der Eingang für seinen Abschnitt liegt an einer Straße von Altlandsberg nach Strausberg in einem Waldstück. Das Gelände hat die Bezeichnung Feld 21."

„Woher weiß ich, dass du mir die Wahrheit sagst?"

„Ich möchte einfach, dass die Kinder leben."

Schmitt hebt einen Mundwinkel. „Wem gehört das Gelände?"

„Einer Immobilienverwaltung, die aus der Treuhand hervorgegangen ist."

„Wie ist es bewacht?"

Denzler schaut sich nach dem Küchenblock um, der im indirekten Licht schneeweiß wirkt. „Hast du gegessen?"

Schmitt runzelt ihre Stirn. „Max, ich mache keine Witze."

„Ich auch nicht. Schau dich an. Total ausgemergelt. Wann hast du zuletzt gegessen?"

„Frühstück."

„An welchem Tag?"

Sie muss lachen. „Ich hab es eilig."

„Das verstehe ich. Aber du wirst essen, und vor allem wirst du dich von Pierre behandeln lassen. Krätz' Leute werden jedenfalls satt und gesund sein."

„Du lenkst ab von meiner Frage. Wie ist das Gelände bewacht?"

„Du kannst nicht allein da reingehen. Es hat keinen Zweck." Denzler räuspert sich mehrfach. „Setz' dich erstmal."

Schmitt setzt sich auf einen der Barhocker am Küchentresen, arrangiert das Laken, stützt ihre Arme auf die spiegelnde Oberfläche. „Das Gelände – wie ist es bewacht?"

„Die Idioten vom BND haben einen Wachdienst beauftragt. Taffe Profis, ehemalige Bundeswehrsoldaten …"

„… Top Security?"

Denzler schüttelt den Kopf. „Nah dran. Aber nein, nicht mehr. Schleekemper hat den Laden zu großen Teilen verkauft, seitdem du seine dunklen Geschäfte aufgemischt hast."
Schmitt verschränkt ihre Hände, um ihr Zittern zu unterdrücken.
„Schade."
„Wieso?"
„Das Kind, von dem ich spreche, ist der kleine Sohn von Schleekemper. Und ich bringe Krätz im Gegenzug die Software für eine Drohne."
„Warum bin ich jetzt nicht überrascht, dass Schleekemper Händel mit Krätz hat?"
Schmitt wehrt ab. „Er hat keine. Krätz will unbedingt diese Software."
„Und wo hat Schleekemper die her? Und Krätz die Drohne?" Denzler schüttelt mit hängendem Kinn den Kopf. „Und du denkst, das Kanzleramt würde da eingreifen wollen? Von den dunklen Geschäften des Herrn Ex-Minister halten die sich fern, das sage ich dir. Wenn außerdem rauskommt, dass sie Krätz erst straflos haben verschwinden und dann praktisch frei gewähren lassen, sind die erledigt. Zumal jetzt, mitten im Superwahljahr. Alles steht auf dem Spiel. Und offiziell wissen wir alle von nichts. Also wird auch nichts passieren, von uns aus. Die würden mich für verrückt erklären, wenn ich denen vorschlüge, einzugreifen."
„Das ist natürlich das Entscheidende", ätzt Schmitt. „Dass sie dich nicht für verrückt halten."
„Bist du sicher, dass es in Ordnung ist, dass Schleekemper gerade *dich* um Hilfe bittet?"
„Das hat Krätz entschieden."
„Erklären kann ich es auch. Aber ist es nicht ein Problem für den Prozess?"
„Wieso? Darin kommt Schleekemper nicht vor. Ich hoffe, er dankt dir und deinen politischen Strippenziehern gelegentlich dafür. Und korrupt bin ich sowieso."
„Korrupt?"
„Wegen meines Autos."
„Ach richtig. Deinen Zwangsurlaub hatte ich vergessen."
Sie hebt die Brauen. „Davon weißt du?"
„Ich stehe mit Held in Verbindung. Wir dachten, die Disziplinarmaßnahme bremst dich."
„Du solltest mich besser kennen." Schmitt schnaubt. „Zurück zu Krätz: Die Wachschutzleute – wissen die, wen sie da bewachen?"
Er seufzt. „Du kannst da nicht allein rein, hörst du?"
„Du magst die Kavallerie ja nicht mobilisieren. Ich will nicht testen, ob Krätz seine Drohungen wahr macht. Und du wirst nicht wagen, mich aufzuhalten."

Er hebt beide Hände. „Na gut. Ist gut. Also: Krätz hat einen Decknamen. Der BND hat den sicher nicht aufgedeckt, so dass die Wachen draußen keine Ahnung haben werden. Aber es gibt im Inneren des Geländes einen zweiten Trupp. Ehemalige vom Wachregiment Feliks Dzierzynski."

„Ex-Stasi. Rekrutiert von Krätz."

Er nickt. „Wahrscheinlich Teile seiner alten Truppe."

„Unter den Augen des BND."

Denzler stellt eine Plastikdose auf den Tresen, durch deren semitransparente Wand Nudeln schimmern. „Ja, unter den Augen des vom Kanzleramt mit Krätz' Überwachung beauftragten BND. Beziehungsweise dessen Söldnern vom Wachschutz. Die eigentlich gehalten sind, stur ihren Auftrag zu erfüllen. Und das können sie an sich auch. Alle Ex-Bundeswehr, Testosteron-Junkies um die Dreißig, du kennst den Typ. Aber es sieht aus, als hätten die sich angefreundet mit Krätz' zackigen, stahlgrauen Sozialismusveteranen. Haben sich einwickeln lassen. Jedenfalls ist die Liste derer, die das Tor passieren dürfen, inzwischen endlos."

„Was für eine Scheiße. Wie kann es nur sein?"

Denzler zieht die Mundwinkel runter. „Wer da gepennt oder vielleicht sogar vorsätzlich Mist gebaut hat, versuchen wir noch rauszufinden. Ebenso, ob Krätz unter irgendeinem Namen selbst auch auf der Liste steht." Er hebt die Dose an. „Spaghetti mit Scampi in Safranbutter. War unser Abendessen."

„Klingt gut", antwortet Schmitt abwesend. „Es gibt also eigentlich keine Wache."

Denzler schiebt die Dose in die Mikrowelle und schließt deren Edelstahltür heftiger als nötig. „Ich wäre überrascht, wenn du ohne Ärger reinkommen würdest. Aber es herrscht ein verdammtes Chaos auf dieser Scheißliste, schon richtig. Es sieht so aus, als würden Krätz' alte Kumpel dort ein- und ausgehen, gut getarnt zwischen einer Unmenge Namen, die hinzugefügt wurden. Von wem auch immer. Jedenfalls unbemerkt."

„Was weißt du über Sheri?"

Denzler stellt Schmitt ein Glas Leitungswasser hin. „Nichts. Hätte ich gewusst, dass er sie entführt hat, hätte ich …"

„Bist du sicher?", unterbricht sie ihn.

„Du solltest mich inzwischen gut genug kennen."

„Ich hätte auch nicht gedacht, dass du Krätz der Strafverfolgung entziehst, ohne es mir zu sagen. Hättest du es mir gesagt, hätte ich Sheri bei ihm gesucht. Und gefunden. Aber nein: Erst die Karriere, dann die Loyalität. Ist doch so, oder?"

Die Mikrowelle piept. Denzler holt die Dose raus, kippt den dampfenden Inhalt in einen tiefen Teller, den er Schmitt hinschiebt. Stellt den Parmesanstreuer neben das Wasserglas. „Was glaubst du, warum die Nummer mit dem Foltervorwurf?"

Schmitt schüttet Käse auf die Nudeln. Ihre Hand zittert, als sie die Gabel greift. „Wenn die angeklagten Nazis, statt sich an den Deal zu halten, die Wahrheit über korrupte Regierungsdienststellen in den Prozess einbringen wollen, ist es für die Regierung nützlich, wenn er platzt. Oder ein einziges Durcheinander wird. Nicht wahr?" Schmitt betrachtet ihre zitternde Hand, dann Denzler: „Wer ist Max?"

„Ich weiß es nicht."

Schmitt starrt ihn an, forschend. Denzler bekräftigt: „Wirklich nicht."

Schmitt senkt die Gabel in die Spaghetti. „Hoffen wir's."

„Erzähl mir etwas über die Explosion in deiner Wohnung."

Schmitt hält mit der anderen Hand gegen das Zittern an. „Das war eine semiprofessionell gebaute Bombe, so weit ich das auf die Schnelle begutachten konnte. Auf jeden Fall nichts aus einer Waffenfabrik. Ich weiß nur einen, der so was bastelt und mir – äh – nahe steht: dieser Nazi, dem ich seinen Bombenanschlag in Kreuzberg versaut habe, dieser Sittke. Thor Sittke." Endlich hat sie ein paar Nudeln eingerollt. Sie führt die Gabel zum Mund. Nuschelt: „Den habt ihr auch laufen lassen."

„Schmitt, ich …"

„Ich weiß schon: Du folgst nur deinen Befehlen, der operativen und der politischen Opportunität. So ähnlich hätte das wohl Adolf Eichmann ausgedrückt."

Denzler kneift die Lippen aufeinander. „Wie hast du die Bombe entdeckt?"

„Zufall. Es waren keine zwei Minuten mehr Zeit. Der Countdown muss gestartet worden sein, als ich in die Wohnung kam. Hätte ich das zu ermitteln, würde ich in den Wohnungen auf der anderen Straßenseite mal nach dem Rechten sehen. Vielleicht auch nach *den* Rechten."

Denzler fragt: „Ein Bewegungsmelder oder ein Schalter an der Schranktür oder so ist ausgeschlossen?"

„Hätte ich gesehen."

„Hundertprozentig?"

„Checkt die Wohnungen gegenüber. Da wird er gelauert haben. Schon wegen des Videos. Würde mich sehr wundern, wenn es nicht schon auf Youtube stünde." Sie kaut. „Kannst du einen Plan von Feld 21 beschaffen?"

„Kann sein, dass ich den noch in einer E-Mail von damals gespeichert habe. Ich schau mal."

Schmitt legt die Gabel ab. „Wenn nicht du Max bist – wer ist es dann? Und was will er? Und wenn es Sittke ist, der mich umbringen will, was hat er davon? So gut wie niemand weiß davon, dass ich diesen Typen mit dem Finger in seiner Schusswunde vernommen habe. Sittke weiß es vielleicht, aber woher hat er den

Sprengstoff für die Bombe? Das war kein Kunstdünger-Diesel-Gemisch Marke Eigenbau, dazu war das Paket für die Sprengwirkung zu klein…"

„Worauf willst du hinaus?", fragt Denzler.

Sie pickt mit den Fingern in den Nudeln nach einem Stück Scampi und schiebt es sich in den Mund. „Was, wenn alles zusammenhängt? Wenn er mit den Nazis zu tun hat und auch von Krätz weiß und von der Drohne?"

„Wer?"

„Na, dieser Max."

Denzler klappt der Mund auf. Er fasst sich. „Sag mir bitte nicht, dass du an eine Art Superbösewicht glaubst, der darauf fixiert ist, dich umzulegen."

Schmitt schüttelt langsam den Kopf. „Das ist nicht paranoid. Schau durch seine Brille: Drogenhandel ist der Ausgangspunkt bei dem Fall, um den es im Prozess gegen die Nazis geht. Illegaler Waffenhandel ist es hier. Nicht wirklich weit auseinander. Ich bin der Störfaktor. Für die direkte Verbindung der beiden Fälle sorgt unser gemeinsamer Freund, indem er mich reinholt."

„Krätz", wirft Denzler ein.

„Das ist ebenfalls nicht fernliegend: Ich war bei der Sitte, also musste ich irgendwann auf das Schwein stoßen. Max steht geschäftlich mit Krätz in Verbindung. Wahrscheinlich ist er also auch eine große Nummer. Da er bisher unsichtbar agieren konnte, muss er über politische Deckung verfügen. Wie Krätz."

Denzler dehnt sein „Okay" fragend zur skeptischen Bestätigung. „Du denkst also, dass Schleekemper nicht hinter dem Drogenhandel steckt."

„Was, wenn er nicht allein war? Er hat sowas angedeutet: Was, wenn es neben Schleekemper noch andere Profiteure gibt, die schlauer sind als er und noch besser vernetzt. Jemand in hoher Position, aber nicht in der Öffentlichkeit exponiert wie Schleekemper und du, intelligent, manipulativ, völlig skrupellos." Sie legt beide Hände auf die Tischplatte. „Du kennst ihn garantiert sogar. Ihr kennt einander alle in diesen Kreisen. Also, wer zum Teufel ist Max?"

Schmitt liegt bäuchlings auf der Liege im Gästezimmer. Maurin hat eine Schreibtischlampe aufs Fensterbrett gestellt und sucht in deren Licht mit der Lupe ihren Rücken nach Splittern ab, die noch in den frischen Schnitten und den Kratern vom Vortag verhakt sein könnten. Desinfiziert die Wunden.

„Wie konntest du überleben, wenn du der Bombe so nah gekommen bist?", fragt Denzler.

„Die Wunden stammen zum größten Teil von einer mit Salz geladenen Schrotflinte letzte Nacht."

„Freunde von dir?"

„Auberger Folklore. Lange Geschichte."

Pierre insistiert: „Max, du musst ihr sagen, dass sie nicht fit ist. Die Hälfte der Wunden ist übel entzündet."

„Ich kenne sie seit Jahren. Sag du mir: Wird sie auf mich hören?"

„Hmmm." Pierre angelt mit der Pinzette nach einem Splitter. Wischt den Splitter am Rand einer Petrischale ab. „Eher nein."

Denzler: „Und, Schmitt: Schonst du dich, wenn ich's dir sage?"

Sie wiederholt mit Pierres Akzent: „E'er nein."

Denzler legt einen Stapel Papier auf den Stuhl beim Bett. „Ich habe den Plan für dich ausgedruckt. War nicht leicht. Lauter Einzelblätter, das Ding ist riesig. Ich hab dir auch die Mail weitergeschickt."

„Danke."

„Ich sollte das nicht tun."

„Du solltest mehr tun."

„Du weißt genau, dass ich nicht weiter gehen kann."

Schmitt dreht sich auf die Seite. „Du könntest mit dem Kanzleramt reden. GSG 9."

„Das Thema hatten wir doch schon."

Pierre legt Schmitt die Hand auf die Schulter, flucht: „Sacrément, chérie. Reste couchée."

Sie faucht Denzler an: „Du bist jetzt ganz oben in der Sicherheitshierarchie. Auf der Vergütungsstufe eines Staatssekretärs oder sogar Ministers. Warum zum Teufel denkst du, dass du nie was machen kannst? Krätz hat zwei Kinder in seiner Gewalt – wieso denkst du, dass das nur mich alarmiert? Immer reitest du auf meinem Arsch durchs Feuer."

„Und was, wenn ich da anrufe und man dich stoppt? Aus Staatsraison?"

„‚Man'? Wer ist das, ‚man'? Als wenn du gar nichts zu sagen hättest!" Schmitt dreht den Kopf nach Pierre. „Dis-lui qu'il est un idiot, un sale opportuniste. Am Ende wird sich der Mistkerl wohl noch in aller Ruhe wieder hinlegen, sobald ich mich auf den Weg zum Showdown mit dem gefährlichsten Psychopathen Deutschlands und seiner Truppe aus Ex-Stasis gemacht habe!"

Pierre Maurin schießt einen Blick auf Denzler ab. Sagt sanft zu Schmitt: „Reste couchée, ma belle."

Denzler schließt die Wohnungstür, als die Lifttür hinter Schmitt zugefallen ist. Er weicht Maurins Blick aus.

„Was tust du jetzt?", fragt Pierre.

Denzler atmet tief ein und wieder aus. „Ich kann nichts tun."

„Meinst du nicht, du solltest ihr helfen?"

Denzler hört an Pierres Stimme, dass sich in ihm etwas aufstaut. Er berührt ihn leicht am Arm, lächelt. „Das geht dich nichts an, Lieber. Bitte, ja?"

„Meinst du", sagt Pierre und weicht einen Schritt zurück. „Echt?"

Denzler spürt einen fundamentalen Streit kommen. Versucht eine Erklärung: „In diesem Fall ist sie keine Freundin, sondern eine Polizistin auf Abwegen. Ich halte sie nicht auf. Das ist alles, was ich tun kann. Und was heißt schon Freundin – sie ist eine alte Kollegin, die mal bei uns auf einer Party war, das ist alles."

„Meinst du", sagt Pierre wieder. Halb anklagend, halb ungläubig. „Ich würde einer Freundin helfen." Er dreht sich schroff um, zieht die Verbindungstür zum Flur in den Schlaftrakt der Wohnung mit einem Knall ins Schloss.

Denzler schüttelt seufzend den Kopf. Schlurft durch das Wohnzimmer, blickt aus dem Fenster, setzt sich mit hängenden Schultern aufs Sofa, starrt ins Leere. Beugt sich vor, birgt das Gesicht in seinen Händen.

***

Berlin-Hönow

Die Auflösung bei „Google Earth" ist gut genug: Schmitt sieht den Zaun, kann im Wald Strukturen ausmachen, Wege. Feld 21 muss dieser Abschnitt an der Straße zwischen Altlandsberg und Strausberg sein.
   Eine Straßenbahn rumpelt auf der Dorfstraße vorbei. Schmitt schaut auf. Die Scheibe ist von innen beschlagen.
   Es wird Zeit.
   Schmitt lässt den Motor an und stellt die Klimaanlage auf Enteisen. Blickt auf den Bildschirm. Die einzige freie Einfahrt in dem kilometerweit die Straße begleitenden Zaun bildet einen Trichter. Der Zaun weicht zwanzig, dreißig Meter weit zurück, erst dann gibt es eine schmale Durchfahrt. Diese führt in eine Art Schleusenraum zwischen zwei Gebäuden, dann führt eine weitere Durchfahrt aufs Gelände. Beim Tor stehen Unterstände für Fahrzeuge, schätzt Schmitt angesichts der lang gestreckten Dächer. Der Eingang zum Bunker ist nicht zu sehen.
   Welcher Art die Tore sind, kann Schmitt nicht erkennen. „Google Streetview" funktioniert an dieser Stelle nicht. Keine interessante Topografie, keine Häuser, also keine Streetview-Aufnahmen. Oder es ist noch immer die Geheimhaltung, die verhindert, dass etwas gezeigt wird. Dies war eine der Stellen, an denen DDR-Karten zwischen den öffentlich nutzbaren Straßen riesige Flächen weiß wie unerforschtes Gebiet zeigten.
   Schmitt aktiviert das Lineal. Misst alle Distanzen. Überträgt die Geo-Koordinaten des Geländes ins Navigationsgerät am Armaturenbrett. Startet die Zielführung.
   Noch 15,7 Kilometer.
   Schmitt zieht den USB-Stick aus dem Tablet-Computer und steckt ihn in die Reißverschlusstasche an der Brust ihrer Motorradjacke.
   Lehnt sich zurück. Schließt die brennenden Augen. Sie richtet ihre Gedanken auf ihre Verletzungen und spürt für einen Moment die Spannung und das Brennen an ihrem Rücken.
   Schmitt nimmt die Ibu-Packung aus dem Handschuhfach, drückt drei, vier Schmerztabletten aus ihren Blistern, schluckt sie trocken.
   Aktiviert in Carlas Telefon die zuletzt gewählte Nummer. Ihr Onkel hat abgenommen, bevor auf Schmitts Seite ein Klingelton zu hören ist.
   Onkel Timur. Gangster, Zuhälter, Drogenhändler.
   Wohltäter und Oberhaupt der Familie.
   Kinderschänder, Ex-Knacki.

Der Einzige, auf den Schmitt sich blind verlassen kann.

„Seid ihr in Position?", fragt sie.

„S-Bahnhof Strausberg-Hegermühle."

„Okay. Danke."

„Prinzessin" – die Anrede erzeugt Gänsehaut bei Schmitt. „Bist du wirklich sicher, dass wir nicht mit reingehen sollen?"

„Absolut. Es gäbe ein Blutbad, wenn ich nicht allein komme. Sie brauchen das Passwort, also bin ich erstmal sicher. Sorgt ihr nur für eine saubere Übergabe."

„Wie du willst. Viel Glück, Prinzessin."

„Ja. Und ich hab dir noch eine Mail geschickt. Meine Ana kann mein Knochenmark haben, wenn es passt." Sie beendet die Verbindung. Löscht die gewählten Nummern aus dem Rufspeicher des Handys und die zuletzt gelöschten Daten aus dem Löschspeicher. Steckt es in die Jacke.

Setzt den Blinker.

Fährt los.

Endspiel.

***

Berlin-Charlottenburg

Diesmal kommt Denzler durch, ist das Handy am anderen Ende nicht abgestellt. Über eine Stunde lang hat er nicht einmal die Mailbox erwischt. „Der Teilnehmer ist vorübergehend nicht erreichbar." Das war alles. Ausgerechnet jetzt. Endlich ertönt das Rufzeichen.
„Ich hoffe, es ist wichtig. Ich hab noch nicht geschlafen", sagt die vertraute Stimme am anderen Ende.
„Wenn es nicht wichtig wäre, würde ich nicht anrufen. Max Denzler. Guten Morgen, Herr Horn."
„Wir waren neulich noch per Du."
„Ja, entschuldige. Hab auch nicht geschlafen."
„Was gibt es Wichtiges?"
„Schmitt. Sie ist auf dem Weg nach Strausberg, Feld 21."
Denzlers Nacken prickelt.
Meine Karriere endet: hier. „Sie ist auf dem Weg zu Gregor Krätz."
Die Stille dehnt sich, bis sich Denzler fragt, ob der Chef des Kanzleramts wieder eingeschlafen ist. Dann hört er Horn mit belegter Stimme sagen: „Du solltest sie doch bremsen."
„Ich habe die Akten verschwinden lassen. Außerdem ist sie suspendiert. Sie hätte es nicht rausgefunden, wenn man ihr nicht geholfen hätte."
„Wer war es?"
„Schleekemper. Schleekemper und seine Verbindungen."
„Was zum Teufel ..."
„Ich konnte nichts machen. Krätz hat das arrangiert. Er hat Schleekemper und Schmitt zusammengebracht und Schleekempers Sohn entführen lassen. Schmitt bringt Krätz nun irgendeine Software, damit er das Kind wieder freigibt."
Denzler hört Pierre im hinteren Teil der Wohnung rumoren. Draußen ertönen laute Männerstimmen. Das Geräusch wandert von Süd nach Nord von Fenster zu Fenster. Verliert sich im Berliner Grundrauschen, für das in dieser Gegend die Bismarckstraße sorgt.
Denzler sagt: „Entschuldige, aber ich hasse bedeutungsschwangere Pausen am Telefon – könntest du nicht zwischendurch ein Geräusch machen, nur aus Geselligkeit?"
„Erspar mir deinen stadtbekannten Humor", sagt Horn. „Frag mich nicht, wie ich drauf komme: Irgendeine Software – ist es Software für eine Drohne?"
Denzler braucht einige Sekunden, bis er sich gefasst hat. „Wie kommst du darauf?"

„Genau um dieses Geschäft in Ruhe abzuwickeln, sollten Krätz und Schmitt nicht zusammentreffen. Ohne diese Scheiß-Drohne wird es keinen Frieden mit Abu Nar geben. Dann habe ich mir die Nacht umsonst um die Ohren gehauen, und die abschließende Verhandlungsrunde heut Nachmittag ist für die Katz. So einfach ist das. Krätz hatte sie schon vor Jahren für Abu Nar gestohlen, und Schleekemper ließ als Minister die Software verschwinden, damit Abu Nar sie nicht gegen Israel einsetzen kann." Er räuspert sich. „Wo ist Schmitt jetzt?"

„Zu Krätz gefahren."

„Wann?"

„Vor knapp zwei Stunden. Sie hat mir die Adresse abgepresst."

„Abgepresst? Hat sie dir die Knarre ins Gesicht gehalten, oder was?"

„Sie hat mich bedroht. Du weißt, wie sie ist."

„Ja, das weiß ich wohl, wie sie ist: Beim Empfang für die mit dem Bundesverdienstkreuz Geehrten plauderte sie eine Dreiviertelstunde lang mit dem Kanzler. Unser Chef war so begeistert von der charmanten, eloquenten und hochintelligenten Frau. So ist die nämlich. Du bist nicht zu retten, dass du Schmitt hast fahren lassen."

„W-was? Ich dachte ... Wusste nicht ..."

„Was an der Kombination ‚Schleekemper, Krätz und Drohne' setzt dich nicht auf Alarmstufe Rot? Mann, du leitest faktisch unsere Geheimdienste, und du verpennst so ein Riesending! Bist du von allen guten Geistern verlassen, Schmitt da reingehen zu lassen? Zu Krätz? Allein? Mit der Software einer potenziellen Massenvernichtungswaffe? Du rufst mich an, um dich abzusichern. Um Schleekemper zu verpetzen und um dir den Rücken wegen Schmitt frei zu halten. Anstatt verfickt noch mal sofort Himmel und Hölle in Bewegung zu setzen!" Der Kanzleramtschef hat bis zum Ende seiner Luft geschrien. Die letzten Worte presst er.

Denzler bricht Schweiß aus. Er lässt sich aufs Sofa fallen. Hebt ein Kissen auf, das zu Boden gerutscht ist. Klammert sich daran fest. „Und jetzt? Eine Hundertschaft GSG 9?"

„Du weißt so gut wie ich, dass die keine Hundertschaften haben."

„War nur ein Spruch."

„Wir müssen Schmitt stoppen. Wenn sie noch zu stoppen ist."

***

Berlin, Bundeskanzleramt

„Und was, wenn sie nicht mehr zu stoppen ist?", fragt Karlbacher. Er sitzt unausgeschlafen auf dem Sofa in seinem Büro. Unrasiert, das schüttere Haar wirr, sieht er völlig anders aus als sonst.

Kanzleramtschef Horn ringt um Fassung. „Keine Ahnung. Der Deal ist, dass sie Krätz die Software gibt, um ihre Tochter und Schleekempers Sohn frei zu bekommen. Dann will Krätz sie erledigen. Das ist offensichtlich, sonst hätte er Schmitt nicht einschalten müssen." Er hört sich zu wie einem Fremden. Kann es noch nicht wirklich glauben, wie nah Denzler daran gewesen war, die Software risikofrei zu übernehmen. Für den Kanzler.

„Und wenn Krätz draufgeht?", fragt Karlbacher.

„Wie reden Sie denn? Haben Sie nicht lang und breit getönt, dass Sie immer einen Plan B haben? Abu Nar, der quasi durch die Hintertür an die Software kommt?"

Karlbacher insistiert: „Was, wenn Schmitt am Ende die Software behält?"

Horn starrt Karlbacher hasserfüllt an.

Der sagt: „Was geschieht, wenn weder wir, noch Abu Nars Leute am Ende im Besitz der Software sind?"

Horn wird fast übel von der eisigen, scharfen Stimme, den ausdruckslosen Augen des anderen. Er hasst den ganzen Kerl mit jeder Faser seines Körpers.

Er zwingt sich zur Ruhe. „Auf was wollen Sie hinaus?"

„Unsere kleine Transaktion lebt davon, dass die Software am Ende bei Abu Nar ist. Egal, wie sie hinkommt. Gelangt die Software nicht zu Abu Nar, wird es Fragen geben, die wir nicht beantworten können."

Horn beherrscht sich mühsam. „Dass Krätz so wahnsinnig ist, Schmitt in den Drohnendeal reinzubringen, das hätten selbst Sie sich nicht ausmalen können, oder? All das Chaos nur, weil Sie Ihre Gier nicht zügeln können."

Karlbacher lässt mit verkniffenem Mund die Pause verstreichen, während derer Horn mit seinem Einwand rechnet.

Horn fährt fort: „Ich rate Ihnen dringend, jetzt nicht eine weitere Ihrer Intrigen anzuzetteln. Irgendwas fällt mir schon ein. Vielleicht kommt uns auch ein Zufall zu Hilfe. Bisher haben irgendwelche Irre noch jedes Mal die Verhandlungen mit Anschlägen gestört, um den Preis für Frieden noch höher zu treiben. Ansonsten beten Sie, dass Krätz nicht Schmitt ausschaltet, ohne die Software zu haben oder wenigstens zu wissen, wo sie ist. Oder dass er nicht ausgeschaltet wird, ehe Abu Nar darüber verfügt." Er gibt sich den Anschein großer Entschiedenheit. „Und bitte: Es ist keineswegs *unsere* Transaktion."

Karlbachers schmale Lippen sind zu einem kaum merklichen Lächeln verzogen. „Meinen Sie nicht, dass es etwas spät ist, über unsere ... Freundschaft zu philosophieren? Seit der Muthberg-Sache sind wir Verbündete. Was mich betrifft, mag das so bleiben. Und schließlich ist das ja auch zu Ihrem Vorteil, wenn Sie nur wollen."

Horn könnte heulen in seiner Machtlosigkeit. Der andere hat ja Recht: Er befindet sich in seiner Hand. Der Moment zum Reden ist lange verstrichen. Spräche er jetzt, wäre dies auch sein eigener Untergang. 25 Jahre Karriere für die Katz, fristlose Entlassung unter weltweiter Medienaufmerksamkeit, Entehrung, Prozess, mit Sicherheit Haft. „Na gut. Aber Sie halten still. Ich kümmere mich. Und auch, wenn es kurzfristig nicht so läuft, wie Ihnen das vorschwebt: keine neuen Intrigen, keine Söldner, keine unabgestimmten Aktionen, keine ‚Kontrakte', oder wie Sie das nennen. Sind wir klar?"

Karlbacher grinst. „Wie Sie wollen, mein Freund. Einstweilen stehen die Dinge sowieso auf der Kippe. Wir werden sehen."

Horn beißt sich auf die Unterlippe, um diese Zusage, die keine ist, auf sich beruhen lassen zu können.

Man verliert nur einmal die Unschuld.

***

Strausberg bei Berlin

Im ersten Morgenlicht fallen Schmitt zuerst die Schilder am Straßenrand auf.
 Von Jägern oder Soldaten beschossene, verbeulte Blechschilder, verwittert, an der Spitze schiefer rostender Pfähle, ein Stück von der Straße entfernt. Sie stehen vor dem Zaun aus Betonpfählen und verwittertem Maschen- und Stacheldraht, hinter dem der Wald aufragt. Verblichene Worte auf rostschlierigem Weiß. „Sperrgebiet. Betreten verboten."
 Schmitt achtet auf den Kilometerzähler. Bremst genau an der durch „Google Earth" ausgewiesenen Stelle ab. Passiert langsam eine kaum wahrnehmbare Abzweigung, die in eine Schotterpiste mündet. An deren Ende macht sie im Dämmer ein Tor aus, das nicht nach Panzersperre aussieht. Ein Gittertor, durch das schwach Lichter zu sehen sind.
 Passt.
 Schmitt schaltet die Scheinwerfer aus und dreht um. Schleicht untertourig im vierten Gang zurück. Positioniert das Auto.
 Der Audi steht quer auf der Straße. Der V8 schnurrt bei 600 Umdrehungen.
 Die Digitaluhr springt auf 05:27.
 Schmitt beißt die Zähne zusammen. Legt den Gang ein. Jubelt die Drehzahl auf 4000 und lässt die Kupplung kommen. Der Wagen schießt vorwärts. Verliert trotz Vierradantrieb den Grip auf dem Schotter. Fängt sich. Steine spritzen gegen die Karosserie. Schmitt spannt die Nackenmuskeln, drückt den Hinterkopf an die Kopfstütze, greift das Lenkrad fester, achtet darauf, dass ihre Ellbogen nicht durchgedrückt sind.
 Vollgas.
 Es ist ein Schiebetor. Massiv.
 Nicht massiv genug.
 Der schwere Wagen drückt es aus Führung und Schiene. Schmitt lenkt gegen, als er, vom schräg einbeulenden Tor abgelenkt, auf die Baracke rechts abirrt. Die Haube knickt hoch, eine Dampfwolke stiebt aus dem geborstenen Kühler. Der Kotflügel streift die Baracke.
 Noch immer Vollgas.
 Zweites Tor. Es reißt ebenfalls aus der Führung, kippt aber nicht. Es ist auf der Außenseite der Betonpfeiler angebracht. Biegt sich dann doch durch, gibt unter dem Gewicht des Wagens nach. Der Audi schießt quietschend drüber, seinen Auspuff einbüßend, mit aufbrüllendem Motor weiter zwischen die getarnten Fahrzeugunterstände.

Der Bunker ist eingegraben. Eine graue Tür zwischen trichterförmig in den Berg schneidenden Betonwänden ist alles, was Schmitt davon sieht.

Sie hält genau darauf zu.

Lenkt scharf ein. Vollbremsung. Der Wagen dreht auf dém Schotter eine Pirouette, schlägt mit dem Heck gegen den Eisenträger an der Ecke des einen Unterstands.

Scheinwerfer auf den Dächern, am Bunkereingang blenden auf.

Schmitt steigt aus, zieht den Bo aus dem Wrack.

Zählt drei, vier, sieben Mann, die sich aus Richtung Bunkerschleuse nähern.

Sie greift den Bo-Stick fester.

***

Berlin-Charlottenburg

„Ich hab Schmitt nicht erreicht", sagt Denzler anstelle einer Begrüßung, als das Telefon klingelt.

„Das wissen wir. Ich maile dir den Link, dann kannst du dir die Scheiße selbst anschauen", sagt Kanzleramtschef Horn. „GSG 9 ist auf dem Weg. Braucht aber noch etwa eine halbe Stunde. Und dann ist der Trupp auch noch nicht im Bunker." Er kappt grußlos die Leitung.

Denzler klappt sein Notebook auf. Öffnet sein Mailfach. Es ist ein Link ins Intranet des Kanzleramts. Er kopiert sein Passwort ins Eingabefeld. Die Videodatei öffnet automatisch einen Player, lädt hoch. Das typische farblose, griesige Bild aus einer Überwachungskamera erscheint, zeigt kämpfende Gestalten auf einer erleuchteten Fläche neben einem schräg geparkten Auto, von dem Dampf aufsteigt.

Eine der Gestalten wirbelt raumgreifend um die eigene Achse, bewegt die Arme wie eine Akrobatin oder eine Tänzerin. In der groben Auflösung sieht Denzler den Stick nicht, aber interpretiert die Bewegungen richtig. Drei, vier, fünf Mann gehen unter Schmitts Hieben zu Boden, bleiben liegen.

Dann erlahmt sie selbst. Sackt zusammen wie eine Marionette. Kippt auf den Rücken.

Wie aus dem Nichts eilen drei weitere Gestalten in Kampfanzügen herbei, beugen sich über die Angreiferin.

Schmitt scheint benommen, nicht leblos, als sie durchsucht, ihrer Jacke und der schusssicheren Weste beraubt und gefesselt wird.

Zwei der Kerle haken ihre Arme um Schmitts Oberarme und schleifen sie zu einem Loch in einer Art Erdwall. Der dritte folgt mit dem Bo-Stick und ihren Sachen.

Das Bild erlischt.

Denzler startet neu.

Analyse: Schmitt räumt den Weg frei. Ihr war klar gewesen, dass sie nicht gewinnen kann.

Ihr war bewusst, dass ihr Angriff nicht unbemerkt bleiben würde.

Sie rechnet mit einer Intervention. Hat die Tore flachgelegt, um es dem nacheilenden Trupp leichter zu machen. Ein Überraschungsangriff mit maximaler Wirkung.

Rechnet sie mit meiner Hilfe?, fragt er sich.

Analyse: Ihr Handy war abgeschaltet. Sie rechnete also eher damit, dass ich ihr jemand auf den Hals schicke, der sie an ihrem Angriff hindern würde. Nun gibt es kein Zurück mehr.

Statt auf ihrem Arsch durchs Feuer zu reiten.

Oder zu helfen.

Der Effekt ist derselbe: Wer immer jetzt eingreift, muss schnell handeln und sofort tief in den Bunker eindringen, muss die Kinder retten.

Nur dass Schmitt sich erst einmal selbst in höchste Gefahr bringen musste, um die Intervention zu erzwingen, die er verweigert hat.

Denzlers Herz rast. Sein linker Arm schmerzt. Schweiß perlt auf seiner Stirn.

Schlechtes Gewissen.

Reue.

Das Gefühl, dass alle Welt nun weiß, was für ein dummes Schwein er ist.

Denzler krümmt sich, stöhnt stimmhaft. „Fuckfuckfuck."

Fuck, Gott, rette diese Frau, ihre Tochter und den kleinen Schleekemper, gleich, welch ein Arschloch dessen Vater ist. Ich hab dich noch nie um etwas gebeten. Hör mir nur das eine Mal zu. Mach, dass die Software nicht ankommt und rette die Frau. Mach, dass ich nicht ihren Tod verschuldet habe.

Und den der Kinder.

Bitte rette sie.

Amen.

***

Strausberg

Die Typen sind nicht jung. Nicht einmal schlank. Aber durchtrainiert. Laufschritt durch Betongänge, Schmitts gefesselte Arme untergehakt wie in Schraubstöcke gespannt.

Neonbeleuchtung am Anfang des in den Boden führenden Gangs, dann Kaltlicht aus LED an Kabeln am Boden.

Alle Bunkerschleusen werden vom dritten Mann nach Durchgang verschlossen.

Sie erreichen einen Saal hinter einer weiteren Schleuse.

„Sheri, Süßes!" ruft Schmitt.

Ihr großes Kind reagiert mit einem trüben Blick. Ohne Emotion oder Erkennen. Kauert dünn und zart am Boden neben Krätz' Rollstuhl. Auf dessen anderer Seite schläft der Junge auf einer Matratze.

Dazwischen Krätz. Aus dem vitalen Alten, den sie erschossen zu haben glaubte, ist ein spinnenbeiniger Greis geworden. Vor ihm steht ein Notebook auf einem Metalltisch, eine Kamera auf einem Stativ linst über seine Schulter. Rotlicht: Aufnahme läuft.

Als die Männer Schmitts Arme loslassen, dreht sie sich in Schwung, trifft den Dritten mit der Ferse am Kinn, dass er an die Wand schlägt und daran herunterrutscht. Die beiden anderen ergreifen sie wieder, ringen sie in die trübe Pfütze vor Krätz' in geblümten Pantoffeln steckenden Füßen, halten sie, bis zwei weitere Männer hereinstürmen. Drahtige Kerle beide, der eine grau, fast kahl, der Jüngere dunkel, unrasiert. Während die anderen sie halten, treten sie Schmitt in die Seiten, bis sie die Kraft nicht mehr hat, sich zur Abwehr zu einem menschlichen Ball zusammenzukauern.

„Grefe, Harim, wo wart ihr, verdammt?", fragt Krätz die Neuankömmlinge.

„Sie hat die Wachmannschaft aufgemischt. Bereitet sie vor."

Harim zückt sein Messer. Setzt es an Schmitts T-Shirt an. Zieht die Klinge durch den Stoff.

Der Beton ist eisig an ihrer Haut.

Grefe sieht ihren Rücken. „Scheiße, die ist schon ganz schön mitgenommen:"

Krätz: „Sie wird nicht mehr lang zu leiden haben." Lacht in die Atemmaske, saugt Luft.

Die beiden Kerle, die sie durch die Gänge geschleift haben, bringen Schmitt in Position unter einem Seil, das von einem Ring an der Decke bis auf den Boden herabhängt. Schlingen das Seil einige Male um ihren Hals, sichern die Schlinge mit einem Karabiner. Knoten das Ende an Schmitts rechtes Fußgelenk, dass sie das Bein anwinkeln muss, den Fuß über dem Boden. Spannen das Seil, bis Schmitt nur noch auf der linken Fußspitze balancieren kann, um nicht in die Schlinge zu fallen. Zugleich muss sie das rechte Bein oben halten, damit das Seil nicht ihren Hals zuschnürt.

Grefe übernimmt. Zerrt an dem Seil. Schmitt schwankt, ringt nach Luft, um Gleichgewicht, streckt das linke Bein durch. Adern an ihrer Stirn treten hervor. Grefe stellt sich mit verschränkten Armen seitlich vor Schmitt hin, behält sie im Blick. Harim lehnt an der Wand, reinigt mit dem Messer seine Nägel.

Schmitt hat nur Augen für Sheri, sucht Blickkontakt. Sheri starrt ins Leere.

Sein Kinn reibend, legt der Mann, den Schmitt zu Boden geschickt hat, den USB-Stick und das Handy aus Schmitts Jacke auf Krätz' Tisch. Krätz schiebt den USB-Stick ins Notebook. Betrachtet Schmitt, während sich der Bildschirm aufbaut. Nimmt die Atemmaske vom Gesicht. Entblößt grinsend Zahnruinen. „Du bist zu alt für ein Snuff-Video, eigentlich", sagt er mit seiner nicht mehr menschenähnlichen Stimme. „Aber die Versteigerung steht jetzt bei 33.000 Euro. Du bist berühmt, weißt du?"

„Leck mich", antwortet Schmitt.

Die drei Männer, die sie gebracht haben, verlassen den Raum. Grefe verriegelt die Eisentür.

Krätz keucht: „Fast 300 Perverse sitzen weltweit live an ihren Rechnern, um sich einen runterzuholen, während sie zusehen, wie du stirbst. Sie müssen immer mehr zahlen, um bis zum Schluss dranbleiben zu dürfen. Also müssen sie etwas geboten kriegen." Taucht die Nase in die Atemmaske und nickt Harim zu.

Der tänzelt an Schmitt heran, eigenwillig seitwärts, schmiegt sich an ihren Körper, schnüffelt an ihrem Hals.

Sie spürt sein Messer an ihrer Brust.

Erst kalt.

Dann heiß.

Meer

Gebirge

warmer Wind

Schmitt sträubt sich gegen das Abgleiten. Zwingt sich von dem Strand in den Schmerz. Atmet stoßweise durch die Nase.

Harim wischt das Messer an ihrer Wange, ihrem Hals ab. Leckt das Blut von ihrer Haut. Schmitt dreht den Kopf weg, so weit sie kann.

Harim schlängelt sich beiseite, lässt beide Hände über ihren Körper streifen, in der Rechten noch das Messer.

Schmitt kann seine Erregung riechen.

Sucht Blickkontakt mit ihrer Tochter. Sheri starrt ins Nichts.

Das Programm ist gestartet. Auf Krätz' Notebook-Bildschirm erscheint die Eingabemaske. „Das Passwort", fordert Krätz.
Zeit gewinnen. Schmitt zählt im Kopf langsam bis Zehn. „Was ist mit dem Jungen?"
Krätz muss ihn nicht auffordern: Grefe tritt heran. Hebt die Hand.
Schmitt kann den Kopf nicht senken. Konzentriert sich darauf, seine Bewegung möglichst in derselben Geschwindigkeit mitzudrehen, um die Wucht zu mildern.
Er ballt die Hand nicht zur Faust. Die Ohrfeige treibt Schmitt zur Seite. Sie ringt um sicheren Stand. Reflexhaft will ihr rechtes Bein sich strecken. Sie hält mit den Halsmuskeln gegen die Schlinge. Ihr Ohr pfeift.
„Das Passwort."
… Neun, Zehn. „Was ist mit dem Jungen?"
Grefe holt aus. Schmitt hält den Kopf schräg, als sie ihn nach rechts wirft. Grefe rechnet damit. Trifft wieder so, dass die Luftsäule in ihrem Ohr möglichst stark komprimiert wird. Schmitt spürt ihre Wange anschwellen und heiß werden. Diesmal ist sie besser auf den Schlag eingestellt.
Krätz lacht. Röchelt: „Mir will scheinen, dass gerade nicht du die Regeln bestimmst." Nimmt einen Schluck Luft. „Wir haben den Jungen schlafen gelegt. Er soll ja nicht rumlaufen und Dinge zu erzählen wissen über uns und unsere Methoden. Das Passwort, los."
Er hat erklärt, warum der Junge weggetreten ist. Beziehung hergestellt. Punkt für Schmitt. „Wir können dieses Spiel endlos weitertreiben, nicht wahr? Ich gebe dir das Passwort, wenn der Junge sicher ist."
Grefes Schlag lässt Schmitts Trommelfell platzen. Der Schmerzimpuls treibt ihr Tränen in die Augen.
„Erst der Junge", sagt sie. Versucht mit Bewegungen des am Seil hängenden Beins ihr Schwanken auszugleichen.
Krätz legt Sheri die altersfleckige Hand auf den Kopf. „Kleine, sag doch deiner Mutter mal, was unser Freund Harim mit ungehorsamen Frauen macht."
Harim schaut auf, als sein Name fällt.
„Er schneidet ihnen die Nase und die Titten ab", sagt Sheri unbeteiligt wie eine Traumwandlerin. Doch sieht sie Schmitt zum ersten Mal richtig an. Die Augen riesig, erweiterte Pupillen.
Drogen.
Schmitt flüstert: „Sheri, meine Süße, Schöne, mein Engelchen. Ich bin so glücklich, so unendlich glücklich, dass du lebst."
Krätz: „Sie ist nicht mehr dein Engelchen, sondern … gebraucht inzwischen. Und dankbar. Und sehr gehorsam."

Ohne den Blick von Sheri abzuwenden, keucht Schmitt: „Du hast sie isolieren lassen. Hungern und frieren. Drogensüchtig gemacht. Dann warst du plötzlich der gute Onkel." Sie ruckelt, indem sie den Kopf schüttelt, mit zusammengebissenen Zähnen an der Schlinge, die ihr auf den Hals drückt. „Hast sie abgerichtet."

Sein Lachen klingt wie das Rascheln, mit dem Kakerlaken über Packpapier fliehen. „Sie war hart. Sie hat gebissen, selbst nach vier Tagen ohne Wasser hat sie noch gebissen. " Er presst die Maske in sein Gesicht. „Am Ende hat aber jeder sein Limit oder seinen Preis. Ihr Limit ist Dunkelheit. Weißt du, wie dunkel es zwischen meterdicken Betonwänden tief unter der Erde ist? Und still? Einige Wochen im Loch wirkten Wunder bei ihr." Er lacht wieder. „Gib mir das Passwort. Oder willst du, dass Harim dir zeigt, was *dein* Limit ist?"

Schmitts Kopf dröhnt. Sie winkelt ihr rechtes Bein hoch, spannt die Halsmuskeln an, um den Druck der Schlinge auf Blutgefäße zu mindern. Das linke Bein, auf dem ihr Gewicht ruht, zittert. Sie japst: „Willst du das? Wenn ich wegtrete …" Sie schwankt. Schnürt sich stärker ein, fängt sich. Spürt ihre linke Wade härter werden. „… Wie viel Zeit wirst du haben, das Passwort aus mir rauszufoltern …" – sie ruckelt an der Schlinge, holt Luft – „ … und zu verschwinden?"

Er schaut sie an, verzieht das von Geschwüren zerfressene Gesicht einen Moment lang zu einer grotesken Maske des Hasses und des Zorns. Ein Blick zu Grefe, der das Seil ein paar Zentimeter lockert. „Erwägen wir also die Möglichkeit, dass du einen Vorschlag hast. Lass hören."

Zwei zu Null für Schmitt.

Sie weitert die Schlinge mit einer Drehung des Kopfes, atmet freier. „Am S-Bahnhof Hegermühle wartet eine schwarze S-Klasse. Ihr bringt den Jungen hin. Wenn alles klar ist, bekomme ich einen Anruf auf dem Handy. Und du das Passwort. Zehn Minuten, maximal."

„Dann hast du den Jungen. Aber woher weiß ich, dass ich nicht einen wertlosen Scheiß dafür bekomme?"

Sie zeigt ihre Zähne. „Dein Risiko."

***

Berlin

Sechs Hubschrauber starten auf dem Flughafen Tegel. Unterfliegen zivile Luftkorridore in Höchstgeschwindigkeit auf Kirchturmhöhe. Lassen den Alexanderplatz rechts liegen, folgen der Landsberger Allee. Verlassen Berlin bei Hönow.
Drei Hubschrauber für die Mannschaft. 32 Einsatzkräfte, Experten für Nah-, Straßen-, Häuserkampf, Guerillabekämpfung, Geiselbefreiung.
Drei Hubschrauber für das Arsenal. Bunkerbrecher, Rammen, Bohrer, Granaten, Haftladungen – das ganze Programm.
Der Auftrag: einen Bunker stürmen. Zwei entführte Kinder befreien. Einen USB-Stick sicherstellen, dessen Inhalt die internationale Sicherheit bedroht. Eine total durchgedrehte Kollegin vom BKA sowie den oder die Entführer festnehmen.
Die tief stehende Sonne macht Horizont und Wolken glühen. Die Hubschrauber rasen ins Licht.
Jeder der Passagiere in den Mannschaftshubschraubern studiert die Pläne des Bunkers und der dort vorhandenen Sicherheitstechnik auf einem Tablet-Computer. Sie tauschen sich via Helmfunk über die Informationen aus.
Ein eingespieltes Team. Ihre Übungen fühlen sich an wie Ernstfälle. Dieser Ernstfall könnte eine Übung sein.
Routine ist überlebensrelevant.
Am Horizont sind von Strausberg zuerst Lichter im Dunst am Boden zu sehen: aufgehende Sonne zum Zweiten, Dritten, Vierten, gespiegelt in den Strausberger Seen. Kahle Baumwipfel schwimmen auf Nebelbänken.
Hier oben hat niemand einen Blick für die Landschaft.

***

Strausberg

Drei Männer schieben das schlafende Kind auf den Rücksitz eines Cherokee im Fahrzeugunterstand hinter der Schleuse. Reißen rhythmisch am zweiten Tor, bis es kreischend aus der Führung gleitet und den Weg freigibt. Fahren los. Biegen ab Richtung aufgehende Sonne.

Der Cherokee rollt zwischen den Pkw früher Pendler auf den Parkplatz am Bahnhof Hegermühle. Der Mercedes steht auf der Sonnenseite des Platzes, nahe der S-Bahntrasse, quer zu den Parktaschen. Dahinter ein dunkler Kleinbus. Fünf Typen in Sportanzügen und Steppjacken lungern bei den Autos, Dreitagebart, Stoppelfrisuren, Gang-Tribals an den Hals tätowiert. Rauchend, mit Smartphones spielend.

Im Vorteil: sie haben die Sonne im Rücken.

Der Cherokee hält. Die fünf jungen Typen schlendern hinüber. Einer, die Hand in der sehr ausgebeulten Jackentasche, stellt sich breitbeinig vor den Kühler. Ein Mann mit rötlichem Haarkranz steigt aus. Trägt den in eine Decke gehüllten Jungen hinüber zu dem Mercedes, dessen Motor kaum hörbar läuft. Zur hinteren Tür, deren Fenster runterfährt.

Der Mann mit dem grauen Schnurrbart auf dem Rücksitz befiehlt: „Zeig mir sein Gesicht." Vergleicht den Jungen mit einem Bild auf seinem Smartphone. Sagt: „Okay. Rein mit ihm. Und nicht vergessen: Wer uns folgt, torpediert den Deal."

Das schlafende Kind ist schlaff wie eine Gliederpuppe. Rutscht zwischen die Sitze. Der rothaarige Mann bringt den Jungen in Position, schnallt ihn an, während ein sechster junger Typ vom Beifahrersitz eine verchromte Automatik auf ihn richtet.

Tür zu. Der Mercedes setzt sich in Bewegung. Der Rothaarige trabt zurück zum Cherokee. Dessen Motor startet. Die Typen umringen den Wagen. Kauen träge Gummi. Der mit der Beule in der Tasche fixiert den Fahrer über die hohe Haube hinweg. Duell der Blicke.

Eine junge Frau stöckelt vorbei Richtung S-Bahn. Schaut. Beschleunigt ihre Schritte, als sie die Versammlung passiert.

Eine S-Bahn hält mit quengelnden Motoren.

Die Landschaft hallt wider vom trockenen Bass in einiger Entfernung landender Hubschrauber.

Der Typ vor dem Cherokee zieht die Hand langsam aus der Tasche mit der Beule, beißt in den Apfel und tritt grinsend beiseite.

***

Krätz spricht leise mit Grefe, der sich tief über den Rollstuhl gebeugt hat. Harim lehnt an der Wand, spielt mit seinem Messer. Schmitt sucht Blickkontakt mit Sheri. Vergebens. Schmitt schließt die vom Schweiß brennenden Augen, lässt ihren Kopf, die Seilspannung mindernd, nach hinten kippen. Ihr linkes Bein zittert unter der verzweifelten Mühe, ihr Gewicht aus den krampfenden Wadenmuskeln möglichst weit hoch zu drücken. Das rechte Bein zuckt, reflexhaft nach Boden suchend, wenn das linke nachlässt.

Strafft so das Seil.

Der Strand ihrer Kindheit. Ihr Vater im Liegestuhl, mit sanftem Blick über sie wachend.

Die kleine Sheri, blondes Lockenengelchen mit Türkenaugen, sitzt im rosa Kleid weinend im Sand. Schmitt umfasst sie mit den Armen, summt „Itsy bitsy spider."

Sheris Lied, Universal-Heilmittel.

Sanft, langsam.

Grefes Ohrfeige trifft Schmitt unvorbereitet. „Nicht singen", schreit er. Gefährliches Schwanken, Zucken, Zittern. Schmitt zwingt sich, nicht wieder abzudriften. Sieht Sheri an.

Sheri schaut zurück.

Der erste Mannschaftshubschrauber schwebt keinen Meter tief über dem Acker an der Straße gegenüber Feld 21. Drei, vier behelmte und maskierte Bundespolizisten in Kampfmontur, bewaffnet mit Sturmgewehren, springen ab, laufen in zwei Zweiergruppen zur Straße, lassen noch einen Hyundai Richtung Strausberg, einen Volvo und einen Toyota Richtung Berlin passieren, stellen sich dann auf die Fahrbahn und sperren ab.

Die drei Materialhubschrauber landen in einer von der Sonne illuminierten Staubwolke auf der Fahrbahn, die Mannschaften auf dem Acker.

Das Telefon aus Schmitts Jacke klingelt zur gleichen Zeit mit dem anderen, das auf Krätz' Tisch liegt. Grefe nimmt das eine Gespräch entgegen, der Alte selbst das andere.

Grefe sagt: „Wie Sie wollen." Hält Schmitt das Telefon ans Ohr.

Ihr Onkel sagt: „Sheri-A." Hätte er „B" gesagt, wüsste Schmitt nun, dass er nicht frei spricht. „A" heißt „alles gut". Er führt aus: „Der Junge ist wohlauf. Etwas schläfrig. Ich bringe ihn nun zu der Adresse, die du genannt hast. Schätze, in rund vier Stunden sind wir da. Kann ich sonst etwas für dich tun?"

„Komme klar. Danke."

„Viel Glück, Prinzessin." Er schaltet ab. Schmitt nickt. Grefe wirft das Telefon wieder auf den Tisch.

Krätz fragt in sein Telefon: „Wie viele Hubschrauber?" Sagt: „Okay. Am besten, ihr verschwindet." Legt das Telefon auf den Tisch. Nimmt einen tiefen Zug aus der Sauerstoffflasche. „Gib mir jetzt das Passwort."

„Die Kavallerie ist da?" krächzt Schmitt.

„Interessiert mich nicht. Die brauchen ewig, bis sie drin sind. Jetzt her mit dem Passwort. Wir hatten einen Deal."

Zeit gewinnen. „Sheri geht als Nächste", keucht sie.

Er grinst. „Frag die kleine Nutte selbst, ob sie gehen will."

Sheri schüttelt den Kopf, ehe Schmitt gefragt hat. Eine langsame Bewegung, wie in Gel gebremst.

„So viel dazu", bemerkt Krätz.

„Du willst Sheri vor meinen Augen töten. Ich will, dass sie lebt."

„Halt's Maul."

Schmitt schaut Sheri an. Presst heraus: „Engelchen: Ist es ihm zuzutrauen, dich vor meinen Augen umzubringen?"

Sheris Blick gleitet ab. „Gregor hat seine Kleine lieb, wenn sie lieb zu ihm ist", sagt sie auf.

„Was hat er mit dir gemacht, Engelchen?", flüstert Schmitt.

Krätz ruft: „Du hast sie allein gelassen. Das zarte, schöne Kind." Lacht scheppernd. Atmet Sauerstoff. „Was ist das für eine Mutter, die so ein Kind solchen Tieren wie mir überlässt? Wir haben von deinen Heldentaten in der Zeitung gelesen. Allen hast du geholfen, nur deinem Kind nicht. Die Kleine musste viel lernen. Sie ist hart geworden. Sie kann töten. Wie du."

Schmitt blickt in Sheris unbewegte Augen. „Ich verzeihe dir, Engelchen. Du verzeihst mir. So geht alles gut aus."

Sheris Kinn zittert.

Grefe hält ihr stumm den Bo-Stick hin.

Sie hebt die Hände, aber greift nicht zu.

Grefe: „Mach schon."

Sheri bewegt ihre Schulter mit einer Drehung, die ohne Positionswechsel wirkt, als würde sie sich von Grefe abwenden.

Er zuckt die Achseln. Holt weit aus.

Kaum Befehle, kaum ein Wort zur Abstimmung. Jeder Handgriff sitzt. Das äußere Bunkertor ist das stärkste, die eigentliche Sicherung hinter der einfachen Tür im abschüssigen Zugang. Seine Mechanik ist simpel: ein stählernes Riegelkreuz, verbunden mit einem großen Drehverschluss, an dem man zur Not auch längere Hebel ansetzen könnte. Sie liegt innen, so dass sie nicht klemmen kann, wenn das Tor sich unter Hitzeeinwirkung verzieht. Aus dem gleichen Grund befinden sich die Scharniere an der Innenseite.

Im Ernstfall kommen Schutzsuchende auf jeden Fall aus dem Bunker heraus.

Es ist schwieriger, den geschlossenen Bunker von außen zu knacken, wenn das Rad zum Bedienen der Mechanik demontiert worden ist wie an diesem Tor. Unmöglich ist es nicht.

Der Infrarotscanner zeigt, dass sich in der Gasschleuse hinter dem ersten Tor niemand aufhält.

Die Männer bringen die Bombe so an, dass sie das Tor auf der Scharnierseite angreift. Die Scharniere sind zwar stärker als die Riegel. Aber sie verklemmen nicht, wenn sie verbiegen: Sie lockern sich.

„Sicherheitsabstand nehmen", befiehlt der Einsatzleiter via Helmfunk. Die Männer traben Richtung Straße, gehen in Deckung hinter den Mauern zur Linken und zur Rechten der Schleuseneinfahrt.

„Zündung in fünf Sekunden, vier, drei, zwei, eins, jetzt."

Ein Blitz, ein Knall. Betonkrümel prasseln auf Männer und Gerät. Als sich Staub und Rauch verziehen, hat das Tor Schlagseite. Es ist nun kein Hindernis mehr für die Ramme.

Die Explosion ist in der Tiefe des Bauwerks als Vibration spürbar.

„Bunkertüren öffnen nach innen, oder?" Schmitt grinst.

Grefe holt wieder mit dem Bo aus.

Wie zuvor beeilt sich Schmitt, den Schlag zu verhindern: „Gut, das Passwort also noch einmal zum Mitschreiben. Bereit?"

Krätz nickt.

„Es lautet: Krätz' Prinzipien werden niemals die Welt regieren, weil die Menschen dagegen aufstehen und kämpfen werden."

Krätz tippt mit, die bläuliche Zunge zwischen den Lippen. Liest es Schmitt noch einmal vor.

„Korrekt", sagt sie. „Das erste und das letzte Wort rückwärts eingeben. Die Zahlen 38, 49, 60, 71, 82, 93, 04, 06, 17, 86, 05, 51 und 15 anstelle der Leerzeichen einsetzen."

Seine dünnen Finger mit den gelb verhornten Nägeln bedienen zitternd die Tastatur.

„Nochmal langsam", sagt er.

Zeit gewonnen.

Das innere Tor der Gasschleuse lässt sich ebenfalls nur von innen öffnen. Aber es ist nicht so solide wie das äußere Tor. Eine Tür, die der Abdichtung dient, aber kaum mechanische Belastung abwehren soll.

Die Männer dringen vor unter Vollschutz gegen Kampfgas, Splitter und Projektile.

Dennoch: Infrarotscan gegen Sprengfallen, Heckenschützen.

Nichts und niemand.

Sechs Mann bedienen die Ramme.

Krätz flucht. „Es geht nicht." Liest das Passwort wieder vor. „Das ist doch richtig?"

„Ich garantiere es dir", sagt Schmitt.

Grefe hebt den Bo.

„Das Passwort stimmt", ruft Schmitt schnell.

Der Bo sirrt durch die Luft. Schmitt beißt die Zähne zusammen. Schließt die Augen. Haut und Knorpel spaltend, kracht der Bo auf Schmitts angewinkeltes rechtes Knie. Sie krampft. Das Seil schnürt ihren Hals ab.

Spasmen.

Schmitt kollabiert.

Ein Gang im Neonlicht, leicht abschüssig, leicht gebogen. Drei Mann gehen langsam voraus, an Wänden, Beleuchtungseinheiten und blechernem Lüftungsschacht auf Drähte, Schalter, Sensoren achtend, den Scanner im Blick. Der Gang endet an einem Tor. Der Scanner zeigt für den Raum dahinter eine Temperatur von 396 Grad an, angewärmt von einer deutlich heißeren Quelle im Zentrum. Thermit.

Die Temperatur wäre kein Problem. Der Raum ist quadratisch, fünf Meter Kantenlänge laut Plan. Bei offenem Tor würde die Temperatur rasch sinken. Die Männer könnten sich mit ihren Hitzeschilden für einige Minuten darin aufhalten.

Problematisch wären allerdings Brennstoffe wie Benzin oder Holz im aufgeheizten Raum. Thermit brennt ohne Sauerstoff. Holz oder Benzin vergasen bei Hitze und brennen in einem geschlossenen Raum neben Thermitglut nur so lange, bis der Sauerstoff verbraucht ist. Kommt dann genug Sauerstoff hinzu, explodiert das übrige Gas. „So würde ich es machen", sagt der Einsatzleiter. „Hätte ich diesen Raum präpariert, wäre es Selbstmord, die Tür mit der Ramme zu öffnen. Der ganze Gang würde zur Sprengfalle."
 Er befiehlt den drei Männern den Rückzug. „Wir nehmen den Roboter."
Zeitverlust: mindestens zehn Minuten.

„Macht was, sie krepiert uns!" schreit Krätz und greift zitternd nach der Maske, um sein Luft-Defizit auszugleichen.
 Grefe kippt Schmitt das Wasser aus Krätz' Pappbecher ins Gesicht.
 Ihre Muskeln spannen sich. Es sieht nicht aus wie Zusichkommen. Es sieht wie Sterben aus.
 Harim löst sich von der Wand, kappt das Seil über Schmitts Kopf. Sie geht vorwärts zu Boden, rollt seitlich in die Pfütze, krampft.
 Grefe lockert die Schlinge. Dreht Schmitt auf den Rücken. Kippt ihren Kopf in den Nacken, dass ihr Mund sich öffnet. Hält ihre Nase zu. Beatmet sie. Zwei, drei Atemzüge. Lauscht. Fühlt ihren Puls. Presst die Hände rhythmisch auf ihr Brustbein. Vier, fünf, acht Mal. Holt Luft. Hält ihre Nase zu. Legt seinen Mund an ihre offenen Lippen.
 Schmitts Lider öffnen sich flatternd.
 Sie beißt zu.
 Grefe lässt einen erstickten Schrei, will zurückweichen. Die Frau hängt an seiner Unterlippe.
 Harim tänzelt um die beiden herum für eine bessere Position, Grefe zu verteidigen, ohne Schmitt zu töten.
 Schmitt bäumt sich auf zu einem Rückschwung, zwingt dabei den Blut aus seiner Lippe gurgelnden Grefe, sich umzudrehen.
 Harim fuchtelt mit dem Messer herum, ritzt Schmitts Bein.
 Schmitt zieht Grefe mit aller Kraft ihrer Rücken- und Nackenmuskeln an der Lippe hoch, rammt seinen Kopf, ihre Stirn neigend, auf den Betonboden. Lässt seine Lippe fahren. Wirft sich herum, stützt den Ellenbogen auf den Hals des Mannes, belastet ihn mit ihrem ganzen Gewicht. Grefe reißt den Mund auf, fällt in Zuckungen, die Augen drehen auf Weiß. Schmitt bucht ihn unter „Abgänge". Weicht Harim aus, der nach ihrem Rücken sticht.
 Er ist kein Nahkämpfer. Gleitet ab, als sie sich aus seiner Stoßrichtung dreht.

Sie hört, wie die Klinge dumpf in ihr Schulterblatt kracht.
Harim fällt über sie, rudert nach dem Messer.
Schmitt kommt rücklings mit den Beinen auf dem leblosen Grefe zu liegen, während ihr Oberkörper unter Harim begraben ist.
Harim arbeitet sich an ihr hoch, gräbt unter ihren Körper nach dem Messer. Sie pickt mit dem Kopf nach vorn, verbeißt sich in seine Ohrmuschel. Harim kreischt, stößt sich vom Boden ab. Zieht Schmitt mit. Die nimmt mit dem unverletzten Bein Schwung.
Zitternd, mit rasselnden Bronchien nach Luft ringend, fummelt Krätz in der Schublade, zieht eine Ampulle und eine Spritze hervor. Stößt mit der Nadel neben den Verschluss. „Verdammte Scheiße", röchelt er.
Harim kommt hoch, auf die Knie. Schmitt rutscht ab, rollt über ihre linke Schulter zurück. Ihr gestreckter Fuß erwischt ihn hochschwingend im Schritt. Er krümmt sich reflexhaft. Der Fuß schlägt seitlich gegen seinen Kopf. Harim geht zu Boden. Schmitts Tritte konzentrieren sich auf seinen Kopf, seinen Kehlkopf, sein Genick. Mit aller Kraft, die ihre Position zulässt. Auch mit dem verletzten Bein, so weit sie es in ihrer Gewalt hat. Noch als er nicht mehr zuckt.
Der Alte hat die Spritze aufgezogen. Die Nadel abgenommen. Die Spritze Sheri gegeben. Die setzt sich wie ein Roboter in Bewegung. Zögert. Schaut den Alten an.
Ihn, der sie fütterte, als sie hungerte.
Ihr Wärme gab, als sie fror.
Licht gab nach langer Dunkelheit.
Licht gab Licht Licht
Sheri steckt Schmitt die Spritze in den keuchend aufgerissenen Mund, drückt den Kolben bis zum Anschlag.
Schluckreflex. Gurgeln. Schmitt dreht den Kopf, kotzt halb verdaute Nudeln. Krampft unkoordiniert.
Sheri weicht mit aufgerissenen Augen zurück, bis die Wand sie stoppt.

Sie haben den Roboter Wall-e getauft. Auf absurde Weise niedlich ist er mit seinem einen Kameraauge und dem Greifarm auf dem Raupenfahrgestell. Als wäre er für den Pixar-Animationsfilm entworfen worden.
Wall-e rollt den langen Gang wieder hinauf, die Kamera aufmerksam hochgereckt.
Die Bundespolizisten verlassen den Bunker. Zünden den Sprengsatz, den der Roboter an der Tür zur „Sauna" angebracht hat, wie sie den Raum nennen.

Der Feuerball der Aerosol-Explosion, die beim Aufsprengen gezündet wird, rast den Gang hinauf, durch die Gasschleuse, hinaus in die Morgenluft, verfliegt in Rauch und einem Flirren.

Wall-e fährt den Gang hinunter. Überträgt Bilder und Messwerte. Die Explosion hat brennendes Thermit und flüssiges Eisen verteilt, aber nicht so versprengt, dass der Gang unpassierbar wäre. Der Brennstoff ist mit dem Sauerstoff verpufft. Geringe Gaskonzentration.

„Wir können rein", sagt der Einsatzleiter. „Atemschutz. Da drin ist wenig Sauerstoff."

Schmitt sitzt auf dem Boden, unfähig zu koordinierten Bewegungen, kotzt zwischen ihre Beine. Sieht ihre Zehen grau werden.

Atemnot. Erstickungsangst. Dröhnende Kopfschmerzen.

„Dein Blut verliert gerade die Fähigkeit, Sauerstoff zu transportieren", erklärt Krätz. „Man nennt das Zyanose." Seine tonlose Stimme trägt zwischen den Betonwänden seltsam gut. Für Schmitt wirkt es, als würde sie aus dem Boden klingen. „Ein chemischer Kampfstoff aus alten Beständen. Verwandt mit Anilin, also chemisch unspektakulär. Ein effektives Brechmittel, nicht wahr? Außerdem dickt er das Blut ein, dass es weniger Sauerstoff transportiert. Es blockiert überdies die Signalübertragung an den Nervenenden." Er hält eine Ampulle mit einer gelblichen Flüssigkeit zwischen zwei Fingern hoch. „Wenn du das hier rechtzeitig bekommst, wirst du nicht für den Rest deines Lebens behindert sein." Er inhaliert Sauerstoff. „Sehr beeindruckende Vorstellung übrigens. Gefesselt meine beiden besten Leute zu erledigen: Respekt."

„Sheri wird leben. Ohne sie kommst du hier nicht raus." Schmitts Stimme ist seiner ähnlich.

Krätz dreht die Ampulle zwischen den Fingern. „Passwort gegen das hier."

„Du musst *alle* Zeichen eingeben", röchelt Schmitt. „Nach ‚Krätz' gibt es ein Apostroph und nach ‚regieren' ein Komma, am Ende den Punkt. Und all das mit den Zahlen in den Zwischenräumen, erstes und letztes Wort rückwärts."

Ein Rumms erschüttert den Bunker. Betonfragmente rieseln vom Türrahmen.

Sie sind da.

Können nur rammen, nicht bomben oder brennen, wo sich Menschen hinter der Tür aufhalten.

Schmitt kotzt.

„Ich hab's", sagt Krätz.

Die Ramme treibt eine Beule in die Tür.

Krätz starrt auf den Bildschirm. Der Mediaplayer des Notebooks startet automatisch. Die ersten Töne von „Flamenco Sketches" erklingen.

Schmitt lacht. Kotzt. Kotzt und lacht, blutige Schleimfäden am Kinn.
„Was ist das?", krächzt der Greis.
Schmitt hustet Erbrochenes. „Miles Davis."
Das Rammgeräusch ändert die Tonlage, als der Türrahmen sich auf der Scharnierseite von der Wand löst.
„Wo ist die Software?"
„Fick dich", zischt Schmitt in den Schaum zwischen ihren Lippen.
„Du hast es so gewollt", knorzt Krätz. Wirft die Ampulle an die Wand.
Das Fläschchen prallt ab, rollt unversehrt Richtung Schmitt.
Punkt für sie.
Die Tür hüpft unter der Ramme tiefer in den Raum. Ein Riss krackt sich vom Türausschnitt bis zur Decke.
„Hol dir Grefes Knarre, Kleine. Leg sie um", befiehlt Krätz, nach seiner eigenen Waffe tastend, die in einem Halfter an der Armlehne des Rollstuhls steckt.
Schmitt zieht Luft durch die Zähne. Jeden Moment kann sie abdriften. Ihre Augen drehen sich hinter die Lider.
Strand, Gebirge, Vater. Baba!
Sie fasst sich. Hustet ihre Kehle freier. Singt. Mit letzter Stimme, ohne Stocken.
„The itsy-bitsy spider
Climbed up the water spout
Down came the rain
And washed the spider out
Out came the sun
And dried up all the rain
And the itsy-bitsy spider
Climbed up the spout again"
Sheri zielt auf Schmitt.
Krätz auf Sheri. Schwer zitternd.
Schmitt singt.
Krätz ruft: „Schieß!" Muss eine Hand von der Waffe nehmen, um aus der Maske zu atmen.
Schmitt singt. Spürt, wie die Melodie mit ihrer Lebenskraft ausfließt.
Krätz zielt auf Schmitt. Schießt. Verfehlt. Der Rückstoß wirft ihm die Automatik an die Brust, in den Schoß.
Ein dunkler Mann in Schwarz betritt den Bunker nach dem Schuss wie auf Kommando durch die zweite Tür. Blickt zu Krätz. Zu Sheri. Zögert.
Schmitt verliert die Luft.
Sheri setzt den Gesang träumerisch fort. „„...came the rain and washed the spider out..."

Krätz schießt. Die Kugel fetzt ein Stück aus Schmitts Hals gegen die Betonwand.
Der Mann in Schwarz duckt sich, rollt ab.
Sheri dreht sich um.
Singend.
"And the itsy-bitsy spider
Climbed up the spout again"
Waffe im Anschlag.
Schaut Krätz an, zielt.
Die Ramme treibt die Tür so weit in den Raum, dass ein Kind durch den Spalt kriechen könnte. Am Riss entlang löst sich Beton.
Krätz hebt seine Pistole. Zielt auf Sheri.
Schwenkt den Lauf auf Schmitt. Die blutet heftig, würgend.
Sheri schießt.
Krätz kippt mit einem Loch im Gesicht nach vorn. Sheris Waffenarm erschlafft. Sie stoppt den Gesang mitten im Vers.
Die Tür hat sich nun auf der ganzen Breite gelöst. Bleibt an der Wand klemmen.
Der Mann in Schwarz greift das Notebook. Verschwindet durch die Tür, die tiefer in den Bunker führt.
Sheri dreht sich langsam nach der anderen Tür. Zielt zitternd auf die wachsende Öffnung. Verzieht das Gesicht zu einer Maske der Angst und des Entsetzens.
Setzt die Waffe an ihrem Kinn an.
Eine Bewegung wie von einem Lufthauch verweht.
Schmitt will schreien: „Kind, nein!"
Keine Luft, kein Ton. Nur ein Knarzen im Rachen.
Die Tür fällt mit einem Quietschen entlang der Wand in den Raum.
Sheri drückt ab.
Punkt für Krätz.

***

Schmitt ermittelt wieder in „SCHMITTS HÖLLE – Entscheidung".

Ebenfalls erschienen:

„SCHMITTS HÖLLE – Verrat." ISBN 978-3-7412-9978-0

„**Die Frau im roten Kleid**", Prequel zur „Hölle"-Reihe, Short Thriller.
ISBN: 978-3-8482-1661-1

Schmitt auf Facebook:
facebook.com/schmitts.hoelle
Wenn Sie die Seite mit „Gefällt mir" markieren und sich benachrichtigen lassen, erhalten Sie Informationen über die Thriller mit Sibel Schmitt.